Thomas Adcock · Ertränkt alle Hunde

THOMAS ADCOCK

Ertränkt alle Hunde

KRIMINALROMAN

Aus dem Amerikanischen
von

JÜRGEN BÜRGER

HAFFMANS VERLAG

Die Originalausgabe »Drown all the Dogs« erschien 1994 bei
Pocket Books, a division of Simon & Schuster, New York.

*Für meine Tante Jean und
Onkel Fred Bradshaw*

Konzeption und Gestaltung von Urs Jakob
Umschlagbild von Nikolaus Heidelbach
Deutsche Erstausgabe

Gesamtherstellung: Ebner Ulm
ISBN 3 251 30059 8

1 2 3 4 5 6 – 01 00 99 98 97 96

Die Verschmelzung von Glauben und System erzeugt den Militanten, einen für eine Idee kämpfenden Krieger. Im Militanten sind zwei Figuren vereint: der Geistliche und der Soldat.

Octavio Paz

PROLOG

»Ich hasse es! Bei Gott, ich hasse es.«

Nachdem dies gesagt war, befand er sich in Frieden mit allem, was er mir in dieser Nacht erzählt hatte.

Er drehte den Kopf zur Wand, gerade so als wolle er an dem unsichtbaren Fenster die Morgenwärme spüren.

Es war deutlich nach Mitternacht in den finstersten Stunden des frühen Sonntags, doch die Tageszeit besaß für ihn keinerlei Bedeutung. Ein sparsames Lächeln spielte auf seinem Gesicht, während er in seinem Bett lag, einem Bett, das viel zu groß für ihn allein war. Ich legte meine Hand auf seine. Er ließ sie auf seiner pergamentenen Haut ruhen.

»Was genau haßt du?« wollte ich wissen.

Er holte tief Luft, und seine blinden, blauen Augen schlossen sich. Dann zitierte er abermals jene Stellen, die er einst immer wieder gelesen und die sich in sein Gedächtnis eingegraben hatten: *»Aus Irland sind wir hervorgegangen; viel Haß, wenig Raum, verstümmelt von Anbeginn los ... Ich besitze ein fanatisches Herz aus meiner Mutter Schoß.«*

Wo ich doch eine Reaktion hätte zeigen sollen, folgte nur Stille, ein betretenes Schweigen, das einem älteren Mann verrät, von einem jüngeren nicht verstanden worden zu sein. Seine nutzlosen Augen flackerten auf, und mit einem Anflug von Verzweiflung sagte er: »Es ist die Wurzel dieses Wahnsinns, die zu hassen ich gelernt habe, und es sind alte Männer an ihren Fenstern, die ich sogar noch mehr hasse.« Dann schob er meine Hand fort. »Und jetzt geh!« Das war für den Augenblick alles, ob ich das nun verstand oder nicht. Er brauchte Ruhe.

Ich ging zur Tür und öffnete sie, drehte mich aber noch einmal zu ihm um. Er schien das zu spüren. Er hob den Kopf ein bißchen über den Berg von Decken und sagte: »Ich möchte, daß du mich nicht vergißt, wenn ich tot bin.«

»Habe ich das jemals?«

1

Abgesehen von dem toten Priester war es ein erfreuliches Wochenende.

Es war das Wochenende, an dem mir mit aller Deutlichkeit aufging, daß die Vergangenheit niemals vergangen ist, gleichgültig wie sehr wir auch immer versuchen, unsere Erinnerung zu planieren. Es war das Wochenende, an dem ich endlich beschloß, eine ernsthafte Figur in der Geschichte meines Lebens zu werden. Es war das Wochenende, mit dem der größte Fall meiner Laufbahn begann.

Zunächst sah ich keinerlei Größe, eigentlich nicht einmal einen Fall. Andere allerdings reagierten sensibler auf die aktuellen Ereignisse und jene, die noch bevorstanden. Ruby zum Beispiel. Dann auch Captain Davy Mogaill, mein *Rabbi*. Wie der Captain sich ausdrückte: »Welchen größeren Fall könnte ein Detective knacken als das Geheimnis seiner eigenen Herkunft?«

Diese Bemerkung ließ er an einem beschaulichen Nachmittag in Nugent's Bar fallen. Diese kleine Weisheit neben anderen. Ich meinerseits erzählte meinem *Rabbi* von Ruby und dem traurigen Anlaß unseres für den folgenden Sonntagabend geplanten Fluges nach Dublin.

Während wir bei unserer angenehmen, langen und alkoholgeschwängerten Unterhaltung beisammensaßen, mußte der alte Father Tim zweifellos zum ersten Mal begriffen haben, was ihn erwartete.

Zurück zum Freitag, an dem alles anfing:

Es war nach fünf an einem Nachmittag im April und zufälligerweise auch mein Geburtstag – allerdings verrate ich nicht, der wievielte. Ruby rief an, um mich davon in Kenntnis zu setzen, daß ich an diesem Abend einen netten Anzug und Krawatte tragen solle wegen dem, was sie vorhatte, und das war ein Dinner in irgendeinem feinen East-Side-Lokal, dessen Niveau nicht meinem entsprach. Dank Ruby gehören solche Ankündigungen heute zu meinem Leben.

»Also, ich weiß nicht –«, sagte ich.

Ruby fiel mir ins Wort. »Ich lade dich ein.«

Worauf ich schnell erwiderte: »Wo gehen wir hin und wann?«

Sie nannte mir die Adresse eines teuren Restaurants – dessen Namen ich schon oft unter Fotos gesehen habe, wenn die ›Times‹ gerade mal wieder über einen Wohltätigkeitsball berichtete – und sagte, wir sollten uns dort um Punkt acht treffen. Womit mir zwei Stunden und fünfundvierzig Minuten blieben, um im Revier Feierabend zu machen, mir auf dem Nachhauseweg die längst überfällige Rasur und einen frischen Haarschnitt verpassen zu lassen, zu duschen und noch eine Weile in Shorts und mit einigen Fingerbreit Johnny Walker Red Label herumzusitzen, den Abholschein für meinen guten Anzug zu finden, der sich in der koreanischen Reinigung befand, und meine Schuhe mit den Troddeln zu wienern. Anschließend würde ich ein Taxi benötigen, vorzugsweise eines mit einem Fahrer, der auch ohne meine Hilfe wußte, wie er von meiner irdischen Wohnung in Hell's Kitchen quer durch die Stadt zum Planeten namens Park Avenue kam. Ich war zuerst dort, und das nicht mal sonderlich pünktlich. Es war Viertel nach acht.

Das Restaurant besaß einen dieser Namen, die irgendwer schrecklich schick fand, ich aber einfach nur schrecklich. Ich glaube, auf deutsch würde das Lokal heißen: Das Lama mit der paradoxen Garderobe. Am dezent beleuchteten Kommandoposten des Oberkellners vorbei, des *maître d'hôtel*, sah ich, daß sich im Speiseraum drängelte, was vielleicht jemand für die New Yorker Schickeria hielt: graue Eminenzen, die hofhielten für katzbuckelnde jung-dynamische Managertypen in Armani-Anzügen, ehemalige Frauen einstiger Potentaten, Onkel-Tom-Republikaner, unter Anklage stehende Wall-Street-Hechte, schillernde Ladys mit langen Beinen und kurzen Lebensläufen sowie ein Sortiment weißer Typen mittleren Alters mit Bifokal-Pilotenbrillen, Anzügen von Bijan und kleinen Pferdeschwänzen.

»*Oui, monsieur?*« Der Oberkellner musterte mich verdrießlich mit Augen so schwarz wie seine Smokingjacke. Schließlich kräuselte er die Lippen, was ihn jahrelange Übung gekostet haben mußte, und fragte: »*Puis-je vous aider?*«

Ich war nicht beeindruckt. Zufälligerweise weiß ich etwas über Frankreich, nämlich daß es ein Ort ist, wohin New Yorker reisen, wenn sie Unverschämtheiten suchen; statt nach Übersee zu reisen, tut's zur Not auch jedes x-beliebige französische Restaurant in Manhattan. Außerdem besaß der Akzent von diesem Knaben viel zuviel vom Grand Concourse, wo eigentlich der Champs-Élysées sein sollte. Überdies kam ich mir in meinem anthrazitfarbenen Kammgarnanzug, der lachsfarbenen Krawatte und den nach Schuhwichse duftenden, frisch polierten Schuhen ausgesprochen gut und gepflegt vor. Ich bin vielleicht der typische Barzahler, aber ein Banause bin ich deshalb noch lange nicht.

»Ich suche eine Dame«, sagte ich. Hinzugefügt hätte ich gern noch: Vergiß deine Nummer, Pierre, wir wissen doch beide, daß du deine Trinkgelder mit nach Hause in die Bronx nimmst. Aber ich bremste mich. Statt dessen sagte ich also: »Vielleicht ist sie ja schon hier. Ich schau mich einfach mal um.«

»Sir, das glaube ich kaum!« Pierre war völlig aus dem Häuschen und sogar richtiggehend schockiert, das arme Ding. Tapfer schob er sich zwischen mich und den Türbogen des Speiseraums.

»Was –?« setzte ich an.

»Damen ohne Herrenbegleitung erhalten von mir keinen Tisch.«

»Wie kommt denn das? Ist das hier ein Schwulenladen?«

Dann hörte ich hinter mir die lachende Ruby: »O Hock – benimm dich.«

Ich drehte mich um und sah sie auf mich zukommen. Von

draußen genoß auch ihr Taxifahrer noch einen letzten Blick aus dem Wagen. An solche Dinge mußte ich mich noch gewöhnen; Ruby ist wirklich ein Anblick, und ich bin nicht der einzige Mann in der Stadt, der Augen dafür hat. An diesem Abend trug sie einen dieser kleinen, mit Perlen besetzten schwarzen Fummel, die genau an den richtigen Stellen glitzern. Um ihre nackten braunen Schultern schmiegte sich ein Hauch von durchscheinendem, wollenem Flaum und um ihr Dekolleté Straßsteine, kastanienbraun war ihr Lippenstift, und in den Ohren trug sie winzige Diamantstecker.

Die Schauspielerin Miss Ruby Flagg weiß, wie sie sich für eine gute Kritik verpacken muß. Und an diesem Abend meines Geburtstages war sie in der Tat hübsch verpackt. Pierre andererseits bekam nichts mit von der Festtagsstimmung.

Entsetzt über mich appellierte er an Ruby: »Mademoiselle – *s'il vous plaît!*«

Sie sagte einfach: »Der Tisch für Detective Neil Hockaday.«

Pierre musterte mich wieder, verzichtete diesmal auf die gekräuselte Lippe, vielleicht aus Respekt vor dem Höflichkeitstitel, wahrscheinlich aber nicht. Jedenfalls konsultierte er seine Reservierungsliste, wobei er sich reichlich Zeit ließ, bevor er schließlich verkündete: »Ah, *oui.* Monsieur Hockaday – zwei Personen. *Très bien.*«

Wir folgten ihm zu einem Tisch in der Ecke. Dieser ausgesprochen gute Platz überraschte mich schon ein wenig, bis mir klar wurde, daß Ruby während ihrer Zeit in der Werbebranche vermutlich recht häufig geschäftlich hier gewesen sein und zweifellos haufenweise Geld hier gelassen haben mußte.

Es war noch gar nicht so lange her, daß Ruby Geschäftskostüme getragen und eine Vielzahl von Zauberwässerchen verscherbelt hatte, die eine beeindruckende Bandbreite von Körpergerüchen beseitigten. Dafür erhielt sie ein beträchtliches Gehalt plus Bonuszulagen und flottem Spesenkonto. Als kluges Mädchen bunkerte sie einen Großteil dieses »albernen Geldes«, wie sie es nennt, und investierte in eine Manhattaner Immobilie – genauer gesagt in ein windschiefes, fahrstuhlloses Backsteingebäude unten an der South Street, in dem sie sich eine Wohnung und ein Ziemlich-Off-Broadway-Theater einrichtete, das sich weniger durch Kartenverkäufe als vielmehr die Mieteinnahmen eines Friseursalons im ersten Stock und des Restaurants im Erdgeschoß finanziert.

Das war nun schon einige Jahre her. Aber jeder aus ihrer Vergangenheit erinnerte sich mit Sicherheit noch an Ruby Flagg. Angefangen mit unserem Freund, dem Oberkellner.

»Danke, Pierre«, sagte sie zu ihm, während er ihr den Stuhl zurechtrückte. Ich mußte allein sehen, wie ich klarkam. Als er auf seinen Lackschuhen davonsteppte, fragte ich Ruby: »Heißt der Kerl wirklich Pierre?«

»Keine Ahnung«, sagte sie. »Aber er scheint glücklich zu sein, wenn ich ihn so nenne.«

Ein Weinkellner kam und begrüßte Ruby mit einem Handkuß. Was ich mit einem dummen, mißmutigen Blick quittierte. Ruby erkundigte sich nach seiner Frau und den Kindern, und er erwiderte, der Familie gehe es blendend. Dann durfte er abzwitschern und uns eine dieser geblümten Flaschen Perrier-Jouët holen. Schließlich wandte sie sich an mich und sagte: »Weißt du – gerade du solltest dich doch von Typen wie ihm nicht aus der Fassung bringen lassen.«

Inzwischen hatte ich mit meinen finsteren Blicken aufgehört. Statt dessen lächelte ich jetzt dümmlich das kleine Grübchen in Rubys Kinn an und auch die reizende Spalte im Ausschnitt ihres Abendkleides. Ich sagte: »Sprichst du von Pierre?«

»Du weißt genau, wovon ich spreche. Wieso läßt du dem Mann nicht einfach seine kleinen Anmaßungen? Wo wärst du selbst ohne Täuschungen bei der Arbeit?«

Das war eine grobe Untertreibung. Wenn ich im Dienst bin, trage ich nur selten einen Anzug, nicht mal einen von der formlosen Sorte aus dem Sonderangebotskeller von A&S, die von den meisten mir bekannten Detectives bevorzugt werden, wie ich leider sagen muß. Und zu behaupten, meine Arbeitskleidung sei schlicht, könnte für eine verbrecherische Untertreibung gehalten werden. Meistens trage ich abgelegte Kleider von der

Heilsarmee, die ich über die Jahre gesammelt habe – bis auf meine eigene gute, alte Yankees-Baseballkappe, zirka 1963, und ein Paar schwarzer, knöchelhoher P-F Flyer Turnschuhe. Diese besitze ich bereits seit der Zeit, als ich mit der einst schönen Judy McKelvey verheiratet war, wir in Queens in einem niedlichen Haus mit Zaun drumherum lebten und unglücklich waren und ich einen Haufen Kids von der P. A. L.-Basketball-Liga des Viertels trainierte. Unordentlich rasiert und in meinen üblichen Klamotten würden Sie mich wahrscheinlich nicht aus einer Gruppe von Männern herausgreifen können, die nichts mehr zu verlieren und kein Ziel mehr haben, und genau so soll's auch sein bei der SCUM Patrol – der Kurzform für Street Crimes Unit Manhattan.

An diesem Abend jedoch hatte ich ein Ziel. Tatsächlich lag sogar noch ein sehr weiter Weg vor uns, bevor wir schlafen würden. Schnell wechselte ich das Thema. »Reden wir über unsere Reise.«

»Gute Idee«, stimmte Ruby zu.

Der Weinkellner kehrte mit dem Champagner an unseren Tisch zurück, schenkte zwei Gläser ein, stellte die Flasche in einen Eiskübel und ging. Ruby hob ihr Glas und sagte: »Auf uns und auf Irland, und auf deinen armen Onkel Liam – und außerdem auch noch herzlichen Glückwunsch zum Geburtstag, mein lieber Hock.«

Also tranken wir auf all das. Woraufhin ich einen zweiten Toast aussprach. »Und jetzt auf Ruby Flagg, mit Sicherheit die exotischste Frau in den Straßen von Dún Laoghaire.«

Ruby lachte. »Du meinst wohl: die einzige exotische Frau.«

»Du solltest nicht zu überrascht sein, das eine oder andere Gesicht zu sehen, das genauso dunkel ist wie deines«, sagte ich. »Vor ein paar hundert Jahren gab's die spanische Armada, die ihre Spuren hinterlassen hat.«

»Stehst du auf schwarze Iren?«

»Ich mag beide.«

»Das würden die meisten irischen Männer anders sehen.« Sie lachte wieder. So wie sie es machte, gefiel es mir. Ich starrte ihre perfekten weißen Zähne, ihre kastanienbraunen Lippen und die Spitze ihrer rosafarbenen Zunge an. Schon möglich, daß ich gesabbert habe.

»Woran denkst du, Ire?« fragte Ruby.

»Ich denke daran, wie wir beide auf einem Sandstrand so weiß wie Zucker liegen und du mir was auf Französisch erzählst. Ich sehe dich nur an, und schon kommen mir solche Gedanken.«

Sie verdrehte ihre leuchtenden, hellbraunen Augen. »Ich darf nicht vergessen, daß du anders bist als die meisten Iren, stimmt's?«

»Genau wie Onkel Liam«, sagte ich. »Falls du dir Sorgen machst, daß er dich nicht mögen wird, vergiß es.«

»Und wie gefiel ihm deine Frau?«

Mußte sie davon anfangen? »Das ist schon lange her«, sagte ich.

»Ach ja?«

In diesem Augenblick mußte ich einfach denken, wie gut es für das Ego eines Mannes wie mir in der Mitte seines Lebens ist, im Zentrum der abstrakten Eifersucht einer Frau zu stehen. Besonders einer Frau, die aussah wie Ruby.

»Lange genug«, sagte ich.

»Tut mir leid.«

»Vergiß es.«

»Okay.« Ruby fuhrwerkte mit einer gestärkten Serviette herum. »Weißt du, das mit deinem Onkel tut mir wirklich leid. Es ist zu blöd, daß du mit mir auf die andere Seite reist, um ihn zu besuchen, wo er doch . . . na ja, wo's ihm eben geht, wie's ihm geht.«

»Du meinst, wo er doch stirbt. Das wolltest du doch sagen.«

Ruby beugte sich zu mir und tätschelte meinen Arm, wie sich Leute bei Beerdigungen berühren. Hier saß ich und dachte bereits an solche Dinge wie eine Beerdigung. Ich bekam kaum mit, wie Ruby sagte: »Ich wünschte einfach nur, ich könnte deinen Onkel unter glücklicheren Umständen kennenlernen.«

Die Nachricht über Liams Gesundheitszustand hatte mich letzte Woche in einem Brief aus Irland erreicht, den ein gewisser

Patrick Snoody geschrieben hatte, der selbsternannte »treue Freund« meines Onkels. Ich hatte noch nie von ihm gehört. Snoody hatte geschrieben, um mich davon in Kenntnis zu setzen, daß Liam aufgrund seines schwachen Herzens nun ans Bett gefesselt war; er schrieb, Liam habe »vielleicht noch ein Jahr oder auch mehr«; er brachte die typisch irische Beileidsbezeugung zum Ausdruck: »Ich bedaure natürlich sehr, Sie beunruhigen zu müssen.« Und nun, am Sonntag abend unter diesen traurigen Vorzeichen, würden Ruby und ich nach Dublin fliegen, um einem angeschlagenen alten Knaben zu zeigen, daß das Leben weitergeht. Mehr konnte ich nicht tun.

»Ich bin kein Schwarzmaler«, sagte ich zu Ruby. »Ich sehe den Tatsachen nur ins Gesicht. Liam stirbt, und ich glaube, er selbst würde dieses Wort auch benutzen.«

Ein Kellner kam, flitzte geschäftig um Ruby herum und ignorierte mich völlig. Endlich war er soweit, unsere Bestellungen entgegenzunehmen, und endlich waren wir mit dem Essen fertig, das wirklich ausgezeichnet war und fast jeden Penny wert, den Ruby dafür zahlen mußte. Als wir dann schließlich über Kaffee und Port saßen, ergab sich wieder dieses äußerst unappetitliche Thema.

»Wie war sie?«

»Sie –?« Als müßte ich fragen.

»Du weißt schon, wen ich meine.«

»Das darf doch wohl nicht wahr sein! Ich habe heute Geburtstag!«

»Deshalb gehe ich ja auch mit dir in dieses nette Lokal und sage herzlichen Glückwunsch. Jetzt fänd ich's aber nett, wenn du ein bißchen für dein Abendbrot singst. Ist das vielleicht zuviel verlangt? Du weißt doch, wie man singt, oder nicht? Immerhin warst du ja mal Chorknabe, Hock, warst du doch?«

Wann genau hatte ich das erwähnt? Die mit Abstand furchterregendste Sache bei Frauen ist, daß sie sich absolut an alles erinnern, was man ihnen einmal gesagt hat.

Was meine Zeit als Chorknabe betrifft, das war schon richtig. Ich hatte im Knabenchor der Holy Cross Church an der West

Forty-second Street den Sopran gesungen, als Harry Truman im Weißen Haus saß, *Sunset Boulevard* in den Kinos lief und es überall von gerissenen Kommunisten wimmelte, die Tag und Nacht daran arbeiteten, den American Way of Life zu untergraben.

Father Timothy Kelly hatte sich um diese Kommunisten ganz besonders Sorgen gemacht. Er war davon überzeugt, daß die Roten mit Satan im Bunde standen und sich vor allen Dingen der Aufgabe verschrieben hatten, die Jugendlichen seiner Pfarre zu verderben. Folgerichtig hoffte Father Tim, uns leicht zu beeindruckenden Hell's-Kitchen-Jungs durch das Singen der Lieder des Herrn dazu bewegen zu können, auf unsere besseren Engel zu hören. Ein ganz besonderes Interesse hatte Father Tim daran, mich vor den subversiven Kräften jener Tage zu schützen, da ich zufälligerweise der Neffe seines engen und guten Freundes aus Dún Laoghaire war – meines Onkels Liam.

Schon sehr lange hatte ich nicht mehr an den Knabenchor gedacht. Genausowenig an Father Tim, wie ich mich schäme einzugestehen. Nicht mehr seit Father Tim aus dem Viertel fortgezogen war, um den Lohn seines Berufslebens in Empfang zu nehmen: ein Zimmer in einem Heim für pensionierte Priester in einer baumbestandenen Straße in Riverdale oben in der Bronx. Einmal hatte ich ihn dort besucht, etwa eine Woche, nachdem er fortgezogen war. Danach rief ich noch drei- oder viermal an, nur um in Verbindung zu bleiben, wie ich es versprochen hatte. Dann wurde ich zu einem typischen Drecksack und verdrängte den alten Knaben auch aus meinem Kopf.

»Als Chorknabe habe ich zum Himmel gesungen«, erklärte ich Ruby. »An meinem Hochzeitstag sagte man mir, Ehen würden im Himmel geschlossen. Also wirst du verstehen, daß ich nicht viel Sinn darin sehe, heute noch zu singen.«

»Ja«, sagte Ruby, »und heute siehst du auch in der Ehe nicht mehr viel Sinn. Und deshalb wirst du mich deinem kleinen alten irischen Onkel auch als – als was . . . deine kleine Freundin vorstellen?«

»So würde ich es nicht ausdrücken.«

»Wie willst du es denn ausdrücken, wenn du Liam von Angesicht zu Angesicht gegenüberstehst und er mich einfach nicht übersehen kann?«

»Ich werde ihm sagen, daß wir beide uns in einem langen, langsamen Tanz befinden.«

»Aha! Deine Worte kenne ich wohl, Mister Charmeur. Nur daß sie jetzt nicht mal mehr halb so clever klingen wie beim ersten Mal.«

Sie erinnern sich an absolut alles!

»Was willst du von mir?« fragte ich.

»Du sagst nette Dinge, Hock, und das mag ich. Aber manchmal ist nett eben nicht genug.« Ruby hatte sich aus ihrem Stuhl zu mir vorgebeugt, und ich hatte die Wärme ihres Atems und die Hitze ihrer karamelfarbenen Haut genossen. Jetzt aber lehnte sie sich wieder zurück. »Wenn du über gewisse Dinge redest, hast du so eine Art, Worte in Mauern zu verwandeln.«

»Gewisse Dinge?«

»Zum Beispiel über deinen Vater. Deine Mutter –«

Ich fiel ihr ins Wort. »Entschuldige bitte, aber ich dachte, wir sprechen über meine Frau. Meine *Ex*-Frau.«

»Ja, sie auch. Wir reden über all die leeren Stellen deines Lebens, an denen Menschen Löcher in dir hinterlassen haben. Wenn ich mit einem Mann einen langen, langsamen Tanz tanze, dann will ich wissen, wo die Löcher sind.«

»Warum – willst du nicht riskieren, in seine Sorgen und Probleme zu fallen?«

Ruby lächelte geduldig, als sei sie eine liebenswürdige Nonne und ich der große, dumme, begriffsstutzige Junge ihrer Klasse. »Was andere Männer betrifft, die ich gekannt habe, ist das sicher richtig. Da du aber ein Cop bist und ich absolut nichts dagegen tun kann, wer weiß, vielleicht muß ich dich ja von Zeit zu Zeit retten. Du verstehst also, daß ich wissen muß, wo die Löcher sind.«

Ich versuchte es mit einem Scherz, einer Mauer. »Ich dachte, du magst mich nur wegen dem Sex.«

»Ich hab's dir schon mal gesagt, daß ich es ernst meine,

Freundchen. Was bedeutet, daß es bei unserem Tänzchen nicht nur um Drüsen geht. Außerdem muß ich dir leider mitteilen, daß du mit deiner Überzeugung schrecklich allein auf der Welt wärst, falls du dich für einen Großen Irischen Lover halten solltest.«

»Vergiß nicht – ich bin anders als die meisten irischen Männer, stimmt's?« nuschelte ich.

Meine Eitelkeit war angeschlagen, und das wußte Ruby genau. Und sie wußte auch, daß sie mich aus dem Gleichgewicht gebracht hatte. Also fragte sie wieder. »Wie war sie?«

»Sie hatte ein tolles Grübchen.«

»Du hast sie wegen einem Grübchen geheiratet?«

»Wäre ich der erste Mann, der sich in ein Grübchen verliebt und dann den Fehler begangen hat, das ganze Mädchen zu heiraten?«

»Mehr fällt dir dazu nicht ein?«

»Ich könnte noch sagen, daß es mich ziemlich beunruhigt, wie sehr ich das Grübchen in deinem Kinn liebe.«

»Ist das ein Antrag?«

»Im Moment ist's erst mal ein Scherz.«

»Was ist mit deinem Vater? Willst du dich über ihn auch lustig machen?«

Sie hatte eine der leeren Stellen in mir erwischt. »Ich habe dir bereits alles erzählt, was ich weiß«, sagte ich. »Und das ist nicht besonders viel.«

Mein unbekannter Soldatenvater, von dem meine Mutter ihr ganzes Leben lang nur sagen konnte: *»Dein Papa ist im Nebel verschwunden, mehr gibt's da nicht zu sagen; es tut viel zu weh, so von ihm zu sprechen, als wäre er je aus Fleisch und Blut gewesen.«* Und über den sein Bruder Liam bei seinen zahlreichen Besuchen nach dem Krieg nichts Aufschlußreicheres hinzuzufügen hatte.

Natürlich hatte Ruby das Foto gesehen, vielleicht das einzige, das es von meinem geheimnisvollen Vater gibt – jenes Foto, das auf der Kommode in meinem Schlafzimmer steht. Private First Class Aidan Hockaday von der United States Army in seiner steifen Uniform, deren Anblick allein schon gewaltig Respekt einflößt; ein gutaussehender junger Ire, der irgendwo im Krieg gegen Hitler und Tojo als vermißt auf der Strecke geblieben ist; sein Klang und sein Geruch und wie er sich anfühlt, das alles fehlt mir irgendwo.

Ich besitze das Foto und ein tiefes Gefühl für diesen Mann. Ich habe seine Stimme gehört, in Form seiner Briefe von den Schlachtfeldern Europas. Meine Mutter hat sie den Frauen aus der Nachbarschaft vorgelesen, wenn sie sich an Freitagabenden in unserem Wohnzimmer versammelten, um vor unserem Atwater-Kent-Radio Edward R. Murrow zuzuhören, der die Heimat zur Wachsamkeit anhielt. Ich war damals ein kleiner Junge in kurzen Hosen, der heimlich aus dem Nachbarzimmer lauschte, wenn meine Mutter die Worte meines Vaters vorlas, wobei ich irgendwie wußte, daß ich mir diese Briefe scharf einprägen sollte, selbst wenn ich nicht mal die Hälfte dessen verstand, was ich da hörte.

Ich wagte jedoch nie die Worte niederzuschreiben, und so ist das meiste davon verlorengegangen. Die Briefe gibt es nicht mehr, sie sind mit meiner Mutter ins Grab gegangen. Ruby hält dies für einen Diebstahl, und ich sehe es genauso.

Sonntag abend nach Irland. Um meinen einzigen noch lebenden Verwandten zu besuchen, meinen sterbenden Onkel Liam. Damit er Ruby kennenlernt, bevor auch er mich verläßt.

Ruby. Dort saß sie, mir gegenüber, im Schein des Kerzenlichts. Aber ich war in Gedanken meilenweit fort. Und doch hörte ich sie sagen: »Vielleicht wirst du nach dieser Reise mehr wissen. Willst du es wirklich wissen?«

Wie oft bin ich als kleiner Junge und als Mann nachts aufgestanden in dem festen Glauben, der Geist meines Vaters habe sich auf meiner Bettkante niedergelassen? Wie oft habe ich im Schlaf die Hand nach diesem Geist ausgestreckt, um etwas mehr zu haben als eine einzige Momentaufnahme aus Aidan Hockadays Leben, eingefangen in Licht und Schatten auf einem Stück Fotopapier?

»Vielleicht brauche ich einen Drink«, sagte ich. Ich gab dem Kellner ein Zeichen.

»Nur der Ordnung halber: ich mißbillige das«, sagte Ruby.

Viel später, im Dämmerlicht eines grauenden Samstagmorgens, wurde ich mir des Geistes auf meiner Bettkante bewußt.

Ich streckte die Hand aus und griff doch nur wie üblich in die Luft. Ich mühte mich ab, Worte zu hören, da ich wußte, der Geist wollte sprechen. Aber nichts. Nur die vertraute Enttäuschung der Schlaflosigkeit.

Mit einer Ecke des Lakens wischte ich mir den Schweiß von Gesicht und Hals. Dann schlüpfte ich aus dem Bett und ließ Ruby, die im Schlaf leise Geräusche machte, allein.

Ich nahm das Foto meines Vaters von der Kommode und ging damit ins Wohnzimmer. Ich stellte es oben auf meinen Koffer, der halb gepackt und offen auf der Couch lag. In einer Kanne auf dem Herd in der Kochnische stand noch Kaffee von gestern. Ich machte die Flamme darunter an und ging ins Bad, um mir mit Seife und kaltem Wasser das Gesicht zu waschen.

Als ich fertig war, schenkte ich mir eine Tasse bitteren, schwarzen Kaffee ein und setzte mich auf die Couch neben das Foto. Nur wir beide, Vater und Sohn. *Willst du es wirklich wissen?* Wenn dem so war, dann gab es nur noch eine letzte Chance, Antworten auf die Fragen über Aidan Hockaday zu bekommen; sie warteten auf mich auf der anderen Seite.

Vielleicht würde mir das Foto helfen. Ich fragte es: »Möchtest du mit mir nach Irland kommen?«

Ich beschloß, daß der Geist antwortete: »Aber sicher, liebend gern begleite ich dich, Junge.« Und so versuchte ich, das Foto zwischen die Kleider in den Koffer zu zwängen; dann kam mir die glänzende Idee, das Gewicht des Gepäcks ein wenig verringern und das Risiko vermeiden zu können, unterwegs das Glas zu zerbrechen, wenn ich das Foto aus dem Rahmen nahm.

Die Metallbügel auf der Rückseite des Rahmens waren spröde und brachen heraus, als ich sie zurückbog. Dann löste ich den filzüberzogenen Karton und ließ das Foto herausgleiten. Es roch modrig, als sich eine kleine Staubwolke erhob; fast fünf Jahrzehnte Zeit und Schmutz unter Glas.

Einige Minuten lang hielt ich das Bild meines Vaters, starrte es zum ersten Mal in meinem Leben ohne gläserne Barriere an. Ich ließ meine Fingerspitzen über Aidan Hockadays Gesichtszüge gleiten; ich berührte das Spiegelbild meiner eigenen Nase und Lippen und Kinn.

Dann legte ich das Foto verkehrt herum zu meinen übrigen Sachen in den Koffer. Und bemerkte die elegante Handschrift.

Mit blauer Tinte, die all diese Jahre durch das Gefängnis des Bilderrahmens vor dem Verblassen bewahrt worden war, hatte jemand ein Gedicht geschrieben:

»Ertränkt alle Hunde«, sagte die zornige junge Frau.
»Sie haben meine Gans und eine Katze getötet.
Ertränkt, ertränkt sie in der Wassertonne,
Ertränkt alle Hunde«, sagte die zornige junge Frau.

2

Er saß in seinem Zimmer, auf einem Sessel vor dem Fenster, das auf eine hübsche und friedliche Straße hinausging. Die Mädchen aus dem Haus auf der anderen Straßenseite spielten Seilchenspringen; ein fetter Mann rauchte eine Zigarre und spazierte mit seinem fetten Gegenstück von Hund an der Leine gemächlich vorbei; an der Treppe eines Hauses an der Straßenecke standen kleine Jungs und stritten sich um Murmeln. Durch das junge Frühlingslaub der den Block säumenden Ahornbäume und Platanen fiel das kräftige samstagmorgendliche Sonnenlicht und fleckte den Asphalt.

Mit einem tiefen Seufzer des erwartungsvollen Bedauerns, das tausend Jahre alt klang, drehte er sich zu einem klingelnden Telefon auf dem Tisch neben sich. Er starrte auf das blinkende Lämpchen des Anrufbeantworters.

Als das Gerät sich nach dem sechsten Klingeln einschaltete, hörte er seine aufgezeichneten Worte: *»Father Timothy Kelly am Apparat ... Im Moment bin ich nicht erreichbar ... Hinterlassen Sie bitte Namen und Telefonnummer, ich werde so bald* *wie möglich zurückrufen ... Ich wünsche Ihnen einen gesegneten Tag.«*

Der Apparat klickte einmal, um eine Nachricht entgegenzunehmen und aufzuzeichnen. Das Knistern und Knacken von statischem Rauschen. Und mit diesem Geräusch, das wußte er, drängte sich die unglückselige Vergangenheit in die Gegenwart.

Während der vergangenen zwei Tage hatte er zehn solcher Anrufe erhalten. Zehnmal hatte er den Hörer nicht abgenommen. Zehnmal wußte er, wer es war, der sich beharrlich weigerte, etwas zu sagen. Ja, bei Gott, er wußte es.

Aber heute sprach der Anrufer: »Was ist ein echter Patriot?«

Father Timothy Kelly kannte die Stimme. Ja, bei Gott. Er legte eine fahle, fleckige Hand auf seine pochende Brust.

Die Stimme war voller Erinnerungen an einen anderen Ort: Das dunkle, träge Wasser des Liffey plätschert unter den O'Connell-Street-Brücken; der Februarwind fegt durch Hekken entlang den Lehmstraßen außerhalb der Stadt; hinter dem Kuhstall stapft er mit matschbespritzten Stiefeln durch den Misthaufen, wo er und seine Brüder Pilze mit schwarzen Lamellen sammelten, wenn es zum Abendbrot der Familie nichts anderes gab ...

... und später, bevor er das Land seiner Jugend verlassen mußte: Kapuzen, mit denen die Gesichter seiner rechtschaffenen Kameraden maskiert waren.

Hatte er sich nicht all die Jahre so viele Male an diese Stimme und an diese Worte erinnert? Hatte er nicht erst letzte Nacht von ihnen geträumt?

Wieder fragte der Anrufer: »Was ist ein echter Patriot?«

Es hatte keinen Sinn mehr, es noch weiter zu ignorieren. Er nahm den Hörer ab und stieß einen weiteren tausend Jahre alten Seufzer aus. Der Anrufbeantworter zeichnete weiter auf.

Father Kelly antwortete seiner Vergangenheit mit den Worten, die in Erwiderung auf die gestellte Frage zu sagen er vor langer Zeit instruiert worden war: »Echte Patrioten haben Gewehre in den Händen und Gedichte in den Köpfen. Niemals wieder!«

3

Jeder, der ein New Yorker Cop ist und noch dazu irischer Katholik, hat guten Grund, früher oder später Zyniker oder so etwas wie ein Mystiker zu werden. Oder, wie in meinem Fall, beides.

In meiner gnadenlosen Stadt gibt es wahrscheinlich acht Millionen Geschichten über irische Cops. Irische Cops – was fällt ihnen als nächstes ein? Zu diesem äußerst beliebten Thema habe ich noch nie ein Buch gelesen oder einen Film im Kino oder Fernsehen gesehen, das mir mehr als bestenfalls die halbe Geschichte erzählt hat. Dies liegt daran, daß Zynismus leicht zu haben und noch leichter zu erzählen ist, und weil Schriftsteller besonders faule Menschen sind.

Ein New Yorker Cop wird ungefähr dann zum Zyniker, wenn er zum zehnten Mal irgendeine Wohnungstür aufbrechen muß, um irgendeine schreiende Frau mit verquollenen, schwarzen Augen und blutender Nase zu retten, die dann knurrend von hinten auf ihn losgeht, wenn er versucht, ihren Alten wegen dem einzulochen, was er ihr angetan hat. Eine düstere Weltsicht bewahrt einen Cop vor großem Kummer wie diesem, genau wie ein Asbestanzug einen Feuerwehrmann vor den Flammen schützt. Schriftsteller trinken den Zynismus natürlich mit der Muttermilch.

Aber an mystische Dinge zu glauben, das ist die schönere Seite der Polizeiarbeit. Ich persönlich glaube, daß die reine und schlichte Wahrheit selten rein und niemals schlicht ist; ich glaube an die geheimnisvolle Arbeit ereignisloser Tage; ich glaube an die Skepsis gegenüber Zufällen; ich glaube zutiefst an die Heiligen und die meisten anderen unsichtbaren und lautlosen Kräfte; ich glaube an den Heiligen Geist und an Geister, die nicht notwendigerweise geweihte Seelen sind.

Früher habe ich mal gedacht, es wäre sehr vernünftig von mir, an das zu glauben – vielleicht sogar verstandesmäßig –, was ich mache. Aber dank meines Vorgesetzten Inspector Tomasino Neglio weiß ich heute, daß es lediglich auf eine gewisse Phantasie zurückzuführen ist, die ich besitze.

Vor ein paar Jahren lud mich der Inspector eines Abends zu Ehren meiner Beförderung zum Detective auf ein Steak ein. Nach einigen Drinks und nachdem er eine nette Show daraus gemacht hatte, mir meine goldene Dienstmarke zu überreichen, in einem Etui aus echtem Aalleder, fühlte ich mich natürlich ziemlich gut, was auch für Neglio galt. Natürlich tranken wir noch ein paar Drinks mehr. Danach vertraute mir der Inspector den wahren Grund für meine Beförderung an. »Hock«, sagte er, »du besitzt eine sehr lebendige und rege Phantasie und bist so gerade eben noch nicht verrückt. Genau darauf lege ich bei einem Detective großen Wert.«

Oft frage ich mich allerdings: Ist es wirklich allein meine Vorstellungskraft?

Da war ich also, saß an einem heller werdenden Samstagmorgen lange vor meiner üblichen Aufstehzeit – sonst gegen Mittag – mit einem Geist zusammen. Mit weit geöffneten Augen dank dem starken schwarzen Kaffee und energischem Gesichtwaschen glaubte ich, wie ein Verrückter, mich gerade eben mit einem Foto unterhalten zu haben. Für den Mystiker in mir entsprach das alles durchaus der Realität.

Ich dachte an die grundlegenden Fragen in der Karriere eines jeden Cops: Fragen von Zeit und Raum, von Lebenden und Toten, von Recht gegen Unrecht. Und war ich wirklich allein dafür verantwortlich, daß ich mir solche Fragen stellte?

Nein, denn da war noch mehr; mehr als nur das Bild meines Vaters. Zum ersten Mal gab es nun Worte, gerade erst entdeckt, geschrieben auf die Rückseite von Aidan Hockadays Foto. Beantworteten sie die Fragen meines Lebens? Konnten sie mich auf den Weg zu den Antworten führen? Willst du es wirklich wissen?

Ich weiß, daß die meisten von uns zumindest an einige der Zehn Gebote glauben. Oder zumindest predigen wir sie.

Unter anderem behaupten wir, daß Töten falsch ist.

Aber wir töten Spinnen und Schweine und Regenwälder und Einbrecher und Menschen unscheinbarer Rassen und die Zeit und die Unschuld und Feinde und unangenehme Ideen und

Initiative und Freude. Wir töten alles, was wir ungeschoren töten können, außer der Angst.

Und so tröstet sich ein irisch-katholischer New Yorker Cop wie ich mit der Erkenntnis, daß Gott selbst auch kein so besonders guter Cop ist.

4

Die Arthritis verursachte ein unangenehmes Stechen in den Beinen des Priesters, und er weinte, allerdings nicht wegen eines körperlichen Schmerzes. Neben ihm auf dem Telefontisch blinkte das rote Lämpchen des Anrufbeantworters. Ein Anruf, entgegengenommen und auf Band aufgezeichnet.

Er konnte aufstehen, zu der Kommode an der gegenüberliegenden Wand der winzigen Klosterzelle gehen und die Schublade aufziehen, in der er eine Flasche Jameson aufbewahrte, und das würde gegen den Schmerz in seinen alten Beinen helfen. Gegen die Tränen besaß er kein Mittel. Er versuchte, den Anblick draußen vor seinem Fenster zu genießen, aber es war jetzt nur mehr ein grelles und verschwommenes Bild; das Weinen hatte seine Augen in unscharfe Prismen verwandelt.

Er schob die Brille mit dem silbernen Metallgestell auf die Stirn hoch und wischte sich die Augen mit einem ordentlich gebügelten Taschentuch, in päpstlichem Goldfaden bestickt mit den Worten *Roman Catholic Church of the Holy Cross, New York, N.Y.* und der Jahreszahl seiner Zeit als aktiver Priester. Wieder füllten sich seine Augen, wieder wischte er sie ab.

Er stand auf und ging zur Kommode, um schließlich wenigstens etwas wegen seiner Beine zu unternehmen. In der Schublade tastete er nach dem Whiskey.

Draußen auf dem Flur waren Schritte zu hören, dann ein kräftiges Klopfen an seiner Tür. Schließlich die Stimme seines Zimmernachbarn. »Ist uns schon nach Frühstück?«

»Guten Morgen, Owen«, sagte Father Timothy Kelly,

drückte die Flasche Jameson an seine Lippen und inhalierte den holzigen Duft ihres Inhalts. »Ich bin heute ein bißchen trödelig. Geh schon vor, ich komme gleich nach.«

Sein Nachbar grunzte und ging weiter. Father Kelly lauschte auf die verhallenden Schritte. Dann nahm er einen tiefen, zittrigen Schluck aus der Flasche. Erneut mußte er sein besticktes Taschentuch benutzen, diesmal, um sich Whiskey vom Kinn zu wischen. Was ihn an die vielen Säufer erinnerte, denen er im Verlauf seines Lebens mit Rat zur Seite gestanden hatte. In einer anderen Schublade der Kommode fand er ein Glas, füllte es und kehrte zu seinem Sessel und dem Fenster zurück – um wie ein Gentleman zu trinken, auch wenn um diese Tageszeit nur ein Säufer trank.

Nach einem oder zwei Augenblicken begann seine Brust von neuem zu pochen, und er weinte wieder. Er bekreuzigte sich. Hatte er nicht immer schon gewußt, daß dieser Kummer zurückkehren würde? Wie oft hatte er den Bedrückten seiner Gemeinde die Weisheit mit auf den Weg gegeben: »Die Jugend verläßt einen niemals, sie meldet sich nur zu den ungelegensten Zeiten zurück«? Galt diese Lebensweisheit jetzt nicht auch für ihn?

Er leerte das Whiskeyglas zur Hälfte. Dann klingelte das Telefon wieder. Er nahm den Hörer nicht direkt ab. Wie bei allen anderen Anrufen während der vergangenen zwei Tage hörte er zunächst mit.

»Father Timothy Kelly am Apparat ... Im Moment bin ich nicht erreichbar ... Hinterlassen Sie bitte Namen und Telefonnummer, ich werde so bald wie möglich zurückrufen ... Ich wünsche Ihnen einen gesegneten Tag.«

Diesmal allerdings folgte darauf kein statisches Rauschen, und in der Stimme seines Anrufers lag kein Anklang an den Liffey. Die Stimme war schon irisch, aber geboren und aufgewachsen in New York. Er war ausgesprochen erleichtert.

»Es ist Samstagmorgen, Father, und es geht um –«

Er nahm den Hörer ab und sagte: »Ja, ja – wer spricht denn da? Ich bin hier.«

»Neil Hockaday am Apparat, Father . . .«

Seine Brust schmerzte, und er keuchte. Er bekreuzigte sich.

»Father Tim, mit Ihnen alles in Ordnung?«

Der Priester log. »Nur eine kleine Frühjahrserkältung.«

»Tut mir leid, daß ich nicht früher angerufen habe . . .«

Wieder log Father Tim, wie einsame Menschen es immer tun, wenn sie von denen um Verzeihung gebeten werden, die sie einsam machen. »Nun, ich weiß ja, wie es gehen kann.«

»Ich muß Sie sprechen, Father.«

Die Hände des Priesters zitterten. »Das klingt ja gerade so«, sagte er, »als wärest du in sehr großer Eile, mein Sohn.«

»Das bin ich. Es bleibt nicht mehr viel Zeit.«

»Ja«, seufzte der Priester, »so ist es.«

»Und, kann ich Sie sehen?«

»Natürlich, mein Sohn . . . allerdings nicht heute.« Heute, beschloß der Priester, würde er ins Kino gehen. Oh, was liebte er das Kino! Macht nichts, daß er es so viele Jahre von der Kanzel als Teil der kommunistischen Verschwörung gebrandmarkt hatte. Ein Priester hat das gleiche von Gott gegebene Recht auf Widersprüchlichkeiten wie jeder andere auch.

»Dann am Sonntag?«

»In Ordnung. Komm morgen zu mir.«

»Ich werde kommen.«

Der Priester dachte kurz nach, sagte dann: »Nicht hier. Treffen wir uns im alten Viertel. Ich werde die letzte Messe besuchen.«

»Sie meinen, in der Holy Cross?«

»Ja. Nach der Messe werde ich gern mit dir sprechen.«

Nachdem die Verabredung getroffen war, nachdem Priester und Anrufer sich voneinander verabschiedet hatten, entschied Father Kelly sich für einen dritten Drink, bevor er zu den anderen nach unten ging. Whiskey würde ihm helfen so zu tun, als sei dies nur ein weiteres, schier endloses Wochenende unter den anderen müden alten Priestern. Whiskey und das Kino.

Bevor er seinen Sessel verließ, legte er die von Tränen beschmierte Brille und das Taschentuch auf den Telefontisch. Das rote Lämpchen des Anrufbeantworters blinkte noch die nächsten sechsunddreißig Stunden, bis die Tonbandkassetten entfernt wurden.

5

Ich legte auf. Meine Hand jedoch blieb noch einige Sekunden auf dem Hörer liegen, während ich darüber nachdachte, wie unbeholfen ich mit Father Tim gesprochen hatte. Aber immerhin: endlich hatte ich doch noch angerufen, und morgen würde ich ihn sehen.

Ich nahm meine Hand vom Telefon und berührte wieder Aidan Hockadays Bild, das Foto, das jetzt ohne Rahmen flach im Koffer lag. Ich drehte es um und las noch einmal das Gedicht und spürte, daß ich beobachtet wurde. Aber nicht von einem Geist.

Ruby stand in der Schlafzimmertür. Sie trug eines meiner alten Baumwollhemden, ein Knopf auf Taillenhöhe zugeknöpft und die Hemdschöße bis über die Knie. »Wie lange bist du schon auf?« fragte sie.

»Noch nicht lange.«

Sie beäugte meine halbleere Tasse und fragte. »Ist der frisch?«

»Aufgewärmter Kaffee von gestern.«

Sie verzog das Gesicht und marschierte durch das Chaos im Wohnzimmer zur Kochnische, wo sie in einem Teekessel Wasser aufsetzte, dann Kaffeebohnen mahlte und überhaupt eine Menge Lärm veranstaltete. »Ich sag's noch mal«, sagte sie. »Junggesellen leben wie Bären mit Möbeln.«

Ruby drehte sich zu mir um und rechnete vermutlich mit einer neunmalklugen Antwort. Aber was sollte ich groß sagen? Ich lebe wie ein Bär. Außerdem war ich damit beschäftigt, die Telefonnummer eines weiteren, lange Zeit vernachlässigten Freundes zu wählen. Als ich das Klingeln am anderen Ende der Leitung hörte, fragte ich Ruby: »Wie sehen deine Pläne für heute aus?«

»Das soll heißen, ich bin heute allein?«

»Ich muß mich mit jemandem treffen. Es ist wichtig.«

Es klingelte weiter. Es war noch früh am Tag. Ich mußte ihm Zeit lassen.

Ruby kam zu mir. Sie sah den leeren Bilderrahmen auf der Couch. Und das handgeschriebene Gedicht auf der Rückseite des Fotos.

Sie nahm das Foto, las das Gedicht und gelangte zweifellos zu der gleichen Schlußfolgerung wie ich: eins und eins ergaben vielleicht endlich zwei, irgendwo im Verlauf eines gewundenen Weges. Sie sagte: »Geh und kümmere dich um deine Angelegenheiten, Hock.« Und der Anflug eines schlechten Gewissens packte mich, daß die arme Ruby ebenfalls bereits begann, wie ein Cop zu denken.

Aber was sollte ich sagen? Außerdem meldete sich schließlich jemand am anderen Ende der Leitung. Die Stimme eines gebürtigen Iren, voller Verärgerung darüber, an einem Samstagmorgen geweckt zu werden, an dem man eigentlich ausschlafen konnte. »Hallo –?«

Willst du es wirklich wissen?

Mittags war es in dem Laden so schummrig wie immer. Grauer Zigarettenqualm, die Geräusche gegeneinander klickender Billardkugeln und das Einschenken und Leeren von Krügen mit Guinness und Harp's. Aus der alten mit Mahagoni verkleideten Jukebox tönte immer noch »Ireland United«.

Die übliche derb-ausgelassene Truppe rotgesichtiger Jungs war anwesend, diskutierte über politische Themen, die seit der Zeit Cromwells nichts an Aktualität verloren hatten. Und der Barkeeper hieß immer noch Terry Nugent, jetzt allerdings war es Terry zwei, auch wenn er seinem Vater wie aus dem Gesicht geschnitten war: dicker runder Bauch und eine Nase voll geplatzter Äderchen.

An diesem Samstag hatten wir uns in Nugent's Bar getroffen. Davy Mogaill und ich, der guten alten Zeit wegen.

Und hier war ich wieder, wo wir uns zum ersten Mal begegnet waren, als wir zufälligerweise beide zum Morningside Heights

Revier versetzt wurden. Im Grunde genommen war das Nugent's damals so etwas wie ein gemütliches Hinterzimmer für die ordentliche irische Enklave Inwood, doch es zog auch ein großes Kontingent von uns irischen Cops an, die in den Revieren von Upper Manhattan und der nahe gelegenen South Bronx arbeiteten. Jetzt war das Lokal wie ein Schritt zurück in die Vergangenheit.

In unseren jüngeren Tagen wurden Mogaill und ich ein klassisches Gespann zweier Cop-Saufkumpane. Ich war frischgebakkener Streifenpolizist in Uniform, meine arme Mutter war gerade nach lebenslanger Plackerei gestorben, meine Ehe befand sich in den frühen und offensichtlichen Stadien der Größten Anzunehmenden Katastrophe, und mir standen lauter unschuldige Fragen ins Gesicht geschrieben. Davy war da, Gott segne ihn, mein großes Bedürfnis nach einem *Rabbi* zu stillen. Er war zehn Jahre älter als ich und Witwer, war eben erst zum Detective befördert worden und damals der weiseste Zyniker, den ich kannte.

Als er mir das erste Mal auffiel, hielt ich Davy Mogaill natürlich für den hiesigen Kneipenpoeten. Seine Sprechweise besaß genug von der alten Heimat, um ihn in die Schublade des Ancient Order of Hibernia einzuordnen, und da war er, angedödelt wie nur was, und zitierte immerhin Brendan Behan.

Er war durchschnittlich groß, hatte ein breites Kreuz und kräftige, muskulöse Arme, die in den Zeiten der Götter durchaus den Himmel getragen haben könnten. Er hatte große Ambitionen und wenig Freunde. Ich war erstaunt, daß er Witwer war. Auch wenn er ein großer Redner und Trinker vor dem Herrn war, strahlte er doch diese sehr persönliche Traurigkeit aus.

Mit Hilfe von Davys großzügigem Rat schaffte ich es durch die meisten innerpolizeilichen Minenfelder, ohne mir selbst einen Strick zu drehen. Dank Davy und seiner nützlichen Weisheit überlebte ich außerdem die Schmerzen meiner Scheidung. Wieder hatte ich es später zum Teil Davys Verbindungen zu verdanken, daß ich mich erfolgreich für den Elitedienst bei der SCUM Patrol bewarb. Und dann verlor ich Davy aus Dank für alles, was er für mich getan hatte, allmählich aus den Augen, genau wie ich den Kontakt zu Father Tim verloren hatte. Bis heute natürlich, als ich beide brauchte.

Genaugenommen hatte ich Davy vor einer Woche gebraucht. Ich stand im Begriff, meinen letzten Fall abzuschließen, bei dem es um eine Mordserie ging, in die ein armer Teufel namens Picasso verwickelt gewesen war. Denn schließlich war Captain Mogaill Chef der Mordkommission.

Von seiner Seite aus erhielt ich wichtige Unterstützung und Hilfe, wodurch wir zu unserer gewohnten einseitigen Beziehung zurückkehrten: Davy half mir, und ich ließ ihn machen. Diesmal jedoch besaß ich zumindest genug Anstand zu registrieren, daß mein *Rabbi* aus der Vergangenheit sich in einer schweren Krise mit der Gegenwart befand. Er trank viel, aber nicht wie in alten Tagen und auch nicht an den richtigen Orten. Wie ein alter Zeitungsreporter, der in der Sackgasse der Polizeiberichterstattung gelandet ist, bewahrte er in seinem Schreibtisch eine Flasche auf. Und über seinen Dienstgrad als Captain, den zu erreichen er so viele ehrgeizige Jahre gearbeitet hatte, sagte er mir voller verdrießlicher Resignation: *»Hier bin ich, Chef der Mordkommission in einer mörderischen Stadt. Wodurch ich zu einem Narren werde oder vielleicht zu einer Art Zuhälter.«*

Ich dachte, ein paar Gläser und angenehme Erinnerungen an vergangene Zeiten könnten ihn vielleicht aufmuntern. Also verabredeten wir uns locker zu einem Wiedersehen im Nugent's. Was mir jetzt sehr gelegen kam, an diesem Samstag, nachdem ich das merkwürdige Gedicht entdeckt hatte.

Vor ein paar Stunden hatte ich Davy Mogaill angerufen, und wie üblich kam er mir entgegen. Ich sagte ihm, ich reise nach Irland, und auch warum; ich erzählte ihm von dem Foto und dem Gedicht; ich erzählte ihm von Ruby; ich sagte, ich müsse ihn sehen, noch am gleichen Tag.

Hatte ich ein Stocken in Mogaills Stimme gehört, das gleiche, wie ich es auch in Father Tims Stimme bemerkt hatte? Und wollte ich es wirklich wissen?

Terry zwei stellte zwei Gläser Black Bush auf die Theke. Zu Ehren unserer Rückkehr schenkte er sich selbst auch ein. »Zwei echte verlorene Söhne« nannte er uns. Davy hob sein Glas, um wie immer vor dem Trinken kurz daran zu schnuppern, wobei das winzige Schnapsglas überhaupt nicht zu seiner Bauernpranke paßte.

»Auf das Nugent's«, sagte ich und hob mein Glas. Terry zwei hob vergnügt seines, und ich fügte noch hinzu: »Auf den Trost zu sehen, daß sich manche Dinge nie ändern.«

Mogaill stellte sein Glas schnell zurück, was die Situation schlagartig ein wenig unangenehm machte. Er schaute sich mehrere Augenblicke in der Kneipe um und richtete seinen Blick schließlich auf einen mürrischen, zierlichen Mann an einem Tisch neben der Tür. Er war allein. Sein gerötetes Gesicht wurde von einer Tweedmütze, einem graumelierten Bart und Qualm verdeckt, der sich von einer Zigarette in die Luft schraubte. Die Hände hielt er um ein großes Glas Coca-Cola gefaltet.

Davy drehte sich wieder zu uns um. Er lächelte Nugent mürrisch an und fragte: »Was kosten die Drinks heute, Terry?«

»Drei fünfundsiebzig«, erwiderte Terry. »Sonderangebot.«

»Was kostet derselbe Drink unter der Woche?«

»Drei fünfzig.«

Mogaill deutete mit dem Daumen über die Schulter auf den Mann mit der Coca-Cola. »Aha, und ein noch besseres Sonderangebot, wenn der kleine Bursche nicht in der Nähe ist?«

»Das ist doch nur Finn, und er kassiert nur den üblichen Aufschlag. Das ist doch ganz normal. Für die Noraid, du weißt schon.« Nugent sprach etwas schneller als gewöhnlich, und sein breites, rosa Gesicht wurde eine Nuance dunkler. »Für die Waisen und Witwen, verstehst du.«

Mogaill drehte sich zu mir. »Könnten wir nicht auf einen besseren Trost trinken als auf unveränderliche Dinge, die nur zu Witwen und Waisen führen?« Er hob sein Glas.

»Gestern hatte ich Geburtstag«, schlug ich vor.

»Sláinte.« Mogaill kippte seinen Whiskey zustimmend, Nugent und ich taten es ihm gleich.

Dann folgte ich wieder Mogaills stierem Blick hinüber zu Finn. Durch den Zigarettendunst starrte der Mann zu uns zurück. Terry zwei schenkte zu Ehren meines Geburtstags auf Kosten des Hauses nach. Aber ganz offensichtlich hatte er genug von uns verlorenen Söhnen. Zu Mogaill sagte er: »Was soll ich denn gegen Finn und seine Freunde tun? Vielleicht die Cops rufen?« Er wartete die Antwort nicht ab. Er ging, um sich um seine anderen Gäste zu kümmern.

Mogaill fragte mich: »Erinnerst du dich noch an Finn und seine Bande?«

»Ich erinnere mich an den Wochenendaufschlag auf die Drinks, und ich erinnere mich, daß es immer Abstinenzler waren, die den Erlös kassierten.«

»*Aye,* und wohin haben sie das Geld geschickt?«

»Ich vermute, das Geld hat nie unschuldige Hände gesehen.«

»Nein, es war immer schon für marschierende Füße. Verdammte IRA-Füße.« Mogaill nahm den Gratisdrink von der Theke und kippte ihn. »Marschierende Füße haben noch nie etwas verändert, mein Freund. Sie haben immer nur mehr marschierende Füße hervorgebracht.«

Ich dachte: Apropos marschierende Füße . . .

Ich hatte das Soldatenfoto meines Vaters in Plastikfolie gewikkelt und es zwischen die Seiten der ›Daily News‹ geschoben, die ich mitgenommen hatte, um sie in der U-Bahn zu lesen. Jetzt schlug ich die Zeitung auf der Theke an der Stelle auf, an der das Foto mit dem Bild nach oben lag. Ich zeigte Davy die Rückseite und sagte: »Hier, deshalb wollte ich mit dir sprechen.«

Mogaill drehte das Foto wieder um. »Das dürfte dein Vater sein, richtig?« fragte er.

»Ja. Aidan Hockaday.«

»Er war ein gutaussehender Mann, Neil.«

»Danke, aber es geht um das Gedicht, das ich dir mitgebracht habe.«

Ich drehte das Foto um. Mogaill blickte auf die in blauer Tinte geschriebenen Worte. Er sagte: »Tut mir leid, aber ich hab meine Brille nicht dabei.«

Ich griff in die Jacke und gab ihm meine Bifokalbrille. Ruby hatte mich überredet, sie mir selbst als vorzeitiges Geburtstagsgeschenk zu kaufen. Toller Geburtstag. Widerwillig setzte Mogaill sie auf und las laut vor. »›Ertränkt alle Hunde‹, sagte die zornige junge Frau. ›Sie haben meine Gans und eine Katze getötet. Ertränkt, ertränkt sie in der Wassertonne, ertränkt alle Hunde‹, sagte die zornige junge Frau.« Er nahm die Brille wieder ab, gab sie mir zurück und schwieg.

»Und, was bedeutet das?« fragte ich.

»Ein mystischer Knittelvers.«

»Ja, aber erkennst du ihn wieder?«

»Nein.«

Nur äußerst selten habe ich einen wortkargeren Davy Mogaill erlebt, besonders wenn er schon ein paar Drinks intus hatte. Aber heute war er, ausgerechnet in Nugent's Bar, verschlossen wie eine Muschel.

»Noch ein Glas?« schlug ich vor.

»Einverstanden.«

Ich gab Terry zwei zu verstehen, uns noch eine Runde zu bringen. Mogaill schlug die Zeitung über dem Foto zu und sagte ruhig: »Steck das jetzt weg, du willst es doch nicht vollklekkern.«

»Nein.«

Dann folgte wieder ein betretener Augenblick, während Mogaill sich in diese Aura der sehr persönlichen Traurigkeit hüllte. Er schaute von mir fort in den Spiegel hinter den Schnapsflaschen auf der anderen Seite der Theke. Ich blickte ebenfalls in den Spiegel und sah Finn darin. Er hatte den Tisch neben der Tür verlassen und stand jetzt ein Stück hinter uns, seine steinernen, grauen Augen auf unsere Rücken gerichtet, und nahe genug, um uns zu verstehen, wenn wir sprachen.

»Was glaubst du, will er?« fragte ich.

»Holen wir uns eine Antwort«, sagte Mogaill.

Davy rutschte von seinem Barhocker und trat zu Finn. Die beiden Männer redeten miteinander, ich bekam jedoch weder etwas von ihrer Unterhaltung mit noch sah ich etwas anderes als nur Davys breites Kreuz. Nach ungefähr einer Minute war Finn offenbar überredet worden, das Lokal zu verlassen. Alle Blicke folgten Finn, wobei niemand besonders traurig schien, ihn gehen zu sehen, am allerwenigsten Terry zwei.

Scheinbar mitteilsam wie immer kam Davy wieder zu seinem Barhocker, hielt aber dennoch etwas zurück. Er rief Nugent herüber und handelte zwei weitere Drinks zum Preis von je drei fünfzig aus. Als der Whiskey kam, nippte Davy nachdenklich an seinem Glas. Mit einem kurzen Kopfnicken zur Tür sagte er dann: »Raus mit den Schlechten, rein mit den Guten, hä?«

Da ich es für sinnlos hielt, unverblümt zu fragen, was genau gerade passiert war, das die Stimmung verbessert hatte, versuchte ich es indirekt. »Ich bin schon lange nicht mehr hier gewesen, war schon eine Ewigkeit nicht mehr mit so vielen alten Micks zusammen in einem Raum«, sagte ich. »Ich glaube nicht, daß ich die Politik noch verstehe.«

»Wie kommst du drauf, daß es je anders gewesen ist? Was versteht ein gebürtiger Amerikaner schon von Politik?«

»Daß er von einem gebürtigen Iren wie dir darüber aufgeklärt werden kann.«

Mogaill lachte, aber nicht glücklich. Er sagte: »In Amerika gibt es keine Politik, nur Wahlen.«

Ich dachte einen Moment nach, sagte dann: »Aber es gibt so viele Politiker. Die Zeitungen zitieren sie jeden Tag.«

»*Aye,* weil nämlich Politiker voller Überzeugung sind. Und hast du immer noch nicht mitbekommen, daß Zeitungen viel mehr an Überzeugungen interessiert sind als an der Wahrheit? Und daß sie ganz sicher nicht interessiert sind an der Wahrheit über die Politiker?«

»Welche lautet?«

»Es gibt höfliche Politiker, und dann gibt es noch Finn und seine Bande, aber letzten Endes sind sie alle gleich: große, grunzende Vielfraße in ständiger Jagd nach Macht, die sie zu gewalttätigen Narren macht. Natürlich gilt dies doppelt für irische Politiker, da Irland noch nie irgendeine Macht besessen hat. Verdammt, mein amerikanischer Freund, in Irland hat noch kein einziges Kriegsschiff das Licht der Welt erblickt.«

»Nur Krieger und eine Armee von Dichtern.«

»Ja, ja, die Poesie. Das ist die wahre Hoffnung der irischen Rasse, da jeder den Gag über unser Glück kennt, hä? Das Problem mit der Hoffnung ist, daß nur dann was dabei rauskommt, wenn zumindest etwas Sinn und Verstand dahintersteckt. Und weißt du, was Bruder Behan über gesunden Menschenverstand und uns Leute gesagt hat?«

»Was?«

»Wenn es Suppe vom Himmel regnete, würden die Iren alle mit Gabeln in den Händen aus ihren Häusern gerannt kommen.«

Mogaill lachte wieder, auch nicht glücklicher als zuvor. Ich bestellte neue Drinks und beschloß, daß der richtige Augenblick gekommen war, Klartext in unsere Unterhaltung zu bringen.

»Welchen Sinn erkennst du in Poesie, versteckt hinter dem Bild eines irischen Soldaten?« fragte ich.

»Es steht mir nicht zu, daraus schlau zu werden, Detective Hockaday.« Mogaills Worte waren verschliffen, aber nichtsdestoweniger sorgfältig gewählt. »Ich fürchte, das ist allein dein Fall. Und welchen größeren Fall könnte ein Detective knacken als das Geheimnis seiner eigenen Herkunft?«

Eine ganze Weile schwiegen wir dann. Ich für meinen Teil dachte über all das Brüten nach, das mir während der langen, dunklen Stunden unseres Fluges nach Irland bevorstand, zu jenem Ort, an dem mein Onkel Liam sterben würde; wo ich den letzten aus der Familie meines Vaters sehen würde. *Willst du es wirklich wissen?* Soviel, über das es zu brüten gab: Politik, versteckte Poesie, einen Soldaten, verschwunden im Nebel, meinen *Rabbi* und meinen Priester und den Nebel des Zauderns in ihren Stimmen. Und Ruby.

»Hast du«, fragte ich schließlich, »schon einmal daran gedacht, wieder zu heiraten, Davy?«

»Du kannst einem Löcher in den Bauch fragen und einen schrecklich durstig machen!« sagte Mogaill. Dann bestellte er eine weitere Runde. Mir drehte sich ohnehin schon der Kopf, doch lehnte ich nicht ab; ich konnte nicht mehr denken, was mich aber weder daran hinderte, mein Gerede zu bremsen noch die des Kneipendichters. Mogaill sagte: »Wenn ich nachts von Frauen träume, bin ich so normal wie jeder andere. Ich habe eine ungeheuer wichtige Sache gelernt, die die meisten von uns über das andere Geschlecht niemals lernen.«

»Was könnte das wohl sein?«

»Die Anziehungskraft, die Frauen auf uns Männer ausüben, mein Freund, ist die gleiche Anziehungskraft, die Cape Hatteras auf den Seemann ausübt. Frauen sind ungeheuer gefährlich, wodurch sie ungeheuer faszinierend werden.«

»Es gibt eine Frau in meinem Leben ...«

»Erzähl.«

Was ich dann auch tat. So viel und so lange, daß das Tageslicht hinter den verschmierten Fenstern von Nugent's verschwand und zunächst durch Schatten und Dämmerung ersetzt wurde, dann durch die Vergebung der Nacht.

Vergebung.

»Ich muß los«, sagte ich schließlich.

»So früh?« sagte Mogaill, dessen Augen vom Alkohol bereits glasig waren.

»Morgen muß ich einen Priester aufsuchen.«

»Gott segne dich, Neil. Wer könnte dieser Priester denn wohl sein?«

»Father Tim Kelly von der Holy-Cross-Gemeinde in Hell's Kitchen. Ein alter Freund der Familie. Vielleicht wird er schlau aus dem Bild meines Vaters und dem Gedicht.«

Betrunken stand ich auf, um mich auf den Weg zur U-Bahn zu machen. Und Davy war plötzlich auf den Beinen.

Ich erinnere mich, wie Davy an der Theke stand und einen Dollar bei Terry zwei wechselte, fürs Telefon. Er wünschte mir, daß ich an diesem Abend gut nach Hause kam, und für morgen eine gute Reise; und er warnte mich: »Tut mir leid, dir das sagen zu müssen, Hock, aber unter deinem irischen Dach wirst du keinen ruhigen Schlaf finden.«

Und ich erinnere mich, wie ich unter der freundlichen Mißbilligung Rubys nach Hause gestolpert kam und was ich ihr erzählte, als wir im Bett lagen, sie in meinen dankbaren Armen: »Davy salbadert genauso wie ich, eigentlich sogar noch mehr, und er verwandelt seine Worte in Mauern, die sogar noch höher sind als meine.«

Als ich vor der sich drehenden Decke meine Augen schloß, dachte ich: Habe ich das Recht auf Vergebung, weil ich in die persönlichen Traurigkeiten meiner Freunde eingedrungen war?

6

Am späten Sonntag nachmittag suchte ich mir einen Platz in der letzten Kirchenbank und wartete darauf, daß alles vorüberging. Die monotone Messe und vielleicht auch mein Kater. Mein Bauch fühlte sich an, als sei jemand den ganzen Morgen auf Stelzen darübermarschiert, mein Kopf war wie feucht und leck, als sei mein Gehirn ein zerbrochenes Tintenfaß. Ich dachte flüchtig daran, das Trinken aufzugeben, wenigstens bis zum Start vom JFK.

Father Tim saß weit vorn, ungefähr ein halbes Dutzend Reihen von einem untersetzten, monotonen Monsignore entfernt, der die Hälfte der anwesenden Kirchgänger mit seiner Predigt in den Schlaf gequasselt hatte. Der kahle Schädel mit dem silbergrauen Haarkranz von Father Tim wurde erhellt von einem Lichtstrahl, gedämpft und gefärbt, als er durch das Buntglasfenster mit einer Darstellung der Kreuzigung Christi auf dem Kalvarienberg fiel.

Ich war Father Tim dankbar, daß er die letzte Messe gewählt hatte. In meinem Zustand hätte ich mich auf gar keinen Fall zu einem früheren Zeitpunkt mit ihm treffen können. Noch dankbarer war ich, als der Organist einen mitreißenden Schlußchoral anstimmte und die Meßdiener die Kerzen löschten und mit großen Sträußen Farn und Lilien davonzockelten und die Spätvorstellung endlich vorbei war. Ich persönlich gehöre nicht zu den theatralischen Katholiken; ich sage immer, überlaßt die großen Auftritte dem Boss.

Schnell verließen die Kirchgänger die Holy Cross Church. Alle, bis auf Father Tim, der blieb, um sich mit mir zu treffen. Während er auf mein Erscheinen wartete, entzündete er eine Opferkerze vor der Statue des heiligen Judas westlich der Kanzel am Kreuzweg. Ich ging einen Seitengang hinauf zu ihm. Er drehte sich nicht um, als er mich hörte. Der arme alte Knabe, dachte ich, scheint langsam taub zu werden. Es kam mir in den Sinn, daß die Lebensmitte vielleicht doch nicht so übel war, verglichen mit dem, was danach kam. Ich wollte gerade seinen Namen rufen. Ich bremste mich jedoch, als ich sah, daß sich seine Augen feierlich schlossen, während eine Rosenkranzperle zwischen den geröteten Knöcheln seiner Hand lag.

Ich blieb still stehen und bekreuzigte mich, faltete dann vor mir die Hände und senkte den Kopf. Und lauschte Father Tim, der ein Bittgebet aufsagte.

»Heiliger Judas, Apostel Christi und Helfer in verzweifelten Fällen, erhöre meine Gebete und Bitten. In all meinen Bedürfnissen und Begehren will ich nur erstreben, was Gott gefällt und meiner Rettung dient.« Father Tim legte eine Verschnaufpause ein, fuhr dann fort. »Diese meine Bittgesuche trage ich dir vor, bitte dich, sie mir zu gewähren, sofern sie gut sind für mein Seelenheil. Ich füge mich Gottes heiligem Willen in allen Dingen, weiß, daß Er kein aufrichtiges Gebet unbeantwortet läßt … auch wenn dies auf eine für mich unerwartete Weise geschieht.«

Er öffnete die Augen und starrte die bemalte Kalksteinstatue an, hob den Blick dann weiter hinauf zu den von Staub flimmernden Sonnenstrahlen, die schnell in den Buntglasfenstern verblaßten. Aus der Sakristei und den Gängen, die den Altarraum umgaben, drangen vertraute Geräusche: schwere Türen bewegten sich auf alten Scharnieren, Lichtschalter wurden betätigt, eichene Bodendielen knarrten. Father Tim ließ den Rosenkranz in eine Seitentasche seiner schwarzen Anzugjacke gleiten.

»Father Tim?« sagte ich, trat zu ihm und erwartete seine gewohnte Bärenumarmung.

»Hallo, Neil.« Father Tim behielt die Arme steif an seinen Seiten und sah mich ausdruckslos an, als wären es nur Stunden und nicht Jahre, seit wir uns das letzte Mal gesehen hatten.

»Sie sehen gut aus«, sagte ich. Die Wahrheit war, er sah doppelt so fürchterlich aus wie ich mich fühlte. Sein Gesicht war verquollen und fahl wie Schmalz. Seine einst schlanke Taille war nun gewölbt. Auf dem Hals hatte er einen Ausschlag, der deutlich über seinem Stehkragen zu sehen war. Seine Knie zitterten in der ausgebeulten Hose wie zwei Kids auf der Tanzfläche eines High-school-Balles.

»Hör sich einer deine Lügen an, und noch dazu am Tage des Herrn hier im Hause Gottes!« Father Tim lächelte und zwang sich zu einem winzigen Lachen, bei dem seine Nase fauchte.

Ich legte einen Arm um seine Schultern, als wäre ich seine Großtante, die befürchtete, heute sei der letzte Tag, an dem ich ihn je berühren könnte. Ich erinnerte mich, daß seine Schultern früher viel breiter und fester gewesen waren. Ich roch seine leichte Whiskeyfahne, und verflucht sollte ich sein, aber ich stellte mir sehnsüchtig einen Johnnie Walker Red mit ein paar Eiswürfeln vor.

»Vielen Dank, daß Sie ins alte Viertel gekommen sind, um sich mit mir zu treffen, Father«, sagte ich und fragte mich dabei vage, warum er das vorgeschlagen hatte.

Pflichtbewußt klopfte er mir ein paarmal kurz auf den Rükken, dann löste er sich aus meiner Umklammerung. Er schob einen seiner durchgescheuerten Jackenärmel hoch und warf einen Blick auf die goldene Rolex darunter, das Pensionierungsgeschenk der Katholischen Jugendorganisation von Hell's Kitchen. »Was sagt dieses große, häßliche Ding?« fragte er und hob sein Handgelenk, damit ich das protzige Zifferblatt sehen konnte. »Ich habe meine Brille zu Hause liegenlassen.«

Ich dachte: Wo habe ich das schon mal gehört? Ich sagte: »Gleich halb sechs.«

»Wann geht dein Flug, Neil?«

»Um acht . . . und woher wissen Sie davon?«

Father Tim wischte sich über den Mund, als verlangte es ihn

so sehr nach einem Schlückchen, daß er meinte, vielleicht Whiskey auf dem Handrücken schmecken zu können. »Nun, ich habe erst kürzlich mit Patrick Snoody telefoniert, weißt du . . . wegen dem armen Liam und so weiter«, sagte er. »Snoody erwähnte, daß du dich bald auf den Weg nach Dún Laoghaire machst.«

»Hat er das?«

»Hat er. Er hat gesagt, du und irgendeine Frau würden bald dort sein. Wer ist diese Frau?«

»Wer ist dieser Snoody?«

»Ein Freund.«

»Das sagt *er*. Wieso habe ich noch nie von ihm gehört?«

»Dein Onkel hat viele Freunde auf der anderen Seite. Du kannst nicht von allen gehört haben, verstehst du.« Father Tim blinzelte wieder seine Rolex an. Er brummte: »Es bleibt herzlich wenig Zeit für ein richtiges Gespräch, Neil. Und sei so gut, sprich heute nicht wie ein Cop mit mir.«

»Gehen wir auf ein Gläschen irgendwohin«, schlug ich vor.

»Ein Kaffee tut's auch.«

Wir verließen die Kirche und gingen langsam die Forty-second Street rüber zu Pete Pitsikoulis' All-Night Eats & World's Best Coffee, wie es so schön auf der orangefarbenen Neonreklame heißt. Auf halbem Weg mußten wir einen Moment stehenbleiben, damit Father Tim sein Herz ausruhen lassen konnte, wie er sich ausdrückte. »Satan hat sich mit meiner Kraft davongemacht, weswegen ich mich nun mit dieser Altersschwäche herumschlagen muß«, beklagte er sich, lehnte sich gegen einen Briefkasten und keuchte wie ein Güterzug. »Es kommt mir vor, als wär's erst gestern gewesen, als ich euch kleine Scheißer aus dem Chor über den ganzen Kirchhof gejagt habe.«

Schließlich schafften wir es zu Pete's und setzten uns in eine Nische am Fenster. Wanda, die Kellnerin, wischte die Resopaltischplatte ab, rieb sie trocken und spritzte sie dann großzügig wieder naß, als sie unser Eiswasser, zwei Tassen Kaffee, eine Zukkerschale und Milch abstellte. »Genießt es, ihr zwei guten Kunden«, sagte sie, drehte sich um und watschelte von dannen. Ich saugte das Verschüttete mit Papierservietten auf.

Father Tim löffelte drei Zuckerberge in seine Tasse und rührte eine Menge Milch hinein. Meinen ließ ich schwarz, was Father Tim veranlaßte, angewidert das Gesicht zu verziehen. Ich fragte: »Was ist denn?«

»Trinkst du jetzt protestantischen Kaffee? Wie kann man nur?«

»Ich lebe, ich lasse leben.«

»Oh, ich verstehe. Wie ausgesprochen liberal, Mr. Ich-glaube-ich-nehme-einfach-ohne-den-Segen-des-heiligen-Standes-der-Ehe-irgendeine-Frau-mit-auf-eine-kleine-Flugreise.«

»Die Dame heißt Ruby Flagg, und wir sind beide über einundzwanzig. Und wir zwei sind nicht hier, um darüber zu reden.« Ich trank genüßlich einen Schluck von meinem schwarzen Kaffee. Father Tim schaute fort und schüttelte sich. Ich fragte: »Was sollte das Gebet an den heiligen Judas?«

»Ich verzweifle an meinem Gesundheitszustand.«

»Vielleicht, aber ich hatte den Eindruck, es ging um mehr.«

»Ich möchte vor Gesundheit strotzen.«

»Klar wollen Sie das, aber ist es nicht ein wenig drastisch, damit zum heiligen Judas zu gehen?«

In diesem Augenblick sah Father Tim sehr müde aus; seine Augen wanderten blicklos ab, konnten nicht über die Barriere schmerzhafter Gedanken hinaussehen. Mechanisch sagte er: »Nun, was ganz allgemein die Gesundheit betrifft, gibt es noch den heiligen Johannes ...«

»Egal wer.«

»Es heißt, egal wen.«

»Vergessen Sie die Grammatikstunde«, sagte ich schroff in der Hoffnung, Father Tim auf das Wesentliche zu bringen. »Verraten Sie mir, was Sie bedrückt.«

»Wir wollen doch nicht vergessen, daß du mich angerufen hast.«

»Ich frage mich, ob Sie wohl wissen, warum.« Ich griff in meine Jacke, zog Aidan Hockadays Soldatenporträt heraus und hielt es zwischen uns hoch. »Sehen Sie das?«

Father Tim warf einen Blick darauf, dann ließ er den Kopf

sinken und schlürfte seinen weißen, süßen Kaffee. »Ich sehe, daß du mir irgendein Foto zeigst. Ich sehe nicht, was darauf ist.«

»Das sollten Sie aber, Sie haben es schon eine Million mal gesehen. Denken Sie zurück an die Zeit, als ich noch die Sopranstimme in Ihrem Chor gesungen habe und Sie noch gesund waren. Und wie Sie immer meine Mutter und mich besucht haben – und auch Ihren Freund Liam, jedesmal, wenn er in der Stadt war. Besonders dann ...«

Ich unterbrach mich, als mir bewußt wurde, daß ich mich mehr wie ein Cop und nicht wie ein Freund anhörte; außerdem bemerkte ich, daß es mir nichts ausmachte. Zum kahlen, gesenkten Schädel des Priesters sagte ich: »Denken Sie an das Foto, das immer auf dem Radio in unserem Wohnzimmer stand. Erinnern Sie sich, Father? Und ist es nicht genau dieses Foto, das Sie jetzt beunruhigt?«

Father Tim sagte nichts. Endlose Sekunden lang schaute er nicht einmal auf. Als er es dann schließlich tat, war sein Gesicht so ausdruckslos und verschlossen wie in der Kirche nach seinem Bittgebet an den heiligen Judas.

»Ich war gestern im Kino, Neil«, sagte er mit einem verträumten Klang in seinen Worten. »Wir haben ein erstklassiges Programmkino oben in Riverdale, mußt du wissen. Dorthin bin ich gegangen. Sie haben John Hustons *Schach dem Teufel* von 1954 gezeigt.«

»Toller Titel für einen Priester.«

»Oh, aber es ist ein wunderbarer Film. Bogart spielt mit, und Gina Lollobrigida und Robert Morley und Peter Lorre. Truman Capote hat das Drehbuch geschrieben, woran sich heute nicht mehr besonders viele Menschen erinnern. Er hat diesen großartigen Text über die Zeit geschrieben, den Lorre spricht. Ungefähr so: ›Zeit – was ist schon Zeit? Die Schweizer stellen sie her, die Franzosen horten sie, die Italiener vertun sie ... Die Amerikaner sagen, sie sei Geld.‹« Father Tim seufzte. »Und möchtest du wissen, was die Zeit meiner Meinung nach ist, Neil?« Ich zuckte mit den Achseln. Im Augenblick schien mir das nicht wichtig zu sein.

»Die Zeit ist ein Vandale«, sagte der bekümmerte Priester.

Jetzt starrte ich ihn ausdruckslos an. Und sagte: »Auf der Rückseite des Fotos steht ein Gedicht, Father. Möchten Sie, daß ich es Ihnen vorlese?«

»Nein!« Tränen waren in Father Tims Augen gestiegen, und er legte eine Hand auf sein Herz. Ich vermehrte seine Kümmernisse nur noch, was auch immer es nun war.

»Tut mir leid, Father . . .«

Aber tat es mir wirklich leid?

»Du siehst jetzt, wieso sie den alten Tim Kelly in den Ruhestand geschickt haben«, sagte er und wischte sich mit einer Serviette übers Gesicht. Er erhob sich steif. Die schwarze Weste war auf seinem weichen Bauch hochgerutscht, und jetzt strich er sie glatt, knöpfte dann die Jacke zu und mühte sich ab, wieder etwas Würde in seine Stimme zu bekommen. »Ich kehre jetzt in das Heim für uns verbrauchte Priester zurück. Und wenn du meinen Dank annimmst, Neil, der Kaffee geht auf dich.«

»Warten Sie.« Ich stand auf und legte Geld auf den Tisch. »Wie kommen Sie zurück nach Riverdale?«

»Mit der U-Bahn, genauso wie ich auch runtergekommen bin. Ich habe es mit dem Armutsgelübde zu ganz schön was gebracht.«

Wir gingen auf die Straße hinaus, wobei sich Father Tim unsicher auf meinem Arm abstützte. In überraschender Eile wünschte er mir dann alles Gute für die Reise und auch für Ruby, von der er sagte: »Es ist besser, wenn ein Mann mit einer Frau zusammen ist, aber am besten ist es, wenn er mit ihr verheiratet ist, mein Sohn.« Aber über seinen alten Freund Liam verlor er kein Wort.

An der Tenth Avenue winkte ich ein Taxi heran und verfrachtete Father Tim gegen seinen milden Protest hinein. Dem Fahrer gab ich dreißig Dollar, der daraufhin meckerte, den ganzen weiten Weg rauf in die Bronx fahren zu müssen und dort oben wahrscheinlich keine Fuhre zurück nach Midtown zu finden. Also zeigte ich ihm meine Dienstmarke und meine Handschellen und erinnerte ihn ebenso an meine ausgesprochen großzügig bemessene Vorauszahlung wie auch an die Gesetze der City of New York, öffentliche Verkehrsmittel betreffend. Er stellte sein Gezeter umgehend ein.

Father Tim kurbelte im Fond eine Scheibe herunter und sagte zum Fahrer: »Warten Sie noch einen Moment, mein Sohn.« Dann griff er in seine Tasche, die, in der sich auch der Rosenkranz befand, und zog ein Medaillon heraus, das ungefähr die Größe eines Silberdollars hatte. Das gab er mir.

»Du wirst feststellen, daß es in Irland so viele Widrigkeiten und Regenstürme gibt, daß selbst Jesus Christus persönlich einen Schirm brauchte«, sagte er. Er berührte das Medaillon auf meiner Handfläche. »Behalte das hier immer bei dir, solange du auf der anderen Seite bist, Neil. Und um deines Lebens mit Ruby Flagg willen vergiß nicht, daß es da ist, wenn du es brauchst.«

Er kurbelte das Fenster wieder hoch und starrte mit feuchten Augen zu mir hinaus. Er sagte noch etwas, was ich nicht verstand, und bekreuzigte sich. Dann klopfte er dem Fahrer auf die Schulter, und das Taxi fuhr los.

Gedankenverloren stand ich da, dachte an alles, was Davy Mogaill und Father Tim Kelly mir an diesem Wochenende gesagt und was sie mir nicht gesagt hatten. Und die Stimmung in meinen Reflexionen war Enttäuschung, denn ich dachte: Kann man seine Freunde jemals wirklich verstehen?

7

»Biegen Sie an der Forty-fourth Street rechts ab.«

»Wieso?«

»Unwichtig. Tun Sie's einfach.«

»Was ist mit der Bronx?«

»Da fahren wir nicht hin.«

»Okay, mich geht's ja nichts an. Also, wohin dann?«

»Fahren Sie zurück zur Holy Cross Church auf der Forty-second.«

»Haben Sie da irgendwas vergessen, Padre?«

»Bringen Sie mich einfach hin. Sie können die dreißig Dollar behalten.«

»Kein Problem.«

Father Timothy Kelly stieg vor der Holy Cross aus dem Taxi und ging zu dem schwarzen, schmiedeeisernen Tor, das die breite Treppe umgab. Einen oder zwei Augenblicke lehnte er sich gegen einen Pfosten, um sein Herz auszuruhen. Ein Teenager mit einem dicken Bauch blieb auf den Treppenstufen nach oben stehen.

»Mit Ihnen alles in Ordnung?« fragte sie den sich ausruhenden Priester.

»Gott segne dich, mein Schatz, mit mir ist schon alles in Ordnung«, sagte Father Tim. Er warf einen mißtrauischen Blick auf ihren Bauch.

Das Mädchen ging weiter in die Kirche. Einen Moment später ging Father Tim selbst die acht Stufen hinauf zu den großen, blauen Türen, zog eine davon auf und betrat zum zweiten Mal an diesem Sonntag die schwach beleuchtete Kirche.

Er bekreuzigte sich und setzte sich in eine Bank. Das Mädchen saß tief in ein Gebet versunken ein paar Reihen weiter vor ihm. Die Turmglocken schlugen Viertel nach sechs. Father Tim döste eine Weile ein.

Als er aufwachte, schaute er zu dem Beichtstuhl neben der Statue des heiligen Judas hinüber. Er bemerkte, daß das winzige Kreuz über der mit einem Vorhang versehenen Tür brannte, was bedeutete, daß sich ein Beichtender darin befand, der bei einem Priester seinen Frieden schloß. Er wartete.

Ein großer, dunkelhäutiger Mann verließ den Beichtstuhl, und das kleine Kreuz erlosch. Dann erhob sich das Mädchen von ihrer Bank und ging langsam dorthin, wo sie von ihren Sünden, wenn schon nicht von ihrem Baby, losgesprochen werden konnte. Als sie fertig war, setzte sie sich wieder und betete. Als die Kirchturmglocken die achte Stunde am Sabbatabend läuteten, hatten drei weitere Personen die Beichte abgelegt. Als er sicher war, daß Neil und Ruby sich bereits in der Luft befanden, ging Father Tim dann auf den Beichtstuhl zu.

Er zog den purpurnen Vorhang zur Seite. Purpur, die Farbe der Reue. Er zog den Vorhang hinter sich zu, senkte sich auf die Kniebank, wodurch das beleuchtete Kreuz draußen aktiviert wurde. Drinnen, in der nach Wachs riechenden Dunkelheit, hob er das Gesicht zu dem Sprechgitter zwischen sich und dem unsichtbaren Pfarrer und sagte: »Gott segne mich, Father, denn ich habe gesündigt. Meine letzte heilige Beichte habe ich vergangenen Mittwoch abgelegt. Seitdem habe ich gelogen.«

»Wie viele Male?« fragte der unsichtbare Priester.

»Es ist die gleiche Lüge zu anderen wie zu mir selbst, es ist immer die eine, große Lüge.«

»Haben Sie Ihr Gewissen erforscht?«

»Das habe ich.«

»Als Buße für Ihre Sünden beten Sie zehn Ave Maria.«

»Danke, Father.«

»Bereuen Sie.«

»O mein Gott, es tut mir von Herzen leid, Unrecht gegen Dich begangen zu haben, und ich verabscheue all meine Sünden, wegen Deiner gerechten Strafe – der Verlust des Himmels und der Schmerz der Hölle. Aber vor allem anderen, weil sie Dich beleidigen, mein Gott, der Du gut und rein bist und dem ich all meine Liebe schulde. Ich gelobe mit Hilfe Deiner Gnade meine Sünden zu beichten, Buße zu tun und mich zu bessern ... Amen.«

»Gehe nun in Frieden und losgesprochen, mein Sohn.«

Father Tim erhob sich von der Kniebank. Seine Knie schmerzten, sein Herz hämmerte. In der Tür des Beichtstuhls blieb er wie erstarrt stehen, während er mit der linken Hand den halb zugezogenen, purpurnen Vorhang umklammerte. Zwei Männer und ein Jugendlicher, die in der Nähe in einer Bank saßen, beobachteten ihn, als er zehnmal schnell hintereinander sagte: »Gegrüßet seist du, Maria, voll der Gnade, der Herr ist mir dir, du bist gebenedeit unter den Weibern, und gebenedeit ist die Frucht deines Leibes, Jesus ... Heilige Maria, Mutter Gottes, bitte für uns Sünder, jetzt und in der Stunde unseres Todes ... Amen.«

Dann hob Father Tim mit der rechten Hand eine Mauser WTP Automatik Westentaschenpistole Kaliber .25 an seinen Mund, schob sie hinein und drückte ab.

8

Die Stewardess trug eine frische, grüne Uniform, und auf einer Silberbrosche mit Flügelspitzen über ihrer rechten Brust stand der Name Deirdre. »Ich hoffe, es macht Ihnen nichts aus, daß ich das sage«, sagte sie, »aber Sie kommen mir bekannt vor.«

Sie war jung, hatte eine schmale Taille und rostfarbenes Haar, moosfarbene Augen und einen Akzent, der sehr dem meines Onkels Liam ähnelte. Es machte mir Spaß, die Sommersprossen auf ihrer Nase anzusehen, und auch die auf ihren Knien; einen Herzschlag lang oder auch etwas länger stellte ich mir die Sommersprossen vor, die dazwischen lagen.

»Es macht mir nichts aus«, erwiderte ich.

Genau in diesem wehmütigen Moment, mit dem angenehm warmen Gefühl meines pulsierenden Blutes und dem ersten Lichtschimmer des Morgengrauens über Europa auf halbem Weg über den Atlantik, hob Ruby ihren Kopf von meiner Schulter und schüttelte den Schlaf ab. Sie bemerkte die junge Deirdre, die ihre eigene Art Sonnenschein in meine Richtung strahlen ließ, und irgendwie hatte ich das Gefühl, daß es Ruby allerdings eine Menge ausmachte.

»Kenne ich Sie nicht von irgendwoher?« fragte Deirdre.

»Tut mir leid, nein«, antwortete ich.

Ruby sah mich an und sagte: »Versuch dich doch bitte zu erinnern, mein Lieber.«

Ohne Ruby zu beachten, fuhr Deirdre fort: »Oh, aber ich muß Sie schon mal gesehen haben. Ich würde Sie nicht vergessen, Sir.«

»Würden Sie nicht?« sagte ich.

Ruby sagte: »Bleib auf dem Boden, Hock. Sie hat dich Sir genannt.«

Deirdre sagte: »Sie sind beim Fernsehen, stimmt's?«

Ich klärte Deirdre auf, daß dem nicht so war.

»Beim Film?«

»Nein.«

»Nun, wie ein Musiker sehen Sie auch nicht aus.«

»Nein, kaum.«

»Aber Sie sind berühmt, richtig?«

»Nicht direkt.«

Deirdre war enttäuscht. Es gefiel mir gar nicht, sie so sehen zu müssen, also schlug ich vor: »Vielleicht haben Sie mein Bild in der Zeitung gesehen, in New York.«

»Du bist ja so hilfsbereit«, meinte Ruby.

Deirdre dachte einen Augenblick nach. »*Aye,* das ist es! Aus der ›Post‹ kenne ich Sie. Sie sind dieser Polizist! Der mit diesem verrückten Killer zu tun hatte.«

»Genau der bin ich.«

»Sie sind ein mutiger Mann.«

»Das ist er tatsächlich«, bestätigte Ruby leicht gereizt.

Deirdre wandte sich an Ruby: »Ich bewundere mutige Männer. Sie nicht, Ma'am?«

Ich sagte zu Ruby: »Sie hat dich Ma'am genannt.«

»Ich bin ja so froh, daß das jetzt geklärt ist«, sagte Deirdre. »Ich kümmere mich jetzt wieder um meine Arbeit.« Sie lächelte uns beide an, mich allerdings ein wenig anders als Ruby; sie legte den Kopf nett auf die Seite, sagte »tschüs« und rauschte dann vergnügt den Gang hinauf zur Kombüse. Bald würden *soda bread* mit Kerrygold-Butter und Orangenmarmelade und wäßriger Orangensaft zu servieren sein.

Ruby fuchtelte drohend mit einem Finger vor meiner Nase herum und sagte: »Damit das zwischen uns beiden klar ist: Schau dich um, soviel du willst, aber wenn ich dich mit einer anderen Frau erwische, bringe ich dich um.«

»Es ist so reizend, das Objekt deiner Begierde zu sein.«

»Ich mache keine Witze.«

»Wie steht's mit andersrum?«

»Das ist nur fair.«

»Okay. Aber jetzt haben wir einen Mordpakt geschlossen.«

»Was ist damit nicht in Ordnung? Warst du nicht schon mal verheiratet?«

»Ich habe meine Frau nicht umgebracht.«

»Hast du nie daran gedacht?«

»Sagen wir einfach, ich bin oft zur Beichte gegangen.«

Ein gerissenes Lächeln spielte über Rubys Lippen. Sie hatte es wieder mal geschafft, uns auf dieses Thema zu bringen. Und sie verschwendete keine Sekunde, direkt zur Sache zu kommen.

»Erzähl mir was ganz Schreckliches über sie.«

»Wer?«

»Du meinst, über wen.«

»Egal.«

»Erzähl mir von dieser Judy. Gib mir etwas Schmutz, und ich halte auch bis Dublin meinen Mund.«

»Dir ist klar, daß das krank ist?« Aber Ruby zuckte nur mit den Achseln und sagte: »Mir egal.« Und ich erkannte, daß ich nicht drumherum kam. »In Ordnung«, sagte ich. »Als wir unser gemeinsames Eigentum aufgeteilt haben – beziehungsweise, was noch davon übrig war, nachdem das Queens County Civil Court ihr mein Haus und meine Lebensversicherung zugesprochen hatte, und sogar meinen kleinen Hund Buster ...«

»Weiter.«

»Ich sehe mir also all diese irdischen Besitztümer an, und außer meinen Büchern war da nicht viel, auf das ich wirklich Wert legte. Was für Judy okay war. Die Cuisinart allerdings – die wollte ich behalten. Warum, kann ich dir auch nicht sagen.«

»Aber du hast sie nicht gekriegt?«

»Ich habe eine Hälfte bekommen.«

»Eine Hälfte? Wie teilt man eine Küchenmaschine?«

»Sie hat die Schneideeinsätze genommen, ich hab den Rest bekommen.«

Ruby dachte darüber nach, und als ihr die Sache in allen Einzelheiten klar geworden war, sagte sie sehr scharfsinnig: »Das ist ausgesprochen unheimlich.«

»Das ist sehr Judy.«

Deirdre und ihre sommerbesproßten Knie kamen vorbei. Ich rief sie zu mir heran und bestellte einen Drink. Ruby zeigte aus dem Kabinenfenster auf den heller werdenden Himmel und sagte: »Meinst du nicht, es wäre noch ein wenig früh?« Ich dachte über die wirkliche Zeit nach und antwortete: »Nicht in New York, da nicht.«

Und als ich dann schließlich aus einem Plastikbecher voller Eis Johnny Walker Red trank, brachte ich uns von dem leidigen Thema Judy McKelvey ab, indem ich das beunruhigende Thema Aidan Hockaday anschnitt. Ich erzählte Ruby von der Unterhaltung mit Davy Mogaill oben in der Bar in Inwood und von der zweiten mit Father Tim nach der Messe an diesem Nachmittag in der Holy Cross.

Jetzt, in dreißigtausend Fuß über dem Meer in einem Düsenflugzeug, wirkte es merkwürdig, von beunruhigenden Augenblicken in New York zu erzählen: die bedrohliche Gegenwart von Finn im Nugent's; Mogaills versteckte politische Anspielungen und seine Warnung; Father Tims Gebet an den heiligen Judas und seine Tränen sowie eine weitere Warnung, die in seinem Fall in Gestalt eines Medaillons kam; und, sofern ich es mir nicht nur einbildete, die unwillige Art, wie beide auf das Foto meines Vaters reagiert hatten.

»Klingt für mich alles ziemlich rätselhaft«, sagte Ruby.

»Ich habe gehofft, daß ich nicht der einzige bin, der das so sieht.«

»Dieses Medaillon, laß mich mal sehen.«

Ich tastete nach der rechten Taschenklappe meiner Second-Hand-Jacke aus Harris-Tweed, von der ich auf die letzte Minute noch beschlossen hatte, daß es genau das richtige Kleidungsstück für meine Ankunft in Irland sei. Ohne weiter darüber nachzudenken, hatte ich Father Tims Medaillon in die Tasche geschoben. Jetzt zog ich es heraus und reichte es Ruby. Sie setzte ihre Lesebrille auf, die mit den dicken Gläsern, bei denen sie immer Froschaugen bekommt, und untersuchte Vorder- und Rückseite des Medaillons. Dann schaute sie zu mir auf und fragte: »Hast du dir das Ding mal genauer angesehen?«

»Nein, eigentlich noch nicht.« Ich fragte mich: Warum nicht? Und mir fiel keine Erklärung für meine Abneigung ein. Ich fragte mich: Könnten Davy Mogaill und Father Tim ihren Widerwillen erklären?

»Nicht schlecht für einen Priester.« Ruby schnaubte verächtlich und gab das Medaillon zurück, wobei sie so tat, als sei es etwas, das gerade von einem Aussätzigen abgefallen wäre. »Sieh's dir mal genau an, Hock.«

Auf einer Seite befand sich die Prägung eines Symbols: eine in ein Rutenbündel gebundene Axt, und darunter die Buchstaben H. O. S. Soviel konnte ich ohne Hilfe meiner Bifokalbrille erkennen, durch die ich dann blinzelte, um einen stark abgewetzten, in Kursivschrift gravierten Text auf der Rückseite zu lesen:

Wird nichtig des Volkes Elite und hohl,
Wird schwächer ihr Zustand und Zwietracht wächst an:
Tragt jetzt die Lieder hinaus in die Welt,
Tanzt auf den Straßen im Gleichschritt voran.

»Was bedeutet das deiner Meinung nach?« fragte ich.

»Ich würde sagen, der persönliche Mond von deinem Freund, dem Priester, besitzt eine dunkle Seite«, erwiderte Ruby.

»Wie bei vielen anderen Priestern auch.«

»Klar, aber wie viele von denen sind heute noch Faschisten?«

»Faschisten? Was redest du da?«

»Laß noch mal sehen«, sagte Ruby. Ich gab ihr das Medaillon zurück. Sie zeigte mir die Seite mit dem Bild und fragte: »Hast du eine Idee, was das hier ist?«

»Das Symbol? Nein.«

»Das sind *Fasces*. Das ist übrigens Italienisch.«

»Und bedeutet was?«

»Im antiken Rom zeigten die verschiedenen Magistrate gern in aller Öffentlichkeit, was für heiße Nummern sie im Kaiserreich waren«, erläuterte Ruby. »Jedesmal, wenn sie also zum gemeinen Volk auf die Straße gingen, nahmen sie immer ganze Horden von Sklaven mit, die mit den *Fasces* herumfuchteln durften. Damals war es das Symbol für Privileg und Amtsgewalt. Die Bauern machten ihnen Platz.«

Ich dachte einen Augenblick darüber nach und sagte dann: »Ich frage mich, ob's noch was Neues unter der Sonne gibt. Heute rennen die Politiker mit diesem Gefolge, bestehend aus Kamerateams und Burschen, die Sonnenbrillen, kleine Ohrhörer und marineblaue Secret-Service-Anzüge tragen, durch die Gegend.«

»Was bedeuten soll, sie sind große Hechte. Die gleiche Geschichte. Ein Gimmick war schon immer ein Gimmick.«

»Aber was hat das alles mit Father Tim zu tun?«

Ruby seufzte und sah mich an, als hätte ich eine Pottfrisur. »Später dann«, sagte sie, »gab es diesen italienischen Burschen, der wie ein Profi-Catcher aussah und Benito Mussolini hieß. Er brauchte ein Logo für seinen politischen Verein, den er nach dem Ersten Weltkrieg gründete. Also ... die faschistische Partei, abgeleitet von *Fasces*. Du hast vielleicht schon mal gehört, daß die Partei bei vielen frommen Typen ziemlich beliebt gewesen ist.«

»Ja, hab ich gehört. Aber Father Tim? Ich glaube wirklich nicht ...« Meine Stimme verklang, da ich weder Respekt vor meinen Gedanken hatte noch vor einem Bild aus meiner Kindheit, das mir plötzlich in den Kopf kam wie eine unbekannte, aber dennoch nicht vergessene Melodie: Father Tim sitzt im Haus meiner Mutter mit Onkel Liam zusammen, die beiden Männer lauschen Joe McCarthy im Atwater-Kent-Radio und ereifern sich darüber, daß sich Amerika schnurstracks auf dem Weg in die kommunistische Hölle befinde und alles den Bach hinuntergehe. Ich schüttelte den Kopf und sagte: »Ich halte ihn für ausgesprochen harmlos.«

»Ja, vielleicht. Der arme alte Knabe wohnt ganz allein oben in der Bronx, besitzt als einzige Gesellschaft nur das abgelegte Kriegssouvenir von irgendwem und hört nur unregelmäßig von seinen Freunden.« Während ich ein schlechtes Gewissen bekam, drehte Ruby das Medaillon um. Sie las noch einmal die Inschrift und sagte: »Vielleicht hat Il Duce, der glatzköpfige Widerling, diesen reizenden Vers ja höchstpersönlich geschrieben. Bevor er in die Politik ging, war er Journalist, mußt du wissen.«

»Ich werde in Zukunft immer daran denken, wenn ich eine Zeitung lese.«

»Gute Idee.« Ruby setzte die Brille ab. Ich nahm ihr das Messingmedaillon aus der Hand. Sie sagte: »Du willst dieses verfluchte alte Ding doch nicht wirklich behalten? Wozu?«

»Man kann nie wissen.«

Danach döste ich auf meinem Sitz ein und schlief den Rest des Fluges nach Dublin. Ich träumte vom Krieg: von Tyrannen mit lächerlichen Hüten auf dem Kopf, die Prachtboulevards hinunterfuhren, gesäumt von verbissen dreinschauenden Männern und Frauen, die Kinder festhielten, klug genug zu lachen; von unwissenden Armeen, bestehend aus Jungs, die über Felder aus Matsch und Lehm marschierten, in den Dreck fielen und sich nie mehr erhoben; von lächelnden jungen Soldaten in Bilderrahmen; von Aristokraten, die Journalisten Lügen erzählten, und Politikern, die alles glaubten, was sie lasen.

Und in diesen traurigen Träumen hörte ich die Stimme des Geistes meines Vaters; seine Worte, geschrieben in einem Brief an meine Mutter, geschrieben, von wo auch immer er in diesem Krieg war, Worte, die ich einmal laut vorgelesen gehört und die ich mir auf alle Zeiten eingeprägt hatte:

Die Welt ist verrückt geworden, und eine moralische Wahrheit hat ohne riesige Armeen auch nicht die geringste Chance gegen den Teufel; und Gottes eigene herrliche Armee hat nicht die geringste Chance ohne Spione und Verrat und Geheimcodes und Tücke und Propaganda und die verschlungensten Komplotte und alle Arten von Täuschung und Grausamkeit, die nötig sind, um die menschliche Zivilisation zu bewahren . . .«

9

Mogaill saß in der Nähe der Statue des heiligen Judas in der Kirchenbank, rauchte eine Zigarre und fragte sich, wohin das alles noch führen sollte. Er brauchte den guten, kräftigen Duft von Tabak. In all den Jahren seiner Arbeit bei der Mordkommission hatte er sich nie an den ekelhaften Geruch einer Leiche gewöhnt.

Knapp zehn Meter entfernt umringte ein Team der Gerichtsmedizin der Midtown-North PDU den verstorbenen Father Timothy Kelly. Der tote Priester lag auf dem Bauch ausgestreckt vor dem Beichtstuhl. Rote und graue Flüssigkeiten sikkerten aus einer Austrittswunde von der Größe einer Zehncentmünze auf der Rückseite des kahlen Schädels. Seine Hose war feucht und wurde noch feuchter, während der Tod seinen Körper trockenlegte.

Ein Beamter mit einer Kamera fotografierte die Leiche aus allen möglichen Winkeln. Ein anderer pulte mit einem Messer das abgefeuerte Projektil aus der Rückwand des eichenen Beichtstuhls. Winzige rote Blutspritzer auf dem purpurnen Beichtvorhang wurden auf Dichte und Flugbahn ausgemessen. Fingerabdruckpulver, weiß und klebrig, war überall. Alle machten sich Notizen, jeder rauchte, niemand schien besonders erregt zu sein.

Weiter vorn in der Kirche befand sich Father Twohy, der unglückliche junge Priester, der Father Kelly die letzte Beichte abgenommen und anschließend zum ersten Mal in seiner beruflichen Laufbahn die Letzte Ölung der römisch-katholischen Kirche gegeben hatte. Er stand jetzt vor einem Stuhl neben dem Altar und wischte mit einem feuchten Taschentuch über sein aschfahles und entsetztes Gesicht. Auf der Chorempore hinter ihm befand sich ein Dutzend die Totenklage haltende Nonnen, schwarz und kreischend wie ein Schwarm Krähen. Uniformierte Polizeibeamte hatten das Gotteshaus von den wenigen Gemeindemitgliedern geräumt. Eines von ihnen, ein sommersprossiges, schwangeres Mädchen, erinnerte sich, gesehen zu haben, wie ein glatzköpfiger Priester mit einem Taxi vorgefahren war, unmittelbar bevor sie die Stufen zur Kirche hinaufgegangen war.

»Er sah völlig außer Atem aus oder so, und ich war wirklich überrascht, ihn später wie einen ganz normalen Menschen, dem irgendwas schwer auf der Seele lastet, in der Kirche sitzen zu sehen.«

Die Detectives des zuständigen Reviers hatten Father Twohy verhört. Es wurden nicht sonderlich viele Fragen gestellt; Cops respektieren in der Regel die düstere Privatsphäre des Selbstmords. Und Father Twohys wenige Antworten verrieten nichts über die aufgewühlte Welt des toten Priesters. »Ich weiß nicht, was ich davon halten soll! Ich habe diesen Schuß gehört, ich bin auf meiner Seite des Beichtstuhls von der Bank gesprungen, ich habe den Vorhang aufgerissen, und da war er – ein Priester, mit einer Pistole im Mund, er stürzte zu Boden. Dann sah ich, daß es der alte Father Tim war. Er ist pensioniert, wohnt oben in Riverdale . . .«

Ein glasklarer Fall. Was man Mogaill bei seiner unerwarteten Ankunft auch schon gesagt hatte, etwa zwanzig Minuten, nachdem Midtown-North in die Holy Cross gerufen worden war. »Wenn Sie wollen, sprechen Sie selbst mit der jungen Mutter und Father Twohy«, schlug einer der verhörenden Detectives vor, »aber ich glaube kaum, daß sie mehr zu sagen haben, als sie uns bereits gesagt haben.« Mogaill antwortete, das sei vermutlich so, nichtsdestoweniger notierte er sich die Namen.

Lieutenant Ray Ellis, ein Mogaill schon lange bekannter Beamter, war mit den Ermittlungen am Tatort betraut. Er war klein, kahlköpfig, schlampig und gedrungen, er trug einen braunen Cop-Anzug und dazu schwarze Schuhe mit geriffelten Kreppsohlen. Außerdem trug er den unpersönlichen Gesichtsausdruck eines alten Polizeiveteranen; Mißtrauen seinen Mitmenschen gegenüber war in sein Gesicht gegraben wie der finstere Blick bei einer Bulldogge. Es war denn auch Ellis gewesen, der Father Twohy noch weiter entsetzt hatte, indem er direkt hier im Hause Gottes Zigarren austeilte.

Ellis löste sich aus dem Kreis der Polizisten, die sich um die erforderlichen Aufräumarbeiten um die Schweinerei von Father Tims Leiche kümmerten. Er trat zu Mogaill. »Die Spurensicherung sagt, daß der Padre zweifellos seine eigene Kanone gefressen hat, daher hat es keinen Sinn, das Ding hier groß nach Fingerabdrücken abzusuchen, Captain«, sagte er und gab Mogaill eine kleine Pistole. »Sehen Sie sich das Altertümchen nur mal an!«

»Danke, Lieutenant.« Die Tatwaffe schmiegte sich in Mogaills Hand. Er starrte auf eine Automatik Kaliber .25 mit einem kurzen, gebläuten Lauf, alles in allem etwa zehn Zentimeter lang, immer noch warm nach einem einzigen abgefeuerten Schuß aus dem sechsschüssigen Magazin. Der geriffelte Knauf war aus Hartgummi, das schon alt und spröde war, aber nur wenig benutzt aussah. Mogaill schaute zu Ellis auf und sagte: »Alt, aber ein Prachtstück, was?«

»Es ist schon mehr als nur ein paar Jahre her, seit ich so ein Prachtexemplar das letzte Mal gesehen habe«, sagte Ellis. »Damals in den Fünfzigern tauchten eine Menge von diesen kleinen Mausern auf, weil die Jungs in der Army sie den Deutschen abnahmen, um sie als Andenken mit nach Hause zu nehmen.«

»Wie kommt Ihrer Meinung nach ein Priester an so eine Kanone?« fragte Mogaill, während er versuchte, das Gewicht der Pistole zu schätzen. Sie wog kaum mehr als eine dick gefüllte Brieftasche.

»Vielleicht war er im Krieg, bevor er für Jesus Seelen gerettet hat? Vielleicht hat er genau wie alle anderen, die ein tolles Souvenir mitbringen wollten, einen toten Kraut gefilzt.«

»Nein, das glaube ich nicht«, sagte Mogaill und schüttelte den Kopf. »Er ist zu alt, um damals Soldat gewesen zu sein. Außerdem ist er Ire. Und in dem Krieg, von dem wir hier reden, haben echte Iren in niemandes Armee gedient.«

»Klingt ganz so, als würde etwas Persönliches dahinterstekken, Captain.« Ellis' Mißtrauen, genau wie sein pessimistisches Menschenbild, erstreckte sich gleichermaßen auf Zivilisten und Kollegen. »Sie kennen den Padre, oder?«

»Ich habe von ihm gehört.«

»Freunde und Landsleute, so was in der Richtung?«

»Wir Harfen halten zusammen.«

»Hab ich schon von gehört«, sagte der Lieutenant. Mogaill gab ihm die Mauser zurück. Ellis zog einen Beweismittelbeutel aus Plastik aus der Tasche und legte die Pistole hinein. »Übrigens, Mogaill, ich wundere mich schon ein bißchen.«

»Ach ja?«

»Ich habe dort oben angerufen, wo der Padre gewohnt hat, dieses Heim für alte Priester in Riverdale. Die haben mir gesagt, daß einer von euch Harfen, die ja so zusammenhalten, der letzte gewesen ist, der ihn lebend gesehen hat, bevor er nach Dublin geflogen ist.«

»Sprechen Sie vielleicht von Detective Hockaday?«

Lieutenant Ellis nickte langsam mit seinem Bulldoggenkopf. Sein Blick wurde ausdruckslos.

»Hockaday war als Kind hier in der Holy Cross ein Chorknabe, und der Priester leitete den Chor«, erklärte Mogaill. »Da war noch etwas, wenn ich mich recht entsinne. Father Kelly ist ein Freund der Familie Hockaday – war ein Freund. Sieht für mich ganz so aus, als wäre es dem Father ziemlich dreckig gegangen. Vielleicht wollte er nur mit einem alten Freund über seine Sorgen reden.«

»Ja, vielleicht«, sagte Ellis und kratzte sich am Ohr. »Aber sofern Sie nicht auch ein alter Freund sind, frage ich mich schon, wie es kommt, daß Sie in Windeseile hier aufkreuzen? Wie Sie ganz klar sehen können, handelt es sich hier nicht um Mord. Also, wo liegt Ihr Interesse an der Sache? Und hat ein Division Captain sonntags nicht sowieso frei?«

Ein paar Sekunden lang sagte Mogaill nichts. Er paffte an seiner Zigarre und warf einen kurzen Blick zum Altar hinüber, zu Father Twohy, der immer noch unter Schock stand, und der Reihe trauernder Nonnen. Dann drehte er sich wieder zu Lieutenant Ellis und sagte nur: »Beschissene Art, den Sabbat zu heiligen, hä?«

Wieder umkreiste er den Block in dem ungekennzeichneten

Plymouth. Und immer noch war sie da: eine dunkle Limousine, die im Leerlauf an der Ecke stand wie ein halb schlafender Panther, die grüne Armaturenbrettbeleuchtung und der orangefarbene Punkt einer brennenden Zigarette spiegelten sich in der Windschutzscheibe.

Als er diesmal vorbeifuhr, prägte er sich das Nummernschild ein, wozu auch immer es gut sein mochte. Wahrscheinlich zu nichts. Dann hielt er vor dem großen Ziegelbau des Mönchsklosters und parkte in zweiter Reihe. Er stieg aus dem Plymouth und ging den gewundenen Weg zum Eingang hinauf. Etwa auf halber Strecke erwischte ihn der ausholende gelbe Strahl eines Scheinwerfers. Er drehte sich um und blickte zur Straßenecke hinunter. Die dunkle Limousine entfernte sich vom Bordstein, fuhr langsam vorbei und verschwand.

Er ging weiter.

Ein alter Priester öffnete die Tür, bevor er zum ersten Mal anklopfen konnte. Der Priester war dünn und weißhaarig, seine Augen waren so grau und tot wie der East River. Er war einen Kopf größer als Mogaill und mußte hinunterschauen, um mit seinem Besucher zu sprechen. »Sie sind der Polizist, der angerufen hat?« erkundigte sich der Priester mit näselnder Stimme, der noch ein leichter Akzent einer irischen Jugend anhaftete.

»Der bin ich«, sagte Mogaill und zückte seine Marke. Der Priester untersuchte sie gründlich. Außer der Aufschrift New York Police Department stand auf Mogaills goldener Marke noch Name, Dienstgrad, Personalnummer und Abteilung. »Captain D. Mogaill von der Mordkommission«, sagte der Priester ehrfürchtig, »genau wie Sie mir gesagt haben.«

»Dann sind Sie der Priester, mit dem ich telefoniert habe? Father ...?«

»Father Owen Curley.«

»Genau. Darf ich vielleicht eintreten, Father?«

»Oh, Entschuldigung. Ja, natürlich.«

Mogaill betrat ein schummrig von einem Kronleuchter erhelltes Foyer, an dem mehrere Glühbirnen fehlten. Die Tapete an den Wänden löste sich. Die Bodendielen unter einem fleckigen

Teppich ächzten. Das Gebäude verströmte einen seifigen Geruch nach alten Männern. Eine Katze jagte eine Küchenschabe an einer Fußleiste und tötete sie mit neugierigen Tatzenschlägen.

»Wo sind die anderen heute abend?« fragte Mogaill und trat an Father Curley vorbei in einen Salon, der vom Foyer abging. Dieser Raum war heller und möbliert mit Schaukelstühlen aus Rattan, rissigen ledernen Clubsesseln und Leselampen. Es gab einen Kamin, einen Fernsehschrank und einen runden Eichentisch, auf dem in ordentlichen Stapeln ungelesene Exemplare des ›Katholischen Boten‹ lagen. Father Curley antwortete: »Also, in der Kapelle. Sie beten für die Seele unseres armen Bruders Tim.«

»Natürlich.«

»Ihre Nachricht kam für uns alle wie ein Schock.«

»Dann sollten wir die Gebete am besten nicht stören.«

»Nein.«

Mogaill drehte sich wieder zum Foyer um. Er ging zu einer getäfelten Treppe und blieb stehen. Er legte eine Hand auf einen Antrittspfosten und schaute in die Dunkelheit des ersten Treppenabsatzes auf. Er sagte zu Father Curley hinter sich: »Sie haben mir am Telefon gesagt, Father Kelly sei heute morgen nicht ganz auf dem Posten gewesen?«

»Ja, er war ziemlich daneben«, sagte Father Curley. »Es war gar nicht seine Art, so lange mit dem Frühstück zu warten. Gutes Essen war Bruder Tim die liebste aller reichen Gaben Gottes.«

»Sie haben ebenfalls erwähnt, daß sich Ihr Zimmer direkt neben seinem befindet?«

»Das ist richtig. Wir sind viele Jahre Zimmernachbarn gewesen.«

»Würden Sie mir jetzt sein Zimmer zeigen?«

»Natürlich, ja.« Father Curley drückte auf den Knopf einer Schalterleiste an der Foyerwand und machte Licht auf der Treppe. Er ging an Mogaill vorbei und voraus auf den ersten Treppenabsatz, blieb dann stehen und fragte: »Aus allem, was Sie mir gesagt haben, schließe ich, daß der arme Bruder Tim sich das Leben genommen hat. Da Sie aber von der Mordkommission sind . . . nun, glauben Sie wirklich, es könnte sich hier um Mord handeln?«

»Es gibt Augenblicke, da weiß ich wirklich nicht, was ich glauben soll.«

»Aber ein Mann mit Ihrer Erfahrung . . . Sie werden doch bestimmt eine Meinung haben.«

»Meiner Meinung nach sind die Menschen nicht vollkommen.«

»Ich muß Ihnen sagen, daß Bruder Tim ein guter Freund und Priester gewesen ist«, sagte Father Curley. Frostig fügte er hinzu: »Und ein guter Mensch.«

»Trotzdem, wenn man gute Seide im Regen hängen läßt, läuft sie ein.«

»Captain Mogaill, Sie sind doch Katholik, oder?«

Mogaill dachte: das ist es also. Er sagte: »Ein guter Katholik sollte besser kaltblütig ermordet werden, als die Todsünde des Selbstmords zu begehen?«

Der Priester brummte etwas auf Latein und bekreuzigte sich. »Vielleicht sollten wir diese Sache einfach hinter uns bringen, Captain.« Father Curley ging den nächsten Treppenabsatz hinauf. Mogaill folgte ihm wortlos. Sie gingen den halben Flur im ersten Stock hinunter bis zu Father Kellys Tür. Father Curley drückte sie auf und sagte: »Bitte.«

Es war ein ordentliches Zimmer, funktional und schlicht mit all der Wärme und Persönlichkeit eines Flughafenhotels. Auf den farblosen Wänden nichts außer einem Kruzifix. Es gab ein durchgelegenes Doppelbett mit Chenille-Bezug, eine Kommode, einen kleinen Schrank, einen Sessel und einen Tisch vor dem Fenster. Eine blinkende Zwölf auf dem Anrufbeantworter war das einzige Lebenszeichen.

Mogaill brauchte keine zwei Minuten, um Father Timothy Kellys Besitz zu durchsuchen, die gesamte Habe eines Mannes, der so viele Jahre gelebt hatte; ein Priester, der unvorstellbare Erinnerungen besaß und eine alte Waffe, die sie am Ende ausgelöscht hatten.

Er war nicht weiter überrascht, versteckt hinter den Socken in einer Schublade der Kommode die Flasche Jameson zu finden. Genausowenig verwunderte es ihn, daß Father Curley bei dieser Entdeckung Erstaunen heuchelte. Davy Mogaill hatte Verständnis für einen Mann, der sich im Alkohol versteckte; er verstand ebenfalls, daß eine Scharade nur dann etwas taugt, wenn es Freunde gibt, die behaupten, es nicht gewußt zu haben.

Bei seiner kurzen, aber gründlichen Durchsuchung fand Mogaill nur einen einzigen Gegenstand, der möglicherweise Bedeutung besaß. Diesen ließ er in seine Tasche gleiten. Dann wünschte er dem Priester mit den toten grauen Augen noch eine gute Nacht.

Davy Mogaill war alles andere als versessen, nach Hause zurückzukehren. Das war er nie.

Das Haus in Queens, in dem er einmal mit seiner Frau gewohnt hatte, war kalt geworden, so kalt und leblos wie das Zimmer, das er gerade erst durchsucht hatte. Nach Brendas Tod hatte er das Haus verkaufen und sich in Manhattan ein kleines Apartment nehmen wollen. Aber wo sollte er all ihre Sachen unterbringen? Also war er bei Brendas Besitztümern geblieben, alle ordentlich in Zimmern gelagert, die er nur selten betrat, in einem Haus, dessen Herz und Freude herausgeschnitten worden waren. Und während all dieser einsamen Jahre arbeitete sich Mogaill hoch, bis er schließlich zum Captain befördert wurde.

Bevor er die Bronx verließ, fuhr Mogaill mit dem ungekennzeichneten Plymouth zu einem Lokal am Broadway Ecke Two-hundred-fortieth Street. Er erwartete, daß jemand ihm folgte, und so war es auch. Die dunkle Limousine wartete direkt auf der anderen Straßenseite. Er wählte eine Sitznische, von wo aus er aus dem Fenster auf die Straße sehen und die brennende Zigarette des Fahrers im Auge behalten konnte.

Eine Kellnerin, nicht älter als Brenda gewesen war, als er sie heiratete, kam an seinen Tisch. Wie seine Brenda hatte auch dieses Mädchen Haare von der Farbe zartroter Blätter in den Galty Mountains im Oktober und ein freundliches Lächeln, das einen wehmütigen Mogaill nach Hause ins County Kildare führte. Sie stellte ein Glas Wasser auf den Tisch, gab ihm die Speisekarte und fragte: »Soll ich Ihnen ein paar Minuten Zeit lassen?«

Mogaill brachte kein Wort heraus, als er zu antworten versuchte. Er trank einen Schluck Wasser.

»Mit Ihnen alles okay?« erkundigte sich die Kellnerin.

»Sie haben mir einen Schrecken eingejagt.«

»Ich habe was –?«

»Liebes Mädchen, Sie erinnern mich an meine Frau.«

»Ich bin siebzehn, Mister.«

»Ich hab's nicht blöd gemeint –«

»Gut.«

»Meine Frau ist tot.«

»Tut mir leid.«

»Sie war von der anderen Seite.«

»Von der anderen was –?«

»Aus Irland.«

»Oh.«

»Wir hatten nur zwei Jahre zusammen. Und das ist auch nicht annähernd genug Zeit, nicht wahr?«

»Ich weiß nicht, was ich sagen soll.«

Er auch nicht. Betreten stand das Mädchen mit Haaren von der Farbe der herbstlichen Berge da, das Lächeln war verschwunden. Mogaill starrte aus dem Fenster des Lokals. Er konnte die an einen Panther erinnernden Konturen der Limousine sehen, die brennende Zigarette darin, die von einer unsichtbaren Hand an unsichtbare Lippen gehoben wurde und dann wieder verschwand.

Er schlug die Speisekarte auf, warf einen kurzen Blick hinein und sagte zu dem Mädchen: »Ich muß mich entschuldigen, Miss. In letzter Zeit werde ich von Erinnerungen heimgesucht, die nicht besonders angenehm sind.«

»Oh.«

»Ich nehme *Fish and chips*.«

Das Mädchen schrieb es auf einen Block und war froh, mit der Bestellung zur Küche verschwinden zu können. Zehn Minuten später wurde Davy Mogaills einsames Abendessen von einem

Aushilfskellner serviert, der sich darüber beschwerte, daß die Kellnerin urplötzlich beschlossen hatte, ihre Pause zu nehmen.

Mogaill aß seinen Teller nur zur Hälfte leer, legte genug Geld auf den Tisch, um das Essen zweimal zu bezahlen, und verließ dann das Lokal. Er schenkte es sich, nach der dunklen Limousine zu sehen. Er vermutete, daß sie ihm folgen würde, was sie dann auch tat.

Auf dem Nachhauseweg stellte er im Autoradio einen Nachrichtensender ein, einen Sender der Art, bei dem man weiß, daß eine Story wirklich groß ist, wenn sie mit Adjektiven und Bildern ausgeschmückt wird und wie aus einem Hallraum klingt. Mogaill hatte fast die Queens-Seite der Triborough Bridge erreicht, als der Ansager, der durchaus irgendwo in den Schweizer Alpen hätte stecken können, den »schockierenden sonntäglichen Selbstmord von Father Timothy Kelly« meldete, eines »beliebten, aber offenbar sorgengeplagten Priesters, der eine Handfeuerwaffe an seinen Kopf legte, nachdem er einem anderen Priester seine schrecklichen geheimen Ängste gebeichtet hatte – mitten im Altarraum der Manhattaner Holy Cross Church, dem Gotteshaus der Hoffnung in Hell's Kitchen, jenem harten Stadtteil der West Side, in dem Blut und Kugeln niemals Fremde waren ...«

Zu dieser Meldung wurde ein tremolierender Father Twohy eingespielt: »Ich bin zutiefst betrübt über die heutige Tragödie ... Wir hier in der Holy Cross werden für seine Seele beten ... Natürlich ist es mir nicht gestattet, über den Gegenstand von Father Kellys Beichte zu sprechen.« Es folgte eine Aussage von Lieutenant Ray Ellis: »Hier geht's mit Sicherheit nicht darum, wer's getan hat, denn das ist so offensichtlich wie Furunkel auf dem Nacken eines Fettsacks ... Der Padre hat beschlossen, einen großartigen Abgang zu inszenieren ... und uns die Frage zu hinterlassen: warum, zum Teufel?«

Mogaill schaltete das Radio aus.

Die Uhr auf dem Armaturenbrett zeigte halb elf, als Mogaill mit seinem Wagen in die Straße einbog, in der er wohnte. Er schätzte, daß Neil Hockaday und Ruby Flagg in etwa vier Stunden auf dem Dubliner Flughafen landen würden.

Mogaill lenkte den Plymouth auf die schmale Zufahrt, die zur Garage seines Reihenhauses führte, betätigte die Fernbedienung, durch die das Rolltor geöffnet wurde, und fuhr langsam hinein. Er warf einen Blick in den Rückspiegel. Die dunkle Limousine glitt draußen vorbei.

Bevor er den Wagen verließ, griff Mogaill unter sein Jackett und zog die .38er Police Special. Er trat hinaus auf die Zufahrt, hielt rechten Arm und Waffe schußbereit. Von der Limousine war weit und breit nichts zu sehen, die Geräusche waren völlig harmlos: Katzen aus der Nachbarschaft, das Rauschen des Verkehrs von der Metropolitan Avenue, das Klagen rostiger Scharniere, als er das Garagentor wieder herunterzog. Er ging die wenigen Stufen zum Haus hinauf, die früher einmal gesäumt waren mit Brendas Töpfen voller Ringelblumen und Geranien, und schloß dann die Haustür auf.

Mogaill war wieder in seinem Heim voller ungeteilter Erinnerungen. Einen Augenblick verharrte er in der Diele von Brendas Haus; das war es für ihn, er hatte sich nie wohl gefühlt, all die vielen Jahre ganz allein darin zu wohnen. Und die Idee, die ihm in dem Lokal in der Bronx gekommen war, stand jetzt fest: Schon bald werde ich frei sein von dem hier und allen anderen irischen Erinnerungen, die mein Gewissen belasten.

Er steckte die .38er zurück ins Holster und lockerte den dicken Windsorknoten seiner Krawatte. Bevor er die Jacke auszog und sie über einen Stuhl warf, griff er in eine Seitentasche und nahm die Tonbandkassette heraus, die er aus dem Anrufbeantworter des verstorbenen Father Kelly entfernt hatte, ein Panasonic-Modell, sehr ähnlich seinem eigenen.

Er schenkte sich einen Tumbler Black Bush ein und ging damit zu dem Schreibtisch in seinem Wohnzimmer. Dort legte er die Kassette des Priesters in seinen Panasonic und drückte auf die Rückspultaste. Dann setzte er sich, trank einen Schluck Whiskey und lauschte nicht für ihn bestimmten Gesprächen. Drei Stimmen befanden sich auf dem Band, die Mogaill allesamt erkannte:

Was ist ein echter Patriot?
Echte Patrioten haben Gewehre in den Händen
und Gedichte in den Köpfen.
Niemals wieder!
Es ist Samstagmorgen, Father, und es geht um –

Mogaill leerte das Glas Whiskey. Für die lange Nacht des Wartens würde er mehr brauchen. Er stand auf und schenkte sich noch einen Black Bush ein, kehrte dann mit der Flasche an den Schreibtisch zurück.

Er nahm das Telefon und wählte. »Verbinden Sie mich bitte mit der Auslandsvermittlung.« Er wartete, sagte dann zu einer Frauenstimme: »Hier spricht Captain Davy Mogaill vom New York Police Department. Ich brauche eine Verbindung mit jemandem in Irland – am Schalter der Aer Lingus auf dem Flughafen von Dublin. Könnten Sie das für mich tun, meine Liebe?« Er legte auf und wartete auf den Rückruf der Vermittlung.

Fünfzehn Minuten später sprach Mogaill mit einem Angestellten der Aer Lingus. Er nannte Namen und Dienstgrad und bat: »Könnten Sie bitte Detective Neil Hockaday nach seiner Ankunft ausrufen lassen? Flug Neun-null-acht aus New York. Ich möchte, daß mich der Detective umgehend anruft.«

Der Angestellte notierte sich alles und versicherte, daß die Nachricht Detective Hockaday übermittelt werde. Mogaill bedankte sich und legte auf.

Dann suchte er alles zusammen, was er später benötigen würde, und bereitete im Badezimmer alles vor. Anschließend ging er in Brendas Haus von Zimmer zu Zimmer, verlegte den Draht, der mit einer schwarzen Kiste verbunden war, die unter seinem Lieblingssessel verborgen stand.

Dorthin setzte er sich, um zu warten. Und zu trinken und sich erneut zu fragen, wohin das alles noch führen sollte.

Um Mitternacht klingelte es an seiner Haustür.

10

Ruby stupste meine Schulter an. »Hock, sieh nur – wir sind da!«

Ich erwachte aus verschwitzten Träumen von Krieg und von Geistern, verlogenen Aristokraten und begriffsstutzigen Journalisten. Mein Gesicht und Hals fühlten sich so klamm an wie der Handschlag eines Metzgers.

Sie stieß mich wieder an und deutete aus dem Kabinenfenster. Dort unter uns, am Horizont des Atlantiks, war Irland zu sehen: eine graue Linie anbrandender Wellen; die vom Meer bearbeiteten Steilfelsen der Küste, gekrönt von Grün; weißer Meeresdunst, der wie Geysire zwischen zerklüfteten Klippen aufstieg; Sonnenlicht, das sich in dem Gischt über der See in blauen, gelben und roten Bändern krümmt.

»Mein Gott, es ist wunderschön«, sagte Ruby.

Und wie es das war. Mein ganzes Leben lang hatte ich darauf gewartet, diesen ersten Anblick von Irland zu genießen; immer hatte ich an den einfachen Zauber geglaubt, durch die Zeit zurückzukehren, zu sehen, was meine Vorfahren sahen, zu gehen, wo sie gegangen waren, zu wissen, was sie wußten. Jetzt war der Augenblick gekommen.

Aber es war durchaus nicht so einfach, wie ich lange geglaubt hatte. Da waren die jüngsten Träume und Stimmen in meinem Kopf, die ausnahmslos warnten, daß die verlassenen Kümmernisse der Einwanderer darauf warteten, von Leuten wie mir entdeckt zu werden.

Ruhigen Schlaf wird es nicht geben ... Die Zeit ist ein Vandale ...

Ich zuckte mit den Achseln und sagte: »Wunderschön – und auch schrecklich.«

Ruby drehte sich vom Fenster fort. »Was hast du?«

»Irische Augen lächeln nicht immer.«

»Deine sollten aber, nach all den Drinks, die du dir genehmigt hast. Und dem Nickerchen.«

»Das war nicht erholsam.«

»Was? Hattest du einen Albtraum?«

»Albträume machen einem nur angst.«

»Hast du wieder von deinem Vater geträumt?«

»Du weißt davon?«

»Nicht besonders schwer, es mitzubekommen.«

»Ich kann seine Stimme hören. Ich weiß, das klingt verrückt.«

»Dann ist es eben ein kleines bißchen verrückt. Was sagt er denn?«

»Ich bin nicht immer sicher, was.« Ich warf einen weiteren langen Blick auf die zerklüftete irische Küste, die immer näher kam. Ruby schaute auch hinaus. Hinter den Klippen lagen braune Torfmoore, Dörfer und nebelverhangene Weiden.

»Vielleicht«, meinte Ruby, »sagt er dir, daß die Dinge dort unten auf der Erde nicht mit der Ansichtskarte übereinstimmen, die wir von hier oben sehen.«

»Wie zum Beispiel was?«

»Ich habe mal einen Film über einen irischen Bauern gesehen. Er war absolut nicht der Meinung, die alte Erde sei so wunderbar. Er sagte, das irische Land sei so hart, daß es den Teufel zum Weinen bringe.«

Das Flugzeug neigte sich leicht nach vorn, und das Heulen der Düsentriebwerke wechselte die Tonhöhe, als wir nun das Meer hinter uns ließen. Wir begannen den langen, sanften Landeanflug auf Dublin an der Ostküste, gar nicht mehr so weit entfernt. Ich sah auf meine Uhr. In weniger als einer Stunde würde ich bei meinen Ahnen sein. *Willst du es wirklich wissen?*

»Hast du einen Wagen bestellt?« fragte Ruby.

»Nein«, antwortete ich.

»Wer ist denn dann der Bursche da drüben, der eins von diesen kleinen Schildern hochhält? Da steht dein Name drauf!«

Wir hatten gerade die Zollabfertigung hinter uns. Was heißen soll, Ruby war endlich durchgelassen worden. Mein eigenes hellhäutiges und vertrauenswürdiges Gesicht war von den braununiformierten Beamten durchgewinkt worden. Da Ruby nicht die gleiche Erbmasse besaß wie ich, wurde sie zu einer Gepäckkontrolle von der Art zurückgehalten, wie sie mutmaßlichen Terroristen und Drogenkurieren vorbehalten ist. Zu Hause hätten wir deswegen ein Mordstheater veranstaltet; als Fremde waren wir lammfromm. Aber wir hätten uns beschweren sollen. Seitdem habe ich beschlossen, daß es nicht unbedingt von Vorteil ist, es den Römern gleichzutun, wenn man in Rom ist. Nennen Sie mich ruhig einen häßlichen Amerikaner.

Jedenfalls befanden wir uns im Haupttterminal des Dubliner Flughafens, wo keiner meiner Ahnen wohl jemals gewandelt war; ganz sicher ist keiner von ihnen jemals von einem Mann in Chauffeurslivree empfangen worden. Und doch stand er da im Korridor, verlagerte geduldig das Gewicht seines massigen Körpers von einem Bein auf das andere, ein etwa fünfundzwanzigjähriger Bursche mit Mütze und einer Jacke mit vier Knöpfen. Er hatte sich einen dieser großen Portiersschirme über den Arm gehängt und hielt in seinen kompetenten Händen ein ordentlich mit HOCKADAY beschriftetes Pappschild.

»Sofern ich keine Verwandte in der Maschine habe«, sagte ich zu Ruby, »gehört er ganz uns.«

»Gut, das entschädigt mich für die *Klansmen* vorhin beim Zoll.«

Auf einem Wagen schoben wir unsere Taschen vor uns her und gingen zu dem Chauffeur. Er entdeckte uns ungefähr auf halbem Weg und begrüßte mich zackig; ich erwiderte es. Er schien überhaupt nicht überrascht zu sein, ein amerikanisches Paar mit gegensätzlicher Hautfarbe zu treffen.

»Hi«, sagte ich, als wir bei ihm waren. »Ich bin Neil Hockaday.«

»*Top o'day,* Sir«, sagte er und schüttelte mir die Hand. Er sah Ruby an und tippte an die Mütze. »Einen wunderschönen Tag auch Ihnen, *colleen*. Ich bin Francis Boylan – Francie werde ich genannt.«

»Und ich bin Ruby Flagg«, erwiderte Ruby munter. Sie legte die Lippen an mein Ohr und flüsterte: »Ich liebe dieses *colleen*.«

»Hat mein Onkel Sie geschickt?« fragte ich.

»Gewissermaßen«, sagte Boylan. Er lächelte mich an wie ein Leichenbestatter, wenn jemand sich nach dem Preis eines Sarges erkundigt. »Es war Mr. Patrick Snoodys Wunsch, daß Sie heute morgen abgeholt werden.«

Vermutlich weil ich müde vom Flug war, vergaß ich die elementarste Regel der Polizeiarbeit und stellte Boylan eine Frage, zu der ich nicht bereits die Antwort kannte. »Mein Onkel Liam hat mir gegenüber kein einziges Mal diesen Snoody erwähnt«, sagte ich. »Wer ist er?« Boylan schenkte mir nur wieder einen seiner Beerdigungsgrinser.

Dann warf Ruby mir einen Blick zu, den sie ohne Frage von ihrem Freund Pierre, dem Oberkellner, in New York gelernt hatte. Sie sagte: »Ich mache jede Wette, du hast nicht einen Gedanken darauf verschwendet, wie wir von hier zu deinem Onkel kommen, stimmt's nicht, mein Geliebter?« Als ich mit den Achseln zuckte, drehte sie sich zu Boylan. »Vielen Dank, Francie. Wir sind auf die Freundlichkeit von Fremden angewiesen.«

»Sollten wir uns dann jetzt vielleicht auf den Weg nach Dún Laoghaire machen, Miss Ruby?« fragte Boylan.

»Ja, das sollten wir«, erwiderte Ruby.

»Wie weit ist es denn?« wollte ich leicht murrend von Boylan wissen.

»Ich denke, zwei Stunden, eine winzige Rundfahrt eingeschlossen.«

»Eine Rundfahrt?«

»Mr. Snoody schlägt vor, daß ich Ihnen auf dem Weg ein bißchen von Dublin zeige. Folgen Sie mir einfach.« Boylan übernahm dann unseren Gepäckwagen, und wir folgten ihm den Korridor hinunter zum Wagen.

»Können Sie mir sagen, wie es meinem Onkel geht?«

»Ich vermute, er befindet sich derzeit nicht in akuter Lebensgefahr«, sagte Boylan.

Fast hatten wir eine breite, zweiflügelige Glastür erreicht, die zu der Vorfahrt für ankommende Flüge führte, als wir hinter uns Lärm hörten. Ich drehte mich um und sah einen der Zollbeamten in unsere Richtung galoppiert kommen. Mit einer dünnen, nasalen Stimme rief er: »Mr. Hockaday . . . Mr. Hockaday –!«

Ich wartete. Ruby war nicht besonders glücklich darüber, den

Burschen wiederzusehen, denn genau dieser Beamte war es, der ihr Gepäck durchstöbert hatte. Ich bemerkte, daß Boylans Hochstimmung ebenfalls leicht gedämpft wurde, auch wenn er nichts sagte. Ruby beschwerte sich: »Schon wieder der *Klan*?«

»Entschuldigen Sie bitte, Sir«, sagte der Beamte am Ende seines Galopps. Sein Gesicht schimmerte feucht und war gerötet. Er holte tief Luft. »Bei der ganzen Aufregung der Gepäckkontrolle Ihrer Begleiterin –«

Ich unterbrach ihn. »In den Unaussprechlichen einer Lady herumzuwühlen, erregt Sie so was?«

Ruby lachte. Genau wie ungefähr ein Dutzend anderer Leute, die zufällig vorbeigingen und den Wortwechsel mitbekamen. In Erwartung weiterer Unterhaltung blieben sie stehen.

»Hören Sie – seien Sie bitte fair!« protestierte der Beamte. »Ich habe nur in Ausübung meiner Pflicht gewühlt.«

Wieder wurde gelacht, diesmal schon heftiger. Das Gesicht des Beamten wirkte inzwischen schmerzerfüllt und wurde noch röter. In dem Versuch, seine Würde wiederzuerlangen, nahm er militärisch Haltung an. Denn immerhin trug er ja Uniform. Das Problem war nur, daß sie seinen plumpen Körper umhüllte wie die faltige Schale einer gebackenen Kartoffel. Sosehr er sich auch abmühte: er wirkte nur lächerlich. Eine Stimme aus der Menge hänselte: »Er kann nichts dafür, er ist eben ne Schwuchtel!«

Inzwischen war er völlig aufgelöst. Doch männlich-tapfer ignorierte er das Hohngelächter und appellierte eindringlich: »Sir, ich habe die Schlüpfer Ihrer Lady nur berührt, soweit es das Gesetz verlangt.«

Der arme Kerl war ein hoffnungsloser Fall. Ich sagte: »Sie stürmen auf einem Flughafen hinter mir her, nur um über Schlüpfer zu plaudern?«

Ich verstand ihn kaum gegen das dröhnende Gelächter. Er reichte mir ein gefaltetes Blatt Papier und sagte: »Das hab ich in der Aufregung völlig vergessen. Man hat mich gebeten, Ihnen diese Nachricht zu geben, Sir. Und, ich möchte noch hinzufügen – mir war keinen Augenblick bewußt, daß Sie Polizist sind.«

Er sah Ruby an und tippte entschuldigend an seinen Hut,

dann verschwand er mit großen Schritten. Sein Nacken glühte förmlich vor Verlegenheit. Jemand brüllte ihm nach: »Mach's gut, Schwuchtel.«

Ich faltete den Zettel auseinander. »Was steht drauf, Hock?« fragte Ruby.

»Es ist von Davy Mogaill. Ich soll ihn anrufen, unter seiner Privatnummer.«

»Der Captain von der Mordkommission? Dein Saufkumpan?«

»Genau der«, sagte ich und ignorierte Rubys kleinen Seitenhieb. Konnte ich von ihr erwarten, daß sie verstand, was einem Cop sein *Rabbi* bedeutet? Ich schaute mich nach einem Münztelefon um. Auf dem Korridor gab es keines.

Ruby verschränkte die Arme vor der Brust und funkelte mich finster an. »Was hast du jetzt vor? Willst du kehrtmachen und nach Hause zurückfliegen?«

»Was weiß ich?«

»Du meinst, du würdest?«

»Ich sollte ihn besser anrufen.«

Ruby seufzte. »Ich warte hier bei Francie.«

Ich ging ins Terminal zurück, fand ein Telefon und wählte die Nummer der internationalen Vermittlung. Mogaill würde die Kosten des Gesprächs übernehmen müssen.

Nach zehnmaligem Klingeln sagte die Frau von der Vermittlung: »Ich fürchte, der Teilnehmer ist nicht zu Hause, Sir. Möchten Sie es später noch einmal versuchen?«

»Lassen Sie es bitte noch ein bißchen weiterklingeln, ja?«

»Ein bißchen.«

Sechsmal. Ich sah auf meine Uhr. Neun Uhr morgens in Irland, das bedeutete vier Uhr morgens in New York.

»Sir, Sie müssen es wirklich später noch einmal versuchen.«

»Es ist gut, daß Sie jetzt im Frühling gekommen sind«, erzählte uns Francis Boylan über die Schulter, während er den Citroën in südlicher Richtung vom Flughafen zur Stadt fuhr. »Das Frühjahr ist die schönste Jahreszeit bei uns, und heute haben wir eine prächtige, selten gesehene Sonne, die uns dabei hilft, die Sehenswürdigkeiten zu bewundern.«

Im Moment bestanden die Sehenswürdigkeiten aus niedlichen Farmen, die hier und da entlang der Flughafenautobahn nach Dublin standen. Die Gegend faszinierte Ruby. Ich war sogar noch weniger an einem ländlichen Panorama interessiert als sonst.

Farmen habe ich auch früher schon gesehen bei Gelegenheiten, wenn wohlmeinende Freunde mich auf ihren Ausflügen nach Jersey und Pennsylvania und ähnliche Gegenden mitgenommen haben. Auf Farmen gibt es schwarze und weiße Kühe, Dinge wachsen aus dem Boden und wogen in der Brise, knochige Männer tuckern auf Traktoren herum. Und dann gibt es noch rotgestrichene Scheunen, auf deren Wände Reklamen für Mail-Pouch-Kautabak gemalt sind. Das alles war mir also durchaus vertraut, nur daß in Irland die Scheunen mit Werbung für Kerrygold-Butter verziert sind, viele Dächer mit Schiefer gedeckt sind und einfach alles mit Felsen und Heidekraut überwuchert ist.

Ruby kurbelte eine Seitenscheibe runter, wodurch lediglich ein mit Bauernhof aromatisierter Windstoß hereinfegte. Sie nahm einen ordentlichen Zug von dem Zeug und sagte: »Hier draußen kann man wirklich noch atmen, was?«

Francie Boylan vorn hustete. Wodurch meine Einschätzung seines Wesens gleich ein wenig positiver ausfiel.

»Ich habe noch nie verstanden, was Leute am Land gut finden«, sagte ich. »Es gibt nichts zu lesen und praktisch keine Sünde. Außerdem gibt es keinen anständigen Chinesen, bei dem man Essen zum Mitnehmen bekommen kann.«

»Ich wünschte, du würdest New York wenigstens mal eine Weile vergessen«, sagte Ruby.

»Tut mir leid, ich muß einfach immer wieder an Davy denken und warum er wohl will, daß ich ihn direkt vom Flughafen aus anrufe – und wieso er nicht da ist, um ans Telefon zu gehen.«

»Wahrscheinlich ist es kein Notfall.«

»Ja, vielleicht.«

»Ich wette mit dir zwanzig Mäuse, daß er in die Bar gegangen ist, wo er dich am Samstag abgefüllt hat, sich ganz allein wieder besoffen und dann gedacht hat, es wär doch ein toller Lacher, dir in Dublin eine Nachricht zu hinterlassen. Dann ist er nach Hause getorkelt und hat alles wieder vergessen. Im Moment ist er völlig weggetreten und kann das Telefon nicht mehr hören.«

»Könnte sein«, sagte ich. Was eine Lüge war. Ich glaubte nichts von Rubys viel zu oberflächlichen Verdachtsmomenten. Davy Mogaill ist ein erfahrener Schluckspecht, gehört aber ganz bestimmt nicht der leichtfertigen Sorte an. »Ich kann mich übrigens auch ganz allein betrinken.«

Mit der Verzweiflung der schon lange leidenden Ehefrau eines Cops in der Stimme sagte Ruby: »Wenn du willst, kannst du ihn doch heute abend anrufen. Aber bitte, Hock, versuch nicht zu vergessen, wo wir sind und warum wir hier sind. Dann frag dich selbst, was das mit Davy Mogaill zu tun hat.«

Irgendwo gab es darauf eine Antwort. Aber mir fiel nichts anderes ein als einige von Davy Mogaills erst kürzlich ausgesprochenen Worten: *Könnten wir nicht auf einen besseren Trost trinken als auf unveränderliche Dinge, die zu Witwen und Waisen führen?*

Boylan wurde wieder geschwätzig. Zu Ruby meinte er: »Wenn Ihnen das Land hier oben schon gefällt, *colleen,* wird es Ihnen weiter unten Richtung Dún Laoghaire auch gefallen. Dort unten ist die Luft nicht nur süß von der Bestellung des Landes, sondern auch von der Meeresbrise. Mein Vater stammt aus der Gegend. Er ist es auch, der das Frühjahr so sehr liebte . . .«

Francie Boylan unterbrach sich, als wollte er schon ein rührseliges Liedchen mit jeder Menge »Tora loo« anstimmen. Stattdessen sagte er: »Möchten Sie gern hören, was Pap über den Frühling sagt?«

Ruby wollte. Ich nicht.

»Joe Boylan sagt, es ist Frühling, wenn die Milch nach Zwiebeln schmeckt.«

»Wieso das denn?« fragte Ruby. Es tat mir leid, daß sie das wissen wollte.

Francie Boylan holte tief Luft, dann sprach er, als rezitiere er eingepaukte Lektionen aus der Schule. »Das liegt daran, daß Kühe, die früh auf die Weide geführt werden, Zwiebelgras fressen, das kurz nach den Salweiden sprießt, aber noch vor den Forsythien ... Das ist dann ungefähr die gleiche Zeit wie die für die Stinkende Zehrwurz ...«

Und ich mußte ungefähr noch eine weitere halbe Stunde bukolischer Reisebeschreibung über mich ergehen lassen, bis die Umgebung zum Glück urban wurde. Was in Irland recht plötzlich geschieht, selbst am Rande der Hauptstadt. Ohne Vorankündigung durch wildwuchernde Vorstädte lag Dublin nun vor uns: eine Stadt mit einer halben Million Einwohner unmittelbar hinter den Feldern. Schiffswerften und Docks, aneinandergedrängte Gebäude, Flachsspinnereien, Straßenbahnen und der süße Dampf von Brauereien und Brennereien. Ruby kurbelte das Fenster wieder hoch.

Zuerst fuhren wir durch Arbeitervororte, die die Stadt umgaben, Reihe um Reihe schmuddeliger Ziegelhäuser, niedrig und schief aneinandergedrängt. Magere Kinder mit schmutzigen Gesichtern und verschorften Knien spielten in diesen armen Straßen; sie spielten *Ballie-callie* und *Annie-over,* wie ich es selbst in den Straßen von Hell's Kitchen gespielt hatte, zu einer anderen Zeit, an einem anderen irischen Ort. Dann kamen die breiten Hauptstraßen immer besser werdender Bezirke, auf denen sich Hausfrauen mit Kopftüchern und Einkaufsnetzen auf den Weg zum Markt machten und grauhaarige Rentner mit ihren Schwarzdornstöcken entlangschlenderten auf der Suche nach ihresgleichen für den Klatsch und Tratsch eines weiteren langen Tages. Und schließlich im Herzen Dublins die O'Connell Street.

»*Baile Átha Cliath* – das ist der gälische Name von Dublin«, erklärte Boylan, nachdem sich unsere Augen an die Stadt gewöhnt hatten. Wir schienen nun reif für den Ton zu den Bildern. »Viele von uns haben nie aufgehört, diesen ruhmreichen Namen zu benutzen.«

»Die Alten?« fragte ich.

»*Aye,* und auch jüngere mit Respekt für all das Blut, das auf diesen Straßen hier vergossen wurde.«

»Während des Osteraufstands?« fragte Ruby.

»Damals und zu anderen Zeiten und lange davor«, antwortete Boylan. Er hielt vor einer roten Ampel und deutete aus dem Fenster auf eine alte Gaststätte. Drei Jugendliche in Lederjacken und Arbeitsschuhen lungerten vor der Tür herum und rauchten. »Sehen Sie sich an, wo im Jahr 1209 der Schwarze Montag begann. Damals begannen Banden von Burschen wie die dort drüben, diejenigen zu massakrieren, die uns in unserem eigenen *Baile Átha Cliath* herumkommandierten.«

»Wer könnte das wohl gewesen sein?« fragte ich, als wüßte ich es nicht.

»Die Engländer!« spie Boylan verächtlich aus.

»Sie sind ein junger Mann, Francie, aber irgendwie besitzen Sie die nachtragenden Erinnerungen eines alten Mannes.«

»Und schön sind sie auch nicht.«

»Wie kommt das?«

»Wir haben so eine Art, all das Böse nicht zu vergessen, das die Engländer uns angetan haben. Haben Sie schon mal etwas von einem *shanachie* gehört?«

Ich verneinte.

»Der *shanachie* ist ein Geschichtenerzähler. Sein Pap vor ihm war das gleiche, und der alte Herr seines Paps auch. Und so geht es durch alle Generationen einer *shanachie*-Familie zurück, durch all die Jahrhunderte, während deren die englischen Bastarde all ihre Verbrechen gegen uns verübt haben.«

»Aber heute steht das doch alles in den Geschichtsbüchern«, sagte Ruby.

Francie Boylan schüttelte den Kopf über soviel Unkenntnis und sagte: »Das kommt ganz drauf an, wer die Bücher schreibt und wer sie veröffentlicht, *colleen.* Pressefreiheit gehört denen, die reich genug sind, eine Presse zu besitzen. Ein armer Ire besitzt nur seine ihm von Gott gegebene Zunge. *Nae,* es gibt keinen besseren Weg, all das Grauen und Entsetzen zu verstehen, als dem *shanachie* zuzuhören, der einem die Wahrheit von Angesicht zu Angesicht offen erzählt.«

»Sind Sie mit den Geschichten der *shanachies* aufgewachsen, Francie?« fragte ich.

»Ich habe meinen Teil an Geschichten gehört.«

Ich überraschte mich, indem ich sagte: »Vielleicht könnten Sie uns eine erzählen?«

Boylan fuhr ohne ein Wort an den Straßenrand, wo er den Citroën zwischen zwei kleinere Wagen zwängte. Gegenüber der Stelle, an der wir nun saßen, stand ein wuchtiges, offiziell wirkendes Gebäude mit Steinsäulen am oberen Ende der Marmorstufen. Menschen strömten durch die riesigen Eingangstüren hinein und heraus. Boylan stellte den Motor ab und zog die Handbremse, dann drehte er sich zu uns um.

»Warum halten wir?« fragte ich.

»Damit ich die Geschichte richtig erzählen kann, Mr. Hockaday.«

»In Ordnung.«

Wieder einmal holte Francie Boylan tief Luft und grub noch tiefer in seinen Erinnerungen: »Es war im sechsten Monat der großen Hungersnot, die durch die Kartoffelfäule verursacht worden war, und die Hälfte der irischen Nation war obdachlos, und die meisten hungerten. Diejenigen in den Dörfern, die zu stolz waren, vor aller Augen auf den Straßen zu sterben, verkrochen sich in den Torfmoorhöhlen und gruben sich in den feuchten Boden, wo sie in würdevoller Einsamkeit auf den erlösenden Tod warteten. Überall verstreut auf den verseuchten Feldern lagen tote Kinder wie die Soldaten einer verlorenen Schlacht, mit aufgedunsenen Bäuchen und bis auf die Rippen abgemagerten kleinen Brustkörben, die Lippen grün, weil sie am Ende Gras gekaut hatten. Familien, oder was noch von ihnen übrig war, lagen den ganzen Tag in ihren Lumpen und in fiebrigem Gestank herum, klammerten sich aneinander, stöhnten vor Schmerz durch Skorbut und Wassersucht, die Körper übersät mit wunden Stellen.

Und das alles, während die englischen Grundbesitzer und

Herren des Landes mehr und mehr Zwangsräumungen anordneten in allen Countys, in denen die Bauern, die Pächter es sich nicht mehr leisten konnten zu zahlen, wo sie sich doch um das Geschäft des Verhungerns kümmern mußten.

Im County Galway, im Dorf Ballinglass, rief am dreizehnten März des Jahres 1846 eine englische Hündin namens Mrs. Gerard eine Abordnung der Forty-ninth Infantry von der Royal British Army, kommandiert von Captain Brown, sowie die örtliche englische Polizei und befahl, daß etwa dreihundert Bauern ihre Häuser zu verlassen hätten – damit das Land von den Menschen, die es zu ihrem Lebensinhalt gemacht hatten, geräumt und in gewinnbringenderes Weideland für Rinder verwandelt werden konnte.

Die englischen Truppen gingen mit einer solchen Bösartigkeit vor, die Satans Herz erfreut haben müßte. Sie vernichteten noch die erbärmlichste Hütte; sie setzten strohgedeckte Dächer in Brand und rissen die schiefergedeckten herunter und schlugen die Schieferplatten in Stücke; sie rissen die Wände nieder, sie zerstampften den Besitz einer Familie unter den Hufen ihrer Pferde. Die Frauen rannten völlig von Sinnen herum und schrien und jammerten, und wer noch nicht von berittenen Soldaten brutal zur Seite gedrängt worden war, verbarrikadierte die Türen und schrie wie Banshees, wie Todesfeen. Jeder Mann mit nichts als seinen bloßen Händen, der töricht genug war, einen Soldaten oder Polizisten anzugreifen, ging zum Herrn ein, so schnell ein englisches Schwert diese Begegnung arrangieren konnte. Die Kinder weinten, bis sie keine Tränen mehr hatten.

Und in dieser Nacht, in der hoffnungslosen Dunkelheit und dem Wind, schliefen die Menschen in den Ruinen, nur um bei Tagesanbruch vertrieben zu werden – und dann wurden selbst noch die Grundmauern der eingerissenen Häuser geschleift und niedergebrannt und pulverisiert, und keinem Nachbarn wurde erlaubt, diese Verdammten und Verachteten bei sich aufzunehmen, die in der Asche zurückblieben.

Abgewiesen von jeder Tür gruben sich die Menschen ihre *scalps* – Bauten von zwei oder drei Fuß Tiefe – und bedeckten sich gegen die Kälte mit Zweigen und Torf. Wer besser dran war, hatte *scalpeens*, nichts anderes als ein etwas größerer Bau, manchmal in den rauchenden Ruinen eines geschleiften Hauses.

Aber in den Tagen und Wochen, die folgten, konnte nicht einmal dieses Elend die schamlose Hündin und ihre Soldaten zufriedenstellen. Selbst diese armen Leute, die in ihren Erdlöchern kauerten, sich oft genug tagelang an einen Toten klammerten, wurden noch gejagt und vertrieben.

Die Nachricht dieser besonders abscheulichen Greueltat ließ sich nicht unterdrücken und erreichte schließlich sogar das Parlament in London, wo einige wenige ihre gutgenährten, barbarischen Häupter schüttelten angesichts der Nachricht, daß wir so starben und litten – wo aber gleichzeitig die meisten treu und redlich an der Groteske ihres Eigennutzes festhielten. Am dreiundzwanzigsten März im Jahre 1846 verteidigte Lord Brougham Mrs. Gerard und ihre bösartige Brut, indem er sagte: ›Zweifellos ist es das Recht des Grundbesitzers, zu tun und zu lassen, was ihm beliebt. Die Pächter muß durch den starken Arm des Gesetzes gelehrt werden, daß sie nicht das Recht besitzen, sich zu widersetzen oder zu sträuben. Eigentum wäre wertlos, und Kapital würde nicht mehr in die Kultivierung des Landes investiert, würde nicht anerkannt, daß es das unbestrittene, unwiderrufliche und allerheiligste Recht des Herrn des Landes ist, mit seinem Eigentum und Besitz zu verfahren, wie es ihm beliebt.‹«

An dieser Stelle unterbrach sich Francie Boylan, als er mit seinem Vortrag am Ende angelangt war. Dann fügte er seine eigene Schlußfolgerung hinzu. »Und so bleibt es nicht Geschichtsbüchern überlassen, sondern diesen Geschichten, die von Angesicht zu Angesicht erzählt werden, diese eine Lektion unter so vielen anderen auf Kosten der Iren lebendig zu erhalten: Der Herr des Landes ist nicht der Herr des Landes, er ist er Abschaum der Erde.«

Ruhig fragte Ruby: »Und Sie, Francie – sind Sie ein *shanachie*?«

»Ich habe Geschichten von meinem Pap gehört, und auch von

meinem Großvater, aber erinnern kann ich mich an viel zu wenige, um selbst erzählen zu können«, sagte Boylan. Er schüttelte, sich dies zum Vorwurf machend, traurig den Kopf. »In Wahrheit bin ich eine Enttäuschung für die Tradition der Familie, und doch glaube ich gern, daß ich der Sache auf meine eigene Art diene.«

»Der Sache?« fragte ich.

»*Aye* – der Sache der Erinnerung, Mr. Hockaday.« Boylan lächelte wieder sein Bestatterlächeln. »Einschließlich der Albträume.«

Dann drehte sich Boylan zu dem großen Gebäude mit den Säulen auf der anderen Straßenseite um. »Das dort ist das General Post Office«, sagte er gedankenverloren, »wo der Aufstand an jenem schönen Ostersonntag des Jahres 1916 begann.« Konzentriert starrte er zu den Menschen hinüber, die auf den breiten Marmorstufen wimmelten, wobei sein Blick über die Menge wanderte, als suche er jemand Speziellen.

Und ich wurde überwältigt von einem Gefühl, das bei einem Cop genauso instinktiv ist wie das Aufrichten der Haare auf dem Rücken einer nervösen Katze; ein Instinkt, den ich, wie mir damals auf der Polizeiakademie gesagt wurde, wahrscheinlich entwickeln würde und auf den zu vertrauen ich gut beraten sei. In diesem Sekundenbruchteil und ohne auch nur einen Funken Logik wußte ich, daß es nicht der richtige Augenblick war, mich abzuwenden. Drohende Gewalt mag keine unmittelbarere Logik besitzen als wie im jetzigen Augenblick; nicht mehr Logik als das jähe, profunde Bedauern wie dann, wenn ich ohne eine der Waffen war, die ich üblicherweise trug.

Francie Boylan hatte plötzlich genug zu den Stufen der Hauptpost hinübergeschaut. Unvermittelt sagte er: »Die Zeit ist gekommen.« Dann schaltete er die Zündung ein, ließ den Motor aufheulen und fuhr den Citroën vom Bordstein.

Mit gestrafften Schultern und den Blick entschlossen nach vorn gerichtet, fuhr Boylan uns langsam die O'Connell hinauf – die Straße, deren Rinnsteine so lange schon das Vergießen von irischem Blut kannten; wo sich in manchen Hauseingängen immer noch, wie ich nur wenige Augenblicke zuvor gesehen hatte, die brütenden Gesichter einer neuen Generation von Iren befanden, die immer noch nicht aus den Albträumen der Geschichte aufgewacht war.

Und dort am Steuer vor mir saß der junge Francie Boylan mit seinen Erinnerungen eines alten Mannes. Er war nicht im geringsten beunruhigt über die Männer in meinem Rücken: die Männer, die von der Hauptpost heruntergelaufen kamen und jetzt auf uns zustürmten.

11

Sie waren zu dritt.

Kräftig gebaute Männer mit Tweedmützen und dunklen, flatternden Anzügen. Schneller zu Fuß als der Citroën, der auf der verstopften O'Connell Street nur langsam vorwärts kam; verbissen wie Schreckgespenster in unentrinnbaren Albträumen verringerten sie den Abstand zu uns, jeder von ihnen eine Hand bedrohlich unter der Jacke.

Jetzt ihre deutlicher werdenden Gesichter. Rot und unerbittlich, verkleidet mit einer Nylonstrumpfhose, wodurch ihre Züge flach, bedeutungslos, surreal wurden.

Autofahrer gerieten in Panik und Wut. Reifen quietschten, Hupen plärrten. Warnende Schreie schnitten sich durch das Summen des Verkehrs.

Dennoch ließ sich unser Fahrer nicht beirren.

Und die atemlosen Schreckgespenster kamen nahe genug, um zu töten.

Sie zogen Waffen aus ihren Jacken. Langläufige Revolver, die .44er gewesen sein könnten, wie meine eigene große, häßliche Charter Arms Bulldog. Die leider zu Hause in New York eingeschlossen in einem Schrank lag.

Jetzt waren sie nur noch Schritte entfernt. Ich sah ausdruckslose Augen unter dem Nylon, und den Mord in ihnen. Hörte ich

Francie Boylans knappe, bedrohliche Worte wieder? »Die Zeit ist gekommen.«

Ruby schrie auf.

»Hock –!« Ich brachte sie zum Schweigen, indem ich eine Hand auf ihren Nacken legte und sie grob auf den Boden runterdrückte. »Bleib unten!« befahl ich.

Erschreckt über diesen geringfügigen Lärm, wirbelte Boylan herum. Und was stand jetzt für ein Ausdruck auf seinem Gesicht!

Francie Boylan war nicht länger der ernste Chauffeur und auch nicht mehr der bezwingende *shanachie*; ganz bestimmt auch kein gleichmütiger Funktionär in tödlicher Mission. Er strahlte jetzt reine Überheblichkeit aus wie die schmollenden Schlägertypen im Eingang des alten Pubs vom Schwarzen Montag, wartete nur auf seine Chance, für all die wirklichen und eingebildeten Beleidigungen der Ehre eines Iren zurückschlagen zu können.

Aber ich war es, der zuerst zuschlug, nicht er. Ich setzte meine Faust mitten in Francie Boylans beunruhigtes Gesicht. Seine Nase brach und explodierte rot. »Du verdammter Dreckskerl!« brüllte ich ihn an.

Boylan riß eine Hand an seine blutende Nase und verriß das Steuer, wodurch der Citroën ausscherte. Von draußen hörte ich das wütende Knurren der Attentäter.

Ich kauerte vor der hinteren Seitenscheibe und umklammerte den Türgriff. Fäuste und Läufe hämmerten draußen auf den Wagen ein, als wollten sie uns zwingen anzuhalten. Ich zog den Griff herunter und stieß die Tür auf, schlug sie schnell und hart gegen die Knie des nächsten Bewaffneten. Er flog auf die Straße und schrie auf, als ein Rad eines seiner Gliedmaßen zerquetschte.

Vorn kämpfte Boylan mit seiner Verletzung und dem sich wild drehenden Lenkrad, schrie zu mir nach hinten: »Du verdammter amerikanischer Bastard! Du verdammter, beschissener Bastard, du –!«

Ich zog die Tür wieder zu, stieß sie dann erneut auf. Und erwischte einen anderen mit voller Breitseite. Er fiel, und in dem schmalen Spalt zwischen Tür und Karosserie sah ich einen maskierten Kopf auf den Asphalt aufschlagen.

Der dritte Attentäter eröffnete das Feuer. Zwei Geschosse fetzten durch die Tür, die ich festhielt, direkt über meinem Kopf, jagten durch das Leder des vorderen Beifahrersitzes und schlugen ins Armaturenbrett.

Ein dritter Schuß. Boylan schrie: »Du beschissener –!« Und dies wurden Francie Boylans letzte Worte.

Mit einer Leiche am Steuer geriet der Citroën völlig außer Kontrolle und ins Schleudern. Unser Chauffeur war nur weiteres namenloses Blut, das auf der O'Connell Street vergossen wurde.

Der Wagen schoß nach vorn und drehte sich so blind wie eine Billardkugel, die verstoßen worden war. Mehrere wie eine Ewigkeit erscheinende Sekunden kollidierten wir mit anderen Autos und Lastwagen, bis schließlich alles mit einem Ruck zum Erliegen kam. Dann herrschte Stille. Die Stille war entsetzlicher als der vorangegangene Lärm von aufreißendem Stahl und zersplitterndem Glas.

Die Stille hörte schlagartig auf, als eine Menschenmenge die Bürgersteige verließ und zögernd durch die ineinander verkeilten Autos auf unseren Citroën im Epizentrum der Wracks zusteuerte. Vom Boden kam Rubys verängstigte Stimme: »Hock, sei vorsichtig!« Ich kniete mich hin und beugte mich über den Sitz, berührte ihre Schulter und hob dann den Kopf, um einen Blick auf die Straße zu riskieren.

Die Menge drängte sich jetzt von allen Seiten um uns. Irgendwo hinter den beschädigten Autos lagen zwei Bewaffnete auf der Straße. Der dritte Mann, der Schütze, war zweifellos längst spurlos verschwunden.

Wieder berührte ich Ruby und sagte: »Die Luft ist rein. Mit dir alles in Ordnung?«

»Ich glaube schon.« Ruby hatte sich während der Belagerung schützend zusammengerollt. Die Knie gebeugt, Hände und Arme über ihren Kopf gelegt. Jetzt erhob sie sich wieder. Sie betastete Schrammen an Stirn und Handgelenk. Für die ich verantwortlich war. Sie sah mich an und sagte: »Du bist weiß wie Kleister und zitterst, weißt du das?«

Es stimmte. »Ein Drink könnte uns beiden jetzt nicht schaden«, sagte ich.

Ausnahmsweise pflichtete Ruby mir bei.

Dann sah ich mir die mit großen Augen dastehenden Leute an, die sich um den Citroën drängten. Sie sahen weniger mich an oder Ruby, die sich gerade wieder aufrichtete und setzte. Es war vielmehr Francie Boylan, der ihre gesamte Aufmerksamkeit erhielt und sie nach Luft schnappen ließ. Sie sahen aus, als brauchten sie viel eher einen Drink als wir.

Was von Boylans Kopf noch übrig war, war über die Seitenscheibe auf der Fahrerseite verspritzt, wie die Überreste einer Melone, die gegen eine Wand geschmissen worden war. Sein Ohr war weggeblasen worden, ersetzt durch ein nässendes Loch von etwa der Größe und Form einer Kaffeetasse. Eindeutig war dies eine durch Dumdum-Geschosse verursachte Wunde, die bevorzugte Munition eines Attentäters, der seinen Job aus kürzester Entfernung erledigen will. Genauso offensichtlich waren diese Kugeln in New York erheblich verbreiteter als in Dublin.

Schließlich richtete auch Ruby ihren Blick auf Boylan. Sie bedeckte ihren Mund, dann wendete sie schnell den Kopf ab und sagte: »Mein Gott, Hock – was ist das, was passiert hier?«

Ich kannte die Antwort, konnte es aber noch nicht aussprechen. Ich starrte das Meer irischer Gesichter an – entsetzte, erschütterte Gesichter hinter von Kugeln zerschmetterten Autoscheiben.

Und einen flüchtigen Augenblick lang hatte ich das Gefühl, als schliefe ich. Schlief in einem von Kugeln durchsiebten Citroën; immerhin auf der O'Connell Street und unter der Last ihrer schrecklichen Geschichte. Ich schlief nicht zu Hause, war nicht in diesem vertrauten, ruhelosen Zustand, in dem ich den Geist meines Vaters hören kann. Aber nichtsdestoweniger schlafend, als wäre mein Kopf unter Wasser getaucht; als befände sich plötzlich eine Distanz zwischen mir und der lauten, ausgelassenen Welt über mir und existiere losgelöst von dem Gedränge und der Verwirrung der O'Connell Street, deren Lärm nebensächlich war gegenüber den geheimen Lauten unter der Oberfläche dessen, was ich lediglich sehen konnte.

In diesem Schlaf eines Augenblicks stellte ich mir andere irische Stimmen vor, die irgendwo in der Zeit durch die Pubs und Salons von Dublin trieben. Ruhige, aufschlußreiche Stimmen, die Rubys völlig normaler Frage einen Sinn verliehen. Ich lauschte wie zu schlafenden Freunden des Geistes meines Vaters.

Ruby fragte wieder: »Was passiert hier –?«

»Gottverdammte Politik«, antwortete ich.

Eamonn Keegan, der Chef der Dublin Garda, war ein gepflegter, fetter Mann, wie geboren für den gewaltigen Eichenschreibtisch, der sein Büro in zwei ungleiche Reiche teilte: seine eigene barocke Fülle, die Orientteppiche, das Mahagoni und rote Leder, die Keegans Seite der Dinge freundlich machten, im Gegensatz zu zwei mickrigen Stühlen auf einem Flecken nackten Holzfußbodens, auf denen Ruby und ich saßen wie zwei randalierende Sträflinge, die zu einer Audienz beim Gefängnisdirektor am Genick hereingeschleift worden waren.

Das war nicht ganz so, als wir vor nun zwei geschlagenen Stunden im Büro des Chiefs eingetroffen waren. Aber es war die wahre Meinung unserer Polizei-Eskorte vom Tatort des Mordes in der O'Connell Street.

Zuerst tauchte ein Geschwader Dubliner Cops auf, mit ihren schwarzen Wolljacken und Hosen, ledernem Sam-Brown-Koppel mit geholsterten .38ern und Schirmmützen mit schwarz-weiß karierten Hutbändern. Ihre Gesichter gehörten zu den eher mißtrauischen, die mich genau in dem Augenblick anstarrten, als ich »Gottverdammte Politik« ausstieß. Woraufhin sie Ruby und mich aus dem Citroën holten und uns zu einem fensterlosen Polizeitransporter führten. Dies war zur ersten Vernehmung durch jemanden namens Constable Mulcahy in schlechtem Anzug und offenbar mit Hämorrhoiden.

Wir saßen auf einer verbeulten Stahlbank in diesem Polizeitransporter, wobei uns gegenüber auf der anderen Bank Mulcahy saß, flankiert von zwei Uniformierten, die mit großen Gummiknüppeln herumspielten, die sie wahrscheinlich gern benutzt hätten. Da ich keine besitze, verlasse ich das Haus ständig ohne American-Express-Karte. Dafür bin ich jedoch verpflichtet, meine goldene NYPD-Dienstmarke rund um die Uhr bei mir zu führen. Und genau die zückte ich so schnell, als wäre es ein Kruzifix, und Ruby und ich wären mit drei Vampiren konfrontiert.

Mulcahy schnupperte an der Marke, ließ seinen leidenden Hintern einmal auf der Bank rotieren und wollte wissen: »Was für einen Ärger bringen Sie uns den ganzen weiten Weg von New York hier rüber?«

Wenn mir jemand eine Fangfrage stellt und spöttisch grinst, wie Mulcahy gerade spöttisch gegrinst hatte, halte ich es für angebracht, mit irgend etwas Entwaffnendem zu antworten. Auf diese Weise gelingt es mir gelegentlich, den Grund hinter dem Vorurteil freizulegen. Davon abgesehen, springt bei jeder anderen Art der Erwiderung nur wenig heraus. Also äffte ich Mulcahys Unbehagen nach, wackelte mit dem Hintern und fragte: »Was tun Sie dagegen?« Mulcahy entgleisten die Gesichtszüge, und er sagte: »Was – wegen meinem Arsch?«

Die Uniformierten kicherten wie zwei kleine Jungs, die gerade in einer Kirchenbank einen Furz gelassen hatten. Ruby verdrehte die Augen und raunte: »O Hock!«

Zu Mulcahy sagte ich: »Als ich noch in der Bronx gearbeitet habe – das war damals, als ich als Grünschnabel Streifendienst schieben mußte –, war ich Tag und Nacht im Streifenwagen unterwegs. Ich sehe, daß ich Ihnen nichts von dem damit verbundenen Berufsrisiko erzählen muß. Vielleicht interessiert es Sie aber, daß ich ein todsicheres Mittel dagegen gefunden habe.«

»Vergessen Sie das!« fauchte Mulcahy mich an. »Hier und jetzt geht's um Mord.«

»Während Sie nicht aufhören können, sich pausenlos am Hinterteil zu kratzen? Und ob das mörderisch ist . . .«

Ich wartete, daß Mulcahy wieder losbellte, doch er sagte nichts. Statt dessen verlagerte er wieder seinen leidgeprüften Hintern.

Also fuhr ich fort. »Folgendes ist passiert. Eines Nachts geht's mir ziemlich genau wie Ihnen jetzt – ich nehme einen Straftäter in die Zange, rutsche auf meinem Platz hin und her, wünsche bei Gott, ich könnte irgendwo hingehen und mich mal so richtig kratzen. So, der Täter ist dieser Drogendealer namens Sweet Dick aus der Bronx, der mein Dilemma bemerkt und dann sagt: ›Willst du das blöde alte Jucken loswerden, Mann?‹ Ich sage, klar will ich. Und Sweet Dick sagt: ›Tja, dann mußt du mal mit rüber in meine Bude kommen, und da versorg ich dich dann ...‹«

Ich unterbrach mich. Mulcahy sagte: »Und –?«

»Also gehen wir rüber in Sweet Dicks Bude. Er nimmt ein kleines Gefäß Vaseline von einem Küchenregal und sagt: ›Jetzt nicht linsen, Mann – Berufsgeheimnis, verstehst du.‹ Er verschwindet im Nebenzimmer. Ein paar Minuten später kommt er zurück, gibt mir das Gefäß und sagt: ›Zu dir selbst sei niemals barsch, reib dir das hier auf dein' mageren Arsch.‹ Was für Sweet Dick mit Abstand das Komischste ist, was jemals irgendwer gesagt hat. Sie hätten sein Lachen hören sollen.«

»Haben Sie das Zeug benutzt?« fragte Mulcahy gespannt. »Hat's geholfen?«

»Klar hab ich's benutzt. Ich hatte nie mehr Probleme mit dem Jucken. Nicht bis mir das Zeug ausging und ich losziehen mußte, um Sweet Dick wieder aufzustöbern. Das Problem war nur, er war tot, als ich ihn fand. Was in New York durchaus schon mal passieren kann.«

»Vergessen Sie das. Was war in dem Zeug?«

»Tja, am Ende mußte ich vom Polizeilabor eine chemische Analyse machen lassen ...«

»Was zum Teufel war drin, Mann?«

»Vaseline und Kokain.«

Die Uniformierten kicherten wieder los.

Mulcahy kniff die Augen zusammen und sagte: »Ich merke mir, daß Sie unkooperativ sind.«

»Zur Kenntnis genommen.«

Er sah uns beide an, grinste wieder hämisch und sagte: »Vielleicht haben wir hier ja zwei echte Politikertypen, was?«

Dazu mußte Ruby ihre Meinung äußern. »Ich will ja nicht für den Gentleman hier sprechen, aber ich bin ganz bestimmt kein Politiker«, sagte sie. »Constable, wissen Sie, warum ein Politiker eine Gehirnzelle mehr hat als ein Pferd?«

»Nein. Warum denn?«

»Damit er bei Paraden nicht auf die Straße scheißt.«

»Jetzt reicht's!« fauchte Mulcahy. Er stand auf, war wütend auf uns beide, weil wir ihm sein Verhör verpfuscht hatten, und noch wütender auf das Feuer in seinem Hintern. Diskret schob er eine Hand hinter sich. »Wir werden Sie jetzt zur förmlichen Vernehmung bezüglich Ihrer verdammten Politik zu Keegan persönlich bringen.«

Was, wie ich schon sagte, geschlagene zwei Stunden her war.

Den größten Teil dieser Zeit hatten wir ohne unsere Pässe in einem kleinen, geschlossenen Raum mit einer Sitzgarnitur, bestehend aus einer Couch und zwei Sesseln, sowie einem Tisch verbracht, auf dem sich Aschenbecher, lauwarmer Tee in einer geblümten Keramikkanne und die Dubliner Tageszeitungen befanden. Dann war da noch ein Spiegel entlang der oberen Hälfte einer Wand.

»Ich erkenne einen Beobachtungs- und Arrestraum, wenn ich einen sehe«, flüsterte ich Ruby ins Ohr. »Wahrscheinlich haben die hier auch Wanzen versteckt. Wir sollten über irgendwas reden, nur nicht über Politik.«

»Besser wir reden gar nichts, und Punkt – bis wir einen Anwalt sehen oder doch wenigstens irgendwen von der amerikanischen Botschaft«, sagte Ruby. »Also werde ich ab sofort meinen Mund halten. Später werde ich schreien. Ich schlage vor, du machst es genauso.«

Guter Rat, stimmte ich zu. Denn immerhin waren wir beide ein Pärchen zwielichtiger Ausländer in den Augen desjenigen, der uns von der anderen Seite des Spiegels beobachtete. Also tranken wir die meiste Zeit Tee, brachten uns auf den aktuellen

Stand der Nachrichten und blieben cool. Und wirkten dadurch schuldig wie nur was, wie ich es bei den ruhigen, coolen und gefaßten Typen immer vermutet habe, die ich selbst in ähnlichen Zimmern schmoren ließ.

Schließlich wurden wir in Keegans Büro geführt. Das war vor zehn Minuten, und seitdem saßen wir die ganze Zeit auf den mickrigen Stühlen und wurden von ihm ignoriert, während er einen kleinen Stapel Papiere überflog, die ein Assistent auf seinem Schreibtisch ausgebreitet hatte.

Jetzt knipste Chief Keegan die Spitze einer Zigarre ab und zündete sie an. Mir bot er keine an. Das süßliche Aroma von kubanischem Tabak mischte sich angenehm unter die anderen Gerüche des Raumes: alte Bücher auf den Regalen hinter Keegan, auf seinen Hängebacken schimmerndes Pimentöl, Lanolin, mit dem er sein schütter werdendes schwarzes Haar zurückgeschniegelt hatte.

Er schaute auf und sah über den Schreibtisch Ruby an. »Madam, was genau ist die Natur Ihrer Beziehung zu Mr. Hockaday?«

»*Detective* Hockaday.«

Keegan lächelte sie an, allerdings nicht aus Freundlichkeit einem Touristen gegenüber. Meine Vermutung lautete, daß er ihr die Unverschämtheit am liebsten aus dem Gesicht geschlagen hätte. »Wie Sie meinen«, sagte er zu Ruby.

»Hock und ich, wir tanzen einen langsamen Tanz«, antwortete Ruby.

Der Chief blätterte durch Papiere und schüttelte sein gewaltiges, glänzendes Haupt. Seine Augen verengten sich zwischen schwammigen, schweren Lidern, und er sagte zu Ruby: »Das ist eine äußerst amüsante Antwort, Madam. Ich dachte schon einen Moment lang, Constable Mulcahy würde übertreiben, aber jetzt sehe ich selbst, daß Sie zur unkooperativen Sorte gehören.«

Dann wendete sich Keegan mir zu. »Versuchen wir es mit Ihnen, Hockaday. Haben Sie eine Ahnung, was heute in der O'Connell Street passiert ist?«

»Ist das eine berufsmäßige Frage?«

»Vielleicht.«

»Wie kommen Sie darauf, daß ich eine berufsmäßige Antwort habe?«

Keegan lehnte sich in seinem Sessel zurück und paffte an der Zigarre. »Wir hatten genügend Zeit, gewisse Nachforschungen anzustellen – Detective.«

»Das ist ja nett«, mischte sich Ruby ein.

»Sie meint, es ist nett, daß Sie mich Detective nennen«, erläuterte ich Keegan. »Sie meint allerdings nicht, daß es besonders nett ist, wie wir hier behandelt worden sind. Ich im übrigen auch nicht.«

Keegan winkte ab und sagte wegwerfend: »Sie wissen doch selbst, wie so was ist.«

»Wo ich herkomme, gibt es einen Brauch namens ›kollegiale Höflichkeit‹. Das bedeutet, wir rennen nicht in der Gegend herum und halten nicht irgendeinen Cop von außerhalb, der zufälligerweise Zeuge einer Schießerei auf einer belebten Straße geworden ist, automatisch für denjenigen, der den Abzug gedrückt hat – was wiederum heißt, wir nehmen ihm nicht seinen Paß ab und setzen ihn dann für zwei Stunden in einen kleinen Raum mit einem Beobachtungsspiegel.«

»Aha, dann vermitteln wir Ihnen also dieses Gefühl, ja? Allein der Gedanke, daß die Garda verantwortlich sein könnte für eine Belastung der irisch-amerikanischen Beziehungen, ist mir schon äußerst unangenehm.« Gähnend klaubte Keegan unsere Pässe aus den Papieren auf seinem Schreibtisch und reichte sie uns. »Im Namen von ganz Dublin möchte ich mich bei Ihnen und der Lady entschuldigen. Es steht Ihnen jederzeit frei zu gehen, sollten Sie wissen – jetzt sofort, falls Sie dies wünschen.«

»Sie haben vergessen, daß Sie mir eine Frage gestellt haben.«

»Ja, richtig. Aber sagen Sie, habe ich die kollegiale Höflichkeit einer Antwort bekommen?« Jetzt zeigte Keegan uns ein bösartiges Lächeln.

Dieses Lächeln gefiel mir überhaupt nicht, und daher sagte ich: »Wo ist der Witz, Chief?«

»Von dieser Seite des Schreibtisches werden Sie keine Witze hören, Hockaday.«

»Abgesehen von dem Gag, daß Sie uns hier wie zwei Mordverdächtige behandeln.«

»Mord sagen Sie?« Keegan beugte sich vor und warf wieder einen Blick in seine Unterlagen. »Aber sehen Sie hier – laut Constable Mulcahys Bericht haben Sie gesagt, es sei mehr als Mord gewesen. Irgendwas von Politik haben Sie gesagt, das ist doch richtig, oder?«

Ruby stieß mir in die Rippen und sagte: »Vielleicht sollten wir jetzt lieber gehen.«

Davy Mogaills Worte kamen mir in den Kopf: *»Was versteht ein gebürtiger Amerikaner schon von Politik?«* Also antwortete ich Keegan: »Vielleicht sollten wir besser der Dublin Garda vertrauen, die Sache aufzuklären.«

»Vertrauen – das ist mal eine Qualität, die unserer schönen neuen Welt völlig abgeht«, sagte Keegan. »Und doch kann ich nicht vergessen, was mein lieber Vater immer zu mir sagte: ›Vertraue nie auf die Unvermeidlichkeit einer strahlenden Morgensonne im Lächeln deiner Schwiegermutter.‹« Er schwieg kurz, fixierte mich mit starrem Blick und fragte: »Was ist mit Ihrem Vater, Hockaday? Was hat er Ihnen gesagt?«

Über die Jahre habe ich immer wieder die gleiche Antwort auf Fragen bezüglich meines Vaters gegeben. Die Worte sind immer die gleichen. Sie haben immer als die gefühllose Erklärung für die Tatsache meines Lebens gedient, bis ich sie jetzt wieder sagen hörte: »Mein Vater war Soldat, er ist im Krieg gefallen, und ich habe ihn nie kennengelernt.«

»Ach, ist das so?« sagte Keegan offensichtlich ohne großes Vertrauen in diese simple Tatsache.

Ich wechselte das Thema. »Machen wir weiter, Keegan. Jeder auf der O'Connell Street hat das gleiche gesehen: Drei bewaffnete Männer kommen die Stufen der Hauptpost herunter. Zwei habe ich mattgesetzt, der dritte konnte fliehen, nachdem er unseren Fahrer erwischt hat. Also – wer zum Teufel hat es auf uns abgesehen, und wer zum Teufel ist Francie Boylan?«

Keegans Augen tanzten, und er begann laut und vergnügt zu lachen wie ein kleiner Junge, der einen Stuhl unter einer fetten Frau zusammenbrechen sieht. Zweifellos lachte er, weil ich gerade eben die erste Regel eines jeden auch nur halbwegs kompetenten Detectives gebrochen hatte, keine Fragen in einer feindseligen Situation zu stellen; das bedeutet: halt dein Maul, sofern du nicht selbst die Antwort kennst. Soweit konnte ich seine Belustigung durchaus nachvollziehen. Aber hinter Keegans Gelächter steckte mehr, und um alles zu verstehen, würde es so enden, daß der ganze Rest einer sentimentalen Reise ins Land meiner Ahnen dabei draufging.

»Die Antworten auf Ihre Fragen, Detective Hockaday – nun, dabei kommt erheblich mehr als simpler Mord heraus, oder? Und stimmen Sie mir nicht auch zu, daß diese Sache erheblich komplizierter ist als einer Ihrer amerikanischer *Wer-ist's-gewesen*-Krimis?« Keegan machte seine Sache wirklich gut, und er amüsierte sich blendend; jetzt war ich es, der ihm die Unverschämtheit aus dem Gesicht schlagen wollte.

»Hock, es wird Zeit zu gehen«, sagte Ruby.

»Die Lady hat ja so recht«, sagte Keegan.

Wieder stellte ich die unschuldige Frage. »Was sind seine politischen Ansichten?«

»Wessen politische Ansichten möchten Sie denn kennen?«

»Boylans.«

»Francie Boylan«, sagte Keegan und faltete die Hände, »repräsentiert unsere lebende und sterbende irische Geschichte.«

»Was heißen soll –?«

»Boylan war ein Fanatiker. Wie Vater immer zu mir sagte: ›Fanatismus wird geschützt durch Unwissenheit und ist von daher unwiderlegbar.‹ Und was ist mit Ihrem Vater, Hockaday?«

»Das haben Sie mich schon mal gefragt. Und ich habe Ihnen geantwortet, er ist im Krieg gefallen.«

»Das haben Sie.«

»Wir sind hier fertig«, sagte ich und erhob mich. Ruby stand auf und nahm meinen Arm. Wir gingen zur Tür.

»Nur eine Sache noch«, sagte Keegan.

Ich drehte mich um und sah ihn an. Er lächelte wieder.

»Fast hätte ich's vergessen«, sagte Keegan. »Als ich mit New York telefoniert habe, mit Ihrem Inspector Neglio geplaudert habe, da hat er mich gebeten, Ihnen eine traurige Nachricht zu übermitteln.«

»Welche Nachricht?«

»Es geht um einen Freund von Ihnen, sagte der Inspector. Einen Priester namens Timothy Kelly . . .« Keegan unterbrach sich, um meine Reaktion zu studieren, dann fuhr er fort: »Armer Kerl. Wie es scheint, hat er sich das Leben genommen.«

Keegan hätte mich genausogut bewußtlos schlagen können. Er fragte: »Möchten Sie telefonieren?«

»Danke, nein, nicht hier«, brachte ich heraus.

»Hätte ich mir denken können.« Keegan erhob sich hinter seinem Schreibtisch und kam zu uns, wobei die Bodendielen unter dem Gewicht seiner Schritte knarrten. Er bot mir seine Hand an, war plötzlich genauso voller brüderlicher Hochachtung für einen amerikanischen Berufskollegen, wie seine Bemerkungen erst einen Augenblick zuvor voller zweideutigen Argwohns gewesen waren. »Tut mir leid, Ihnen Schwierigkeiten bereitet zu haben, Hockaday.«

»Ich habe das Gefühl, daß sie gerade erst angefangen haben.« Ich ignorierte Keegans ausgestreckte Hand.

»Sie werden also im Haus Ihres Onkels in Dún Laoghaire wohnen?«

»Steht das nicht auf meiner Einreiseerklärung? Die werden Sie doch wohl gelesen haben.«

Keegan lächelte nur.

»Falls ich die Stadt verlasse, werde ich es Sie vielleicht wissen lassen«, sagte ich.

»Die Dublin Garda wird diese Rücksichtnahme zu schätzen wissen.«

»Die die Garda auch in direktem Verhältnis zu der mir erwiesenen Kooperation erhalten wird.«

»Und welche Art von Kooperation könnte ein unschuldiger Besucher der Grünen Insel wohl benötigen?«

»Sie zeigen mir, was Sie haben, Chief, und ich zeige Ihnen, was ich habe.«

Wir ließen ihn mit ernstem Gesicht mitten in seinem kuscheligen Büro stehen.

Draußen auf der Straße und ein gutes Stück entfernt vom Präsidium der Garda fragte Ruby: »Was in aller Welt ist da gerade abgelaufen?«

Ich griff in meine Tasche und zog das Medaillon heraus, das Father Tim mir am Tag zuvor gegeben hatte. Sollte es mich vielleicht gegen ein solches Schicksal beschützen, wie es Francie Boylan widerfahren war? Ich hielt es auf meiner Handfläche und sah es mir noch einmal an, die Initialen H. O. S. und die *Fasces* auf der einen Seite. Ich sah es an, als erwarte ich, daß das Ding zu mir sprach. *»Behalte das hier immer in der Tasche, solange du auf der anderen Seite bist, Neil. Und um deines Lebens mit Ruby Flagg willen vergiß nicht, daß es da ist, wenn du es brauchst.«*

Ich schloß die Augen, erinnerte mich an das Bild von Father Tim in der Holy Cross, als er sein Bittgebet an den heiligen Judas verrichtete, und der später mit Tränen in den Augen im Fond des Taxis saß; erkannte darin mein Versagen, dem verzweifelten Lebewohl eines alten Freundes Beachtung zu schenken. Und meinen Verrat an ihm und auch an Davy Mogaill, als ich mich erinnerte, mich ebenfalls gefragt zu haben: Kann man seine Freunde jemals wirklich verstehen?

Als ich Ruby jetzt keine Antwort gab, fragte sie: »Du siehst aus, als würde dich etwas quälen, Hock. Was ist los?«

... Wieder kam die geträumte irische Stimme durch die Zeit, sagte mir, nicht daran zu denken, wie Father Tim vielleicht gestorben war, sondern wie er zeit seines Lebens meine Naivität geprägt hatte. Und erinnerte mich an die beiden irdischen Dinge, die er am meisten liebte: die Politik und das Kino, die, wie er immer witzelte, letzten Endes ein und dasselbe waren. *»Warte ab, ob nicht eines Tages die Wähler anfangen, Männer direkt von der glitzernden Leinwand in das höchste öffentliche Amt zu wählen«*, sagte er immer. Die Leute hatten immer nur gelacht ...

»Ich denke gerade daran, wie ich als kleiner Junge immer ins Kino gegangen bin und dabei nie auf die Anfangszeiten geachtet habe«, sagte ich. »Ich bin einfach immer egal wann reingegangen, mitten in einem Film; es spielte überhaupt keine Rolle. Ich konnte ja immer sitzen bleiben, wenn der Film längst zu Ende war, und auf die nächste Vorstellung warten – bis ich alle Szenen nachholte, die ich am Anfang verpaßt hatte.«

»Wir sind alle so ins Kino gegangen«, sagte Ruby. »Wir waren alle mal jung.«

»Als Kind erscheint alles so hell und klar, stimmt's? Ein Nachmittag im Kino ist das gleiche wie die Ewigkeit. Es ist immer noch Zeit, die ganze Geschichte mitzukriegen.«

»Und jetzt, wo du nicht mehr so jung bist?«

»Die Zeit befindet sich in einem Wettlauf mit der Unklarheit. Egal wie es ausgeht, irgendwas holt mich ein.«

»Das sollte es auch, Hock. Mir fällt auf, daß du immer zwei Dinge vergißt, wenn du dich wegen deinem Alter bemitleidest.«

»Was –?«

»Es liegt kein Zauber darin, für immer ein kleiner Junge zu bleiben. Und du bist nicht allein, du hast mich.«

»Dank dem Himmel für kleine Mädchen.«

»Mach das gelegentlich mal. Danke dem Himmel. Aber im Augenblick, solltest du nicht besser New York anrufen?«

12

Weitere sechs Mal klingeln lassen.

Das schrille Geräusch eines Telefons in der Stille vor Tagesanbruch in New York schreckte Mogaill aus seinem Whiskeytran auf. Er ließ das Glas zu Boden fallen.

Wieder nahm er den Hörer nicht ab.

»Was wird er von mir denken, wenn ich nicht rangehe?« fragte Mogaill.

Der Mann mit dem graumelierten Bart und der .45er Automatik, der vor ihm saß und eine filterlose Camel nach der anderen rauchte, reckte sich und sagte: »Vielleicht denkt er, du wärst schließlich im Suff ertrunken.«

»Und vielleicht kommt er mich suchen.«

»Da wird nicht mehr viel zu finden sein, oder?«

»Du solltest dich besser anständig um mich kümmern. Früher oder später werden sie suchen kommen, und sie werden es gar nicht witzig finden, wenn mir von jemandem wie dir auch nur ein Härchen gekrümmt worden ist.« Mogaill griff über die Armlehne seines Sessels herab und hob das Glas vom Boden, dann nahm er die Literflasche Black Bush vom Tisch neben sich. Er schenkte einen weiteren Drink ein, nur sich allein.

»Du hast inzwischen genug getrunken, um die Mündung des Shannon zu füllen.«

»Verstehst du denn nicht, mein alter Freund? Allein mein Trinken macht dich interessant.«

»Ich bin nicht hier, um mich von dir beleidigen zu lassen.«

»Du hast ein Recht auf deine eigene Meinung, so falsch sie auch ist.«

»Du weißt, warum ich hier bin, du Penner.«

»Das weiß ich allerdings. Du bist hier, weil du nun mal bist, was du bist, Finn. Ein sehr kleiner Mann mit einer riesig großen Kanone.«

»Wir sind beide groß genug, um ein vorlautes Maul zu stopfen!« Finn lud die Automatik durch.

»Und wenn du mich tötest – was würde es dir nützen ... oder deinen Auftraggebern oder deiner sündhaften Sache? Denk mal gründlich darüber nach.«

»Nicht nötig, dich zu töten, Davy. Wenn ich schieße, dann ziele ich auf deine Kniescheiben oder deine Ellbogen oder deine Hüfte. Du wirst dir den Rest deines Lebens wünschen, ich hätte dir ins Herz geschossen.«

»Gesprochen wie ein wahrer Patriot.«

»*Aye,* denn ein Patriot bin ich.«

»Und würdest du von dir selbst auch behaupten, ein Mann mit Prinzipien zu sein?«

»Es ist eine große Schande, daß wir das von dir nicht mehr sagen können.«

»*Nae,* solche Patrioten wie du sollten sich schämen, Finn. Du bist gut, wenn es um den Kampf für Prinzipien geht, ganz anders sieht's aber gleich aus, wenn man ihnen auch gerecht werden muß.«

»Mit deinen schönen Worten wirst du den Kampf nicht aufhalten.«

»Wie kann man nur so etwas Furchtbares und Unpatriotisches sagen? Jeder weiß doch, daß Worte die besten Waffen eines echten Iren sind.«

Finn sprang von seinem Stuhl, stürzte sich auf Mogaill und schlug ihm mit der Pistole in das spöttisch grinsende Gesicht. Das Glas flog aus Mogaills Hand, Whiskey und Blut tropften über sein Kinn. Zu seiner Verteidigung begann Mogaill schallend zu lachen. Und Finn, der die Pistole zu einem zweiten Schlag gehoben hatte, konnte vor verdutzter Wut nur zittern.

»Setz dich mit deiner Kanone wieder hin«, befahl Mogaill. »Es ist doch jämmerlich, oder nicht, daß ein Patriot wie du es mit Lachen nicht aufnehmen kann?«

Langsam sank Finns Arm. Mogaill lachte wieder. »Wenn du einen Schwanz hättest, dann würde ich ihn jetzt eingekniffen zwischen deinen Knien sehen.« Finn setzte sich. Mit all der Autorität, die er in seine Stimme bringen konnte, und das war nicht viel, sagte er zu Mogaill: »Laß uns über das Angenehme reden, das uns beiden am Herzen liegt.«

Mogaill hob das Glas erneut auf, schenkte Whiskey nach und gestikulierte vage. Dann sagte er: »Womit du die alte Heimat meinst?«

»*Aye, Eire* – Irland.«

»Wie Sean O'Casey schon geschrieben hat: ›Die schreckliche Schönheit verliert langsam ihr gutes Aussehen.‹ Andererseits aber bist du ja wahrscheinlich als hochrangiges Mitglied einer ignoranten Armee kein sonderlich belesener Mann, oder?«

»Worte wie diese sind es, die dir das Grab schaufeln werden, wenn du vor weniger freundlichen und toleranten Leuten stehst, als ich es bin«, sagte Finn und steckte sich eine Camel an. »Wir sind schon seit vielen Jahren befreundet, Davy. Deshalb lasse ich dich am Leben, aus Respekt vor der Vergangenheit –«

»Meine tiefste Dankbarkeit gilt euch allen«, fiel ihm Mogaill ins Wort.

»Aber die Sache ist größer und älter als unsere Freundschaft. Vergiß deshalb nie: Ich kämpfe immer noch an der Seite derjenigen, die du verlassen hast. Und uns fehlt die Geduld für deinen Spott.«

»Dann verplemper nicht weiter unsere kostbare Zeit und hol deine verbissenen Kameraden. Denen werde ich das gleiche sagen wie dir, nämlich was ich von ihrer vermaledeiten Politik halte. Nicht daß auch nur einer von euch das verstehen würde.« Mogaill leerte sein Glas. »So wie ich das sehe, ist Politik der Zeitvertreib von euch oberflächlichen Typen, von euch kleinen Männern mit großen Kanonen. Wenn ihr Erfolg habt, werdet ihr in den Augen anderer oberflächlicher Männer wichtig.«

»Scheiße! Ich erinnere mich noch genau an eine Zeit, als du der Überzeugteste von uns allen warst.«

»Das war einmal. Heute sage ich: Es sollte eine Politik geben, bei der ein Mann weder von jedem kleinsten Detail überzeugt sein muß noch zu jedem Augenblick. Alles Gute in diesem Leben gedeiht auf den ständigen Ungewißheiten, die Gott uns gibt. Hast du das schon mal gehört, Finn?«

»Auch nur schöne Worte!«

»Kein anständiger Ire besitzt so schwerhörige Ohren wie du.« Mogaill schüttelte den Kopf.

»Ich sollte dir jetzt eine Kniescheibe wegblasen.«

»Warte bitte noch einen Moment, ich trinke vorher noch ein Gläschen.« Mogaill griff nach der Flasche. Sie war leer. »Scheiße!«

»Bald geht die Sonne auf, und mit ihr kommen die anderen.« Finn lud die Automatik wieder durch. »Du weißt, was wir von dir hören müssen.«

»Ja, weiß ich«, sagte Mogaill. Er ließ einen Arm über die Lehne des Sessels fallen, berührte mit der Hand die für Finn nicht zu sehende schwarze Kiste. Dann erhob er sich aus dem Sessel.

»Wo willst du hin?« fragte Finn.

Mogaill massierte sein Kinn. »Meine irische Visage für deine reizenden Freunde waschen.«

Mogaill ging ins Bad, als das Telefon wieder zu klingeln begann. Finn folgte ihm und blieb vor der verschlossenen Tür stehen, während Mogaill das Wasser laufen ließ.

13

»Es ist noch nicht mal Tagesanbruch in New York«, sagte Ruby. »Wo zum Teufel steckt er?«

Ich legte den Hörer wieder auf. »Du hast doch gesagt, er sei sicher und wohlbehalten zu Hause, oder etwa nicht? In aller Unschuld betrunken bis zum Umfallen.«

»Das war vor unserer kleinen Spazierfahrt auf der O'Connell Street mit Francie Boylan und bevor Keegan uns vom Selbstmord deines Priesters erzählt hat. Jetzt bin ich nicht mehr so sicher, ob es irgendwas gibt, was irisch und unschuldig ist.«

Wieder nahm ich den Hörer ab.

»Wen rufst du an?« wollte Ruby wissen.

»Tomasino Neglio. Er ist kein Ire.«

Ich nannte der internationalen Vermittlung Neglios Privatnummer und meldete ein R-Gespräch an. Es folgte eine halbe Minute Rauschen im transatlantischen Telefonkabel, dann nahm Neglio beim zweiten Klingeln ab. Er beschwerte sich bei der Dubliner Vermittlung, willigte dann aber doch ein, die Gebühren zu übernehmen. Dem Klang seiner Stimme nach zu urteilen, hatte er nach Keegans Anruf nicht mehr einschlafen können.

»Beantworten Sie mir eines«, sagte Neglio. »Wieso können Sie nicht einfach mal schön in Urlaub fahren und alle in Ruhe lassen, uns hier in New York eingeschlossen?«

»Sie vermissen mich also schon?«

Ich hörte, wie er über eine Tasse heißen Kaffee blies. »Hock, was ist da drüben los? Und um Himmels willen, erzählen Sie mir nicht, es hätte irgendwas damit zu tun, daß sich Father Kelly hier bei uns von der Platte geputzt hat.«

»Wie kommen Sie darauf?«

»Ach, durch Kleinigkeiten. Zuerst hörte ich in allen Fernseh- und Radiosendern, daß sich dieser Priester in einem Beichtstuhl Ihrer alten Chorknabengegend erschossen hat, in der Holy Cross –«

»Was?«

»Genau das habe ich auch gesagt, als ich die Nachrichten hörte. Also rufe ich die PDU des Midtown-North an, und die verbinden mich mit einem Lieutenant Ellis, und raten Sie mal, was der mir erzählt? Er sagt, daß Sie, Hock, einer der letzten waren, die den alten Father Kelly gesehen haben, als er noch seinen Rosenkranz runterrasseln konnte.«

Meine Worte kamen langsam und kläglich, und mir wurde bewußt, daß ich wie ein nervöser Täter klingen mußte, bei dem eine Frage genau ins Schwarze getroffen hatte. »Ich habe doch das Taxi bezahlt . . . er war auf dem Weg nach Hause . . .«

»Nicht ganz«, sagte Neglio. »So ziemlich genau zu dem Zeitpunkt, als Ihre Maschine von der Startbahn abhob, war Father Kelly in diesem Beichtstuhl und hat noch mal einen letzten Volltreffer gelandet. Sozusagen.«

Ich beschloß, vorläufig weder von dem beunruhigenden Gespräch mit Father Tim zu erzählen, nachdem ich ihm das Foto meines Vaters gezeigt hatte, noch von dem Medaillon, das Father Tim mir gegeben hatte. Was heißen soll, ich beschloß, die Sache zu meiner persönlichen zu machen, obwohl wir auf der Polizeiakademie ausdrücklich davor gewarnt worden waren, unsere Arbeit persönlich zu nehmen. Kluge Cops ziehen sich aus persönlichen Fällen zurück, genau wie sich Reiche von Verwandten fernhalten. Was vielleicht etwas darüber sagt, wie klug ich bin.

»War es ein schneller Tod?« fragte ich.

»Er hat sich diese alte Mauser in den Mund geschoben, und

dann hieß es nur noch Licht aus – ein Schuß, voll in den Kortex. An der Kugel hat er nicht leiden müssen. Warum er sich aber die Kugel gab, ist der eigentliche Knackpunkt.« Neglio schwieg eine Weile, dann sagte er: »Ich muß Ihnen eines sagen, Hock, ich glaube nicht, daß sich Lieutenant Ellis überschlagen wird, den Fall schnell abzuschließen.«

»Nein?«

»Nicht solange Mogaill von der Mordkommission aus dem einen oder anderen Grund seine Nase in diesen Selbstmord steckt. Und nicht, wenn er schließlich erfährt, daß Sie rein zufällig in Dublin am Tatort eines Mordes gewesen sind. Sie verstehen, was ich meine?«

»Davy Mogaill –?«

»Ein Kumpel von Ihnen, stimmt's?«

»Er war mein *Rabbi.*« Ich holte tief Luft. »Als ich hier gelandet bin, wartete bereits die Nachricht auf mich, ich solle ihn sofort zu Hause anrufen.«

»Aber Sie haben ihn nicht erreicht, stimmt's?«

»Nein. Woher wissen Sie das?«

»Ich habe ihn auch nicht erreicht. Wissen Sie, wo ich ihn finden könnte?«

»Die Nachricht lautete, ihn zu Hause anzurufen. Er wohnt draußen in Middle Village, Queens, in einer Seitenstraße der Metropolitan Avenue.«

»Ich werde einen Wagen vorbeischicken. Rufen Sie mich wieder an. Ach, und, Hock, passen Sie auf sich auf.«

14

Nichts, was ich von dem Leben meines Onkels wußte, hatte mich auf den Anblick des Hauses in Dún Laoghaire vorbereitet.

Nachdem wir aus dem Taxi gestiegen waren, standen Ruby und ich mit unseren Taschen in der Ladbroke Street und starrten mit offenem Mund auf Hausnummer 10, wo Liam Hockaday seinen Wohnsitz gehabt hatte, solange ich zurückdenken konnte: das große Eckhaus in einer Allee mit altem Baumbestand und eleganten Barockhäusern mit Blick auf die kalte, blaue Dublin Bay, ihre Schiffe und Fähren, die auf der Irischen See verkehrten. Es war ein fünfstöckiges, von Efeu bewachsenes Steinhaus mit Erkerfenstern und geschliffenen Bleiglasscheiben, Holzpilastern und einer typisch georgianischen Eingangstür. Zum ersten Mal, seit wir die Dublin Garda verlassen hatten, sprachen wir jetzt von etwas anderem als Father Tims Selbstmord und dem möglichen Verbleib von Davy Mogaill.

»Das ist mit Abstand das schönste Haus, das ich je gesehen haben«, sagte Ruby. »Wieso hast du mir nie erzählt, daß du aus einer reichen Familie kommst, Hock?«

»Weil es mir nie irgendwer gesagt hat.«

Ich wußte natürlich, daß mein unverheirateter Onkel nicht unvermögend war. Bis zum Tod meiner Mutter schickte er jede Woche einen Scheck, ausgestellt auf ein Konto bei der Bank of Ireland. Aber das war allgemein üblich; selbst ein in bescheidenen Verhältnissen lebender Ire sorgte für eine regelmäßige Unterstützung der Witwe seines Bruders. Als ich noch ein kleiner Junge war, wurde der Scheck auch dringend benötigt, doch weder verriet die Höhe des Betrages je das imposante Haus, in dem er ausgestellt und unterzeichnet worden war, noch brachte Onkel Liams Erscheinungsbild oder sein Auftreten jemanden in New York auf den Gedanken, daß er mehr sein könnte, als er sagte: ein pensionierter Hafenarbeiter aus Dún Laoghaire.

Das letzte Mal hatte ich Liam Hockaday vor fast zwanzig Jahren gesehen, in jener ersten Dezemberwoche, in der meine Mutter starb. Jetzt mußte ich wieder an ihn denken, wie er damals vor dem offenen Grab auf dem St. John's Cemetery in Queens neben mir gestanden hatte; ich in meiner adretten blauen Uniform als frischgebackener Polizist, er mit seinen abgewetzten braunen Schuhen, dem nach Tabak stinkenden Tweedanzug und der schwarzen Regenjacke; wie er sich bekreuzigte, mit feuchter Nase und Tränen in den Augen, rote Rosen in ihre letzte Ruhestätte fallen ließ und etwas auf Gälisch flüsterte, wobei sein von Whiskey geschwängerter Atem kondensierte und in der naßkalten grauen Luft tanzte.

... Und wer noch befand sich in der winzigen Gruppe, die sich von ihr verabschiedete? Father Tim, der *a cappella* ein eucharistisches Kirchenlied sang und Weihwasser auf den lackierten Kiefernsarg spritzte. Zwei anonyme Totengräber in Parkas und Stiefeln, Tränen und Verlust ebenso gewohnt wie Nebel und feuchte Erde. Und mein ernst dreinschauender *Rabbi*, Davy Mogaill ...

»Komm, laß uns reingehen«, sagte Ruby und nahm ihre Tasche in die Hand.

»Ich hab das Gefühl, als sollte ich eigentlich ein Hühnchen unter dem Arm haben«, sagte ich.

»Hä?«

»Es gibt da ein irisches Klischee, das ich mein ganzes Leben lang gehört habe. Es geht dabei um einen entfernten Verwandten, der eines Tages von irgendwo draußen auf dem Land hier im County Dublin auftaucht und fest davon überzeugt ist, daß ein mageres, frisch geschlachtetes Hühnchen in einem Sackleinenbeutel eine angemessene Gegenleistung für die Wochen ist, die er auf deine Kosten essen und schlafen und trinken wird.«

»Solche entfernte Verwandte haben wir in Louisiana auch. Keiner von denen ist Ire, und manche verzichten auch gleich noch auf das Hühnchen.« Ruby setzte sich Richtung Haus in Bewegung. Ich nahm die beiden verbleibenden Taschen und folgte ihr. Sie sagte: »Wir sind jedenfalls eingeladen, du erinnerst dich?«

... Eingeladen von Patrick Snoody, dem »treuen Freund« meines Onkels. Der überrascht zu sein schien, uns beide zu sehen, als er die große georgianische Tür auf unser langes Läuten hin öffnete.

»Wie sind Sie hier angekommen?« fragte er und sah dabei über meine Schulter die Ladbroke Street hinauf und hinunter.

Da war nur ein Fahrradfahrer. Snoody schirmte mit einer Hand die Augen gegen die Sonne ab und schaute zu, wie das Fahrrad Richtung Bay den Hügel hinunter verschwand.

»Wir sind mit dem Intercity die Küste runtergekommen und haben dann am Parnell Square am Hafen ein Taxi genommen«, sagte Ruby und deutete in die gleiche Richtung, in die auch Snoody schaute.

»Trotzdem vielen Dank, daß Sie uns Francie Boylan geschickt haben«, sagte ich.

Snoody schüttelte seinen mächtigen grauen Kopf und sagte: »Ich habe es schon gehört.« Er machte keinerlei Anstalten, für uns zur Seite zu treten. So groß und breit die Tür auch war, mit seinem beträchtlichen Leibesumfang füllte Snoody sie beinahe ganz aus. Er trug einen gutgeschnittenen Anzug, und seine Sprechweise verriet, daß er in einer Zeit gute Schulen besucht hatte, als die Menschen den Wert der Sprache noch zu schätzen wußten, und dies war nicht weniger imposant als seine körperliche Erscheinung.

»Es macht Ihnen doch nichts aus, wenn wir jetzt hereinkommen und meinen Onkel begrüßen, oder?« sagte ich.

»Tut mir schrecklich leid«, sagte Snoody. »Was bin ich doch für ein Banause. Bitte, so treten Sie doch ein.«

Dann durften wir an ihm vorbei eine rechteckige Eingangshalle mit gefliestem Boden und Mahagonitäfelung betreten. Eine geschwungene Treppe befand sich am anderen Ende der Halle, die noch ein Stück weiter ging. Türbogen an beiden Seiten führten in zwei stattliche Wohnzimmer, das eine dunkel und unordentlich, das andere sonnig und aufgeräumt, als sollte es jeden Augenblick fotografiert werden. Daß es sich um zwei stattliche Räume handelte, erkannte ich an den Simsen und Friesen und Gipsrosetten unter den Decken, ganz zu schweigen von den unzähligen, goldgerahmten Gemälden mit kleinen Lämpchen darüber. Außerdem gab es genug Marmor und Onyx, um ein nettes Mausoleum auszustatten.

Wir stellten unser Gepäck vor einem Schreibtisch mit einem Telefon und einem Stapel Post darauf ab. Direkt daneben befand sich eine Garderobe für Mäntel, Hüte und Schirme. Auf dem Schreibtisch stand eine Skizze in einem filigranen Goldrahmen. »Hock, sieh dir das an«, sagte Ruby. Nicht sonderlich intelligent erwiderte ich: »Echt alt, was?«

»Das ist es in der Tat«, sagte Snoody. Er stand dicht hinter uns, dicht genug jedenfalls, daß ich seinen Atem auf meinem Nacken spürte. Wie große, schwere Männer seines Schlages sich so schnell und lautlos bewegen können, ist polternden Typen wie mir ein stetes Rätsel. »Es ist eine Kreidezeichnung von Giovanni Battista Tiepolo, etwa 1750«, sagte Snoody. »Es heißt *Studie des Kopfes von Tiepolos Sohn Lorenzo*. Ziemlich berühmt. Es ist der Entwurf für ein Fresco im Palast des Fürstbischofs von Würzburg.«

»Und hier steht es nun im Haus meines Onkels«, sagte ich und drehte mich zu Snoody um. »Es ist doch das Haus meines Onkels, oder?«

Snoody lachte durch die Nase. »Sie sind am richtigen Ort, Mr. Hockaday.« Er warf einen Blick auf unser Gepäck. »Nun, da Mr. Boylan nicht mehr unter uns weilt«, meinte er lässig, als hätte Francie Boylan lediglich seinen Job beim Hauspersonal gekündigt, »werde ich dafür sorgen, daß die Köchin Ihre Sachen nach oben bringt. Wünschen Sie, äh ... getrennte Zimmer?«

»Ich wünsche mit Ihnen über Francie zu sprechen«, sagte ich, »aber vorher möchte ich meinen Onkel sehen. Wo ist er?«

»Ein Zimmer, ein Bett«, sagte Ruby.

»Wenn Sie bitte hier Platz nehmen würden«, sagte Snoody und deutete auf den Salon, der nur darauf wartete, ein Titelbild zu werden. »Die Köchin wird Ihr Zimmer richten. Ich hole unterdessen Liam. Whiskey und Sherry finden Sie auf dem Tisch neben der Feuerstelle. Sollten Sie Tee bevorzugen –«

»Nein, der Stoff ist schon okay«, sagte ich. Snoody schenkte mir ein verdrießliches Lächeln, das beinahe so säuerlich war wie das von Ruby. Dann stolzierte er den Korridor hinunter.

»Er mag mich nicht, stimmt's?« sagte ich zu Ruby, als wir den Salon betraten.

Ich marschierte schnurstracks zu den Erfrischungen am Kamin oder der *Feuerstelle*, wie Snoody es nannte. Ruby ließ sich auf die Kissen einer zierlichen, grün und pfirsichfarbenen Damastcouch sinken, die schräg vom Kamin in den Raum ragte und auf einem hellblau und cremefarbenen Orientteppich stand. Sie sah aus, als könnte sie dort auf der Stelle einschlafen.

»Nicht so besonders«, antwortete Ruby. »Manchmal sehe ich das genauso. Jetzt zum Beispiel.«

»Ich bin ja schließlich nicht im Dienst, verstehst du.« Ich nahm die Kristallkaraffe und zwei Gläser, die ich Ruby fragend zeigte.

»Bei dieser Runde trinkst du allein«, sagte sie. Ich schenkte mir einen Whiskey ein.

An der Wand über dem Tisch mit Alkoholika bemerkte ich eine weitere Skizze des Kopfes eines anderen Burschen in einem weiteren protzigen Rahmen, an dem eine winzige goldene Plakette befestigt war. Ich las laut vor: *»Porträt eines jungen Mannes, Annibale Caracci,* 1591.«

Ich nahm gegenüber Ruby auf dem Gegenstück zu ihrer Couch Platz, nippte an dem weichen, goldbraunen Single-Malt-Whiskey von einer Sorte, wie ich sie noch nie gekostet hatte, und stellte das Glas dann auf den niedrigen Tisch zwischen uns. »Diese tuntige Kunst, ich weiß nicht«, sagte ich. »Was meinst du, vielleicht sind der alte Patrick und Liam ja zwei Ballerinen?«

Ruby sah mich an, als hätte ich sie nicht mehr alle. »Ich glaube, du kannst manchmal ein unglaublicher Banause sein, Hock.«

»Tjaaa . . . Onkel war sein Leben lang Junggeselle. Ich mache jede Wette, bei Snoody ist's nicht anders.«

»Willst du's drauf anlegen, auch einer zu werden?«

»Ich denke nur laut.«

»Es gibt denken, und es gibt schwätzen. Nur eins davon macht man mit dem Mund.«

»Ich versuche nur dahinterzukommen, was hier verborgen wird –«

Aus der Diele hereindringender Lärm unterbrach mich. Urplötzlich brüllten dort draußen zwei Leute so laut wie zwölf. Ich erkannte Snoodys patrizische Stimme, während die andere einer Frau gehörte, die wir von unserem Platz aus nicht sehen konnten.

Ihre Mädchenzeit hatte sie bestimmt schon deutlich hinter sich gelassen und war sicher so was, was meine Mutter früher immer eine irische Landpomeranze mit dem Grollen *Gooottes* in der Stimme nannte.

»Ich will mit der Verkommenheit der Gosse nichts zu tun haben!« brüllte die Frau.

»Ich sage Ihnen, Köchin, Sie bringen diese Reisetaschen nach oben in das rote Zimmer!« bellte Snoody, wobei seine gerollten R leise in der Eingangsdiele nachhallten. »Und ich rate Ihnen, machen Sie lieber verdammt schnell damit!«

Ruby und ich saßen mucksmäuschenstill auf unseren Couchs und waren verlegen-amüsiert.

»Moira Catherine Bernadette Booley kann sonntags nicht *Gooottes* Herrlichkeit lobpreisen und sich dann umdrehen, um montags dem Satan zu dienen! *Nae,* ich lasse mich nicht in ein gottloses Wesen verwandeln, nicht mal, wenn Sie so schrecklich den Namen *Gooottes* beschmutzen! Eher können Sie mir kochenden Teer über den Kopf schütten!«

»Was immer Ihr Mieder zum Knistern bringt, Köchin, altes Mädchen!« Diese überraschend vulgäre Ausdrucksweise von Snoody bewirkte, daß Moira, die Köchin, laut nach Luft schnappte. Um klipp und klar verstanden zu werden, fügte Snoody hinzu: »Wenn Sie Teer haben wollen, dann bekommen Sie auch Teer!«

»*Jesses,* Maria und Josef – *Gooott,* erbarme dich deines gestrauchelten Dieners!«

Dann folgte das Geräusch von – was? Rädern? Und Onkel Liams Stimme, bösartiger, als ich sie in Erinnerung hatte: »Was soll das Gejaule hier?«

»Mr. Liam, er will, daß die beiden da drin Unzucht treiben«, beschwerte sich Moira. Ich vermutete, daß sie mit »die beiden« Ruby und mich meinte.

»Herr im Himmel, Patrick, du wirst doch nicht wieder das reine und christliche Zartgefühl unserer Köchin beleidigt haben?« fragte Liam.

Erneut hörte ich Snoodys überhebliches Schnauben.

Moira legte los. »*Aye,* er lästert *Gooott*! Und bedroht dazu auch noch ein reines Kind *Gooottes.*«

»Meine liebe Moira«, antwortete Liam, »bei all dem Leid und der Fäulnis in diesem Jammertal – ich bitte Sie! Was ist mit den Sünden gelegentlichen Fluchens, der lärmenden Trunksucht eines alten Knaben oder sogar dem unkeuschen Herumspielen an den Kronjuwelen? Würden Sie bitte klugerweise einräumen, daß dies alles Kleinigkeiten sind?«

»Bringen Sie jetzt das Gepäck nach oben«, sagte Snoody ruhig.

Moira appellierte ein letztes Mal an Liam: »Haben Sie schon einen Blick auf sie geworfen, Sir? Die sieht aus wie der Golliwogg persönlich, jawohl. Das Vermischen von Blut ist gegen *Gooottes* heilige Gebote!«

»Mir waren Gottes Kinder schon immer lieber als seine Prinzipien«, erwiderte Liam.

Moira schnappte nach Luft.

»Nehmen Sie die Taschen, Köchin«, sagte Snoody. Liam fügte hinzu: »Sie könnten ruhig tun, was er sagt, meine liebe Moira Catherine. Anschließend nehmen Sie sich eine Stunde Zeit und beten mächtig für unsere ruchlosen Seelen.«

Darauf folgte viel Geschnaufe und Snoodys nasales Lachen. Dann stapfende Schritte auf der Treppe und das Poltern von Gepäck, das nach oben gewuchtet wurde, Stufe für Stufe. Snoody verschwand nach irgendwo. Wieder das Geräusch von Rädern. Und Onkel Liam kam in den Salon.

Er war während der letzten zwanzig Jahre ein wenig geschrumpft, und seine Haut war fleckig geworden. Dann war da noch der Rollstuhl.

Ich habe schon kranke, alte Menschen gesehen, die sich in ihre Rollstühle schmiegen wie Säuglinge in Wiegen. Nicht so Onkel Liam. Über seinen Knien lag eine kleine Decke, um die zur Untätigkeit verdammten Beine zu wärmen und das Blut zirkulieren zu lassen, aber das war auch schon sein einziges Zugeständnis an die Unbeweglichkeit. Ansonsten hatte er sich dem Ding nicht ergeben. Sein Rücken war immer noch trotzig gerade, die Schultern energisch gereckt, der Bauch eingezogen. Aus einiger Entfernung wirkte Liam Hockaday selbst im Rollstuhl, als sei er absolut in der Lage, jederzeit Hut, Mantel und Stock zu nehmen und zu einem flotten Spaziergang runter zum Parnell Square aufzubrechen. Arme und Ellbogen bewegten sich ungestüm, als er sich zu uns herüber rollte, gerade so als sei ihm die Vollführung äußerst zuwider.

Aus der Nähe betrachtet, waren die Verwüstungen der Zeit in seinem Gesicht nicht zu übersehen. Andererseits sah er kaum wie jemand aus, der auf der Schwelle des Todes stand, wie Snoody es hatte erscheinen lassen. Seine braunen Augen waren so intelligent und scharf wie seine Zunge. Offensichtlich achtete er sehr auf ein gepflegtes Äußeres. Er hatte die gesunde Gesichtsfarbe eines Mannes, der immer noch Wein genoß und jeden Tag an die frische Luft ging.

Wahrscheinlich las er in meinem Gesicht eine Flut besorgter Fragen bezüglich seiner Gesundheit und seines Vermögens. Und vielleicht war dies dann auch der Grund, warum Liam mit Ruby und mir zu reden begann, als würden wir lediglich den Faden dort wieder aufnehmen, wo wir das Gespräch heute morgen oder bestenfalls gestern unterbrochen hatten. »Das ganze tosende Gequatsche tut mir leid«, sagte er und brachte den Rollstuhl genau zwischen uns zum Stehen.

Ruby und ich standen auf. Liam zwinkerte mir zu, dann hob er die Arme, um Ruby so gut es ging zu drücken. Sie beugte sich vor und küßte seine Wangen. »Meine hübsche Ruby Flagg, Sie sind wunderschön, und wenn ich heute abend allein in meinem Bett liege, werde ich darum weinen, ein Mann zu sein, der viel zu früh geboren wurde, um Ihnen anständig den Hof machen zu können.«

»Oh . . .«, sagte Ruby. Ich habe Ruby nie für den dahinschmelzenden Typ gehalten, aber genau das passierte jetzt.

»Ich weiß nicht mehr über Sie als nur Ihren Namen, aber wir werden uns Stück für Stück besser kennenlernen«, sagte Liam. Er gab ihr einen Handkuß. »Herzlich willkommen in Irland.«

»Oh . . .!«

Ich ging zu Liam, nahm ihn in die Arme und küßte seine rauhen Wangen. »Wie geht's dir, Onkel?«

»Ich erleide die üblichen Demütigungen eines Mannes, der sieben Jahrzehnte auf dieser Welt wandelt«, sagte Liam. Er las Mitleid in meinem Gesicht. Alte Leute in Rollstühlen haben ein Recht, solche Mienen nicht ausstehen zu können. »Zum Beispiel diesen Apparat hier statt meiner Beine«, sagte er schniefend. »Dann ist da noch eine wirklich beeindruckende Verstopfung. Solche Knoten in meinem Gedärm muß ich ertragen! Außerdem kriege ich einen steifen Hals, wenn ich noch lange zu euch beiden aufschauen muß. Ewig könnte ich so fortfahren. Aber dann würdet ihr mich hier sitzenlassen. Also, setzt euch wieder.«

Wir gehorchten.

»Wie ich sehe«, fuhr Liam fort, »hast du dir schon einen Whiskey eingeschenkt, Neil. Ist für mich leider zuviel Alkohol drin. Bist du so freundlich und holst mir einen Sherry?« Er wendete sich zu Ruby. »Und wie steht's mit Ihnen, *Bonny*?«

»Ja, für mich bitte auch einen Sherry«, sagte Ruby. »Ich trinke gern ein Gläschen mit einem charmanten Mann, ganz besonders in einer so charmanten Umgebung.«

Ich schenkte ein.

»So. Zuerst mal möchte ich euch bitten, nicht zu sehr auf die beiden Streithähne in diesem Hause zu achten«, sagte Liam, nachdem er einen kleinen Schluck gekostet hatte. »Moira ist ein bißchen bigott und eine kolossale Nervensäge. Zum Ausgleich hat Gott ihr die wunderbare Gabe der Kochkunst geschenkt. Eine solche Frau findet man selten in diesem Land der Kartoffeln und des stundenlang gekochten Fleischs, wie ihr schon bald zu schätzen lernen werdet. Der alte Patrick ist ein aus dem Amt verstoßener Priester, daher ist er natürlich einen Hauch verbittert und kommt sich ein wenig überlegen vor. Seit zehn Jahren ist er nun mein Freund und Kamerad, und ich habe gelernt, ihm seine Gluckenhaftigkeit zu verzeihen.«

Ich warf Ruby einen kurzen Blick zu und fragte Liam: »Snoody war Priester? Was hat er angestellt, daß man ihn rausgeschmissen hat?«

»Das ist schon lange, lange her«, sagte Liam und lachte leise. »Snoody war damals erheblich jünger als du heute, Neil. Er war Idealist und glaubte, daß der Mensch zu vervollkommnen sei und ähnliches dummes Zeug. Was man vielleicht toleriert hätte, wäre da nicht eine unglückselige Angewohnheit gewesen.«

»Was denn?« wollte Ruby wissen.

»Er neigte dazu, starke Worte zu benutzen, die seine Vorgesetzten nicht vergessen konnten«, sagte Liam. »Das ist immer unklug. Ich vermute, ihr möchtet wahrscheinlich wissen, was genau er gesagt hat, das ihm den Rausschmiß bescherte?«

»Ja«, sagte Ruby.

»Ja!« sagte ich.

Liam trank einen weiteren kleinen, gemächlichen Schluck. Ich spürte einen Nadelstich der Erinnerung: Stundenlang saß Onkel Liam mit meiner Mutter und Father Tim und den Nachbarn in unserem Wohnzimmer in Hell's Kitchen und erzählte wilde und komische Geschichten von der anderen Seite. Und ich ahnte keine Sekunde, daß diese Geschichten aus dem Haus eines Mannes kamen, der nicht nur reich an Phantasie war. Und jetzt saßen wir hier in dieser feudalen Umgebung an der Ladbroke Street.

»Der Herr allein weiß, wie Priester auf solche Ideen kommen. Unser junger Freund Father Patrick Snoody jedenfalls setzte es sich in den Kopf, daß die Kirche bestrebt sein sollte, eine leuchtende Streitmacht für das Gute und das Licht in der Welt zu sein«, sagte Liam. »Der arme Snoody, er mußte sehr schnell herausfinden, daß die Kirche sich auf seiner Mission nicht bewährte, und das machte den Burschen fassungslos. Also wurde er zu einem scharfen Kritiker des Klerus, war sprachlos, als er überdies entdecken mußte, daß die Kirche auch nur eine Gesellschaft mit der normalen Bevölkerung, bestehend aus Betrügern, Schurken, kleinen Lichtern und salbungsvollen Scheinheiligen, ist. Einmal hat er einem besonders widerlichen Monsignore tatsächlich einen Brief geschrieben, in dem er eine Zeile von Swift benutzte: ›Wir besitzen gerade genug Glauben, um uns zu hassen, aber nicht genug, um einander zu lieben ...‹«

Liam unterbrach sich, trank einen Schluck und fragte dann: »Übrigens, habt ihr eine Zichte?«

»Du meinst eine Zigarette?« fragte ich nach einem Augenblick der Verwirrung.

»*Aye*, genau das.«

»Tut mir leid, nein. Wenn ich rauche, dann die Zigaretten von jemand anderem.«

»Tja, das ist auch eine Möglichkeit, die Krankheitsrisiken zu verringern«, sagte Liam. »Patrick und Moira sind gar nicht so verschieden, wie es vielleicht aussieht, was aber gerade deshalb zu vielen Kämpfen führt. Zum Beispiel raucht keiner von denen. Die lassen mich auch nicht in die Nähe von eigenen Zichten.«

»Ihnen liegt sicher nur Ihre Gesundheit am Herzen«, meinte Ruby.

»Und zwar übertrieben«, sagte ich. »Snoody hat geschrieben, daß du im Sterben liegst.«

»Hat er das? Im Sterben!« Liam löste die Bremse des Rollstuhls und drehte sich um, damit er in die Diele sehen konnte. Er drehte sich wieder zu uns und sagte: »Die Glucke hat Angst, daß ich mich nach meinem amerikanischen Neffen und schönen amerikanischen Frauen sehne. Recht hat er. Guter Bursche, er hat euch beide hergeholt.«

»Nicht ohne Tragödie, Onkel«, sagte ich.

»Du sprichst von dem verstorbenen Francie Boylan?«

»Du weißt davon?«

»*Aye.* Er war ein anständiger Bursche, aber ein Idealist mit idealistischen Freunden, die viel zuviel Zeit damit verbringen, über die Unruhen zu reden.«

»Die Unruhen –?«

»Wir Iren sind stets vornehm in Diskussionen über den Guerillakrieg oben in Ulster, womit wir die IRA-Mörder gegen die Tommy-Mörder meinen«, erklärte Liam. »Was jedenfalls den armen Francie Boylan betrifft, loyaler Soldat einer uralten Sache, möge er ein Jahr tot sein, bevor der Teufel davon erfährt.«

»Darf ich eine offene Frage stellen?« sagte Ruby.

»Das machen Amerikaner doch meistens. Fragen Sie trotzdem, und ich werde Ihnen eine ehrliche Antwort geben, *Bonny*. Bestehlen würde ich Sie, aber niemals würde ich lügen.«

»Wie kommt es, daß Sie das alles überhaupt nicht aufregt? Weder Sie noch Snoody?«

»Wir sind nicht so demonstrativ wie ihr Amerikaner.«

»Aber Ihr Neffe und ich hätten genauso enden können wir Francie Boylan, erschossen von maskierten Gangstern auf der O'Connell Street. Und Sie springen nicht im Karree?« Ruby riß die Hände vor den Mund. »Oh – oh, tut mir leid.«

Liam lächelte. »Ich hatte meinen Teil der Rumspringerei, und sehen Sie nur, was mir das eingebracht hat«, sagte er und klopfte auf den verchromten Stahlring an den Rädern seines Rollstuhls.

»Tut mir leid«, wiederholte Ruby und verrenkte sich auf der Couch in eine Haltung, die aussah, als müßte es weh tun.

Vielleicht hätte sie Liam noch weiter bedrängt, wie ich es auch selbst getan hätte. Aber Ruby und ich waren der Herausforderung nicht gewachsen. Nach dem langen Flug und der Schießerei waren wir benommen und hundemüde.

»Vergessen Sie das. Ich bin nur ein alter Kauz, der schon lange genug gelebt hat, um zu wissen, daß ein gewaltsamer Tod zwar unerfreulich, aber auch nichts Einmaliges ist. Einmalig allerdings ist hin und wieder ein angenehmer Augenblick. In den wenigen Jahren, die Gott mir noch gelassen hat, widme ich mich der Pflege der Heiterkeit. Ich befehle allen Unerfreulichkeiten, egal wie nahe sie mir gehen, aus meinem Kopf zu verschwinden. Sie haben also völlig recht, Miss Ruby, ich bin ein forsch-fröhlicher alter Bock. Das ist eine Form des Egoismus, typisch für uns Alte. Eng verwandt mit fröhlichem Pfeifen auf einem Friedhof, verstehen Sie.«

Liam trank seinen Sherry aus. Er bat mich nachzuschenken, und ich holte die Flasche. Er zwinkerte Ruby zu und gab mir einen onkelhaften Rat: »Verlier deine Liebste, Neil, und du bist genauso ein verdammter Narr wie ich. Ich habe selbst einen Schatz verloren, vor langer Zeit. Jetzt weißt du, was ich wirklich in meinem Leben bereue.« Er trank einen Schluck von dem zweiten Glas Sherry. »Sag mir, womit du deine *Bonny* halten willst?«

»Nur zu, redet ruhig über mich, Gentlemen«, sagte Ruby. »Ich bin gar nicht hier.«

»Sie will damit sagen, Onkel, daß wir hier sind, weil wir deinen Segen wollen«, sagte ich. Wie gefährlich nahe ich an einen echten Heiratsantrag kam, dachte ich. Ruby warf mir einen schrägen Blick zu, der verriet, daß sie das gleiche dachte.

»Wie altmodisch, wie herzerfrischend. Hiermit hast du meinen Segen, Neil. Ich habe mich auf den ersten Blick in deine Ruby verliebt.«

»Aber das ist nicht alles, weswegen wir hier sind.«

»Ach?«

»Er will damit sagen«, erklärte Ruby, »daß er auch gekommen ist, um all seine leeren Stellen zu füllen.«

»Ich kann nicht ganz folgen, *Bonny*«, sagte Liam. Ein winziges Beben lag in seinen Worten. Er drehte sich zu mir und sah mich an.

»Ich befinde mich im Sog der Erinnerung«, sagte ich.

... Und das war ich tatsächlich, erinnerte mich an jenen Tag, an dem ich Ruby zum ersten Mal erzählte, daß ich mein Leben lang von meinem Vater träumte, daß Träume und ein einziges Foto alles waren, was ich von ihm besaß, daß meine Mutter alles andere, was ich vielleicht über diesen Mann hätte erfahren können, mit in ihr Grab genommen hatte. Und wie Ruby mich dann ruhig angestarrt und gesagt hatte: *»Tut mir leid, Hock, das war nicht richtig von deiner Mutter.«* Und hatte ich mir selbst nicht insgeheim genau das gleiche gesagt?

Außerdem sagte Ruby an diesem Tag: *»Dein Vater hätte niemals so sterben dürfen, ohne daß dir jemand eine Erinnerung an ihn mitgab. Niemand kann ohne Erinnerungen leben ...«*

Liam beäugte mich mißtrauisch, was auch sein gutes Recht war. Ich wollte ihm alles erzählen, genau in diesem Augenblick: von dem Soldatenfoto meines Vaters, dem rätselhaften Gedicht, von Father Tims Selbstmord und auch von Davy Mogaill. Ich wollte meinem Onkel hundert Fragen über ihn selbst stellen, angefangen mit seinem schönen Haus in der Ladbroke Street. Und wenn er nicht schnell genug antwortete, würde ich die Wahrheit aus ihm herausschütteln.

Aber Liams fröhliche Maske war verblaßt, und mit ihr seine Kraft. Es war nicht fair, ihn jetzt weiter mit Fragen zu bombardieren.

Es gefiel mir nun mal nicht, genauso wie der Rollstuhl Liam nicht gefiel. Waren wir beide Geiseln? Liam die Geisel seines Stuhls, ich die Geisel der stillen Wahrheit meines Vaters?

Ich brachte nur heraus: »Ich habe von ihm geträumt, mehr als je zuvor.«

»Von wem?«

»Von meinem Vater, deinem Bruder.«

»Wir haben noch viel Zeit«, sagte Liam und hob sich mit seinen alten Armen ein paar Zentimeter aus dem Rollstuhl. Ein Bein zuckte krampfartig. Mit der Faust schlug er darauf ein, dann zog er die Decke auf seinem Schoß höher zu seiner Taille. Diese Anstrengungen ermüdeten ihn. »Wir werden über Aidan sprechen, zur gegebenen Zeit . . .«

»Und auch über Mairead, seine Mutter?« fragte Ruby.

Mit schmerzerfülltem Gesicht sagte Liam: »Ja, und auch über Mairead . . .«

»Ist mit dir alles in Ordnung, Onkel?« fragte ich.

»Ich mache jeden Tag um diese Zeit mein Nickerchen, das ist alles. Und warum ruht ihr zwei euch jetzt nicht auch aus? Das rote Zimmer ist im zweiten Stock, links von der Treppe. Moira ist zweifellos gerade damit beschäftigt, euer sündiges Bett zu machen.«

Ruby und ich standen auf. Ich trat hinter Liams Rollstuhl und nahm die Handgriffe. »Sag mir, wohin du möchtest, Onkel.«

»Geht nur, ihr zwei«, antwortete er. »Patrick wird mich schon finden.«

Als wir zur Diele gingen, erinnerte ich mich wieder an das Telefon auf dem Schreibtisch mit dieser italienischen Skizze aus dem achtzehnten Jahrhundert, die bei deutschen Adligen so ein großer Hit war. Ich drehte mich um und fragte: »Darf ich mal telefonieren?«

Liam winkte ungeduldig. »Ja – sicher, sicher.«

»Ich bin für duschen und anschließend ein schönes, langes Schläfchen«, sagte Ruby in der Eingangshalle.

»Dann geh schon mal vor«, erwiderte ich.

»Du kommst doch gleich nach, oder?«

»Wenn's länger dauert, kommst du mich einfach holen.«

»Was soll das heißen?«

»Das soll heißen, ich hab ein komisches Gefühl.«

»Ja«, sagte Ruby.

»Geh.«

Ruby stieg die Treppe hinauf. Ich wählte die Nummer der internationalen Vermittlung und nannte die Privatnummer von Inspector Neglio in seinem Büro in der One Police Plaza. Während ich auf die Verbindung wartete, hörte ich Schritte im hinteren Teil der Halle.

Ich schaute auf. Und sah nur einen Schatten.

»Hock –?« Neglios Stimme war so klar und deutlich, als befände er sich im Nebenzimmer.

»Ja . . . was gibt's Neues von Mogaill?«

»Schlechte Nachrichten.«

15

Meine gegenwärtige Tätigkeit war nicht meine erste Berufswahl.

Vor vielen Jahren, als das City College noch keine Studiengebühren kostete, als Politiker noch nicht gelernt hatten, daß sie Stimmen gewinnen konnten, indem sie die Armen ausraubten, und als ich dort Publizistik studierte und mir die größte Mühe gab, um den Wehrdienst herumzukommen, sah ich mich als Zeitungsjournalisten. Damals war ich verrückt nach einem ungarischen Mädchen, das als Kellnerin in dem schlichten Restaurant ihres Vaters auf der Convent Avenue arbeitete.

Stundenlang saß ich dort in diesem tristen, schäbigen Freßlokal vor Kaffee und Gulasch und erzählte Magda, daß ich davon träume, Reporter zu werden. »Es ist so was wie eine Berufung«, sagte ich tatsächlich. Ich muß zugeben, daß das Erregung in Magdas Gesicht zauberte, die mich anmachte. »Ich fühle mich berufen, mein Geld damit zu verdienen, die große Wahrheit zu schreiben!«

Eines Tages bekam ihr alter Herr das mit. Er kam an den Tisch herüber, an dem ich mit meinem Gulasch saß und wo seine Tochter glücklich um mich herumschwirrte. Er war groß und kräftig und so kalt wie ein Kelvinator, und er hatte mich noch nie gemocht. Er bemerkte die rosige Tönung auf Magdas Hals und Gesicht, und auch das gefiel ihm nicht. Der alte Mann wußte genau, was er dagegen unternehmen mußte.

»Was wirst du schreiben?« wollte er von mir wissen.

Wieder proklamierte ich meine Berufung.

»Wozu willst du die Wahrheit schreiben?«

»Die Menschen brauchen die Wahrheit.«

»Ja, vielleicht, aber die Menschen wollen sie nicht.«

»Himmel, ich weiß nicht –«

»Schreib nicht die Wahrheit, Junge. Du wirst in der Gosse sterben. Das ist die Wahrheit.«

Es war, als hätte mir jemand die Luft abgelassen. Magda war auch nicht mehr so verträumt, was mich betraf, und nach einer Weile bin ich nicht mehr hingegangen. Und so bin ich nicht Journalist, dafür aber trauriger und weiser geworden. Gleichzeitig bemerkte ich, daß die Zeitungen nur trauriger wurden.

Manchmal glaube ich, heute würde ich einen tollen Journalisten abgeben, wenn ich nicht so damit beschäftigt wäre, Cop zu sein. Was schon in Ordnung ist, denn ich kann mir kaum vorstellen, daß mich irgendeine Zeitung tatsächlich nehmen würde.

Manchmal sehe ich mich in so was wie dem Remake einer Nachrichtenredaktion, einer wie in den alten Schwarzweißfilmen im Nachtprogramm des Fernsehens. Ich habe die Füße auf den Schreibtisch hochgelegt. Ich döse vor mich hin.

Eine Meldung kommt rein! Irgendein Bursche hat gerade seine Frau erstochen, mit der er fünfundzwanzig Jahre verheiratet war und die ihm das japanische Küchenmesser zum letzten Hochzeitstag geschenkt hatte. Ein blutiges Gemetzel hat er veranstaltet. Die Nachbarn sind fassungslos, denn der Bursche und seine Missus waren doch so ein reizendes Paar, und sie sind auch jeden Sonntag in die Kirche gegangen und all das.

Die Damen und Herren von der Presse überschlagen sich förmlich, zu dem Haus zu gelangen, denn so was ist ein todsicherer Auflagensteigerer. Die Schaufensterpuppen vom Fernsehen sind auch schon da, glotzen in Kameras und erzählen den Zuschauern, sie seien »live« am Tatort des Verbrechens. »Live« wie das Gegenteil von »dead«?

Und während dann all die anderen Reporter ihre Notizbücher mit den Fakten der Sache vollkritzeln, stehe ich allein in einer Ecke und zerbreche mir den Kopf über einen Burschen, der vor fünfundzwanzig Jahren eine Frau einmal so sehr liebte, daß er sie geheiratet hatte, und dann, eines schrecklichen Tages, haßte er sie so sehr, daß er auf dem Küchenlinoleum Gulasch aus ihr machte.

So wie ich es sehe, ist diese großartige Mordgeschichte überhaupt keine Geschichte. Die wirkliche Geschichte ist, was während dieser fünfundzwanzig Jahre geschah, die diese zwei Menschen zusammen ein reizendes Paar waren. Das würde die große Wahrheit sein. Die Wahrheit, die ganze Wahrheit und nichts als die unschöne und komplizierte Wahrheit, so wahr mir Gott helfe.

Nur kommt das nicht besonders beim Chefredakteur an, der meinen Enthusiasmus für die großen Zusammenhänge nicht teilt. Er ist groß und kräftig und kalt wie ein Kelvinator, und er mag mich nicht. Er sagt zu mir: »Gib mir einfach die Fakten, Kid. Du wirst feststellen, daß es die einfachste Möglichkeit ist, eine Seite zu füllen.«

Ich mißgönne niemandem die angenehme Bequemlichkeit

eines unkomplizierten Weltbildes, am allerwenigsten einfachen Journalisten. Manchmal wünschte ich mir, daß auch ich dem vertrauen könnte, was ich sehe oder höre, oder was man in ein paar Spaltenzentimetern Zeitungspapier lesen kann. Manchmal wünschte ich, ich wäre kein Cop.

Ich habe schon viele Mörder zur Strecke gebracht. Nie war es je einfach. Manche Killer waren duckmäuserische, kleine Menschen mit verblaßten Träumen, die im Laufe der Zeit ihr Herz zerfraßen, bis sie darauf brannten, irgendwem irgendwas zu beweisen. Meistens waren sie bedauernswert, und meist erregten ihre Verbrechen kein Aufsehen. Andere hielten die Stadt bis zu ihrer Festnahme in panischer Angst, die Spuren, die sie bei uns hinterließen, wurden durch große, fette Schlagzeilen in der Boulevardpresse ebenso bestätigt wie durch die Leichen.

Meine Killer wurden alle vor Gericht gestellt und in Prozessen verurteilt, bei denen viel Geld und Sorgfalt darauf verwendet wurde, die Fakten ihrer Verbrechen an den Tag zu bringen, wenn schon nicht ihre von Narben übersäten Leben. Die Geschworenen sagten, was sie zu sagen hatten, der Richter verkündete das Urteil, und anschließend tippte ich ein *A* für aufgeklärt hinter ihre offiziellen Aktenzeichen. Ich würde ihre Akten schließen und ablegen und manchmal auch vergessen.

Die Zeitungen würden ihren schreckhaften Lesern noch eine beruhigende Koda zu der furchtbaren Geschichte liefern. Eine Story darüber, was die Familie des Opfers davon hielt, daß der Gerechtigkeit Genüge getan worden war. Oder wie der Mörder bei der Urteilsverkündung seinen Kopf gesenkt und vor Reue geweint hat.

Aber das waren nur die Fakten. Und Fakten sprechen nicht notwendigerweise für sich selbst.

Jeder gute Cop weiß das. Cops wie Davy Mogaill, der als erster sagen würde, daß die Wahrheit so willkommen ist wie die Peitsche; und daß die Wahrheit uns nicht immer befreit.

Ganz sicher nicht mich. Wie man mir sagt, kann ein Mann an der Wahrheit in der Gosse sterben.

Weit entfernt von der Gosse stand ich dort in der Eingangshalle des gut ausgestatteten Hauses meines Onkels Liam. Wohin ich der großen Wahrheit wegen schließlich gekommen war, der Wahrheit über meinen Vater, dessen Name so eindeutig abwesende Freunde beunruhigt hatte.

Der Telefonhörer befand sich in meiner Hand, mir schlug das Herz bis zum Hals. Der Priester war tot. Und jetzt noch das mit meinem *Rabbi*, was immer es war.

Ich war nach allem schrecklich müde – der Flug, die Trauer über Father Tims Selbstmord, der Mord an Francie Boylan, die Fremdheit des Hauses meines Onkels, und jetzt das mit Mogaill; ich wollte nur noch nach oben gehen und neben Ruby einschlafen. Selbst wenn das bedeutete, im Traum Stimmen zu hören. Wie zum Beispiel Aidan Hockadays Geist oder das letzte, was Davy Mogaill zu mir sagte: »*Tut mir leid, Hock, aber ruhigen Schlaf wirst du nicht finden . . .*«

Aber es war Neglio, den ich jetzt wieder hörte, was ungefähr so zum Träumen ist wie eine Alarmanlage in Canarsie, wenigstens wenn er mit mir redet. Setzen Sie ihn in einen Raum voll mit seinen vornehmen Gracie-Mansion-Freunden, und schon klingt er ganz anders; man könnte schwören, Tomasino Neglio hätte noch nie etwas von der Knickerbocker Avenue gehört. Jetzt sagte er aus dem weit entfernten Manhattan: »Immer noch da, Hock?«

Und ich sagte tatsächlich: »Ich bin hier, geben Sie mir einfach die Fakten.«

»Okay, bislang haben wir eine Sache, die absolut sicher ist«, sagte der Inspector. »In Davy Mogaills Haus in Queens befand sich eine Bombe, die in den frühen Morgenstunden hochgegangen ist.«

»Ist er tot?«

»Wir haben eine Leiche gefunden. Keine Angst, es ist nicht seine. Aber Mogaill ist verschwunden.«

»Ich verstehe nicht.«

»Glauben Sie, ich vielleicht? Wo waren Sie am Samstag, Hock?«

»Wo ich war? Was soll das heißen –?«

»Sagen Sie's mir einfach.«

»Den Samstag habe ich zum Teil mit Mogaill verbracht. Oben in Inwood, in Nugent's Bar.«

»Schon mal was von einem Burschen namens Finn gehört? Arty Finn?«

»Er gehört im Nugent's zum Inventar. Das Nugent's ist eine sehr irische Kneipe in einem sehr irischen Stadtteil, deshalb wird dort gelegentlich für Noraid gesammelt, falls Ihnen das was sagt. Finn ist der Kassierer.«

»Das habe ich auch gehört. Außerdem ist er die Leiche, die wir gefunden haben.«

»In Mogaills Haus?«

»Was noch davon übriggeblieben ist. Hatten Mogaill und Finn irgendein großes Problem miteinander?«

»Das weiß ich nicht genau. Davy mochte ihn nicht besonders, soviel kann ich dazu sagen. Er hatte in der Kneipe eine kurze Auseinandersetzung mit Finn, der daraufhin gegangen ist.«

»Haben Sie auch mit Finn geredet, Hock?«

»Nein.«

»Haben Sie ihn später an diesem Abend oder am Sonntag gesehen?«

»Nein.«

»Wie steht's mit Mogaill? Haben Sie ihn Sonntag noch mal gesehen?«

»Nein, am Sonntag ging mein Flug.«

»Okay, dann also Samstag im Nugent's. Über was haben Sie sich mit Davy von nachmittags bis in die frühen Morgenstunden unterhalten?«

»Über Politik, Frauen, Irland . . .«

Ich unterbrach mich, da Neglio für meinen Geschmack jetzt viel zu sehr wie Eamonn Keegan klang. Viel zu spitz. Außerdem erinnerte ich mich, daß sie wegen Father Tims Selbstmord miteinander telefoniert hatten, während Ruby und ich wie zwei Kriminelle in einer Arrestzelle Däumchen drehten. Ich mag es gar nicht, wenn die Chefs hinter meinem Rücken über mich reden.

Sie haben ihre Gründe, aber ich weiß auch, daß ich meine habe, wenn ich in einem solchen Fall keinen Piep mehr sage. Nichts Persönliches. Ich beschloß, daß Inspector Neglio in diesem Augenblick nichts wissen mußte von den beunruhigenden Gesprächen, die ich mit dem verschwundenen Captain und dem toten Priester geführt hatte. Die Gespräche über meinen Vater und das rätselhafte Gedicht auf der Rückseite seines Fotos.

»Woher wissen Sie, wie lange ich im Nugent's war?«

»Ich ziehe gern selbst die eine oder andere Erkundigung ein, wenn meine Cops in irgendeine komische Sache verwickelt sind«, sagte Neglio.

»Das hier ist komisch?«

»O ja, Hock. Komisch wie der Geruch von muffigem Kohl. *Capice?*«

»Soll heißen, Ihr Kumpel, der Bürgermeister, lacht nicht?«

»Sagen wir einfach mal so: Seine Gnaden findet den Gag nicht ganz so gut wie Sie und ich. Er sieht nur, daß plötzlich ein Captain von der Mordkommission verschwunden ist, nachdem dessen Haus aus dem Block geputzt wurde. Und daß ein toter irischer Erpresser namens Arty Finn in besagtem zerstörtem Haus liegt. Und daß sich herausstellt, daß all diese Unerfreulichkeiten passieren, unmittelbar nachdem der irische Captain in einer Kirche in Hell's Kitchen herumschnüffelt, in der irgend so ein pensionierter irischer Padre aus heiterem Himmel auftaucht und sich direkt im Beichtstuhl eine Kugel ins Hirn jagt. Und daß der letzte Bursche, der beide lebend gesehen hat, ein anderer Ire ist, und das sind dann Sie. Und was machen Sie? Sie hüpfen im JFK in einen Flieger. Und raten Sie mal, wohin wohl?«

»Ich verstehe.«

»Ach ja? Vergessen wir eine weitere Sache nicht: Sie und Ruby sind ein paar Stunden in Irland, und sieh mal einer an – Sie tun sich mit einem IRA-Gangster zusammen, der wenig später über die ganze Main Street von Dublin verspritzt wird.«

»Und wegen alledem verlassen Sie sich nicht einfach auf mein Wort, nein, Sie ziehen selbst Erkundigungen ein, richtig?«

»Nichts für ungut.«

»Schon okay«, erwiderte ich und überging die Anspielungen, die aber nur normal waren, so wie er die Fakten schilderte. Fakten! Aber da war etwas, was er gesagt hatte und was wichtig war, etwas, was er bereits in dem voraufgegangenen Gespräch erwähnt hatte. »Mogaill hat persönlich im Selbstmord von Father Tim ermittelt?« fragte ich. »Sind Sie sicher?«

»Ungewöhnlich, nicht wahr? Das fand Lieutenant Ellis auch. Ich muß ihm beipflichten. Davy ist sofort am Tatort, unmittelbar nachdem der Padre sich in Hell's Kitchen von der schnöden Welt verabschiedet hat. Dann fährt er den ganzen weiten Weg rauf nach Riverdale und spricht mit einem gewissen Father Owen Curley, der in diesem Heim für pensionierte Priester wohnt, in dem auch Ihr Father Kelly gelebt hat.«

»Er ist dort hingefahren?«

»Und hat auch sein Zimmer durchsucht.«

»Sonst noch was Ungewöhnliches?«

»Was halten Sie davon, daß Mogaill das Altenheim verläßt und zu einem Diner Ecke Broadway und Twohundred-fortieth Street rüberfährt, wo er eine junge Kellnerin ganz komisch anquatscht, weil sie ihn angeblich an seine verstorbene Frau erinnert?«

»Ich würde sagen, Sie haben sich verdammt viel Mühe gegeben mit Ihren eigenen Erkundigungen.«

»Das liegt daran, daß ich ungewöhnlich viel freiwillige Hilfe bekommen habe.«

»Freiwillige –?«

»Die Zeitungen und das Fernsehen und die Jungs vom Radio kleben an dieser Sache wie die Fliegen. Die gottverdammten Reporter glauben, sie hätten eine schöne, große, häßliche Story über einen korrupten Cop. Der Bürgermeister und der Commissioner finden schlechte Neuigkeiten dieser Art überhaupt nicht gut.«

»Kann ich mir denken.«

»Und mir gefällt es nicht, daß ich den Befehl ausgeben muß, Ihren *Rabbi* unter dringendem Tatverdacht festzunehmen. Was ich bereits getan habe. Ein Tatverdacht dieser Art paßt mir gar nicht.«

»Nein . . .«

»Aber Sie und ich, Hock, wir wissen beide, daß mehr hinter dieser Geschichte steckt, stimmt doch, oder? Viel mehr, was diese Sache mit Mogaill und Ihren Freund, den Priester, betrifft, richtig?«

Kann man seine Freunde jemals wirklich verstehen?

Ich sagte nichts. Ein paar Sekunden herrschte Schweigen in der Leitung.

»Hock, sind Sie noch da –?«

»Ich bin hier.«

»Ich habe so das Gefühl, daß Sie auch noch eine Weile da bleiben. Sie müssen mir keine Ansichtskarten schicken, aber wir sollten in Verbindung bleiben.«

»Was immer Sie wünschen.«

»Genau das wünsche ich. Außerdem – wenn ich mit einer hübschen Lady unterwegs wäre, dann würde ich mit ihr woandershin fahren als ausgerechnet in ein Land, das den meisten meiner Leute nicht einmal einfallen würde.«

Ich lachte.

»Was ist da so komisch?« fragte Neglio.

»Muffigen Kohl schnuppern zu wollen war die Idee der hübschen Lady.«

Unser Zimmer hätte wunderbar in ein Bordell in New Orleans gepaßt. Noch eine Überraschung in Onkel Liams überraschendem Haus.

Rote Velourstapeten an den Wänden. Die Vorhänge des auf die Ladbroke Street führenden Fensters hatten ein Muster, bei dem man meinte, sie stünden in Flammen. Es gab einen kleinen Kamin mit einer kastanienbraun lackierten Verkleidung, vor dem eine Couch mit bestickten Kissen stand. Die beiden Lampen auf der Kommode besaßen Schirme mit Troddeln. Der Teppich sah aus, als wäre erst jüngst ein Lastwagen mit Rosen darauf verunglückt.

Ruby lag friedlich schlafend unter scharlachrotem Bettzeug in einem Himmelbett von der gleichen lodernden Farbe. Ich wünschte, ich könnte genauso entspannen.

Unser Gepäck stand offen auf einem Sofa am Fußende des Bettes. Rubys zerknitterte Bluse lag über den anderen Sachen in ihrer Tasche, die aussah, als hätte sie darin herumgewühlt, wahrscheinlich bei der Suche nach etwas, in dem sie schlafen konnte. Meine eigene Tasche war zwar noch ordentlich, aber leicht umgeräumt. Ich erinnere mich, das Foto meines Vaters ganz unten in die Tasche gelegt zu haben. Jetzt lag es oben auf dem Haufen und starrte mich an.

Hatte Ruby es dorthin gelegt?

Auf der Kommode stand ein geblümtes Keramikwaschbekken sowie ein Porzellankrug mit lauwarmem Wasser, rosa und braune Handtücher und parfümierte Seife. Ich wusch mir das Gesicht, streifte die Kleider ab und schlüpfte zu Ruby ins Bett.

Sie schmiegte sich an mich. Ihre Haut und ihr Atem und ihre Wärme wirkten beruhigend, ihre Stimme war rauchig vom Schlaf. Sie hielt die Augen geschlossen. »Hast du den Inspector erreicht?« fragte sie und legte einen Arm über meine Brust.

»Ja.«

»Was ist mit Mogaill?«

»Wir reden später darüber, über alles.«

»Ist es so kompliziert?«

»Es ist undurchsichtig. Sehr undurchsichtig. Undurchsichtiger, als ich mir je vorgestellt habe.«

Ruby berührte mein Gesicht, fand meine Augenlider und drückte sie zu. »Schlaf, Baby«, sagte sie.

Und ich schlief ein. Und träumte ...

Wie üblich ist da mein Vater. In dem hübschen Foto in seinem Rahmen zu Hause in New York. Er ist mutig und jung und uniformiert.

Wie in allen früheren Träumen auch, verlassen Aidan Hokkadays Kopf und Schultern nie diesen Rahmen. Es ist der Rahmen selbst, der Beine hat und Soldatenstiefel trägt, es ist der Rahmen, der durch die Schlachtfelder meiner Träume marschiert.

Aber das ist in New York. In diesem ersten Traum von meinem Vater in einem irischen Bett wird das Bild plötzlich unscharf, und ich sehe ihn anders.

Befreit vom Rahmen, tritt Aidan Hockaday aus meiner Reisetasche am Fußende des Bettes. Er stellt sich neben mich.

»Wie geht's dir, Junge?« fragte er. Er ist genauso jung wie sein Bild, jünger als ich. Aber seine Stimme ist viel älter als meine.

»Ich bringe alles durcheinander«, erzählte ich ihm. »Geschichten, Träume, Ereignisse.«

»Was ist das? Ein nächtlicher Besuch der Feen?«

»Ich weiß nicht. Es erscheint alles so real.«

»Wahrscheinlich ist es real, du hattest Besuch.«

»Ich verstehe nicht.«

»Wir alle kennen kleine Bruchstücke von Dingen in unseren Leben, Junge. Aber wir brauchen die Feen – die guten und die bösen –, um alles zusammenzufügen. Genau das passiert mit dir. Und, ach, ist es nicht ein wunderbares Geschenk, das du erhältst?«

»Ist es?«

»Du liebe Zeit, ja. Jeder träumt, und das genügt den meisten. Ein nächtlicher Traum kann besser sein als die Welt bei Tage, aber niemals wahrer. Es sind die Feen, die einen an den Ort hinter den Träumen einladen. Falls man wirklich dorthin will. Willst du das, Junge?«

»Ja.«

»Dacht ich's mir doch. Deshalb kommen die Feen zu dir. Welches größere Geschenk könnte es für einen Detective geben, der die wahre Geschichte seines eigenen Lebens kennenlernen will? Mit einem solchen Geschenk, Neil, hast du die Macht, selbst eines Tages ein *shanachie* zu werden, ein Bewahrer der Wahrheit. Du willst es doch wirklich wissen, Junge, das willst du doch?«

»Die große Wahrheit, ja.«

. . . Irgendwann später wurde ich mir bewußt, daß der Tag in den Abend übergegangen war. Das rote Zimmer war nun schwarz und kalt. Ich schwitzte.

Jemand schüttelte mich. Es war nicht Ruby.

16

»Entschuldigen Sie, Sir.«

Das ernste Flüstern einer Frau. Benommen vom Schlaf erkannte ich, daß ich diese Worte bereits mehrere Male gehört hatte. Und jedesmal hatte die Frau dabei meine Schulter angestoßen.

»Was –?«

»Ich sagte, entschuldigen Sie. Mir gefällt das hier auch nicht besser als Ihnen. Nein, Sir, es hat mir noch nie gefallen, im widerwärtigen Angesicht der Sünde zu stehen. Auch das muß ich sagen.«

Ich setzte mich auf, rieb mir die Augen. Ich schaute zu Ruby hinüber, die immer noch friedlich auf ihrer Seite des Bettes schlummerte. Ein schwacher Lichtstrahl fiel durch die Tür ins Zimmer. Davor zeichnete sich die Silhouette der korpulenten Frau ab, die mich immer noch anstieß.

In der Dunkelheit machte ich eine abwehrende Bewegung mit meinem Arm. »Könnten Sie mit der Stupserei vielleicht mal aufhören, gute Frau?«

Sie wich einen Schritt zurück und flüsterte rauh: »Gottloser, knurrender Unzuchttreiber!« Licht fiel auf ihr fleischiges Gesicht und das goldene Kreuz an ihrem Hals. Natürlich erkannte ich Onkel Liams gottesfürchtige Köchin Moira Catherine Bernadette Booley.

»Was machen Sie hier?« fragte ich sie. »Was wollen Sie von mir?«

»Ich soll Sie zum gnädigen Herrn holen.«

»Liam?«

»*Aye,* Sie sollen sofort mitkommen.«

»Warten Sie draußen auf dem Korridor«, sagte ich. »Es sei denn, Sie möchten den widerwärtigen Anblick meines nackten, sündigen Körpers erleben.«

Moira riß entsetzt eine Hand vor den Mund. Die andere Hand hob sie wie ein Schild und zischte: »*Gooott* wird Sie dafür strafen, daß Sie sich über mich lustig machen, und auch für alle Ihre schmutzigen Sünden!« Dann watschelte sie im schwachen Licht rückwärts aus dem Zimmer.

Ich stand auf und zog mich an. Im Dunkeln fuhr ich mit einem Kamm durch mein Haar und fragte mich, was in aller Welt so dringend für Onkel Liam sein konnte, daß er Lady Rosenkranz losschickte, mich aus den Federn zu holen. Nicht daß Snoody, der verbitterte Nasallacher, das Aufwachen angenehmer gemacht hätte. Im Bett bewegte sich Ruby. Ich beschloß, sie schlafen zu lassen.

Draußen auf dem Korridor stampfte Moira mit dem Fuß auf und kochte ansonsten vor unduldsamer Mißbilligung. Sie begrüßte mich dort mit einem knappen Befehl: »Folgen Sie mir runter in seinen Bau, wo er Sie erwartet.« Dann ging sie die Treppe hinunter, und ich folgte ihrem Hinterteil, das wie zwei betrunkene Matrosen hin und her schwankte. Schließlich lieferte sie mich in dem kleineren und dunkleren der beiden Wohnzimmer im Erdgeschoß ab.

Wir machten ein paar Schritte in den muffig riechenden Raum hinein. Das Feuer im Kamin war gerade erst entfacht worden, und das einzige Licht im Raum kam von einer kleinen Lampe auf einem Tisch, überladen mit Zeitungen und Illustrierten. Dann war da noch ein schönes, altes Radio, das amerikanische Musik spielte, wodurch sich mir die Frage aufdrängte, wieso ich eigentlich nicht genug Verstand besaß, nach Hause zurückzufliegen, wohin ich gehörte; besonders als Lady Rosenkranz zu Onkel Liam sagte: »Wie Sie wollten, habe ich Ihnen den sündigen Neffen gebracht.«

»Danke, Moira, und Gott segne dich«, sagte Liam, der mit dem Rücken zu uns in seinem Rollstuhl neben dem offenen Kamin saß. »Du kannst jetzt wieder in deine Küche gehen.« Moira warf mir noch einen angewiderten letzten Blick zu und rauschte von dannen. Liam drehte sich um. »Komm jetzt zu mir, Neil.«

Ich durchquerte den Raum, der schon sehr lange weder geputzt noch gelüftet worden war und auch die Sonne nicht mehr gesehen hatte. Aus den großen Erkerfenstern hätte man wahrscheinlich einen schönen Ausblick gehabt, doch der war versperrt durch schwere Brokatvorhänge; ich fragte mich, ob in den schmutzigen Falten wohl eine Kolonie Fledermäuse lebte. Vor den Wänden standen hohe, mit Büchern vollgepackte Holzregale, dazwischen hingen an straff gespannten Schnüren Ölporträts ernst dreinschauender irischer Gentlemen mit steifen Kragen und Backenbärten. Dazwischen überall Möbelstücke, die so wirkten, als wären sie über die Jahre hier abgestellt worden. Es war ein heruntergekommener Salon, eine Gruft voller Staub und Schatten und dem säuerlichen Geruch von Mäusen. Und doch saß dort Onkel Liam, der im sanften Licht des Kamins jung und stark genug ausschaute, um mich aus seinem Stuhl anzuspringen.

Er deutete mit dem Kopf auf den Tisch und sagte: »Mach den Radioapparat lauter.« Ich gehorchte. Er schaute zur dunklen Decke auf, schloß die Augen und flüsterte: »Aaah, der Radioapparat . . .«

Das Stan Getz Quartet hatte mit den ersten Takten von »Sipping at Bell's« begonnen. Liam sagte: »Ich erinnere mich, daß du Jazz liebst, Neil. Um die Wahrheit zu sagen, das ist mir auch die liebste Musik. Hör nur dieses Tenorsaxophon. Ist das nicht viel herrlicher als die Pfeifen und Geigen und Ziehharmonikas und all der unergründliche alte Krempel der irischen Musik? Setz dich und genieße ein Weilchen mit mir die Musik.«

Ich nahm auf einer verschossenen, braunen Roßhaarcouch gegenüber meinem Onkel Platz. Ich vermutete, Liam wollte, daß ich mich hierhin setzte, denn auf einem Tisch zwischen uns standen eine Karaffe und Gläser. Im Rhythmus der Musik klopfte Liam mit den Handflächen leicht auf die Armlehnen des Stuhls.

Ich schenkte uns einen Fingerbreit tief dunkelbraunen Whiskey ein und fragte: »Wolltest du mit mir nur über Musik reden?«

»Ist schon mal ein guter Anfang«, sagte Liam. Er nahm sein Glas und trank, musterte mich von oben bis unten und verglich mich mit seinen Erinnerungen.

»Vielleicht sollten wir jetzt gleich zum Wesentlichen kommen.«

»Amerikaner!« schnaubte Liam nachsichtig. »Ihr seid so verflucht ungeduldig, was eine anständige Unterhaltung betrifft. Was für ein merkwürdiger Wesenszug. So ein schönes, junges Land, und doch hat es jeder furchtbar eilig, so schnell wie möglich zum bitteren Ende einer ansonsten netten Plauderei zu gelangen. Als wäret ihr eine Nation alter Männer und alter Frauen, immer in der Angst, daß die Zeit euch davonläuft, bevor ihr alles gesagt habt.«

»Die Zeit ist gemein, wenn man sie als selbstverständlich ansieht.«

»Ein Standpunkt, der nur von Ehrgeizigen oder Spöttern gutgeheißen wird.«

»Apropos Ironie, stell dir nur vor, wie wir zwei Amerikaner die äußerst informative Konversation mit deinem Boylan genossen haben – bis er umgebracht wurde. Stell dir ferner vor, was ich wohl denke, als ich dich in einem Haus wie diesem sehe. Du mußtest dich wirklich richtig unters gemeine Volk mischen, wenn du zu uns armen Verwandten in Hell's Kitchen gekommen bist, Onkel, stimmt's?«

»Ich dachte mir schon, es könnten dir vielleicht gewisse Fragen durch den Kopf gehen.«

»Da hast du richtig gedacht.«

»Das mit dem armen Francie Boylan und seiner unerfreulichen Politik habe ich bereits erklärt.«

»Nicht ganz.«

»Was nun dich und deine Mutter Mairead betrifft«, sagte Liam und ignorierte die Spöttelei. »Wußtest du, daß ich immer ganz klar gesagt habe, daß die Witwe meines Bruders und ihr kleiner Sohn jederzeit willkommen waren, hier bei mir in diesem Komfort zu leben?«

»Ich lerne schnell, wie viele Dinge ich immer noch nicht weiß.«

»*Aye*, wie deine *Bonny* sagt, du bist gekommen, um leere Stellen zu füllen.«

»Hilfst du mir dabei?«

»Sicher, und was meinst du wohl, warum wir beide jetzt hier zusammensitzen und gemütlich ein Gläschen trinken?«

»Weil du Moira geschickt hast, mich aus dem Schlaf zu reißen?«

Liam lachte leise, dann rutschte er auf seinem Stuhl und trank einen weiteren Schluck Whiskey. »Hast du eine Zichte?« fragte er.

»Ich hab's doch schon mal gesagt, nein.«

»Du könntest ein Päckchen reinschmuggeln, das könntest du.«

»Vielleicht, wenn du mir hilfst.«

»Gut zu wissen, daß du noch bestechlich bist. Das verrät mir, daß du zu der anständigen Sorte Polizist gehörst.«

»Du wolltest mir gerade erzählen, warum wir diese offene Aussprache haben.«

»Das wollte ich. Sag mal, Neil, wann haben wir uns eigentlich das letzte Mal gesehen?«

»Bei der Beerdigung meiner Mutter.«

»Richtig. Ich seh dich noch in deiner blauen Uniform vor mir, bevor du Detective geworden bist. Kannst du dich noch an den Rest erinnern?«

»Es war kein großer Abschied, soviel zu erinnern gibt's da nicht. Father Tim war dabei mit seinem Segen, und du hast Rosen ins Grab geworfen ...« Und ich fragte mich: Was war das noch für ein Lied, das mein Onkel Liam gesungen hat?

»Und dein Freund Mogaill«, sagte Liam und unterbrach meinen Gedanken.

»Ja ... Davy war auch da.«

Wir schwiegen einen Augenblick. Dann sagte Liam plötzlich: »Ich weiß über Father Tim Bescheid, gebe Gott.«

»Du weißt –?«

»*Aye,* und auch über Davy Mogaill.«

Meinte er damit, daß er wußte, was während der letzten zwei Tage mit Father Tim und Davy Mogaill passiert war, oder ging sein Wissen tiefer? Ich wollte Liam gerade bitten, sich zu erklären, als Moira mit rotem Gesicht und völlig außer Atem aus dem Korridor ins Zimmer gestampft kam. »Er kommt jetzt den Weg hinter dem Haus rauf!«

Ruhig erwiderte Liam: »Danke, Moira. Sei doch so gut und lauf nach oben und hilf dem schönen Kind bei was auch immer sie benötigt, um sich für dein wunderbares Abendessen hübsch zu machen.«

»Die kann ihr Gefieder verdammt gut auch ohne mich in Ordnung bringen!« beschwerte sich Moira.

»Es tut gut, dich fluchen zu hören, Moira. Das beweist, daß es dir gutgeht. Und jetzt ab nach oben.«

»Oh, Mr. H–!«

»Muß ich dir immer Butter auf deine Katzenpfoten schmieren, Moira?« fragte er müde. »Oder sparst du mir vielleicht etwas von dem Atem, den ich noch habe, indem du daran denkst, daß es dir in diesem Haus sehr gutgeht.«

Polternd machte sich Moira auf den Weg die Treppe hinauf zum roten Zimmer und murrte leise: »*Gooott* segne und schütze uns!«

Zu mir sagte Liam ruhig: »Schnell jetzt, Snoody wird bald bei uns sein. Wie ich gehört habe, bist du ein guter Detective. Kann man das so sagen?«

»Ich sehe das gern so.«

»Also schön, ich werde dir jetzt den Hauptgrund nennen, warum ich dich allein zu mir geholt habe, Neil. Ich möchte dir ein Rätsel aufgeben.«

»Ein was –?«

»Wenn du es löst, findest du Antworten auf Fragen, die dich bislang gequält haben.« Liam machte ein besorgtes Gesicht. Er schaute an mir vorbei auf den leeren Korridor. »Also schön – willst du es hören?«

»Ja.«

»Ein Mann ohne Augen sah Pflaumen auf einem Baum. Weder nahm er Pflaumen, noch ließ er Pflaumen zurück. Wie ist das möglich?«

»*Peep o'day,* Kamerad.«

»Du –!«

»*Aye,* und es freut mich, dein Gast zu sein. Aber sieh dich nur an – alle viere von dir gestreckt, liegst du jetzt in diesem Bett und hast zur Begrüßung nicht mal das geringste Lächeln für mich.«

»Wie bist du hier reingekommen?«

»Glaubst du vielleicht, du und deinesgleichen wäret die einzigen, die wissen, wie man ein Schloß überredet, wenn man den Schlüssel nicht besitzt?«

»Beschissener Bastard –!«

»So was sagt man doch nicht. Aber was kann ich groß erwarten, wenn ich dich so früh wecke? Wie wär's jetzt mit einer Tasse Tee? Wäre doch genau das richtige gegen die schlechte Laune, und wir könnten uns dabei nett und höflich unterhalten.«

»Nimm die beschissene Kanone aus meinem Gesicht.«

»Was denn, du nennst diese alte Mauser hier eine Kanone? Laß doch mal sehen, ob sie klein genug für den Mund eines Mannes ist, genau wie sie auch in den Mund von dem Priester gepaßt hat. Komm schon, Kamerad – aufmachen!«

»Ich will nicht –!«

»Ich sagte: Aufmachen! *Aye* . . . so ist brav. Ach du liebe Zeit, sieh doch nur, wie das Gesicht dabei ganz rot anläuft und die Augen groß und so leuchtend blau werden wie die Eier eines Rotkehlchens. Sag mir, wenn ich mich irre, aber ich glaube, diese sogenannte Kanone hier kitzelt deine Mandeln. Ich sagte: Sag's mir! Was faselst du da? Könnte es vielleicht sein, daß du versuchst mir zu sagen, du kannst mit einer winzig kleinen Kanone im Rachen nicht sprechen? Na schön, dann wollen wir mal damit aufhören.«

»Heilige Mutter Gottes, erbarme dich –!«

»Dein Geflenne ist alles andere als ein schöner Anblick, aber es ist mir immer noch lieber als das Fluchen.«

»Ich bitte dich, laß mich am Leben.«

»Ich soll dich nicht umbringen? Wo du und die Jungs doch das gleiche mit mir vorhatten? Nennst du so was Fair play?«

»Er ist doch nur gekommen, um dich zu warnen.«

»Glaubst du vielleicht, ich würde euch und eure beschissenen irischen Spielchen nicht kennen? Verarsch mich nicht, Mann.«

»Ich verarsch dich nicht.«

»Und was ist dann mit Father Kelly?«

»Ich weiß auch nur das, was ich in den New Yorker Zeitungen gelesen hab.«

»Lügner. Du hast den Priester doch angerufen.«

»*Nae,* ich habe nie –«

»Deine Lügen beleidigen mich und jeden halbwegs ehrlichen Mann unserer Zunft. Ich glaube, es ist langsam an der Zeit, dich an die letzten Sekunden des armen Priesters zu erinnern. Mach auf ... ich sagte: Mach auf! So ist brav. Und jetzt hörst du mir ganz genau zu, während ich mit dem Daumen den Hahn zurückziehe, Kamerad ...

Hör nur, wie sich der Stahl mit einem Klicken im Magazin dreht. Das ist schon ein schreckliches Geräusch, findest du nicht auch? Und stell dir nur schon mal mit Schrecken das viel lautere Geräusch vor, das erst noch kommt – das Geräusch, das du sehr gut kennst von all den Morden, die du in deinem miesen Leben begangen hast. Das widerwärtig feuchte Geräusch, wenn dein Gehirn aus deinem Schädel fliegt ...

Klick, klick, klick! Hörst du, wie mein Zeigefinger jetzt den Abzug reibt? Ihn reibt, ihn drückt ... klick, klick, klick! Fragst du dich jetzt, wann das große Geräusch kommt? Achte genau auf diesen furchtbaren Augenblick, Kamerad! Er wird sich ausdehnen und zu deiner wohlverdienten Ewigkeit in der Hölle werden ... Oh! Um Himmels willen! Man macht sich doch nicht in die Hose, Mann!«

»Tut mir leid –«

»Tja, das sollte es auch. Hier veranstaltest du doch tatsächlich eine Sauerei, wo wir doch noch gar nicht fertig sind! Ich war auch noch nicht annähernd soweit, diese kleine Mauser aus deinem Schlund zu ziehen. Was machen wir jetzt?«

»Bitte, das Scheißhaus –«

»In Ordnung, dann komm. Raus aus den Federn, und immer schön langsam. So ist brav. Du und ich, wir werden jetzt superbrav gehen. Mach keine plötzlichen oder nervösen Bewegungen, da ich die Mauser jetzt an dein Ohr drücke, und ich bin ziemlich sauer, daß ich jetzt nur noch eine Hand frei habe, wo ich mir doch wegen deines rebellierenden Gedärmes die Nase zuhalten muß. Kann ich dir trauen?«

»Ja . . .«

»Gut. Also los, machen wir uns wieder sauber. Du wirst diese Welt doch wohl nicht so schmutzig verlassen wollen. Was sagst du zu meiner Rücksichtnahme?«

»Danke.«

»Nicht der Rede wert. Schön, und jetzt – zieh die Schweinerei aus, und hier ist das Waschbecken, und da Seife und Wasser. Laß dir Zeit, mach dich anständig sauber.«

»Ich brauche was Frisches zum Anziehen.«

»Mach dir darüber mal keine Gedanken, Kamerad. Alles, was du in der Hölle trägst, würde sowieso wegbrennen, also werden wir den Beelzebub doch nicht unnötig mit irdischen Gewändern belästigen. Komm jetzt, nackt wie ein Baby bringe ich dich aufs Dach.«

»Bitte, erschieß mich nicht –!«

»Schön, wie du willst. Dann schauen wir uns doch mal in deiner ausgefallenen Bude nach einer anderen Möglichkeit um, dich ins Jenseits zu befördern.«

»Jesus, Maria und Josef, nein –!«

»Aha! Ich hab's. Sieh dir doch nur dieses schöne, große Schlachtermesser an, das dort in deiner Küche liegt. Tja, einfach perfekt! Das nehmen wir mit. So, und jetzt laß uns aufs Dach gehen.«

»Jesus –!«

»Schluß jetzt mit deinem frommen Gequatsche, Mann! Weiter, komm! Du gehörst doch zu den *Hearts of Steel*, stimmt's? Sag's mir, während wir die Treppe raufgehen. Ich sagte: Sag es! Mit voller Inbrunst!«

»Hearts of Steel!«

»*Aye,* so ist schön. Das sind wahrlich Worte, zu denen man sterben kann.«

»Bitte –!«

»Tut mir leid, Kamerad, von mir hast du keine Gnade zu erwarten. Ich vermute, nicht mal von Gott. Was du zu deiner Zeit getan hast, ist so schlecht, es würde selbst dem Teufel die Tränen in die Augen treiben. Was du dem Padre angetan hast, und was du meiner Brenda angetan hast!«

»*Nae,* ich war das nicht, der –!«

»Halt's Maul, du Made! Jetzt wirst du zerstückelt. Und eins kann ich dir sagen: wenn sie dich hier oben finden, kommen sie vielleicht dahinter, daß ich es getan habe, aber höchstwahrscheinlich wird sich kein Mensch dafür interessieren. Hast du nie gehört, daß Gerechtigkeit die Sanktionierung der etablierten Ungerechtigkeit ist?«

»Ich sag's dir doch, ich war es nicht! Ich habe Father Kelly nicht angerufen, und deine Brenda habe ich auch nicht getötet!«

»Und ich sage dir, du lügst. *Glink* heißt mein Spiel, Kamerad. Und das habe ich nun schon seit Jahren gegen dich und die Jungs gespielt, wie du ja siehst. Du wirst sterben, Mann – und ich, ich werde vor Freude brüllen, als säßen wir uns drüben auf der anderen Seite an einem *Glink*-Brett gegenüber, und ich bin's, der deinen Lügen auf die Schliche kommt oder sogar den besten aller Züge bei einer schönen Partie *Glink* deichselt, daß du nämlich eine Wahrheit als Lüge siehst und eine Lüge als Wahrheit.«

»Gnade! Ich flehe dich an –!«

»Wo ist jetzt dieses Herz aus Stahl, Kamerad?«

»Ich schwöre ab – allem!«

»*Nae,* deinem selbstgewählten Schicksal kannst du nicht entrinnen. Gnade kannst du nicht erwarten. Erbarmen aber schon. Was sagst du dazu?«

»Dann eben dein Erbarmen. Bitte . . .«

»Ich werde darüber nachdenken. Aber fürs erste trittst du mal ein paar Schritte von mir zurück. Genau so, tritt einfach weit genug zurück, damit ich mit dem Messer hier vernünftig auf dich losgehen kann. Bist du jetzt soweit?«

»Erbarmen –!«

»Weiche zurück, wenn's sein muß, ich komme jetzt! So ist schön, geh weiter, weiter. Sieh nicht hinter dich. Aber stell dir die Ehre vor, von einer dieser herrlich grünen Klippen im Westen des Landes zu springen, sauber in den großen Teich. Ein poetischer Tod für einen Burschen mit stählernem Herzen, findest du nicht auch . . .?

So, und da gehst du nun hin . . . Lebewohl einem weiteren von euch überhaupt nicht netten *H. O. S.*-Arschlöchern.«

18

Das Abendessen wurde in dem kleineren der beiden Eßzimmer eingenommen. Das größere im Erdgeschoß war vermutlich groß genug für einen Ball und ganz sicher für einen rechteckigen Tisch in der Mitte des Raumes. Unser Eßzimmer im zweiten Stock war da intimer – bot gerade mal genügend Platz für ein Bankett von etwa zwanzig Gästen.

Ich konnte mir mühelos einen kleinen Jungen vorstellen, der in einem netten, großen irischen Zuhause mit Spitzengardinen wie diesem aufwuchs statt in einer Mietskaserne in Hell's Kitchen. Leider war nicht ich der Junge, den ich mir vorstellte.

Mir gefiel der Raum sehr. Die Wände waren mit dunkelgrünem Filz bespannt und besaßen Wandleuchter aus Messing. Es erinnerte mich an die Wände von Bibliotheken in vornehmen Herrenclubs, wie ich sie schon in New York gesehen hatte. Zwei handgeschnitzte eichene Blumenkörbe standen auf dem Sims des elfenbeinfarbenen Marmorkamins, ein Kronleuchter hing tief über dem Tisch aus Walnußholz. Dann war da noch ein Servierwagen aus Mahagoni, auf dem Flaschen Burgunder, Port, Scotch sowie ein Eiskübel mit Champagner standen.

In eine Ecke des Raumes war ein Speiseaufzug eingebaut, und ich mußte mir einfach wieder diesen Jungen vorstellen, der während seiner Kindheit viele glückliche Tage verbracht hatte, zur

Melodie von Moiras Flüchen darin rauf und runter zu fahren. Ferner waren da noch zwei weitere Gemälde aus Onkel Liams Sammlung italienischer Kunst, die er in Beantwortung von Rubys Frage als Girolamo Ferraboscos etwa 1640 entstandenes *Porträt eines eleganten Mannes* und Francesco Furinis etwa 1630 entstandenes *St. Sebastian* identifizierte. Während er uns dies sagte, warf Ruby mir einen Blick zu, der vielleicht bedeutete: Ich will's nicht wissen.

Snoody war immer zugegen. Genaugenommen wie das Schwarze auf der Kohle. Seit er von einer Erledigung im Dorf zurückgekehrt war und unsere behutsame Salonplauderei unterbrochen hatte, ließ er Liam und mich nicht mehr aus den Augen. Ich hatte weder Gelegenheit gehabt, Ruby das Rätsel meines Onkel weiterzuerzählen, noch mit ihr über das merkwürdige Unbehagen zu sprechen, das mich bei allem und jedem im Haus meines Onkels beschlich.

Liam und ich – und Ruby in einer bauschigen, roten Seidenbluse sowie dazu passender Hose und Pumps mit hohen Absätzen, wodurch sie meine Größe erreichte – waren nur wenige Minuten allein, um mit dem Champagner zu beginnen. Zu diesem Zeitpunkt spielte Snoody den Butler, füllte Weinpokale und holte Platten mit Speisen aus dem Aufzug. Das alles arrangierte er auf Spitzendeckchen an einem Ende des Tisches. Moira schickte aus ihrer Küche reichliche Portionen geräucherten Schinken, mit Curry zubereitete neue Kartoffeln, mit Käse überbackene Gemüse und warmes *soda bread.*

»Fertig«, verkündete Snoody, als er für vier Personen angerichtet hatte. Er bedeutete uns, daß wir nun unsere Plätze am Tisch einnehmen sollten.

Ich bemerkte einen müden Zorn auf Liams Gesicht, als er zu Snoody aufschaute, und erkannte, daß dies genau Snoodys Ausdruck gewesen war, jedesmal wenn er Onkel ansah. Die zwei waren wie ein altes und unglücklich verheiratetes Paar, erschöpft durch den Triumph der Gewohnheit über den Haß.

Auch Ruby starrte Liam jetzt an, und ich fragte mich, ob sie dasselbe bemerkte. Ich machte jede Wette.

Liam ließ sich von mir über den Teppichboden zum Kopfende des Tisches schieben. Ruby und ich nahmen rechts von ihm Platz. Snoody blieb stehen und zündete Kerzen an. »Möchtest du«, fragte er Liam, »daß ich ein Gebet zum Abendbrot spreche?«

»Vielen Dank, nein, ich habe ein eigenes reizendes Gebet, das ich mir extra für diese Gelegenheit aufgehoben habe«, sagte Liam und klang dabei eher spitzbübisch als ehrfürchtig. »Setz dich, Patrick, und versetze dich bitte in die angemessen demütige Stimmung.«

Snoody machte ein finsteres Gesicht und gehorchte. Wir senkten die Köpfe.

Und Liam betete:

»Lieber Gott, wenn wir heute abend die Fülle Deiner großzügigen reichen Gaben zu uns nehmen, dann wisse, daß wir essen und trinken werden zum ruhmreichen frommen und unsterblichen Andenken an Deinen Diener, den heiligen Patrick, und unseren großen, guten Bruder Brian Boru – jeder von beiden leistete auf seine Art einen Beitrag, unser irisches Volk von den hochnäsigen Engländern und ihresgleichen zu erlösen. Wir bitten demütig um Deinen Segen für den Heiligen Vater in Rom – und scheiß auf den Bischof von Canterbury. Und wer an diesem Tisch darauf nicht anstoßen will, den möge eine finstere Nacht, ein heftiger Sturm und ein leckes Schiff beim Übersetzen über den Styx erwarten. Möge Zerberus ein Festmahl aus seinem Allerwertesten machen, und Pluto eine Schnupftabakdose aus seinem Schädel, und möge der Teufel mit einer rotglühenden Egge über ihn kommen und ihm mit jedem Zinken Gedärm herausreißen und ihn dann ausgeweidet zur Hölle jagen. Amen.«

Ruby und ich lachten.

Snoody bemerkte trocken: »Was für ein feines Gebet für unsere Gäste.« Er schlug eine Stoffserviette auf und breitete sie auf seinem Schoß aus. Nur für den Fall, daß Liam seine Verärgerung nicht mitbekam, fügte Snoody noch hinzu: »Wir haben guten Grund, heute abend mit Trauer im Herzen zu speisen.

Doch du bringst mehr Fluch als Gebet dar. Wie schade, daß Moira das nicht hören konnte.«

»Soll heißen, wir müssen alle Trauer tragen, um des armen Francis Boylan Andenken zu ehren?« fragte Liam.

»Das meine ich, ja«, erwiderte Snoody.

»Ach, Patrick – darf's denn wahr sein! Du und ich sind genau hier zusammen gewesen, genau in diesem Raum und anderen, all die vielen Male, die Francie selbst dieses unterhaltsame Gebet vorgetragen hat – und sich noch lange danach kringelig gelacht hat. Zum Teil habe ich es auch ihm zu Ehren gebetet, verstehst du.« Liam wendete sich von Snoody mir zu, lächelte strahlend und fügte hinzu: »Zum Teil ist es auch ein Gebet für gewisse andere Verstorbene oder spurlos Verschwundene.«

»Sprichst du zufälligerweise von Father Tim Kelly und Davy Mogaill?« fragte ich, als mir plötzlich aufging, daß ein Gebet zu Ehren von zwei gewaltsam getöteten und einem weiteren vermißten Mann vielleicht gar nicht so witzig war. Snoody stürzte ein Glas Wein hinunter und rutschte nervös auf seinem Platz herum. Liams Lächeln erlosch. Es freute mich zu sehen, daß meine unerwartete Frage einen untergründigen, unausgesprochenen Rhythmus in Onkel Liams Haus voller Rätsel zum Verstummen gebracht hatte. Als ich keine Antwort erhielt, formulierte ich die Frage anders: »Was hätten Davy und Father Tim an deinem Gebet witzig gefunden, Onkel? Das gleiche wie Francie Boylan?«

»Sei nicht so gottverdammt fade wie Snoody, der immer noch auf Ehrwürdigkeit machen will, als trage er noch seinen steifen Priesterkragen. Wir wollen doch nicht vergessen, daß ich ein alter Mann bin, der auch mal seinen Spaß braucht.« Snoodys Nase meldete sich mit einem verächtlichen Schnauben zurück. Liams Blick wanderte von mir zu Ruby. »Wo wir gerade von *Ihrer Aufgeblasenheit* reden, wie Patrick, bevor sein großes, schnaufendes Maul wieder mal undicht geworden ist, wie sind Sie mit Moira zurechtgekommen, als Sie von ihr und ihrer Essigzunge geweckt wurden?«

»Sie hat laut – und ausführlich – die Bibel zitiert, woraufhin ich sagte, daß in den Evangelien mit keinem einzigen Wort die Intelligenz gerühmt werde«, antwortete Ruby. »Darauf hat sie ausgesprochen beleidigt reagiert.«

»Gut gesprochen!« sagte Liam.

Jetzt lächelte er wieder und sah Ruby wohl für einen bereitwilligen Verbündeten in seinem betont lockeren Tischgespräch an. Immerhin gehörte Onkel Liam einer Generation von Männern an, die Frauen für verläßlich sanfte Wesen halten. Rubys Generation von Frauen aber hat eine völlig andere Vorstellung von sich selbst entwickelt. Wenn es die Situation erfordert, sind ihre Zähne noch das Sanfteste an Ruby Flagg.

»Danke«, sagte Ruby. Dann nickte sie Snoody zu, um ihn in das einzubeziehen, was sie als nächstes zu Liam sagte. »Wollen Sie wissen, was ich von der guten, einfältigen Moira halte, Gentlemen?«

»Ja . . .«, sagten beide wie aus einem Mund, wodurch es wie »nein« klang.

»Ist euren männlichen Gehirnen noch nie der Gedanke gekommen, daß, wenn sich zwei Frauen unter eurem Dach unterhalten, die eine vielleicht erkennt, daß die andere hinter all ihrem Bibelgerede etwas vor Leuten wie euch verbirgt? Etwas darüber, was in diesem Haus vor sich geht? Was heißen soll, Gentlemen, die Köchin hält euch zum Narren.«

Liam und Snoody sahen aus, als wären sie gebissen worden.

Als gute Stellvertreterin ihrer Geschlechtsgenossinnen fixierte Ruby mich mit einem stechenden Blick an diesem Tisch voller Männer, mit denen sie fertigwerden mußte. Dann fragte sie honigsüß: »Und was meinen Sie dazu, Detective Hockaday?«

»Daß wir langsam zum Kern der Sache verstoßen«, sagte ich. »Vielen Dank, Partner.«

»Jetzt aber Moment mal –!« setzte Snoody an.

Liam fiel ihm ins Wort. »Vergiß es, Patrick. New Yorker haben es immer eilig, und du wirst nie einen von ihnen überzeugen, daß er nicht auf heimatlichem Boden ist.«

»Oder sie«, sagte Ruby.

»Genau«, sagte Liam und hatte sein Lächeln wiedergefunden. »Außerdem haben sie ja einiges durchgemacht, nicht wahr?«

»Das ist noch gelinde ausgedrückt«, meinte ich.

»Ja ... schön, was könnte ich euch jetzt auf die Schnelle sagen, damit wir danach vielleicht mit Moiras gutem Essen weitermachen können?« fragte Liam.

»Fangen wir doch mit deinen Beinen an«, sagte ich. »Was ist damit passiert?«

»Morgen vor genau einem Jahr erhielt ich bei einem Jagdunfall einen Schuß in die Hüfte. Unten in einem Wald südlich der Wicklow Mountains«, erzählte Liam. »Eine verdammt ärgerliche Sache, die Kugel steckt immer noch in mir. Sie hat den größten Teil meiner Beckennerven lahmgelegt ... also, bis auf diejenigen, die Theater machen, wenn mich die Hämorrhoiden jucken.«

»Sind Schmerzen am Hinterteil eines alten Mannes denn tatsächlich Spuren, die Detektive bei einer Ermittlung für hilfreich erachten?« fragt Snoody.

Diese Frage übernahm Ruby. Sie schoß zurück: »Wie kommen Sie darauf, daß er Fragen in seiner Eigenschaft als Polizist stellt?«

Snoody weigerte sich, sie direkt anzusprechen. »Sagen Sie, mein junger Hockaday«, sagte er zu mir, wobei ein höhnisches Lächeln durch seine Nase trällerte, »wer genau ist hier der Polizist?«

»Wegen Ihrer Nase sollten Sie mal zum Arzt gehen.«

»Ich ... Was –?«

»Um Ihre Frage zu beantworten: Ich bin der Cop. Aber ich denke auch nicht annähernd soviel über meinen Beruf nach wie aus irgendeinem Grund anscheinend Sie, Snoody. Falls es Sie beruhigt, ich bin weit außerhalb meines Zuständigkeitsbereiches.«

»Eigentlich ist er nach Hause gekommen, um seinen Schatz vorzustellen, und er ist herzlich willkommen, so lange zu bleiben, wie er will«, sagte Ruby. »Stimmt doch, Onkel Liam?«

»Und ob er das ist«, antwortete dieser vergnügt. Ein charmanter Mann von Liams Generation mußte noch viel lernen, eine Frau wie Ruby richtig einzuschätzen.

»Wieso setzt Hock dann erst jetzt zum ersten Mal seinen Fuß in dieses Haus, in dem er doch so herzlich willkommen ist, wie Sie sagen?« fragte Ruby. »Warum sind er und seine Mutter nicht hergekommen, um mit Ihnen in diesem großen Haus zu leben?«

»Ich habe sie immer finanziell unterstützt«, verteidigte sich Liam. »Jeden Monat ist Geld an die Witwe meines Bruders Aidan und auch an Neil überwiesen worden.«

»Aber auch nicht annähernd soviel, wie Sie sich leisten konnten.«

»Aber soviel wie Mairead von mir annehmen würde!« Liam hatte einen roten Kopf bekommen und war kurzatmig geworden, als er nun mit der Faust auf den Tisch schlug.

»Vorsicht, bitte«, sagte Snoody zu mir. »Sie tun sich keinen Gefallen, wenn Sie den Mann mit Ihrem Verhör aufregen.«

»Sehr richtig«, sagte ich. Ruby hatte ihre Sache gut gemacht. Sie spielte den bösen Cop und riß alte Familienwunden auf, während ich den Part des guten Cop übernahm. Ich brauchte Zeit, das zu verarbeiten, was ich erfahren hatte, und dazu mußte ich erst mal eine Nacht durchschlafen. Alle weiteren Fragen an Liam würden heute abend sanft ins Ziel gehen. Bei Snoody sah die Sache ganz anders aus.

»Was Ihren Brief betrifft«, sagte ich zu ihm. »So wie Sie es geschildert haben, lag mein Onkel im Sterben. Was sollte das?«

Snoody fauchte irgend etwas. Er und Liam wechselten giftige Blicke. Danach sammelte sich Liam, indem er Snoody zu Hilfe kam.

»Kein Grund, Patrick so anzugreifen, Neil«, sagte Liam. »Ich habe es dir doch bereits gesagt, er ist unverbesserlich, was seine Glückenhaftigkeit betrifft. Zweifellos hat er es sich eines Tages in den Kopf gesetzt, daß ich drauf und dran bin, den Löffel abzugeben. Also mußte sich die Familie an meinem Krankenbett versammeln. Er hat's doch nur gut gemeint.«

»Dann sind Sie gar nicht krank?« fragte Ruby.

»Nicht besonders«, erwiderte Liam. Er nahm sein Weinglas

und stieß es gegen Rubys und lächelte. »*Bonny,* ich appelliere hiermit aufrichtig an Ihr Feingefühl ...«

»Sie können sagen, was Sie wollen. Ich entscheide, ob es aufrichtig ist.«

»Ach, sie ist wirklich ein hitzköpfiger Schatz, Neil«, sagte Liam und schnalzte leise. »Hier seid ihr jetzt – zu Hause, wie Sie sehr richtig sagen. Können wir nicht versuchen, das Beste daraus zu machen? Ich habe euch gesagt, daß mein Gesundheitszustand nicht kritisch ist, aber ich sage auch, daß mir nicht mehr so viele Jahre bleiben, so froh und munter, wie ihr mich heute seht.«

Ruby drehte sich um und sah mich mit einem nachgiebigen Ausdruck in ihren schokoladenbraunen Augen an. Wir hätten eine Gedankenlesernummer vorführen können. Ruby gab mir zu verstehen, daß sie müde war und in Ruhe über alles nachdenken wollte und wisse, daß es mir genauso ging. Ich habe schon Cops gesehen, langjährige Partner, die auf diese bemerkenswerte Weise miteinander kommunizieren. Bei der Polizeiarbeit ist das ein Zeichen für eine »echte Ehe«. Bis zu diesem Augenblick hatte ich so etwas selbst noch nie erlebt, weder im noch außer Dienst; bis jetzt hatten weder das Phänomen noch der Ausdruck bei mir für feuchte Hände gesorgt.

»Als ich noch ein kleiner Junge war, hast du uns bei deinen Besuchen in New York immer viele gute Geschichten über die Menschen hier erzählt«, sagte ich zu Liam. »Aber ich kann mich nicht erinnern, daß du jemals eine Geschichte über deinen Bruder erzählt hast. Laß uns heute abend eine hören.«

»Eine gute Geschichte – über deinen Vater? Er schwamm immer gegen den Strom.« Liam schüttelte den Kopf. »Vom Tag seiner Geburt an veränderte Aidan alles und jeden in seiner Umgebung. Nun können manche Menschen gar nichts dagegen tun, daß sie viel Wirbel um sich veranstalten. Das ist schon in Ordnung, denke ich, solange sie erkennen, daß sie anders sind – und daß die anderen irgendwie zufrieden sind, geduldig und gehorsam zu sein. Das Problem ist aber, daß die meisten Menschen solche Leute nicht mögen, die gegen den Strom schwimmen. Die meisten Menschen haben Ressentiments gegen alles, was sich zu sehr von ihnen unterscheidet. Für Leute wie deinen Vater folgt daraus ein verzwicktes Leben.«

»Willst du damit sagen, du kannst mir nichts Gutes über meinen Vater erzählen?«

»*Nae,* aber ich will sagen, daß ich keine Geschichte erzählen kann, die für ein Abendessen angemessen wäre.«

»Er hat schon die eine oder andere harte Geschichte in seinem Leben gehört«, sagte Ruby in meinem Namen. »Was glauben Sie denn, wo Hock sein ganzes Leben verbracht hat? In einem Haus wie diesem?«

Der Klang von Liams und Snoodys übermütigem Lachen hätte auf einen Friedhof gepaßt. »Sag mir, Neil«, fragte Liam, »bist du wirklich und wahrhaftig hergekommen, um in trüben alten Familiengeschichten herumzugraben?«

»Ja«, sagte ich und erkannte zum ersten Mal, daß dies wirklich und wahrhaftig so war. »Und es macht mir auch nichts aus, muffigen Kohl zu riechen.«

»Also gut. Ich habe versprochen, daß wir über Aidan reden, und ich stehe zu meinem Wort. Ich sage dir, was ich deiner Schönen gesagt habe: Ich würde dich bestehlen, aber belügen würde ich dich nie.« Liam sah zuerst Snoody an, dann das Essen auf dem Tisch. Beides hatte zu dampfen aufgehört. »Aber vorher könntest du einem hungrigen alten Mann vielleicht ein paar schöne Kartoffeln und so weiter geben, damit er Kraft fürs Geschichtenerzählen bekommt?«

Dann füllten wir alle unsere Teller. Liam sagte, wir sollten »ordentlich reinhauen«, und in Windeseile hatten wir Moiras Abendessen vertilgt. Ich war hungriger, als ich gedacht hatte, und das gleiche galt für Ruby. Onkel Liam nannte uns zwei »gute Esser«. Als wir mit dem Essen und dem Wein fertig waren, ging Snoody zum Speiseaufzug. Moira hatte zwei große Kannen Tee raufgeschickt.

»Für mich ein Schlückchen Whiskey dazu«, sagte Liam zu Snoody, als dieser ausschenkte.

Als wir alle Tee vor uns stehen hatten, jede Tasse mit einem »Schlückchen«, lehnten wir uns zurück und spitzten erwartungsvoll die Ohren in Liams Richtung. Er zögerte kurz. Mit einem tiefen Seufzer griff er dann in die Innentasche seiner Jacke, zog einen gelblichen Briefumschlag heraus, der an den Kanten schon etwas abgegriffen war, und strich ihn vor sich auf dem Tisch glatt.

Und nach einem langen Blick in meine Richtung, in dem die ganze Last der keltischen Geschichte lag, plätscherte der Anfang meiner eigenen Familiensaga von Onkel Liams Lippen, leicht und melodisch wie ein Bach.

Trotz all ihrer kühlen und ruhigen Schönheit sind irische Bäche doch auch trügerisch. Immerhin sind sie unerbittliche Bergkiller, schneiden sich tief ein und bewegen sich langsam durch uraltes Gestein, stürzen dann herab in einem gewaltigen Wasserfall.

19

»Wenn man die Geschichte von Aidan Hockaday erzählt, muß man zunächst verstehen, was das Land unten im County Carlow bedeutet. Jenes Land, in dem Aidan geboren wurde, jenes Land, das er, als er zum Mann reifte, verließ.

Wenn du dies für ein grausames Urteil über meinen lieben jüngeren Bruder hältst, dann gestehe ich, daß er nur meinem Beispiel folgte, denn das Weggehen war auch die Voraussetzung meiner eigenen Lebensgeschichte. *Aye,* das ist unser Fluch – wir sind zwei *Harfen*, die ihrem angestammten Platz nicht treu bleiben konnten.

Auf der ganzen Welt gab es keinen grüneren oder schöneren Flecken als Carlow. Es war alles, was unsere Familie seit den finstersten Zeiten kannte, als wir und jeder andere Ire noch auf allen vieren herumgekrochen sind. Es hieß, Gott habe uns Hockadays zusammen mit den Bäumen und Blumen und dem grünen Gras in die Lehmerde dort unten gepflanzt. Der ganze Clan respektierte diese heilige Ordnung – bis zu deinem Vater Aidan und mir, die wir Gott ins Gesicht spuckten, wie gesagt wurde.

Herrlich war die Erde von Carlow. In meinen Träumen rieche und sehe ich sie immer noch – so schwarz und cremig wie *Guinness Stout*. Unser eigenes, winziges Stück ernährte Generationen von Hockadays, trotz der großen Pestilenzen, die die Dämonen der Hölle über Irland gebracht haben, womit ich die Engländer und die Grundbesitzer und die Große Hungersnot meine. Der Vater des Vaters des Vaters unseres Vaters hat noch mit seinen bloßen Händen die steinige Ackerkrume gebrochen. Unser aller Seelen liegen begraben in dieser Erde; auch deine, Neil. Verstehst du? Das Land ist beinahe etwas Heiliges.

Wenn ich das alles erzähle, fragst du dich dann nicht, warum in aller Welt ich und dein Vater untreu wurden? Meine eigenen Gründe sind langweilig, wie du sehen wirst, wenn du sie mit Aidans vergleichst.

Ich kann dir praktisch alles erzählen, was es über deinen Vater zu wissen gibt, denn seine Geburt ist eine meiner frühesten Erinnerungen. Ich war damals sieben Jahre alt . . . In einem irischen Haus ist das ein großer Abstand zwischen zwei Babys, und das verrät dir etwas darüber, was deine Großeltern voneinander hielten . . .

Nun, so alt ich heute auch bin, sehe ich doch immer noch deutlich jenen Tag vor mir, an dem Aidan mir schließlich Gesellschaft leistete. Puterrot ist er gewesen, und nach Atem hat er gerungen – und war nicht größer als ein Spatz.

Es war die neblige Zeit gegen Ende Oktober, als die Winde von den Wicklows über den Feldern und Dörfern hingen wir feuchte Wolldecken. Meine Mutter – Finola, möge sie in Frieden ruhen – lag schon die ganze Nacht zuvor in Wehen, stöhnte und massierte ihren prallen, harten Bauch und schwitzte wie Tauwetter im Frühling. Ich kenne ihr Leiden genau, denn so jung und verängstigt ich auch war, ich war es doch auch, der dort neben ihr lag, um Trost und Beistand zu spenden. Angesichts ihrer Qualen fiel mir nichts anderes ein, als den Katechismus zu murmeln, immer und immer wieder, bis ich ganz heiser wurde.

Daddy blieb unten auf einem Feldbett in der Küche. Für die morgendlichen Arbeiten brauchte er einen ungestörten Schlaf.

Mit seinen großen, kräftigen Händen war er der einzige im Haus für solche Aufgaben, da ich zu dieser Zeit noch gut drei Jahre zu jung war, um meinen Teil zu übernehmen. Außerdem war Myles Hockaday als Gentleman bekannt, und es war nur rücksichtsvoll von ihm, sich in diesem doch etwas heiklen Fall zurückzuziehen. Sein Atem roch übel nach Hefe, weil er von dem neuen *poteen* trank, so nennen wir in Irland schwarzgebrannten Whiskey, den er und seine Kumpane in dem Destillierapparat hinter unserem Kuhstall brannten.

Ich selbst konnte Daddys Gestank kaum ertragen. Ganz sicher war es kein Atem, der über eine arme Ehefrau wehen sollte, die kurz vor der Niederkunft stand. So fiel es eben einem kleinen Jungen zu, Tag und Nacht über die Wehen seiner Mutter zu wachen. Daddy trug mir auf: ›Bleib bei ihr, Liam, wie ein braves, treues Küken. Aber wenn's im Bauch deiner Mutter rumort, dann kommst du mich sofort holen.‹

Ihre Zeit kam in den einsamen, grauen Stunden des Morgens. Daddy war schon draußen und versorgte unsere Kuh und die Schweine. Ein schrecklicher *Bleezer* tobte so schlimm, daß die Fenster wie die Fäuste eines Betrunkenen schlugen, und der Wind fegte den Schneeregen fast waagerecht übers Land. Aber es war nicht der Sturm, der mich weckte. Nein, es war Mum, die vor Schmerzen schrie – oder das dachte ich wenigstens, bis ich den Schlaf aus den Augen gerieben hatte und etwas anderes sah.

Sie hatte das Bettzeug von sich gestrampelt und das Nachthemd bis zu ihrer geschwollenen Brust hochgezogen. Da lag sie nun an diesem stürmischen Morgen, schrie die Namen aller Heiligen heraus und mühte sich ab, über ihren dicken Bauch auf etwas Schreckliches zwischen ihren weitgespreizten Beinen zu sehen.

Was immer es war, das Gesicht meiner schönen Mum wurde bang und häßlich. Ich hatte entsetzliche Angst hinzuschauen, aber sie zwang mich dazu. ›Schnell jetzt, Liam‹, sagte sie, wobei ihr die Tränen so heftig übers Gesicht strömten wie der Schneeregen vorm Fenster, ›sieh jetzt unter meinen Bauch und sag, wenn's soweit ist!‹

Also habe ich hingesehen. Zuerst sah ich nur einen blutigen Schwall, der ihre Scham bedeckte. Angeekelt wendete ich mich ab. Mir war ganz flau im Bauch, und mein Kopf fühlte sich an, als löste er sich von meinen Schultern.

Mum kreischte: ›Was ist es, Liam? Was ist es?‹ Ich sagte, ich müsse zu Daddy laufen, wie er's mir aufgetragen hatte. Doch sie: ›Nein – dafür ist jetzt keine Zeit. Sieh jetzt dort unten hin und sag mir genau, was du siehst!‹

Also, ich konnte kaum glauben, was ich dort sah: Ein winzig kleines, puterrotes Hinterteil, das zappelte wie verrückt. Ich sagte zu Mum: ›Na, das Baby kommt raus – mit dem Po zuerst!‹ Sie schrie: ›Heilige Maria, eine Steißgeburt!‹

Mein Gott, was jagte mir das eine Angst ein! Erst vor einem Monat hatte ich gesehen, wie unsere Kuh ein totes Kalb zur Welt gebracht hatte, das auch in Steißlage gewesen war. Ich hatte keine Ahnung, daß so was auch bei Menschen passieren konnte.

Dann fing sie an, immer wieder den Namen von Saint Gerard aufzusagen. Das ist der Schutzheilige der Kindsgeburt, mußt du wissen. Manchmal höre ich noch heute des Nachts ihr Lamentieren. ›Beschütze mich jetzt in der Stunde meiner Not, o Gott – im Namen von Saint Gerard Majella, gesegnet mit Bilokation, der Gabe der Prophezeiung und unendlicher Weisheit, dein Kind geboren in einem so bescheidenen Haus wie diesem, in dem ich leiden muß . . .‹

Jedenfalls beruhigte Mum sich, indem sie immer wieder dieses Gebet sprach, und schließlich hörte sie auf und sagte: ›Liam, schnell jetzt. Du mußt mir jetzt helfen und Babys Po packen. Nimm beide Hände dazu, und mach's ganz ruhig, zieh es vorsichtig raus, damit es den Atem des Lebens bekommt. Du mußt jetzt ganz tapfer und sehr behutsam sein, und paß auf, daß du Baby nicht erwürgst oder erstickst.‹

Oh, wie sehr ich es haßte, dieses schleimige Ding zwischen Mums Schenkeln anzupacken! Aber ich tat's trotzdem und hatte dabei die ganze Zeit Angst, daß mich Daddy später mit dem Riemen schlagen würde, weil ich ihm nicht gehorcht hatte.

Ich verstand nichts davon, einem Körper das Leben zu schenken, aber genau das passierte. Ich zog, bis die beiden winzigen Beine heraussprangen, und dann zog ich weiter. Und Finola ächzte wie ein großes, blähendes Tier, und sie preßte und preßte.

Und dann kam, ausgespuckt aus dem Bauch unserer Mutter, dieser knubbelige, nach Luft schnappende Kopf. Herzlichen Glückwunsch zum Geburtstag, Bruder Aidan ...«

Die ganze Zeit über saß Onkel Liam im Rollstuhl vorgebeugt und hielt die schmalen Hände über dem Umschlag gefaltet, an dem er gelegentlich zupfte. Jetzt lehnte er sich zurück und rutschte hin und her. Er bat Ruby: »Könntest du mir vielleicht noch einen Tee einschenken, *Bonny?«*

Ruby schenkte ein und fügte einen Schuß Whiskey aus der Flasche dazu, die Snoody zum Tisch gebracht hatte. »Diese reizende Geschichte, die Sie uns da erzählt haben, ist sie wahr?« fragte sie.

»Du hast nicht richtig zugehört, Mädchen«, sagte er verschmitzt. »Ich würde dich bestehlen, aber belügen würde ich dich nie.«

Snoody wieherte. Liam fuhr fort.

»Also, nachdem ich Mum geholfen hatte, Aidan auf die Welt zu bringen, lief ich schließlich zu Daddy. Vorher zog ich Mums Nachthemd wieder runter und gab ihr jede Menge feuchte, saubere Tücher, dann rannte ich zu ihm und brüllte ihm zu, was ich getan hatte.

Durch den Sturm galoppierten wir zurück ins Haus, ich mit schlammbeschmierten, nackten Füßen zehn Schritte hinter Daddy mit seinen klitschnassen Gummistiefeln, und weiter rauf zu Mum, die gerade ein klebriges Zeugs von Aidans Mund und Nase wischte, damit er atmen konnte. Dabei sang sie dem Baby ein kleines Lied vor. Daddy erkennt sofort, daß es ein prächtiger, strammer Junge ist, und deshalb sagt er: ›Gut gemacht, Finola – jetzt haben wir noch einen Spaten fürs Torfmoor.‹

Mum hat ihn nur ganz merkwürdig angesehen, hat genauso ein komisches und angewidertes Gesicht gemacht wie ich, als ich den ersten Blick zwischen ihre Beine geworfen hatte. Daddy stand da in seinem klatschnassen Arbeitszeug und grinste glücklich. Sein Atem war nicht besser geworden während der Nacht, und es war sehr stickig im Zimmer. Irgendwie sehr ernst und streng antwortete sie ihm: ›Nein, Myles, mit dieser Geburt beginnt ein neuer, freier Tag. Weder du noch einer deiner Hockaday-Geister hat jetzt noch ein Recht, meine Jungs weiter für ein Leben in dieser Sklavenhütte zu beanspruchen!‹

Sklavenhütte! Was für eine Beleidigung der bescheidenen Burg eines Mannes wie Myles Hockaday! Der arme Daddy. Es traf ihn bis ins Mark seiner Bauernknochen, erinnerte ihn vor meinen Augen, daß er doch immer nur ein fügsamer und gehorsamer Schlucker war, der mit einer unausstehlichen Frau in seinem primitiven, zugigen Pächterhaus auf einem winzig kleinen Kartoffelfeld und dem dazugehörigen Torfmoor lebte – ohne eine andere Zukunft, die weder er noch seine ganze Familie vor ihm sich vorstellen konnte. Er besaß nichts außer der Familienpacht auf das Haus und Land, das zu achten er durch seine Ehre gezwungen war. Und genau deswegen wurde er jetzt hier von seiner Frau verspottet. *Sklavenhütte.*

Welchen Stolz auch immer er beim ersten Anblick seines zweiten männlichen Erben empfunden haben mochte, das war nun mit einem Schlag dahin. Statt dessen wurde sein Herz vom schlimmsten Schuß getroffen, den die Frau eines Bauern abfeuern konnte. Seine Eitelkeit war tödlich getroffen, für immer und alle Zeiten.

Also ging der arme, leidgeprüfte Daddy und setzte sich unten neben den Herd, warf Torfziegel ins Feuer, einen nach dem anderen, als sei er reich wie ein König. Und Mum ließ er oben allein zurück mit dem Schlamassel eines neugeborenen Kindes und nur mir als Hilfe. Mum kam ausgezeichnet allein zurecht, gurrte und koste mit Aidan. Aber da war ich, ein siebenjähriger Junge, der gerade schmerzhaft die bittere Ironie der Familienehre erfahren mußte. Unten am Feuer saß Daddy und vergiftete sich mit brütenden Gedanken, die für den Rest seiner Tage an ihm klebten wie ein sich haarender schwarzer Hund.

Von Zeit zu Zeit ging ich heimlich nach ihm schauen. Krug um Krug schwarz gebrannter Whiskey floß durch seine geübte Kehle. Unterdessen blökte unsere ungemolkene arme Kuh mit schmerzendem Euter gegen den Sturm und in den Einbruch der Dunkelheit hinein. Und ich kleiner Wicht, ich bekam mächtig Angst, denn ich sah meinen Vater weinen. Es ist wie das Ende der Welt, wenn man seinen Vater weinen sieht, Neil . . . Ruby. Es zeichnet einen fürs Leben, Zeuge einer solchen Ohnmacht zu werden.

Nun, ich hielt mich zurück, als Daddys Tränen am stärksten liefen. Sicher, er war ein Gentleman, doch trotzdem konnte er bösartig werden, und mehr als einmal hatte ich das Gefühl, daß er drauf und dran war, mich oder Mum oder sogar das Baby zu schlagen. Allerdings nur, um etwas mit seinen Händen zu machen, denn mit seinem Leben konnte er nichts anfangen.

Aber Gott sei Dank, am Ende wurde er hungrig, und das nahm seiner Wut die Schärfe. Er rief mich zu sich an den Tisch und schnitt uns etwas Brot, dazu gab es Fleisch mit Senf als kaltes Abendessen. Ich erinnere mich gut, wie er sich entschuldigte, daß es weder Cider noch Milch gab. ›Tut mir leid, aber heute abend mußt du es trocken runterwürgen, Liam‹, sagte er.

Als wir fertig waren, erzählt er mir, warum er sich verhält, wie er sich verhält, erzählt, was sein Kummer bedeutet. Erst Jahre später verstand ich, daß dies mitleiderregend war – daß Daddy mir, einem kleinen Jungen, erzählte, was sein Stolz ihm verbat, je einem anderen Mann gegenüber zu gestehen.

Daddy nimmt mich in den Arm, drückt mich und bekennt: ›Verzeih mir, Sohn. Wie eine schwere Last liegt der Schatten der Hungersnot auf meiner ganzen Generation. Ich bin mit den Geschichten aufgewachsen, die ich von meiner eigenen Mum und meinem Pa gehört habe, und auch von den *shanachies,* unseren Geschichtenerzählern. Geschichten von Menschen hier in unserem Tal, die in Gräben lagen, nachdem sie aus ihren Häusern verjagt worden waren. Grüne Flüssigkeit lief ihnen aus den Mündern, als sie nichts anderes mehr zu essen hatten außer Gras. Du mußt mir verzeihen, aber mir wurde beigebracht, nicht einen einzigen Tag ohne die Furcht zu leben, daß dies alles wieder passieren kann. Und es ist auch die Angst, die uns Pächter auf diesem Land hier hält, in diesem Haus; es ist die Furcht, die unsere Träume nach mehr getötet hat ...‹

Er konnte nicht weitererzählen, so sehr weinte er. Er ließ mich am Tisch sitzen und ging zum Herd, wo er wieder seinen *poteen* trank. Oben hörte ich Mum Schlaflieder singen. Und ich kleiner Wicht, ich wäre am liebsten fortgelaufen. Aber nicht etwa in die Arme von einem dieser beiden.

Nach einiger Zeit ruft mich Dad, daß ich mich neben ihn an den Herd setzen solle. Inzwischen ist er abgefüllt bis zum Rand, was von diesem Tag an sein normaler Zustand wurde. Ich fürchtete mich davor, ihn sprechen zu hören. Sein betrunkenes Selbstmitleid war nicht schmeichelhafter als seine Tränen.

Er sagte: ›Ich muß dir etwas sagen, das du nie vergessen darfst, Junge: Die Engländer sind schuld, daß wir keine Chance haben. Nicht einer von denen glaubt, daß wir Iren mehr sind als nur dumme Esel. Hasse die Engländer, Junge! Nimm deinen Haß tief in dich auf, laß ihn in deine Nerven, in dein Fleisch und dein Blut übergehen ...‹

Nun, er hat es vielleicht nicht wörtlich so gesagt, aber es ist jedenfalls der wesentliche Sinn und Kern dessen, was mein alter Herr mir an diesem haarsträubenden Tag gesagt hat, an dem sich alles und jeder veränderte; der Tag, an dem dein Daddy auf die Welt gekommen ist, Neil. Ich glaube nicht, daß Myles Hockaday danach auch nur noch ein Wort von sich gegeben hat, bei dem irgendwer in Carlow weiter Notiz von ihm genommen hätte.

Mehr oder weniger wie immer verrichtete er seine Arbeit im Moor und auf dem Feld; wie ein guter, braver Esel. Als wir alt genug waren, haben Aidan und ich mitgeholfen. Unser Daddy lehrte uns die Geheimnisse der Landbestellung, genau wie sein Daddy es ihm beigebracht hatte, aber mit dem Herzen war er nie dabei. Er sah uns immer nur ganz eigenartig an, besonders Aidan; er wußte, daß wir ihn als den letzten Hockaday auf der Scholle zurücklassen und nie seinen traumlosen Glauben teilen oder seine Angst vor dem Schatten respektieren würden. Irgendwie starb er.

Über die Jahre leistete Mum auf ihre eigensinnige Art dem Verrat dadurch Vorschub, daß sie Aidan und mir gewisse Dinge besorgte ... So hat Daddy es immer genannt, wenn er trank: Der Verrat seiner Söhne – der Verrat an ihm und dem Land und den Seelen aller Hockadays.

Er sagte, langsam, aber sicher bringe sie ihn um, doch Mum behauptete, es sei nur ihr uneigennütziger Wunsch, uns zu befreien; nachts stritt sie mit Daddy, richtig ordentlich und laut, so daß wir es hören konnten. ›Scheiß doch auf dieses Land, das dir nicht mal rechtmäßig gehört! Meine Jungs sollen es besser haben als du, Myles Hockaday – sie sollen die Welt eines richtigen Gentlemans kennenlernen! Sie sollen nicht werden wie du, sich nicht ihr Leben lang nur das Geld für die Beerdigung vom Mund absparen.‹

Er hat sie nie geschlagen, aber auf eine merkwürdige Art schien es genau das zu sein, was sie wollte ... Nichts für ungut, meine schöne Ruby, aber in jener rückständigen Zeit, von der ich hier rede, galt eine Frau, die kein Blatt vor den Mund nahm, als eine boshafte und gehässige Kreatur.

Das erste, was sie uns besorgte, war ein Radioapparat. Es war ein sehr gutes Gerät, das abends wie Zauberei Stimmen aus der Luft holen konnte, aus allen vier Ecken der Welt. Erst viel später erfuhren wir, wie Mum an das Radio gekommen war – an das und alles anderes, was sie uns noch besorgte.

Der Radioapparat, sagte sie, sei unsere ›Ohren für das herrliche und wunderbare Geheimnis hinter den Bergen, für das ganze köstlich turbulente Leben weit fort von diesem anspruchslosen Dreck und Mist‹. Und für all den Spaß, den der Apparat uns bereitete, schuldeten wir ihr lediglich die Pflicht, ›jeden Abend zuzuhören, Jungs – lernt, daß die Welt groß ist und daß es viele Dinge gibt, die man tun kann‹.

Oh, aber Daddy ärgerte sich über den Apparat. Eifersüchtig, genau das war er. ›Stimme des Teufels‹, so nannte er das Radio, obwohl er trotzdem mit uns zuhörte. Mum sagte dann: ›Hast du keine Angst, dich zu versündigen, wenn du dem Radioapparat zuhörst?‹ Daddy bekam dann immer einen roten Kopf und erwiderte: ›Nein!‹ Dann lachte Mum ihn aus und sagte: ›Schade, Myles. Sünder sind doch so viel interessanter als Heilige.‹

Und das klang ja so vernünftig für mich und Aidan. Was meint ihr, was zwei Jungs aus Carlow an einem langen, kalten Abend lieber taten – einen Katechismus lesen oder einen Sender von irgendwo auf der Welt einschalten, wo es Jazzmusik und lachende Menschen gab?

Mum wußte sehr genau, was sie tat. Sie machte uns trunken. Neugier berauschte uns mehr, als es der Whiskey bei Daddy je geschafft hatte. Mehr noch, jedesmal, wenn der alte Herr seinen Rücken abwendete, und oft genug tat er das nicht, fütterte sie uns mit ihren subversiven Ideen.

Sie hatte konkrete Vorstellungen, was uns betraf, und wollte, daß wir sie teilten. Wir seien beide aufgeweckt und würdig, entschied sie, aber so unterschiedlich wie nur was; ich war ihr praktisch veranlagter Sohn, und Aidan hatte einen Verstand, der sich in die Lüfte aufschwingen mußte.

Zu mir sagte sie: ›Liam, es wird gut für dich sein zu wissen, daß es nicht Arbeit ist, die Geld macht, sondern es ist Geld, das Geld macht. Hier in Carlow wirst du unmöglich sehen, wie dieses Prinzip in die Praxis umgesetzt wird, deshalb werde ich dafür sorgen, daß du nach London gehst und lernst. Denn in London ist das Geld.‹

Mein Bruder liebte zwei Dinge: er las gern Literatur und lauschte den Stimmen, die aus Amerika über das Radio zu uns kamen. Zu ihm sagte Mum: ›Du wirst nach Dublin gehen, um deine Ausbildung in der Literatur zu erhalten, Aidan. Auf dem Trinity College. Stör dich nicht daran, daß es dort nur so wimmelt von *Prods,* das sind die Protestanten; ich kenne einen Priester, der dir den erforderlichen Dispens erteilen wird. Niemand versteht die englische Sprache besser zu benutzen als die Dubliner. Du wirst feststellen, daß Dublin ein Paradies ist für Schriftsteller und Redner, aber du darfst nicht länger bleiben als unbedingt nötig. New York ist die Stadt für dich. Niemand auf der Welt braucht gelehrte Menschen mehr als die New Yorker.‹

Nun, sie schickte uns fort, uns beide, und das Geld dazu kam aus derselben mysteriösen Quelle, von der sie alle ihre ausgefallenen Dinge bekam. Wir stellten keine Fragen, wir gingen. Zuerst ich nach London, das Daddy die Hölle schimpfte; dann Aidan nach Dublin, das Daddy für keinen einladenden Ort hielt.

Ich kann dir nicht viel darüber erzählen, was deinem Daddy die nächsten paar Jahre in Dublin widerfuhr, denn wir lebten in zwei grundverschiedenen Welten. Aidans versonnene Welt der Bücher und der literarischen Cafés in Dublin und meine Welt der Arbeit in einer Londoner Bank, der Abendkurse und ganz allgemein des Versuchs, alles in den hohen Sphären der Finanzwelt zu erlernen, was mir möglich war.

Ich war nicht sonderlich versessen auf Aidans Interessen, und er nicht auf die meinen. Ich fand immer, er klang so sehr wie Daddy, wenn er das Gesicht verzog und sagte, Geld sei doch ›nur schmutziges Papier‹.

Jedenfalls, es kam schließlich der Tag, an dem ich London mit Ziel Dublin verließ, um dort meine finanziellen Aktivitäten fortzusetzen, die schließlich unter anderem in diesem Haus resultierten, in dem wir uns aufhalten. Nach meiner Ankunft in Dublin trafen Aidan und ich uns gelegentlich . . . vielleicht nicht so regelmäßig, wie zwei Brüder es sollten, aber die Zeit und die Trennung hatten einiges zwischen uns verändert, müßt ihr wissen.

Beide erhielten wir Briefe von Mum, nie von Daddy. Sie berichtete immer, wie schlimm es zwischen ihnen geworden sei, dort unten in diesem Haus, das keiner von uns mehr ein Zuhause nannte. Nur einmal kehrten wir dorthin zurück, wegen des Skandals, der sich zweifellos bis zum heutigen Tag als Klatsch und Tratsch in den Pubs von Carlow gehalten hat . . . «

Liam legte eine Kunstpause ein, nicht weniger dramatisch wie jeder Schmierenkomödiant am Abbey Theatre, und wartete darauf, daß entweder Ruby oder ich ihn drängten, doch fortzufahren. Zweifellos hatte Snoody diese Geschichte bereits viele Male gehört, wenn man nach seiner ausdruckslosen Miene ging. Schließlich fragte Ruby ihn ruhig: »Welchen Skandal?«

»*Aye*, meine Schöne«, sagte Liam. Er bat mich, ihm die Karaffe zu reichen, füllte seine Tasse dann mit Whiskey und gab einen Schuß Tee dazu. »Zwischen Mum und Daddy herrschte, und ich vermute, wir haben es uns alle schon gedacht, nicht gerade eitel Sonnenschein ...«

»Und das bedeutet –?« fragte ich.

»Der Postbote wurde schließlich mißtrauisch, als er sah, wie der Briefkasten immer voller wurde und sich in dem alten Haus niemand zu rühren schien«, sagte Liam. »Eines Tages läßt er dann sein Fahrrad oben an der Straße stehen und geht zum Haus hinunter, um mal nachzusehen. Er findet Mum auf dem Küchenboden, übersät mit unzähligen Stichen von dem Messer, mit dem sie immer die Kruste um die Kuchen abgeschält hat. Und Daddy war nicht weit und in keinem besseren Zustand. Er lag zusammengesunken vor seinem Sessel neben dem Herd, hatte sich Blut und Hirn aus dem Kopf geschossen, und die Schußhand umklammerte immer noch die alte Reiterpistole der Familie ...«

Eine ganze Weile hörte ich dann nicht mehr, was Liam weiter sagte. Vielleicht waren es nur ein paar Sekunden, aber zu diesem Zeitpunkt kam es mir sehr lange vor. Mein Kopf schwirrte, und mit irrwitzigem Tempo rasten Bilder vor meinen Augen dahin. Stellte ich mir gerade noch meinen Vater vor, wie er als junger Mann versuchte, ausgerechnet als Schriftsteller Karriere zu machen, stellte ich mir nun meine Großeltern vor, die ich nie kennengelernt hatte, diese beiden erbitterten Streithähne, und den Skandal eines Mordes und Selbstmordes.

Ich sitze ganz allein in einer Ecke und denke über einen Burschen nach, der vor fünfundzwanzig Jahren eine Frau so sehr liebte, daß er sie geheiratet hatte, und dann, eines schrecklichen Tages, haßte er sie so sehr, daß er sie auf dem Linoleumboden der Küche in Stücke hackte. So wie ich das sehe, ist diese große Mordgeschichte überhaupt keine Geschichte. Die wirkliche Geschichte ist: Was passierte während dieser fünfundzwanzig Jahre ... Dort würde die große Wahrheit *liegen. Die Wahrheit, die ganze Wahrheit und nichts als die unschöne und komplizierte Wahrheit, so wahr mir Gott helfe.*

Dann tauchte mein Onkel wieder auf, und die Bilder verlangsamten sich. Er und sein Whiskey mit Tee, und wie er bedächtig mit einem Finger auf den vor ihm liegenden Umschlag tippte. Mit dieser schrecklichen Familiensaga fortfuhr und dabei mit jedem Wort, das er jetzt sagte, hundert neue Fragen für später aufwarf.

»Bevor wir nach Dublin zurückkehrten, blieben Aidan und ich lange genug in dem alten Haus, um die Tiere zu verkaufen und solche Dinge zu erledigen, mit denen wir einen Schlußstrich unter die Leben zweier Menschen zogen, die sich zeit ihres Lebens abgerackert hatten. Es war uns sehr bewußt, daß wir das Geschlecht der Hockadays in Carlow beendeten, eine lange Linie, die jetzt sicher mit weniger als großem Stolz endete. Die Beisetzung, wenn man es überhaupt so nennen konnte, war kurz und bitter.

Keine Kirche in ganz Carlow war bereit, Daddy auf ihrem Friedhof aufzunehmen, da er ein Mörder und, schlimmer noch, ein Selbstmörder war. Aidan und ich entschieden uns dagegen, unsere beiden Eltern zu trennen, wohl wissend, wie grausam Mum Daddy zugesetzt haben mußte, bevor er es nicht mehr ertragen konnte. Kein Priester war bereit, auch nur etwas Weihwasser auf ihre Särge zu spritzen, nicht mal, wenn niemand zuschaute ...

... Und das schließt auch den lüsternen Priester ein, mit dem Mum all die Jahre ein Verhältnis hatte, während deren sie uns diese schönen Dinge schenkte, angefangen mit dem wunderbaren Radio. Das erfuhren wir von unserem getreuen Postboten.

Der Priester hieß Cor. Der Briefträger tischt uns das wie eine echte Klatschbase auf, noch während des kleinen Gottesdienstes, den wir in Daddys *sheepeen,* seiner alten Stammkneipe, abhielten, bevor wir Mum und ihn einäschern ließen.

Der Briefträger sagt: ›Myles, der wußte Bescheid über Cor und seine Finola. Hat aber nie geklagt, hauptsächlich weil er für seine Toleranz stets gut mit Whiskey versorgt wurde. Wir haben es hier in dieser *sheepeen* erfahren. Ich kann mich auch noch gut erinnern, wie euer Daddy sich darüber lustig gemacht hat, daß er Hörner aufgesetzt bekam. Er hat gesagt: Meine große Zeit ist vorüber, mein kleines Licht ist aus, was früher mal mein Sexappeal, kommt heut nur noch Wasser raus.‹

Ich frage dich, Neil, war das nicht mal ein starkes Stück, so etwas zu unserem ohnehin schmerzlichen Verlust erfahren zu müssen . . . ?

Nun, als an diesem Abend nach der Einäscherung nur noch Aidan und ich im Haus waren, da redeten wir bis Morgengrauen über Mum und Daddy, über den Krieg, der ihre Ehe gewesen war. Wir bekamen auch das mit Cor in den Griff. Wir tranken ziemlich viel in dieser Nacht, und wir weinten auch und fragten uns, ob Myles wirklich unser Daddy war.

Was mich dann auch dazu brachte, Aidan zu erzählen, wie unser alter Herr in jener Nacht seiner Geburt getrunken und geredet hatte . . . wie er mich unmißverständlich vor den Briten warnte.

Und dann hörte ich mich bald selbst an wie unser zutiefst verletzter, berauschter alter Dad. Ich fühlte mich gedrängt, Aidan zu erzählen, was ich bislang keinem anderen gestanden hatte – den wahren Grund, warum ich London verlassen hatte.

Allerdings milderte ich es ziemlich ab. Ich sagte meinem Bruder: ›In der Bank habe ich neben diesem großen, flegelhaften und bigotten Menschen an der Kasse gearbeitet, einem Engländer. Dumm wie Bohnenstroh war der Kerl. Morgens begrüßte er mich immer mit demselben Satz: Rauf die lange Leiter, und runter das lange Seil, Gott segne König Billy und scheiß auf den Papst. Stimmt's nicht, Paddy?‹

Während er mir zuhörte, verfinsterte sich Aidans Miene, und er bekam einen ganz merkwürdigen Ausdruck, wie Daddy immer. Ich fahre fort, erzähle: ›Du kannst dir gar nicht vorstellen, wie einen das wurmt, mein lieber Bruder. Nach einer Weile kannst du es einfach nicht mehr ertragen. Entweder gehst du oder du legst einen von denen um. Was mich betrifft, ich bin nach Dublin abgereist.‹

Dann hoben wir ein letztes Mal unser Glas auf Mum und Dad. Aus Respekt vor den beiden, die uns das Leben schenkten, schüttete Aidan ein paar Tropfen aus der Flasche auf den Boden. Dann steigen wir in die Betten, oben in dem kleinen Raum, den wir einst teilten, vor all den vielen Jahren, als wir kleinen Jungs Radio hörten und auf unsere Chance warteten, alldem zu entfliehen.

Und dann, im Dunkeln, kurz bevor wir einschlafen, fragt mich Aidan: ›Liam, haßt du sie dafür, wie sie dich gedemütigt haben?‹

›Du meinst, ob ich die Engländer hasse?‹ fragte ich. Genau das meinte er. Also sagte ich: ›Tja . . . ja, ich geb's zu: Ich hasse sie.‹

Aidan wird dann ganz still, aber ich höre ihn denken. Schließlich sagt er: ›Ich auch. Gott helfe mir, ich hasse sie alle.‹

Ich denke: Also haben wir Daddy am Ende doch nicht verraten. Und vielleicht hört diesmal Aidan meine Gedanken, denn er sagt: ›Zu blöd, daß Daddy nicht mehr lange genug gelebt hat, um zu sehen, daß es eine Möglichkeit gibt, ein für alle Male mit den verfluchten Engländern fertigzuwerden . . . ‹ «

Snoody unterbrach ihn.

»Sollten wir nicht besser später weitermachen?« sagte er, wobei er zuerst mich und dann Ruby finster ansah. Dann zu Liam: »Wirklich, ich muß darauf bestehen.«

»Ach, mußt du das, ja?« sagte Liam und zog ihn ein wenig auf.

Wie zwei Kater, die drauf und dran waren, einen Fauchwettbewerb auszutragen, funkelten sich die zwei dann eine ganze Weile giftig an. Schließlich seufzte Liam laut und wendete seinen Blick ab.

»Nun, ganz wie Mutter Henne es wünscht – also ein andermal«, sagte Liam zu Ruby und mir. Snoody erhob sich schnell vom Tisch und trat hinter Liams Rollstuhl, war bereit, ihn hinauszuschieben.

»Bevor wir allerdings für heute Schluß machen, möchte ich

dir dies hier noch geben«, sagte Liam und reichte mir den Umschlag: »Dein Vater hat angefangen, mir Briefe zu schreiben, als er schließlich Dublin verließ und nach New York ging. Leider besitze ich nicht mehr viele davon, aber den hier habe ich gefunden, und ich dachte, du solltest ihn bekommen. Wie ich schon sagte, ich hatte es nie sehr mit der literarischen Seite des Lebens. Aber aus seinen Briefen weiß ich, daß Aidan ein wunderbarer, wunderbarer Schreiber war.«

»Ich weiß ja nicht, wie's mit dir ist«, sagte Ruby, »aber ich komme mir vor, als hätten wir gerade einen von diesen . . . ach, wie hat dein Onkel noch gleich einen scheußlichen Sturm genannt?«

»Bleezer«, sagte ich.

»Genau das meine ich. Als hätten wir gerade einen fürchterlichen *Bleezer* hinter uns, einen Sturm, bei dem der Wind so steif bläst, daß der Schneeregen fast waagerecht fällt.«

Wir waren wieder in dem roten Zimmer im zweiten Stock, bereit für die Nacht, und trugen die Männerschlafanzüge und Bademäntel, die Moira uns mit frischen Handtücher heraufgebracht hatte. Ruby flitzte geschäftig hin und her, packte unsere Koffer aus und verstaute alles in Kleiderschrank und Kommode. Ich saß auf der Bettkante und hielt den Umschlag immer noch ungeöffnet in Händen.

»Bleezer . . . «, wiederholte Ruby nachdenklich. Dann blieb sie vor mir stehen, deutete auf den Brief und sagte: »Und? Willst du ihn irgendwann auch mal lesen?«

»Ich weiß wirklich nicht, ob ich im Augenblick schon dazu in der Lage bin«, sagte ich. »Bislang habe ich heute, laß mich nachdenken . . . ich habe erfahren, daß meine Großmutter das Schätzchen von so einem Priester gewesen ist, daß mein versoffener Großvater es ihr heimgezahlt hat – auf Dauer, und daß er sich anschließend selbst das Licht ausgeblasen hat . . . Vielleicht ist das mehr als genug Familiengeschichte für einen Tag.«

»Du hast schon Schlimmeres gehört, Detective Hockaday.«

»Ja, sicher, über die Familien anderer Leute.«

»Wenn man ins Meer springst, wird man auch naß. Was erwartest du? Sei ein Mann, mach weiter – lies es.« Ruby stürzte sich auf mich und griff nach dem Umschlag. »Soll ich vorlesen –?«

Ich wich zurück. Lachend plumpste Ruby auf mich. Und ich war dankbar, einen Augenblick von der dunklen Regenwolke meiner Gedanken abgelenkt zu werden; so dankbar, Ruby zu spüren und ihre Brüste zu sehen, braun wie Karamel unter dem weißen Frottee des Bademantels und dem weitgeschnittenen Schlafanzug.

»Nein!« sagte ich. »Ich werde ihn schon noch lesen ... wirklich.«

»Was hindert dich? Liam hat doch gesagt, es wäre wunderbar geschrieben.«

»Vertraust du Liam?« Mit dieser Frage überraschte ich mich selbst mindestens so sehr wie Ruby.

»Das ist mal eine Frage«, sagte sie.

»Er ist ein unglaublicher Schwätzer. Antworte mir.«

»Dein Onkel ist Banker, also wissen wir, daß er stehlen würde. Aber lügen ...?« Ruby setzte sich kerzengerade im Bett auf und sagte dann: »Natürlich!«

Sie war jetzt sehr aufgeregt, als hätten sich plötzlich einige ihrer eigenen Wolken verzogen. Sie strich den Bademantel glatt. »Du nennst deinen Onkel einen großen Schwätzer, Hock?«fragte sie. »Nein, er ist ein *Bleezer* ... mit genug Wind, um die Worte seitwärts zu fegen. Kannst du mir folgen?«

»Also – eigentlich nicht.«

»Erzählst du mir nicht dauernd, daß jeder halbwegs kompetente Detektiv sich einem Fall immer von der Seite nähern soll?«

»Worauf willst du hinaus –?«

»Streng dich an, Sherlock. Dein Onkel läßt heute abend einen kräftigen Sturm los. Wozu? Damit du Mitleid mit dem bedauernswerten Hockaday-Clan bekommst? Nein. Er hat den Sturm nur herbeigeredet, um etwas anderes zu verdecken. Kannst du mir jetzt folgen?«

Ruby ließ mir einen Moment Zeit, um mitzukommen. Als es

soweit war, sagte ich: »Du meinst, er versucht, uns an Snoody vorbei etwas zu sagen?«

»Ja – natürlich. Wir wissen doch, daß zwischen den beiden irgendwie ein angespanntes Verhältnis herrscht, und wir wissen auch, daß hier etwas Merkwürdiges abgeht. Wir wissen, daß es in diesem Haus ein Geheimnis gibt. Das versucht dir dein Onkel verständlich zu machen, Hock. Indirekt, damit Snoody nichts davon mitbekommt ... Also, was meinst du?«

Ich dachte an Liams Worte, die er vor einiger Zeit zu mir gesagt hatte: *Wenn du es löst, findest du Antworten auf Fragen, die dich bislang gequält haben.*

»Heute nachmittag, als du geschlafen hast und Snoody irgendwo etwas zu erledigen hatte«, sagte ich, »hat Liam Moira hochgeschickt, um dich zu holen. Während der Zeit, die wir allein waren, hat Liam mir ein Rätsel aufgegeben.«

»Erzähl es mir.«

»Ein Mann ohne Augen sah Pflaumen auf einem Baum. Weder hat er Pflaumen mitgenommen noch zurückgelassen. Wie war das möglich?«

»So, jetzt laß mal diesen Brief hören.« Ruby griff nach dem Umschlag.

Diesmal ließ ich sie gewähren. Sie öffnete ihn und las laut die Worte meines Vaters, die mit blauer Tinte und in einer entschlossenen Handschrift geschrieben waren:

Lieber Bruder Liam,
in Deinem letzten Brief schienst Du skeptisch zu sein, warum ich weiterhin darauf beharre, hier zu bleiben – hier in dieser Stadt der rechten Winkel und Gedanken, der beschädigten Menschen. Obwohl ich kaum daran erinnert werden mußte, hast du dennoch darauf hingewiesen, daß ich mit dem Geld, das ich durch mein Schreiben verdiene, nur selten genug für Lebensmittel habe, und daß ich Verpflichtungen gegenüber Mairead und dem Baby besäße, mit dem sie nun schwanger geht.

Ich habe lange und sehr gründlich überlegt, welche Antwort Dich zufriedenstellen könnte. Ich bin jedoch zu dem Schluß gelangt, daß meine Antwort wahrscheinlich nur mich allein zufriedenzustellen vermag, und daß man auch nicht mehr erwarten kann. Also, hier ist sie:

New York ist eine fabelhafte Dame, die unglaubliche Partys gibt. Man ist niemals eingeladen, weiß aber sehr wohl, daß sie stattfinden, und man weiß auch, ist man erst einmal dabei, dann wird es einfach wunderbar. Jedesmal, wenn man seinen Koffer packt, um die Stadt endgültig zu verlassen, ruft diese Dame an und sagt: »Hi, ich gebe eine Party, wie Du ja wohl weißt.« Also fängt man an, seine Tasche wieder auszupacken. Dann sagt sie: »Dieses Jahr lade ich Dich noch nicht zur Party ein, aber ich werde an Dich denken.«

Herzliche Grüße, Aidan

Ruby gab mir den Brief zurück. Ich sah auf die blaue Tinte und dachte an die Verszeilen, die auf die Rückseite von Aidan Hockadays Foto geschrieben waren. Aber irgendwie schien die Handschrift auf diesen beiden Dingen von meinem Vater, dem Brief und dem Foto, nicht übereinzustimmen. Ich faltete den Brief zusammen und steckte ihn in den Umschlag zurück.

»Onkel Liam hatte recht«, sagte Ruby. »Es ist wunderbar geschrieben. Und es sind wunderbare Gefühle, die er über New York zum Ausdruck bringt. Im Augenblick vermisse ich die Stadt schon sehr.«

»Ich auch.«

»Dein Vater hätte in New York Bücher schreiben sollen.«

»Statt dessen kam der Krieg.«

»So einfach war das nicht.«

»Nein. Wir versuchen hier den Krieg innerhalb des Krieges zu finden.«

»Was heißen soll: die Politik. Komm, gehen wir schlafen.«

Wir löschten das Licht, zogen unsere Bademäntel aus und

glitten unter die Laken. Ruby schmiegte sich an mich und flüsterte: »Ich möchte von New York träumen. Wie steht's mit dir, Hock?«

»Ich werde wie ein Detektiv träumen.«

»Was heißen soll?«

»Ein guter Detektiv glaubt an den einen Augenblick, an dem er sehen kann, was die Menschen tun, selbst wenn er nicht dabei ist.«

20

Lieutenant Ellis griff aus dem schmalen Fenster und packte den Betonsims, wobei er sorgfältig darauf achtete, die Hände von frischer Taubenscheiße fernzuhalten. Er beugte sich aus der Hüfte vor und zwängte seine fleischigen Schultern durch den engen Rahmen, schob sich in das graue Licht des Belüftungsschachtes einer Mietskaserne.

Wie Fliegenschwärme wirbelte grobkörniger Staub im Schacht auf und ab. Dessenungeachtet hängten Mieter, die nicht das Geld für den Waschsalon an der Ecke hatten, ihre Handwäsche auf Leinen hinaus. Sobald jemand ein Fenster öffnete, weil er Wäsche hereinholen oder Müll hinausschmeißen wollte, der einen Gang zu den Abfalleimern auf der Straße nicht lohnte, wirbelte der Staub in kleinen Windkanälen auf.

»Hier stinkt's wie in einer beschissenen mexikanischen Kloake«, brummte Ellis und wischte sich mit einem Jackenärmel über die Nase.

Er beugte sich weiter vor und schaute zehn Stockwerke tief an schmutzigen Ziegelwänden und dreckverkrusteten Fenstern hinab. Unten auf einem drei mal drei Meter großen Flecken, übersät mit zerbrochenem Glas, Unkraut, Spritzen, verwesendem Müll und Ratten, trampelte ein Trupp Cops herum. Die Cops trugen hüfthohe Stiefel, bis zu den Ellbogen reichende Handschuhe und hatten Gazemasken über Mund und Nase gezogen. Ein toter Mann lag mit gebrochenem Rückgrat mitten in dem übelriechenden Kompost, splitternackt.

Alle paar Sekunden flammte das grelle Blitzlicht zweier Kameras im Luftschacht auf. Ein Polizeifotograf stapfte um die Leiche und schoß die letzten Porträts des Verstorbenen. Oben auf dem Dach stand ein zweiter Fotograf, der die verschiedenen Luftaufnahmen schoß. Aus zehn Stockwerken Höhe und im gleißenden Licht sah Ellis genug vom Gesicht des Toten, um mit Sicherheit sagen zu können, daß es kein Dachspringer war. Was er bereits ohnehin vermutet hatte.

Der Lieutenant zog seinen kahlen Kopf durch das Fenster in die Wohnung zurück, richtete sich auf und streckte sich. Er stemmte die Hände in sein Kreuz und drückte fest, wodurch seine Rückenwirbel deutlich vernehmbare Knacklaute von sich gaben. »Mein Gott – endlich!« sagte er und zuckte zusammen.

»Mit Ihnen alles in Ordnung, Lieutenant?« Baker hieß der junge, grünschnäblige Detective, der die Frage stellte und eine unerbetene helfende Hand ausstreckte, die mit dem Collegering.

Ellis starrte Bakers Hand an, bis dieser sie wieder zurückzog, dann sagte er: »Sehen Sie mal selbst, Detective, und sagen Sie mir, woran er auf dem Weg nach unten gedacht hat.«

Baker steckte den Kopf aus dem Fenster und schaute – wieder – zu dem dort unten liegenden Körper hinab. Er war vor einer Stunde hier eingetroffen, nachdem eine Frau das Revier angerufen und auf spanisch in die Leitung gebrüllt hatte, was sie gesehen hatte, als sie die Windeln des Babys von der Wäscheleine holte. Da hatte er die Leiche im Erdgeschoß zum ersten Mal gesehen.

Lieutenant Ellis war es gewesen, der Baker losgeschickt und ihm die Uniformierten und das Team der Spurensicherung mitgegeben hatte. Doch als Baker seinem Vorgesetzten vom Tatort telefonisch einen vorläufigen Bericht durchgab, begann Ellis sich persönlich für den Fall zu interessieren. »In der Wohnung von diesem Burschen rührt keiner was an, bevor ich da bin«, hatte Ellis am Telefon gesagt, »und das gilt auch für die Spurensicherung.«

»Tja«, sagte Baker jetzt verwirrt, »ich weiß nicht, ob man exakt sagen kann, was jemandem durch den Kopf geht, wenn er –«

»Natürlich kann man«, unterbrach Ellis. »Es stimmt nicht, was Sie über Tote gehört haben. Tote erzählen einem alles mögliche.«

»Und was erzählt der hier?«

»Daß er keinen Köpper gemacht hat. Jeder Dachspringer, den ich bislang gesehen habe, sieht sehr ruhig und gefaßt aus, wenn er gelandet ist. Warum auch nicht? Seine Probleme hat er ja nun hinter sich. Aber der Bursche da unten . . . sein Gesicht ist ein einziger großer Aufschrei.«

»Also denken Sie, daß es ein Unfall war oder . . . ?«

»Ganz offensichtlich hat er nicht an einem schönen Sommernachmittag einen kunstvollen Kopfsprung in den Lasker Pool gemacht.« Ellis steckte die Zigarre wieder an, die ausgegangen war, nachdem er sie auf der Fensterbank abgelegt hatte. »Haben Sie den Inspector angerufen, wie ich Sie gebeten habe?«

»Ja. Ich soll Ihnen ausrichten, daß er in dreißig Minuten hier ist.«

»Kein Scheiß? Neglio kommt höchstpersönlich hier vorbei? Ich bin tief beeindruckt.« Aber er war nicht überrascht.

An Baker vorbei ließ er seinen Blick über die Einrichtung des kleinen, tristen Zimmers wandern: Ein zerwühltes Bett mit schmutzigen Laken und einer Wolldecke, die einer Kolonie Motten Kost und Logis bot, ein kastanienbrauner Kunstledersessel, dessen Bezug sich löste, ein Nachttisch, auf dem eine Lampe und die aktuelle Ausgabe des ›Hustler‹ lag, ein Klapptisch mit einem tragbaren Fernseher und einem angebissenen Salamisandwich. Das Nachbarzimmer hinter einem türlosen Durchgang war noch trostloser. Darin befand sich eine Spüle und ein Kühlschrank, ein weiteres Fenster mit wunderbarem Ausblick auf den Luftschacht, zwei Schränke voller Küchenschaben, eine Kochplatte und eine Duschkabine.

In einem Verschlag auf dem Korridor neben einem Münzfernsprecher war das Gemeinschaftsklosett aller Mieter auf der gleichen Etage untergebracht. Auf Lieutenant Ellis' Anweisung hatte Baker zwei Uniformierte im Flur postiert. »Wenn Sie das nicht tun«, riet Ellis dem jungen Detective, der zum ersten Mal die Ermittlungen am Tatort eines verdächtigen Todesfalles leitete, »werden die Nachbarn zu Geiern. Glauben Sie mir, ich kenne solche Häuser.« Einer der Uniformierten verhörte den stark transpirierenden Hausmeister des Gebäudes.

Auf dem Boden neben dem Bett stand ein geöffneter Koffer. Einige der darin enthaltenen Gegenstände und der Tascheninhalt einer über den Kunstledersessel geworfenen Jacke und Hose hatten Ellis veranlaßt, Inspector Neglio verständigen zu lassen. Diese Gegenstände befanden sich jetzt in dem braunen Umschlag, den Ellis sich unter den Arm geklemmt hatte.

»Dann hat ihn vielleicht jemand gestoßen?« fragte Baker Ellis.

»Was –?«

»Nein.« Detective Baker bekam einen roten Kopf. »Ein nackter Bursche auf dem Dach, und jemand kommt zufällig vorbei und verpaßt ihm einen Stoß? Das ist zu schräg!«

»Junge, eins sollten Sie gleich lernen: Wenn man bei der PDU in Hell's Kitchen arbeitet, ist alles möglich. Dieses Revier ist Manhattans Crème de la Schräg.«

»Ja, also, ich denke . . . «

»Hinter dieser Sache steckt eine bestimmte Logik. Sie werden schon sehen. Was aber wirklich schräge Dinge betrifft . . . nehmen Sie diesen Einsatz von letzter Woche – auch ein Zwischenfall auf einem Dach. Mitten in der Nacht veranstaltete eine Gruppe Kids einen Mordslärm, angeblich sollten sie irgendwelche Drogen nehmen und so weiter. Die uniformierten Kollegen treffen dort ein und finden diesen Burschen und seine Frau vor, die sich an einem Apparat zu schaffen machten, den sie aus einer großen Blechdose und ein paar Rohren gebastelt haben, damit sie die Ausdünstungen von erhitzter Hundescheiße inhalieren können. Herzlich willkommen im Viertel, Baker.«

»Ich bin ja so froh, hier zu sein.«

Lieutenant Ellis lachte und schlug Baker brüderlich auf den Rücken. Dann warf er Jacke und Hose des Toten vom Sessel und setzte sich mit seiner Zigarre hin. Er drehte seine Hüfte, ließ sein

Rückgrat wieder knacken und sagte: »Alles klar, Detective, jetzt reden wir doch mal mit diesem Hausmeister, bevor Neglio vorbeikommt und wir vermutlich streng nach Vorschrift weitermachen müssen.«

Baker ging hinaus auf den Korridor. Er kehrte mit einem kleinen, mageren, rothaarigen Mann von etwa dreißig Jahren zurück, der eine khakifarbene Uniformhose und ein nicht zugeknöpftes Flanellhemd trug. Sein Gesicht unter einer blau-orangen Mets-Kappe war schweißgebadet. Er sprach mit irischem Akzent. Und auch das überraschte Lieutenant Ellis nicht.

»Lieutenant Ellis – Mac«, stellte Baker die beiden einander vor. »Das ist alles, was er uns als Namen angibt.«

»Warum, Mac?«

»Ich will in nichts reingezogen werden.«

»In was denn?«

»Was auch immer, Sie wissen schon ... «, stammelte Mac.

»Das ist die Vierundsechzig-Dollar-Frage, stimmt's? Na ja. Ich bitte Sie freundlich um Ihre Unterstützung, Mac. Haben Sie eine Kordel, die Sie mir borgen könnten?«

»Eine Kordel –?«

»Das ist nichts aus dem Weltraum, Mac. Tun Sie doch nicht so, als hätten Sie noch nie von einer Kordel gehört. Irgendwo werden Sie hier doch wohl ein Stück Kordel haben. Wo?«

»In meiner Werkstatt, unten im Keller.«

»Gut. Geben Sie mir den Schlüssel.«

»Gibt's irgendein Gesetz, in dem steht, daß ich dazu verpflichtet bin?«

Ellis drehte sich zu Baker. »Gehen Sie mit dem Mann runter in den Keller, und brechen Sie die Tür zu Macs Werkstatt auf.«

»Nein! Machen Sie keine Unordnung«, sagte Mac schnell und gab Baker den Schlüssel. »Auf dem Regal rechts liegt Paketkordel.«

»Sehr klug. So ein vornehmes Haus wie das hier hat schließlich einen Ruf zu wahren«, sagte Ellis zu Mac. Dann zu Baker: »Machen Sie schnell, und wo Sie schon mal unten sind, bringen Sie mir auch noch einen schönen großen Ziegelstein aus dem Luftschacht mit.«

Baker zuckte mit den Achseln und verließ den Raum.

Der Hausmeister nahm die Kappe vom Kopf und wischte Schweiß in die Haare zurück. »Was wollen Sie denn mit einem Ziegel?« fragte er Ellis.

»Denken Sie ruhig mal eine Weile drüber nach«, antwortete Ellis und paffte an seiner Zigarre. »Und jetzt Schluß mit der Scheiße, du kleiner irischer Bastard. Wie lautet dein Nachname?«

»Ich sag Ihnen doch, ich sage gar nichts.«

»Okay – vorläufig. Wie heißt der Tote?«

»Keine Ahnung.«

»Er ist nicht der richtige Mieter, stimmt's?«

»Ich bin nicht neugierig.«

»Nein, wahrscheinlich nicht. Aber ich wette, Sie kennen doch sicher den Namen des rechtmäßigen Mieters. Wie lautet der?«

»Fragen Sie den Vermieter.«

»Wie heißt der?«

»Ich rede immer nur mit irgendso einer Sekretärin in einem Büro uptown.«

»Und Sie werden schwarz bezahlt, Cash?«

»He, ich geb jedes Jahr meine Steuererklärung ab.«

»Sicher tun Sie das, Mac. Treten Sie doch mal vor das Fenster da.«

»Wozu?«

»Damit ich Ihnen zeigen kann, was ich mit dem Ziegel machen werde, da Sie ja neugierig genug waren, danach zu fragen.«

Der Hausmeister trat ans Fenster. »Ich muß da nicht raussehen, ich weiß, was da unten liegt.«

»Sie schwitzen ja ziemlich, Mac. Wie kommt's?«

»Ich bin erkältet.«

»Zu blöd. Haben Sie eine Aufenthalts- und Arbeitserlaubnis?«

»Ich bitte Sie, Mann!«

»Glaube ich nicht. Zu blöd, Mac. Ein Mann mit einer Aufenthalts- und Arbeitserlaubnis genießt in diesem Land gewisse Rechte. Ein Ire wie Sie ist Freiwild für die Cops und die bösen Jungs, besonders in diesem Viertel hier. Und wir haben alle unsere Überredungskünste. Sie wissen, was ich meine?«

»Nein, was denn?«

»Wir warten, bis Detective Baker zurückkommt. Sie werden schon sehen.«

Ellis schlug die Beine übereinander und paffte zufrieden. Zehn Minuten verstrichen ohne ein Wort. Der Hausmeister schwitzte und zuckte jedesmal zusammen, wenn die Blitzlichter durch den Luftschacht zuckten. Er weigerte sich, einen Blick aus dem Fenster zu werfen.

Schließlich kam Baker mit einem gelben Ziegel in der einen und einem Knäuel braunem Bindfaden in der anderen Hand zurück. »Reicht das?« fragte Baker, als er beides Ellis gab.

»Wollen mal sehen.« Ellis nahm die Kordel und wickelte genug ab, um ihre Reißfestigkeit zu testen, indem er dreimal scharf daran riß. »Klar, genau richtig.«

Er stand auf und bedeutete Baker, ihm zum Fenster zu folgen, wo Mac stand. »Binden Sie ein Ende von dem Bindfaden hier schön fest um den Ziegel«, befahl er Baker.

Als Baker fertig war, nahm Ellis den Ziegelstein und wickelte ungefähr sechs Meter Kordel ab. Dann warf er den Ziegel aus dem Fenster. Die Kordel hielt. Ellis lächelte den Hausmeister an, während er den Stein wieder einholte.

»Ja, ja, ausgezeichnete Kordel«, sagte er. »So, Mac – und jetzt sagen Sie uns, was da unten auf dem Boden des Schachts liegt.«

»Was soll das – ?«

»Er hat Angst, in was reingezogen zu werden, wenn er aus dem Fenster schaut«, sagte Ellis zu Baker. »Also werden Sie Mac hier, unserem Freund, der in diesem Land bedauerlicherweise keine bürgerlichen Rechte besitzt, sagen müssen, was ihm entgeht.«

»Die Nackten und die Toten.«

»Sehr gut, Detective – und noch dazu literarisch. Das nenn ich in Stimmung kommen.« Ellis wendete sich an den schwitzenden

Hausmeister. »So, Mac, jetzt möchte ich, daß Sie Ihre Hose runterlassen.«

»Ich bin doch keine Schwuchtel!«

»Wie ist noch gleich die Nummer der Einwanderungsbehörde, Lieutenant?« fragte Baker. »Ich geh raus und ruf sie jetzt an.«

Ellis strahlte Baker an wie der stolze Mentor seinen Protegé.

Mac verstand und öffnete Gürtel und Hosenstall. Die khakifarbene Uniformhose rutschte auf die Knöchel hinunter. »Die Unterhose auch«, befahl Ellis. Als der Slip fiel, schnitt Ellis mit einem Taschenmesser gut sechs Meter Kordel von der Rolle und gab dem Hausmeister das lose Ende. »Binden Sie das Ende hier um Ihre haarigen irischen Eier – schön stramm«, sagte er und wog unterdessen den Ziegelstein in der Hand.

»Ach, kommen Sie, Mann!« beschwerte sich der Hausmeister und warf die Kordel auf den Boden. »Seid ihr Typen verrückt?«

»Ja, sehr«, bestätigte Baker und bückte sich, um die Kordel aufzuheben. Ellis strahlte wieder.

»Hören Sie, Mann – was auch immer das hier ist, ich bin nur ein kleiner Fisch«, jammerte der Hausmeister. »Haben Sie ein Herz!«

»Ich kann Sie nicht verstehen«, sagte Ellis und legte eine Hand ans Ohr. »Haben Sie da gerade einen Namen gesagt?«

»Okay. Der Name ist McGoldrick – Tom McGoldrick. Man nennt mich einfach Mac.«

»Also, eigentlich interessiert mich dieser Name überhaupt nicht mehr. Versuchen Sie's noch mal.«

»Ich hab's Ihnen doch schon mal gesagt, ich rede immer nur mit der Sekretärin.«

»Okay, Detective Baker – wenn ich bitten darf. Verschnüren Sie ihn.«

McGoldrick schnappte nach Luft. »Was –?«

»Ich gebe Ihnen die Gelegenheit, es selbst zu tun, Mac. Wenn Sie aber möchten, daß Detective Baker Ihre Kronjuwelen versorgt, dann soll's mir auch recht sein. Sie werden jedenfalls an diesen Ziegelstein hier gebunden, und den werden wir so oder so aus dem Fenster werfen. Dann werden wir ja sehen, ob der Nervenkitzel Sie ein bißchen kooperativer macht.«

»Jesus, nein –!«

»Ist es nicht wirklich jammerschade, daß Sie keine Aufenthalts- und Arbeitserlaubnis haben, McGoldrick? Dann könnten Sie uns nämlich wegen Polizeibrutalität anzeigen. Fahren Sie fort, Detective – binden Sie ihn fest.«

»Ich erzähl Ihnen alles!« brüllte McGoldrick und wehrte Baker mit rudernden Armen ab. Er beugte sich vor, um seine Hose hochzuziehen, doch Baker packte den Rücken seines Hemdes und richtete ihn wieder auf.

»Was wollen Sie mir erzählen?« fragte Ellis.

»Ehrlich, ich kenn den Typen da unten nicht«, sagte McGoldrick. »Ich habe ihn letzte Woche nur ein- oder zweimal gesehen, wenn er reinkam oder wegging. In diesem Drecksloch gibt es verschiedene Leute, die dauernd kommen oder gehen. Verstehen Sie?«

»Und alles Iren?«

McGoldrick zögerte.

»Keine Angst, mein Sohn«, versicherte Ellis ihm. »Mir ist schon klar, daß Sie nur ein kleiner Fisch sind. Ich werd's so drehen, daß Sie aus dem Spiel bleiben, was immer ich herausfinde. Beantworten Sie einfach meine Fragen.«

»Da war ein Bursche, der immer die Miete gezahlt hat«, sagte McGoldrick und wischte sich über die Stirn. »Aber neulich hat er sich dann, also, er . . . nun, hat er sich unter den Todesanzeigen wiedergefunden, verstehen Sie?«

»Habe ich das vielleicht unter dem Namen Arty Finn gelesen?«

McGoldrick schwieg. Was für Ellis so gut wie ein Ja war.

Draußen auf dem Korridor wurde es laut, die Fahrstuhltüre öffnete sich mit einem Scheppern, Cops unterhielten sich. Dann öffnete einer der uniformierten Beamten Inspector Neglio die Wohnungstür.

»Was soll das?« sagte Neglio und deutete auf McGoldrick, dem Uniformhose und Slip immer noch um die Knöchel baumelten. Er sah Ellis an, seufzte und sagte: »Vergessen Sie, daß ich überhaupt gefragt habe, Ray.«

Ellis wedelte mit seiner Zigarre McGoldrick zu. »Ziehen Sie sie wieder hoch und lassen Sie uns allein, mein Sohn. Und keine Angst, Sie haben das Richtige getan.«

Neglio schaute aus dem Fenster, während der Hausmeister hinausrauschte. Als er fort war, fragte der Inspector Ellis: »Was ist hier los? Nein, sagen Sie's nicht. Sie haben einen Burschen gefunden, der keine Papiere hat, also haben Sie Miranda einfach vergessen und ihn statt dessen mit der Cop-Hölle vertraut gemacht.«

»Wenn man einmal Fahrradfahren gelernt hat, vergißt man nie mehr, wie man in die Pedale treten muß, stimmt's, Inspector?«

Neglio deutete mit dem Kopf auf Baker und fragte Ellis: »Wer ist das?«

»Detective Baker«, sagte Baker und bot dem Inspector die Hand an.

»Er sieht aus wie ein Tölpel aus den Fernsehnachrichten«, sagte Ellis. »Aber stören Sie sich nicht daran, er lernt sehr schnell.«

Neglio schüttelte Baker die Hand, sagte dann zu Ellis: »In Ordnung, was wird hier gespielt?«

»Vielleicht möchten Sie das Neil Hockaday fragen, falls Sie ihn finden. Oder seinen Kumpel Mogaill – falls den jemals irgendwer findet.«

»Mit neunmalklugen Bemerkungen kommen Sie bei mir nicht weit, Ray. Nicht wenn ich eine Verabredung mit dem Bürgermeister sausen lassen muß. Worauf wollen Sie hinaus?«

Lieutenant Ellis warf seine Zigarre auf den Boden und trat sie aus. Dann zog er den braunen Umschlag unter dem Arm hervor und legte ihn auf seinen Schoß. Bevor er ihn öffnete, sah er zuerst Baker, dann wieder Neglio an. »Zuerst muß ich Ihnen sagen, Inspector, daß mir das hier nicht gefällt. Es wird nicht sauber enden – wenn oder falls wir eine Festnahme durchführen. Und absolut nichts stinkt für meinen Geschmack schlimmer als krumme Cops, dieser Luftschacht eingeschlossen.«

»Wir wollen den Dingen doch nicht vorgreifen, Lieutenant. Zunächst erzählen Sie mir mal, wieso Sie glauben, daß unser Naturfreund ein böses Ende genommen hat.«

»Ein Profimord. Und der Killer war noch dazu ziemlich gut. Für mich sieht's aus, als hätte er sich mit Dietrichen Zugang in die Wohnung verschafft, wahrscheinlich vor Tagesanbruch. Er holt den Knaben hier aus dem Schlaf, führt ihn aufs Dach – nackt – und zwingt ihn runterzuspringen ... Jetzt wiederhole ich nochmals, was ich über krumme Cops gesagt habe.«

»Ich bin nicht ganz sicher, was Sie damit andeuten wollen – oder warum. Und seit wann schwärzen Sie Kollegen an, Lieutenant? Wenn es etwas gibt, was Sie der Dienstaufsicht erzählen wollen, dann lautet mein Rat – lassen Sie sich einen Termin geben.«

»Nein – Sie genügen mir, Inspector. Ich glaube wirklich, daß Sie mich ausreden lassen sollten. Andernfalls würde ich es mir im Traum nicht einfallen lassen, Ihre kostbare Zeit zu vergeuden.«

»Treiben Sie's bei mir nicht zu weit, Ray.« Neglio zog eine mit Monogramm bestickte Manschette zurück und warf einen Blick auf seine Uhr.

Lieutenant Ellis lächelte und ließ eine Hand über den glatten braunen Umschlag gleiten. »Ihr Bursche Hockaday, der wohnt doch hier in Hell's Kitchen, richtig?«

»Jeder hat sein Viertel.«

»Sicher, aber mich interessiert Hockaday, nicht jeder. Die Hälfte der Mietskasernen hier in der Gegend, um die sich kein Mensch mehr kümmert – eingeschlossen das Gesundheitsamt, wie Sie aus dem Haus schließen können, in dem wir uns gerade befinden –, die haben eine Geschichte bis zurück zu den irischen Gangs von New York, sogar noch bis weit vor den Westies. Können Sie mir folgen?«

»Ich weiß, was eine konspirative Wohnung ist, Ray«, sagte Neglio. »Ist diese Lektion in Geschichte für mich oder Ihren Baker-Boy hier?«

»Wollte nur sichergehen«, sagte Ellis. »Die konspirative

Wohnung, in der wir uns jetzt befinden, die wurde von keinem Geringeren als dem verstorbenen Arty Finn angemietet.«

»Das haben Sie also von –?«

»– McGoldrick erfahren, ja. Er ist der Hausmeister und hat eine Scheißangst. Ich vermute, wegen Finn und seinen IRA-Gangstern.«

»Und wer ist dieser Bursche dort unten?«

»Jetzt wird's richtig interessant.« Lieutenant Ellis öffnete den braunen Umschlag. Er zog ein grünes Büchlein heraus und hielt es Neglio hin. »Ich habe ein paar interessante Dinge gefunden, die der Leiche gehörten. Werfen Sie zuerst mal einen Blick darauf.«

»Das ist ein irischer Paß«, sagte Neglio. Er las den Namen des Toten: »Dennis Farrelly.«

»Ist es nicht hochinteressant, daß ein Bursche mit einem hübschen, legalen Paß von der Grünen Insel in einer konspirativen New Yorker Wohnung landet, wo man sich heutzutage auf Iren spezialisiert hat, denen man nicht im Dunkeln begegnen möchte?«

»Dieser Farrelly, er ist was – von der IRA oder so?«

»Oder so«, sagte Ellis. Wieder griff er in den Umschlag, zog ein Medaillon heraus und reichte es Neglio. »Bei dem Ding hier bin ich mit meinem Latein am Ende. Hab's in seinem Koffer gefunden. Was halten Sie davon?«

Neglio las die Gravur in kursiver Schreibschrift auf der einen Seite des Medaillons:

Wird nichtig des Volkes Elite und hohl, / Wird schwächer ihr Zustand und Zwietracht wächst an: / Tragt jetzt die Lieder hinaus in die Welt, / Tanzt auf den Straßen im Gleichschritt voran.

Er drehte es um, sah die Buchstaben H.O.S. und die Darstellung einer in ein Rutenbündel gewickelten Axt. »Das ist was Politisches«, sagte Neglio. »Ich weiß nicht, was diese Initialen bedeuten, aber das Symbol mit der Axt kenne ich. Mussolini und seine Faschisten haben es benutzt.«

»Kein Quatsch?«

»Bei Faschisten mache ich keinen Quatsch.«

»Ehrlich, Inspector, das nächste gebe ich Ihnen wirklich sehr ungern.«

Ellis zog einen weiteren Gegenstand aus dem braunen Umschlag. Es war ein kleines Lederetui von der Größe einer Brieftasche. Neglio nahm es, wobei er allerdings schon ahnte, was es war.

»Machen Sie es auf«, sagte Ellis.

Neglio gehorchte. In dem Etui befand sich eine Polizeimarke.

Er las die Worte: »Dennis Farrelly, Dublin Garda.«

21

»Hüllt euch in eure gottverdammt beschissenen Hirngespinste von irischer Herrlichkeit, Jungs, und das hier wird dann euer sinnloses Ende sein – so todsicher wie das unserer armen teuren Freunde hier ... «

Trotzdem neigte Davy Mogaill mit diesen Worten sein Glas, goß als Zeichen seiner Hochachtung Whiskey von der einen Leiche zur anderen. Der Whiskey fiel auf die weißen Leinenlaken, die über die beiden toten Männer drapiert worden waren, als seien es Heilige, die dort aus Anlaß der Totenwache auf ausgehängten Holztüren aufgebahrt waren.

Die Türen lagen waagerecht auf jeweils vier Stühlen, und drumherum standen die kräftig dem Alkohol zusprechenden Trauergäste. Bis auf den letzten Mann äußerten sie sich leidenschaftlich über Leben und Taten der lieben Verstorbenen, und keiner hatte Hemmungen, auch noch den kleinsten Punkt einer abweichenden Meinung zu vertreten.

Auf den Tüchern waren die Hände mit den hervortretenden Adern über den bewegungslosen Brustkörben der Toten gefaltet und hielten aus Stein geschnittene Kruzifixe umklammert – ebenfalls unbedeckt die großen Zehen, die nackt waren und zusammengebunden, damit die Toten nicht als Geister durch die Ewigkeit wandern mußten, statt sich Jesus und der Heiligen

Mutter im Himmel anzuschließen. Kerzen brannten um ihre bedeckten Köpfe, spendeten das einzige Licht in dem verrauchten Raum. Neben ihren Füßen standen neue Stiefel, die für den anstrengenden Marsch durchs Fegefeuer benötigt wurden. Draußen schwelten ihre Betten in Grubenfeuern, die in den Boden gegraben worden waren, um eventuelle Schwierigkeiten mit den Feen abzuwenden. Der Rauch und der Nachtnebel kroch von draußen in die türlose *sheepeen.*

Die Trauergäste hatten riesige Schüsseln Hammeleintopf und viele braune Laibe *fadge* gegessen, das aus Kartoffeln hergestellte Brot. Das alles hatten sie mit Unmengen Stout und Whiskey runtergespült. Der Tod führte zu herzhaftem Appetit und durstigen Kehlen.

Als die Mahlzeit vorbei war, saßen sie beieinander, während einer nach dem anderen aufstand und sich zwischen die Leichname stellte, um seine Meinung zu äußern. Jetzt war Davy Mogaill an der Reihe. Die Trauergäste waren laute Zuhörer, aufgeheizt durch den Alkohol. Und sie rauchten Tonpfeifen, deren Tabak mit Weihwasser angefeuchtet war. Auch ein Teller Schnupftabak wurde herumgereicht, zum Zwecke der Beschleunigung der Auferstehung ihrer teuren Freunde. Und nach jahrhundertealtem *sheepeen*-Brauch galt es als völlig in Ordnung, bei solchen Anlässen über jedes diskursfähige Thema zu streiten und zu jedem unterbrechungsfähigen Moment zu unterbrechen.

»Seht sie euch an, wie sie hier liegen, Jungs«, fuhr Mogaill fort und hob die Stimme gegen Murren aus der Menge. »Gesteht zumindest diese eine traurige Tatsache des Lebens ein, die sie uns gelehrt haben: Vor euch seht ihr den Beweis, daß gelehrte Männer, hochintelligente Männer trotzdem Narren sein können.«

»Gut gesprochen, gut gesprochen!« krähte ein Mann in einer entfernten, dunklen Ecke.

»*Nae,* das stimmt nicht!« brüllte ein anderer. Dann sagte er lachend und stieß dabei seinen Kumpanen mit den Ellbogen in die Rippen: »Davy Mogaill, ich sage, du bist ein lärmender, riesiger Schwätzer!«

»Genau – ich sage, dir sollte sowieso keiner von uns zuhören,

Mogaill, denn du bist einer von denen, die weggelaufen sind!« schrie wieder ein anderer, wobei Speichel wütend aus einem zahnlosen Mund flog. »Als es hier unerträglich wurde, bist du mit den Deinen nach Amerika abgehauen. Wir sind geblieben! Beim Allmächtigen, wir sind geblieben – und haben gegen das Unmögliche gekämpft.«

»Ein wirklich großer Kämpfer sind Sie, Sir«, erwiderte Mogaill. Er stach mit dem Finger in die Luft, zeigte auf jeden einzelnen um ihn herum. »Ihr Männer, ihr seid alle große Kämpfer, ihr wißt, daß ich bewundere, was ihr getan habt. Aber versteht ihr denn immer noch nicht ... Himmel. Versteht ihr denn nicht –?«

»*Aye* – wir verstehen, daß du zurückgekommen bist, Mogaill, auf deinem hohen Roß von New York. Du erzählst uns, wir sollten ganz im stillen den Schweiß und das Blut dieser beiden besten Kämpfer von uns allen begraben. Und hier bist du bei ihrer Totenwache und schimpfst sie auch noch Narren!«

Die Menge trank weiter Whiskey, als die gegen Davy Mogaill gerichteten Meinungsäußerungen anschwollen, und stampfte mit den Füßen und schüttelte Fäuste in der dicken Luft. Und jemand brüllte: »Was für ein Recht hast du, das Opfer eines Mannes herabzusetzen, wo du doch selbst ein Mann bist, der nicht bereit ist, sich selbst zu opfern?«

Darauf folgte angespanntes Schweigen. Ein Fehdehandschuh war hingeworfen worden.

Mogaill, dessen Augen vor Alkohol und Erschöpfung glasig geworden waren, reckte die Schultern. »Richtig, ich war nicht bereit«, sagte er ruhig, und seine Gelassenheit veranlaßte die Männer, ihn ausreden zu lassen. »Aber ihr könnt nicht behaupten, ich hätte nie Opfer gebracht. *Nae,* das könnt ihr nicht! Welcher Mann will vor mich treten und hier und jetzt behaupten, er sei bereit zu verlieren, was ich verloren habe ...? Ach!« Mogaill stockte. »Mein geliebter Schatz, ihr Haar wie die Blätter von Galty im Oktober –«

Tränen kamen. Er ließ sie rollen, schämte sich ihrer nicht. Die Männer in der *sheepeen* respektierten dies als das aufrichtige Zeigen von würdevoller Trauer, das es auch war; nicht wenige von Davy Mogaills Kritikern weinten mit ihm um ihre eigenen persönlichen Verluste.

»Versteht ihr denn nicht ... ?« Mogaills Stimme war kaum mehr als ein Flüstern. »Bei allem, was heilig ist, versteht ihr denn nicht, daß es überhaupt nicht witzig ist, in einem Land zu leben, in dem jeder handelt, in dem niemand mit Denken zufrieden ist?«

Ein Befürworter erhob sich von seinem Platz, um hinzuzufügen: »Davy hat recht. Hier sind wir nun bei einer weiteren Totenwache, prahlen mit unserer Männlichkeit, verherrlichen Taten, die eigentlich nie so ruhmreich begangen wurden, wie wir hier herrlich lügend behaupten; füllen uns mit Whiskey ab und was wir für Courage halten. Dann kommt jemand zu unserem Gesülze und wirft einen Gedanken ein, der nicht trösten soll. Und was tun wir? Wir jaulen und kläffen wie ein Rudel verängstigter Hunde!«

»Hunde«, sagte Mogaill, »die nicht denken können, sondern nur knurren – oder Männer? Falls es Hunde sind, würde ich euch lieber alle ersäufen ... «

Er war fertig mit dem, was er zu sagen hatte, und obendrein wacklig auf den Beinen. Mogaill trat von den aufgebahrten Leichen zurück. Er füllte seinen Krug wieder mit Whiskey und seine Tonpfeife wieder mit geweihtem Tabak. Er ging die erste Reihe von Männern entlang, dann die zweite und dritte. Weiter vorbei an ihnen allen und hinaus durch das von der ausgehängten Türe hinterlassene Loch, nach draußen, wo er die dunkle, saubere Luft in tiefen Zügen atmen konnte. Seine Beine wurden stärker. Aber die Tränen kamen wieder.

Langsam ging er, seine Füße planschten durch ein Labyrinth von Pfützen des vorausgegangenen Regens. Er ging nicht weit, aber weit genug, um noch den schäbigen Umriß der *sheepeen* zu sehen, als er sich umdrehte, und dahinter auf dem Berg das große, graue Herrenhaus, dessen glatte Wände und Buntglasfenster in dem taufeuchten Schein des Mondes leuchteten, der über Nebelbänken hing.

Er stand jetzt am Ufer eines gewundenen Bachs. Dort befanden sich Felsblöcke, die mit weißlichen Grasflecken wie Spitzendeckchen auf Klavieren überzogen waren. Er fand einen Felsvorsprung, auf den er sich setzen konnte. Er entzündete eine Pfeife und sagte zu dem Rauchkringel: »Könntest du das sein, Brenda, die wie ein süßer Geist in dieser feuchtkalten Nacht dort schwebt?«

Aber er bekam keine Antwort. Davy Mogaill, der sich selbst für einen Narren hielt, weinte leise. Er hob seinen Krug an die Lippen. Aber für diese Nacht war sein Bedarf an Whiskey gedeckt.

Er warf den Krug über seine Schulter, und er zersplitterte auf den Felsen. Dann kehrte er zur *sheepeen* zurück.

Ein Priester in schwarzem Ornat und einer Kapuze, die sein Gesicht verdeckte, stand jetzt zwischen den beiden Leichen auf den Totenplanken. Langsam hob er die Arme, streckte sie waagerecht von den Schultern aus, als hinge er an einem Kreuz. In jeder Hand ein Rosenkranz. Die Menge war still. Aus der Schwärze, wo sich der Mund befinden mußte, murmelte der Priester: »Trauert, und dann weiter, es gibt kein Zurück . . . Er führt euch vom Grab . . . Sein Andenken ist jetzt eine hohe Säule, die vor uns brennt in der Düsternis.«

Der Priester nickte einem Mann zu, der auf einem Stuhl vor ihm saß. Der Mann erhob sich wortlos, um die Aufgaben des Meßdieners zu übernehmen. Zuerst schob er die Kapuze zurück, wodurch das Gesicht von Father Timothy Kelly zum Vorschein kam . . .

Dann zog der Meßdiener das Leinenlaken von einem der Toten fort, enthüllte Liam Hockaday. Mit den Daumen schloß er Liams Augen. Der Priester legte einen Rosenkranz über die geschlossenen Lider.

Der Meßdiener ging zur nächsten Leiche. Er zog das Laken zurück.

Und dort lag Aidan Hockaday, soviel älter als auf dem Foto seines Sohnes. Der Meßdiener gebrauchte seine Daumen. Der Priester ließ den Rosenkranz über Aidans Augen fallen . . .

Aber Aidans Leichnam richtete sich auf, langsam, aus der

Hüfte heraus. Aidan setzte sich auf und drehte sich zu den um ihn versammelten entsetzten Männern. Mit zorniger Stimme brüllte er sie an: »Laßt euren Whiskey wirbeln wie der Teufel, Jungs! ... *Thanam o'n dhoul,* glaubt ihr vielleicht, ich sei tot?«

Ruby schüttelte mich. »Ist ja gut, Hock. Erzähl, was passiert ist.«

Ich richtete mich im Bett auf. »Gott! Ich weiß es nicht, ich –«

Mir ging die Luft aus. Mein Herz raste wie ein Postbote mit einer Meute Rottweiler auf den Fersen. Gesicht und Hände waren schweißgebadet. Ich versuchte zu sprechen.

Sonnenlicht strömte durch die Fenster zur Ladbroke Street herein, schon kräftig für diese frühe Uhrzeit. Wir hatten die Nacht hinter uns gelassen.

»Nein, sag nichts«, sagte Ruby.

Sie warf die Bettlaken zurück und ging über den mit Rosen gemusterten Teppich zur Kommode, zu den Handtüchern und dem Krug Wasser und den Gläsern. Sie brachte mir zu trinken. Ich trank, während sie mit der Ecke eines angefeuchteten Handtuchs mein Gesicht abwischte. Dann wischte sich Ruby ebenfalls das Gesicht ab, und während ich mich sammelte, sah ich, wie verängstigt sie war.

»Was Schlimmeres hab ich noch nie gesehen«, sagte sie. »Du hast wieder von ihm geträumt, stimmt's?«

Ich versuchte zu antworten, bekam aber keinen Ton heraus.

»Laß dir Zeit.«

Ich holte Luft. »Aidan war in dem Traum, nein, dem Albtraum. Es war anders als alles zuvor. Es war diesmal nicht einfach nur mein Vater, der mir etwas erzählte, da waren auch noch andere. Davy Mogaill war da. Eigentlich ging es hauptsächlich um ihn – und um den Ort, an dem er war ... «

Mein Herz raste wieder, als befände ich mich immer noch in dem Albtraum.

»Wo war er, Hock?« fragte Ruby. »Wo war Mogaill?«

»Hier, irgendwo in Irland. In einer Landschenke ... also, eigentlich keine richtige Schenke, sondern ein Ort, an dem Männer tranken. Irgendwo in der Nähe eines Bachs und eines Hauses auf dem Berg, das beinahe aussah wie eine Burg . . . «

Ich schwieg und trank wieder Wasser. Ich zitterte am ganzen Körper, als wäre ich gerade aus der Kälte draußen hereingekommen.

»Und da hast du dann deinen Vater gesehen?« fragte Ruby.

»Ich habe ihn gesehen, und andere.«

»In deinem Polizistentraum?«

22

Wir beschlossen, uns für den Tag zu trennen. Genaugenommen traf Ruby die Entscheidung.

»Ich möchte Moira mal auf den Zahn fühlen – allein«, sagte sie. »Sie weiß etwas über dieses Haus. Ich spüre das. Du nicht?«

»Ja, vielleicht . . . «

»Ich will sie überreden, mit mir auf den Markt zu gehen, irgendwas in der Richtung. Nur wir beide irgendwo draußen, damit sie ungehemmt reden kann.«

»Wie kommst du darauf, daß sie dir was erzählt?«

»Das hab ich euch Jungs doch gestern abend schon erklärt – ich werde ihr einfach zuhören, deshalb. Die Lady redet gern, und sie hungert nach Zuhörern. Und dann ist da noch etwas.«

»Was denn?«

»Irgend etwas sagt mir, daß dieses Haus nie ein einsames Haus hätte sein müssen. Aber das ist reine Intuition. Wir werden sehen. Jedenfalls werde ich ihr aufmerksam zuhören. Vielleicht ist es das erste Mal, daß ihr wirklich jemand richtig zuhört. Mal abgesehen von ihrer Bibeltruppe – in der es kein ehrliches Ohr gibt, das man vollquatschen kann, wenn die auch nur annähernd so sind wie die amerikanischen Religionsfreaks –, wen hat die arme Moira denn schon?«

»Liam, Snoody – «

»Hah! Dein Onkel wird sie nur so lange tolerieren, bis sie

nicht mehr kochen oder er nicht mehr essen kann, was auch immer zuerst passiert. Dann ist da dieser arrogante Widerling von einem Ex-Priester, dieser Snoody. Und du, Hock – du bist nur im Weg.«

»Warum, weil ich ein Mann bin?«

»Wenn du eine Frau wärst, wüßtest du, was für eine blöde Frage das ist.«

»Du meinst, Frauen können besser Fragen stellen?«

Sie zuckte mit den Achseln. »Was immer Frauen tun, sie müssen es doppelt so gut machen wie Männer, um als halb so gut angesehen zu werden. Zum Glück ist das nicht besonders schwer.«

So sprach Ruby.

Ich beschloß, daß ich selbst etwas Zeit und Abstand zu Liams Haus brauchte. »Na schön, vielleicht mach ich mich allein auf den Weg nach Dublin und schnüffel ein bißchen in amtlichen Unterlagen herum, die es über Mairead und Aidan Hockaday gibt.« Ruby stieg wieder ins Bett, vergrub sich unter den Laken, gähnte laut und sagte: »Dann geh jetzt. Um diese Uhrzeit kommst du dem Gedränge zuvor.«

Ich badete, zog mich an und ging nach unten. Alles war ruhig, nur aus der Küche drangen Geräusche.

Um gerade mal ein paar Minuten nach sechs war es noch recht früh für das Haus, aber Moira, das krause, graumelierte Haar von einem Netz flachgedrückt und den Körper vom Hals bis zu den Knien in eine weiße Schürze gehüllt, die groß genug war für ein Segel, war bereits emsig beschäftigt. Süß duftender Dampf quoll aus einem großen Backofen. Auf einer Arbeitsplatte daneben walkte Moira Teighaufen auf zwei verschiedenen Brettern, formte sie mit ihren mehlbestäubten Händen und rollte sie mit einem Nudelholz aus. Ich dachte kurz an meinen Albtraum – Liam und mein Vater in der *sheepeen,* auf diesen Türen aufgebahrt in Totenhemden so weiß wie Moiras Mehl.

Das Radio lief. Sie hatte es auf einen Sender eingestellt, in dem einer dieser Charismatiker sich gerade mit flammenden Worten über ewige Verdammnis und Reue ausließ: »Wer den Schafstall nicht durch die Tür betritt, sondern sich Zugang verschafft auf einem anderen Weg, der ist ein Dieb und ein Räuber! ... Ich sage euch – tut Buße, denn andernfalls werdet ihr gleichermaßen umkommen!« Es war eine irische Stimme, die den typisch nasalen Predigertonfall eines Analphabeten aus Mississippi hatte, dem ein Catfish quer im Mund steckte. Was mir peinlich war, sowohl als Katholik wie auch als Amerikaner.

Ich trat auf eine Stufe der kurzen, in die Küche hinunter führenden Treppe und machte dabei ein Geräusch, das Moira erschreckte. So groß und kräftig sie war, ungefähr ein Achtel der Größe eines Volvo, machte sie doch einen mehrere Zentimeter hohen Satz in die Luft, so als liefe ihr eine Maus das Bein hoch, und kreischte: »Heiliger Strohsack!« Sie drehte sich um und sah mich, schlug eine mehlbestäubte Hand auf ihren beeindruckenden Busen und begrüßte mich mit: »Meeeein *Gooott* – haaaben Sie mich erschreckt!«

»Tut mir leid, ich –«

»Sie großer gotteslästernder Ochse! Können Sie nicht wenigstens ein bißchen Rücksicht auf die nehmen, die das heilige Evangelium achten?«

»Ich sagte, es tut mir leid.« Dann setzte ich das schiefe Lächeln auf, das ich eigentlich für Schläger mit großem Maul und kleinem Hirn reserviert habe. Das scheint sie immer zu verwirren. Ich machte ein paar zögernde Schritte auf Moira zu. »Sehen Sie, Ms. Booley, ich hoffe, ich kann Ihre Meinung über mich ein bißchen aufbessern.«

»Kommen Sie mir nicht zu nahe, Sie sündiger Mann!« Der Bibelwichser im Radio hatte inzwischen begonnen sich darüber auszulassen, Erlösung mit einem doppelschneidigen Schwert zu bringen. Moira nahm ein Messer in die Hand, mit dem man ein Schwein abschlachten konnte. »Raus aus meiner Küche!«

Ich trat den schnellen Rückzug an. »Ihr Essen gestern abend war wunderbar, Ms. Booley.«

»Danke«, knurrte sie.

Wenn ich wie ein Prediger klingen könnte, fragte ich mich, ob unsere kleine Küchenplauderei dann wohl herzlicher verliefe?

»Wie ich zu Ruby sagte«, sagte ich, »in dieser Mahlzeit war die Hand Gottes zu schmecken.«

Moira senkte das Messer ein wenig. »Das haben Sie ihr gesagt?«

»Meine Güte, ja. Ich habe alles bis auf den letzten Bissen aufgegessen. Und jetzt bin ich ein völlig veränderter Mensch ...«

Ich schwieg. Moira legte ihren Kopf auf die Seite und starrte mich wie ein verdutzter Cockerspaniel an.

»Dieses himmlische Essen auf meiner Zunge hat äußerst seltsame Gedanken in mir geweckt. Ich bin ein großer Sünder, genau wie Sie sagen – aber plötzlich erkannte ich, daß ich ja auch ein Kind Gottes bin. Und daß ich gerettet werden kann durch das herrliche Blut Jesu. Sie verstehen doch, was ich meine?«

Moiras Blicke pendelten zwischen mir und dem Radio, und die mißtrauische Feindseligkeit ihres Gesichtsausdrucks wich einer geradezu idiotischen Liebenswürdigkeit. Leute, die keine Cops sind, hätten sie wahrscheinlich jetzt ausgelacht. Ich bin schon genug Menschen begegnet, die am Rande ihrer seelischen Normalität entlangflitzen, um zu wissen, daß die Streiche des Lebens manchmal überhaupt nicht lustig sind.

»Ja, Ma'am«, sagte ich, »die Wege des Herrn sind unergründlich.«

»Das sind sie. O ja – ja!«

»Und Ihnen muß ich danken, daß Sie mir den rechten Weg gewiesen haben, Ms. Booley.«

»Ich bitte Sie, nennen Sie mich doch einfach Moira.« Jetzt lag beinahe so etwas wie Scheu in ihrer Stimme. Sie legte den Schweinekiller aus der Hand.

»Also schön, Moira.« Ich machte einen Schritt auf sie zu.

Sie lächelte. Eine Kleinigkeit für die meisten von uns, nicht aber für Moira Catherine Bernadette Booley. Als Säuglinge lächeln wir nicht wegen irgendwelcher schleimiger Versuche, uns zu amüsieren, sondern weil dieser Gesichtsausdruck eine natürliche Anordnung von Lippen und Zahnfleisch zueinander darstellt. Mit verstreichender Zeit wird das Leben zunehmend weniger amüsant, doch das Lächeln bleibt den meisten von uns als

Reflex erhalten. Manche, wie die arme Moira, die jetzt mit ihrem steifen, scheuen Grinsen und ihren braunen Kuhaugen vor mir stand, die jeden Augenblick in Tränen ausbrechen konnten, was sowohl Freude als auch Leid bedeuten mochte, legten eine Art Tapferkeit an den Tag, indem sie trotz allem lächeln.

»Tasse Tee?« fragte sie und sprach es *Täi* aus.

»Lieber hätte ich einen Kaffee.«

»Glauben Sie, mein Tee wäre zu schwach fürs Frühstück?«

»Nein, ich –«

»Na, eine Ratte würde ihre Pfote drin versenken.«

»Wie kann ich da widerstehen?«

Schon bald saß ich an einem Metzgerblock in Moiras herrlich duftender Küche und hatte eine Kanne starken schwarzen Tee vor mir stehen, außerdem noch eine Schale mit in Scheiben geschnittenen Bananen und einen Teller *soda bread* frisch aus dem Backofen, dazu gesalzene Butter und Marmelade. Wenn Ruby nur sehen könnte, wie gut ich mich mit Moira verstand. Genaugenommen sogar ausgezeichnet. *Du bist nur im Weg,* allerdings. Hier war Moira und bemutterte mich wie ihren verloren geglaubten Bruder.

»Wie lange sind Sie schon hier bei meinem Onkel?« fragte ich.

»Falls Sie meinen als seine Köchin, dann erst seit Mr. Liam dieses Haus übernommen hat.«

»Sie kannten ihn schon vorher?«

»Ich kenne ihn mein ganzes Leben. Er war der Junge von nebenan, wie man so sagt – als wir noch Kinder waren.«

»Ich verstehe.« Ich versuchte, mir Moira als kleines Mädchen vorzustellen, aber ich kam einfach nicht an der tapferen Traurigkeit ihres Lächelns vorbei. »Dann stammen Sie auch aus dem County Carlow?«

»*Aye* . . . « Besorgnis schlich sich wieder in ihren Tonfall.

»Und wann genau ist mein Onkel in dieses prächtige Haus eingezogen?«

Moira schaute auf, wanderte lautlos durch die Jahre zurück. Während sie nachdachte, bewegten sich ihre Finger, zählten die Jahrzehnte mit. »Nun, das dürfte kurz nach seiner Rückkehr aus

London gewesen sein«, sagte sie. »Ganz jung noch und gebildet, hat sich in der Welt umgesehen, wie's ein Mann so tut.«

»Damals war noch Krieg, richtig?«

»*Aye,* und es war eine gute Zeit für einen Mann, seine Gelegenheit beim Schopf zu packen.«

»Besonders in Irland, das ja neutral gewesen ist.«

»*Aye* ... « Wieder die Besorgnis.

»Tja, es ist gut zu sehen, daß ein Ire von den Schwierigkeiten Englands profitiert hat.«

Moiras Gesicht heiterte sich auf. Vielleicht hätte sie noch mehr preisgegeben, wenn ich nachgeholfen hätte. Andererseits aber hätte sie sich aber auch wieder verschließen können. Ich entschied, daß ich genug direkte Fragen gestellt hatte, daß ich nun behutsamer vorgehen sollte, besonders was die Politik betraf. Besser, wenn Ruby sie zu diesem Thema auf indirekte Weise ansprach.

»Die Arbeit hier scheint Ihnen Spaß zu machen, wo Sie ja schon so lange hier sind«, sagte ich.

»Für mich ist das keine Arbeit. Es ist meine Mission, bei Mr. Liam zu sein.«

»Wie wunderbar für Sie.«

»Oh, das ist es.« An der Schürze wischte Moira Hände ab, die nicht abgewischt werden mußten, und seufzte. Vielleicht wollte sie noch mehr sagen, aber statt dessen kehrte sie an ihre Arbeitsplatte zurück und rollte weiter Teig aus.

»Gibt's hier irgendwo in der Nähe eine Bushaltestelle oder einen Bahnhof, von wo ich nach Dublin fahren kann?« richtete ich meine Frage an ihre breite Kehrseite.

»Wenn Sie in die Stadt wollen, kann Snoody Ihnen einen Fahrer besorgen –«

Moira sprach nicht weiter und drehte sich zu mir um. Schrekken stand ihr ins Gesicht geschrieben, ernster als der bei meinem Stolpern auf der Treppe. »*Nae*«, sagte sie, »Sie wollen bestimmt nicht noch eine Fahrt mit einem Auto riskieren!«

»Nein, bestimmt nicht.« In Gedanken fügte ich hinzu: Es könnte eine gute Idee sein, das Haus so bald wie möglich zu verlassen, bevor Snoody oder Onkel Liam irgendeinen Einfluß auf meine Tagesplanung nehmen konnten.

Moira sagte mir, wo ich den Pendlerbahnhof unten im Dorf fand, nur einen kurzen Fußweg vom Haus entfernt. Ich aß mein restliches Frühstück und leerte die Tasse.

Bevor ich dann nach oben ging, um Ruby von meinem ermutigenden Frühstücksschwatz mit Moira zu erzählen, sagte ich noch: »Mein Onkel hat mir gestern abend ein Rätsel aufgetragen. Ich frage mich, ob Sie es wohl kennen.«

»Das war bestimmt das mit dem Mann ohne Augen und den Pflaumen, stimmt's?«

»Ja. Kennen Sie auch die Antwort?«

Moira lächelte tapfer. Und schwieg.

Der Radioprediger sagte gerade: »Gott ist mein Zeuge: Jeder Mensch ist ein Lügner . . . «

Die Fahrt von Dún Laoghaire bis zum Hauptbahnhof Dublins dauert knapp eine Stunde, was mir genügend Zeit ließ, eine Zeitung zu lesen und Fallnotizen anzulegen. Im Bahnhof hatte ich eine Busfahrkarte, den ›Irish Guardian‹, ein Spiralheft und einen Kugelschreiber bei einem Zeitungshändler gekauft, der so freundlich war, amerikanische Dollars anzunehmen. Wenn die Banken öffneten, würde ich später in Dublin irische Pfund tauschen müssen.

Seite eins der Zeitung beschrieb die Welt in ihrer üblichen prekären Lage. Wohlhabende Nationen steckten unterschiedlich tief in ökonomischer Rezession, andere befanden sich in einer ausgewachsenen Depression – oder im Bürgerkrieg. Und überall behaupteten Kriminelle und Schwachköpfe, den Weg aus dem Chaos zu kennen. Dies waren die Führer von Nationen, und ihre Anhänger schienen sie ernst zu nehmen.

Ich blätterte zu Seite zwei weiter. Ein Artikel über das Trinity College erinnerte mich, daß dies der geeignete Ort für meine heutigen Nachforschungen sein würde, da ich wußte, daß mein Vater dort studiert hatte. Ich faltete die Zeitung, um später weiterzulesen. Dann notierte ich Trinity College in einem Teil des

Heftes, in dem ich eine Menge leere Seiten für Einträge zu Aidan Hockaday reserviert hatte, von denen ich mehr als nur diffus ahnte, daß sie sich als zentral für alle anderen herausstellen würden.

Während der Bus über die Hafenroute nach Dublin holperte und ich einen Krampf in der Hand von der Anstrengung bekam, meine Notizen leserlich zu halten, skizzierte ich im Verlauf der folgenden Viertelstunde die wesentlichen Elemente des Falles, so wie ich sie sah. Im Zentrum standen einige scheinbar zusammenhanglose Ereignisse: Father Tims Selbstmord, Davy Mogaills Verschwinden, der Mord an Francie Boylan. Drumherum ergaben sich jede Menge konfuser Fragen und unangenehmer Eindrücke. Und meine Mutmaßungen; darunter an erster Stelle die Vermutung, daß noch mehr passieren würde.

»Entschuldigen Sie, wenn ich Sie bei Ihrer Arbeit unterbreche ... «

Ich schaute von einem Notizbuch auf und über den Gang des Busses zu einem Mann etwa in meinem Alter, der mich angesprochen hatte. Er trug Anzug und Hut eines Geschäftsmanns, runde Nickelbrille und einen kleinen schwarzen Schnäuzer, der so ordentlich war, daß er mehr aussah wie mit Fettstift gemalt statt wie gestutzte Barthaare. Auf einer ledernen Aktentasche, die er auf seinen Knien balancierte, lag der aufgeschlagene ›Irish Guardian‹.

»Ich frage mich«, fragte er, »ob Sie wohl Amerikaner sind?«

»Ja«, antwortete ich und wünschte sofort, ich hätte es nicht getan.

Sein Schnäuzer verzog sich zu einem feinen Strich, als er nun lächelte. »Dachte ich's mir doch ... «

Ich vermute, drauf hätte ich etwas erwidern sollen, doch statt dessen widmete ich mich wieder meinen Notizen.

»Eigentlich war es Ihre Kleidung«, sagte Schnäuzer.

Ich trug eine Baumwollhose, einen Nylonblouson mit dem Logo einer Bowlingbahn in New Jersey auf dem Rücken, einen Baumwollpullover, eine Yankees-Kappe und meine PF Flyers.

In Irland ist dies nicht gerade die übliche Kleidung für Männer in der Mitte ihres Lebens, wurde mir mit einem Mal klar. Ich schaute wieder zu Schnäuzers Grinsen auf.

»Und Ihre Zähne«, sagte er. »Die strahlen so.«

»Wie meinen Sie das?«

»Ihre amerikanischen Zähne – immer strahlend weiß.«

»Ich verstehe. Danke.«

»Und Ihr Name ist womöglich Hockaday?«

»Womöglich.«

»Dann hab ich's, jawohl.« Er beugte sich vor und fixierte mich durch seine Brille. »Ich bin nicht sicher, ob ich Sie allein nach Ihrem Bild wiedererkannt hätte.«

»Meinem was –?«

»Nun, hier drin«, sagte er und tippte auf die Zeitung. Er warf einen Blick auf meinen ›Guardian‹, der zusammengefaltet neben mir lag. »Oh . . . ich verstehe. Sie wissen nichts davon. Tut mir leid, Sir . . . Bitte, entschuldigen Sie . . . «

Schnäuzer stand auf, genauso unbeholfen, wie er gerade gesprochen hatte, und ging zu einem anderen Platz. Dort tuschelte er sofort mit einer Frau, und jetzt reckte sie den Hals zu mir, um mich ebenfalls ausgiebig zu mustern.

Ich nahm meinen ›Guardian‹ und blätterte ihn durch, bis ich die Seite fand, auf der ausschließlich die Story des Mordes an Francie Boylan ausgeschlachtet wurde. Es gab noch einen kleineren Begleitartikel, verziert mit meinem Foto als junger Polizist, das an dem Tag aufgenommen worden war, als ich die New York Police Academy erfolgreich beendet hatte. Ich las diesen kürzeren Artikel:

O'Connell Street Massaker:
Garda verhört amerikanischen
Detective & Schauspielerin

von Oliver Gunston

Zwei amerikanische Touristen aus New York City – ein Police Detective namens Neil Hockaday und eine Bühnenschauspielerin namens Ruby Flagg – spielen eine bedeutende und mysteriöse Rolle in dem spektakulären Mord vom Vortag an Francis »Francie« Boylan, einem langjährigen hiesigen Sympathisanten der in Ulster operierenden Irish Republican Army. Die Amerikaner wurden zum Verhör ins Präsidium der Dublin Garda gebracht und später unter Auflagen wieder entlassen.

Detective Hockaday und Miss Flagg waren Fahrgäste des verstorbenen Mr. Boylan, der von Beruf Chauffeur war. Sie blieben unverletzt, als mehrere bewaffnete und maskierte Männer den Wagen angriffen (siehe Artikel auf dieser Seite). Chief Eamonn Keegan von der Dublin Garda, der das Verhör der beiden Amerikaner persönlich leitete, war weder bereit, ihr Ziel am Tag des Mordes noch ihre weiteren Reisepläne in Irland bekanntzugeben. »Unsere Ermittlungen sind noch nicht abgeschlossen, und daher ist dies vertraulich«, teilte er der Presse mit.

Zu näheren Angaben über das Verhör war Chief Keegan ebenfalls nicht bereit. Er ließ lediglich verlauten: »Wir haben Detective Hockaday und Miss Flagg davon in Kenntnis gesetzt, daß wir möglicherweise in dieser Angelegenheit noch einmal mit ihnen sprechen wollen, und zwar hier in Dublin.« Auf die Frage, ob er oder eine andere Behörde ihre amerikanischen Pässe eingezogen habe, lehnte Chief Keegan jeden Kommentar ab. Er sagte jedoch, daß die Amerikaner »durchaus kooperationsbereit« gewesen seien.

Im Gegensatz zu Chief Keegans wenig aufklärender Darstellung steht die von Constable Aisling Mulcahy, der als erster am Tatort des O'Connell-Street-Mordes war. »Das waren zwei typische New Yorker«, sagte er. »Nichts als klugscheißerische Bemerkungen. Sie schienen sich nicht die Spur für den Ernst eines brutalen Mordes an einem IRA-Mann zu interessieren. Tatsächlich versuchte die Lady sogar, sich über Politiker lustig zu machen.«

Ironischerweise zeichnet sich die berufliche Karriere von Detective Hockaday – oder kurz »Hock«, wie er von der New Yorker Boulevardpresse genannt wird – durch seine Verwicklung in die rätselhaftesten Mordfälle seiner Heimatstadt aus. Laut Angaben eines bekannten amerikanischen Journalisten, der für diesen Artikel telefonisch interviewt wurde, befindet sich Detective Hockaday derzeit auf Urlaub, nachdem er eine der grausigsten Mordserien der gesamten legendären Geschichte des New Yorker Verbrechens aufgeklärt hat.

William T. Slattery von der ›New York Post‹ sagte: »Hock hat ganz allein eine Mordserie geknackt, die diese Stadt in Angst und Schrecken versetzt hat, was schon etwas heißen will. Und es war auch nicht das erste Mal, daß er ganz auf sich allein gestellt einen irren Killer zur Strecke gebracht hat. Wie ich allerdings gehört habe, muß ihn dieser letzte Fall ziemlich mitgenommen haben. Man befaßt sich nicht mit der Sorte von Wahnsinnigen und Irren, mit denen sich Hock jeden Tag befassen muß, ohne daß sich das alles nachts in die Träume einschleicht, verstehen Sie? Also sind er und seine Freundin Ruby Flagg auf Erholungsurlaub nach Irland geflogen. Aber er ist noch keine vierundzwanzig Stunden weg, als sich auch schon ein mit ihm befreundeter Priester in einer Kirche in Hocks eigenem Viertel umbringt. Und dann ist da noch eine

Bombe, die in dem Haus hochgeht, in dem sein bester Freund bei der Polizei wohnt – Captain Davy Mogaill von der Mordkommission. Und kaum landet Hock in Dublin – peng, schon wird irgendso ein IRA-Gangster direkt vor seiner Nase abgeknallt. Toller Urlaub, klasse Erholung.«

Detective Hockadays Vorgesetzter Inspector Tomasino Neglio konnte ebenfalls telefonisch erreicht werden. Ohne sich über Details auszulassen, bestätigte er alle Angaben von Mr. Slattery, bezeichnete aber die Gewalt, die Detective Hockaday nicht loszulassen scheint, als »puren Zufall«.

Es ist dem ›Guardian‹ nicht gelungen, mit Neil Hockaday oder Ruby Flagg persönlich zu sprechen, da niemand, mit dem wir in Verbindung getreten sind, bereit oder in der Lage war, Auskunft über ihren Aufenthaltsort in diesem Land zu geben.

Ich riß die ganze Seite des ›Irish Guardian‹ heraus, faltete sie und steckte sie hinten in meine Fallnotizen. Außerdem notierte ich mir den Namen des Reporters – Oliver Gunston – als mögliche Informationsquelle, die ich in Dublin aufsuchen wollte. Zweifellos würde er mit mir sprechen. Und wenn ich meine Karten richtig ausspielte, würde ich von ihm erheblich mehr erfahren als er von mir.

In der Zeitungsredaktion könnte ich außerdem ein weiteres Exemplar des ›Guardian‹ mitnehmen und es dann Slattery schikken, der vor Freude ganz aus dem Häuschen sein würde, da es wahrscheinlich das erste Mal war, daß jemand ihn einen »bekannten amerikanischen Journalisten« nannte. Vielleicht auch das letzte Mal. Ich persönlich war nur froh, daß Slats genug Verstand besessen hatte, ein Uraltfoto von mir an den ›Irish Guardian‹ zu faxen, da ich annahm, daß sie es von ihm hatten. Es würde mir das Leben in Dublin leichter machen, wenn ich mich, abgesehen von meiner Kleidung und meinen strahlend weißen Zähnen, relativ unerkannt bewegen konnte.

Als ich dann über diese Publicity sorgfältig nachdachte, schrieb ich eine weitere konfuse Frage auf: Könnte es im unfreundlichen Interesse von jemandem hier liegen, daß ich erkannt werde?

23

»Moira?«

»Aye –?«

»Darf ich reinkommen?«

»Falls Sie Ihren Morgentee wollen, werden Sie's wohl müssen. Auf gar keinen Fall werd ich so früh am Tag Kannen die Treppe rauf und runter schleppen, Miss Aufgeblasen.« Moira schniefte verächtlich und machte eine große Schau daraus, einen Kessel kochendes Wasser vom Herd zu nehmen und es in eine braune Teekanne zu gießen. Sie mochte zwar hier die Dienstmagd sein, aber die Küche war ihr Reich, bei *Gooott.* Mitten in der zweiten Hälfte der morgendlichen Verlesung der jüngsten Sterbefälle schaltete sie das Radio aus. Dann schnalzte sie mit der Zunge und sagte: »Wie kommen die nur darauf, daß wir den Tag beginnen wollen zu hören, wer von den Nachbarn in der vergangenen Nacht gestorben ist! So was ist doch deprimierend!«

»Ja – zumal heutzutage nur ziemlich wenige Seelen in die himmlische Herrlichkeit eingehen«, sagte Ruby und ging die wenigen Stufen in die Küche hinunter. Sie hatte sich Hocks Tip gemerkt, bei der ersten sich bietenden Gelegenheit in Predigerjargon zu verfallen, und auch, welchen auftauenden Effekt es auf Moiras Frostigkeit hatte. Sosehr es ihr auch gegen den Strich ging, sah Ruby doch die pragmatische Seite von Hocks Rat. Moira hatte den Kopf seitwärts geneigt, als mustere sie liebevoll eine Ewigkeiten nicht mehr gesehene Schwester. Und was hatte es Ruby schon gekostet, ihren Köder mit einer einzigen abgedroschenen Improvisation auszuwerfen?

»Kommen Sie«, sagte Moira, lächelte ihr tapferes Lächeln und bedeutete Ruby, sich an denselben Metzgerblock zu setzen, an dem Hock ungefähr zwei Stunden zuvor gefrühstückt hatte. »Nach Ihren Gotteslästerungen von gestern abend hätte ich nicht gedacht, daß Sie tatsächlich religiös sind.«

»Mein Mangel an Religion hat nichts zu tun mit der Tatsache, daß ich genauso gläubig bin wie Sie, Moira.«

»Also, ich dachte ja nur – «

»Ist Ihnen schon mal aufgefallen, wie viele religiöse Menschen glauben, sie würden denken, wenn sie doch nur an ihren Vorurteilen basteln?«

Jetzt war die arme Moira wirklich verwirrt. In ihrem Leben bedeutete Unterhaltung meist nur einseitige Wortwechsel zwischen Liam und ihr oder Snoody und ihr, und meistens dienten sie nur dem einen Zweck, die leiblichen Bedürfnisse der beiden Männer zu befriedigen. Bei einem solchen Diskurs mußte keiner der Beteiligten groß nachdenken. Moira hatte angenommen, diese Unergiebigkeit entspreche eben dem Lauf der Welt auch außerhalb des prächtigen Hauses in der Ladbroke Street. Ganz sicher hatte sie es an den wenigen anderen Orten, an denen sie je gewesen war, nicht anders kennengelernt. Aber hier war diese Frau – diese Amerikanerin, diese schwarze Frau! – und sprach mit ihr, als besäße sie den Verstand eines Mannes. Und was hatte sie da gerade über Vorurteile gesagt?

Ruby bemerkte die Qualen des Denkens auf Moiras käsigem Gesicht. Sie setzte sich an den Tisch, schaute kurz auf ihre Armbanduhr und sagte zu Moira: »Jetzt ist es doch tatsächlich schon nach neun. Ich weiß ja, daß Hock nach Dublin gefahren ist, aber wo stecken die anderen?«

»Ich hab es hier mit zwei alten Männern zu tun, die beide schon vor vielen Jahren ihren Schwung verloren haben. Daher wird in diesem Haus spät aufgestanden.«

»Perfekt. Dann können wir beide ja ungestört plaudern – nur wir Mädchen.«

Moira strich mit einer Hand über ihr Haarnetz. Etwas Farbe schlich in ihr Gesicht. »Du liebe Güte, Mädchen bin ich schon nicht mehr genannt worden seit damals auf dem Land, als meine Beine noch schlank waren wie Schilfrohr«, sagte sie.

»Sie Glückliche«, meinte Ruby. »Meine Beine waren nie schlank.«

»Ach was, Sie sind immer noch ein gertenschlankes junges Ding.« Moira stellte Sahne und Zucker auf den Tisch und schenkte Tee in Rubys Tasse. »Wie wär's mit ein bißchen *soda bread*?« fragte sie. »Es ist heute morgen ganz frisch. Und nicht vergessen, ich mach meine Butter noch selbst. Es gibt auch Orangenmarmelade.«

»Ich freue mich, Ihnen – und Gott – für eine weitere gute Mahlzeit danken zu können.«

Mit offenem Mund holte Moira Brot, Butter, Marmelade und Besteck und deckte den Tisch. Ruby verneigte den Kopf und murmelte ein kurzes Gebet. Als sie fertig war, lächelte sie Moira an. »Holen Sie sich doch bitte auch eine Tasse und setzen sich zu mir, ja? Wir teilen uns diese Kanne hier.«

Hatten die Männer sie jemals um so etwas gebeten? Sprachlos vor Dankbarkeit für diese einfache, großmütige Geste folgte Moira der Einladung. »Danke, Miss Ruby.« Moira saß mit auf dem Schoß gefalteten Händen da, während Ruby ihr Tee einschenkte. Entschuldigend und mit schlechtem Gewissen senkte sie die Augen und sagte: »O *Gooott,* ich habe gestern eine boshafte Bemerkung gemacht, die Sie mitbekommen sollten – das mit dem Golliwogg. Es tut mir ja so leid, Miss Ruby, ich –«

»Vergessen wir's einfach, Moira. Tun Sie mir von jetzt an bitte nur einen Gefallen, ja?«

»*Aye,* was Sie wollen.«

»Vergessen Sie das *Miss,* okay? Kein Miss Aufgeblasen mehr, und auch kein Miss Ruby mehr. Bitte – einfach nur Ruby.«

»Ruby, *aye.*«

»Gut. Und jetzt, Moira, erzählen Sie doch mal – sind Sie glücklich in diesem Haus?«

Wieder tauchte der gequälte Ausdruck des Denkens auf Moiras Gesicht auf. Sie legte einen Finger an die Lippen, als sei sie nicht ganz sicher, welche Worte dort herauskommen würden.

»So etwas hat mich noch nie jemand gefragt. Ich weiß nicht, wie ich sagen soll, was ich denke.«

»Sagen Sie's einfach ehrlich.«

»Wenn Sie eine klare Antwort wollen, na schön. Glück ist nichts, was ich heute lebe, es ist etwas, woran ich mich nur noch erinnere.«

»Als Sie noch ein junges Mädchen waren?«

Moira errötete. »Und Liam ein kleiner Junge.«

»Waren Sie ein Liebespaar?«

Moira strich sich über den Hals, und damit bestätigte sich Rubys Intuition. »Bis zum heutigen Tag bin ich unschuldig geblieben«, sagte Moira. »Verstehen Sie?«

»Ich habe es nicht böse gemeint, tut mir leid.«

»Nae, ich bin diejenige, der es leid tut. Heilige Mutter Gottes, schütze mich, aber es tut mir leid, daß ich noch unschuldig bin.«

Ruby griff über den Tisch und berührte Moiras Hand. Moira registrierte es kaum, so weit weg war sie. Einige Minuten sagte keine der beiden Frauen ein Wort. Schweigend tranken sie ihren Tee.

Dann sagte Ruby: »Sie müssen ihn immer noch sehr lieben.«

»Muß ich?«

»Sie sind schon all die Jahre hier.«

»Und ich gestehe, daß ich jeden einzelnen Tag all dieser Jahre in seinen Morgentee gespuckt habe. So, das ist ja wohl was, aber ich würde es nicht Liebe nennen, soweit ich mich an Liebe erinnern kann.«

»Tut mir leid . . . «

»Aye, aber was nutzt es? Schon bald wird der Große Boss – so nenne ich ihn heimlich – runterkommen und seine Wünsche rausbrüllen. Frühstücksspeck und Schweinswürstchen und mein *soda bread*, und ein weiches Spiegelei . . . und später eine Tasse van-Houten-Kakao. So läuft das hier morgens. Und auch mein ganzes Leben. Tag für Tag, jahraus, jahrein. Daran wird sich wahrscheinlich auch nichts mehr ändern, wissen Sie, egal wie leid es irgendwem tut.«

»Moira –?«

Eine Männerstimme. Ruby und Moira schauten auf, um Snoody in die Küche kommen zu sehen. Mit rausgedrückter Brust und die Aufschläge seiner Jacke mit den Händen umklammernd, als sei er Herr über alles, worauf sein Blick auch fiel.

»Du hast Gesellschaft heute morgen«, sagte Snoody zu Moira und deutete naserümpfend auf Ruby. »Deshalb bist du also mit seinem Tee so spät dran.«

»Was denn, habe ich Sie etwa davon abgehalten, Liam eine köstliche Kanne Morgentee zu bringen?« sagte Ruby mit einem verschmitzten Lächeln zu Moira. Dann lachte Ruby laut, und Moira stimmte ein, als hätte sie seit Jahren nicht mehr gelacht.

»Was ist das hier?« sagte Snoody mit einem alarmierten Pfeifen seiner Nase.

»Tut mir sehr leid«, sagte Ruby, »aber heute läuft es mal anders. Ihr zwei Jungs seid auf euch allein gestellt, denn ich gehe mit Moira ins Dorf frühstücken, damit sie zur Abwechslung auch mal bedient wird.«

»Ich verstehe nicht, Ruby.«

»Ist doch ganz einfach. Wenn Sie etwas haben wollen, dann holen Sie es sich selbst. Zum Beispiel hat Moira angefangen zu backen. Übernehmen Sie, Snoody. Sollten Sie Fragen haben, dann werfen Sie einfach mal einen Blick ins Kochbuch.« Ruby stand auf. »Kommen Sie, Moira?«

»*Aye,* ich komme.«

»Jetzt aber mal –!«

»Geben Sie ihm Ihre Schürze, Moira«, sagte Ruby.

»In Ordnung.« Moira wickelte sich aus und übergab ihre mit Mehl bestäubte Schürze.

Snoody hielt sie auf Armeslänge von sich und sagte: »Ich sage, jetzt aber mal –!«

Aber Moira hob eine Hand und brachte ihn zum Schweigen. Sie richtete ihre Worte an Snoody, aber wirklich gemeint waren sie für Ruby. »Ein Mann ohne Augen sah Pflaumen auf einem Baum. Weder nahm er Pflaumen, noch ließ er Pflaumen zurück. Wie ist das möglich?«

Snoodys freie Hand fiel von seinem Revers. Er wollte Moira

schon etwas erwidern, überlegte es sich dann aber anders. Moira funkelte ihn herausfordernd an.

»Das ist doch das Rätsel, das Liam Neil aufgegeben hat«, sagte Ruby.

»Wann war das ...?« fragte Snoody sofort.

Bevor Ruby antworten konnte, nahm Moira ihre Hand und zog sie durch die Küche zur Diele. »Kommen Sie jetzt, schnell«, sagte sie, »bevor er noch mit seinem Geknurre anfängt.« Sie ließen Snoody stehen, wo er war, auf der Suche nach den Utensilien, um eine Kanne Tee zu machen.

Von der Garderobe in der Eingangshalle nahm Moira einen Mantel, streifte ihn über und zog ein Kopftuch über. Sie bot Ruby einen ihrer Pullover an. Einer doppelten Ruby hätte der Pullover perfekt gesessen. Das Telefon klingelte. Moira ließ es klingeln, rauschte mit Ruby daran vorbei zur Tür und hinaus auf die Ladbroke Street.

Als sie die Straßenecke umrundet hatten und bergab zum Dorfzentrum gingen, fragte Moira: »Hat Ihr prächtiger Detective das Rätsel schon gelöst?«

»Noch nicht«, sagte Ruby.

»Soll ich gemein sein und Ihnen die Antwort verraten?«

»Seien Sie gemein.«

24

Es war ein perfekter Tag geworden, um einfach nur dort zu sitzen, wo ich nun saß. Die Aprilsonne sickerte durch das junge Laub alter Bäume und sprenkelte die Rasenflächen des von Mauern umgebenen Campus, eine Ansammlung alter Säle, die untereinander durch gemauerte Torbögen verbunden sind. Ich hockte auf der untersten Stufe der Treppe zur Trinity College Library und dachte einen Augenblick darüber nach, wessen Füße hier bereits gegangen waren, wo ich jetzt saß. George Bernard Shaw, William Butler Yeats, James Joyce. Und natürlich

Brendan Behan. Sollte Davy Mogaill jemals wieder auftauchen, würde ich ihm von meinem sublimen Bummeln erzählen.

Professoren mit Kappen und Rollkragenpullovern unter Tweedjacken gingen vorüber. Sie trugen abgewetzte schweinslederne Aktentaschen und rauchten Pfeifen, die ihre Köpfe in gräulichen Rauch hüllten. Sie warfen mir kurze Blicke zu, bemüht uninteressiert an einem weiteren nachdenklichen irischamerikanischem Touristen, der banale Impressionen in sein Notizbuch schrieb. Auch Studenten kamen vorbei. Zu zweit oder zu dritt, manchmal auch in ausgelassenen größeren Gruppen. Ich war neidisch auf sie alle, neidisch auf ihre Jugend und das Glück, für Jahre an einem solchen Ort studieren zu dürfen. Ich tröstete mich mit der Beobachtung, daß auch diese Studenten, genau wie alle anderen, die ich auf den besseren Schulen zu Hause in den Staaten auch schon beneidet hatte, ebenfalls nach schmutziger Wäsche rochen.

Eine Windböe erfaßte die Seiten meines Notizbuchs. Ich strich sie glatt und las noch einmal die Informationen, die ich aus dem Trinity-Studentenjahrbuch in der Bibliothek erhalten hatte:

Aidan Hockaday ... Village of Tullow, County Carlow ... summa cum laude '35 ... Gälische Literatur, moderne irische Literatur ... Mitglied der Dublin Men's Society of Letters ...

Nicht gerade viel für zwei Stunden Arbeit. Aber was für zwei Stunden.

Man sollte meinen, der Bibliothekar des Trinity College wäre noch nie zuvor einem netten, angesehenen amerikanischen Cop und unschuldigem Zuschauer eines Blutbades auf der O'Connell Street begegnet, der von einem Sicherheitsbeamten in sein Büro geschleppt wurde, wo er dann in Baumwollhose, Turnschuhen und Yankees-Kappe vor ihm stand. Ich fühlte mich mehr als nur ein wenig klein. Und das, wo ich doch der Sohn eines hervorragenden Studenten und jungen Literaten war, auch wenn das schon einige Jahrzehnte her war – *und* wo ich doch selbst eine kleine Berühmtheit war, mit meinem Foto zwischen den Nachrichten über einen blutigen Mord im ›Irish Guardian‹ von heute morgen als Beweis.

»Mein Gott, Clooney, womöglich ist er bewaffnet!« stieß der Bibliothekar hervor. Der Mann besaß eine gewaltige, dröhnende Stimme, die den Sicherheitsbeamten sichtlich erschütterte. Der Bibliothekar hieß O'Dowd, und er stand kurz vor der Pensionierung, war wohl gerundet nach einem Leben reich an gutem Essen und Trinken, hatte einen sehr kleinen Kopf voller roter Haarbüschel, die hin und her brandeten wie Meereswellen, wenn er erregt war. Er saß auf einem Stuhl mit hoher Rückenlehne hinter einem mit Büchern und Bonbonpapierchen übersäten Schreibtisch.

Der arme Clooney war ein nervöser Typ und hatte das Pensionsalter schon lange hinter sich gelassen. O'Dowds Gefühlsausbruch bewirkte, daß er eine Menge Luft in die falsche Röhre bekam, was einen Hustenanfall zur Folge hatte.

Ich klopfte auf Clooneys schmalen Rücken und sagte zu O'Dowd: »Schalten Sie runter, ich trage keine Kanone.«

»Ich soll was?«

Clooney schien langsam wieder zu sich zu kommen und ruderte wie ein verletzter Vogel mit den Armen. Er wich vor mir zurück und sagte zu seiner Verteidigung: »Mr. O'Dowd, tut mir leid, Sir, aber ich habe ihn direkt zu Ihnen gebracht, an mögliche Schießereien habe ich keine Sekunde gedacht.«

»Aber er kommt aus New York!« O'Dowd war stinksauer auf Clooney, und seine Haare wellten sich wie verrückt. »Sehen Sie nur seine Baseballkappe!« Clooney zuckte zusammen. Zu mir sagte O'Dowd: »Stimmt's nicht? Sie sind doch aus New York?«

»Es ist mein Zuhause«, bestätigte ich. »Wo Hirsch und Antilope in Deckung gehen.«

»Dreist und unverfroren ist er in die Präsenzbibliothek gekommen«, fuhr Clooney fort. »Ist einfach so mir nichts dir nichts zwischen den Regalen langgeschlendert, hat wie ein schwachsinniger Hohlkopf hier ein bißchen rumgeschnüffelt und da ein bißchen rumgeschnüffelt.«

»Sie sind ihm gefolgt, sehr gut«, sagte O'Dowd.

»Vielen Dank, Sir. Und als ich mich an ihn heranpirsche – «

Ich unterbrach. »Normalerweise trage ich eine Kanone. Manchmal auch zwei oder drei.«

Clooney sah aus, als würde er am liebsten in Ohnmacht fallen. O'Dowd forderte ihn auf: »Fahren Sie fort.« Clooney sah mich an. Ich nickte, und er fuhr fort.

»Wie ich gerade schon sagte, Mr. O'Dowd, ich pirsche mich also gerade an den hier an, als mir plötzlich wieder einfällt, warum ich so mißtrauisch bin . . . abgesehen von der Tatsache, daß er hier einfach so herumgeistert, meine ich. Es sind auch früher schon Amerikaner reingekommen, die geglaubt haben, wir wären nur so etwas wie eine bessere Buchhandlung . . . «

O'Dowd funkelte mich wütend an, als Clooney *Amerikaner* sagte.

»Aber der hier, Sir, der kommt mir irgendwie bekannt vor. Dann fällt's mir schlagartig wieder ein! Ich laufe schnell los, um meinen ›Guardian‹ zu holen, und das hier habe ich gefunden.« Clooney zog die Zeitung aus der Seitentasche seiner Jacke und breitete sie auf O'Dowds Schreibtisch aus, aufgeschlagen an der Stelle mit Gunstons Sensationsstory und meinem Foto samt Hintergrundartikel.

»Aha!« sagte O'Dowd und hob den Kopf von der Zeitung.

»Aha was?« sagte ich.

»Sie sind also mit irgendeiner verruchten Absicht hier, das ist's.«

»Sehen Sie sich das Foto noch mal an, Mann – ich trage Uniform, ich bin ein Cop!«

Statt dessen starrte O'Dowd auf meine Yankees-Kappe. Dann auf den Rest meiner Kleidung. Er mußte überzeugt werden. Also griff ich nach meiner NYPD- Marke in der Seitentasche meines Blousons und sagte: »Ich will mir ja wirklich nicht mit Hilfe meiner Dienstmarke Zutritt zu Ihrer Bibliothek hier verschaffen, aber –«

»Er will die Kanone ziehen, Clooney!« dröhnte O'Dowd. »Tun Sie was!«

»O mein Gott, o mein Gott –!«

Clooney stieß ein winselndes Geräusch aus wie ein Hund, der von einem Auto angefahren wird, und brach dann langsam auf dem Boden zusammen.

»O mein Gott«, sagte O'Dowd leise und rieb sich nervös die Hände. Sein büscheliger Kopf schien in Flammen zu stehen. »Ist er tot?«

Ich kniete mich neben Clooneys der Länge nach ausgestrecktem Körper und legte einen Finger auf seinen Hals, der zufriedenstellend pulsierte. »Holen Sie ihm ein Glas kaltes Wasser, O'Dowd«, befahl ich.

O'Dowd hastete aus dem Raum. Ich massierte Clooneys verkrampften Nacken und Schultern, bis er wieder zu sich kam.

»Ich brauche frische Luft«, hauchte er und stützte sich auf.

»Und einen Chiropraktiker und einen doppelten Scotch«, schlug ich vor. Ich half ihm wieder auf die Beine. Seine Hände und Beine zitterten, und geistesabwesend marschierte er zur Tür. »Jetzt machen Sie mal einen Moment Pause, alter Knabe. Setzen Sie sich erst mal hin.«

Ich bugsierte ihn auf O'Dowds Stuhl und gab ihm ein Bonbon. Er bedankte sich. Dann kam O'Dowd wieder ins Büro gestürmt, gefolgt von einem anderen Mann, so alt wie Clooney oder sogar noch älter, wenn auch erheblich kräftiger, mit strahlend blauen Augen und einem schneeweißen, gepflegten Vollbart.

»Das ist er, Chancellor – das ist er!« rief O'Dowd und richtete in anklagendem Triumph einen Finger auf mich. Dann erspähte er Clooney hinter seinem Schreibtisch auf dem Bonbon kauend. O'Dowd wirbelte zu mir herum und blaffte: »Was soll das jetzt werden?«

»Er sammelt sich wieder, nachdem Sie es geschafft haben, daß er ohnmächtig wurde, Sie Trottel«, sagte ich. »Und? Wo ist das Glas kaltes Wasser, das Sie ihm holen sollten? Und wieso kämmen Sie sich eigentlich nicht anständig?«

Der Kanzler drehte sich um und sagte zu O'Dowd: »Was denn, Sie haben den alten Clooney niedergeschlagen?«

O'Dowd lachte verlegen. »Also, es war nicht ganz so, Sir.«

Mit einer Hand auf Clooneys zitternder Schulter sagte ich zu dem Kanzler: »O'Dowd findet es ziemlich witzig, meinen Freund Clooney hier grob zu behandeln, ich allerdings nicht. Finden Sie das auch witzig, Sir?«

»Mit Sicherheit nicht!« Der Kanzler drehte sich zu O'Dowd. »O'Dowd, können Sie das erklären? Hier ist kein Bewaffneter, wie Sie behaupten. Ich sehe nur diesen amerikanischen Burschen und den alten Clooney, der sich in einem schrecklichen Zustand befindet.«

O'Dowd ereiferte sich. »Aber darum ... darum geht's doch gar nicht!«

»Ich bin kein Bewaffneter, Sir«, sagte ich. »Vielleicht braucht Ihr O'Dowd einen Arzt und einen langen Urlaub?«

»Darf ich etwas sagen?« fragte Clooney.

»Ganz ruhig, Kumpel«, sagte ich zu ihm. Dann nahm ich den ›Irish Guardian‹ mit meinem Foto vom Schreibtisch und ging damit zu den beiden anderen hinüber. Ich bot dem Kanzler meine Hand an und sagte: »Hier herrscht nur ein bißchen Unklarheit, Sir, das ist alles. Versuchen wir, die Sache aufzuklären, ja?«

»Peadar Cavanaugh«, stellte er sich vor und schüttelte mir die Hand.

»Chancellor Cavanaugh, mein Name ist Neil Hockaday. Ich bin auf Besuch hier aus New York, wo ich als Detective bei der Polizei arbeite. Hier ist meine Legitimation.« Ich gab Cavanaugh die Zeitung, nahm dann die goldene Dienstmarke aus der Tasche und zeigte ihm diese ebenfalls.

»Wie Sie der Zeitung entnehmen können, war ich gestern am Tatort eines Mordes in der O'Connell Street. Heute morgen bin ich dann in die Bibliothek gekommen, um ein paar Nachforschungen über meine Familie anzustellen, als der unerschrokkene Clooney hier mich erkannte und ein wenig erregt reagierte.«

Ich sah Clooney an und tippte salutierend an meine Kappe, woraufhin er diese Geste erwiderte. O'Dowd funkelte Clooney daraufhin wütend an, der sich von seinem Stuhl erhob. Ich wendete mich wieder Cavanaugh zu. »Clooney bittet mich dann, ihn hierher zum Bibliothekar zu begleiten, und als nächstes fängt O'Dowd an, irgendwas von Waffen und Kanonen zu brüllen.«

»Ich habe durchaus nicht *gebrüllt«*, protestierte O'Dowd.

»Doch, haben Sie wohl«, sagte Clooney und nutzte die Gunst der Minute. Er setzte sich wieder auf O'Dowds Stuhl.

Cavanaugh befingerte den Rand seines Bartes und fragte: »Sagen Sie, Mr. Hockaday, um was genau geht es bei Ihren familiären Nachforschungen?«

»Mein Vater hat hier studiert. In den dreißiger Jahren, vor dem Krieg.«

»Dann sind Sie also Aidan Hockadays Junge?«

»Sie kannten ihn?«

Zu O'Dowd und Clooney sagte Cavanaugh: »Machen Sie weiter, Gentlemen.« Dann zu mir: »Kommen Sie, Mr. Hockaday, ich würde mich gern mit Ihnen unterhalten.«

Der Kanzler drehte sich zum Gehen um, und ich folgte ihm. Als ich an O'Dowd vorbeikam, machte ich mit meiner Hand eine Pistole und sagte: »Peng, peng, Sie sind tot.« Diesmal lachte Clooney, aber nicht leise.

Die Jugend verläßt einen niemals, sie meldet sich nur zu den ungelegensten Zeiten zurück.

Als ich nun durch die hallenden Korridore des Trinity College ging, im Gleichschritt mit dem respekteinflößenden Gang von Chancellor Peadar Cavanaugh, jagte mir dieser flüchtige Gedanke durch den Kopf. Ich hatte ihn schon einmal gehört. Wann, und von wem . . . ?

Meine Jugend . . . Father Tim.

Nicht ein Wort wurde zwischen Cavanaugh und mir gewechselt. Wir waren beide in Gedanken versunken. Meine kreisten um meine Jugend.

Ich dachte an ungeliebte Knickerbocker, eine ungeliebte Krawatte und an die Holy Cross School. Und an die unzähligen Male, an denen eine Nonne mit finsterem Blick mich bei irgendeinem Jungenstreich erwischte. Zum Beispiel einen roten Streifen Zündplättchen in den Bleistiftanspitzer an der Wand ihres Klassenzimmers zu stecken. Die Schwester packte mich dann so fest am Ohr, daß ich den Knorpel ploppen hörte. Dann zerrte sie mich schnell und stumm irgendeinen langen Korridor hinunter, genauso schwarz und furchterregend wie ihr Habit. Am schrecklichen Ende dieses schmerzhaften Marsches lag das eine Büro, sanctum sanctorum des unbarmherzigen Father Naughton mit seinem Holzschläger, der winzige Löcher besaß, um sicherzustellen, daß die Schläge auch ja die maximale aerodynamische Wucht erhielten.

Aber was hatte ich jetzt von der Vergangenheit zu befürchten?

Willst du es wirklich wissen?

Wir gingen nicht, wie ich erwartet hatte, in Chancellor Cavanaughs Büro, um uns dort »zu unterhalten«. Wir gingen daran vorbei auf unserem stillen, langen Gang durch ein Gewirr an Korridoren, die schließlich auf der Rückseite des Bibliotheksgebäudes auf die Straße führten. Draußen umrundeten wir eine efeubewachsene Ecke der hohen Collegemauer, um sodann einen Pub namens Ould Plaid Shawl zu betreten.

»Hallo, Peadar«, sagte der Wirt zu Cavanaugh, als wir hineingingen, und hob seinen fleischigen Arm zum Gruß. Mich starrte er mit höflicher Neugier an und wartete darauf, vorgestellt zu werden. Ein halbes Dutzend Rentner standen an der Theke und führten eine Diskussion über irgendeine obskure geschichtliche Frage, eine Diskussion, die genauso abgetragen war wie ihre Tweedjacken. Für uns interessierten sie sich nicht und schauten nicht einmal auf. Um diese Zeit waren die Tische und Sitznischen leer bis auf zwei Kellnerinnen, die Zigaretten rauchten und tratschten und sich für den Ansturm zur Mittagszeit ausruhten.

Cavanaugh machte sich nicht die Mühe, meine Anwesenheit zu erklären. Er rauschte an den alten Käuzen vorbei und sagte steif zum Wirt: »Schönen guten Morgen, Sean. Wir haben geschäftliche Dinge zu besprechen, wenn du erlaubst. Sei so gut und bring uns eine Kanne Kaffee, weiß – und was immer mein Freund hier haben möchte?«

»Ein Pint vom Faß«, sagte ich zu Sean, als ich an ihm vorbeiging und irgendwie das Gefühl hatte, als zerre eine Nonne an meinem Ohrläppchen.

Wir setzten uns an einen quadratischen Tisch in einer schummrigen Ecke weit hinten im Lokal. Auf dem Tisch standen eine Kerze in einem runden Glas, bunte Guinnessuntersetzer aus Blech und ein voller Aschenbecher mit Zigarettenkippen und Streichhölzern. Cavanaugh kramte ein gestreiftes Päckchen Rothman's und ein Zippo aus der Seitentasche seiner schwarzen Jacke.

»Zigarette?« fragte er und schob mir Päckchen und Feuerzeug über den Tisch zu. Ich bedankte und bediente mich. Außerdem zündete ich die Kerze zwischen uns an, wodurch genug Licht vorhanden war, um Peadar Cavanaugh wenigstens einigermaßen mustern zu können.

Seine Kleidung gehörte nicht ins zwanzigste Jahrhundert. Die Anzugjacke, die er beim Sitzen geschlossen hielt, war ein vierknöpfiges viktorianisches Modell, schwer und unförmig vor Alter. Aus der Brusttasche bauschte sich ein riesiges, dunkelrotes Seidentuch mit Paisleymuster; bei einem jüngeren, weniger gesetzten Mann hätte dies feminin gewirkt. Seine Krawatte, nur eine Nuance weniger trübselig als der Anzug, wurde weitgehend von seinem Bart verdeckt, der fast bis zur Brustmitte hinabreichte. Die düstere Ehrwürdigkeit von Cavanaughs Anzug fand einen Ausgleich in seinem rötlichen Gesicht, das von Haaren so dicht und schneeweiß wie sein Bart eingerahmt wurde, und seinen Augen, die im trüben Licht des Ould Plaid Shawl kobaltblau waren.

Hatten die Augen meines Vaters den gleichen Blauton besessen? Und wie oft hatte ich mich schon dabei ertappt, Männer wie Cavanaugh anzustarren und das schwarzweiße Soldatenfoto meines Vaters durch die Zeit zu projizieren?

»Sie sehen ihm so ähnlich«, sagte Cavanaugh. Dann registrierte ich, daß auch er mich gemustert hatte und daß ich mich in seine Projektionen einfügte. Weil ich wußte, daß er soviel wie möglich von mir sehen wollte, nahm ich die Yankees-Kappe ab. Jetzt schwang ein Verlustgefühl in seiner Stimme mit. »Wenn Sie richtig gekleidet wären, und der damaligen Zeit entsprechend«, sagte er, »dann könnte es Aidan selbst sein, der genau dort sitzt, wo Sie jetzt sitzen.«

»Sie standen sich also nahe, Sie und mein Vater?«

»Ich war ein Freund. Niemand konnte guten Gewissens von sich behaupten, Aidan wirklich nahezustehen. Mit Ausnahme Ihrer Mutter natürlich.«

»Sie kannten sie auch?«

»Meine Güte, ja. Mairead war eine Fitzgerald von der Bloor Street. Jeder kannte die Bloor-Street-Fitzgeralds.«

»Und Sie drei sind oft zusammen hier gewesen?«

»Hier fanden alle großen Debatten der damaligen Zeit statt. Viele von uns waren damals fasziniert von der Politik, Ihre Mutter und Ihr Vater eingeschlossen.«

Sean, der Wirt, brachte uns den Kaffee und mein Pint. Ich griff in die Tasche, um die Runde zu bezahlen, doch dann fiel mir wieder ein, daß ich meine Dollar immer noch nicht umgetauscht hatte. Machte nichts, Cavanaugh übernahm das.

»Moment, ich habe Sie schließlich eingeladen«, sagte er und legte eine Zwei-Pfund-Note auf den Tisch. Sean ließ einige schwere Münzen auf den Tisch fallen und nahm den Schein, dann kehrte er hinter die Theke zurück, als ihm durch Cavanaughs Blick klar war, daß unsere »Geschäfte« privater Natur waren.

Ich drückte die Zigarette aus, die zu rauchen ich sowieso nicht sonderlich versessen war, und stellte die dumme Frage: »Welche Art Politik?«

Ein Lachen baute sich in Cavanaughs massigem Bauch auf, ließ seine Brust anschwellen und ergoß sich dann herzlich aus jedem Teil seines bärtigen Gesichts. Das hätte jeden Weihnachtsmann bei Macy's weit in den Schatten gestellt. Er wischte Heiterkeitstränen aus den Augen und sagte: »Genausogut könnten Sie einen Fisch fragen: Was für eine Art Meer? Die Politik hat uns während der Weltwirtschaftskrise überwältigt, verstehen Sie? Die eine Richtung schwappte über die andere wie Wellen an einem Strand, und wir waren eine Horde großmäuliger Studenten, die verbindliche Überzeugungen ausspuckten, als hätten wir Jahre gebraucht, sie zu schmieden.«

»Zu schade, daß Sie damals Hemingways *Inseln im Strom* noch nicht hatten«, sagte ich.

»Was ist damit?«

»In dem Roman gibt es eine Stelle, die von der Figur des Thomas Hudson auf seinem Sterbebett gesprochen wird: *Gegen Ende habe ich gerade erst begonnen zu lernen. Nicht eine einzelne Sache ist wahr – alles ist wahr.*«

Cavanaugh hob schneeweiße Augenbrauen, ließ sie wieder sinken und sagte: »Das hätte Ihrem Vater gefallen. Oft genug hat er gesagt, Literatur sei von Dauer, während Politik nur eine blasse und vorübergehende Sache sei.«

»Sie können die Weltwirtschaftskrise doch wohl kaum für vorübergehend gehalten haben.«

»Nun, ich erinnere mich recht gut daran, wie der berühmte Wirtschaftswissenschaftler John Maynard Keynes damals sagte, es hätte nur eine einzige Sache je zuvor gegeben, die der Weltwirtschaftskrise sehr ähnlich war. Es war das finstere Mittelalter Europas, das immerhin vierhundert Jahre dauerte.« Cavanaugh drückte seine Zigarette aus und steckte sich sofort eine neue an. »Aber da Keynes nun mal Engländer war, vergaß er natürlich auch, daß da noch etwas anderes war – die Zeit der Hungersnot hier bei uns in Irland. Wie steht's mit einem weiteren Pint, Junge?«

»Sicher«, sagte ich. »Ich bin überrascht, daß Sie Zeit für mich haben.«

Cavanaugh hob eine Hand über den Kopf, und als er Sean herüberschauen sah, machte er eine kreisende Bewegung, um eine weitere Runde anzudeuten. Ich bemerkte ein Taschentuch, das unter einen seiner viktorianischen Ärmel geschoben war. Er sah mich wieder an. »Wir haben einen anderen Zeitbegriff als ihr Amerikaner.«

»Ist mir auch schon aufgefallen. Ich bin jetzt gerade mal zwei Tage hier, und dies ist die dritte Erwähnung der Kartoffelhungersnot. Das war in den vierziger Jahren des neunzehnten Jahrhunderts. Die Leute reden darüber, als sei es erst letzten Monat gewesen.«

»Das liegt am irischen Wesen. Unsere einzige Verteidigung gegen eine lange Geschichte, Mächten zum Opfer zu fallen, die wir nicht verstehen, scheint darin zu liegen, die rauhen, trostlosen Zeiten zu Tode reden zu müssen.«

»Das kann ein langer Tod sein.«

»Oh, es ist noch viel grausamer. All unser irisches Gequatsche hindert die Geschichte zu sterben, wie sie es sollte.«

Sean kam mit der zweiten Runde. Als er ging, stellte ich wieder eine dumme Frage: »Aber aus der Geschichte lernen wir doch –«

Wie zu einem begriffsstutzigen Studenten erwiderte Cavanaugh darauf: »Aus der Geschichte lernen wir, daß wir nichts aus der Geschichte lernen.«

»Und deshalb ist alles einfach nur – nichts?«

»Nein, es ist schon etwas. Geschichte ist ein Sack voll Streiche, die wir den Toten spielen. Ihr Vater hat das immer gesagt, es stammt von Voltaire.«

»Soweit ich weiß, mochte er auch die Dichtkunst.«

»Das ist richtig.«

»Hat er selbst Verse geschrieben?«

»Nicht daß ich wüßte«, sagte Cavanaugh. »Wie kommen Sie darauf?«

»Ich habe erst kürzlich etwas von ihm gefunden, und das ist einer der Gründe, warum ich jetzt hier in Irland bin. Es sind ein paar Zeilen auf der Rückseite eines alten Fotos.«

»Ich verstehe«, sagte Cavanaugh mit jähem Desinteresse und zog eine Manschette zurück, um auf die Uhr zu schauen. Wie ein ungeduldiger Amerikaner, dachte ich, wie Father Tim und Davy Mogaill.

»Möchten Sie die Zeilen nicht hören?« fragte ich.

Cavanaugh wendete den Blick ab. Und ich wußte, daß ich ins

Herz von irgend etwas getroffen hatte, von dem er vielleicht wünschte, es möge endlich sterben. Ich rezitierte: »›Ertränkt alle Hunde‹, sagte die zornige junge Frau, ›sie haben meine Gans und eine Katze getötet. Ertränkt, ertränkt sie in der Wassertonne, ertränkt alle Hunde‹, sagte die zornige junge Frau.«

Ich erhielt keine direkte Reaktion. Aber andererseits war nahezu nichts an unserer Zusammenkunft im Ould Plaid Shawl direkt gewesen. Cavanaugh schaute mich wieder an. Seine Augen tränten.

»Geh nach Hause, Junge«, sagte er.

»Ich will es wissen.«

Er sah aus, als hätte ich ihn geschlagen. »Sie sind anders als die meisten Yanks, die nach Irland kommen. Und Sie tun mir leid. Sie werden nicht den Luxus des Gefühls haben, Ihr Herz schlüge langsamer hier, das Gefühl zu wissen, daß dies ein wunderbarer Ort ist, um sich neu beleben zu lassen. Können Sie mir folgen?«

»Ich glaube eigentlich nicht . . . «

»Was ich damit sagen will, Sie tun mir gottverdammt leid, daß Sie Ihrem Dad so ähnlich sind, Gott hab ihn selig.«

Solange ich mich noch an diese Dinge erinnerte, die Cavanaugh gesagt hatte, bevor er entschied, plötzlich von den Pflichten eines Kanzlers gerufen zu werden, trug ich sie in mein Notizbuch ein. Dann erhob ich mich von den Stufen der Bibliothek und ging wieder hinein, wo ich die nächsten dreißig Minuten damit verbrachte, Karteikarten und Computerindizes nach Studentenorganisationen des Trinity abzusuchen.

Da ich keinen Erfolg damit hatte, das zu finden, was ich brauchte, beschloß ich, noch einmal O'Dowd aufzusuchen.

»Was ist denn nun wieder, Mr. Hockaday?« fragte er streng, als ich ein zweites Mal in sein Büro geführt wurde, diesmal von einer rundlichen und freundlichen Sekretärin.

»Ich suche eine Information, die ich in Ihren Schlagwortkatalogen nicht finden kann«, sagte ich.

»Was genau?«

»Gibt es eine Organisation auf dem Campus namens Dublin Men's Society of Letters?«

»Noch nie davon gehört, fürchte ich.«

»Vielleicht in zurückliegenden Jahren – sagen wir mal in den Dreißigern?«

»Vor meiner Zeit, fürchte ich.«

»Ja – aber im Studentenjahrbuch von 1934 wurde die Dublin Men's Society of Letters als eine der Auszeichnungen meines Vaters genannt. Also hat es sie gegeben, zumindest in der Vergangenheit.«

»Dann müßte es auch Querverweise in den Schlagwortkatalogen geben.«

»Gibt es aber nicht.«

O'Dowd zuckte mit den Achseln. »Tja, was vorbei ist, ist vorbei.«

»Da liegen Sie aber voll daneben – fürchte ich.«

25

»Ecke Broadway und Twohundred-fortieth gibt es einen Diner. Kommen Sie allein.«

»Sie sind genau der Bursche, mit dem ich schon eine ganze Weile reden will. Aber ich bitte Sie, es ist in der beschissenen Bronx. Wenn ich da rauf muß, ist meine ganze Nacht im Eimer.«

»Dann machen Sie sich mal keine Gedanken darüber, ein Held zu sein. Ich bin nur ein weiterer Krimineller, der frei herumläuft. Allerdings sollten Sie wissen, daß ich etwas habe, das ein gewisser Inspector im Präsidium gern in die Finger bekäme – ein gewisser Inspector, der sich jederzeit einem alten, auf die Pensionierung zusteuernden Knaben wie Ihnen gegenüber anständig verhalten könnte. Aber vergessen Sie's einfach. Ich sehe schon, Ihre Zeit ist viel zu kostbar. Ich kann ja immer auch noch den direkten Weg wählen und Ihnen all die Umstände und Mühen ersparen.«

»Zerbrechen Sie sich nicht meinen Kopf. Um was geht's?«

»Revanche.«

»Ach ja? Und was springt für mich dabei heraus?«

»Ruhm und Ehre, mein Freund.«

»Davon hab ich schon den ganzen Arsch voll, und zwar weil ich ja nun mal das schöne, reine Leben eines New Yorker Cops lebe.«

»Wie ich schon sagte, ich kann auch den direkten Weg gehen.«

»Nicht gleich sauer werden. Ich versuche nur herauszufinden, was Sie mit *Revanche* meinen. Also, falls es um Geld geht –«

»Für so was gibt's Brink's, Lieutenant – nicht Sie. Geld durch einen Cop überbringen zu lassen ist das gleiche wie Salat von einem Karnickel überbringen zu lassen.«

»Das könnte ich persönlich nehmen.«

»Genau, das könnten Sie.«

»Entschuldigen Sie, wenn ich frage, aber wozu zum Teufel brauchen Sie mich? Und kommen Sie mir jetzt nicht wieder mit dieser Scheiße von wegen Ruhm und Ehre.«

»Ich vertraue immer einer mißtrauischen Natur.«

Er legte das Telefon auf und stieg wieder ins Bett. Jede Menge Zeit für ein Nickerchen.

Sein ganzes Leben lang hatte er schon Einschlafprobleme. Stundenlang drehte und wälzte er sich im Bett, selbst an solchen Tagen, wenn er sich mit dem schwarzen Kaffee im Revier zurückgehalten hatte, selbst als er seine Frau neben sich gehabt hatte, dann ganz besonders. Aber seit Sonntag nacht und Arty Finns explosivem Abschied von dieser Welt brauchte Davy Mogaill bloß die Augen zu schließen, und schon kam der Schlaf. Wie auch jetzt. Noch während er dachte: Das ist also jetzt die Freiheit, meine einzige Freiheit . . .

Davy Mogaill träumte von einem Mädchen mit Haaren in der Farbe von Oktoberblättern in den Galty Mountains. Er träumte von dem Tag, an dem er im County Kildare geheiratet hatte. Er war förmlich gekleidet in dem umgearbeiteten guten Anzug seines Vaters, stand auf seinen jungen, zitternden Beinen aufrecht neben dem Priester, wartete darauf, daß die Frau, die er liebte, zu ihm vor den Altar trat, der im Haus ihrer Familie errichtet worden war; Brenda in ihrem Brautkleid aus Spitze mit dem Blumensträußchen wurde nicht von ihrem Vater den Gang heruntergeführt, einem im Dorf berühmten Märtyrer der republikanischen Sache, sondern von ihrem mißmutigen Bruder.

Und später, nach dem Segen und den Hochzeitstänzen und dem Trinken wurde er von seinem neuen Schwager und dem Priester und ein paar der wildesten Jungs des Dorfes umringt, und sie sprachen ihm mit Schlägen auf seinen Rücken ihre alkoholgeschwängerten Glückwünsche aus. Während seine Braut stolz die Männer in ihrem Leben anstrahlte.

Dann Brendas Mutter an seinem Ohr, den Familienfluch flüsternd, als sei es ein Wiegenlied: »Du mußt wissen, heute hast du uns alle geheiratet, Davy – bis daß der Tod uns scheidet.« Und die grünen Augen seiner hübschen Braut tanzten, und alle Männer nickten, und ihre Lippen waren erstarrt in frostigem Lächeln ...

Er wachte mit dem alten, schmerzenden Gedanken auf: Wie viele Schulden habe ich schon aus Liebe zu Brenda bezahlt, die ich nie wirklich schuldete?

Mogaill setzte sich auf und schwang die Beine über die Bettkante. Er schaute aus dem Fenster und sah das letzte, nebligtrübe Licht des Tages einem Abend mit feuchtem, rötlichem Dunst weichen, der nahenden Regen verhieß. Lichter färbten die benachbarten Fenster gelb. Der Verkehrslärm ließ nach. Eine Straße voller amerikanischer Familien würde schon bald zu Abend essen, auf den Fernseher starren und sich gegenseitig ignorieren.

Mogaills Magen knurrte. Plötzlich hatte er Hunger.

In dem Haus, in dem er untergeschlüpft war, wurde das Abendessen zeitig serviert, und er hatte es versäumt – nicht daß es ihm etwas ausmachte. Gesellschaft konnte schnell zur Last werden für einen Mann, der solange allein gelebt hatte wie Mogaill. Entsprechend ihren langweiligen Gewohnheiten würden jetzt unten die anderen langsam in den Abend hineingleiten. Die übliche Partie Poker mit niedrigen Einsätzen würde beginnen, die üblichen Schwätzer würden sich erneut über Politik auslassen, die üblichen an Verdauungsstörungen Leidenden würden eindösen und auf alten, zerfledderten Sesseln munter furzen. Das alles würde er ebenfalls versäumen, was wegen seines hohen Blutdrucks besser so war.

Er stand auf, reckte sich und fühlte sich ungeheuer erschöpft trotz der fast dreißig Minuten tiefen Schlafs, seines zweiten Nikkerchens an diesem Tag. Er nahm das Schulterhalfter vom Stuhl neben dem Bett und legte es an, klopfte auf das glatte braune Leder, in dem seine .38er Police Special steckte. Dann streifte er sein Jackett über.

Bevor er den Raum verließ, nahm er sich noch die Zeit, zwei Scotch zu kippen. Außerdem sah er noch einmal in seiner Tasche nach. Es war noch da.

Jetzt war er die Treppe hinunter, an den Debattierern und den Pokerspielern und den Furzern vorbei. Dann durch die Tür und die Stufen vor dem Hauseingang hinunter.

Auf halbem Weg zur Straßenecke, wo er sich schließlich ein Taxi rufen würde, drehte er sich um. Jemand rief seinen Namen.

»Captain Mogaill! Auf ein Wort – bitte!«

Mogaill wartete nicht sehr geduldig, bis der die Straße herauflaufende Mann mit den fliegenden schwarzen Rockschößen bei ihm war. Er wartete einige weitere Sekunden, bis der Mann zu Atem gekommen war, um zu sprechen.

»Also, was gibt's denn?« fragte Mogaill ungeduldig und warf einen Blick auf die Uhr. »Ich muß noch wohin, hab eine Verabredung.«

»Heute abend ist Hausversammlung«, sagte der Mann in Schwarz, hielt seine Seite und schnaufte. »Ich wollte gerade zu Ihnen raufkommen, um mit Ihnen über ... die Tagesordnung zu sprechen, wissen Sie. Aber Sie waren nicht mehr in Ihrem Zimmer.«

Mogaill stöhnte.

»Also, ich habe den anderen erzählt ... ich habe gesagt, ich würde Sie fragen.«

»Wie lange ich noch bleibe?«

»Genau das, ja.«

»Seid ihr mich schon satt?«

»Oh, also ... es geht nicht um mich, müssen Sie wissen. Aber es gibt einige, die haben Angst. Das ist es. Die anderen haben Gerüchte gehört, daß –«

Mogaill unterbrach ihn mit einer scharfen Handbewegung. »Klatschbasen! Ihr müßtet eigentlich alle Trockenhauben auf dem Kopf haben.«

Der Mann in Schwarz rang seine Hände und verdrehte die Augen zum Himmel. »Um Himmels willen, sagen Sie mir, was ich denen sagen kann. Wir müssen irgend etwas entscheiden.«

Davy Mogaill, der flüchtige Chef der Mordkommission in einer mörderischen Stadt, sagte: »Betet für mich. Ich rechne damit, euch alle schon sehr bald euren kleinen Sorgen zu überlassen in diesem verkommenen Sumpf namens Leben.«

Ellis rutschte in die Sitznische und wischte Regentropfen von seinem braunen Cop-Anzug. Genau in dem Augenblick, als er aus dem Wagen gestiegen war, hatte es in Strömen zu regnen begonnen. »Also, hier bin ich, und draußen hat Noahs Sintflut angefangen. Sind Sie jetzt zufrieden?«

Mogaill schaute von seiner Mahlzeit auf und lächelte den Lieutenant an. Er schob den fast leeren Teller zur Seite. »Ich kann den Auflauf aus Hackfleisch und Kartoffelbrei sehr empfehlen.«

»Von dem Irenfraß kriege ich Blähungen.«

»Seit wann machen Sie sich Sorgen um Ihre Figur, Ray? Seit ich Sie kenne, sehen Sie immer gleich aus – wie ein Sack Kohlen.«

»Ist es nicht wun-der-bar?« Ellis nahm eine Papierserviette und tupfte Tropfen von seiner Glatze. »Sie lassen mich den ganzen Weg in dieses namenlose Dreckloch kommen – und wozu? Damit Sie und ich uns gegenseitig ans Bein pissen können, wie damals, als wir noch mit pickligen Gesichtern auf der High School rumliefen?«

Das Mädchen, das Brendas Geist war, trat mit ihrem Bestellblock zu der Sitznische. »Bringen Sie mir einfach ein Heineken, Puppe«, sagte Ellis. Als sie wieder ging, sagte er zu Mogaill: »Jetzt weiß ich, warum Sie hier rumhängen. Heiliger Klabautermann, ist die Kleine die Doppelgängerin von Ihrer verstorbenen Frau oder was?«

Mogaill sah dem Mädchen nach und stieß einen langen, tiefen Seufzer mit einem »Brenda« in der Mitte aus. Dann drehte er sich wieder zu Ellis und fragte: »Sie sind doch allein gekommen, Ray, wie ich gesagt habe, oder?«

»Nee, Davy. Jeder ist neugierig auf den New Yorker Police Captain, der weggelaufen ist, deshalb hab ich gleich diesen widerwärtigen Blödmann Geraldo Rivera und ein Kamerateam mitgebracht. Die warten draußen auf Sie.«

»Ein forschender Geist will's immer genau wissen, stimmt's?«

»Ja, und dieser spezielle hier fragt sich: Vielleicht ist's ja der wie vom Erdboden verschluckte Captain Mogaill mit den klebrigen Fußabdrücken irgendwo in mehreren meiner Fälle? Will er mir dabei vielleicht weiterhelfen?«

»Sehen Sie? Ich wußte doch, daß Sie mißtrauisch sind.«

»Sie haben kein Paddel, Davy, und der Bach, auf dem Sie sich befinden, ist voller Scheiße. Also – gehen Sie mir nicht zu sehr auf die Eier, ja?«

»Mißtrauisch und allzeit wortgewandt. Aber auch beunruhigend ungeduldig.«

»Kommen Sie, hören Sie endlich auf, Sie Trottel. Andernfalls könnte ich vergessen, daß wir über die Jahre so gute Freunde gewesen sind.«

Die Kellnerin brachte Ellis' Bier und schenkte es in ein Glas ein. Mogaill legte einen Zehner auf den Tisch und sagte, sie solle den Rest behalten. Das Mädchen biß sich auf die Lippe. »Mensch, Mister, ich weiß nicht.«

»Nehmen Sie's schon, Sie leben nur einmal«, sagte Mogaill zu ihr.

»So was Morbides sagt man doch zu keinem unschuldigen, süßen Kind«, meinte Ellis.

Das süße Kind bekam einen roten Kopf und ließ sie schnell wieder allein. Allerdings war sie auch wieder nicht so entsetzt zu vergessen, sich noch den Zehner zu schnappen.

»Ihr vorlautes Mundwerk«, sagte Mogaill. »Sie könnten dem Mädchen so viel Angst machen, daß sie noch die Bullen ruft.«

»Wenn Sie nicht innerhalb von zwei Sekunden auspacken, ruf ich selbst an.«

Mogaill überhörte die Drohung. »Erinnern Sie sich noch, was Sie im Radio gesagt haben, als Father Kelly sich erschossen hat?«

»Was zum –?«

»Sie haben gesagt, und ich zitiere: ›Hier geht's todsicher nicht darum, wer's getan hat, das ist so offensichtlich wie Furunkel auf dem Nacken eines Fettsacks . . . Der Padre hat beschlossen, einen großartigen Abgang zu inszenieren . . . Und uns die Frage zu lassen, warum zum Teufel?‹ Das ist eine Art sondierender Argwohn, der mir gefällt, Ray. So was begegnet man bei der Polizeiarbeit viel zu selten.«

»Ich hätte noch ein paar erstklassige Fragen, wie Sie da ins Bild passen.«

»Zum Beispiel?«

»Vor allen Dingen mal: Was hatte überhaupt eine Bombe in Ihrem hübschen Haus in Queens zu suchen? Und wie kommt's, daß dieser IRA-Typ Arty Finn ins Gras beißt, als er vorbeikommt? Und wieso haben Sie sich hinterher verdünnisiert? Sie sind eine sehr gesuchte Person. Unter Verdacht, verstehen Sie?«

»*Aye*, das hab ich den Zeitungen entnommen.«

»Außerdem könnte ich Sie fragen, was mit diesem Dubliner Cop namens Dennis Farrelly los ist, den wir nackt und tot drüben in Hell's Kitchen gefunden haben? Und haben Sie von dem hübschen, spektakulären Mord gehört, in den Ihr Kumpel Hockaday verwickelt wurde, kaum daß er eine Stunde in der alten Heimat ist?«

»Wie kommen Sie drauf, daß ich von Farrelly weiß?«

»Ein kleines Vögelchen hat mir mal gezwitschert, daß ihr *Harfen* zusammenhaltet.«

»*Nae*, nicht immer, fürchte ich.«

»Okay, das reicht. Ich hab die Schnauze voll.«

Ellis rutschte auf seinem Platz und ließ die Wirbelsäule knakken. Dann leerte er sein Glas Bier in vier lauten Schlucken. Gleichzeitig ließ Mogaill die linke Hand in eine Seitentasche seiner Anzugjacke gleiten, und mit der rechten griff er unter die Jacke nach dem Holster.

»War wirklich super, Sie mal wiederzusehen, Davy, und vielen Dank für das Bier«, sagte Ellis und wischte mit dem Handrücken Schaum von seinen Bulldoggenlippen. »Aber da ich hier zero kriege, lassen Sie mir gar keine andere Wahl, als streng nach Vorschrift weiterzumachen. Was bedeutet, ich verhafte Sie unter Mordverdacht, Captain. Kommen Sie jetzt schön brav mit?«

»Ich glaube nicht.« Mogaill zog die .38er und rammte sich die Mündung ins rechte Ohr. Er stützte den Arm ab, indem er seinen Ellbogen auf den Tisch legte. Mit schmerzerfülltem Lächeln sagte er: »Wenn ich denn wirklich gehen muß, dann leg ich mich lieber selbst um.«

»Das gibt's doch nicht!« stieß Ellis rauh aus und hoffte, daß sich niemand zu ihnen umdrehte. »Reden wir doch noch ein bißchen, Davy. Kommen Sie, ich hab die ganze Nacht Zeit . . .«

Mogaill spannte den Hahn und schwieg.

»Kommen Sie, Davy, wollen Sie die Kanone nicht lieber weglegen? Was soll das?«

Mogaill zog eine Tonbandkassette aus der Tasche und ließ sie auf den Tisch fallen.

»Was ist das?« fragte Ellis.

»Darum geht's. Und wie Sie vielleicht sagen würden, es ist mehr als zero.«

Ellis nahm die Kassette vom Tisch. Mogaill behielt den gespannten Revolver an seinen Kopf gedrückt.

»Das ist es also, was ich Neglio bringen soll. Ist es doch, Davy, oder?«

»Sagen Sie ihm, es stammt aus dem Anrufbeantworter des Priesters. Sagen Sie ihm, er soll eine Abschrift anfertigen lassen und es Hockaday schicken, Wort für Wort und sehr schnell.«

»In Ordnung, Sie haben gewonnen. Und jetzt nehmen Sie die Kanone runter, Davy. Jesus, Sie machen mich nervös.«

Mogaill rührte sich nicht.

»Denken Sie doch an diese nette Kellnerin, die Ihrer Frau wie aus dem Gesicht geschnitten ist, Davy. Sie wollen doch später wieder hier vorbeikommen können und sie der alten Zeiten wegen anschauen, oder? Wenn Sie mich weiter so nervös machen, fängt meine Hose noch an, komisch zu riechen, und dann wird Miss Süßes Ding Sie vielleicht rausschmeißen.«

»Sie erinnern sich doch noch an meine Brenda, stimmt's?«

»Klar, als wär's gestern gewesen.«

»Wunderschön, das war sie doch, oder?«

»Hinreißend. Mein Gott, es hat uns allen schrecklich leid getan, als sie bei diesem Brand drüben in Irland ums Leben gekommen ist.«

»Ich muß oft an sie denken.«

»Natürlich. Hören Sie, Captain, wie wär's, wenn Sie jetzt die –?«

»Sehen Sie denn nicht, daß ich gottverdammt fertig bin, Lieutenant? Seien Sie so gut, und nerven Sie mich nicht weiter wegen der Kanone.«

»Okay, okay.«

»Eigentlich habe ich an sie gedacht, als ich Hockaday das letzte Mal gesehen habe.«

»An Brenda?«

»Irgendwie sind wir auf das Thema Frauen gekommen. Ich erinnere mich noch genau, was ich zu Hock gesagt habe: ›Die Anziehungskraft, die Frauen auf uns Männer ausüben, ist die gleiche Anziehungskraft, die Cape Hatteras auf Seeleute ausübt. Frauen sind ungeheuer gefährlich, folglich sind sie ungeheuer faszinierend.‹ «

»Nett, fast ein richtiges Gedicht. Aber das heißt mit Sicherheit nicht, daß Frauen nur verlockend und süß sind.«

»Sie sind wirklich sehr scharfsinnig, Lieutenant.«

26

Die Zeit war gerade richtig, bei Oliver Gunston vorbeizuschauen.

Auf der Straße stellte ich einer Menge Leuten eine Menge Fragen, und allmählich arbeitete ich mich vom Trinity College über die Pearse Street zur Nassau Street vor und dann durch einige gewundene Gassen rüber zur Grafton Street, eine der Haupteinkaufsstraßen Dublins, und erreichte schließlich am Ende eines kleinen Seitensträßchens die Büros des ›Irish Guardian‹. Ich stand vor einem schnittigen, modernen Gebäude mit viel Glas und Chrom, das wie eine gestutzte Ausgabe eines dieser Firmensilos an der Sixth Avenue zu Hause in New York aussah. Kein New Yorker auf Reisen bekommt Heimweh, wenn er ein solches Gebäude erblickt.

Im Foyer fand ich einen alten Knaben mit Pistolengürtel, der hinter einem Schreibtisch mit dem Schild INFORMATION ein Nickerchen hielt. Er trug eine mottenzerfressene graue Uniform, eine dazu passende Mütze mit Lederschirm und einem vage offiziell wirkenden Abzeichen darauf sowie Schuhe mit dicken Gummisohlen, wie sie Postboten tragen. Die Mütze war eine Nummer zu groß. Statt ihm auf die Brust zu tippen und zu wecken, sagte ich: »Ich möchte zu Oliver Gunston.«

Er grunzte. Verschwollene, mit geplatzten kleinen Äderchen überzogene Augenlider flatterten auf wie die einer Kröte, trokkene Lippen schmatzten, das Gebiß klapperte. Skeptisch beäugte er meine Yankees-Kappe und sagte mit belegter Stimme: »Noch ma?«

»Gunston. Wo finde ich den?«

»Sie gehen zu überhaupt keinem, bevor Sie mir nich das Ding gegeben haben«, sagte er und richtete sich hinter seinem Schreibtisch, so respektgebietend es ging, auf. Falls er meine

Kappe meinte, so beschloß ich, daß sie blieb, wo sie war. »Hören Sie, solang wir hier unten sind, habe ich hier das Sagen«, sagte er.

Mein Schweigen gefiel ihm nicht besonders. Er interpretierte es zutreffend so, daß ich nicht beeindruckt war. »Sie sind einer von diesen Amerikanern, ich verstehe«, knurrte er.

»Ja, einer von denen.«

Wer weiß, warum überhaupt jemand Mietcops engagiert, die dann in Foyers herumlungern und die Öffentlichkeit belästigen? Wenn sie den Laden schon nicht selbst bestehlen, dann gewähren sie auf jeden Fall ausnahmslos den falschen Leuten Zutritt. Fragen Sie New Yorker Hotelmanager, die immer wieder überrascht sind, wenn sich am Ende Lackaffen in dreiteiligen Anzügen und mit Acetylenschneidbrennern in ihren Gucci-Diplomatenkoffern aus dem hauseigenen Safe bedienen. Fragen Sie die bösen Jungs, und die werden Ihnen sagen, daß die Welt gewitzter und erheblich sicherer war, als noch aufmerksame Sekretärinnen und wachsame Fahrstuhlführer den Deckel draufhielten.

Ich zückte meine NYPD-Dienstmarke und zeigte sie ihm. »Seien Sie ein braver Junge, und rufen Sie Oliver Gunston an. Okay, Fosdick? Der Name ist Hockaday, genau wie's hier auf meiner echten Dienstmarke steht.«

»Ich heiß nich Fosdick.«

»Aber furchtlos sind Sie doch, oder?«

»Ich mach meine Arbeit.«

»Das ist gut.« Ich wedelte wieder mit meinem Blech. »Jetzt rufen Sie ihn schon an.«

Fosdick war natürlich tief beeindruckt von einer Dienstmarke, mit der ich in Dublin genaugenommen überhaupt nichts anfangen konnte. Er rief die Nachrichtenredaktion an, und wenige Minuten später befand ich mich im Irish Guardian Building drei Etagen höher. Ein amüsierter junger Mann mit aufgekrempelten Hemdsärmeln, einer altmodischen Hornbrille und einer grünen Augenblende direkt aus dem Film *Extrablatt* erwartete mich, als ich aus dem Fahrstuhl stieg.

»Na so was – Sie sind bestimmt der Amerikaner, über den sich unser Troll unten im Foyer nicht mehr eingekriegt hat«, sagte er und bot mir die Hand an. Ich vermutete, er meinte den alten Fosdick. »Ich bin Gunston.«

Ich schüttelte seine Hand. »Hockaday. Nette Augenblende.«

»Danke. Nette Yankees-Kappe.«

Ich mochte den Mann auf Anhieb, und ich liege fast immer richtig, wenn ich so ein schnelles Urteil fälle. Er war praktisch eine Generation jünger als ich, und natürlich wohnte er in Dublin, aber irgendwie hatte ich das Gefühl, daß Oliver Gunston und ich vom gleichen Schlag waren, daß wir die gleichen Erfahrungen oder Einstellungen teilten. Oder vielleicht lag es einfach auch nur daran, daß ich früher mal selbst Journalist hatte werden wollen . . . oder irgendwas.

»Ihr Landsmann Slattery – er hat mir so viele reizende Dinge über Sie erzählt.«

»Ich hab's gelesen«, sagte ich.

»*Aye*. Kommen Sie mit.«

Gunston ging voraus durch ein Labyrinth mit Teppichboden ausgelegter Korridore und schulterhoher Verschläge, in denen Männer und Frauen, die eher wie Broker denn wie Zeitungsreporter aussahen, vor leuchtenden Bildschirmen hockten. Niemand rauchte. Niemand trank. Niemand brüllte nach einem Laufburschen. Genaugenommen bestanden die einzigen Geräusche in dem ganzen Laden aus der Berieselungsmusik von Herb Alpert and the Tijuana Brass und aus dem leisen Klappern von Computertastaturen. Genau wie moderne öffentliche Gebäude und ihre Foyers haben auch Nachrichtenredaktionen eine ernsthafte Wende zum Schlechteren genommen.

Aber der Verschlag von Oliver Gunston war eine bessere, eine gemütliche Welt. Er enthielt den standardmäßigen Computer, doch der Apparat war auf einem separaten Tisch in eine Ecke geschoben worden und teilweise von einer Decke mit Troddeln verhüllt. Seine eigentliche Arbeit erledigte Gunston auf einer ganz normalen mechanischen Royal-Schreibmaschine. Zum Beweis war da der mit zusammengeknüllten Blättern überquellende Papierkorb. Sein Arbeitsplatz war ein arg ramponierter

Rollschreibtisch mit einem Aschenbecher voller Zigarrenstumpen und einer untersten Schublade mit einer Flasche Irish Mist und mehreren Schnapsgläsern.

Er setzte sich auf einen Mahagonistuhl an seinen Schreibtisch und schenkte zwei gastfreundliche Drinks ein. Ich nahm auf einem zu weich gepolsterten Sessel mit Spitzendeckchen auf der Rückenlehne Platz, auf dem die Zeit ihre Spuren hinterlassen hatte.

»Der Sessel hat mal meinem Vater gehört, und ich habe ihn aus den Klauen des Lumpensammlers gerettet«, erklärte Gunston und reichte mir meinen Whiskey. »Meine Frau duldet ihn nicht im Haus, also steht er jetzt hier.«

»Guter Sessel«, sagte ich. Urplötzlich hatte ich Heimweh nach dem Sessel in meinem Wohnzimmer in Hell's Kitchen, einem mit grünem Seidenbrokat bezogenen Ding mit Fransen, das ich von der Heilsarmee hatte. Der Verkäufer behauptete, er hätte mal in einem Bordell downtown gestanden.

»In diesem Sessel hat mein Vater früher jeden Abend seine Bücher und Zeitungen gelesen, wenn er von der Arbeit nach Hause kam«, erklärte Gunston. »Er hatte einen dieser Jobs, bei denen es keinen größeren Luxus gab, als sich am Ende eines langen Tages endlich setzen zu können.«

»Ich weiß, was er meint.«

»*Meinte*«, sagte Gunston. »Er ist gestorben, als ich noch ein Kind war.«

»Wir haben etwas gemeinsam.«

»Ach?«

»Wir haben beide unsere leeren Stellen.«

»Dann ist Ihr Vater also auch tot.« So wie er es sagte, war dies keine Frage. Es war mehr eine bestätigende Feststellung. Genau wie ich wußte Gunston von der leeren Stelle. Wir hätten Brüder sein können.

»Mein Vater war Soldat«, sagte ich wie üblich. »Er ist in die Staaten gegangen, dann in den Krieg gezogen und nicht mehr zurückgekommen. Ich habe ihn nie gekannt.« Das genügte Gunston nicht. Ihm schuldete ich eine umfassendere Antwort.

Aber welche? Ich trank den Whiskey zur Hälfte aus und fügte hinzu: »Bevor ich geboren wurde, haben er und meine Mutter in Dublin gelebt. Meine Mutter ist inzwischen auch schon tot.«

»Und deshalb sind Sie jetzt hier, um etwas über sie zu erfahren?«

»Todsicher bin ich nicht den ganzen Weg gekommen, um mitanzusehen, wie Francie Boylan auf der O'Connell Street umgelegt wurde. Für so was hätte ich auch zu Hause in New York bleiben können.«

»Hab ich schon gehört.« Gunston lachte und leerte sein Glas. Ich tat es ihm gleich. Er schenkte nach und verstaute die Flasche dann wieder in der Schublade. »Und was haben Sie herausgefunden, was Sie vorher nicht wußten?« fragte er.

»Werde ich hier interviewt?«

»So was entscheide ich immer erst später.«

»Dann sind Sie also ein Journalist mit Verstand?«

»Das ist nicht weiter ungewöhnlich«, sagte Gunston und lachte wieder. »Befremdlich vielleicht, aber nicht ungewöhnlich. Die Wahrheit ist, ich bin erheblich interessierter an Stories als an Zeitungen. Können Sie das verstehen?«

»Vielleicht wenn ich nicht Detective, sondern Zeitungsreporter wäre.«

»*Aye*, dann werden Sie wahrscheinlich den Sinn verstehen. Vielleicht wie G. K. Chesterton ihn verstanden hat.«

»Der englische Romancier, der über Father Brown geschrieben hat, den Priester und Detektiv?«

»Genau der. Und wußten Sie auch, daß er früher Journalist war?«

»Nein.«

»Er hat die Branche ziemlich verachtet. Als er die Nase davon voll hatte, brach er alle Brücken hinter sich ab, indem er schrieb: ›Journalismus besteht weitgehend darin, Menschen zu sagen, *Lord Jones ist gestorben*, Menschen, die Lord Jones zu seinen Lebzeiten nicht kannten.‹ Verstehen Sie jetzt, was ich meine?«

»Ja, ich denke schon. Ich glaube, wenn Sie mir helfen wollen, Gunston, dann werden Sie feststellen, daß ich nur ein sehr kleiner Teil einer Story bin, die sich wahrscheinlich als viel zu groß für Ihre Zeitung herausstellen wird.«

»Nun denn, ich glaube, ich habe schon ziemlich lange darauf gewartet, daß Sie vorbeikommen, Detective Hockaday.« Gunston trank sein zweites Glas aus und rieb sich die Hände. »Und? Womit kann ich Ihnen helfen?«

»Sie haben gefragt, was ich über meine Eltern herausgefunden habe. Damit könnten wir anfangen. Der Name meines Vaters war Aidan Hockaday, und er war so durchschnittlich wie Leitungswasser. Er kommt aus dem County Carlow. Meine Mutter stammte aus einer vornehmen Dubliner Familie – Mairead Fitzgerald von den –«

Gunston unterbrach mich. »Von den Bloor-Street-Fitzgeralds?«

»Genau die.«

»Was hat Ihr Vater gemacht, als er hier in Dublin war?«

»Er hat studiert. Neunzehnfünfunddreißig hat er auf dem Trinity College sein Examen mit summa cum laude bestanden. Und er war Mitglied eines Vereins namens Dublin Men's Society of Letters.«

»Gut, damit läßt sich schon mal was anfangen«, sagte Gunston. Er rollte seinen Stuhl vom Schreibtisch zum Computer. »Ich werde die Katakomben anzapfen«, sagte er, als er sich zu mir umdrehte, nachdem er das Gerät eingeschaltet hatte. »Womit ich das Archiv hier im ›Guardian‹ meine.«

Ich sagte ihm, ich kenne selbst die eine oder andere Katakombe.

Gunston gab den Namen meines Vaters ein, und sofort erschien AIDAN HOCKADAY in orangefarbenen Buchstaben auf dem grauen Computermonitor. Dann wurde auf dem Bildschirm eine Auswahl von Befehlen angeboten. Gunston wählte NAMENSSUCHE. Sekunden später informierte uns der Computer, daß exakt zwei ›Guardian‹-Artikel gespeichert seien, die den Namen meines Vaters enthielten.

»So einfach ist das ...?«

Oliver Gunston, ein Mann mit einer leeren Stelle, verstand die

Frage richtig. »Ist es«, sagte er, »wenn man erst mal entschieden hat, daß sein alter Herr eine Nachricht wert war. Wie sieht's aus?«

»Lassen Sie sehen.«

»Bereit oder nicht, jetzt kommt's«, sagte Gunston und griff auf FUNDSTELLE NR. 1 zu. Als die Verlobungsankündigung meiner Eltern auf dem Bildschirm erschien, zweieinhalb oder drei Zentimeter in sehr kleiner Schrift gesetzter Text, sagte Gunston: »Hier haben wir die Veröffentlichung des Aufgebots. Nicht besonders aufschlußreich. Wollen Sie es trotzdem lesen?«

»Machen Sie mit Nummer zwei weiter«, sagte ich.

Als FUNDSTELLE NR. 2 eingegeben war, sagte Gunston: »Na, was haben wir denn hier Faszinierendes?« Ich erhob mich von meinem Stuhl und las über Gunstons Schulter mit:

Ehemaliger Chef der Dublin Garda
erhängt aufgefunden
– Ermittlungsbeamte verdächtigen ›Peep o'Day Boys‹ –

von Patsy Converse
[14. Oktober 1937]

Lord Gavan Fitzgerald, der prominente Barrister und während der letzten drei Jahre britischer Herrschaft über die Republik Chef der Dublin Garda, ist offenbar einem dreisten politischen Attentat zum Opfer gefallen. Am frühen gestrigen Morgen wurde sein ausgeweideter Leichnam gefunden; er war an den Füßen an einem Strauch in der Andienungsstraße hinter seinem Haus an der vornehmen Bloor Street aufgehängt worden.

»Das war ein echter *coup de grâce*«, sagte Detective Kerry Devlin vom Lucan Revier. »Die wollten ihn erniedrigen. Die Mörder haben ihm im Bett das Herz herausgeschnitten, die Leiche dann aus dem Haus geschleppt und aufgehängt. Anschließend haben sie einen Union Jack über den Leichnam drapiert und ihm ein bösartiges Schild umgehängt, das unserer Auffassung nach mit Lord Fitzgeralds eigenem Blut beschriftet wurde.«

Auf dem Schild stand: »Wir wollen in Frieden das Land bestellen, doch unsere Furchen müssen wir ziehen mit dem Schwert.«

Weiterhin sagte Detective Devlin: »Ich wette, das ist das Werk der Peep o'Day Boys. Alles trägt ihre extrem brutale Handschrift. Bei Tagesanbruch erhielten wir einen anonymen Anruf, mit dem wir über einen Toten in einer Seitenstraße der Bloor Street informiert wurden. So haben wir ihn gefunden.«

Barrister Fitzgerald, ein treuer Anhänger des Parliament in Westminster während der . . .

»*Lord* Fitzgerald? Das ist mein Großvater. Mein Gott, er ist gelyncht worden . . .!«

»Und der verfluchte Union Jack war sein Leichentuch«, fügte Gunston hinzu und rieb sich wieder die Hände. »Wirklich faszinierendes Material.«

Ich trat vom Computermonitor zurück. Genaugenommen stolperte ich fast zurück. Ich mußte aufhören zu lesen, um Luft zu holen, denn das Atmen fiel mir plötzlich sehr schwer. Außerdem mußte ich den leichten Geschmack von Erbrochenem aus dem Mund bekommen, was mir gelang, indem ich den Rest meines Whiskeys trank.

»Wußten Sie das nicht?« fragte Gunston.

»Wo ich aufgewachsen bin, da hat man nicht besonders viele Fragen nach der Herkunft der Leute gestellt, mich selbst eingeschlossen.«

»Und doch sind Sie in einem Beruf gelandet, in dem Fragen das A und O sind?«

»Was soll ich sagen? Ironie ist wie die Schwerkraft, sie ist ein Naturgesetz.« Ich kehrte zum Computer zurück und überflog einige weitere Absätze. Zum größten Teil handelte es sich dabei um Hintergrundinformationen über Gavan Fitzgerald und die

Politik seiner Zeit. Das alles konnte ich auch später noch eingehend studieren. »Könnten Sie mir einen Ausdruck machen?« fragte ich Gunston.

»*Aye*, und Sie können auch alles andere bekommen, was Sie brauchen, wenn ich dafür die größere Story exklusiv erhalte. Das hier *ist* doch eine große Sache, oder?«

Ich nickte mein Einverständnis und sagte wieder: »Es steckt viel dahinter ... viel mehr, als ich mir je vorgestellt habe.«

Ich las weiter, suchte nach dem Namen meines Vaters. Da war er, im letzten Absatz:

> Lady Beatrice, die Ehefrau des Lords, wurde von Nachbarn in das Sisters of Mercy Hospital gebracht, wo derzeit ihr Schock behandelt wird. Ihre Tochter Mairead konnte nicht ausfindig gemacht werden. Es war zu erfahren, daß sie gestern morgen vom Hafen in Dún Laoghaire mit einem Schiff nach New York abgereist ist. In Begleitung von Miss Fitzgerald befand sich ihr Verlobter Aidan Hockaday.

»Geben Sie jetzt das andere ein«, sagte ich kläglich. Ich fühlte mich, als wäre ich meilenweit gewandert.

»Gut.« Während er die Worte »Dublin Men's Society of Letters« sprach, tippte Gunston sie gleichzeitig ein.

Es gab nur eine einzige Fundstelle in einer Gesellschaftskolumne vom 22. Mai 1936:

> **Literarischer Club**
> **veranstaltet Fest**
> **zu Ehren von W. B. Yeats**
>
> Die als Dublin Men's Society of Letters bekannte Vereinigung des Trinity College freut sich, für Sonntag in vierzehn Tagen ein abendliches Fest anzukündigen, zu dem alle Freunde und Bewunderer des Dichters und politischen Aktivisten William Butler Yeats herzlich

eingeladen sind. Mr. Yeats wird aus speziell ausgewählten Werken lesen. Die Veranstaltung findet im Pub Ould Plaid Shawl statt.
Eintrittskarten und weitere Informationen sind erhältlich über Professor Peadar Cavanaugh am Fachbereich für irische Literatur des Colleges.

Später, wenn ich vielleicht nicht mehr das Gefühl hatte, mein Kopf sei in einer Glocke gefangen, würde ich alles in mein Notizbuch schreiben. Im Augenblick jedoch brauchte ich einen Spaziergang. Und daher gab ich Gunston eine Liste von Dingen, die er durch seinen Computer jagen konnte, und kehrte auf die Grafton Street zurück. Fosdick schnarchte leise, als ich im Foyer an ihm vorbeikam.

Ich war froh über die Menschenmenge und den Lärm auf der Einkaufsstraße. Und dankbar für die Aufgabe, eine Bank zu suchen, in der ich meine amerikanischen Dollar in irische Pfund tauschen konnte. Ich sehnte mich nach prosaischen Ablenkungen, wie sich ein durstiger Mann in einer Wüste nach einem kalten Bier sehnt. Ich brauchte eine Verschnaufpause von den nicht enden wollenden Enthüllungen und dem Wissen, daß noch mehr auf mich wartete, bevor ich nach Hause zurückkehren konnte.

Zwei Tage nach Beginn dieser sentimentalen Reise in meine irische Vergangenheit – und was hatte ich erfahren? Daß die Politik des einen der Tod des anderen ist; was Father Tim für einen Glücksbringer hielt, erwies sich als ein faschistisches Souvenir; mein Onkel Liam ist stinkreich, an einen Rollstuhl gefesselt und spricht in Rätseln; mütterlicherseits hatte ich es in meiner Familie mit richtiggehenden Aristokraten zu tun, Vermögen und Ahnentafel inklusive; Grandma Finola hatte eine langjährige Affäre mit einem Priester namens Father Cor, hinter die Grandpa Myles auf skandalöse Weise mit Mord und Selbstmord einen Punkt setzte; und der Lord High Chief der Dublin Garda Gavan Fitzgerald lernte seinen Schöpfer auf die gleiche Weise kennen wie Mussolini, beide Faschisten wurden erhängt.

Was kam als nächstes?

Mir graute bei dem Gedanken, dann betrat ich die erste Bank, die mir unter die Augen kam. Ich wechselte Reiseschecks für über dreihundert Dollar und beschloß, daß ich wahrscheinlich noch einmal Chief Eamonn Keegan aufsuchen sollte, diesmal allerdings allein und ohne fremde Hilfe. Keegan kam mir wie ein Patrizier vor. Vielleicht würde er mit mir etwas bereitwilliger über den Mord an Francie Boylan plaudern, wenn ich ihm sagte, daß ich vom alten Fitz abstammte.

Was würde Inspector Neglio zu diesem Stammbaum sagen? Und Davy Mogaill, wo auch immer er steckte?

Ich verließ die Einkaufsstraße und kehrte zur O'Connell Street zurück, ging dann weiter zur Hauptpost und zum Präsidium der Garda. Ich achtete nicht weiter auf ein gutes halbes Dutzend schnatternder Schulmädchen, die mir entgegenkamen, und genausowenig auf die sie begleitende rotgesichtige Nonne, die mir freundlich zunickte und mit leichter Whiskeyfahne sagte: *»Top o'day.«*

27

»Bevor wir zurückgehen, sollte ich alles aufschreiben. Warten Sie ...« Ruby wühlte in ihren Taschen und suchte erfolglos nach einem Stift. »Ich hätte schnell nach oben laufen und meine Handtasche mitnehmen sollen. Ich hab nicht mal Geld dabei.«

»In meiner Tasche ist was«, sagte Moira. »Geld, meine ich. Tut mir leid, daß ich nichts zu schreiben habe.«

»Sie haben was gut bei mir.« Ruby streckte eine Hand in die Luft. Eine Kellnerin kam herübergeschwebt, und Ruby borgte sich einen stumpfen Bleistift. Damit und mit einer sauberen Papierserviette bewaffnet, sagte sie: »Okay, Moira, jetzt sagen Sie erst noch mal das Rätsel.«

»Ein Mann ohne Augen sah Pflaumen auf einem Baum. Weder nahm er Pflaumen noch ließ er Pflaumen zurück. Wie ist das möglich?«

Ruby schrieb langsam mit. »Und schreiben Sie's ganz genau so auf, wie ich es sage«, mahnte Moira.

»Okay«, sagte Ruby, als sie fertig war. »Und die Antwort?«

»Es hat alles mit den Pluralformen zu tun, sehen Sie das nicht? Der Mann hatte ein Auge, also hat er keine *Augen*. An dem Baum hingen zwei Pflaumen, und eine davon nahm er, deshalb hat er weder *Pflaumen* genommen noch zurückgelassen.«

»Ich liebe es!«

»Glauben Sie, Ihr *shamus* kommt je dahinter?«

»Möglich ist alles. Ich sage ihm immer gern, er sei smarter, als er aussieht.«

Die Köchin, die jeden Bissen des Frühstücks im Restaurant genossen hatte, legte nun den Kopf zurück und lachte herzhaft. Jetzt erkannte Ruby, zum ersten Mal und trotz der Jahre und des Gewichts und des Netzes, das ihre Haare immer noch plattdrückte, daß Moira Catherine Bernadette Booley früher einmal von den Männern begehrt worden sein mußte. *Damals auf dem Land, als meine Beine noch schlank waren wie Schilfrohr.*

»Ich werde Sie schrecklich vermissen, wenn Sie erst wieder nach Amerika abgereist sind«, sagte Moira. »Hätte ich Sie doch nur schon vor langer Zeit gekannt, Ruby. Ach, mein Leben . . .!« Moiras braune Augen füllten sich mit Tränen ohne jede Scham.

»Sagen Sie es«, ermunterte Ruby sie.

»Dann würde heute eine andere Frau hier vor Ihnen sitzen«, sagte Moira. »Genau das meine ich. Nie habe ich es gewagt, meinen Blick auf einen Ort zu lenken, den ich noch nicht gesehen hatte, einen Ort, wo die ganze Nacht über Lichter brennen. Nie habe ich mir vorgestellt, ich besäße das Recht auf einen lieben Mann, der sich verpflichtet fühlt, jeden Tag ein paar nette Worte zu mir zu sagen. Das haben Sie mir beigebracht, Ruby. Aber zu meiner Zeit sind wir rückständig gewesen, die meisten von uns wenigstens, und wir haben es nicht gewagt, solche Dinge zu träumen. Oh, aber ich wünschte mir, ich wäre so ein prächtiges, rebellisches Mädchen gewesen, wie Sie eins sind.«

»Ich weiß nicht, was ich sagen soll ...«

»Dieser Hockaday, er sagt nette Wort zu Ihnen und weiß, daß Sie sich mit was anderem nicht begnügen? Habe ich recht?«

»Ja.«

»Gott segne Sie, Ruby. Ihr Mann ist wie sein Daddo vor ihm.«

»Neils Vater? Sie haben Aidan Hockaday gekannt?«

»*Aye*, und auch das Mädchen, das ihn sich ausgesucht hat.«

Langsam begann Ruby die versteckte, anklagende Struktur hinter allem zu spüren, was Moira ihr gesagt hatte, daß sie, genau wie Hock, *eine Art hatte, Worte in Mauern zu verwandeln*, wenn Moira von bestimmten Dingen sprach. »Wollen Sie damit sagen«, fragte Ruby, »Sie kannten auch Mairead, Neils Mutter?«

»Eine echte Schönheit ist sie gewesen. Eine Schönheit und ein Rebell und auch der Grund, warum ich mir diese harte Nuß über den einäugigen Mann ausgedacht habe.«

28

»Würden Sie glauben, daß ein Bursche wie ich eine literarische Seite besitzt, genau wie Sie, Captain?«

Mogaill, erfahren darin, gerissene Cop-Fragen zu stellen, spürte die Falle in dieser Frage sofort. Er sagte nichts. Er umklammerte den Knauf der an seinen Kopf gedrückten .38er nur noch fester.

»Wie wär's, wenn ich Ihnen jetzt mal was vortrage?« schlug Ellis vor. »Etwas richtig Poetisches, über das ich neulich gestolpert bin, als ich wegen diesem irischen Cop raus mußte, der unten in Hell's Kitchen in einem Luftschacht gefunden wurde – Tod bei Morgengrauen.«

»Schön, daß Sie an Constable Farrellys vorzeitigem Tod noch etwas Erbauliches finden können«, erwiderte Mogaill.

»Erbaulich – ich weiß nicht. Inspector Neglio war da auch anderer Meinung. Er erkennt sofort, daß hinter Farrellys Gedicht irgendeine üble politische Sache steckt. Richtig stinkende, üble

Politik, Davy. Von der Sorte, wegen der die ganze Welt einmal in den Krieg gezogen ist.«

»Darf ich Sie mal was Persönliches fragen, Ray?«

»Ich rede über das Gedicht hier. Versuchen Sie das Thema zu wechseln?«

»Darauf kommen wir noch. Vorher hätte ich aber gern von Ihnen gewußt, ob Sie sich für einen Patrioten halten.«

Ellis dachte einen Augenblick lang nach. »Wenn mein Land mich braucht, werde ich dem Ruf folgen. Aber ich rate denen, mich besser nicht mit einem R-Gespräch anzurufen.«

»So verschieden sind wir gar nicht, Sie und ich.«

»Richtige Verbündete, das sind wir. Wieso müssen Sie sich dann hier mit der Kanone wie ein Paranoider aufführen?«

»Ich sehe, daß das gegen mich spricht. Ich wette, für Sie ist alles sonnenklar. Der Staatsanwalt könnte aus dieser Sache so leicht eine Anklage zimmern, wie er Salami und Käse auf ein Brot klatscht und das dann Sandwich nennt, und dann bin ich auch schon unterwegs in einen Knast voller gewalttätiger Typen, die ich über die Jahre selbst dorthin gebracht habe. Ich bin nicht besonders scharf darauf, die zu besuchen. Also ziehe ich es vor, mir das Hirn wegzublasen, was aber noch lange nicht bedeutet, daß ich verrückt bin.«

»Das klingt irgendwie vernünftig, Davy. Ich will ehrlich zu Ihnen sein: Wir sind auf eine Verbindung zwischen diesem irischen Gangster Arty Finn und Constable Farrelly gestoßen, weil ich dem Hausmeister Feuer unterm Hintern gemacht und herausgefunden habe, daß Farrellys Bude am ersten jeden Monats von niemand anderem als Finn bezahlt wird. Daher sehen wir natürlich, daß hier irgendwas förmlich zum Himmel stinkt, besonders wenn man noch an dieses schlechte Gedicht denkt, das ich auf dem Medaillon entdeckt habe. Womit dann Sie ins Spiel kommen, Davy ... Nun, sagen wir einfach mal, es war keine besonders clevere Politik, daß Sie sich vom Acker gemacht haben, unmittelbar nachdem Ihr Haus durch eine Bombe in die Luft fliegt, und Finn dabei gleich mit. Ferner sind da noch verschiedene Kleinigkeiten, die mir sagen, daß Farrelly von einem

Rächer umgelegt worden ist, einem guten Rächer von der Sorte, die kein Mensch in dieser Stadt jemals erwischt, und da frage ich mich doch, ob Sie hier vielleicht wieder ins Spiel kommen.«

»Seien Sie noch mal ehrlich zu mir. Wie bewerten Sie diese beiden Morde?«

»Sie meinen, vor dem Cop-Berufungsgericht?«

»Aye.«

»Die Geschworenen haben sich noch nicht entschieden. Wir diskutieren gerade die moralisch rechtschaffenen Faktoren.«

»Wie zum Beispiel?«

»Wie zum Beispiel, ob es ein Dienst an der Allgemeinheit ist, daß Finn und Farrelly umgelegt wurden. Wie zum Beispiel, daß Sie sich schließlich gemeldet haben«, sagte Ellis. Er nahm die Kassette aus Father Kellys Anrufbeantworter vom Tisch, warf sie mit seiner fleischigen Hand immer wieder in die Luft, als würde er eine Münze schnippen. »Dann ist da noch das hier, das Sie mir gegeben haben, damit ich es Neglio bringe. Vielleicht rettet Ihnen das den Arsch?«

»Wenn Sie den politischen Aspekt überprüfen.«

»Und was werden wir dann finden?«

»Die Stimme eines echten Patrioten. Aber nicht unseres Schlages.«

»Welchen Schlages?«

»Des Schlages, der ein Messer an die Kehle der Welt hält.«

Ellis legte das Band wieder hin. »Geben Sie mir jetzt die Kanone, Davy.«

29

Wenn ich jetzt darüber nachdenke, muß ich natürlich wie eine genauso leichte Beute ausgesehen haben wie schwedische Touristen, die in Sandalen und Socken durch New York trampeln. Oder wie die Japaner mit ihren Kameras. Oder wie die Deutschen mit dicken Geldbörsen in den Gesäßtaschen.

Ich mit meinen Turnschuhen und den strahlend weißen Zähnen und der Yankees-Kappe. O Junge, Junge, ich hab's nicht anders gewollt.

»Top o'day«, sagte die alte Nonne.

Ich drehte mich zu ihr, tippte zum Gruß an meine Kappe und antwortete: »Hi.« Kein Mensch außer einem Amerikaner sagt *Hi*.

Die Mädchen trugen alle Uniform. Weiße Blusen, Faltenröcke im Schottenkaro, Kniestrümpfe und grüne Strickjacken. Zu dieser Tageszeit ein völlig normaler Anblick auf jeder Dubliner Straße. Nichts, was jemanden außer einem Päderasten groß erregen würde.

Und doch war irgend etwas nicht richtig. Als sie näher kamen, sich um mich drängten, sah ich eine unerwartete Härte in den Gesichtern dieser Mädchen. Sie waren mir vertraut, Gesichter, wie ich sie in New York täglich sehe und erheblich schneller erkenne; Gesichter, älter als ihr Alter in Jahren, verhärtet von einem Leben mit unredlich verdientem Geld.

Was als nächstes passierte, ereignete sich innerhalb der erbärmlich kurzen Zeit, die eine durchschnittliche Fernsehwerbung benötigt, um den durchschnittlichen Zuschauer mit irgendeiner überflüssigen oder dick machenden Sache einzuseifen. Fünfzehn oder zwanzig Sekunden lang bekam ich nur mit, daß ich an einer Ecke der O'Connell Street von einer Horde Mädchen, es waren acht oder zehn, eingekreist wurde, und sie nuschelten irgend etwas, was mich ablenkte und verwirrte.

Erst dann fiel mir auf, daß sämtliche grünen Strickjacken über ihre Hände gerutscht waren. Die, wie ich erst nach einigen weiteren Sekunden mitbekam, sämtliche Stellen abgrasten, an denen ich Taschen hatte. Aber keinen Augenblick lang spürte ich etwas davon.

Aus dem Augenwinkel heraus sah ich dann drei schreckliche und ernüchternde Dinge blitzschnell passieren. Ein sommersprossiges Mädchen gab irgend etwas der Nonne weiter, die inzwischen hinter mir stand, etwas, was meiner frisch mit irischen Pfund im Wert von dreihundert Dollar gefüllten Brieftasche verdammt ähnlich sah. Ein weiteres Mädchen, das sich ein Stück von den mich umringenden Kindern aufgehalten hatte, streckte die Hand zur Nonne aus und rannte dann eine Seitenstraße hinauf und war schnell verschwunden. Und schließlich sah ich meine Brieftasche auf das Kopfsteinpflaster fallen, als sei sie eine Kartoffelschale.

Inzwischen war mir klar, was hier abgelaufen war, dennoch waren meine Worte die eines dummen Touristen. Ich brüllte: »He – wartet mal!« Und zu meiner großen Überraschung war dies genau das, was die Nonne und all die kleinen Schulmädchen dann auch taten, nur daß die Nonne nicht mehr ganz so heilig und die Mädchen nicht mehr ganz so klein wirkten.

»Wo liegt dein Problem, mein Sohn?« fragte die Nonne honigsüß.

»Du hast hier das Problem, Schwester!« brüllte ich. Inzwischen war mein Gesicht erheblich geröteter, als es das der Nonne je gewesen war. Passanten gingen an mir vorbei, manche völlig desinteressiert, andere süffisant lächelnd. Und ich konnte nichts anderes tun, als die Nonne anzubrüllen. »Du und deine Bande von kleinen Dieben – ihr bleibt besser alle hübsch hier, wenn ihr wißt, was gut für euch ist!«

»Wenn es Sie tröstet, mein Sohn, dann bleibe ich«, sagte sie. Dann wendete sie sich an die Mädchen, die zurückgeblieben waren, nachdem der Läufer mit meinem Geld verschwunden war. »Mädchen, wir werden jetzt einen Moment hier bleiben und diesem armen, betrübten Reisenden so gut wir können helfen. Vergeßt nicht, in unserem Leben müssen wir stets gute Samariter sein.«

Die Mädchen tuschelten zustimmend und zogen ihre Jackenärmel wieder hoch. Ich packte den Arm eines Mannes im Anzug und sagte: »Diese Diebesbande hier hat mir gerade die Brieftasche gestohlen!«

Er riß sich los und schrie: »Sie verdammter amerikanischer Idiot!« Dann hastete er weiter die Straße hinauf und blieb vor etwas stehen, was wie eine Polizeinotrufsäule aussah.

»Na, mein Sohn, ist das dort auf dem Boden nicht Ihre Brieftasche?« sagte die Nonne und legte eine Hand auf meinen verkrampften Arm.

Ich bückte mich, um die Brieftasche aufzuheben. Dabei hörte ich Gelächter. Als ich mich wieder aufrichtete, war ich wieder von den Gesichtern der Diebe umringt, diesmal mit übertrieben besorgten Mienen. Hinter ihnen befand sich eine amüsierte Menge von Dubliner Müßiggängern, die nichts Besseres zu tun hatten, als über das Dilemma eines Touristen zu kichern.

Ich öffnete die Brieftasche. Zum Glück war mein Paß noch da. Zwei gelangweilte Cops kamen zum Schauplatz dieses ermüdenden alten Verbrechens geschlendert. Obwohl es jetzt, das erkannte ich, keinerlei Anhaltspunkte dafür gab, daß etwas nicht in Ordnung war. Da war nur ich mit meinem hochroten Kopf und der Brieftasche in der Hand, und meine guten Samariter.

»Das ist der Irre!« sagte der Mann im Anzug, der den beiden Cops folgte. »Er hat mich angegriffen – hat mich einen Dieb geschimpft!«

»Ach, so schlimm war's ja gar nicht«, sagte die Nonne zu meiner Verteidigung. »Der amerikanische Gentleman hier scheint etwas verloren zu haben. Meinen Sie, Sie könnten ihm vielleicht helfen, Constables?«

Die Cops verdrehten die Augen. Einer nahm den Anzugtypen beiseite und sagte ihm, er solle weitergehen, der amerikanische Irre würde zurückgehalten. Der andere Cop sagte zu der Nonne: »Verpiß dich, Schätzchen.« Die Müßiggänger lachten amüsiert.

Dann wollte der Cop von mir wissen: »In Ordnung, wie heißen Sie, woher kommen Sie und was ist hier los?«

»Neil Hockaday, New York, und diese angebliche *Nonne* leitet eine Schule von Taschendieben.«

»Was den letzten Punkt betrifft, schmerzt es mich zu bestätigen, daß Sie wohl recht haben«, sagte der Cop. »Ich muß es leider sagen, aber Sie sind von den *tinkers* ausgeraubt worden, mein Freund. Das sind unsere irischen Zigeuner. Erstaunlich und geschickt verkleidet, das sind sie. Und ziemlich talentiert dazu. Die stehlen Ihnen die Schuhe beim Tanzen.«

»Schluß jetzt mit Ihren Verleumdungen!« protestierte die Nonne.

»In welchem Hotel sind Sie abgestiegen, Mister?« fragte der Cop.

»Ich wohne bei meinem Onkel«, sagte ich und hoffte, daß ich aus einer guten Adresse Kapital schlagen könnte. »Liam Hockaday aus der Ladbroke Street in Dún Laoghaire.«

»Ich kenne den Ort«, sagte der Cop beeindruckt, wie es sich gehört. Dann mußte er meine Kleidung kritisieren. »So sind Sie aus der Ladbroke Street in die Stadt gekommen? Wie ein gottverdammter Penner?«

Die Nonne trat ganz dicht zu mir, kniff die Augen zusammen und blies mir ihre Whiskeyausdünstungen ins Gesicht. Ohne weiter die Ordensschwester zu spielen, fragte sie: »Sind Sie zufälligerweise derselbe Hockaday, der heute morgen in der Zeitung stand, der irgendwas mit dem Mord auf der O'Connell Street zu tun hat?«

Ein Raunen erhob sich unter den Schaulustigen. Die beiden Cops bekamen rote Hälse. Das hier lief überhaupt nicht so, wie ich es mir vorstellte; sosehr ich mich auch anstrengte, es gelang mir nicht mal, mich selbst unter Kontrolle zu bekommen.

Ich beschloß, die falsche Nonne zu ignorieren, und beklagte mich statt dessen bei dem Cop: »Die haben mir dreihundert Dollar gestohlen!« So wie ich mich in meinen eigenen Ohren anhörte, hätte ich mit Budweiser-Shorts und einem I-love-NY-Sticker zu Hause auf dem Times Square rumlaufen und darüber jammern sollen, von einem Hütchenspieler ausgenommen worden zu sein.

Der Cop nahm einen ledergebundenen Notizblock von seinem Gürtel und einen Stift aus seiner Jacke. »Mord?« sagte er. »Wie heißen Sie noch mal?«

»Neil Hockaday«, sagte ich.

»Reilly!« rief er seinem Partner zu. »Den hier sollten wir besser mitnehmen.«

»Ich bitte euch, Männer« sagte ich, als Reilly eine Hand um

meinen Ellbogen legte, »ich bin selbst Polizeibeamter. Seht hier, ich zeige euch –«

Aus der Menge erhob sich wieder eine Stimme: »Lauft! Der Amerikaner hat eine Kanone!« Niemand rührte sich.

»Ich wollte nur meine Dienstmarke rausholen«, sagte ich und zog sie langsam aus der Gesäßtasche, zeigte sie dann Reilly und dem anderen Cop. Beide inspizierten sie sorgfältig. »Falls euch das noch nicht reicht, zufälligerweise war mein Großvater mal Chief der Dublin Garda.«

»Ich weiß von keinem Hockaday, der mal Chief gewesen ist«, knurrte Reilly.

»Sein Name war Lord Gavan Fitzgerald«, sagte ich.

Die beiden Cops wechselten mißmutige Blicke. Die Menge raunte. Die Nonne rückte mir wieder auf den Pelz. »Lassen Sie den Namen Ihrer Mutter hören«, sagte sie.

»Mairead«, antwortete ich.

Irgendwie glättete sich das Gesicht der alten Nonne in ein Meer feiner Fältchen. Sie wollte gerade noch etwas sagen, wurde dann aber von Reilly, dem Cop, zur Seite gestoßen.

»Gavan Fitzgerald war ein *Brit*«, stieß Reilly auf eine Art aus, als befreie er sich von einem Mundvoll Spülwasser.

Aus der Menge brüllte jemand: »Scheiß auf die *Brits*!«

Der andere Cop legte mir Handschellen an, mein Handgelenk an seins, und sagte: »Sie kommen mit uns, Fitzgerald.«

»Ich heiße *Hockaday*!«

Die Nonne trottete neben mir her, als ich durch die höhnisch johlende Menge abgeführt wurde. »Hör mir jetzt ganz genau zu, Junge«, sagte sie. »Man nennt mich Sister Sullivan, und ich kannte deine Mutter gut. Mein Lager ist die North Road rauf, außerhalb der Stadt. Frag irgendeinen *tinker*, den du triffst, er wird schon wissen, wo. Achte nur drauf, daß du sagst, du bist Mairead Fitzgeralds Junge. Hast du mich verstanden?«

Ich nickte verwirrt.

Die Nonne sagte: »Du wirst uns brauchen. Diese verfluchten Constables, sie –«

Reilly stieß sie fort. »Verpiß dich! Ich hab's dir doch schon mal gesagt!«

Wieder in dem stickigen Raum mit der üblen Sitzgarnitur, dem Tisch voller Tageszeitungen und Aschenbechern und dünnem, kaltem Tee. Und dem Spionspiegel. Wenn ich aufs Scheißhaus wollte, mußte ein Cop mich begleiten. Genausogut hätte man mich in eine Zelle stecken können.

Ohne Angabe von Gründen hatte man meine Fingerabdrücke genommen und mich fotografiert, mit und ohne Kappe. Man erlaubte mir keinen Telefonanruf, obwohl der diensthabende Sergeant für mich die amerikanische Botschaft verständigte. Drei Stunden lang blieb ich allein und wartete. Dann kam schließlich Gesellschaft. Er war fett und schnaufte, hatte einen gigantischen grauen Schnurrbart voller Krümel. Ich machte mir nicht die Mühe aufzustehen.

»Mr. Hockaday, nehme ich an?« fragte er und kam mit einer Aktentasche hereingewatschelt, die aussah, als hätte sie schon '44 an der Invasion in der Normandie teilgenommen. »Ich bin Brady.«

»Sind Sie von der Botschaft?« fragte ich.

»Nun, Ihre Botschaft hat mich hergeschickt. Wenn Sie mögen, bin ich Ihr Rechtsbeistand.«

»Sind Sie Anwalt?«

»Solicitor. Hier in Irland heißen wir Solicitor und Barrister.«

»Wie auch immer. Können Sie mich hier rausholen?«

»Kommt drauf an. Was genau haben Sie angestellt, weswegen Sie hier gelandet sind?«

Ich schlug den teebespritzten ›Irish Guardian‹ an der Stelle mit meinem Foto und der Story über den Mord an Francie Booley auf und zeigte es Brady. Er nahm die Zeitung und studierte den Artikel, schüttelte dabei immer wieder den Kopf.

»Das ist mir gestern passiert«, sagte ich. »Heute bin ich von den *tinkers* ausgeraubt worden. Und jetzt bilden sich eure Cops aus irgendeinem Grund ein, es sei ihre Pflicht, mich hier festzuhalten, nur daß ich absolut keine Ahnung habe, warum.«

»Dann sind Sie also bestohlen worden, nicht wahr?« Brady lachte trocken und setzte sich, knallte seine Aktentasche auf den Tisch und die darauf liegende Zeitung. »Um wieviel?«

»Dreihundert amerikanische Dollar.«

»Das war aber nicht alles, was Sie bei sich hatten, oder?«

»Ich habe noch ein paar Reiseschecks.«

»Gott sei's gedankt.«

»Wieso danken Sie ihm?«

»Geld regiert Gottes grüne Welt, deshalb, Mr. Hockaday. Wir brauchen doch alle Geld, oder nicht? Sie brauchen es, ich brauche es . . . Sie verstehen?«

»Ich verstehe was von Anwälten, die sich wie Geier auf Mandanten stürzen.«

»Wie ihr Amerikaner so schön sagt: Zeit ist Geld. Lassen Sie uns keine Zeit verschwenden.«

»Komisch, aber erst heute morgen habe ich mit jemandem gesprochen, der mir erklärt hat, ihr Iren hättet einen anderen Zeitbegriff. Wie sich herausstellt, war er natürlich ein Lügner.«

»Ich habe nicht die geringste –«

»Davon bin ich überzeugt, also vergessen Sie's. Aber sagen Sie mir, Brady, was meinen Sie damit, die Botschaft hätte Sie geschickt?«

»Die amerikanische Botschaft hat viel zu tun. Alles ist eine Frage der Prioritäten. Sie können doch nicht erwarten, daß die Botschaft immer einen Botschaftsangehörigen losschickt, wenn irgendein vom Pech verfolgter Amerikaner Taschendieben in die Finger fällt.«

»Und genau da kommt so ein Mandantengeier wie Sie ins Spiel.«

»Stets zu Ihren Diensten, Mr. Hockaday.«

»Es heißt *Detective* Hockaday. Ich bin Beamter des New York City Police Department. Wie es völlig richtig hier im ›Guardian‹ steht.«

»Sehr gut . . . Haben Sie zufälligerweise den einen oder anderen dieser verbliebenen Reiseschecks gerade bei sich?«

»Ist das Jurastudium schwer, Brady?«

»Äußerst.«

»Warum gibt's dann so viele Anwälte?«

»Wirklich, Detective Hockaday! Zeit ist Geld.«

»Nachdem wir uns nun kennengelernt haben, denke ich, ist es an der Zeit, den Boss zu sprechen. Seien Sie ein guter Solicitor und tun Sie was für Ihr Geld. Gehen Sie und sagen Sie den Jungs hinter dem Spiegel, daß ich Keegan sprechen will, und nicht wegen irgendwelcher miesen kleinen *tinker*. Ich will mit ihm über Politik reden, sagen Sie denen das. Meinen Sie, Sie schaffen das?«

Eine halbe Stunde später war ich aus dem stickigen Raum, links und rechts flankiert von Brady und einem Constable. Wir gingen einen Korridor zu einer Treppe hinunter, die – wie ich vom vorausgegangenen Tag noch wußte – zu Eamonn Keegans Büro führte. Und auch wenn ich zu einem anderen Zeitpunkt meines Lebens bestimmt schon erschöpfter gewesen sein mußte, konnte ich mich doch nicht mehr erinnern, wann.

Ich wäre noch eine weitere halbe Stunde in diesem Raum geblieben, hätte ich gewußt, daß ich ohne zu träumen schlafen konnte. Wie die Dinge lagen, träumte ich, ohne zu schlafen; auf dem Weg diesen Korridor hinunter sah ich mich als den zum Tode Verurteilten in einem dieser körnigen Gefängnisfilme, in denen alles nur Schweiß und Schatten auf Ziegelsteinen ist . . .

»Tja, jetzt gehen wir durch den Tanzsaal, Louie«, sagt der Gefängniswärter, während ich in Papierschuhen meinen Shuffle-Shuffle abziehe, und hinten ist mein Kopf bis auf die Haut kahlrasiert, damit sie dort die Elektroden anbringen können.

»War wirklich toll, dich und all die anderen lausigen Schließer kennenzulernen«, knurrte ich tapfer, Großmaul bis zum Schluß. »Wir sehn uns in der Hölle.«

»Yeah, wir sehn uns.«

Der Gefängnisdirektor, der neben einem etwas auf Latein murmelnden Priester vor uns marschiert, dreht sich jetzt um und sagt mit einem Krokodilsgrinsen: »Nächste Haltestelle – der Alte Grill.«

Stählerne Becher schrammeln über die Eisenstangen des Todestrakts, und das ist meine Abschiedsmusik.

Und dann stellt sich heraus, daß der Knabe am Schalter niemand anderer ist als Tommy Neglio, der, unmittelbar bevor er den Saft einschaltet, wieder zu mir sagt: »Sie haben eine ausgesprochen lebhafte Phantasie und sind nur einen Hauch entfernt vom Wahnsinn. Genau danach suche ich immer bei einem Detective ...«

Und genau in diesem Augenblick informierte mich Brady: »Zum Glück scheint Chief Keegan eine Nachricht für Sie zu haben. Irgend etwas von Ihrem Vorgesetzten in New York, wie mir sein Assistent sagt.«

»Ja, wirklich ein Glück, allerdings«, sagte ich und stellte mir vor, daß Neglio womöglich nicht fand, ich käme eifrig seinem Wunsch nach, mit ihm in Verbindung zu bleiben.

Was diese mögliche Nachricht betraf, ging meine Phantasie mit mir durch. War Davy Mogaill wieder aufgetaucht? In welchen Schwierigkeiten steckte er?

Aber im Augenblick steckte ich selbst in Schwierigkeiten.

Wozu auch immer es gut war, ich fragte Brady: »Wie groß ist die Wahrscheinlichkeit, daß ich hier gottverdammt schnell wieder rauskomme?«

»Keine Angst. Wir werden diese Sache bald geklärt haben, und Chief Keegan wird sehen, daß Sie kein Bandit sind.«

»Manche Leute würden darauf hinweisen, daß ich ein Cop bin.«

»Am besten überlassen Sie mir das Reden, Detective Hockaday.«

Sehr bald in den folgenden Minuten des auseinanderfliegenden Chaos war klar, daß nie wieder jemand mit Eamonn Keegan reden würde.

30

Gegen sieben Uhr an diesem Abend war ich wieder in dem prächtigen Haus meines Onkels an der Ladbroke Street und sinnierte über die finstere Weisheit, von der die meisten Iren Gebrauch machten, indem sie so bald wie möglich das Land ihrer Ahnen verließen. Wäre ich nicht ziemlich sicher gewesen, daß mein Name inzwischen an sämtlichen irischen Ausreisestellen aushing, würde ich längst weg sein und diese Weisheit selbst zu schätzen wissen.

Aber da saß ich nun in dem roten Zimmer auf der mit Kissen bestückten Couch vor dem Kamin, behaglich warm in einen Frotteebademantel gehüllt, nach einem langen, heißen Bad, gewärmt von einem doppelten Scotch, einem niedrig brennenden Feuer süßlich duftender Obstholzzweige und einem Armvoll Ruby in schwarzer Seide. Wenn das alles doch nur in der Ruhe und dem Frieden von New York City wäre, wohin ich gehörte.

»Hast du Angst, nicht mehr aufhören zu können, wenn du erst mal angefangen hast zu reden?« fragte Ruby.

»So ungefähr«, sagte ich.

»Es muß aber raus. Andernfalls wirst du in die Luft gehen wie der Mount St. Helen, Hock. Heute morgen hast du das Haus verlassen und bist nach Dublin gefahren, und vor einer Stunde schleppst du dich zurück und siehst aus wie ein zu Schrott gefahrener Zug ...«

»Und viel besser fühle ich mich immer noch nicht«, sagte ich.

»Okay, also hol mal tief Luft«, sagte Ruby. »Und dann erzählst du mir, was inzwischen passiert ist.«

»Hattest du schon mal einen Traum, in dem du in der Luft geschwebt bist, über allem, was unter dir passiert?«

»Das haben wir alle schon mal geträumt.«

»Genau so war mein Tag, nur daß ich dabei die Augen weit offen hatte. Ich war dabei, aber ich bin immer höher und höher geschwebt, bis ich nichts mehr glaubte. Wenn ich morgen die Zeitungen sehe, dann weiß ich, daß es wirklich passiert ist.«

»Was ist dieses *es* ...?«

Das konnte ich Ruby nicht ohne Vorbereitung erzählen.

Also erzählte ich ihr vom Trinity College und dem Studentenjahrbuch von 1935, meinem Streit mit Clooney und O'Dowd, dem Trip ins Ould Plaid Shawl mit Peadar Cavanaugh und Cavanaughs Ermahnung, nach Hause zu gehen. Dann von Oliver Gunston und seinem Computer, von dem Artikel im ›Guardian‹ vom Oktober '37, durch den ich von dem Lynchmord an meinem Großvater Lord Gavan Fitzgerald erfuhr, sowie von dem Artikel vom Mai '36 über die Dublin Men's Society of Letters, der bewies, daß Cavanaugh ein Lügner war. Dann von mir, einem von der Straße geschulten Cop aus New York, der sich von einer Bande Taschendiebe, verkleidet als Dubliner Schulmädchen, hatte ausnehmen lassen. Und von »Sister Sullivan« und der Einladung in ihr Zigeunerlager. Und davon, wie ich wieder mal zur Dublin Garda abgeführt wurde . . .

»Hör auf, mir wird ja ganz schwindlig«, sagte Ruby. Ich schwieg, und sie drückte beide Hände an ihren Kopf. »Du hattest einen Großvater, der ein Cop war – der *gelyncht* worden ist? Du bist von kleinen Mädchen überfallen worden – und dann *verhaftet*? Sie haben die *Botschaft* verständigt –?«

»Du hättest das Prachtexemplar sehen sollen, das sie geschickt haben, um mir zu helfen«, sagte ich. »Dieser Winkeladvokat namens Brady. Er sieht aus wie W.C. Fields in Nadelstreifen.«

»Dann bist du also jetzt auf Kaution draußen – oder was? Ich verstehe nicht ganz.«

»Ich auch nicht. Brady geht und läßt mich eine halbe Stunde in der Luft hängen, dann kommt er zurück und sagt, wir hätten Erlaubnis, mit Chief Keegan zu sprechen, der, wie es der Zufall will, eine Nachricht für mich hat. Von Neglio, nehme ich an. Du erinnerst dich an Keegan . . .«

»Wie könnte ich den vergessen?« sagte Ruby. »Ein kräftiger Bursche in einem großen Büro, und er hat nach Pimentöl und Lanolin gerochen.«

»Dann waren da noch diese guten, kubanischen Zigarren.«

»Mir hat gefallen, wie er gerochen hat, aber alles andere an ihm hat mich gestört. Überhaupt nicht gefallen hat mir, wie er die Neuigkeit über Father Tim fallenließ, oder die spitze Art, wie er dich wegen deinem Vater in die Mangel genommen hat . . .«

»Er wird uns nicht weiter nerven.«

»Wieso?«

Das konnte ich ihr jetzt erzählen.

Unmittelbar bevor im Präsidium der Dublin Garda die Hölle losbrach, sah ich mich in Begleitung von Brady und dem Constable hilflos als Figur in einem alten Film. Außerdem dachte ich über die Düsterkeit irischer Politik zu Hause und im Ausland nach, die sich verschworen hatte, mich an diesen Punkt zu bringen. Und ich erinnerte mich, daß Father Tim mit der Behauptung, Politik und Kino seien ein und dasselbe, früher immer Lacherfolge gehabt hatte.

»Keine Angst«, sagte Brady wieder. Er hielt meinen Arm, und vielleicht war meine Anspannung ansteckend, denn er fühlte sich genötigt hinzuzufügen: »Kurz vor Tagesanbruch ist es immer am dunkelsten.«

Dieses Beruhigungsmittel wirkte nicht. Ich kann es nicht ausstehen, wenn Leute das sagen, weil ich sehr gut weiß, wie sich Hell von Dunkel wirklich unterscheiden kann. Viele Male habe ich mich schon mit Cops in der Nacht vor einer großen Razzia zusammengesetzt, die die kriminelle Laufbahn irgendeines armen, nichtsahnenden Straftäters ruinierte. Solche Treffen finden normalerweise in einem der Dutzende italienischen Restaurants im Belmont-Viertel der Bronx statt, wo an jedem beliebigen Abend wahrscheinlich mehr Feuerkraft unter knitterfreien Polyesteranzügen konzentriert ist als an jedem anderen Ort in Amerika. Wir essen und wir trinken, wir reflektieren mit unerschrockenem Amüsement über das schreckliche Schicksal einer würdigen Beute; wir vermeiden den Diskurs über die Möglichkeit der gegenteiligen Wahrheit. Und wir wissen alle, tief in unseren Cop-Knochen, daß es kurz vor Einbruch der Dunkelheit immer am hellsten ist.

Genau das fühlte ich in diesem Augenblick wieder, und ich

war nicht völlig überrascht, als Chief Eamonn Keegans Assistent aus seinem Büro gebraust kam, als stünde es in hellen Flammen. Er schnappte sich den Constable an meiner Seite und riß ihn mit sich auf seinem Sprint zur Treppe, brüllte irgendwas, das ich angesichts der Echos auf dem Korridor nicht mitbekam.

Brady und ich standen plötzlich allein da. Und vom unteren Ende der Treppe erhoben sich die ersten entfernten Geräusche von Glocken und Sirenen, dann lautes Fußgetrappel.

»Was jetzt?« fragte ich meinen studierten Rechtsbeistand.

»Ein prima Augenblick, um zu verschwinden«, sagte Brady mit einem schrägen Blick den Korridor hinunter zur zweiten Treppe.

»Sie raten mir zu gehen, einfach so?«

»*Aye*, falls Sie einen Funken Verstand besitzen, Mann.«

Brady entfernte sich von mir auf die andere Treppe zu, die nicht im Zentrum der Stampede zu stehen schien.

Ich verschwand in Keegans Büro und fand ihn nach vorn über seinen Schreibtisch gesunken vor. Die Arme hatte er ausgebreitet, und sein Mund stand weit offen. Er stieß Luft und Blutspritzer aus wie eine frisch an den Haken gegangene Flunder, die an Deck gerissen worden war und verzweifelt um die winzige Chance kämpfte, wieder schwimmen zu können.

Ich ging zu Keegan hinüber und achtete sorgfältig darauf, dem beständigen Sprühregen von Blut auszuweichen, der zwischen seinen Lippen herausschoß wie Farbe aus einer Spraydose. Seine Haut war noch warm. Außerdem zappelte er noch recht kräftig herum, was aber nur reiner Reflex sein konnte. Die beiden Messer in seinem Rücken, für jeden Lungenflügel eins, waren bis zum Heft in ihn versunken.

Die einfachen Holzstühle vor Keegans Schreibtisch, auf denen Ruby und ich während unseres gestrigen Verhörs gesessen hatten, waren jetzt von einem glitschig roten Film überzogen. Ein klebriges Papierknäuel steckte in Keegans rechter Hand. Es ließ sich mühelos aus seiner lockeren Faust herausziehen. Ich schob es in meine Tasche.

An der Wand hinter Keegans Schreibtisch, zwischen Bücherregalen, befand sich ein offenes Fenster. Aus dem Korridor hinter mir drangen nun die Geräusche hastender, schnell nahender Cops. Endlich beschloß ich, den Rat des Anwalts zu beherzigen, den die Botschaft meines Landes für geeignet hielt, mir zur Seite zu stellen. Mein Status als unbeteiligter Zuschauer bei zwei Morden in ebenso vielen Tagen würde wahrscheinlich kein gutes Licht auf mich werfen, ganz besonders nicht in den heiklen Stadien dieses neuen. Bevor ich allerdings meinen Arsch aus dem Fenster wuchtete, bediente ich mich mit einigen Zigarren, die dort auf dem Schreibtisch lagen und von denen ich befürchtete, daß sie womöglich umkamen.

Dank der Feuerleiter, die von Keegans Fenster auf den darunterliegenden Hof führte, war es für mich kein Problem, für einen gebührend schnellen Abgang zu sorgen. Nachdem ich erst einmal unten angekommen war, folgte ich einem Durchgang zwischen zwei Flügeln des Garda-Präsidiums. Dieser führte zu einem hohen schmiedeeisernen Tor an der Straße. Das Tor war merkwürdigerweise weder abgeschlossen noch bewacht. Ich passierte es und fand mich unweit der Stelle wieder, wo ich fast vier Stunden zuvor das Präsidium betreten hatte.

Ein Krankenwagen war vor dem Haupteingang vorgefahren, und Männer in Weiß mit Bahren und einer tragbaren Ausrüstung zur Bluttransfusion liefen in das Gebäude. Kleintransporter trafen ein und spuckten Reporter und Fotografen aus. In weitem Halbkreis um die Presse- und Notfallfahrzeuge bildeten Constables eine Absperrkette.

Ich begann mich langsam von dem Schauplatz zu entfernen, drehte mich dann aber um, als eine liebliche Mädchenstimme meinen Namen rief. Dann noch eine. Ich zog in Erwägung wegzulaufen. Nicht vor der Polizei, sondern vor dem Anblick zweier Mädchen in Schuluniformen, die mit flatternden grünen Strickjacken in meine Richtung getrabt kamen. Flucht würde aber nur unnötig auf mich aufmerksam machen, und vielleicht riskierte ich sogar einen Schuß in den Rücken, also wartete ich auf die beiden. Aber diesmal stopfte ich eine Hand in die Tasche und hielt meine Brieftasche gut fest.

»Mr. Hockaday –?« fragte das erste Mädchen. Das zweite stand dicht dahinter. Und hinter ihr her kam angerannt – wer schon? – Brady.

»Was willst du jetzt schon wieder von mir?« sagte ich.

»Hier, nehmen Sie das, Sir«, antwortete das *tinker*-Mädchen und hielt mir ein Bündel Geldscheine hin.

»Was ist das –?«

Brady, der uns inzwischen erreicht hatte, war schnell mit weiterem gutem Rat zur Hand. »Für mich sieht das aus wie schönes Geld.«

»Es ist noch alles da, Sir«, sagte das zweite Zigeunermädchen. »Meine Güte, wir konnten das ja nicht wissen.«

»Was wird das hier?« fragte Brady. »Was konnten die nicht wissen?«

Die *tinkers* ignorierten Brady, sprachen mich an. »Sister Sullivan hat uns das von Ihrer Mum erzählt und gesagt, wir sollten hier warten, bis Sie wieder auftauchen. Wir brauchen Ihr Geld nicht, Freund.«

Und dann verließen sie mich, trabten zu der schnell größer werdenden Menge Schaulustiger hinüber, wobei sie sich zweifellos schon im Besitz hunderter Geldbörsen und Brieftaschen sahen, bevor die ganze Aufregung sich legte. Was mich betraf, ich hielt meine irischen Pfund im Wert von dreihundert Dollar wieder in der Hand. Brady versuchte energisch, seinen vor Staunen offenstehenden Mund zu schließen, dessen Kinnlade ihm beim Anblick des Bargeldes runtergefallen war.

Ich drehte mich um und ging weiter. Brady fiel in Gleichschritt mit mir und tat, was er tun mußte, um seinem Wesen treu zu bleiben.

»Ein Erfolgshonorar von einem Drittel ist bei solchen Sachen durchaus üblich«, sagte er schnaufend. War es dem Winkeladvokaten tatsächlich geglückt zu zählen, was ich hatte? fragte ich mich.

»Ich soll für Ihren Rat bezahlen?« sagte ich.

»Mir ist nicht entgangen, daß Sie ihn angenommen haben.«

»Aus Gründen der Zweckmäßigkeit, ja. Jetzt befinde ich mich

auf dem Weg zur amerikanischen Botschaft, um dort jemandem, der etwas weniger hysterisch ist als einer Ihrer Dubliner Constables, alles zu erklären, was hier passiert ist. Außerdem werde ich den Schwachkopf ausfindig machen, der dafür verantwortlich ist, Sie zu mir zu schicken, und dann verpaß ich ihm einen ordentlichen Rüffel. Anschließend werde ich kurz bei dem zuständigen irischen Gericht vorbeischauen und dafür sorgen, daß Ihnen die Lizenz entzogen wird, oder wie auch immer Sie das hier drüben nennen.«

»Natürlich«, sagte Brady großmütig, »könnten wir auch eine vorteilhaftere Entschädigung aushandeln.«

»Wie wär's mit fünfundzwanzig Bucks, und Sie verpissen sich?«

»Abgemacht.«

Ich gab Brady, was, wie er behauptete, der Gegenwert von fünfundzwanzig Dollar in Pfundnoten war, er gab mir seine Visitenkarte, und dann trennten sich unsere Wege. Ich sah, daß Bradys Weg direkt in einen Pub führte. Ich war versucht, ihm dorthin zu folgen, hielt es aber für sicherer, wenigstens für heute irgendwo außerhalb der Stadtgrenzen Dublins zu trinken.

Also rief ich mir ein Taxi und ließ mich zum Hauptbahnhof fahren, wo ich eine Fahrkarte zurück nach Dún Laoghaire erstand. Bevor mein Zug kam, hatte ich noch fünfzehn Minuten totzuschlagen, daher meldete ich ein Überseegespräch zu Inspector Neglio an.

»Wo zum Teufel haben Sie gesteckt, als ich vorhin angerufen habe?« sagte er. Kein »Hallo, Hock« als Einleitung unseres Gesprächs. Als seine Sekretärin ihn durchstellte, hieß es direkt und unverblümt »Wo zum Teufel haben Sie gesteckt?«.

»Wann war das?«

»Für Sie müßte es ungefähr neun Uhr morgens gewesen sein, für mich war's gottverdammt mitten in der Nacht. Das Telefon da drüben hat mindestens zwanzigmal geklingelt, bevor jemand rangegangen ist, und dann mußte ich mit einem Typen namens Snoody reden, der mir sagte, Sie seien irgendwohin gegangen und daß Ruby und irgendeine *Köchin* ihn mit der Aufgabe sitzengelassen hätten, ganz allein das Frühstück zuzubereiten. Wer zum Teufel ist dieser Snoody?«

»Der Mann meines Onkel Liam.«

»Sein *Mann*?«

»Wie ein Butler.«

»*Butler*?«

»Wie sich herausgestellt hat, gibt es hier ein bißchen Geld.«

»Ein Hockaday mit Geld? Das ist so was wie ein Fisch mit einem Fahrrad.«

»Wollen Sie mir nicht einfach sagen, wegen was Sie heute morgen angerufen haben?«

»Es geht nicht um Ihren *Rabbi*, sondern um einen anderen Cop.«

»Ist mit Mogaill alles in Ordnung?«

»Soweit wir wissen, lebt er noch. Der andere Cop aber nicht mehr.«

»Wer –?«

»Der Name ist Dennis Farrelly. Schon mal von dem gehört?«

»Wieso habe ich das Gefühl, daß ich hier verhört werde?«

»Vielleicht weil ich das Gefühl habe, daß alles, was zum Teufel los ist, seit Ihr Priester sich das Hirn weggepustet hat, irgendwie mit Ihnen anfängt, Hock – und vielleicht wird es auch mit Ihnen aufhören, wenn Sie nicht auf Ihren Arsch aufpassen.«

»Also, wer ist dieser Farrelly?«

»Ein Fragezeichen, das wir gestern in Hell's Kitchen gefunden haben, ungefähr genau drei Blocks von Ihrer Wohnung entfernt. Ich bin selbst raus und hab mir das angesehen.«

»Und –?«

»Sieht ganz so aus, als sei Farrelly in den frühen Morgenstunden vom Dach geschubst worden.«

»Was hat ein toter Cop, von dem ich noch nie etwas gehört habe, mit irgendwas zu tun?«

»Er ist ein Dubliner Cop. Hat in einer konspirativen Wohnung gehaust, die von Arty Finn bezahlt wird, Ihrem IRA-

Freund aus dem Nugent's, der Bursche, der in Mogaills Haus von einer Bombe getötet wurde. Was Farrelly in New York gemacht hat, das erzählen Sie mir.«

»Was soll ich Ihnen erzählen, Inspector? Und wie kommen Sie darauf, daß Arty Finn mein Freund ist?«

»Ich weiß nur, daß ich auf allen Akten, die mir in letzter Zeit meinen Job schwer machen, irischer Cop oder irischer Priester oder irischer Gangster geschrieben sehe.«

»Sie und ich, wir stehen auf der gleichen Seite, *paisano*. Lesen Sie irgendwann mal ein Geschichtsbuch. Falls Sie sich dann besser fühlen, werden Sie feststellen, daß die Iren ein faires Volk sind – sie sagen nie etwas Gutes voneinander.«

»Hören Sie, Hock, ich bin –«

»Vergessen Sie's, der Anruf wird mir zu teuer. Wann haben Sie zum letzten Mal mit Eamonn Keegan gesprochen?«

»Mit dem Dubliner Chief? Vielleicht vor einer Stunde. Ich habe ihm eine weitere Nachricht hinterlassen, über Farrelly und was wir außer seiner Dienstmarke noch bei ihm gefunden haben.«

»Was war das?«

»Irgend so ein Medaillon aus dem Zweiten Weltkrieg, mit einem faschistischen Emblem auf der einen und einem Gedicht auf der anderen Seite.«

Ich zog Father Tims Medaillon aus der Tasche und sah es an. Ich fragte Neglio: »Auf der Seite mit dem Emblem, die von Ruten umwickelte Axt, haben Sie die Buchstaben *H.O.S.* gefunden?«

»Genau.«

Ich drehte das Medaillon um. »Und der Vers lautet: ›Wird nichtig des Volkes Elite und hohl .. Wird schwächer ihr Zustand und Zwietracht wächst an ... Tragt jetzt die Lieder hinaus in die Welt ... Tanzt auf den Straßen im Gleichschritt voran.‹?«

»Hock, was bedeutet diese Scheiße überhaupt?«

Ich erinnerte mich an meinen Traum im Flugzeug und an die Stimme des Geistes meines Vaters, die vor einer Welt warnte, die verrückt geworden war. Und ich sagte: »Es sind Spione und Verrat und Geheimcodes und Tücke und Propaganda und die verschlungensten Komplotte und alle Arten von Täuschung und Grausamkeit erforderlich, um die menschliche Zivilisation zu bewahren ...«

Aber war nur ich es, der diese Worte sagte?

»Ist das alles?« fragte Neglio.

»Eines noch. Ich komme gerade aus Chief Keegans Büro. Er ist ermordet worden.«

Ruby zog sich von mir zurück und beugte sich zu dem Tisch vor der Couch. Sie nahm die Karaffe mit Single Malt Scotch und ein unbenutztes Glas. »Darauf trinke ich einen mit dir.« Sie schenkte sich ein und füllte auch mein Glas nach.

Eine oder zwei Minuten starrten wir ins Feuer und tranken. Dann fragte Ruby: »Tja, was willst du deswegen unternehmen?«

»Weswegen?«

»Spione, Verrat, Geheimcodes, Tücke ... Grausamkeit. Gegen alles, was du da gerade heruntergerasselt hast.«

»Ich muß das alles eingrenzen.«

»Auf was?«

»Auf die Geister und mich.«

»Ich komme da langsam nicht mehr mit.«

Ich stellte mein Glas zurück. »Ich komme selbst nicht mehr mit, Ruby. Ich war mal ein ganz normaler Detective, der ziemlich gute Leistungen vorweisen konnte, was die Aufklärung von ganz normalen Fällen betraf. Ich bin immer davon ausgegangen, etwas zu sehen, wenn ich hinschaute. Aber jetzt habe ich es mit einem Fall völlig anderer Art zu tun. Ein großer Fall, wie mein *Rabbi* so schön sagte – das Geheimnis meiner eigenen Herkunft. Und jetzt fange ich an zu sehen, ohne hinzuschauen.«

»Willst du damit sagen, daß dir der Fall entgleitet? Daß er zu groß ist?«

»Nein, das ist es nicht. Ich meine, es geht um etwas über *mich*, woraus ich schlau werden muß, bevor auch nur etwas von dem ganzen Rest einen Sinn ergibt.«

»Wie Inspector Neglio sagte?« schlug Ruby vor. »Alles beginnt und endet mit dir?«

»Nicht ganz. Ich muß herausfinden, wohin ich hier gehöre.«

»Oder etwas finden, das dir gehört.«

»Himmel, ich wünschte, ich könnte einfach wieder nach Hause gehen.«

»Und wo wäre das?«

»Ich muß drüber schlafen. Frag mich das morgen noch mal.«

»Okay, aber bis dahin kannst du mir zwei Fragen sofort beantworten.«

»Schieß los.«

»Erstens – um Himmels willen, Hock, warum hast du die Zigarren von Keegans Schreibtisch gestohlen?«

»Das waren gute kubanische Zigarren. Fidel würde sagen, ich hätte sie aus dem Zustand des Unbenutzten befreit.«

Ruby verdrehte die Augen. »Okay, und was ist dann mit der Kleinigkeit eines Beweismittels, das vom Tatort verschwunden ist?«

»Der zusammengeknüllte Zettel?« meinte ich. »Wie konnte ich das nur vergessen?«

»Laß sehen.«

Ich stand auf und ging zu einem Stuhl neben dem Bett, über dem meine Kleider hingen. Ich griff in eine Tasche meiner Hose, zog den Papierknäuel heraus, kehrte zur Couch zurück und setzte mich wieder.

»Was ist in dich gefahren, das mitzunehmen?« fragte Ruby, während ich das Blatt auf meinem Schoß glattstrich.

»Keine Ahnung, ich hab nicht drüber nachgedacht.«

»Tja ... vielleicht war das ein Fall von sehen, ohne hinzuschauen.«

»Wie meinst du das?«

»Vielleicht hast du gesehen – ohne hinzuschauen –, daß die Möglichkeit bestand, dieses Beweismittel würde nie das Licht des Tages erblicken. Also hast du es intuitiv stibitzt.«

»Ich weiß nichts von –«

»Hör mal – wer außer einem Cop kommt im Hauptquartier der Dublin Garda dicht genug an einen Polizeichef heran, um ihn zu töten? Wer, wenn nicht ein Cop, war für die Sicherung dieses Törchens von der Gasse auf die Straße verantwortlich? Wem sollte man also ein Beweisstück anvertrauen – einem Cop?«

»Ich verstehe, was du meinst.«

»Und das alles geschah, bevor du von Dennis Farrelly erfährst, der als Arty Finns Gast in New York tat, was immer er dort tat.«

Ich strich das Papierknäuel glatt. Darauf befand sich eine Seite aus der gewalttätigen Vergangenheit meiner eigenen Familie, von der ich erst an diesem bemerkenswerten Tag erfahren hatte. Verschmierte rote Buchstaben, hastig hingeschrieben in – und ich hatte keinen Zweifel, daß eine Untersuchung dies bestätigen würde – Eamonn Keegans eigenem Blut: *In Frieden wollen wir das Land bestellen, doch unsre Furchen müssen wir ziehen mit dem Schwert.*

Wie sehr ich mir wünschte, einfach nach Hause gehen zu können.

31

Lieutenant Ellis zog ein Notizbuch aus der Jackentasche, schnippte zwei Gummibänder ab und blätterte durch die Seiten, bis er fand, wonach er suchte. »Was dieses üble Gedicht betrifft, das ich zufällig in der Bude des verstorbenen Constable Farrelly gefunden habe. Wie wär's, wenn ich Ihnen das jetzt mal vorlese?«

Davy Mogaill trank mit der linken Hand Kaffee und sagte nichts. Die Kanone in der rechten Hand war immer noch auf seinen Kopf gerichtet. Nun lag die linke wieder auf dem Tisch neben der Tonbandkassette aus dem Anraufbeantworter.

»Das entlockt Ihnen also keine Reaktion? Warten Sie, ich lese es Ihnen –«

»*Nae*. Wenn Sie erlauben: ›Wird nichtig des Volkes Elite und hohl... Wird schwächer ihr Zustand und Zwietracht wächst an ... Tragt jetzt die Lieder hinaus in die Welt ... Tanzt auf den Straßen im Gleichschritt voran.‹«

»Ja, das ist es. Wort für Wort.« Ellis zog die Gummibänder wieder um sein Notizbuch und steckte es fort. »Außerdem werden Sie wahrscheinlich wissen, daß der Reim auf die Rückseite dieser komischen Gedenkmünze geprägt ist, von der Inspector Neglio sagt, sie stamme aus der Zeit Mussolinis.«

Mogaill nickte.

»Wann haben Sie diese reizenden Zeilen gelernt, Captain?«

»An meinem Hochzeitstag in Irland.«

»Ehe und diese Schwachsinnspolitik – so was geht zusammen?«

»Es heißt doch: In der Liebe und im Krieg ist alles erlaubt.«

»Wenn Sie mich fragen, ist das ein Scheißspruch.«

»Ich sag's noch mal: Sie sind ziemlich scharfsinnig.«

»Soll ebenfalls heißen, bei unserem kleinen Gespräch hier geht's nicht direkt darum, *wer* Finn und Farrelly umgelegt hat, sondern zum Teufel *warum*?«

»Genau, Lieutenant.«

»Also reden wir hier über was – über Revanche, wie Sie am Telefon gesagt haben?«

»Habe ich das?«

»Ja, ich habe sehr aufmerksam zugehört, Davy.«

»Haben Sie auch so aufmerksam zugehört, als Brenda noch gelebt hat?«

Ellis zuckte mit den Achseln. »Ich habe gehört, was alle gehört haben.«

»Und was waren das für Gerüchte über meine verstorbene Frau?«

»Das sage ich erst, wenn Sie die verdammte Kanone weglegen. Bei Diskussionen über das Thema Frauen sind schon mehr Burschen erschossen worden als aus allen anderen Gründen zusammen.«

Langsam ließ Mogaill die Waffe sinken. »Sie verstehen, Lieutenant, daß es außer einer Hypothek und meiner Pension verdammt wenig gibt, wofür ich noch lebe?«

»Ja, kapiert. Aber machen Sie mich nicht wahnsinnig.«

»Das ist nur fair. Und was jetzt den Tratsch betrifft ...?«

»Jeder hat gesehen, daß Sie und Brenda keine typische Ehe geführt haben. Sie wissen schon, Sie paßt zu Hause auf eine Horde Teppichkrabbler auf. Sie hatten das nette Haus draußen in Queens, mit den Geranientöpfen und allem. Aber verdammt, Davy, die halbe Zeit war sie doch auf der anderen Seite statt hier bei Ihnen in New York. Auch das haben wir gesehen. Ich schätze, wir haben einfach alle irgendwie gedacht, daß Sie und sie eine von diesen, Sie wissen schon – Übereinkünften hatten.«

»Übereinkünfte?« Mogaills Ton war spöttisch, und sein Lächeln nicht anders.

»Na ja –«

»Sie sagen mir, alle dachten, bei unseren langen Trennungen wäre es um Sex gegangen – oder die Abwesenheit desselben?«

»Ich bitte Sie, Davy. Kein Mensch hat sich einen Furz für Ihr Sexleben interessiert, weder so noch so.«

»Und ich wette, auch nicht mehr für Brenda und mich. So sind die Amerikaner. Wenn die Drüsenfragen einer Person erst mal geklärt sind, besteht kaum noch Interesse an etwas anderem. Ihr habt hier Wahlkampagnen, die um nichts anderes kreisen als Sex, und noch dazu nicht mal um besonders interessanten Sex.«

»Ist das Ihre Art, mir zu sagen, daß es noch einen anderen Grund gab, warum Brenda dauernd weg war?«

»Sie sind Junggeselle. Was wissen Sie über den heiligen Stand der Ehe?«

»Heilig, das bezweifle ich. Aber wie ich höre, gibt's jede Menge Stillstand im Stand der Ehe.«

»Eins kann ich Ihnen sagen ... Mit einer Frau vor den Altar zu treten ist das gleiche, wie ›Ich will‹ zur Spitze eines Eisbergs zu sagen.«

»Wer redet hier jetzt über Sex – oder die Abwesenheit desselben?«

»Ich rede davon, was eine Frau wie Brenda noch ausmacht, abgesehen von ihrem Unglück, als Schönheit auf die Welt gekommen zu sein.«

»Das nennen Sie ein Unglück?«

»Wenn sie als alltägliches Mädchen auf die Welt gekommen wäre, hätte Brenda vielleicht reichlich Zeit darauf verwendet, sich hübsch zu machen. Da sie aber bereits hübsch war, verstehen Sie, hat sie sich auf etwas anderes konzentriert.«

»Vielleicht beginne ich Sie jetzt so langsam zu verstehen, Davy.«

»Drüben auf der anderen Seite gibt es eine Tradition von Politik der Art, die nicht in feinen Kreisen diskutiert wird. Können Sie mir noch folgen?«

»Ihre wunderschöne Brenda – war in diese Scheißpolitik verwickelt?«

»*Aye*, und sie war eine dieser Frauen, bei denen man nie etwas Böses ahnen würde. Entsprechend dieser niederträchtigen Tradition hat sie eine schmutzige Aufgabe bekommen. In Brendas Fall brachten sie ihr das Handwerk des Bombenbastelns bei.«

»Mein Gott, Davy, kein Mensch wußte . . .«

»Genau so sollte's ja gottverdammt auch sein, und hier sitzt der größte Narr von allen vor Ihnen.«

»Jetzt komme ich nicht mehr ganz mit.«

»Es ist eine traurige Geschichte, aber eine sehr kurze. Vor vielen Jahren bin ich im Urlaub auf die andere Seite gefahren. Und was soll ich sagen, ich verliebe mich in das hübscheste Mädchen in ganz Kildare, ich, ein prächtiger, kräftiger New Yorker Cop. Eins führt zum anderen, und schon naht mein Hochzeitstag. Mein Gott, was war sie damals schön, Ray.«

»Ich kann's mir vorstellen.«

»Leider ist die Vorstellungskraft kein Ersatz für Erfahrung. Von der ich nur wenig besaß. Und ich spreche jetzt nicht von Sex, verstehen Sie. Ich spreche nur davon, eine Fassade zu erkennen, wenn man eine sieht.«

»Ich glaube, ich kapiere«, meinte Ellis strahlend. »Welche bessere Tarnung für die Herstellung von IRA-Bomben könnte es geben, als die Frau eines Polizisten zu sein?«

»Jetzt verstehen Sie die Sache vollkommen. Was heißen soll, soweit es Brenda betraf, war unsere Ehe völlig irrelevant.«

»Das tut mir gottverdammt leid, Davy. Wenn Sie vielleicht ein Kind gehabt hätten ...«

»Genug geliebt habe ich sie. Es hätte sie vielleicht bezaubert, einen Typen wie mich ganz vernarrt in sein kleines Kind zu sehen.« Mogaill seufzte schwer. »Aber wie auch immer, diesen Weg ist unsere Liebe nie gegangen. Und wenn doch, dann hätten wir nur Gott verspottet.«

»Mann, ich habe noch nie einen schlimmeren katholischen Schuldtrip gesehen als den beschissenen, auf dem Sie gerade sind!«

»Und Sie sind der mißtrauischste Cop, den ich kenne.«

»Sie haben uns alle getäuscht, Davy.«

»Bis zum heutigen Tag vielleicht. Ich mache jede Wette, Sie haben immer noch keine Vorstellung davon, wie solide diese Fassade wirklich war.«

»Vielleicht nicht. Aber ich vermute, genau an diesem Punkt kommen Arty Finn und Dennis Farrelly ins Spiel. Außerdem vielleicht die Art und Weise von Brendas Tod. Lassen Sie mich gleich noch mal raten. Sie ist nicht bei einem ganz normalen Brand ums Leben gekommen, richtig?«

»Da! Wußte ich's doch, daß es richtig war, Sie anzurufen.«

»Wahrscheinlich. Der Inspector ist viel zu beschäftigt mit dem Bürgermeister und diesen Leuten, um selbst rauf in die Bronx zu kommen und sich Ihre Geschichte anzuhören. Und Ihr Hockaday ist derzeit ja nicht so leicht greifbar ... Was mich daran interessiert: Was hat Hock eigentlich mit der ganzen Sache zu tun?«

»Fragen Sie ihn selbst, Lieutenant.«

»Das werde ich, wenn ich ihn sehe. Fürs erste können Sie mir erzählen, wie Brenda gestorben ist.«

»Brendas eigener Bruder ist einer der Informanten, die dafür verantwortlich waren.«

»Soviel zu *Harfen*, die immer zusammenhalten.« Ellis dachte einen Augenblick nach. Dann fragte er mit vor wissendem Zynismus überfließender Stimme und einem Bulldoggengesicht: »Wer ist denn nun Brendas Bruder?«

»Ihr Mädchenname war Finn.«

»Wie in Arty Finn«, sagte Ellis und nickte. »Und der andere, der sie umgebracht hat, das war dann – «

»Oh, Sie sind jetzt ganz nah dran. Es waren Finn und sein Kumpel Dennis Farrelly, die meine Brenda geopfert haben.«

»Was meinen Sie mit ›opfern‹?«

»Ich bitte Sie, so dumm können Sie doch gar nicht sein, Lieutenant. Überall auf der Welt werden Cops Knochen vorgeworfen, damit sie das Fleisch übersehen. Es ist immerhin das Fleisch, das uns Cops in Brot und Arbeit hält.«

»Sie behaupten, daß dieser Farrelly und der eigene, verfluchte Bruder Ihrer Frau sie zum größeren Wohl irgendeiner beschissenen irischen Politik verraten haben?«

»*Aye*. Da war sie auf einem ihrer kleinen Trips, die reizende und nichtsahnende Frau eines New Yorker Cops, und bastelte Bomben für Jungs, die oben in Ulster für die Sache kämpften. Und die ganze Zeit über ist Finn so was wie eine Schlange im Gras und plant, die Aufmerksamkeit von einer erheblich ernsteren Dummheit abzulenken und gleichzeitig seinem Kumpel in der Dublin Garda zu ermöglichen, sich mit dem Ruhm eines Knochens zu bekleckern.«

»Was ist denn nun passiert?«

»Die Garda kam vorbei und wollte eine Hausdurchsuchung machen. Ich vermute, Brenda geriet wohl in Panik. Ihr Versuch, den Sprengstoff zu verstecken, ging ins Auge – und sie dabei in die Luft.«

»Und das hat man als normalen Brand hinbiegen können?«

»Kein Grund zur Panik. Die braven Bürger Dublins reden sich gern ein, daß die ›Unruhen‹ heute nur noch ein Problem des Nordens sind. Die Garda hat keine Lust, die Rolle desjenigen zu übernehmen, der einen Mythos zerstört, indem sie so was wie eine Bombenfabrik mitten in einer ganz normalen Dubliner Wohnstraße aufdeckt.«

»Ebenso vielleicht eine kleine Bombenwerkstatt hier in New York? Sagen wir mal, in einem Viertel draußen in Queens, einem Viertel mit Geranientöpfen vor den Hauseingängen?«

»Bei uns im Haus hat's ziemlich oft ein bißchen gequalmt, wenn Brenda beim Herumspielen mit diesem und jenem unten im Keller gepfuscht hat. Für eine Terroristin war sie ausgesprochen tolpatschig. Deshalb glaube ich auch, daß sie so gestorben ist, wie ich's gesagt habe.«

»Dann haben Sie also all die Jahre einige von Brendas Basteleien im Haus aufbewahrt? Und genau das ist neulich nachts in die Luft geflogen und hat ihren Bruder getötet?«

»Tja, wer hätte das schon vermutet?«

»Ganz bestimmt nicht Arty Finn«, sagte Ellis. Wieder zückte er sein Notizbuch und überflog einige Seiten, dann fragte er: »Waren Finn und Farrelly diese ernste Dummheit, von der Sie gesprochen haben?«

»Nicht sie allein. Hinter ihnen steht eine schon sehr lange existierende geheime und betrügerische Armee. Wie die Mafia oder der Krebs.«

»Hat diese Armee auch einen Namen? Zum Beispiel *H.O.S.*?«

»Aha, damit kämen wir zum Fleisch, Lieutenant. Was ich aber meinem dienstfreien Freund Detective Hockaday überlassen muß.«

»Tolle Freundschaft. Ich weiß nicht warum, Davy, aber ich sehe langsam, daß Ihr Kumpel Hock irgendwie in diese ganze beschissene irische Intrige verwickelt ist, die Sie hier so nett stückchenweise vor mir ausbreiten. Außerdem glaube ich, Sie wissen, daß eine gewisse Chance besteht, Hock könnte am Ende in horizontaler Lage zurückkehren.«

Das einzige Geräusch von Mogaill war das Trommeln seiner Finger auf dem Band des Anrufbeantworters. Ellis steckte sein Notizbuch weg.

Schließlich sagte Mogaill: »Jetzt verrate ich Ihnen, wie Sie sich mit Ruhm bekleckern können, Ray. Sie drehen es so, daß der Heizungskessel in meinem Haus in die Luft geflogen ist und mein Gast Arty Finn gleich mit, während ich irgendwie überlebe. Ich stehe unter Schock und verschwinde eine Weile von der Bildfläche. Niemand wird weder Farrelly noch Finn wahrscheinlich eine Träne nachweinen, deswegen können Sie ihn auch problemlos als Dachhüpfer abschreiben.«

»Wie kommen Sie darauf, daß die Zeitungen diesen Bockmist schlucken werden?«

»Die Presse schluckt alles, und das wissen Sie ganz genau, Ray. Um Himmels willen, sehen Sie sich doch nur an, wie die immer noch die Warren Commission verteidigen!«

»Nehmen wir mal an, ich ziehe es so durch, wie Sie vorschlagen. Sie haben Ihre Revanche gehabt, aber was bieten Sie mir dafür?«

»Das hier«, sagte Mogaill und klopfte auf die Tonbandkassette. »Wie ich Ihnen schon sagte, lassen Sie für den Inspector eine Abschrift machen. Sagen Sie ihm, die Stimme auf dem Anrufbeantworter gehört Dennis Farrelly. Diese Information haben Sie erhalten, indem Sie unter großem persönlichem Einsatz Ihre Informanten in die Mangel genommen haben. Anschließend sorgen Sie dafür, daß Hock die Nachricht erhält. Er wird sie brauchen.«

»Davy, das ist ein beschissen mieser Einsatz.«

Mogaill hob die Kanone wieder an seinen Kopf.

32

»Wer kann das sein?«

»Was denn? Kannst du das nicht von hier aus sagen?« meinte Ruby mit vom Scotch belegter Stimme.

»Tja, vielleicht sollte ich doch besser aufstehen«, erwiderte ich.

»Sag mal, was war denn das vorhin, du könnest sehen, ohne hinzuschauen?« Ruby lachte über mich, als ich mich schwankend von der Couch erhob – der Scotch zeigte auch bei mir seine Wirkung, genau wie die Serie von Schocks des vergangenen Tages.

Vor dem Bett blieb ich stehen und hielt mich an einem Pfosten fest, wartete, bis das kurze Schwindelgefühl verschwand. Ich nahm meine Yankees-Kappe vom Bett und setzte sie auf, bevor ich mich auf den Weg zur Tür machte, auf deren anderer Seite das Hämmern nun wieder aufgenommen wurde. Ich rief ein verschliffenes »Komme schon, komme schon . . .« und blieb zweimal mit einem Zeh in den Tiefen des dicken Teppichs mit den darüber verstreuten Rosen hängen.

Als ich die Tür öffnete, stand dort ein großer, stämmiger Mann mit einer gut frisierten grauen Haarpracht vor mir. Weil er keinen Anzug trug und weil der über den Tag verteilt konsumierte Alkohol mich jetzt erwischte wie Brecher am Strand in Far Rockaway, brauchte ich ein paar Sekunden, bis ich begriff, daß es Patrick Snoody war. Heute abend war er leger gekleidet, zumindest für Snoodys Verhältnisse. Er trug einen V-Ausschnitt-Pullover aus Kaschmir in der Farbe seiner Haare, ein seidenes Halstuch, marineblau mit winzigen roten Tupfen, und eine anthrazitfarbene Mohairhose mit messerscharfen Bügelfalten.

»Guten Abend, Sir«, sagte Snoody mit zu neuerlichem Hämmern erhobener Faust. Er ließ den Arm sinken, wieherte beim Anblick meiner Kappe leise durch die Nase und fragte: »Was sehe ich? Haben wir vielleicht Heimweh nach dem guten alten Baseball?«

»Trägt hier bei euch eigentlich keiner Baseballkappen? Was wollen Sie, Snoody?«

»Es tut mir schrecklich leid, aber ich fürchte, heute abend wird es kein förmliches Dinner geben«, sagte Snoody und ignorierte geflissentlich meine erste Frage. »Ihr Onkel fühlt sich ein wenig angeschlagen und beabsichtigt, den Abend in seinem Gemach zu verbringen.«

»Wie zum Teufel kann das sein? Als ich ihn zuletzt gesehen habe, sah er noch topfit aus. Und jetzt ist er auf einmal krank?«

»Nur ein bißchen angeschlagen, wenn ich mal die Wahrheit über den alten Gentleman sagen darf.«

»Ach ja, ich erinnere mich. Knoten in seinem Gedärm, so hat er's doch genannt.«

»Ja«, sagte Snoody mit erhobener Augenbraue. Er sah an mir vorbei in das rote Zimmer. Ich folgte seinem Blick zu Ruby, die ihm mit den Fingern zuwinkte. Snoody hob die andere Augenbraue, schaute schnell fort und sagte zu mir: »Er läßt sich entschuldigen.«

»Welches Zimmer ist eigentlich Onkel Liams Zimmer?« Ich trat in die Tür und schob meinen Kopf an Snoody vorbei, schaute den langen Flur im zweiten Stock hinauf und hinunter. »Eine von den Türen da vorn?«

»Der alte Gentleman«, erwiderte Snoody mit strenger Miene, »wäre sehr dankbar, heute abend nicht mehr gestört zu werden.«

»Soll das heißen, Sie wollen mir nicht verraten, welches dieser Zimmer meinem Onkel Liam gehört? Verflucht soll er sein, Ihr irischer Arsch, richtig?« Ich weiß, wie sich ein streitsüchtiger Betrunkener anhört, und ich hörte mich gern reden. Außerdem fand ich ausgesprochenen Gefallen an dem Rotton, der sich nun über Snoodys Gesicht und Hals ausbreitete. »Ich stelle Ihnen eine ganz einfache Frage, Snoody – und die wollen Sie mir nicht beantworten?«

»Sir, wenn ich bitten darf! Sehen Sie, ich –!«

»Okay, vergessen Sie's, wenn's gottverdammt zuviel verlangt ist. Wo ist Ihr Zimmer, Snoody? Sie und ich, wir beide, wir knacken nachher eine Flasche Port und plaudern dann wie zwei richtige alte Kumpel über alle möglichen Sachen. Das Leben, den Tod, die Angst ... die Liebe einer schönen Frau? Vielleicht auch über die gute alte Zeit im Kloster mit allen Ihren Mönchskumpanen ... Zum Beispiel über Father Timothy Kelly? Wie wär's? Wenn's Ihnen lieber ist, können wir aber auch über Francie Boylan und seine politischen Einstellungen reden ...«

Snoodys Hautfarbe harmonierte inzwischen wunderbar mit dem roten Zimmer, und seine Arme zuckten stark genug, um sich jeden Augenblick von den Schultern zu verabschieden. Natürlich beschloß ich, daß es an der Zeit war, ihm noch ein ordentliches Ding zu verpassen. »Oh, jetzt hab ich eine Idee – Sie könnten mir alles über die *H.O.S.* erzählen.«

Der arme Snoody schnappte kräftig und urplötzlich nach Luft, und als sie dann wieder aus seiner Nase herauskam, da hörte es sich an wie eine Alarmanlage, die irgendwo in der Ferne losging. Er brauchte einen Herzschlag und hielt sich am Türpfosten fest.

Als er sich wieder bewegen konnte, machte er auf dem Absatz kehrt und sagte, plötzlich sehr in Eile: »Die Köchin wird für Sie beide Tee und eine Mahlzeit zubereiten. Ich lasse es von ihr in etwa einer Stunde raufbringen. Angenehme Nachtruhe, Sir.«

Ich schaute ihm nach, als er daraufhin die Haupttreppe hinunter flüchtete, und wußte, daß er meine Blicke auf seinem steifen Rücken spürte. Als er nicht mehr zu sehen war, schloß ich die Tür und kehrte zu Ruby zurück, die sich lässig auf der Couch rekelte und ein Bein über die Kante baumeln ließ.

Das Kaminfeuer mußte neu angefacht werden. Ich nahm einen Schürhaken und brachte ein paar nette, kräftige Flammen zum Vorschein.

»Sieh mich an ... Hier bin ich nun und tanze einen schönen, romantischen Blues mit dem Alleinerben des Liam-Hockaday-Besitzes«, sagte Ruby, während das Feuer prasselte. »Ich könnte mich an das Haus hier gewöhnen.«

»Besser nicht.«

»Warum? Es ist todsicher allemal besser als dein Drecksloch in Hell's Kitchen.«

»Das hier ist nicht mein Revier, in dem ich aufgewachsen bin.«

»Ach, bah!«

»Ohne Quatsch, Ruby, allmählich fühle ich mich hier nicht mehr wohl.«

Ruby setzte sich auf, und ein betrübter Ausdruck trat in ihre Augen. »So wie du das sagst, machst du mir angst, Hock. Ich dachte, du hättest gerade erst gesagt, wir bleiben, damit du dich selbst finden kannst.«

»Wir müssen ja nicht unbedingt in diesem Haus bleiben, um hinter seine Rätsel zu kommen, oder? Ich muß meinem Instinkt vertrauen, und der sagt mir, wir sollten uns absetzen. Morgen ist nicht zu früh.«

»Dein Onkel –«

»Ich werde heute nacht noch versuchen, mit ihm zu sprechen.«

»Was ich sagen wollte war, wenigstens das Rätsel ist gelöst, das dein Onkel dir aufgegeben hat. Was auch immer es bedeutet.«

»Das mit dem Blinden?«

»Ja. Ein Mann ohne Augen sah Pflaumen auf einem Baum. Weder nahm er Pflaumen noch ließ er Pflaumen zurück. Wie ist das möglich?«

»Ich geb's auf.«

»Warte, ich hab's mir aufgeschrieben.« Ruby sprang von der Couch und ging zu einer Kommode. Mit einem Blatt Papier kehrte sie zurück. »Okay, achte jetzt ganz genau darauf, was ich als nächstes sage. Bist du soweit?«

»Klar.«

»Der Mann hatte ein Auge, also hat er keine *Augen*. An dem Baum hingen zwei Pflaumen, und eine davon nahm er, deshalb hat er weder *Pflaumen* genommen noch zurückgelassen.«

Der Groschen wäre vielleicht sofort gefallen, wäre ich nüchtern gewesen. Wie die Dinge lagen, mußte ich Ruby bitten, es mir noch mal zu erklären.

»Ich bitte dich, Hock, kapierst du denn nicht?«

»Ich bin ein wenig betrunken, ich bin kein Schwachkopf. Natürlich kapiere ich's. Wann bist du dahintergekommen?«

»Eigentlich gar nicht. Moira hat's mir verraten. Sie hat mir heute morgen überhaupt einige interessante Dinge erzählt.«

»Ach ja?«

»Zum Beispiel ist hier noch ein kleines Rätsel, das jetzt gelöst ist: Moira und dein Onkel waren vor langer, langer Zeit mal ein Paar.«

»Was ist passiert?«

»Damals sind sie noch Kinder gewesen, Hock, und völlig ›unschuldig‹, wie Moira sich ausdrückt. Später war es nicht nur eine reine, sondern auch eine einseitige Liebe. Die arme alte Moira ist in deinen Onkel verliebt und hat ihr ganzes Leben lang nichts anderes kennengelernt, als ihn zu bedienen. Ich meine, das ist *alles*, was sie von ihm je bekommen hat. Verstehst du?«

»Kein Wunder, daß sie so fromm geworden ist.«

»Es gibt noch mehr, Hock. Sie kannte deinen Vater und deine Mutter.«

»Meinst du, sie würde auch mit mir reden? Wir haben uns nicht direkt blendend verstanden.«

»Ich glaube, du könntest sie für dich gewinnen. Du müßtest dir allerdings ein bißchen Mühe geben. Sie hält sich beim Reden zurück, und *mein* Instinkt sagt mir, daß der Grund dafür Patrick Snoody heißt. Nach allem, was ich ihr von dir erzählt habe, scheint sie jedenfalls zu glauben, daß du deinem Vater sehr ähnlich bist, und ich habe so das Gefühl, daß sie deinen Vater ziemlich mochte. Was deine Mutter betrifft, bin ich mir nicht so sicher.«

»Was hat sie über sie gesagt?«

»Auch das habe ich mir aufgeschrieben.« Ruby schaute auf die Rückseite des Blattes, das sie in der Hand hielt. »Okay, hier kommt alles über Mairead Fitzgerald: ›Eine echte Schönheit ist sie gewesen. Eine Schönheit und ein Rebell und auch der Grund, warum ich mir die harte Nuß über den einäugigen Mann ausgedacht habe.‹ «

»Eine Schönheit . . .«

»Hock, stimmt irgendwas nicht?«

Ich dachte: Asche auf mein Haupt, denn ich kann mir meine Mutter nicht als schön vorstellen.

»Ich erinnere mich noch«, sagte ich, »wie ich meine schlafende Mutter frühmorgens angesehen habe, wenn ich aufstand, um zur Schule in der Holy Cross zu gehen. Sie hatte die ganze Nacht als Kellnerin in einem der irischen Schuppen unseres Viertels gearbeitet, und daher war sie viel zu müde, mit mir aufzustehen. Ich ging dann rauf und verabschiedete mich von ihr, während sie noch im Bett lag, auf dem Rücken, die Haare geflochten und die Augen geschlossen. Ich gab ihr einen Kuß auf die Wange. Ich glaube nicht, daß sie es je mitbekam, so hundemüde war sie immer. Ihr Mantel lag am Fußende des Bettes. Ich mochte immer seinen Geruch – er roch nach Vergnügen und Spaß. Er roch nach Speisen und Alkohol und Parfums. Aber meine Mutter aß niemals in Restaurants, und sie trank auch nie und besaß nie ein Parfum.«

»Und ihr Schwager Liam lebte unterdessen hier in diesem Haus, mit all dem vielen Geld«, sagte Ruby und schüttelte den Kopf. »Ich versteh's einfach nicht.«

»Liam schickte jede Woche Geld«, sagte ich. »Daran erinnere ich mich. Meine Mutter hat sich nie über mangelnde Großzügigkeit seinerseits beklagt.«

»Weißt du noch, was dein Onkel neulich Abend dazu gesagt hat?«

»Nein.«

»Er hat nachdrücklich betont, daß er geschickt hat, worum deine Mutter ihn bat. Es ist durchaus nicht so, daß sie es nicht besser kannte. Denk nur daran, woher sie kam. Die mächtigen Fitzgeralds von der Bloor Street.«

»Die hätten sie sehen sollen. In unserem Haus in Hell's Kitchen gab es nur einen Luxus. Das war das Radio, ein Atwater-Kent. Sie las für ihr Leben gern, konnte sich Bücher aber nur in der Bibliothek ausleihen, gekauft hat sie niemals eines. Nie habe ich ein Kleid an ihr gesehen, das nicht vom Tisch mit den Kleidern verstorbener Gemeindemitglieder der Holy Cross stammte. An Feiertagen ist sie mit mir in den Park gegangen. Sie wollte sich immer die Blumen ansehen. Ich erinnere mich, wie sie gesagt hat, daß feine Häuser voller Blumen seien. Solange sie lebte, hatten wir zu Hause nie Blumen. Allerdings gab es bei ihrer Beerdigung Blumen. Onkel Liam hat Rosen in ihr Grab geworfen.«

»Woran ist sie gestorben, Hock?«

»Woran in unserem Viertel alle starben – sie war aufgezehrt von einem Leben harter Arbeit.«

»Sie hat eine Menge Geheimnisse mit ins Grab genommen, doch jetzt kann sie sie nicht länger bewahren.«

»Nein.«

Wir tranken noch ein Glas und schauten zu, wie das Feuer im

Kamin erlosch. Als die Glut zu Asche wurde, klopfte es wieder an der Tür.

»Gut. Das muß Moira sein«, sagte Ruby. »Ich sterbe vor Hunger.«

Ruby zog einen Bademantel über und ging zur Tür. Ich hörte Moiras Stimme, und schon zog mir der herrliche Duft warmer Mahlzeiten und von Kaffee in die Nase. Ich stand ebenfalls auf und ging zur Tür.

Moira in ihrer Schürze stand – nervös lächelnd, wie ich fand – hinter einem kleinen Servierwagen. Auf diesem Wagen befanden sich mehrere abgedeckte Teller, eine Karaffe Mineralwasser, Kaffee in zwei Glasbechern mit Deckel und eine schlanke Vase mit zwei gelben Rosen.

»Das ist wirklich sehr nett«, sagte Ruby zu Moira. »Es war ein anstrengender Tag, und wir haben schrecklichen Hunger.«

»Wenn es Ihnen recht ist, Ma'am, richte ich Ihr Abendbrot auf dem Tisch im Zimmer an, drüben vor dem Kamin«, sagte Moira.

»*Ma'am*? Was ist mit schlicht und einfach Ruby passiert?«

»Pssst!« warnte Moira.

Dann verdrehte sie die Augen Richtung Treppe. Wir erhaschten einen Blick auf Snoodys Kopf etwa eine halbe Treppe abwärts.

»Ich verstehe«, sagte Ruby. »Kommen Sie herein, Moira.«

Moira schob den Wagen durch das Zimmer zum Kamin und deckte schweigend den Tisch. Ruby folgte ihr.

Ich zog mich gerade weit genug in das rote Zimmer zurück, um von Snoody nicht mehr gesehen werden zu können, und lauschte, wie er die Treppe heraufgeschlichen kam. Vor der Tür blieb er zum Spionieren stehen. Ich konnte ihn durch die Nase schnaufen hören.

Als Moira mit unserem Tisch fertig war, kehrte sie mit dem nun leeren Servierwagen zur Tür zurück. Dort hielt Ruby sie auf.

»Moira?« fragte sie.

»Ma'am?« erwiderte Moira und drehte sich um.

»Sehen wir uns morgen?«

»*Nae*, das bezweifle ich ...«

Moira gestikulierte wieder mit den Augen und fuhr mit einem Finger über ihr Haarnetz. Ich versuchte, sie mir als junges Mädchen in Carlow vorzustellen, wie sie auf einer Frühlingsweide voller Klee zusammen mit dem Nachbarsjungen Liam die Blütenblätter von den Gänseblümchen abzupfte. Doch hier stand die einzige Moira, die ich kennen konnte, vor mir, den massigen Leib gehüllt in eine weiße Schürze und die Füße in festen, schwarzen, geschlechtslosen Schuhen, wie sie von Hausdienern und Nonnen bevorzugt zu werden scheinen. Und irgendwo in diesem traurigen Haus voller Rätsel war aus ihrer Mädchenliebe ein an einen Rollstuhl gefesselter Herr geworden.

»Es tut mir leid, Ma'am, wirklich.«

Und mir auch.

»Das meinst du also, wenn du sagst, Moira hält sich zurück?« fragte ich Ruby, als wir uns zu unserem Abendessen, bestehend aus pochiertem Lachs, Spargel mit Senf und Dill, Salzkartoffeln mit Petersilie, *soda bread* und Reispudding, an den Tisch setzten.

»So war's heute morgen auch«, sagte Ruby. »Snoody wartete und hatte eine panische Angst vor dem, was sie mir wohl erzählen könnte. Du hättest den haßerfüllten Blick sehen sollen, den er ihr zuwarf, als sie mit dem Rätsel deines Onkels herausplatzte.«

»Das sie sich selbst ausgedacht hat?«

»Ja.«

»Dann haben wir zwei weitere und noch größere Rätsel.«

»Bitte – bereite mir heute abend nicht noch mehr Kopfzerbrechen«, stöhnte Ruby mit einer Gabel Lachs im Mund.

»Warum hat Moira überhaupt das Rätsel mit dem Blinden erfunden und –?«

Ruby knallte ihre Gabel hin und fiel mir ins Wort. »Dann will er mich also doch fertigmachen.«

»Und könnte die Antwort – die Lektion über Pluralformen – der Schlüssel zu allen anderen hier verborgenen Geheimnissen sein? Ist es das, was Liam meinte?«

»Womit meinte?«

»Nachdem er mir das Rätsel aufgegeben hat, sagte er: ›Wenn du es löst, findest du Antworten auf Fragen, die dich bislang gequält haben.‹ «

Ruby stützte den Kopf auf den Händen auf und sagte: »Ich bin so müde, ich könnte heulen.«

Ich dachte, ich sei ebenfalls müde. Aber nachdem ich zwei Stunden still im Bett gelegen hatte, stand ich wieder auf. Ruby war auf Anhieb eingeschlafen, eine Fähigkeit, die ich sehr bewundere.

Als ich einmal eine besonders unruhige Nacht hatte, riet sie mir: »Mach es dir bequem und denke an eine Zeit zurück, als du etwas so Schreckliches getan hast, daß du am liebsten im Boden versunken und gestorben wärst. Du wirst auf der Stelle einschlafen. So mache ich's.« Bei mir hat dieses Rezept allerdings nie funktioniert. Vielleicht bin ich wegen all der schrecklichen Dinge, die ich in meinem Leben schon getan habe, dazu verdammt, ewig zu leben.

Ich berührte Rubys warmes, zartes Gesicht. Ich beneidete sie darum, wie sie dort im Bett lag, zusammengekuschelt auf der Seite, der sich sanft hebenden und senkenden Schulter zu den ruhigen Atemzügen eines tiefen Schlafs, selbst wenn er mit einem Todeswunsch herbeigeführt worden war.

Ruhig und ohne Licht zu machen zog ich mich wieder an, ließ nur die Kappe liegen. Ich ging zur Kommode hinüber und tastete nach Schüssel, Seife und Handtüchern. Ich wusch mir das Gesicht. Dann ging ich zur Tür und rechnete schon fast damit, sie verschlossen vorzufinden, als wären wir Snoodys Gefangene, und öffnete sie gerade weit genug, um auf den Flur zu schlüpfen.

Das sehr alte, sehr große Haus machte seine nächtlichen Geräusche. Die Treppe arbeitete und knarrte. Eine Maus huschte über die Eichendielen des Flurs. Ein alter, tropfender Wasserhahn irgendwo unten schickte Echos durch die abgestandene, schwarze Luft herauf. Fledermäuse scharrten auf der Suche nach Insekten mit ihren gefalteten Flügeln über Innenwände.

Ich drückte mich flach gegen eine Wand und glitt wie ein Einbrecher durch die Dunkelheit, achtete darauf, meine Schritte so dicht wie möglich an die Wand zu setzen, wo es unwahrscheinlich ist, daß der Boden unter dem Fuß nachgibt. An jeder Tür blieb ich stehen, lauschte hinein, versuchte dann den Türknauf. Nichts war abgeschlossen. Aber eine Tür nach der anderen öffnete sich nur auf leere Räume und weitere hohle, nächtliche Geräusche.

Ich ging zur Treppe und machte ein paar Schritte nach oben, hielt dann inne und überlegte es mir anders. Onkel Liam benutzte einen Rollstuhl, aber auch wenn es im Haus einen Aufzug gab, würde sein Schlafzimmer doch wahrscheinlich im Erdgeschoß liegen. Also kehrte ich um und machte mich langsam auf den Weg nach unten.

Kurz bevor ich das Fußende der Treppe zur Halle erreicht hatte, erfuhr ich, daß meine Entscheidung richtig gewesen war. Ich hörte die leisen Klänge eines Radios und folgte ihnen in den kleinen, muffig riechenden Salon, in den Liam mich hatte rufen lassen, um sein Rätsel zu hören; wo er mir den geheimen Schlüssel gegeben hatte, meine leeren Stellen zu füllen, in Eile, da Patrick Snoody den Weg hinter dem Haus heraufkam.

Ich flüsterte in die Finsternis. »Onkel –?«

Da war nur der undeutliche Klang eines Radios, des alten »Radioapparats«, wie Liam ihn nannte. Ich trat weiter in den dunklen Salon, war mir der strengen Ölporträts unbekannter irischer Gents bewußt, die ohne ein Lächeln zu mir herabstarrten, und hoher Schränke voller Bücher und nicht mehr benutzter Möbel, die an jede freie Stelle gezwängt worden waren, als wäre alles gefangen in einem gigantischen Spinngewebe.

Dann sah ich das bernsteinfarbene Licht der Einstellskala des Radios. Und roch den stechenden Rauch einer Zigarette. Ich bewegte mich zum Licht weiter und hörte, wie mein Name geflüstert wurde.

»Neil, bist du das, Junge –?«

Billie Holiday sang »Gloomy Sunday« im Radio, das so leise gedreht war, daß ich vier Schritt weiter entfernt den Song nicht hätte erkennen können. Mein Onkel lag ausgestreckt auf dem

Rücken auf der kastanienbraunen Roßhaarcouch, die Hände auf dem Bauch gefaltet. Daneben stand sein Rollstuhl. Auf einem niedrigen Beistelltisch neben ihm befanden sich ein Aschenbecher und ein Päckchen Silk Cut.

»Woher hast du die Zigaretten?« fragte ich.

»Vergiß es, ich habe so meine Quellen«, sagte er. »Steck mir eine an, und nimm dir auch eine, wenn du den Mund halten kannst.«

Ich griff nach Päckchen und Streichhölzern und steckte zwei Zigaretten an. Liam nahm seine und schnupperte den Rauch, bevor er sie zwischen die Lippen steckte. Er inhalierte, hustete und brummte: »O verdammt, das ist gut.« Ich setzte mich ans Fußende der Couch.

»Wie ich sehe«, sagte Liam, »bist du ein Mann, der gern nachts herumschleicht.«

»Ich habe meine Gründe. Einer davon ist, daß ich an dem Rätsel arbeite.«

»Ist schon eine richtig quälende Denksportaufgabe, was? Ich kenne nicht viele, die es schnell beantworten können.«

»O ja – den leichten Teil habe ich herausbekommen.«

»Den leichten Teil?«

»Ein Auge, zwei Pflaumen. Es ist der Rest, der mich nachts herumschleichen läßt.«

»Ich glaube, ich kann dir jetzt nicht ganz folgen, Junge.«

»Doch, ich denke schon.«

»Ist das so?«

»Ich bin wie der Mann in deinem Rätsel, stimmt's nicht, Onkel? Ich darf nicht vergessen, daß nur eines meiner Augen schlecht ist – daß dies aber nicht bedeutet, ich sei blind. Außerdem, wenn ich zum Beispiel einen Pflaumenbaum ansehe, dann ist es nützlich, sich daran zu erinnern, daß selbst die einfachsten Dinge mehr oder weniger sein können, als sie erscheinen.«

Liam paffte wieder an seiner Zigarette und lachte leise, als er sagte: »*Aye*, das können wir alle daraus lernen. Du bist erheblich aufgeweckter, als du aussiehst, Junge.«

»Das sagt Ruby auch.«

»Ich glaube, es liegt vielleicht an deiner Baseballkappe. Das alberne Ding hat mich irritiert. Ich denke immer, viel Grips kann in einem Kopf deines Alters nicht stecken, wenn er bedeckt ist von dem Attribut eines Kleinjungenspiels.«

»Wenn du glaubst, Baseball sei ein Spiel für Kinder, dann verstehst du überhaupt nichts von Amerika.«

»Tatsächlich, Neil, bin ich einmal zu einem Baseballspiel gegangen, vor vielen, vielen Jahren, als du noch ein kleiner Knirps warst. Deine Mum hat dich bei einer Nachbarin gelassen, und ich bin mit ihr zu den Polo Grounds gegangen, um die Giants spielen zu sehen.«

»Hat dir das Spiel gefallen?«

»Tut mir leid, ich glaube nicht. Es ist ein rein amerikanischer Sport, bei dem es um unendlich viel Zeit, Zufall und Ausgleich geht. Daher ist das Spiel für den Europäer nicht nachvollziehbar.«

»Du verstehst das Spiel besser, als du glaubst.«

»Da bin ich mir nicht so sicher. Aber liebend gern würde ich New York wiedersehen.«

»Gleichfalls.«

»Hörst du, was im Radioapparat gespielt wird?«

Billie hatte das übersprudelnde, mitreißende »Let's Call the Whole Thing Off« beendet und machte nun mit dem übellaunigen »Moaning Low« weiter. Soweit es mich betraf, waren beide Stücke ein gewaltiger Fortschritt gegenüber dem selbstmörderischen »Gloomy Sunday«, das ich in Liams modriger Gruft von einem Salon überhaupt nicht gern hörte.

»Das ist ein sehr guter Sender«, sagte ich. »Heute wird nur Holiday gespielt, nehme ich an? Als ich das letzte Mal hier war, haben sie nur Stan Getz gebracht.«

»Wir können von Glück reden, ein solch schönes Unterhaltungsprogramm zu haben. Wir bekommen die beste amerikanische Musik, Neil, haben sie schon immer gehört.«

Liam streckte einen Arm über das Radio und klopfte dankbar darauf. »Und ich meine, das war schon so, als deine Großmutter Finola deinem Dad und mir genau diesen Radioapparat hier gegeben hat. Was ich dir ja erzählt habe. Hier ist er nun, all die vielen Jahre später, und immer noch liege ich im Dunkeln und lausche weit entfernten Stimmen.«

»So ist es für dich und meinen Vater gewesen, mit dem Radio im Dunkeln?«

»Genau so, Neil. Einschließlich der geschmuggelten Zigaretten. Wir hatten die gute, melancholische Musik, und wir träumten davon, was wir als Männer tun würden. Manchmal hat uns das bis zu den ersten Lichtstrahlen wach gehalten.«

»Was hält dich heute nacht wach, Onkel?«

»Ich gestehe, die Musik hier läßt mich an wunderschöne junge Damen wie deine eigene *Bonny* denken. Und an die Ironie all dieser lächelnden amerikanischen Mädchen in euren traurigen, häßlichen, schmutzigen und wundervollen Städten. Dein Daddo, bei Gott – er liebte New York so sehr.«

»Liegst du hier oft so mitten in der Nacht?«

»*Aye*, ich bin ein alter Krüppel, der viel zuviel Ruhe hat.«

»Wovon träumst du am meisten?«

»Von meiner eigenen Jugend. Gott, was würde ich alles dafür geben, diese Beine zu heben und mit *Bonny* ein Tänzchen aufs Parkett zu legen!«

Liam nahm einen tiefen Zug an seiner Silk Cut und bekam etwas von dem Rauch in die falsche Röhre. Was ihm ungefähr für eine Minute einen Hustenanfall bescherte. Ich drückte meine Zigarette im Aschenbecher aus und beschloß, für ziemlich lange Zeit genug von den Dingern zu haben.

»Heute abend aber liege ich hier und träume ganz besonders von der guten alten Zeit, als ich dich und deine Mum in New York besucht habe«, sagte Liam, als er wieder zu Atem gekommen war. »Du warst schon ein toller Bursche, Neil. Immer begierig auf Geschichten aus diesem Teil der Welt. Erinnerst du dich noch, wie du den Geschichten zugehört hast, die in eurem Wohnzimmer erzählt wurden?«

»Ja.«

»Und erinnerst du dich auch noch an dein Lieblingsthema, an das, wovon du immer schrecklich geträumt hast?«

Ich dachte einen Augenblick an weit zurückliegende Abende im Wohnzimmer, wie ich Geschichten gehört hatte ... Mutter in einem gebrauchten Kleid, das sie zu Ehren von Liams Besuch mit einem neuen Band besetzt hatte, wie zu sehen ich mich freute, und ich in meiner kurzen Hose ... Das Atwater-Kent, und die große Weltkarte mit den roten Stecknadeln darin, die Schlachten des Krieges auf dem alliierten Vormarsch markierten, mit meinem irgendwo zwischen all diesen Nadeln verschollenen Vater ... Liam und Father Tim erzählten ihre endlosen Geschichten über Irland, eine ausgeklügelter als die andere, während gleichzeitig die Whiskeyflaschen leer wurden ... All die vielen Geschichten von irischen Beerdigungen ...

Die aus den Scharnieren gehobene Tür der sheepeen *eines toten Mannes lag waagerecht auf Stühlen, der Leichnam unter einem Leinentuch, die Hände auf der Brust gefaltet und um ein steinernes Kruzifix geschlossen, die dicken Zehen zusammengebunden, brennende Kerzen um seinen Kopf, neue Stiefel warteten neben seinen nackten Füßen, draußen in einer Grube brannte sein Bett, um Schwierigkeiten mit den Feen abzuwenden ... die Trauergäste mit von Hammeleintopf und* fadge *prall gefüllten Bäuchen tranken und stritten und rauchten Tonpfeifen, gestopft mit in Weihwasser getränktem Tabak, und sie nahmen Schnupftabak in der Hoffnung einer baldigen Auferstehung der Seele ihres geliebten Freundes.*

»Neil – bist du noch da?«

Ich nahm die Hand meines Onkels, die er in die Dunkelheit ausgestreckt hatte.

»Ich erinnere mich«, sagte ich. »Die Beerdigungen ...«

»*Aye*, du hast es geliebt, wenn man dir Angst einjagte. Am nächsten Tag habe ich dich dann mit den anderen Jungs auf der Straße gesehen, wie du sie dirigiert hast, eine richtige irische Beerdigung nachzuspielen. Zuerst fand ich das seltsam, aber schließich habe ich es verstanden.«

»Was hast du verstanden?«

»Du hattest etwas, das nicht jung war, als du jung warst, Neil. Du wolltest tanzen und wie ein ganz normaler Junge spielen, und du wolltest, daß dein Daddo dir dabei zuschaute. Doch das konnte er nicht, weil er in den Krieg gezogen war. Also hast du dir statt dessen auf den New Yorker Straßen Spiele einfallen lassen von Beerdigungen, wie sie in Irland auf dem Land abgehalten werden.«

Ich ließ Liams Hand los und erinnerte mich.

Die sheepeen, *am Fuße des Berges kauernd, mit dem großen, grauen Herrenhaus auf dem Berg . . . Der gewundene Bach mit Felsblöcken entlang den Ufern, bedeckt mit Flecken weißlichen Grases wie Spitzendeckchen auf Klavieren.*

»Einmal hast du uns eine Geschichte über eine Beerdigung erzählt, die in einem Dorf stattfand, in dem es ein großes Haus auf einem Berg gab«, sagte ich. Selbst für meine eigenen Ohren klang es, als wäre ich ein Mann, der im Schlaf spricht. »Da war die *sheepeen*, und dahinter gab es einen gewundenen Bach . . .«

»Ach, die Geschichte meinst du! Meine Güte, was hat dir das eine Angst eingejagt. Die Geschichte über einen Mann, der von den Toten zurückkehrte, um seine Kameraden heimzusuchen.« Liam hustete und lachte finster im Dunkel seines Zimmers. »Ich habe es nach Erinnerungen an mein Zuhause im County Carlow gestaltet.«

»In dem Dorf namens Tullow?«

»*Aye* . . . Tullow.«

Aus irgendeinem Grund, den ich zu diesem Zeitpunkt nicht einmal ahnen konnte, reagierte Liam bei der Erwähnung des Namens überrascht. Durch das plötzliche Rasseln in seinem Atem bemerkte ich, daß ich ihn irgendwie erschüttert hatte.

»Ich werde jetzt langsam schrecklich müde«, sagte Liam. »Nimm noch einmal meine Hände, Junge.«

Ich gehorchte.

»Du mußt wissen, daß Aidan deine Ruby Flagg von ganzem Herzen geliebt hätte«, sagte er.

»Danke, Onkel.«

»Und jetzt gebe ich dir einen guten Rat, Neil, wie es meine Pflicht ist: Benimm dich anständig gegenüber deiner *Bonny*, und verlier sie niemals. Du wirst doch nicht hilflos und einsam auf dem Rücken liegend enden wollen, einer Melodie aus der Ferne lauschend, mit einem Text, der deinem Herzen Stiche versetzt durch die Erinnerung an alte Liebe.«

Ruby schlief nicht, als ich leise nach oben und in das rote Zimmer schlich. Tatsächlich befand sie sich nicht mal mehr im Bett.

Und eigentlich hatte ich Glück, daß sie in der Dunkelheit erkennen konnte, daß ich durch die Tür hereinschlüpfte und nicht Snoody. Andernfalls wäre mein Kopf dazu verwendet worden, einen Porzellankrug zu zerschlagen.

»Wo zum Teufel bist du gewesen?« fragte sie und stieß mich an, als ich zum Bett ging, um mich wieder auszuziehen.

Ich dachte: Das muß ich mir auch von Neglio anhören. Aber ich schwieg.

Ruby schubste weiter. »Ich bin fast verrückt geworden vor Angst, wo du in diesem bescheuerten alten Haus stecken könntest.«

»Beruhige dich wieder, okay? Ich war nur unten und habe mit Liam gesprochen. Ich habe dir doch gesagt, daß ich ihn heute nacht besuchen wollte, und habe gewartet, bis du fest eingeschlafen warst.«

»Ja, allerdings hast du gewartet! Mein Gott, Hock!« Ruby nahm ein Kopfkissen vom Bett und schlug es mir auf den Kopf. »Wie konntst du mich nur allein lassen, wo doch dieser Snoody hier herumschleicht? Wir haben's beide gesehen.«

»Nun, diesmal habe ich ihn nirgendwo gesehen. Können wir jetzt vielleicht einfach ins Bett gehen?«

»Aha, dann gedenkst du also, dieses Mal zu bleiben, ja?«

»Versprochen.«

Ich zog mich aus, und Ruby ließ ihren Bademantel zu Boden gleiten. Wir stiegen wieder in das Himmelbett. Ruby lag mit dem Gesicht zu mir und wickelte ein Bein und beide Arme um mich. Liam hatte recht. Es würde mir gar nicht gefallen, am Ende meiner Tage allein zu sein und Stiche ins Herz zu bekommen.

»So wie jetzt sollte es von nun an jede Nacht sein«, sagte ich.

»Sehr romantisch.«

»Tu mir nur einen Gefallen: Schlag niemals den, den du liebst.«

»Bären machen so was.«

»Im Ernst, Ruby. Ich meine das wirklich so, wir sollten zusammen bleiben.«

»Ist das ein Antrag?«

»Wie lautet deine Antwort?«

»Du hörst noch von mir.«

Ruby drehte sich um, kuschelte sich auf ihrer Seite zusammen und schlief sofort ein.

Während ich, aufgedreht und hellwach und neidisch auf Rubys leichten Schlaf, die nächste Stunde mit Nachdenken über Männer ohne Augen verbrachte.

Dann, ohne hinzuschauen, konnte ich die beiden kommen sehen . . .

Der kalte nächtliche Regen fällt leicht und in dicken Tropfen, legt sich schwer über die Wärme des vergangenen Tages und läßt die Erde dampfen. In der stickigen und verqualmten *sheepeen* läßt sich nicht atmen. Also lehne ich in der Tür, sehne mich nach einer frischen Brise, die nicht kommen wird, und blicke hinaus zu dem gewundenen Bach. Von dem ich weiß, daß er dort ist, verborgen unter all dem wogenden Nebel.

Sie kommen wie sich aus dem Wasser erhebende Geschöpfe. Ein Soldat in einer blauen Uniform, die ich nicht kenne, schiebt einen Mann in einem Rollstuhl. Die beiden holpern über benetzten Stein und Soden, nähern sich stetig der *sheepeen*.

Ich höre sie sprechen. So klar und deutlich wie den Regen über meinem Kopf und das Streiten hinter meinem Rücken in der *sheepeen*.

»Ich wette, jeder Mann in dem Laden wird uns eine Runde spendieren«, sagt der Mann im Rollstuhl. »Abergläubischer Pöbel! Die werden uns für Geister halten, die sich mit einem Glas bestechen lassen.«

»Sei nicht so streng mit den Jungs, Bruder«, sagt der schiebende Mann. »Und laß auch selbst etwas Geld springen. Man fühlt sich nicht wohl, bis man selbst eine Runde geschmissen hat.«

»Bring uns einfach dorthin . . . bring uns dorthin.«

»Gibt es dort vielleicht auch Frauen?«

»Frauen hattest du doch wohl gottverdammt genug!«

»Was meinst du, gibt es dort auch Musik?«

»Ach, scheiß doch auf die Musik! Das ist doch alles nur vertonte Suffseligkeit, ein Mischmasch aus Wahrheit und Lügen, ansprechend nur für die Dummen.«

»Eines Tages wirst du ein jämmerlicher alter Mann sein, Bruder.«

»Ich werde leben, das werde ich! Das ist mehr, als du von dir behaupten kannst.«

Der Mann in der blauen Uniform lacht den ganzen restlichen Weg, und sein Lachen bildet feuchte Wolken kondensierten Atems.

Ich trete wieder hinein und schließe die Tür. Doch ihren Anblick kann ich nicht aussperren, denn die Tür ist kein besseres Hindernis als ein schmutziges Fenster.

Jetzt bleiben sie stehen, unmittelbar vor der *sheepeen*. Der Mann im Rollstuhl hebt seine Beine, streckt sie gerade vor sich. Sein Stuhl wird heftig gestoßen, immer wieder, bis die Tür durch die Wucht steifer, toter Beine eingeschlagen ist.

Die Menge drinnen verstummt. Einen oder zwei Augenblicke später erhebt sich großer Lärm von schlurfenden Füßen. Jeder Mann steht, hält eine Mütze in der Hand zu stummem Winken.

Der Mann in Blau hebt seine Hände von den Griffen des Rollstuhls, reckt dann geballte Fäuste hoch in die Luft und brüllt in die Stille: »Laßt den Schnaps kreisen wie verrückt, Jungs!«

Er schnappt nach meinen Ärmeln und zieht mich an sich, und ich sehe, seine Augen sind so blau wie sein Hemd, und er sagt: »*Thanam o'n dhoul*, glaubst du vielleicht, ich bin tot?«

33

Diesmal besaß ich Verstand genug, Turnschuhe und Yankees-Kappe zurückzulassen. Als ich nun die Ecke der Ladbroke Street umrundete, um weiter zum Bahnhof zu gehen, fiel ich in meiner Harris-Tweed-Jacke und den knöchelhohen Wildlederstiefeln nicht mehr auf als jeder Mann, den ich gestern auf dem Campus des Trinity College hatte herumschlendern sehen. Zur Krönung hatte ich mir jemandes Tweedmütze von der Garderobe in der Diele ausgeliehen, die ich mir, falls nötig, tief in die Stirn herabziehen konnte.

Wieder beschlossen Ruby und ich, den Tag getrennt zu verbringen. Dieses Mal allerdings traf im wesentlichen ich die Entscheidung.

Beim ersten Licht des neuen Tages sagte ich zu Ruby: »Wir reisen heute nachmittag ab mit Ziel County Carlow. Vorher habe ich allerdings in Dublin noch das eine oder andere zu erledigen.«

»Wann hast du dich denn dazu entschieden, Hock? In deinen Träumen?«

»Ja.«

»Dann werden wir fahren.«

Ich wolle noch einmal bei Gunston vorbeischauen, sagte ich ihr. Ruby sagte, sie wolle so oder so noch einmal bei Moira ihr Glück versuchen, und sie hoffe, sie außerhalb des Hauses und außer Hörweite von Snoodys großen Ohren zu erwischen.

Nachdem das beschlossen und verabredet war, zog ich mich vernünftig an und verließ das Haus, wobei ich diesmal einen Bogen um Moiras Küche schlug.

Im Bahnhof besorgte ich mir einen passablen Kaffee sowie den ›Guardian‹ und versuchte, mir einen lässigen Anstrich zu geben, als ich die Nachricht über den Mord an Eamonn Keegan unter einer Schlagzeile in riesigen, fetten Lettern überflog. GARDA CHIEF ERSTOCHEN AUFGEFUNDEN! MÖRDER ENTKOMMT AM HELLICHTEN TAG! WAHRSCHEINLICH IRA-TERROR! Zum Glück wurde in dem Artikel kein New Yorker mit Baseballkappe erwähnt, der sich ziemlich genau zu dem Zeitpunkt auf dem Weg in das Büro des Chiefs befand, als jemand diesen mit zwei langen Messern ins Jenseits beförderte, bevor der Yankee durch ein Fenster und eine Gasse auf die Straße entkommen konnte.

Soweit es die verschiedenen in dem Bericht zitierten Constables und Officers betraf, war dieser »brutale Mord ganz offensichtlich das Werk der Jungs aus dem Norden« und »bewies eindeutig« die »in Polizeikreisen verbreitete Ansicht«, daß Eamonn Keegan ein »politischer Feind der IRA« war. Der von einem so beschnittenen Foto des Tatorts, daß es für den irischen Frühstückstisch nicht zu geschmacklos war, begleitete Artikel nahm fast ein Drittel der ersten Seite ein und wurde auf fast genausoviel Platz im Innenteil fortgesetzt. Doch trotz all der Druckerschwärze blieb der Bericht ärgerlich nichtssagend und unvollständig. Eine Menge der heutigen Journalisten sollten ihre Presseausweise wieder abgeben und sich eine ehrliche Arbeit als Stenograph suchen.

Gibt es so etwas wie einen nicht-brutalen Mord? Was genau ist offensichtlich an Einwohnern von Ulster und Messern? Oder politischen Feinden? Und falls Eamonn Keegan mit der IRA aneinandergeraten sein sollte – falls ein solches Komplott tatsächlich für seinen Tod verantwortlich war –, könnte das bedeuten, daß es an anderer Stelle innerhalb der Dublin Garda politische Sympathien für lichtscheue Terroristen gibt?

Mein Kumpel Slattery von der ›New York Post‹, der niemandes Stenograph ist und jedermanns Klischee von einem Reporter der Boulevardpresse mit Schwerpunkt Kriminalität voll entspricht, riet mir einmal: »Hock, die Zeiten ändern sich, und es geschehen noch Zeichen und Wunder, egal auf welcher Seite eines Eisernen Vorhangs. Früher hatten die Russkis die ›Prawda‹, heute wir. Drüben in Moskau genießen sie jetzt den Schock einer relativ freien Presse. Hier bei uns sollten wir unsere Zeitungen so lesen, wie die Russen es über all die Jahre getan haben. Du mußt dich immer fragen, Hock: Warum sagen sie mir das? Früher gab's mal Burschen wie Izzy Stone, die diese Frage für dich gestellt und die interessanten Querverbindungen zwischen der offiziellen Lesart und der Wirklichkeit aufgezeigt haben. Heute aber beschäftigt kein Mensch mehr besonders viele Izzy Stones.« Wie sein amerikanischer Cousin erwies sich Oliver Gunston ebenfalls als die positive Ausnahme, die die Regel seiner stumpf gewordenen Branche bestätigte. Als ich durch die restlichen Seiten des ›Guardian‹ blätterte, während ich in der Schlange anstand, um eine Fahrkarte zu kaufen, sah ich, daß er es geschafft hatte, die Wirklichkeit doch noch zu drucken. Eingezwängt zwischen Anzeigen für Bruchbänder und Enthaarungsmittel fand der aufmerksame Leser den folgenden Artikel:

Unehrenhaft Entlassener
Constable Dennis Farrelly
beging Selbstmord in New York

von Oliver Gunston

Ein ehemaliger Constable der Dublin Garda, vor zwei Monaten aus dem Dienst entlassen, wurde gestern in einem New Yorker Slum tot aufgefunden. Trotz ungeklärter Fragen bezüglich der genauen Umstände seines Todes und der Gründe seines Aufenthaltes in den Vereinigten Staaten erklären die New Yorker Behörden, daß Dennis Farrelly, 44, mit großer Wahrscheinlichkeit Selbstmord begangen habe.

Mr. Farrellys unbekleidete Leiche wurde in dem stinkenden, mit Müll übersäten zentralen Belüftungsschacht einer sechsstöckigen Mietskaserne in »Hell's Kitchen« entdeckt, so der inoffizielle Name eines schillernden Manhattaner Stadtteils, in dem traditionell vorwiegend irische Emigranten leben. Laut Detective Lieutenant Raymond Ellis vom New York Police Department hatte er anscheinend eine kleine Wohnung in diesem Haus angemietet.

In einem Telefoninterview mit dem ›Guardian‹ äußerte sich Lieutenant Ellis in seiner blumigen Aus-

drucksweise wie folgt: »Es könnte dem Burschen immer noch zu schaffen gemacht haben, daß er drüben in Dublin aus der Polizei geflogen ist, was weiß ich. Seine Karriere war im Eimer, also hat er sich vielleicht gedacht, er könnte hier drüben in Amerika noch mal von vorn anfangen. Wahrscheinlich glaubte er wie so viele arbeitslose Ausländer, bei uns könnte man immer noch anständig verdienen. Als er dann feststellen muß, daß er ein Trottel ist, geht sein Selbstwertgefühl noch mehr in den Keller, und er macht in den frühen Morgenstunden einen Satz vom Dach. So was kommt immer wieder vor, wie ich Ihren Lesern leider sagen muß. Da er nackt war, gab es an diesem Burschen vielleicht noch etwas Merkwürdiges, worüber Sie in einer Familienzeitung wahrscheinlich lieber nicht schreiben wollen. Eine Menge Dinge passieren, besonders in diesem üblen Viertel, in dem Farrelly sich aufgehalten hat.«
Mr. Farrelly ist von dem verstorbenen Chief Eamonn Keegan aus dem Dienst entlassen worden, der, vielleicht zufällig, gestern nachmittag hier in Dublin ermordet wurde (lesen Sie hierzu auch unseren Bericht auf Seite 1). Chief Keegan hat Mr. Farrelly in nicht unumstrittener Wahrnehmung seiner Befugnisse wegen eines Verstoßes gegen den Verhaltenskodex der Garda entlassen.
Mr. Farrelly wurde der Fraternisation mit einer sogenannten »Frontgruppe« der offiziell verbotenen Irisch Republikanischen Armee beschuldigt. Er soll in jüngster Zeit an Treffen einer geheimnisvollen politischen Vereinigung mit dem Namen »Hearts of Steel« teilgenommen haben, einer ultrapatriotischen, rechtsgerichteten Strömung, von der bisher angenommen wurde, sie existiere schon lange nicht mehr. Während der Schlacht um England sympathisierte die Vereinigung offen mit Adolf Hitlers Nazipartei, und viele ihrer Mitglieder arbeiteten ebenfalls in der kurzlebigen fa-

schistischen Bewegung Irlands mit, die allgemein unter der Bezeichnung »Blauhemden« bekannt war. Gegen Ende des Zweiten Weltkriegs wurde vom Ausschuß für terroristische Organisationen des Dáil Éireann festgestellt, daß die Vereinigung als Geldbeschaffungsorganisation der IRA operierte, eine Erklärung, die bis zum heutigen Tag nicht widerrufen wurde. Auf dieser Grundlage wurde Constable Farrelly von Chief Keegan aus dem Dienst entlassen.

Zum Zeitpunkt der Entlassung veröffentlichte Chief Keegan eine Presseerklärung, in der es unter anderem heißt: »Meine Maßnahme ist als eindeutige Warnung an alle anderen Angehörigen der Dublin Garda zu verstehen, daß ich keine wie auch immer geartete Zusammenarbeit mit der IRA dulden werde, solange ich lebe.« Zahlreiche Constables und Officers verurteilten diese Erklärung als eine ungeheuerliche Verleumdung ihrer beruflichen wie patriotischen Integrität.

Diese ganze Angelegenheit wäre fast vergessen gewesen, bis es gestern zum vorzeitigen Tod von Mr. Farrelly und Chief Keegan kam, der beiden Hauptakteure dieses kleinen Skandals. Außerdem ereigneten sich diese beiden Todesfälle, ersterer ein merkwürdiger Selbstmord und letzterer ein glatter Mord, vor dem bemerkenswerten Hintergrund des entsetzlichen Mordes an Francis Boylan, von Beruf Chauffeur und bekannter IRA-Sympathisant, der zum Zeitpunkt des Attentates einen Police Detective aus New York City und seine Begleiterin chauffierte, die derzeit als Touristen das Land besuchen ...

Der Artikel hatte noch einige weitere Absätze. Diese waren jedoch weitgehend eine Aufbereitung des vorausgegangenen Artikels von Gunston, worin Ruby und ich einen netten, harmlosen Trip nach Irland machten. Dann die Blabla-Zitate von Keegan und Neglio, in denen alles als eine Verkettung unglücklicher Zufälle abgetan wurde, Father Tim und die Explosion von Davy Mogaills Haus inbegriffen.

Also nahm ich mir an diesem Punkt einen Augenblick Zeit, wie es auch Slattery und alle guten Russen tun würden, und kehrte zu der erheblich weniger aufschlußreichen Story auf Seite eins zurück und fragte mich: Warum erzählen die mir das? Außerdem zählte ich die Leichen zusammen (bislang vier und vielleicht bald noch mehr). Inzwischen hatte ich den Fahrkartenschalter erreicht.

Ich bezahlte meine außerhalb des Berufsverkehrs verbilligte Rückfahrkarte Dún Laoghaire–Dublin. Dann ging ich mit einem zweiten Becher Kaffee auf den Bahnsteig Richtung Stadt. Meine Wartezeit vertrieb ich mir, indem ich von einem Münztelefon aus Gunston in seinem Büro anrief.

»Wie ich der Zeitung von heute morgen entnehme, haben Sie ziemlich gewühlt, seit ich Sie gestern verlassen habe«, sagte ich. »Eine ausgesprochen einfallsreiche Story haben Sie da geschrieben.«

»Nett, daß Sie das bemerkt haben«, sagte er.

»Wie sind Sie darauf gekommen?«

»Tja, wir haben über Reuter diese reichlich knappe und nüchterne Meldung aus New York reinbekommen, und wie soll ich sagen, sie schien mir noch etwas mehr Zweifel vertragen zu können.«

Gunston war ausgesprochen mitteilsam. Reporter prahlen genausogern über ihre Heldentaten wie Cops. Ich sah ihn jetzt deutlich vor mir, wie er mit seiner grünen Augenblende zurückgelehnt auf dem Mahagonistuhl saß, die Füße auf den Rollschreibtisch hochgelegt und eine Zigarre in der Hand.

»Also hab ich noch mal Ihren Freund Slattery angerufen, und natürlich hat der mich an Lieutenant Ellis weiterempfohlen«, sagte Gunston. »Klasse, gute Zitate, finden Sie nicht auch?«

»Klasse, ja.«

»Der Rest war ein bißchen Recherche und die Anspielung für den Leser, daß in der Politik zwei und zwei nicht drei ergeben, gleichgültig, was gewisse Amtsinhaber einen glauben machen wollen.«

»Und dann haben Sie natürlich noch dafür gesorgt, daß es auch veröffentlicht wird.«

»Tja, Sie sehen ja selbst, wie's ist. Ihre Freundschaft mit Slattery ist nicht umsonst.«

»Ich habe schon von Kämpfen mit Herausgebern gehört, falls Sie das meinen.«

»Ach, Herausgeber von Zeitungen! Die besitzen all den Schwung und den Zauber und die Phantasie von Tauben, dennoch machen sie sich nicht so wunderbar vor dem Hintergrund des Himmels.«

»Jedenfalls möchte ich Ihnen sagen – was Sie da in die Zeitung gebracht haben, war sehr hilfreich. Und was Sie ausgelassen haben, wird sehr zu schätzen gewußt.«

»Sie meinen, wie es sich zufälligerweise ergab, daß Sie zum zweiten Mal unter polizeilichem Gewahrsam im Präsidium der Garda waren? Und daß Sie Gavan Fitzgeralds Enkel sind, und daß dies alles eine sehr, sehr undurchsichtige Geschichte ist?«

»Wie ich sehe, ist Ihnen das alles sehr bewußt.«

»Ich habe so meine Informanten. Wenn Sie bei unserem kleinen Geschäft bleiben, werde ich Ihnen heute sogar noch den einen oder anderen verraten.«

»Ollie, sollte ich jemals schlau aus meiner Geschichte werden, dann sind Sie mein Biograph.«

»Wun-der-bar. Also, ich habe mit einem Burschen namens Dermot Brennan über Sie gesprochen. Er wird so nett sein, uns über die feineren Details der trüben Politik ins Bild zu setzen, der wir auf die Spur gekommen sind. Ich fände es gut, wenn wir drei uns zusammensetzen würden.«

»Ich bin auf dem Weg in die Stadt. Ich kann in, oh, fünfundvierzig Minuten im ›Guardian‹ sein.«

»Am besten, wir treffen uns nicht hier. Und so früh geht's auch nicht. Ich schlage vor, wir essen heute mittag einen Happen zusammen. Dermot ist heute morgen mit seinen Vorlesungen beschäftigt. Er gehört zum Lehrkörper der Trinity, wissen Sie.«

»Die Welt ist klein. Zu klein.«

»Das klingt irgendwie sarkastisch.«

»Ich habe meine Gründe.«

»Und auch Informanten? Vergessen Sie nicht unser Geschäft, Detective Hockaday.«

»Ich verhalte mich der hilfsbereiten Presse gegenüber immer anständig. Fragen Sie Slattery.«

»Hab ich schon. Er sagte mir, Sie sind ein halb ehrlicher Cop in einer zu drei Vierteln korrupten Stadt.«

»Macht mir nichts, wenn Sie ihn zitieren.«

»*Aye*, er hat gesagt, Sie würden sich geschmeichelt fühlen.«

»Also dann – heute zum Mittagessen, Ollie. Wie wär's mit dem Ould Plaid Shawl?«

»Sie kennen das Lokal –?«

»Mein Zug kommt. Wir sehen uns heute mittag.«

Da war ich also unterwegs zu einem Morgen in Dublin, der unerwartet frei geworden war. Die Zeit im Zug nutzte ich, an meinen Fallnotizen zu arbeiten, indem ich die Informationen aus Gunstons Artikel notierte und frühere Einträge nach etwas durchsah, was ich vielleicht vor dem Mittagessen ermitteln konnte.

Mehrere Fragezeichen neben dem hingekritzelten Namen *Joe B.* sprangen mir von einer der drei dem Mord an Francie Boylan gewidmeten Seiten ins Auge, mit dem meine Ankunft in Irland begonnen hatte. Ich beschloß, die trauernde Familie aufzusuchen, namentlich den Vater, den Francie erwähnt hatte.

Das Telefonbuch im Dubliner Hauptbahnhof führte Joe Boylan unter einer Adresse in der Goff Street. Ich schrieb mir eine dreistellige Hausnummer auf und wählte dann in einer Telefonzelle die dazugehörige fünfstellige Nummer. Als sich ein Mann meldete, legte ich wieder auf. Ich habe in meinem Beruf die Erfahrung gemacht, daß es sich lohnt, unangemeldet bei jemandem hereinzuschneien.

Auf der O'Connell Street rief ich mir ein Taxi.

»Was zum Teufel!« beklagte sich der Taxifahrer, als ich ihm

Joe Boylans Adresse nannte. Er drehte sich auf dem Fahrersitz um, und nachdem er seine Fuhre drei oder vier Sekunden taxiert hatte, fragte er: »Was hat ein Yank wie Sie in der miesen alten Goff Street zu suchen?«

»Familie«, antwortete ich und sagte das erste, was mir in den Sinn kam.

»Die armen Verwandten mal wieder im Anmarsch?«

»So was in der Richtung.«

»*Aye*, die alte Geschichte.« Der Taxifahrer fädelte sich in den Verkehr ein. Ich erwischte ihn dabei, wie er mir während der Fahrt von der Dubliner Innenstadt in den Norden immer wieder im Rückspiegel verstohlene Blicke zuwarf. »Andernfalls, mein Freund, sind Sie scharf drauf, bei Ihrem Ausflug in die Goff Street ein paar Zähne zu verlieren. Waren Sie noch nie in der Gegend?«

»Nein.«

»Von wo genau in Amerika kommen Sie?«

»Aus New York.«

»Oh, na dann, wo New York ja eine Stadt ist, in der dein bester Freund auf der Welt derjenige ist, der dir keins überzieht, schätze ich mal, daß Sie in unserer Goff Street auch klarkommen werden.«

»Schätze ich, ja.«

Joe Boylans Haus war schmal, altersschwach und schmutzig und stand eingezwängt in eine lange Reihe identischer, häßlicher Häuser. Ritzen in dem Fenster über der Straße waren mit Alufolie und vergilbtem Zeitungspapier abgedichtet. Ein grauer, ausgemergelter Hund wühlte in einer offenen Mülltonne vor der Haustür. Am anderen Ende der Goff Street, wo der Horizont in schwefligen Fabrikdunst gehüllt war, hoben Jungs Steine aus den Rinnsteinen auf und bewarfen sich damit.

Taxis waren eine Seltenheit hier oben. »Spüren Sie nicht, wie die Leutchen hinter den Jalousien und Vorhängen stehen und Sie beobachten?« fragte mein Fahrer.

Ich sagte, ja, das spüre ich. Und ich stellte mir vor, was sich hinter diesen verschlossenen Fenstern befand, die ganze Goff

Street rauf und runter: kreischende Kinder, Frauen, so erschöpft, daß sie aussahen, als habe der Tod bereits seine Hand auf ihre Schultern gelegt, Männer mit wenig mehr zu tun, als ihren stillen Groll und ohnmächtigen Haß zu pflegen.

»Wie wär's, wenn Sie hier auf mich warten?« fragte ich den Fahrer.

»Wär nicht dumm«, sagte er, schaltete den Motor aus und steckte sich eine Zigarette an. »Im Umkreis von zehn Blocks gibt's hier keine Straßenbahn.«

Ich klopfte an die Tür der Boylans und fand heraus, daß ich einen Volltreffer gelandet hatte, was meine Vermutung bezüglich der Szenerie im Haus betraf. Ein zwanzigjähriges Mädchen mit wäßrig-blauen Augen, vernarbter Haut und Haaren in der Farbe einer braunen Papiertüte machte mir auf. Einen kleinen Kreischer hatte sie sich auf die Hüfte gesetzt, ein anderer plärrte irgendwo hinter ihr.

»Wohnt Joe Boylan hier?« fragte ich.

»Wer will'n das wissen?«

»Ich war bei Francie, als er gestorben ist, Ma'am. Ich heiße –«

Sie wurde von einem gedrungenen Mann in ärmellosem Unterhemd und wollener Hose, die von Hosenträgern gehalten wurde, zur Seite gestoßen. Er war etwa so alt, wie mein Vater gewesen wäre, hatte einen flammendroten Bart und einen sengenden Atem. »Verschwinde«, sagte er zu dem Mädchen und verpaßte ihr eine Ohrfeige. Sie stolperte mit dem Baby zurück in den hinteren Teil des unangenehm feucht riechenden Hauses. Das Baby kreischte.

»Ich bin Joe Boylan«, sagte er zu mir. »Spucken Sie's aus, was zum Teufel wollen Sie?«

Ich versuchte, meine Überraschung angesichts seines Anblicks zu kaschieren. Francie hatte von einem Mann aus dem Hinterland von Dún Laoghaire gesprochen, einem sanftmütigen Menschen, der den Frühling am Zwiebelgeschmack der Kuhmilch maß, zwischen den Blüten der Salweiden und Forsythien. Hier vor mir stand nun aber ein ausgebrannter Mann aus einer harten Straße, der bereits vormittags angetrunken war.

»Ihr Sohn Francie hat mir von Ihnen erzählt, bevor er gestorben ist.«

»Von wo kommen Sie noch mal?«

»New York.«

Joe Boylan schaute an mir vorbei zum Taxi. »Was soll'n das?« wollte er wissen.

»Ich habe ihn gebeten zu warten. Ich möchte nur ein paar Minuten Ihrer Zeit.«

»Sind Sie vielleicht ein Bulle?«

»Ja.« Ich zeigte ihm meine Marke.

Boylan versuchte, mir die Tür vor der Nase zuzuschlagen. Was ich aber blitzschnell wie ein Vertreter mit dem Fuß zu verhindern wußte. Wütend rüttelte er am Türriegel. »*Nae*, mit Mördern wie euch red ich nich!«

»Ich bin Amerikaner!« brüllte ich, als ergebe das irgendwie einen Sinn.

»Sie sind der Bastard, der die Kugeln eigentlich abkriegen sollte, die Francie dann umgebracht haben!« fauchte Boylan mich an. Aus dem Haus drang Gekreische. Diesmal war es das Mädchen.

Ich wich aus der Tür zurück, wobei meine Gedanken genauso taumelten wie mein Schritt. *Für mich bestimmte Kugeln?*

»Warten Sie . . .«, sagte ich. »Was reden Sie da?«

»Sie haben schon verstanden«, knurrte Boylan, »Sie irisch-amerikanischer Bastard! Gehn Sie nach Hause zu Ihren stinkenden Freunden in New York, die das Geld auftreiben für unsere eigenen einfältigen Schwachköpfe! Schämen solltet ihr euch wegen eurem beschissenen Geld, Sie Bastard, Sie!«

»Ich verstehe nicht . . .«

»Joe –!« brüllte das Mädchen hinter Boylan. Ich sah, wie sich ihre geröteten Finger flehend um eines seiner behaarten Handgelenke wickelten. »Ach, Joe, laß sein! Komm rein –!«

Er riß sich von ihr los, stieß die Tür ganz auf und brüllte mich laut genug an, daß alle Nachbarn es hören konnten: »Das hier ist der Amerikaner, der eigentlich abgeknallt werden sollte! Nicht mein Francis! Und jetzt kommt der Bastard her und will scheißfreundlich Francies Witwe besuchen!«

Boylan trottete aus der Tür, hatte die Fäuste gereckt und ruderte wild in der Luft. Er knurrte böse und versuchte, mit seiner Rechten einen unsicheren Schwinger zu landen. Ich hatte genügend Zeit, ihn abzuwehren, und Boylans Schlag krachte in meine offene Hand. Seinen tolpatschigen linken Uppercut blockte ich auf die gleiche Weise ab.

Ich stieß ihn von mir zurück, aber er wollte mehr. Er senkte den Kopf und kam wie ein Stier spuckend und brüllend auf mich zugestürmt. »Amerikanischer Bastard!« Ich packte eine Handvoll seines Bartes und riß fest genug daran, um ihn aufs Kopfsteinpflaster krachen zu lassen.

Francies Witwe hatte jetzt genauso eine panische Angst wie das Baby, das sich immer noch wie ein Affe an sie klammerte. »*Jesses*!« schrie sie. »Oh – Joe!« Die Straße rauf und runter hatten Leute ihre verschlossenen Fenster verlassen und drängten sich jetzt in offenen Türen, um besser sehen zu können. Mein Fahrer hatte sein Taxi ebenfalls verlassen und glotzte wie ein Anwalt, der eine Massenkarambolage von fünf Autos erspäht.

Ich beugte mich über den am Boden liegenden Boylan, dessen Gesicht seitlich im Splitt auf der Straße vor seiner Haustür lag. Er lag ziemlich bewegungslos da. Ein Betrunkener ist völlig entspannt, wenn er fällt, und bricht sich von daher nur äußerst selten einen Knochen. Auch wenn reichlich Blut aus seiner platten Nase tropfte, hatte der Sturz ihn wahrscheinlich mehr gedemütigt als verletzt.

»Tun Sie ihm nich mehr weh, Mister!« flehte mich die Witwe an. Tränen rollten aus ihren blassen Augen. »Joe is alles, was ich und die Babys jetzt noch haben, verstehen Sie nicht?«

»Ich bin nicht gekommen, um irgendwem weh zu tun«, erklärte ich ihr. Ich schob eine Hand unter Boylans benommenen Kopf, hob ihn von den Steinen und sagte: »Sie haben mich total falsch verstanden, Boylan.«

»Bitte, Mister – er blutet!« sagte die Witwe.

»Kommen Sie, ich schaff Sie ins Haus«, sagte ich zu Boylan und half ihm auf die Beine. »Das Mädchen wird Sie saubermachen. Und dann werden wir beide uns unterhalten.«

»Vergessen Sie mich aber nicht«, erinnerte mich der Fahrer.

Ich gab dem Mann eine Fünf-Pfund-Note und versprach ihm noch eine zusätzlich zum Fahrpreis zurück zur O'Connell Street. Womit ich mir seine Zufriedenheit und fortgesetzte Geduld erkaufte.

Francies Witwe half, ihren Schwiegervater durch die Tür zu bugsieren und ihn auf eine durchgesessene Couch im nach vorn liegenden Wohnzimmer zu legen. Ansonsten bestand das Mobiliar nur noch aus einem Sessel, einem Teppich und einem runden Tisch mit einer Flasche und Gläsern darauf. Ein kleiner Junge in Windeln und einem schäbigen Pullover hockte unter dem Tisch und hielt sich die Augen zu.

Ich bedankte mich bei der jungen Witwe und fragte nach ihrem Namen.

»Catty, kurz für Catherine«, sagte sie und setzte ihr Baby zum Krabbeln auf den Teppich.

Boylan grunzte und erwachte wieder zum Leben. Er griff nach der Flasche auf dem Tisch.

»Könnten Sie vielleicht etwas heißes Wasser und Seife und einen Lappen holen?«

Sie verließ uns, und ich wuchtete Boylan in eine sitzende Position am einen Ende der Couch auf. Der Federkern der Couch knackte, als ich ihn bewegte.

»Ich schenke uns ein«, sagte ich.

»Warum nicht?« sagte Boylan. Jeder Kampfgeist in ihm war erloschen, sogar aus seiner Stimme verschwunden. »Zuerst bringen Sie meinen Jungen um, dann schlagen Sie mich auf der Straße nieder. Jetzt kommen Sie einfach in mein Haus, als würde Ihnen die beschissene Bude gehören. Also können Sie genausogut auch ein Schlückchen von meinem *poteen* stehlen.«

»Die Politik hat Ihren Francie getötet, nicht ich.« Auch in mir war jeder Kampfgeist erloschen. Es war nicht schwer, Mitleid mit dem Wrack zu haben, zu dem Joe Boylan geworden war.

»Und ich stehle Ihnen auch keinen Drink. Ich werde einen einschenken oder zwei. Sie bestimmen, Boylan.«

Er winkte mit einer Pranke ab. »Machen Sie schon, wir trinken beide einen.«

Catty kehrte mit einer Schüssel Seifenlauge und einem Tuch zurück. Sie wischte Boylans Gesicht und Nase ab, während ich den dunkelbraunen *poteen* einschenkte. »Danke, Mädchen«, sagte er zu ihr, als sie fertig war. Ich gab ihm sein Glas und setzte mich mit meinem auf den Sessel.

Der Junge kam unter dem Tisch hervor und auf mich zugewackelt. Vor mir blieb er stehen und starrte mir verwirrt und mit traurigen Augen ins Gesicht.

»Da?« fragte mich der Junge.

»*Nae*, das is nich dein Da«, sagte Boylan ihm. »Kannst du die Jungs nicht rausbringen?« fragte er Catty.

Catty raffte das Baby vom Teppich und pflanzte es sich auf die Hüfte. Dann trat sie zu dem älteren Jungen und streckte einen Finger aus, den er gehorsam packte, auch wenn er keine Sekunde die Augen von mir nahm. Dann gingen die drei, Francie Boylans schmerzlich junge Witwe und seine beiden vaterlosen Söhne, langsam aus dem Wohnzimmer nach hinten.

»Tut mir leid, was Ihnen passiert ist«, sagte ich.

Boylan lächelte und leerte fast sein Glas. Ich trank auch einen Schluck und hatte damit genug. Joe Boylans *poteen* hatte einen säuerlich-schweren Geschmack wie englisches Bier mit einem Spritzer Maschinenöl. Ich stellte mein Glas zurück auf den Tisch.

»Sind Sie deshalb gekommen?« fragte Boylan.

»Das ist ein Grund«, sagte ich nickend, und fügte dann hinzu, weil ich auch etwas von den Cops dieser Welt und den Goff Streets dieser Welt verstand: »Wie viele Leute von der Dublin Garda sind vorbeigekommen, um Ihnen ihr Beileid auszusprechen?«

»Ist ziemlich unwahrscheinlich, daß uns der Constable aus unserem Bezirk bei diesem Nachmittagstee Gesellschaft leisten wird.«

»Dann sehen Sie ja, daß ich anders bin.«

»Himmel, vielleicht sind Sie's ja.« Boylan kratzte sich am Kopf. »Aber warum nur?«

»Ich sage, die Politik ist für den Tod Ihres Sohnes verantwortlich. Sie wissen, das ist die Wahrheit. Und Sie sagen, die Mörder, die Francie umgebracht haben, waren eigentlich hinter mir her. Vielleicht sollte ich auch eine Wahrheit erfahren. Damit sind wir auf der gleichen Seite, oder?«

»Oh, und ist es nicht toll, daß wir beide nach der gottverdammten Wahrheit suchen!« sagte Boylan und grunzte spöttisch. Er leerte sein Glas und hielt es mir hin, wollte noch einen. Ich schenkte nach.

»Ich sage nur soviel: Was Sie wissen und was ich weiß, könnte zusammengesetzt werden . . .«

»Dann frage ich Sie: Wozu? Können wir dadurch eine große und löbliche Sache herausfinden, die Francies zwei kleine Jungs davor bewahrt, zu Kanonenfutter heranzuwachsen wie ihr Da? Und was ist mit der Straße hier voller Kanonenfutter? Sie und Ihre feinen Freunde drüben in New York . . . Glaubt ihr wirklich, ihr helft diesen dummen, blöden Burschen mit euren stinkenden Dollars, die ihr der Irisch-Republikanischen Armee schickt?«

Ich dachte an Davy Mogaill und die dummen, blöden Burschen in Nugent's Bar, die sich auf der Musikbox »Ireland United« anhörten und Whiskeys mit Zuschlag tranken. Dann gab ich die Ansichten meines *Rabbis* zum besten: »Marschierende Füße haben noch nie etwas verändert, sie haben immer nur mehr marschierende Füße hervorgebracht.«

»*Aye*, aber versuchen Sie, das mal den Jungs hier in der Goff Street zu sagen. Unsere Burschen hier haben nichts, sie wissen, daß sie nie was haben werden – und sie wissen verdammt gut, daß der ganze Rest der Welt sie immer verachten wird, fast genauso wie die Zigeuner. Also, was glauben Sie wirklich, was die mit ihren Füßen tun werden?«

Ich sagte Boylan, ich würde mein Geld auf die IRA wetten.

»Dann haben Sie mir bewiesen, daß Sie auch nicht halb so

blöd sind, wie Sie aussehen. Ihr einziges Problem ist, Sie haben Ihren Onkel noch nicht durchschaut, der Sie herzitiert hat. Tja, genau das ist auch das Problem vom armen Francie gewesen.«

Liam hatte mich herzitiert?

Ich schenkte Boylan noch ein Glas ein, obwohl seine Augenlider sich bereits bedrohlich zum Schlaf des Betrunkenen senkten. Und ich fragte: »Wie meinen Sie das, meinen Onkel *durchschauen*?«

Boylan spuckte den Namen verächtlich aus. »Liam Hockaday! Er und sein heimtückischer, bösartiger Schatten!«

»Patrick Snoody?«

»*Aye*, und ich wünsche den beiden die Pest an den Hals!« Joe Boylan brüllte wieder, und seine freie Hand schoß als Faust in die Luft. Im Hinterzimmer schrien wieder die beiden Jungs, und Catty versuchte sie zu beruhigen. Boylan versuchte aufzustehen, schaffte es aber nicht. Und dann sah er aus, als wäre er den Tränen nah.

»Tut mir leid –«

Boylan fiel mir ins Wort, wollte, daß ich seine Beschuldigung ganz anhörte. »Ihr teuflischer Onkel, er ist einer von diesen verfluchten alten Hunden des Krieges, die unseren armen Burschen wie meinem Francis den Verstand verbiegen . . .!«

»Aber Francis hatte etwas«, sagte ich. »Er bewahrte die Geschichte, er war ein *shanachie*.«

»*Nae*, Sie kapieren immer noch nicht. O ja, Francie war clever und hat die alten Geschichten gelernt. Aber er war nie klug genug zu verstehen, daß man einen Papagei sowohl zum Wohle wie auch zum Schaden der Geschichte abrichten kann.«

»Womit Liam Hockaday und Patrick Snoody ins Spiel kommen?«

»*Aye*. Die und der ganzen Haufen der alten Hasser.«

»Sie sagen –«

Dieses Mal gelang es Boylan aufzustehen, unter viel Ächzen und Stöhnen und indem er sich mit einer Hand an der Wand abstützte. »Ich sage, wird Zeit, daß Sie aus meinem Haus und meinen Sorgen verschwinden. Es hat keinen Sinn, noch mehr über den alten oder den neuen Haß zu reden. Gehen Sie jetzt einfach, Sie amerikanischer Bastard.« Er fügte hinzu: »Bitte.«

Also ging ich.

Und als ich durch Boylans Tür auf die Straße hinaustrat und zum Taxi ging, bemerkte ich, daß mein Schritt schwerer geworden war. Als hätte irgend etwas in mir an Gewicht zugenommen, vielleicht meine leeren Stellen. Ich würde lernen müssen, mich damit zu bewegen.

Für mich bestimmte Kugeln?

Liam hat mich herzitiert?

Alte Hunde des Krieges?

Als wir von der Goff Street auf die Straße eingebogen waren, die wieder nach Süden Richtung Innenstadt führte, drehte sich der Taxifahrer mit besorgtem Gesicht zu mir um und sagte: »Ich sag's ja wirklich ungern, aber ich könnte schwören, daß wir von dem braunen Wagen hinter uns verfolgt werden. Den hab ich vorhin schon gesehen. Er hat an der Ecke der Goff gewartet, bis wir losgefahren sind.«

»Vergessen Sie die Ampeln«, sagte ich.

34

Nach einem langen, heißen Bad wickelte sich Ruby in einen Bademantel und stellte sich an das Fenster mit Blick auf die Ladbroke Street. Der morgendliche Tau, weiß wie Eis, lag immer noch auf den Grashalmen im Garten. Mit Knospen schwer beladene Zweige bebten sanft in dem Wind, der vom Hafenviertel von Dún Laoghaire den Hügel hinauffegte.

Entsprechend wählte sie ihre Garderobe: einen cremefarbenen Baumwollpullover, eine bis zur Taille reichende olivgrüne Lederjacke eine hellbraune Cordhose und Wanderschuhe. Außerdem entschied sie sich noch für einen grün-gelben Seidenschal, den sie sich locker um den Hals band.

Dann räumte sie Kleiderschrank und Kommodenschubladen

aus und trug alles zum Bett. Sie faltete sämtliche Kleidungsstücke neu – ihre Sachen und auch die von Hock – und ordnete sie in sorgfältigen Stapeln.

Das Packen lag normalerweise in Rubys Verantwortung. Sie hatte das als Preis dafür akzeptiert, mit einer Reiseschlampe wie Neil Hockaday zusammenzuleben. Hock war einer jener Männer, die absolut zufrieden waren, auf die letzte Minute noch ein paar alte Sachen in eine Plastiktüte von D'Agostino zu schmeißen. Ruby hingegen nahm Reisegepäck sehr ernst. Die Socken wurden in die Ecken des Koffers gestopft, zerbrechliche Gegenstände wurden in Papier oder Plastikfolie verpackt und zwischen kleinen, weichen Dingen gepolstert. Alles gebügelt und ordentlich gefaltet, alles ordentlich gestapelt.

Bei Gott, sie und die Koffer würden an diesem Nachmittag für die Abreise nach Carlow bereit sein. Rubys Kleider, und Hocks genauso, würden bei der Ankunft sehr, sehr ordentlich aussehen.

Bevor sie nach unten ging, nahm sich Ruby einige Minuten, um ihre Gedanken bezüglich der Sache mit Moira zu ordnen, und dies tat sie genauso sorgfältig, wie sie die Koffer und ihr heutiges Ensemble geplant hatte. Was mußte sie noch von Moira erfahren? Wie könnte sie es am besten anstellen? Wieviel konnte sie angesichts der wenigen zur Verfügung stehenden Zeit ihr zu entlocken erwarten?

Ruby entschied sich, die einzige wesentliche Frage zu verfolgen: die Bekanntschaft einer weltfremden, etwas wunderlichen Köchin mit Hocks aus vornehmem Hause stammender Mutter Mairead Fitzgerald. Was hatte Moira noch gleich über sie gesagt? *»Eine echte Schönheit ist sie gewesen. Eine Schönheit und ein Rebell und auch der Grund, warum ich mir die harte Nuß über den einäugigen Mann ausgedacht habe.«* Wenn es Ruby gelang, dieser Sache auf den Grund zu gehen, konnte sie mit Fug und Recht behaupten, an diesem Morgen gute Arbeit geleistet zu haben.

Sie legte etwas kastanienbraunen Lippenstift auf und zog einen dezenten Lidstrich. Sie warf einen letzten, prüfenden

Blick in den Spiegel, zog den Kragen ihres Pullovers gerade, zupfte an ihrer Frisur, strich die Vorderseite der Hose glatt. Dann verließ sie das rote Zimmer und ging die Treppe hinunter.

Am Fußende der Treppe durchquerte Snoody gerade die Diele auf dem Weg in das große Wohnzimmer. Er drehte sich um und schaute zu Ruby auf, wünschte ihr aber keinen guten Morgen. Ruby ebenfalls nicht.

Das Radio in Moiras Küche war auf denselben irren Mississippi-Prediger eingestellt, den Ruby bereits am Tag zuvor gehört hatte. Was eine nicht besonders angenehme Erinnerung an ihre Kindheit zu Hause in New Orleans heraufbeschwor: Ihre Mutter Violet schleppte sie mit zum Crescent City Miracle Tabernacle, und der Reverend Zebedeh Flowers jagte allen eine irrsinnige Angst ein mit seinem Gekreische und Gezappel, und seine großen, stechenden Glotzaugen waren genau auf Ruby Flagg gerichtet, als er die ewigen Höllenqualen der Verdammten beschrieb, womit er sogar kleine Mädchen meinte, die es törichterweise hinauszögerten, sich im Baptisterium reinigen zu lassen.

»Moira«, rief Ruby. Aber es kam keine Antwort.

Der Prediger beendete seinen Radiosermon mit einem Gebet aus den Psalmen: »Läutere mich, o Herr, von verborgenen Fehlern!«

Wieder rief Ruby in die stille Küche: »Moira . . . Moira?« Und wieder erhielt sie keine Antwort.

Anschwellende Orgelmusik beendete die Sendezeit des Predigers. Dann verlas jemand die Todesanzeigen des Tages.

»Moira?«

Keine Reaktion.

Ruby ging durch die Küche, vorbei an dem Tisch, an dem sie gestern mit Moira beim Tee gesessen hatte. Sie öffnete die Tür zum Garten hinter dem Haus, trat an die frische Luft hinaus und sah nichts außer einer Katze, die Milch aus einer Schale trank, die ihr auf die Terrasse hinausgestellt worden war. Ruby kehrte ins Haus zurück.

Da war noch eine weitere Tür, die wahrscheinlich in den Keller führte. Ruby öffnete sie. Hinter den ersten paar Stufen einer steilen Holztreppe lag nichts als tiefe Schwärze. Es roch intensiv nach Äpfeln und Kohlen.

Ruby tastete auf der Wand nach einem Lichtschalter. Sie fand ihn und drückte. Weiter unten, dort wo die Treppe im rechten Winkel nach rechts abbog, flammte eine nackte Glühbirne auf.

»Moira –?«

Keine Antwort.

Unsicher trat Ruby aus der Tür zurück. Sie drehte sich um und schaute hinter sich. Auf dem Tisch stand eine halbvolle Tasse Tee, daneben ein Schneidebrett mit Kuchenteig und einem Messer. Sie ging zum Tisch und nahm das Messer, dann kehrte sie zur Kellertür zurück.

Noch einmal. »Moira –?«

Nicht einmal das Echo ihrer eigenen Stimme drang aus der abgestandenen, staubigen Luft zu ihr. Vorsichtig ging Ruby die Treppe hinunter, hielt dabei das teigverschmierte Bäckermesser fest umklammert über dem Kopf.

Als sie die Biegung der Treppe erreichte, begegnete sie der Köchin. In stummem Entsetzen war Rubys erster Gedanke die Frage, ob die arme Moira Catherine Bernadette Boylan ein braves Mädchen gewesen war, gereinigt im Baptisterium.

Moiras gewaltige Glocke von einem Körper pendelte sanft an einem zweimal um ihren Hals gelegten und an der niedrigen Decke zwischen zwei Absätzen der Kellertreppe befestigten Seil. Ein Arm baumelte, der andere rutschte langsam von dem Seil um ihren Hals. Speichelbläschen säumten Moiras blaue Lippen. Ein Fuß zuckte, nur wenige Zentimeter über der lebensrettenden Stufe. Die Augen waren blutunterlaufen und traten ihr aus dem Kopf, genau wie Zebedeh Flowers Glotzaugen.

Aus der Dunkelheit des Kellers unten kam ein trippelndes Geräusch. Eine Ratte, vermutete – hoffte – Ruby. Sie hob das Messer.

»Miss Flagg, sind Sie da –?«

Snoody rief ihren Namen.

Ruby kämpfte gegen die Zeit und aufkeimende Panik und die

vergleichsweise lächerliche Angst vor einer Ratte. Sie eilte zu Moiras schwingendem Körper, legte das Messer an das Seil und sägte vor und zurück, vor und zurück. Moira fiel, ihr lebloser Körper brach vor der Wand zusammen. Dann glitt sie langsam auf ihrem toten Rücken, mit dem Kopf voran, unter lautem Geklapper die Treppe hinunter in den Duft von Äpfeln und Kohle.

»Miss Flagg –!«

Jetzt kam Snoody von der Küche heruntergetrampelt. Ruby drehte sich um und wartete, hielt das Messer immer noch erhoben.

»Nein!« brüllte sie die Treppe hinauf. »Nein!«

Snoody blieb wie angewurzelt stehen. Ruby hörte ihn warten, wobei seine Nase nervös pfiff.

»Miss Flagg – was in aller Welt geht hier vor?«

»Das sagen Sie mir besser, Snoody.« Sie versuchte, den Schrecken aus ihrer Stimme zu halten. Sie schob das Messer unter ihre Jacke und schaute um die Ecke des Treppenabsatzes. Dort stand Snoody vor ihr, auf halbem Weg auf der ersten Treppe in den Keller erstarrt, die Hände leer. Sie wiederholte: »Erklären *Sie* es mir!«

»Miss Flagg, ich verstehe nicht . . .«

»Kommen Sie mir nicht zu nahe!«

»Keine Angst, das werde ich schon nicht«, erwiderte Snoody und schob sich langsam wieder die Treppe hinauf zur Küche, wobei er die Hände auf den Treppenwänden hielt.

»Was wollen Sie von mir?«

»Ich wollte Ihnen nur sagen, Madam, daß Polizisten im Haus sind.«

»Polizei –?«

»Sie möchten mit Ihnen und dem jungen Mr. Hockaday sprechen. Wo ist Mr. Hockaday übrigens? Ich kann ihn nicht finden.«

»Mit uns –?«

»Sie warten. In der Diele, Madam. Ist mit Ihnen alles in Ordnung?«

Polizei?

Ein Gefühl der Erleichterung spülte über Ruby hinweg. Dann schüttelte sie den Kopf. Nein, dachte sie, irgend etwas stimmt da nicht.

»Soll ich ihnen sagen, daß Sie sofort kommen?« fragte Snoody.

Natürlich. Was sonst? »Ja ... sagen Sie ihnen das«, sagte Ruby.

Snoody verschwand. Ruby hörte ihn durch die Küche gehen. Und wieder hörte sie den Lärm der Ratte weiter unten. Moira gab keinen Laut von sich.

Langsam schlich Ruby die Treppe hinauf. Sie legte das Messer zurück auf den Tisch, ließ dann in der Spüle kaltes Wasser laufen, wusch Hände und Gesicht. Sie trat hinter der Haupttreppe des Hauses auf die Diele hinaus, wo sie von vier Männern im Anzug und Mantel erwartet wurde, die Hüte in den Händen hielten. Snoody sagte gerade etwas zu ihnen.

»Ich bin Ruby Flagg«, sagte sie zu den Männern. Plötzlich machte sie sich Sorgen wegen der Seilfasern auf der Klinge des Messers, das sie in der Küche zurückgelassen hatte. »Sie wollten mich sprechen?«

Ein dunkelhaariger Mann trat vor. Er zückte eine Dienstmarke der Dublin Garda. »Ist Mr. Neil Hockaday ebenfalls in der Nähe?«

»Er hat am frühen Morgen das Haus verlassen.«

»Verlassen mit welchem Ziel, Miss?«

»Dublin.«

Worüber der Polizist nicht sonderlich glücklich schien. Er drehte sich um und beriet sich mit den anderen, dann sah er wieder Ruby an. »In Ordnung, Sie müssen uns jetzt begleiten, Miss.«

»Warum?«

»Weil Sie verhaftet sind, darum.«

35

Der Taxifahrer ging sogar noch einen Schritt weiter und schüttelte den braunen Wagen ganz ab. Er erreichte das, indem er sich geschickt durch den dichten Verkehr schlängelte, der in südlicher Richtung auf der North Road unterwegs war, und dann durch ein Labyrinth kleiner Seitenstraße losflitzte.

»Haben Sie gesehen, wer in dem Wagen gesessen hat?« fragte ich.

Ich selbst hatte nur den vagen Umriß eines Mannes hinter dem Steuer gesehen. Es könnte ein zweiter Mann dabeigewesen sein, sicher war ich allerdings nicht.

»Tut mir leid, Chef, ich hab nur den Wagen gesehen.«

Wir fuhren weiter durch die Seitenstraßen und Gegenden, die sich nicht sehr von der unterschieden, die wir gerade erst verlassen hatten.

»Wie lange hat er schon gewartet, ich meine, vorhin in der Goff Street?«

»Das kann ich Ihnen wirklich nicht sagen.«

Schließlich hielt er an einer Straßenbahnhaltestelle. »Wenn ich Sie wäre«, sagte er, »dann würde ich jetzt aussteigen, nur um ganz sicherzugehen. Wenn Sie wollen, warte ich hier, bis die Bahn kommt.«

»Sie trauen der Garda nicht, was?«

»Nein, Chef.«

»Wieso vertrauen Sie mir?«

»Ihre fünf Mäuse in meiner Tasche sind eine schöne Anzahlung auf Vertrauen. Perfekt können Sie die Sache machen, wenn Sie jetzt noch den anderen Fünfer rausrücken, von dem Sie vorhin gesprochen haben. Dann ist da natürlich noch der normale Fahrpreis. Das macht zwei Pfund vier.«

Ich gab ihm zwei weitere Fünfer und sagte, das Wechselgeld könne er behalten.

»Gott segne Amerika«, sagte er.

»Da hab ich auf der Goff Street aber was ganz anderes gehört.«

»Da oben leben lauter Hitzköpfe, so einer bin ich nicht. Ich persönlich habe vor, alt zu werden, nicht mutig.«

»Gut möglich, daß Sie der liebenswürdigste Mann sind, den ich heute treffe.«

»*Aye*, und nicht ausgeschlossen auch der älteste, wie ich schon sagte. Und diesen guten Rat kriegen Sie umsonst, mein amerikanischer Freund: Passen Sie gut auf sich auf.«

Die Straßenbahn hielt scheppernd und quietschend an.

»Komme ich mit dieser Linie zum Trinity College?« fragte ich.

»*Aye*, sagen Sie dem Schaffner, er soll Ihnen an der Haltestelle University Bescheid geben.«

Ich stieg aus dem Taxi und verabschiedete mich von meinem freundlichen Fahrer, fügte auf Gälisch noch hinzu: *»Ní cheolfad a thuille go bhfuighfidh mé deoch.«*

»Und was soll das heißen, Chef?«

»Das ist das einzige Irisch, das ich kenne. Ich hab's in einem feinen New Yorker Etablissement namens Nugent's Bar von Davy Mogaill, einem Freund, gelernt. Übersetzt heißt das: Ich singe nicht mehr, bevor ich nicht einen Drink kriege.«

Der Fahrer lachte.

»Gott segne Eire«, sagte ich.

Dreißig Minuten später saß ich im Ould Plaid Shawl, las erneut Gunstons Artikel, stellte in meinem Notizbuch Zusammenhänge zwischen verschiedenen Dingen her und gönnte mir einen schönen, großen Drink, während ich auf meine Verabredung zum Mittagessen wartete.

Dermot Brennan war ein fünfzigjähriger Professor und sah aus wie ein riesiger Paddington-Bär. Knopfschwarze Augen lagen in einem runden Gesicht, das von krausen braunen Haaren und dem dazu passenden Bart umrahmt wurde. Er trug einen marineblauen Blazer mit dem alten Wappen des Trinity, ein rot-weiß kariertes Hemd und eine gelbe Fliege. Er besaß sogar eine Paddington-Aktentasche, eine dieser Mappen mit dreieckigen Klappen wie bei einem Briefumschlag, die zugebunden statt zugeschnallt wurden. Professor Brennans Kleidung und äußere Erscheinung war so heiter wie seine akademische Liebe mißmutig.

»Die politische Geschichte Irlands«, erläuterte er, als wäre unser Tisch im Pub nur eine Verlängerung seines Hörsaales, »ist die düstere Geschichte einer verhängnisvollen Teilung, die von der großen amerikanischen Gelehrten Hannah Arendt einmal als der Abgrund zwischen Menschen mit brillanten, gewandten Vorstellungen und Menschen der brutalen Taten beschrieben wurde – eine Kluft, die keine intellektuelle Erklärung überbrükken kann.«

Brennan kam äußerst schnell auf den Punkt.

»Apropos Politik«, sagte er zu mir und deutete mit dem Kopf auf Gunston, der gerade einen spiralgebundenen Block aufschlug, »unser gemeinsamer Freund von der Presse sagt mir, daß Sie Aidan Hockadays Sohn sind.«

»Allmählich glaube ich, das ist nicht gerade zu meinem Vorteil.«

»Ach? Wie kommen Sie darauf?«

»Durch O'Dowd, den Bibliothekar Ihres Trinity College ... Ihren Kanzler ...«

»Peadar Cavanaugh?« Brennans krause Augenbrauen hoben sich fragend. Er zog eine Meerschaumpfeife aus der Brusttasche und klopfte den verbrannten Tabak in einen Aschenbecher. »Was hat er über Ihren Vater erzählt?«

»Nichts Direktes, nur daß Cavanaugh zu denken scheint, ich wäre meinem alten Herrn irgendwie schrecklich ähnlich, was immer das zu bedeuten hat.«

»Nun, Sie sehen ihm mächtig ähnlich. Das würde ich schon auch sagen.«

»Woher wissen Sie das?«

»Aidan Hockaday taucht auf einem der Fotos meiner Sammlung auf, meinem Verbrecheralbum, wie ich es nenne.« Brennan kramte einen Tabaksbeutel heraus und stopfte nun die Meerschaumpfeife. Dann steckte er sie an. »Natürlich muß man den Zeitfaktor berücksichtigen. Auf diesem Foto ist Ihr Vater doch um einiges jünger als Sie heute.«

Ich sah Gunston an, der nicht weniger überrascht zu sein schien als ich. »Ich habe natürlich in den Katakomben auch nach Fotomaterial gesucht«, sagte Gunston. Er legte Daumen und Zeigefinger zu einem Kreis zusammen. »Nichts, nicht ein Foto.«

»Diese Aufnahme, die Sie besitzen, könnte ich die mal sehen?« fragte ich Brennan. »Ich habe meinen Vater nie kennengelernt.«

»Das hat Gunston mir bereits gesagt.« Brennan öffnete seine Aktentasche, zog einen Hefter heraus und reichte ihn mir. »Dachte mir schon, daß Sie sich dafür interessieren würden.«

In dem Aktendeckel befand sich ein Gruppenfoto in Schwarzweiß, auf dem die Gesichter kaum größer als ein Zehn-Cent-Stück waren. Es war ein altes, rissiges Foto mit einer Beschriftung in der rechten unteren Ecke. Ich nahm meine Bifokalbrille heraus und las: DUBLIN MEN'S SOCIETY OF LETTERS, MAY '36. Die Aufnahme zeigte etwa zwanzig Männer im College-Alter, die sich um zwei Männer mittleren Alters scharten, von denen der eine glattrasiert und in einen gutsitzenden Anzug gekleidet war, während der andere einen viktorianischen Zweireiher trug und einen wallenden Bart besaß.

Ich entdeckte meinen Vater unter den Studenten, bevor Brennan ihn mir zeigen konnte. Es hätte ein Foto von mir als Grünschnabel beim NYPD sein können, natürlich ohne die blaue Mütze mit dem silbernen Emblem und dem Lacklederschirm.

»Die Aufnahme ist in genau diesem Pub hier gemacht worden, in dem wir jetzt sitzen, Gentlemen«, sagte Brennan. »Das Ould Plaid Shawl war ein Zentrum politischer Aktivitäten in der Zeit der schrecklichen Weltwirtschaftskrise ... und während des Weltkriegs, der daraus entstand.«

Ich reichte das Bild an Gunston weiter, der es anerkennend ansah. »Nun, dann wollen wir doch mal sehen«, sagte er. »Hier haben wir keinen Geringeren als Peadar Cavanaugh in einer jüngeren Ausgabe. Und William Butler Yeats persönlich, der Dichter, der Dichter-Politiker. Erinnern Sie sich noch an den Zeitungsausschnitt, Hockaday?«

»Die Ankündigung des sonntäglichen Festes zu Ehren von Yeats«, erwiderte ich, »unter der Schirmherrschaft der Campus-Vereinigung meines Vaters, derjenigen, von der O'Dowd und Cavanaugh behaupten, es habe sie nie gegeben.«

»Wir müssen etwas großzügig sein, was Leute wie O'Dowd und auch Cavanaugh betrifft«, sagte Brennan. »In dem Versuch, eine alte und unbequeme Erinnerung auszulöschen, folgen sie nur ihren Instinkten als anständige Bürokraten, zu denen sie geworden sind. An heutigen Maßstäben gemessen, ist die Dublin Men's Society of Letters dem College äußerst peinlich.«

Gunston fragte mit dem Stift über seinem Notizbuch nach dem Grund.

Brennan sah zuerst ihn, dann mich an. »Ihr Vater und sein Mentor Professor Cavanaugh haben die Society of Letters gegründet. Es dauerte nicht lange, bis daraus eine radikale politische Bewegung wurde, was in der damaligen brisanten Zeit keine Seltenheit war. Das Programm der Society war, ich muß es leider sagen, die Unmöglichkeit, von der Hannah Arendt sprach.«

»Eine Vereinigung von vornehmen College-Studenten und halbstarken Rowdies?« brachte Gunston vor.

»Etwas in der Art, ja.«

In diesem Punkt legte Brennan eine Kunstpause ein wie ein mit sich zufriedener Lehrer, wenn er weiß, daß er die Neugier seiner Klasse geweckt hat. Er paffte sichtlich zufrieden an seiner Pfeife und wartete, daß entweder Gunston oder ich eifrig den Faden aufgriff und weiterspann.

Gunston gab das Foto zurück. »Professor«, sagte ich zu Brennan, »ich habe auch ein Foto von Aidan Hockaday. Es ist faszinierend, weniger weil er darauf die Uniform der U.S. Army trägt, sondern vielmehr wegen dem, was ich erst vor wenigen Tagen auf der Rückseite entdeckt habe.«

Nun war Brennan eifrig. »Was war das denn?«

»Ein Gedicht über das Ertränken von Hunden.«

Brennan nahm die Pfeife aus dem Mund. »Aha, das dürfte dann wohl von Yeats sein«, sagte er ruhig. Dann rezitierte er langsam und, wie ich meinte, ausgesprochen widerwillig: »›Ertränkt alle Hunde‹, sagte die zornige junge Frau, ›sie haben meine Gans und eine Katze getötet. Ertränkt, ertränkt sie in der Wassertonne, ertränkt alle Hunde‹, sagte die zornige junge Frau.«

Gunston schrieb die Worte mit.

»Das ist es«, sagte ich, als Brennan fertig war. »Als ich es Cavanaugh vorgetragen habe, hat der alte Knabe ein paar Tränen abgedrückt und mir gesagt, ich solle nach Hause zurückkehren. Was halten Sie davon, Professor?«

»Es ist schlicht und einfach der finstere Kern der ganzen Angelegenheit, Detective Hockaday. Wenn Sie mögen, erkläre ich es Ihnen, da ich persönlich kein anständiger Bürokrat bin. Aber ich warne Sie vor zwei Dingen. Erstens, sich ohne Schmerzen mit der irischen Vergangenheit auseinandersetzen zu wollen, ist eine Unmöglichkeit. Und zweitens, was ich Ihnen zu sagen habe, wird kein gutes Licht auf ein edles Bild werfen, das Sie möglicherweise von einem Vater behalten möchten, den Sie nie kannten.«

Beide, Gunston und Brennan, warteten darauf, daß ich sorgfältig darüber nachdachte. Unterdessen servierten die Kellnerinnen unser Mittagessen, bestehend aus kaltem Braten und Pickles, Lauchsuppe, braunem Brot und Butter und Ale vom Faß.

Ich dachte an das Armeeporträt meines Vaters, das einzige, was ich jemals von ihm besessen hatte, bis ich das auf die Rückseite geschriebene Gedicht von William Butler Yeats entdeckte – zu welchem gequälten Zweck, das würde ich vielleicht bald wissen. Ich dachte an seinen wortgewandten Brief aus dem fernen Amerika an seinen Bruder Liam, verfaßt in einer Handschrift, die nicht zu derjenigen auf dem Soldatenfoto paßte. *New York ist eine fabelhafte Dame, die unglaubliche Parties gibt ...*

Ich dachte an das Unbehagen, welches das Foto und der beängstigende Yeats-Vers bei Father Tim und Davy Mogaill ausgelöst hatten, und auch an den merkwürdigen Effekt auf Chief Eamonn Keegan bei der bloßen Erwähnung von Aidan Hockadays Namen. Und dann Liams Worte: *Vom Tag seiner Geburt an veränderte Aidan alles und jeden in seiner Umgebung ...*

»Gewarnt sind Sie jetzt«, sagte Gunston und tauchte einen Löffel in seine Suppe. »Also, was sagen Sie, Hockaday?«

»Die Wahrheit«, sagte ich. *Die große Wahrheit!* War dies allein meine Entscheidung, oder wurden mir vielleicht wieder Worte in den Mund gelegt von dem Mann, der am Fußende meines Bettes saß?

»Die Wahrheit liegt begraben irgendwo in der gequälten Politik Irlands, die bei weitem nicht so einfach ist wie in Amerika«, sagte Brennan, an mich gerichtet. Er hatte ein Sandwich zur Hälfte gegessen und schob nun den Teller fort. Während er weitersprach, trank er immer wieder an seinem Bier. »Amerika erfreut sich der Illusion seiner selbst als einer politisch komplexen Gesellschaft, und dies gilt ganz besonders während ihrer schier endlosen Präsidentschaftswahlen. Aber Amerika ist letzten Endes doch nur ein Einparteiensystem, das es für zweckmäßig erachtet hat, zwei Parteien zu haben.«

»Und was ist Irland?« fragte ich wie ein guter Student.

»Wir sind ein endloses Gespräch in Gestalt eines Landes. Der Wert jeder guten Unterhaltung liegt im Konflikt. Finden Sie nicht auch?«

»Ich habe das Gefühl, daß die Diskussionen hier reichhaltig sind.«

»*Aye.* In unseren zivilisierteren Augenblicken organisieren wir unsere Diskussionen in politischen Parteien. In vielen, sehr vielen Parteien. Je mehr, desto lebendiger bleibt das Gespräch, verstehen Sie. Daraus folgt fast von selbst, daß unsere lebendigsten und unvergeßlichsten Politiker die Schriftsteller sind. Deshalb sind sie die Helden auf unseren irischen Pfundnoten, im Gegensatz zu den toten Anwälten und so weiter, mit denen die Amerikaner ihre Dollarscheine schmücken.«

»Führt das jetzt irgendwohin, zum Beispiel zu feinen College-Studenten und halbstarken Rowdies – und Yeats?«

»*Aye*, aber zuerst müssen Sie ein wenig über den Hintergrund verstehen, zumindest während dieses Jahrhunderts. Irland erlangt seine Unabhängigkeit genau zu der Zeit, als die Welt zum ersten Mal in den Krieg zieht, und danach erwartete uns alle

Verbitterung und Verrat und das Randalieren des Mobs, wie es jedem Land bekannt ist, das nach langer Unterdrückung plötzlich frei wird. Nun, kaum legt sich der Wirbel ein wenig, da sind wir mit der Weltwirtschaftskrise auch schon wieder mittendrin. Ich beschreibe Ihnen hier in dieser schrecklichen Verkürzung ein vollkommenes soziales Chaos, verstehen Sie das?«

Ich verstand.

»Überall in Europa wünschen sich Menschen aller Klassen nichts sehnlicher als eine gewisse Art von Ordnung – eine starke, funktionierende Ordnung –, die die Katastrophen des Krieges und der Depression ersetzen soll. In den vornehmsten Salons und in den miesesten Spelunken werden darüber hitzige Reden geschwungen. Und in jeder europäischen Hauptstadt, Irland nicht ausgenommen, gab es Tausende, die solche Leute wie Benito Mussolini bewunderten.«

»Yeats selbst war ein berühmter Fan«, erklärte Gunston und legte seinen Stift beiseite. Dieses historische Vorwort erfolgte offensichtlich speziell für den Amerikaner am Tisch. »Wenigstens eine Zeitlang. Er machte Urlaub in Rapallo und an der italienischen Riviera, dann kam er nach Hause zurück und ergötzte seine politischen Freunde hier in Dublin mit den Zauberkünsten von Il Duce.«

»*Aye*, so war das ungefähr«, sagte Brennan und lächelte Gunston an, als sei er sein Vorzeigeschüler. Er drehte sich zu mir. »Nun denn, ich gehe davon aus, daß Sie Olivers ausgezeichneten Artikel in der heutigen Morgenausgabe des ›Guardian‹ gelesen haben?«

»Die Blauhemden und die ›Hearts of Steel‹«, sagte ich. »Zur Zeit der Schlacht um England ...«

Hearts of Steel. Ich griff in die Tasche und nahm das Messingmedaillon heraus, das ich von Father Tim erhalten hatte. Wieder sah ich es mir an und gab es dann Brennan. »Apropos *H.O.S.*«, sagte ich.

Brennan bemerkte die Axt und die *Fasces.* Er nickte. Dann las er den Vers auf der Rückseite: »›Wird nichtig des Volkes Elite und hohl ... Wird schwächer ihr Zustand und Zwietracht wächst an ... Tragt jetzt die Lieder hinaus in die Welt ... Tanzt auf den Straßen im Gleichschritt voran.‹«

Er gab das Medaillon Gunston weiter, der wissen wollte, woher ich es habe. Ich sagte ihm, es sei ein Geschenk von Father Kelly, unmittelbar bevor dieser Selbstmord beging. Gunston machte sich eine entsprechende Notiz und gab mir das Medaillon zurück.

»Ist das vielleicht auch von Yeats?« fragte ich Brennan.

»Ist es«, bestätigte Brennan, als er seine Pfeife wieder ansteckte. »Und etwa zur gleichen Zeit geschrieben wie das Gedicht mit den zu ertränkenden Hunden. Er war eine große Inspiration für die Sache – das zu behaupten machten sich wenigstens einige Leute zur Aufgabe.«

»Sache? Was reden Sie da? William Butler Yeats war der Vater der Blauhemden? Ein Nazi? Was –?«

»Ich sage nichts, das so simpel ist. Behalten Sie immer die Schwierigkeiten der damaligen Zeit im Auge und auch die Möglichkeit, daß ein ausdrucksbegabter Mann mit Yeats' Idealen vielleicht von seinen Leidenschaften aufs Glatteis geführt, seine Worte falsch gedeutet – und benutzt – worden sein könnten. Verstehen Sie, was ich meine?«

»Sie kommen jetzt zur Dublin Men's Society of Letters?«

»Genau. Ich komme sofort zu dieser Fußnote der Geschichte. Vorher jedoch sollten Sie noch wissen, was weder damals noch heute alles andere als unbekannt war, daß nämlich Yeats eine elementare Verachtung der irischen Regierung gegenüber empfand, der er selbst in den zwanziger Jahren als Senator diente. Oliver, Sie werden sich doch sicher noch aus meinem Seminar erinnern, wie Yeats die Regierung Cosgrave titulierte?«

Dann *war* Gunston also ein Vorzeigeschüler.

Gunston dachte einen Moment nach. »Er sagte, die Regierung sei ›etwas Warmes, Feuchtes und Schmutziges, eine Mittelschichtsdemokratie, wie sie schlimmer nicht sein könnte‹.«

»Genau das, Oliver. Sehr gut. Nun denn, ferner war es kein Geheimnis, daß Yeats und sein Intellektuellenhaufen außer sich vor Angst waren, der kommunistische Pöbel könne das Leinster

House stürmen, unser Parlamentsgebäude. In politischen Kreisen war allgemein bekannt, daß es in den ersten Monaten des Jahres 1933 Yeats war, der sich unermüdlich für die Regierung einer herrschenden Klasse einsetzte, die sich der Ordnung, intellektueller Hierarchie, Disziplin und Kultureifer verschrieb – was er beschrieb, repräsentierte einen ›Faschismus, modifiziert durch Religion‹.«

»O Gott, möge Billy Yeats ruhen in Frieden«, sagte Gunston, »aber beweist das nicht, daß man ein gebildeter Mensch sein kann und es trotzdem fertigbringt, ein Narr zu sein?«

Brennan tätschelte Gunstons Schulter. »Gut gesprochen, Sohn. Der Gelehrte weiß, daß seine beste Lektion die Erinnerung an die schlimmsten Mängel seiner Schule ist. Da wundert es mich doch, wie ich ein Leben in der Welt der Akademiker überlebt habe.«

»Zurück zu dem Verein meines Vaters, der Society of Letters«, sagte ich zu Brennan. »Was auch immer es gewesen sein mag, die kommunistische Bedrohung war's jedenfalls nichts.«

»Himmel, nein! Es ist die IRA, der dieses Schreckgespenst zugeschrieben wurde.«

»Ich verstehe nicht.«

»Mit großem Dank an die katholische Kirche wurde die IRA weit und breit für eine Kreatur des Antichristen gehalten – Karl Marx. Was wissen Sie über den Marxismus, Detective Hockaday?«

»Ich persönlich bin ein Groucho-Marxist.«

»Auch Sie, gut gesprochen. Der Marxismus, der damals auf diesem Boden wuchs, war schon immer mehr irisch als marxistisch. Das gleiche gilt im übrigen für den irischen Faschismus. Verstehen Sie jetzt, wie sich Peinlichkeiten ergeben können?«

»Ich verstehe. Was ich aber nicht kapiere, sind die Konflikte. Laut Olivers Artikel war die Society eine Ansammlung von Blauhemden, die sich, wie Sie mir sagen, von Yeats und seinem Gentleman-Faschismus inspirieren ließen. Und doch behauptet die Regierung, daß die Society eine Tarnorganisation der linksgerichteten IRA war?«

»Links und rechts spielen keine Rolle, wenn es um den einzigen heiligen Haß geht, der Iren aller Glaubensrichtungen eint«, sagte Brennan. »Als Sohn von Aidan Hockaday wissen Sie sicher, was das ist.«

»England.«

»Exakt. Haben Sie noch nie den Spruch gehört – der Feind meines Feindes ist mein Freund?«

»Hab ich. Ich habe auch schon von einem merkwürdigen Bettgenossen gehört.«

»*Aye*, und es war ein merkwürdiges Bett, in dem wir während des letzten Krieges alle gelegen haben. Wir nannten uns neutral. Aber viele hier waren von der Schlacht um England begeistert, als es beinahe so aussah, als könnte unser Freund Hitler schließlich und endlich unseren gemeinsamen Feind vernichten. Können Sie mir folgen?«

»Ja.«

»Und jetzt stellen Sie sich vor, es könnte sein, daß gewisse Personen nicht ganz unschuldig waren an der nationalen Begeisterung.«

»Womit Sie meinen Vater meinen?«

»Wie's aussieht, ja.«

36

Als Brennan schließlich seinen Fall und alle damit verbundenen skandalösen Implikationen vorgetragen hatte, war ich aufgrund des Schmerzes in meinem Herzen überzeugt, daß man mir zumindest die Wahrheit, wenn schon nicht die große Wahrheit gesagt hatte. Und daß Mogaill absolut recht hatte: Die Wahrheit befreit den Menschen nicht notwendigerweise.

Nachdem Brennan mich noch einmal darauf hinwies, daß ich es schließlich nicht anders hatte haben wollen, kehrte er in seinen Hörsaal zurück. Das Foto machte er mir zum Geschenk. Gunston borgte es sich sofort aus und machte sich auf den Weg zu Chancellor Peadar Cavanaughs Büro, sagte noch, es würde wahrscheinlich besser für ihn laufen, wenn ich nicht dabei sei.

Was mir durchaus recht war, denn ich konnte jetzt gut ein paar Drinks vertragen. Darum kümmerte sich eine Bardame namens Mave.

Während ich trank, versuchte ich mir darüber klarzuwerden, wie ich Ruby die merkwürdigen Bettgesellen in der Geschichte meines Vaters verständlich machen konnte. Und auch mir selbst. Wie erklärt man die Nazi-Kumpel seines Vaters?

Das einzige, was einen Sinn ergab, war der Whiskey. Was mir wiederum sagte, daß es höchste Zeit war, für heute in Dublin Schluß zu machen.

Ich rief Mave zu mir, um zu bezahlen. Sie gab mir auf eine Zehn-Pfund-Note, wie ich fand, bei weitem nicht genug heraus.

»Sie haben mir zuwenig Wechselgeld gegeben«, beschwerte ich mich.

»Gott, tot soll ich umfallen, daß ich einem Yank zu wenig rausgebe!«

»Und was, bitte, ist Ihr Problem mit Amerikanern, Mave?«

»Ihr habt keinen Respekt vor den Spielregeln.«

»Wie zum Beispiel?«

»Wer Geld genug für kleine Trips in die alte Heimat hat, der hat auch die Pflicht, sich hin und wieder in einem Pub übers Ohr hauen zu lassen.«

»Sie glauben an das Märchen, daß alle Amerikaner reich sind?«

»Niemand glaubt Märchen über Amerikaner mehr als die Amerikaner selbst.«

Ein besserer Mann als ich hätte sich jetzt mit Ruby auf dem Dubliner Flughafen verabredet, um in die nächste Maschine zurück nach New York zu steigen. Aber ich, der ich mich pflichtbewußt übers Ohr hauen ließ, verließ das Ould Plaid Shawl mit der glorreichen Idee, den Zug zurück nach Dún Laoghaire zu nehmen, Ruby abzuholen, mich von Onkel Liam zu verabschieden und am Nachmittag ins County Carlow aufzubrechen.

Auf dem Weg zum Hauptbahnhof beschloß ich, Ruby anzurufen. Wie ich sie kannte, würde sie schon mit Packen beginnen wollen. Snoody meldete sich.

»Geben Sie mir Ruby«, sagte ich.

»Ich bedaure sehr, Ihnen sagen zu müssen, Sir, daß sie nicht hier ist.«

»Ist sie wieder mit Moira unterwegs?«

Einen Augenblick herrschte Totenstille in der Leitung, dann sagte Snoody: »Heute morgen hat sich hier eine Tragödie ereignet. Moira . . .! Schrecklich, wirklich sehr, sehr schrecklich . . .«

Seine Worte verklangen, und zur Abwechslung hörte sich Snoody tatsächlich an wie ein menschliches Wesen. Was allein schon Grund genug war, daß mein Blutdruck abrupt in die Höhe schnellte. Es hatte sich allerdings eine Tragödie ereignet.

»Holen Sie erst mal tief Luft, Patrick. Und dann erzählen Sie's mir kurz und bündig. Fangen Sie damit an, wo Ruby steckt?«

»Sie ist kassiert worden.«

»Was –?«

»Die Polizei war hier – Dublin Garda, nicht unsere hiesige Civil Guard. Und sie haben auch nach Ihnen gesucht, Sir. Es waren vier Polizisten. Ich nehme an, Sie sind denen so gerade eben entwischt.«

Entwischt?

»Wessen wird Ruby beschuldigt?«

»Sir, ich möchte mir ganz bestimmt nicht vorstellen, daß Ihre Miss Ruby etwas mit . . . mit Moira zu tun hat.«

»Was ist mit Moira?«

»Sie ist . . . erhängt worden. Sie ist tot.«

»Wann –?«

»Ich weiß nicht genau, Sir. Alles ist immer noch so furchtbar verworren.«

»Wo ist Ruby jetzt?«

»Ich vermute, sie wird wohl verhört. In der Stadt . . .«

»Wo ist mein Onkel?«

»Er ist ein Langschläfer, müssen Sie wissen. Er sitzt jetzt mit seinem Kaffee im Garten. Ich habe ihm noch nichts gesagt.«

»In Ordnung. Aber sagen Sie's mir.«

»Nun, die Polizisten standen vor der Tür und haben nach Ihnen beiden gefragt. Ich habe daraufhin versucht, Sie zu finden, Sir, wußte zu dem Zeitpunkt aber noch nicht, daß Sie das Haus so früh bereits verlassen hatten. Ach, übrigens, haben Sie meine Mütze mitgenommen?«

»Vergessen Sie Ihre Mütze, um Himmels willen!«

»Nun, dann bin ich in die Küche gegangen, da ich mir dachte, Miss Ruby könnte vielleicht dort bei Moira sein. Ich habe sie allerdings zusammen angetroffen ...«

»Weiter, Patrick.«

»Zuerst konnte ich die ganze Wahrheit ja noch nicht erraten. Da war nur Miss Ruby. Sie kauerte auf der Kellertreppe und hat mich bedroht ...«

»Sind Sie sicher, daß Sie das richtig mitgekriegt haben?«

»Ich müßte doch wohl wissen, wann ich bedroht werde!«

»Okay, überspringen wir diesen Teil. Was ist dann passiert?«

»Die Polizisten haben sie abgeführt.«

»Moment mal. Wo wurde Moira denn erhängt?«

»Im Keller.«

»Wo Sie Ruby gefunden haben. Dann muß Ruby die Leiche entdeckt haben?«

»Könnte sein.«

»Aber der Polizei hat sie nichts von Moira gesagt?«

»Jetzt, wo Sie es erwähnen: Ich kann mich zumindest nicht daran erinnern, daß sie es getan hat.«

»Was ist passiert, nachdem die Polizei und Ruby fort waren?«

»Ich bin in die Küche gegangen, um im Keller nachzusehen, wo ... nun, wo Miss Ruby mich bedroht hatte.«

»Was auch immer.«

»Die arme Moira lag Hals über Kopf in der Dunkelheit am Fußende der Treppe. Um den Hals hatte sie ein Stück Seil, frisch durchgeschnitten, würde ich vermuten. Der Rest des Seils hing immer noch von einem Deckenhaken.«

Ich sah auf die Uhr. »Es ist jetzt fast zwei, Patrick. Wie zum Teufel haben Sie das alles so lange vor meinem Onkel geheimgehalten? Und was macht die Polizei im Augenblick?«

»Es sind keine Polizisten hier.«

»Sie haben sie nicht verständigt?« fragte ich. Und begriff ebenfalls, daß Ruby nicht gemeldet haben mußte, was sie gesehen hatte. *Warum nicht?*

»Zu gegebener Zeit werde ich Moira unauffällig wegbringen lassen.«

»Sie sagen, die Leiche liegt noch immer unten im Keller?«

»Sir, ich –«

Ich knallte den Hörer auf. Ich wählte die Auskunft, von der ich mir die Nummer der amerikanischen Botschaft geben ließ. Dann rief ich um Hilfe, wobei meine Finger nicht besonders ruhig waren, als ich ungewohnte Münzen in den Apparat stopfte.

»Mein Name ist Neil Hockaday. Ich bin amerikanischer Staatsbürger. Ich stecke in Schwierigkeiten.«

»Bleiben Sie bitte dran.«

Es könnten ein oder zwei Minuten gewesen sein, obwohl ich geschworen hätte, daß es eine Stunde dauerte, bis wieder jemand in der Leitung war. »Ihren Namen und Ihren festen Wohnort, bitte?«

»Neil Hockaday, New York.«

»Stadt oder Staat?«

»Beides.«

»Beruf?«

»Police Detective.«

»Verwandte hier in Irland?«

»Hören Sie, könnten Sie das Formular mal weglegen? Ich stecke in Schwierigkeiten – und ich hab's eilig.«

»Haben wir das nicht alle? Worum geht es denn, Mr. Hockaday?«

»Die Dubliner Cops.«

»Wie bitte?«

»Wir haben Schwierigkeiten mit der Polizei, glaube ich.«

»Wir –?«

»Meine . . . Begleiterin und ich. Ruby Flagg.«

»Jemand mit dem Namen Ruby hat Schwierigkeiten mit der Garda?«

»Sie haben sie schon geschnappt, und jetzt suchen sie nach mir.«

»Damit wir uns richtig verstehen. Sie sind ein Cop, und Sie haben Schwierigkeiten mit anderen Cops?«

»Ich bin in den Nachrichten, um Himmels willen. Lesen Sie keine Zeitung?«

»Sir, es ist nicht nötig, mich in diesem Tonfall anzu . . .«

Wieder knallte ich den Hörer auf. Ich nahm Bradys Visitenkarte aus der Brieftasche und rief ihn an. Da stand ich nun, so verzweifelt, daß ich doch tatsächlich versuchte, einen Winkeladvokaten zu erreichen, und glaubte, daß mein Leben davon abhing, ihn zu erwischen. Irgendwie mußte ich verhindern, daß ausgerechnet Brady meine Verzweiflung witterte.

Bradys »Kanzlei« bestand aus einer müden Frau mit verrauchter Stimme und Hintergrundgeräuschen, die sich nach einer Menge kleiner Schreihälse anhörten. »Handelt es sich vielleicht um einen Notfall?« wollte sie wissen.

»Tja, vom Standpunkt der toten Frau aus betrachtet würde ich sagen, nein«, erwiderte ich.

»O mein Gott, dann sollte sich der Solicitor wohl besser selbst eine Meinung bilden«, sagte sie. Sie bat mich, eine zweite Telefonnummer anzurufen, die, wie sich herausstellte, zu einem Pub namens Gnarling Cur gehörte, das recht zweckmäßig in unmittelbarer Nähe eines Krankenhauses und des Präsidiums der Dublin Garda gelegen war.

»Oh, aber ich bin mir ganz und gar nicht sicher, ob ich überhaupt der richtige Mann für Sie bin«, sagte Brady, als er endlich ans Telefon kam. »Als Sie das letzte Mal meine Dienste benötigten, haben Sie so enttäuscht gewirkt. Ich erinnere mich, daß ich mich selbst ein wenig . . . wie soll ich sagen, herabgesetzt gefühlt habe.«

»Hören Sie mir jetzt ganz genau zu, Brady, denn mir fehlt die Zeit, mit Ihnen herumzualbern. Ich werde mich jetzt zum Präsidium der Garda begeben. Wenn ich Ihren Arsch nicht vor dem Eingang auf mich warten sehe, dann werde ich reingehen und sagen, daß Sie sich neulich davongeschlichen haben, als Keegan ermordet wurde. Irgendwas sagt mir, daß die Cops in dem Fall nach einem Sündenbock suchen. Ich werde dafür sorgen, daß Sie dafür ein heißer Kandidat sind.«

»Mr. Hockaday, hören Sie –!«

»Nein. Sehen wir's von meiner Seite, Brady. Mir wird im Moment ganz schön eingeheizt, daher bin ich auch fähig, alles auszuspucken, was meine Lage abkühlen könnte. Wenn das bedeutet, Sie anzuscheißen, wen interessiert's?«

Um Form und Inhalt zur Deckung zu bringen, knallte ich dann den Hörer auf. Wenn es schon sonst nichts brachte, dann wollte ich bei meinem Besuch bei Dublins Besten doch wenigstens einen Zeugen dabeihaben. Brady war das Beste, was ich kurzfristig und ohne viel Geld auf die Beine stellen konnte.

Ich zog die Krempe von Snoodys Mütze tief in meine Stirn und machte mich auf den Weg zum Präsidium der Garda, wobei ich die kleinen Seitenstraßen parallel zur O'Connell benutzte. Zehn Minuten später umrundete ich die Ecke der Roxboro Lane auf die O'Conell Street, und das Polizeipräsidium kam in Sicht.

Genau wie eine Traube viel zu alter Schulmädchen in karierten Schottenröcken und Kniestrümpfen und grünen Strickjakken, die sich gerade auf ein japanisches Touristenpärchen stürzen wollten. Ich war drauf und dran, die Japaner zu retten, als ich Brady auf den Stufen des Präsidiums erspähte, direkt neben dem Eingang, wo er auch sein sollte.

Brady sah mich ebenfalls. Und gleichzeitig machte er die beiden massigen Constables auf mich aufmerksam, die neben ihm standen.

Dann kamen die Constables auch schon mit gezogener Waffe auf mich zu gestürmt.

37

Chancellor Peadar Cavanaugh lehnte sich in seinem Sessel zurück und wartete auf die Reaktion seines jungen Interviewers. Er hatte Zeit, eine Rothman's zu rauchen, dann fast noch eine halbe, bevor Oliver Gunston wieder ein Wort herausbrachte.

Und selbst dann stammelte er nur. »Was Sie mir gerade gesagt haben, das ist . . . Also, der Plan ist mit Sicherheit ungewöhnlich, aber . . .« Gunston konnte den Gedanken nicht zu Ende führen. Was die Sache vielmehr traf – er konnte einen solchen Gedanken nicht mal beginnen. *Der Nevermore-Plan.* Unfaßbar, verrückt . . .

Was Cavanaugh bereits vermutete. Natürlich. Das mit Abstand Unerträglichste an seinem Alter, das hatte er lernen müssen, war die Last der Erfahrung, die so vieles in den wenigen ihm noch verbliebenen Jahren so völlig vorhersehbar machte. Für einen Tag mit einer einzigen, echten Überraschung würde er liebend gern den Verlust noch eines weiteren lebenslangen Freundes erleiden.

»Gestatten Sie mir, Ihnen bei dieser Sache behilflich zu sein«, sagte Cavanaugh. »Der Knüller, den ich Ihnen gerade serviert habe . . . Ach, übrigens, so nennen Sie so etwas in Ihrer Branche doch, richtig? Einen *Knüller*?«

»*Aye.*«

»Hier haben Sie nun eine sensationelle Story, und doch wissen Sie sehr gut, daß sie nicht veröffentlicht werden kann. Ganz bestimmt nicht im ›Irish Guardian‹. Das ist doch Ihr Dilemma, oder nicht?«

»Ist es.«

»Und warum?«

»Nun, ich . . .«

»Kommen Sie, Gunston. Man hat mir gesagt, vor nicht allzulanger Zeit seien Sie ein hervorragender, hochintelligenter Student an diesem College hier gewesen. Einer von der eifrigen Sorte – mit einem Vollstipendium, richtig? Es hat Ihnen doch wohl drüben bei der guten alten Dame von einer Zeitung nicht den Kopf verkleistert, oder? Jetzt sagen Sie mir, warum ist Ihr wunderbarer Knüller nichts wert?«

Gunston fragte sich, warum Cavanaugh ihn verspottete. Diese Bemerkung über sein Stipendium. Er schob den Gedanken fürs erste beiseite. »Weil ich schön blöd wäre, wenn ich damit zu meinem Herausgeber ginge?«

»Genau. Die Sorte Männer, die in Zeitungen zu Macht kommen, kenne ich schon lange. Heute sogar Frauen, Gott helfe uns. Erzählen Sie einem von diesen Kretins von *Nevermore*, und die hetzen Ihnen sofort die Ärzte auf den Hals.«

»Die würden mich für verrückt halten?«

»Mit Sicherheit für einen Aufschneider. Sie haben einfach nicht das Zeug zu erkennen, daß der Wahnsinn die rationale Adaption an eine wahnsinnige Welt ist. Daher weigern sie sich, die Gedanken von Irren zu veröffentlichen, bis sie tot sind. Deshalb ist die Presse auch so ungeheuer öde. Ach, übrigens, Gunston, ich finde die Betonung Ihrer Sätze beunruhigend.«

»Die Betonung?«

»Nur ein weiterer trauriger Aspekt unserer Zeit. Männer und Frauen Ihres zarten Alters setzen sich in Gesprächen nicht mehr durch. Sie sagen nur noch so wenig, das mit einem schönen, nachdrücklichen Punkt endet. Heute sind Fragezeichen die Regel. Schon so früh im Leben. Zu schade.«

»Ich will mal nur für mich selbst sprechen und für niemanden sonst meines Alters: Antworten kommen mir schon zu den Ohren raus«, sagte Gunston. »Aber von Ihnen hätte ich schon sehr gern eine. Wenn Sie wußten, daß ich keine Möglichkeit habe, es zu veröffentlichen, warum haben Sie es mir dann überhaupt erzählt?«

Jetzt war es der wissende Cavanaugh, der sich über seinen weißen Bart strich und nach den passenden Worten zu seinen Gedanken suchte. Schließlich hellte sich sein Gesicht auf. »Nun, Gunston – ich bin Ihnen dankbar!«

»Gern geschehen, aber wofür?«

»Ich weiß es einfach nicht, warum ich es Ihnen erzählt habe. Was mich überrascht. Ich stehe in Ihrer Schuld.«

»Chancellor ...«

»Schon gut.« Cavanaugh zog das Seidentuch aus seiner Brusttasche und wischte sich über den Mund. »Es müssen wohl all die herrlichen Erinnerungen gewesen sein, die mir wieder ins Bewußtsein kamen, als ich mir Ihr Foto angesehen habe. Das hat mich berauscht, mir die Zunge gelöst wie ein Glas Irish Mist. Ach, allein der Gedanke macht mich durstig.«

Cavanaugh wirbelte auf seinem Stuhl zu der Anrichte hinter dem Schreibtisch herum, auf der eine kleine Karaffe stand. »Bekommen Sie auch einen?« fragte er Gunston.

»Nein, danke.«

Cavanaugh schenkte sich drei Fingerbreit Whiskey ein, wirbelte dann wieder zu Gunston herum.

»Darf ich es noch einmal sehen«, bat er, »das Foto? Und was sagten Sie noch gleich, woher Sie es haben?«

Gunston griff in den braunen Umschlag auf seinem Schoß. Er zog die Aufnahme der Dublin Men's Society of Letters heraus und stellte sie zwischen ein altmodisches Federkiel-Set und ein hochmodernes Telefon an den Rand von Cavanaughs Schreibtisch.

»Wie ich Ihnen schon sagte«, wiederholte Gunston, »ist meine Quelle vertraulich.«

»Das sagten Sie, ja. Und Sie erlauben mir immer noch nicht, daß ich es in die Hand nehme?«

»Nein, ich denke nicht.« Gunston hielt die Hand auf dem Foto, um es sofort wegreißen zu können, sollte Cavanaugh danach greifen wollen.

»Nur vernünftig, vermute ich. Obwohl überhaupt nicht nötig, wie Ihnen ja bewußt ist.« Cavanaugh zuckte mit den Achseln, beugte sich dann vor und betrachtete noch einmal all die vertrauten Gesichter.

»Meine Güte, schauen Sie nur«, sagte er und trank einen Schluck. »Ich glaube, ich kann uns fast wieder hören – wie wir Billy Yeats' nicht sangbare Lieder singen. Texte, die er zu den Melodien von ›O'Donnell Abu‹ und ›The Heather Glen‹ geschrieben hat. Mein Gott, es war herrlich.«

»Sie waren damals ja auch ein herrlicher, im Stechschritt marschierender Chor«, meinte Gunston.

»Sie mißbilligen das.«

»Habe ich Sie wieder überrascht?«

»Nicht so, wie Sie denken. Überrascht bin ich nur, daß Sie nicht darauf bestehen, daß ich ein weiser Mann bin. Die meisten jungen Narren erwiesen mir diesen schrecklichen Respekt so bereitwillig wie ein Tippen an den Hut.«

»An Ihrem Zynismus ist nichts Weises.«

»Unverfroren und entschieden! Sehen Sie nur, wie Sie endlich mit Ihrer Meinung nicht mehr hinter dem Berg halten. Bitte, verraten Sie uns doch, was Sie sonst noch so denken.«

Gunston holte tief Luft. »Ich bin überzeugt, daß es auf allen Seiten eines Krieges Soziopathen gibt. Ich denke, Ihr *Nevermore-Plan* fördert nur eine groteske Symbiose. Die eine terroristische Organisation ohne die andere, und Sie sind alle arbeitslos. Es geht Ihnen weniger um den Kampf gegen die *Brits* als vielmehr darum, ein für beide Seiten angenehmes Maß an Täuschung, Zerstörung und Mord aufrechtzuerhalten.«

»Nun, das war jetzt aber mal ein schöner Redefluß, gut gewählt für eine Anklage«, sagte Cavanaugh. »Sie werden es daher erstaunlich finden, daß ich Ihnen in allem beipflichte, was Sie gerade gesagt haben. *Aye*, genau das ist das Geniale des *Nevermore-Plans* – und unsere grundlegende Schutzmaßnahme.«

»Das schmutzige Geschäft einer edlen Sache hört niemals auf? Ist das Ihre Begründung?«

»Und sehen Sie, daß wir die Idee nicht einmal erfinden mußten? Es ist eine Konstante, die sich durch die ganze schwachsinnige Menschheitsgeschichte zieht. Die Menschen vergessen schnell, wenn das Kämpfen nachläßt. Daher machen wir es uns zur Aufgabe, den Topf am Kochen zu halten, egal was passiert.«

»Sie sagen also . . .« Wieder hatte Gunston Schwierigkeiten, seinen eigenen Gedankengang zu akzeptieren. »Sie sagen, Sie helfen der anderen Seite? Der Royal Ulster Constabulary – diesem Haufen protestantischer Fanatiker dort oben? Sie helfen denen gegen Ihre eigenen Leute?«

»Ich sage nur soviel, daß wir tun werden, was wir tun müssen, um das Mißtrauen lebendig zu erhalten.«

Gunston stand auf. »Ich brauche Luft, Sie machen mich krank«, sagte er. »Sie sitzen hier auf diesem Campus, Sie und Ihre Eliten, und Sie –«

»Sie halten uns für elitär, mein Junge?« Cavanaughs Stimme hob sich, und sein Gesicht lief rot an. Er trank seinen Whiskey aus. »Denken Sie noch mal nach. Und wenn Sie mögen, werde ich Ihnen dann von den Leuten erzählen, von denen Aidan Hockaday und ich abstammen.«

»Ich habe mit Stipendium studiert, wie Sie ja selbst betonen. Ich weiß, wie es ist, auf dem steinigen Weg auf diese Institution zu kommen. Dazu muß ich mir nicht erst Ihre Biographie anhören.«

»Vielleicht doch, Gunston. Denken Sie zurück an die Zeit der Hungersnot. Kein Priester, kein Kapitalist, kein Constable und kein Gelehrter ist damals gestorben! Nur die einfachen Leute. Wir sind gestorben! So, und jetzt sehen Sie sich an, was wir wegen dieser Ungerechtigkeit unternommen haben – den *Nevermore-Plan*. Sehen Sie, wie wir uns unter die Privilegierten eingeschleust und sie für unsere eigenen Ziele benutzt haben.«

»Das geht aber auch, ohne noch mehr von den eigenen Leuten zu töten, oder nicht?«

»Meinen Sie?«

»Sehen Sie sich Ihre Täuschung an«, sagte Gunston, »Ihre Zerstörung, Ihren Mord –«

»Täuschung, natürlich! Aber nicht Mord und Zerstörung wie zuvor, nicht wie in der Zeit, als es nur englisches Geld und Waffen gab – und englische Täuschung.«

»Niemals wieder«, sagte Gunston sarkastisch.

»*Aye, nevermore* – niemals wieder! Den Engländern kann man nicht vertrauen. Sie haben uns oft genug betrogen. Der beste Mann hat immer noch einen Trumpf in der Hand, der nicht zum zulässigen Blatt gehört.«

»Wenn Sie mich jetzt entschuldigen würden, ich gehe kotzen.«

Gunston ging zur Tür, drehte sich aber noch einmal um, bevor er ging. »Ich schwöre, ich werde eine Möglichkeit finden, diese verrückte Geschichte über euch mordende alte Bastarde zu erzählen!«

»Das will ich Ihnen gern glauben«, sagte Cavanaugh. Er lächelte, und Gunston trat mit erhobenem Kopf auf den Korridor. Ja, er hatte den jungen Gunston genug provoziert; er wird mit aller Macht darum kämpfen, eine Möglichkeit zu finden, die Story zu erzählen. In die spannungsgeladene Luft sagte Cavanaugh: »Tatsächlich werde ich dir jetzt noch einen Gefallen tun, indem ich dir einen Aufhänger für diese Nachrichten liefere ...«

Er wartete einen Moment, bis sein wild klopfendes Herz sich wieder einigermaßen beruhigte. Dann wischte er sich mit dem Seidentuch erneut die Hände ab und auch über die Stirn. Zuerst hatte er sich selbst überrascht, indem er vom *Nevermore-Plan* erzählt hatte. Und jetzt das hier, seine unerwartete Eingebung für das perfekte, symmetrische Ende.

Cavanaugh griff zur untersten Schublade seines Schreibtisches und zog einen Bogen schweren, elfenbeinfarbenen Briefpapiers, das er normalerweise für kurze, handschriftliche Mitteilungen verwendete, sowie einen Umschlag heraus. Aus der obersten Schublade nahm er dann ein rasierklingenscharfes Messer, mit dem er Zeitungsartikel ausschnitt.

Er strich den Bogen auf dem Schreibtisch glatt, bewunderte das geprägte Siegel des Trinity College und seinen eigenen, darunter stehenden Namen in Dunkelrot: PEADAR CAVANAUGH, CHANCELLOR. Er legte die Klinge auf die eine Seite des Briefpapiers, den Umschlag auf die andere und wählte sodann einen Federkiel.

Wie ausgesprochen passend, dachte er. Er zog einen Ärmel und anschließend eine Manschette zurück. Dann erinnerte er sich an die Schatulle aus Walnußholz in einer anderen Schublade. Er zog sie heraus und stellte sie auf den Schreibtisch, zog Manschette und Ärmel wieder herunter.

Doch jetzt zitterten seine Hände. War er wirklich bereit?

Er drückte auf einen Knopf des Telefons.

»Ja, Sir?« kam die Stimme der Sekretärin.

»Kommen Sie doch bitte herein, Thelma.«

»Bin sofort bei Ihnen, Sir.«

Er drehte sich um und schenkte sich ein weiteres Glas ein. Dann erhob er sich und trat vor das Fenster.

Der Kanzler schaute auf den Champus herab, über den er gebot; er, nur ein einfacher Bursche aus dem armen, rauhen Landstrich Kilkenny. Dort unter seinem bleiverglasten Fenster war er mit ihnen entlangspaziert – mit Shaw, Behan, Joyce . . . und Yeats.

Konnte seine liebe Mutter im Himmel ihn in diesem irdischen Reich sehen? Die Grünanlagen des Trinity, die alten Steinmauern, die mit Wein überwucherten Tore; und dort im Dunst direkt hinter den Mauern des Trinity, am Ende des sanft ansteigenden Hügels, über den die O'Connell Street vom Liffey bis zur Hauptpost verlief, die grüne, weiße und orangefarbene Flagge Irlands.

Gott, sie war herrlich.

Thelma kam mit ihrem Diktatblock herein. Zum Rücken seines schwarzen Anzugs sagte sie: »Ich bin da, Sir.«

Cavanaugh antwortete nicht direkt. Er hob das Glas und trank langsam den Whiskey.

»Ich werde niemals das Gesicht meiner Mutter berühren«, sagte er schließlich.

»Sir –?«

»Das ist meine schlimmste Bestrafung. Verstehen Sie das?«

»Sir, fühlen Sie sich –?«

Wieder unterbrach er sie, rezitierte Worte, die seit seiner Kindheit nicht mehr gesprochen worden waren:

»*Th'anam chun Dhia!* Doch da ist es –
Die Morgenröte auf den Bergen Irlands.
Gottes Engel heben den schwarzen Schleier der Nacht
Vom schönen, herrlichen Antlitz meines Vaterlands.
O Irland! Siehst du nicht grandios aus –
Wie eine Braut in ihrem prächtigen Schmuck?

Und mit all der aufgestauten Liebe meines Herzens
wünsche ich dir *top o' the mornin'!*«

»Das ist ein ziemlich schönes Gedicht, Sir.«

Cavanaugh drehte sich zu ihr um. »Es ist von John Locke, einem Sohn von Kilkenny. Als wär's ein richtiges Tischgebet, hat es meine Mutter jeden Morgen am Frühstückstisch gesprochen. Sie glaubte, es würde den Tag aufheitern.«

»Nun, es ist wirklich schön«, sagte Thelma wieder, ein wenig beklommen.

Cavanaugh kehrte an seinen Schreibtisch zurück und setzte sich.

»Ich schreibe eine äußerst wichtige Mitteilung, Thelma. Wenn ich fertig bin, muß sie persönlich zugestellt werden.«

»Sehr wohl, Sir. Ich werde mich selbst darum kümmern.«

»Vielleicht sollten Sie wissen, um was es in diesem Brief geht.«

»Sir?«

»Es geht dabei um den Gott der Ironie. Zumindest ist es dieses Gottes Hand, die mich beim Schreiben führen wird. Glauben Sie an einen solchen Gott, Thelma?«

»Ich bin katholisch . . .!« Thelma bekam einen roten Kopf. »Und gläubig, Sir.«

»Wunderbar. Wenn Sie im Himmel Ihre Erlösung finden, dann legen Sie bitte für mich und meine Kameraden beim Heiligen Vater ein gutes Wort ein. Erklären Sie ihm, daß wir niemals das Martyrium seines eingeborenen Sohnes beleidigen wollten, weswegen wir einige krasse Sünden begangen haben.«

»Blasphemie!« schrie Thelma und schlug beide Hände vor ihrem erregten Gesicht zusammen. Der Diktatblock fiel zu Boden.

Cavanaugh ignorierte den Gefühlsausbruch und fuhr fort: »Inzwischen können Sie weitermachen. Kommen Sie den Brief in fünfzehn Minuten holen, und bitte machen Sie die Tür fest hinter sich zu, wenn Sie gehen.«

Thelma hob den Block auf und flüchtete.

Der Gott der Ironie.

Er dachte: Hier bin ich nun in den letzten Minuten meines geheimnisvollen Lebens, ein alter Mann, der plötzlich die Sprache wiedergefunden hat für ein Gedicht aus seiner Kindheit. *Top o'the mornin' – Einen wunderschönen guten Morgen.* Allerdings, wie vorausschauend. Wie sehr ähnlich *Peep o'day!* Der Gott der Ironie war früh am Werk gewesen im Leben von Peadar Cavanaugh.

Auch dachte er an die Begegnung des gestrigen Tages mit Aidans Sohn. Wie bemerkenswert die Ähnlichkeit zwischen den beiden! Indem er einfach mit dem Jungen zusammensaß, hatte Cavanaugh die Zeit in sich zusammenbrechen gespürt.

Als der Junge die Worte auf der Rückseite von Aidans Soldatenfoto rezitiert hatte, zog er einen Moment lang in Erwägung, ihm die Wahrheit über seinen Vater zu sagen – und über die große Bewährungsprobe seiner Zeit. Er schien es so zu wollen. Doch statt dessen hatte er ihm gesagt, er solle bitte nach Hause, nach New York zurückkehren.

Rührte dies von Barmherzigkeit oder Feigheit her? Oder geschah es aus Respekt vor dem Geist der teuren Mairead? War Unwissenheit des Jungen nicht ihr Lebenswunsch gewesen? Und hatte er der Familie des Jungen nicht schon genug angetan?

Er schüttelte sich, als wäre ein jäher, kalter Wind durch das Fenster hereingefahren. War es der Atem des Teufels?

Schon bald würde er ein Geist sein. Aber – eines blieb noch zu tun!

Cavanaugh erhob sich von seinem Schreibtisch und durchquerte das Büro zu einer Fotosammlung an der Wand. Auf allen war der einfache Bursche aus Kilkenny zu sehen, der als Erwachsener Kanzler des Trinity College wurde, in Dutzenden von Posen, wie er den Würdenträgern der Welt die Hände schüttelt. Er nahm das Foto von sich und Yeats herunter und kehrte an den Schreibtisch zurück.

Er öffnete den Rahmen, nahm die alte Aufnahme heraus und untersuchte deren Rückseite. Dort standen in blauer Tinte, von Yeats persönlich appliziert, die Worte: *Schmiedet euer Denken zu Einigkeit.* Cavanaugh faltete das Foto zweimal und stopfte es in den Umschlag.

Dann krempelte er den linken Jackenärmel hoch und schlug die Manschette um.

Er nahm das Rasiermesser in die Hand und stach auf sein Handgelenk ein, bis die Haut aufbrach und heißes Blut heraussprudelte.

Cavanaugh legte das Messer fort und nahm den Federkiel.

Den Kiel tauchte er in den nun steten Blutschwall und adressierte den Umschlag. *Oliver Gunston, c/o The Irish Guardian, Grafton Street, Dublin.*

Dann begann er, auf dem Briefbogen zu schreiben, tauchte den Kiel in seinen allmählich weiß werdenden Arm:

Mein lieber Oliver!
Ich bin ein Wahnsinniger von einigem Format – und, wie Sie sagen, ein Mörder –, der nun Hand an sich legt und zu Recht unterwegs ist in den Hades, wo ich mich bestimmt meinen Kampfgefährten anschließen werde. Doch bevor ich gehe, überreiche ich Ihnen dieses, wenn Sie so wollen, Manifest. Da ich solchermaßen im Tod sicher bin vor den Lesern des ›Guardian‹, *bietet sich Ihnen hier vielleicht die Möglichkeit, unsere Diskussion von heute nachmittag über den* Nevermore-Plan *doch noch drucken zu können.*
Einige Bemerkungen vorweg:
Sie werden natürlich den kupfernen Ton meiner Tinte bemerken. Ich schreibe mit meinem eigenen Blut, aus Gründen der Ironie, die sich im weiteren noch zeigen wird:
– ich ersuche Sie, Augenmaß walten zu lassen, soweit es William Butler Yeats betrifft, den Patrioten, Poeten, Dramatiker, Politiker, erbitterten Feind der Teilung Irlands, Nobelpreisträger, Mystiker und – für kurze Zeit – glühenden Bewunderer der irischen faschistischen Bewegung. Mr. Yeats besaß große intellektuelle Leidenschaft; es bereitete ihm große Sorgen, daß andere, besessen nur von körperlichen Leidenschaften,

seine Ideen in Taten umsetzen mochten und womöglich ihr eigenes Leben gefährdeten. Auf den Seiten, ja, Ihres ›Guardian‹ *sinnierte er einmal: »Liefert dieses von mir verfaßte Stück gewisse Männer den englischen Kugeln aus?« Die Antwort ist, natürlich, ein mitreißendes Ja. Ich gestehe, daß der gelehrte Mr. Yeats uns gelegen kam, in der langen Tradition von Aristokraten, die blind für Manipulationen durch ihre Untertanen waren. Sein Respekt und hohes Ansehen verlieh einer Sache Musik, die selbst seine blühende Phantasie niemals erahnte.*

Nun denn, zum Nevermore-Plan.

Einfach ausgedrückt: Die Grundannahme lautet, daß England bei der ersten sich bietenden Gelegenheit einen gewaltsamen Umsturz der Republik Irland versuchen wird. Aus diesem Grund müssen wir eine fortwährende Wachsamkeit aufrechterhalten. Und weil die einfachen Leute der irischen Nation von der englischen Unterdrückung schon immer das meiste abbekommen haben, ist es unserer gesellschaftlichen Schicht zugefallen, ein System des Selbstschutzes zu ersinnen. Und wieder einfach ausgedrückt – »wir« haben in unserer Mitte eine geheime Avantgarde erschaffen, um sicherzustellen, daß England niemals wieder seinen Stiefel auf irische Nacken setzt.

Militärisch sind und waren wir Iren als Nation schon immer schwach; und wie eine achthundertjährige Geschichte der Unterdrückung beweist, können wir uns nicht darauf verlassen, daß eine andere Nation dieser Welt uns bei der Verteidigung gegen das habgierige Böse von Englands ach so vornehmen Barbaren zu Hilfe eilt. Daher, so zogen wir die logische Schlußfolgerung, muß ein unablässiger Guerillakrieg gegen unseren alten Feind geführt werden, wobei unsere Krieger von allen existierenden Abspaltungen der politischen Philosophie und aus allen Klassen des irischen Volkes zu rekrutieren sind.

Das war unsere Gründungsthese. Bis zum heutigen Tag hat sich daran nichts geändert. Die Sache wird in der nächsten Generation von Iren weiterleben, und in der nächsten, und der nächsten, und der nächsten – bis in alle Ewigkeit. Niemand darf den Haß in unseren irischen Köpfen töten. Niemals wieder!
Unsere Anfänge liegen in den Jahren der Weltwirtschaftskrise und dem sich zusammenbrauenden Sturm des Zweiten Weltkriegs. Eine Reihe von uns beschäftigten sich hier in Dublin mit regulären politischen Studien. (Ich werde allerdings niemandes Identität außer meiner eigenen preisgeben.) Wir gelangten zu der Überzeugung, daß die große Chance Englands, Irland zurückzuerobern, unmittelbar bevorstand, nämlich im Rahmen der Umwälzungen durch den nahenden großen Krieg. Daher tat sich unsere Untergrundbewegung mit jenen zusammen, die sich gegen Großbritannien verbündeten, wozu wir die bewegende Poesie von William Butler Yeats als unsere Stimme und einigenden Geist nutzten. Heute tun wir uns mit einer andern Macht zusammen, die gegen Großbritannien kämpft, der Irisch-Republikanischen Armee.
Wir sind überall in Irland, in den versklavten nördlichen Counties von Ulster und in der stets bedrohten Republik des Südens. Und wir sind auch überall sonst in der irischen Diaspora. Wir haben benutzt und werden für alle Zeiten jedes Mittel benutzen, jede angesehene Persönlichkeit, jede öffentliche Einrichtung, jede politische Organisation jeder Glaubensrichtung oder weltanschaulichen Überzeugung – zum Wohle unserer ewigen heiligen Sache. Wir sind die Verachteten und die Priviligierten, wir sind die Armen und die Reichen, wir sind die Schwachen und die Starken. England, nimm dich in acht – und wundere dich immer über unsere merkwürdige Einigkeit!
In groben Zügen habe ich Ihnen jetzt den Nevermore-

Plan *skizziert. An diesem Punkt höre ich auf, werde keine Details über individuelle oder kollektive Aktionen preisgeben, bis auf das, was in den nächsten paar Absätzen enthalten ist.*
Warum ich Ihnen das alles erzählt habe? Weil ich ein alter Hund des Krieges bin, mein lieber Oliver, und weil mein Befehlshaber einen letzten, endgültigen Befehl ausgegeben hat, der so oder so meinen Tod bedeuten wird. Ich entscheide mich für meinen eigenen Weg aus diesem Jammertal. Und bei meinem Abschied möchte ich durch das Vorhergehende das schwerste meiner Kriegsverbrechen rechtfertigen, und zwar:
In den frühen Morgenstunden des 14. Oktober 1937 habe ich, Peadar Cavanaugh, Lord Gavan Fitzgerald getötet; die genauen Einzelheiten darüber wurden seinerzeit im ›Guardian‹ *veröffentlicht. Ich habe dieses Attentat gegen einen Iren durchgeführt, der sein eigenes Volk verraten hat, um ein politischer Feind des freien Volkes von Irland zu werden. Dies war eine Warnung an alle vom Schlage eines Fitzgerald, an die ehemaligen örtlichen Träger der Staatsgewalt unter britischer Herrschaft, die es juckte, ihren Herren wieder zu dienen, unter neuerlicher britischer Besatzung erneut die Macht zu übernehmen.*
Ich war es auch, Peadar Cavanaugh, der seine Hände in die offene Brust von Lord Fitzgerald tauchte und um seine Erniedrigung noch größer zu machen, dieses Schild um seinen verräterischen Hals schrieb – es waren die Gedanken von Yeats: »In Frieden wollen wir das Land bestellen, doch unsre Furchen müssen wir ziehen mit dem Schwert.«
Ich würde es wieder tun, möge Gott sich meiner schwarzen Seele erbarmen. Nevermore!

Hochachtungsvoll,
Ihr Peadar Cavanaugh

Es blieb jetzt nur noch wenig Zeit, vielleicht nur Sekunden, bis Thelma wieder in sein Büro kam. Sie war so pünktlich wie fromm.

Durch den Blutverlust war Cavanaugh inzwischen der Ohnmacht nahe und so schwach, daß er nicht mehr aufrecht sitzen konnte. Sein Kopf sackte nach vorn, und er konnte nichts dagegen tun. Jetzt war er über dem Schreibtisch zusammengesunken, die Arme auf einer Seite und die Hände aneinandergelegt, als spiele er einen Seelöwen, der zur Belustigung sonntäglicher Zoogänger klatschte.

So wenig Zeit . . .

Er schaffte es, den mit Blut geschriebenen Brief zu falten und zu dem Foto in den Umschlag zu stopfen. Dann wickelte er das Seidentuch um sein verwundetes Handgelenk. Und öffnete die Walnußschatulle.

Darin lag eine .25er Mauser WTP Automatik Westentaschenpistole.

Er legte den Lauf in seinen Mund, sagte *»Nevermore!«* und drückte ab.

38

So war ich in Dublin angekommen, und so würde ich mich jetzt verabschieden: wieder mit zwei Bewaffneten, die die Stufen eines öffentlichen Gebäudes herunterrasten und mich ins Visier nahmen. Ich hatte verdammt wenig Zeit für solche Spielchen, aber in diesem Augenblick auf der Roxboro Lane hatte ich einen letzten Wunsch.

Ich wünschte mir das Vergnügen, dem verräterischen Brady so langsam die Luft abzudrehen, daß er schließlich seine Reise in die Hölle als Segen ansehen würde. Nachdem das beschlossen war und die Uhr raste, lief ich in einem schrägen Winkel von den verfolgten Constables fort und genau auf die japanischen Touristen und die kleine Schar von »Schulmädchen« zu.

Inzwischen hatten sie die sprachlosen Japaner von allen Seiten eingekreist wie von einem Maibaum flatternde Bänder, während ihre flinken, diebischen Hände im Schutz ihrer Strickjacken tanzten. Sie murmelten: »Mister ... He, Mister ... He, Missy ... Ein Penny fürs Zigeunerkind, Ma'am ...?« Bei dem Mister fiel der Groschen zuerst.

»Du ... du da, walte!« brüllte der arme Trottel die Mädchen an, von denen eines jetzt die Roxboro rauf mir entgegengeflitzt kam. »Dieb! ... Du bleibst sofolt stehen ...!«

Ich packte die Läuferin an den Schultern. Sie trat mir gegen das Schienbein, spuckte mir etwas Zähflüssiges und Grünes ins Gesicht und fauchte: »Verpiß dich, du Drecksau, sonst schrei ich Vergewaltigung!«

»Hör zu – ich werd dir deine Nummer nicht versauen«, sagte ich, ohne sie loszulassen, während sie weiter gegen meine Beine trat. »Ich bin Mairead Fitzgeralds Junge, und ich stecke in Schwierigkeiten. Hast du verstanden?«

»*Aye!*«

»Siehst du da hinten?« Ich deutete mit dem Kopf in Richtung der beiden Constables, die jetzt vielleicht noch hundert Meter entfernt waren.

»Haben dich die Bullen auf dem Kieker?« fragte die kleine Zigeunerin mit großen Augen. Sie hörte auf zu treten.

»Kannst du laufen, Mann?«

»Ich weiß nicht –«

»Komm jetzt, is besser als erschossen werden!«

Sie umklammerte meinen Ärmel, und wir jagten durch dichter werdende Passantenmengen die Roxboro hinauf, das Mädchen mit dem strengen Gesicht und ihrem flatternden Schottenrock, und ich mit schmerzenden Schienbeinen hinterher. Hinter mir hörte ich immer noch den beleidigten Japaner brüllen: »Du waltest hiel!« Und jetzt schrille Polizistenpfeifen.

»Wo willst du hin –?«

»Sei still – spar dir die Luft fürs Laufen, Mann!« Das Zigeunermädchen warf einen Blick zurück zu den Constables. »Ich bring dich zu Sister, mehr mußt du nicht wissen.«

Ich hörte einen Schuß.

»Mensch – Gooott!« rief das Zigeunermädchen, während wir weiterliefen. »Beschissener Himmel, hilf!«

Wir rasten eine Gasse mit Kopfsteinpflaster hinunter. Ich kam aus dem Schritt, als mir ein stechender Schmerz durch die Unterschenkel schoß. Die kleine Zigeunerin hielt mich aufrecht, und wir liefen weiter.

Noch ein Schuß, der diesmal als Querschläger von einem Schieferdach abprallte. Wenigstens schießen sie in die Luft, dachte ich. Die Zigeunerin war nicht ganz so dankbar.

»Scheißbullen!« brüllte sie.

Wir stürmten an einem alten schwarzen Lieferwagen vorbei, der mit laufendem Motor fast am unteren Ende der Gasse stand. Und als wir vorbeikamen, verpaßte das Mädchen der Beifahrertür einen gutplazierten Tritt. Dann griff sie mit der freien Hand unter ihre Strickjacke und zog eine dicke Brieftasche heraus. Diese hob sie über den Kopf, warf sie hoch in die Luft und schrie: »Geld, Geld, Geld, Geld ...!«

Dutzende irischer Pfundnoten, japanischer Yen und Reiseschecks flatterten über das Kopfsteinpflaster. Und Frauen mit Kopftüchern schlugen sich darum, sie aufzuheben. Ich riskierte einen Blick zurück. Der Transporter machte einen Satz vom Bordstein und raste nun zwischen den wütenden Constables und uns die Gasse hinunter.

Am Ende der Straße bog das Mädchen in einen kleinen Wochenmarkt mit Obst- und Gemüsekarren, Fischhändlern und mehreren Cafés ein. Hiervon abgeschnitten fuhr der Lieferwagen, der uns Deckung vor den Constables gegeben hatte, unbeirrt weiter, holperte die Gasse entlang.

»Ich kann nicht mehr lange«, keuchte ich, während sich der Schmerz weiter in meine Beine bohrte.

»Du mußt aber, Mann – wenigstens, bis wir wieder auf der Hauptstraße sind! Komm, halt dich an mir fest!«

Ein weiterer Schuß in die Luft. Menschen schrien. Wir stürmten in weitem Bogen um ein Café. Zwischen den Tischen sah ich wieder die O'Connell Street.

Ein erschreckter Kellner konnte ein großes, rundes Tablett nicht mehr ausbalancieren. Schwere gläserne Bierkrüge krachten auf den Boden.

Ich rutschte in dem schäumenden Bier und zerbrochenen Glas aus und stürzte, wobei mein Knie das meiste abbekam. Ich sah den schnell größer werdenden Blutfleck auf dem Hosenbein und auch die scharfkantigen Glassplitter, die sich ins Fleisch gegraben hatten. Und als ich die klaffende Wunde anstarrte, widerte ich mich an wegen all des Alkohols, den ich an diesem Tag bereits getrunken hatte, und wie er mich geschwächt und gebremst hatte.

»Ich kann nicht –!«

»Wie sind fast da. Halt dich fest!«

Die kleine Zigeunerin zog meinen Arm über ihre Schulter und lief weiter, als ob der Teufel hinter ihr her wäre. Jetzt auf die O'Connell Street, auf unseren drei Beinen.

»Wir sind gleich da!« brüllte sie.

Wir rannten auf ihre Kumpane zu, die alle brav neben dem tobenden japanischen Touristen standen. Am Bordstein wartete mit laufendem Motor der schwarze Lieferwagen. Die Constables holten weiter auf.

Dann durchbohrte irgendwas mein gesundes Bein, von hinten in den Oberschenkel. Der gedämpfte Knall des Schusses kam eine halbe Sekunde später.

Ich brach zusammen, schlug mit dem Kinn auf den Asphalt. Ich hörte Menschen aufschreien, und ich spürte die beiden Hände der Zigeunerin auf meinem Kragen. Sie zerrte mich über den Boden. Aber das alles passierte jemand anderem, nicht mir.

Das Gesicht der Zigeunerin glänzte vor Schweiß. Ich hörte ihre Stimme, rauh und laut vor dem Hintergrund all der anderen Geräusche. »Ich hab Maireads Jungen hier . . . er ist angeschossen . . . bringt ihn zu Sister . . .!«

Der Schmerz in meinen Beinen von den Tätlichkeiten der kleinen Zigeunerin und meinem Sturz und der Kugel eines Constables verwandelte sich in wohlige Wärme. Mein Sehvermögen schwand, Farben verwandelten sich in Grautöne. Die Hektik und der Lärm der O'Connell Street gehörten zu anderen Menschen, nicht zu mir.

Die japanische Frau wurde ohnmächtig, ihr Mann schrie um Hilfe. Die anderen Zigeunermädchen bildeten einen abschirmenden Kreis um mich, deckten mich mit ihren Strickjacken zu, versteckten mich, klopften mir auf den Rücken und gurrten wieder und immer wieder: »Mairead Fitzgeralds Junge ...«

Die Schiebetür des Lieferwagens glitt auf.

Viele flinke, kräftige Hände hoben mich hoch, schoben mich in einen improvisierten Krankenwagen.

»Paßt auf ihn auf, hört ihr? Es ist Maireads Junge ...!«

Ich stellte mir Rubys Gesicht vor, und ihre Stimme. Ich stellte mir vor, wie sie mir sagte, sie sei in Sicherheit.

Am späten Vormittag des nächsten Tages kam ich wieder zu mir. Zwei Frauen befanden sich bei mir im Zimmer. Mit einem kalten, feuchten Tuch wischte die eine über mein Gesicht. Die andere saß an einem Tisch, trank Kaffee und rauchte Zigaretten. Sie trug das Habit einer Nonne.

Sister Sullivans Lager befand sich etwas abseits in einem kleinen Wäldchen hinter dem Moor- und Sumpfland, das hinter den Slums von Dublins Norden über Meilen die North Road säumte. Das würde für die nächsten paar Tage mein Zuhause sein.

Ich erlangte das Bewußtsein auf einem Feldbett im einzigen festen Gebäude des Lagers, falls man es so nennen konnte. Es war eine niedrige Lehmhütte, die von einem namenlosen, verhungernden Bauern aufgegeben worden war. Wahrscheinlich während der Zeit der großen Hungersnot.

Die Hütte bestand nur aus dem einen quadratischen Raum mit dem Tisch und einigen Stühlen, den zerfallenen Überresten einer steinernen Kochstelle, einem Schlafplatz auf einer Empore und einem über meiner Pritsche an die Wand genagelten Kruzifix. Durch die kleine, mit einer Segeltuchplane verhängte Tür kam kein Lüftchen. Selbst kleinere Kinder mußten sich bücken, wenn sie herein oder hinaus wollten. Die Deckenbalken waren rissig und der größte Teil des Dachs verschwunden. Die Zigeuner hatten es mit Papier und abgefallenen Ästen notdürftig geflickt, doch es regnete trotzdem durch.

Vor dem kleinen Fenster, an dem ich lag, konnte ich die bemalten Wagen der Zigeuner sehen, mit ihren abgerundeten Blechdächern und Rauchabzügen. Außerdem befand sich dort der gemeinsame Besitz des Lagers – scheckige Pferde, Hunde, eine Hühnerschar, drei sehr alte Autos und der schwarze Lieferwagen. Die Frauen trugen Kopftücher, Umhängetücher und weite Röcke, einige der Mädchen hatten ihre Arbeitskleidung an – Schuluniformen. Die Männer und älteren Jungs kleideten sich abwechslungsreicher, je nachdem, welche Wirkung sie erzielen wollten bei ihren Ausflügen in die Stadt, um Einheimische und Touristen übers Ohr zu hauen.

Meine eigene Kleidung lag ordentlich gefaltet auf einem Stuhl am Fußende der Pritsche. Ich lag unter drei Decken. Mein Oberschenkel war von einer Kugel durchschossen, mein Gesicht und die Beine von Schrammen und Prellungen übersät. Außerdem laborierte ich an den Nachbeben einer Gehirnerschütterung.

Aber ich lebte und war frei. Und Ruby ebenfalls.

Ruby! Ich konnte nur in Gedanken ihren Namen rufen. Meine Kehle erlaubte mir nicht zu schreien.

»Ganz ruhig, Hock«, sagte sie, als ich versuchte, mich aufzurichten. Ruby legte das feuchte Tuch fort und rief Sister Sullivan. »Er ist wieder unter uns, Sister!«

Sister Sullivan trat an meine Seite. »Wurde auch langsam Zeit«, sagte sie, wobei sich ihre Myriaden Falten zu einem erleichterten Lächeln verzogen. »Sei still, Hockaday. Schone deine Kräfte. Weide deine Augen an Ruby hier, während ich dich untersuche.«

Sie zog meine Lider hoch, tastete auf dem Hals nach dem Puls und klopfte Brust und Bauch ab. »Ich würde sagen, du wirst schon wieder, Junge. So, und jetzt wirst du wahrscheinlich wissen wollen, wie wir's geschafft haben, euch zwei wieder zusammenzubringen, stimmt's?«

Ich nickte und nahm Rubys Hand.

»Wie jeder, der daran interessiert ist, den Bullen immer einen Schritt voraus zu sein, haben auch wir Zigeuner unsere Informanten in der Dublin Garda, die uns einiges kosten«, sagte Sister. »Jedenfalls ist uns zu Ohren gekommen, daß die Bullen dich und deine Lady schnappen wollten, was nichts Gutes bedeutete. Also sind wir losgezogen, um euch als erste einzulochen – das heißt, unsere Imitatoren.«

»Nur daß du das Haus bereits verlassen hattest, als sie uns abholen wollten«, fügte Ruby hinzu.

»*Aye*, es war verteufelt schwer, dich zu erwischen. Im Bahnhof bist du uns entwischt.« Sister schüttelte den Kopf. »Wir haben uns gewaltig verschätzt. Wir haben einen Burschen mit Baseballkappe gesucht, mußt du wissen.«

Schließlich gelang es mir doch noch, mich aufzusetzen. Mit einem Schluck Wasser brachte ich ein paar Worte heraus.

»Ich hatte vielleicht einen Tag«, sagte ich. »Zuerst habe ich mit Francie Boylans Vater gesprochen, der mich mit einer Flut von Beschimpfungen überschüttet hat. So ging's dann weiter mit einem Politikprofessor am Trinity College, der zu denken scheint, mein Vater sei ein Nazi gewesen. Und anschließend habe ich bei Liam angerufen und erfahren, daß Moira sich aufgehängt hat und daß die Cops dich mitgenommen hätten, Ruby.«

Ruby zog ihre Hand zurück, stand auf und ging zum Tisch. Sie nahm eine Zeitung, den ›Irish Guardian‹, und kehrte damit zum Feldbett zurück.

»War schon gottverdammt gut«, sagte ich zu Sister Sullivan, »daß ich auf der O'Connell Street ein paar von Ihren Taschendieben bei der Arbeit gesehen habe.«

»*Aye*, das hat dich gerettet.«

»Ich wollte gerade mit diesem Anwalt, den ich engagiert habe, wegen Ruby ins Präsidium der Garda und –«

Vor Wut lief Sister Sullivan rot an, und sie fiel mir ins Wort.

»Der Teufel backt seinen Weihnachtskuchen mit Anwaltszungen!«

»Wem sagen Sie das!« erwiderte ich.

»Das alles können wir auch noch später klären«, sagte Ruby und legte den gefalteten ›Guardian‹ auf meine Brust. »Im Augenblick mache ich dir besser was zu essen. Du hast ja seit fast vierundzwanzig Stunden nichts mehr zwischen die Zähne bekommen. Bis ich fertig bin, hast du hier was zu lesen.«

Ruby küßte mich. Dann verließen sie und Sister Sullivan die Hütte. Ich nahm die Zeitung und wäre wahrscheinlich umgefallen, hätte ich nicht sowieso gelegen.

Auch wenn er es nicht gewöhnt war, mit seinen Artikeln auf Seite eins zu landen – genau dort stand Oliver Gunstons großer Knüller, wo er auch hingehörte. Auf der Titelseite des ›Irish Guardian‹ gab es tatsächlich keinen anderen als Olivers Artikel, dessen Schlagzeile einfach lautete: »DER NEVERMORE-PLAN« – MORD & WAHNSINN!

Wie es aussah, hatte Gunston seine Herausgeber beim Wickel. Wenn sie sich weigerten, diese häßliche Sache zu bringen, würden sie nur zu einer weiteren unschönen Facette der Geschichte, die Gunston im Handumdrehen überall sonst veröffentlichen konnte. Von Slattery wußte ich, was ein Reporter tun konnte, wenn alle Stricke rissen, um eine kontroverse Story doch noch drucken zu lassen: Sag dem Boss, daß du liebend gern kündigst und mit deiner Story zur Konkurrenz gehst – zusammen mit der zusätzlichen Story, warum du gekündigt hast.

Es machte mich verlegen, das Hauptfoto auf Seite 1 zu sehen – eine Vergrößerung der Aufnahme, die Professor Brennan zu unserem Mittagessen mitgebracht hatte, auf dem mein Vater und Chancellor Cavanaugh und ein leicht verdattert wirkender William Butler Yeats zu sehen waren. Doch ich freute mich für Gunstons Erfolg. Er hatte nichts Geringeres als die wichtigste Story Irlands seit der Unabhängigkeit geschrieben. Und eine weitere der vielen nicht erzählten Geschichten des Zweiten Weltkriegs.

Ferner gab es verschiedene Fotos von verschiedenen unbedeutenderen Akteuren dieses schrecklichen Dramas. Arty Finns Polizeifoto war ein Andenken an ein altes Verbrechen im County Kildare. Father Tims Ordinationsfoto stammte zweifellos von dem unerschrockenen Slattery. Ebenfalls das vom Dach aus geschossene Foto von Constable Dennis Farrellys Leiche auf dem Boden eines Lichtschachts in Hell's Kitchen. Chief Eamonn Keegans letztes Bildnis war von der Dublin Garda aufgenommen worden, sein massiger Leib zusammengesackt über seinem Schreibtisch, das Blut aus seinem Mund sprudelnd. Ich bemerkte den Teil des Schreibtischs, wo kubanische Zigarren gewesen wären, hätte ich sie nicht eingesteckt.

Peadar Cavanaughs letztes Porträt war eindeutig das grausigste. Gunston und der Fotograf des ›Guardian‹ waren offensichtlich vor den Cops am Tatort eingetroffen. Cavanaughs Kopf lag seitlich auf dem Schreibtisch in einer zähflüssigen Lache aus Hirn und Blut.

Unter der kleineren Schlagzeile MANIFEST EINES IRREN VON HOHEM RANG stand der ungekürzte Text von Chancellor Cavanaughs unglaublichem Brief, die Enthüllung des *Nevermore-Plans,* und sein Geständnis des bislang ungeklärten Mordes von 1937 an meinem Großvater. Neben diesem Text befand sich eine verkleinerte Kopie von Cavanaughs Originalbrief, geschrieben mit seinem Blut.

Es gab sogar ein kleines Foto von Gunston, allerdings ohne Augenblende, eingezwängt in den Textkörper des Hauptartikels:

> Einen tödlichen historischen Hintergrund zu einer erschütternden Szene von Morden und Selbstmorden hier in Dublin und in New York liefert die Aufdeckung einer vielleicht noch bis zum heutigen Tag existierenden terroristischen Verschwörung während des letzten Weltkrieges, die die Absicht verfolgt, einen permanenten Guerillakrieg zwischen militanten irisch-republikanischen Streitkräften, sowohl in Ulster als auch der Republik, und den britischen Behörden zu fördern. Gestern nachmittag wurden dem Verfasser Details des

»*Nevermore-Plans*«, wie die Terrorgruppe ihn nennt, von einem der maßgeblich an seiner Entwicklung beteiligten Männer mitgeteilt – Peadar Cavanaugh, Kanzler des Trinity College, der sich kurz danach sein gequältes Leben genommen hat, indem er sich mit einer kleinkalibrigen Pistole, die deutsche Wehrmachtsoffiziere während des Dritten Reichs trugen, in den Kopf schoß.

Ziel des *Nevermore-Plans* ist angeblich eine fortwährende Wachsamkeit gegenüber mutmaßlichen britischen Absichten, dem gesamten Irland erneut und mit Gewalt Londons Herrschaft aufzuzwingen. Dazu bedient man sich der eher leidenschaftlich-patriotischen Schriften des Nobelpreisträgers William Butler Yeats, einerseits als intellektuelle Inspiration und andererseits als Aufruf zur gewalttätigen Aktion. Die Wurzeln der Organisation finden sich allem Anschein nach in der faschistischen Bewegung Irlands der dreißiger Jahre, die das Nazideutschland während der Schlacht um England unterstützt hat.

Die andere Schlüsselfigur hinter *Nevermore* ist vermutlich Aidan Hockaday, der 1934 auf dem Trinity College sein Examen summa cum laude bestanden hat und für kurze Zeit als Schriftsteller hier arbeitete, dann aber nach Amerika emigrierte, in die United States Army eintrat und während des Krieges verschwand. Mr. Hockaday, der auf dieser Seite mit seinem akademischen Mentor Peadar Cavanaugh und dem Dichter Mr. Yeats abgebildet ist, war der Schwiegersohn von Barrister Lord Gavan Fitzgerald – den 1937 ermordet zu haben Mr. Cavanaugh behauptet.

Mitte Oktober 1937 wurde der entsetzlich verstümmelte Leichnam von Lord Fitzgerald in der Gasse hinter seinem vornehmen Haus an der Bloor Street an den Füßen aufgehängt entdeckt. Am gleichen Tag

reisten seine Tochter Mairead und ihr Verlobter Aidan Hockaday mit dem Schiff nach New York ab.
Mr. Cavanaughs Geständnis des Mordes am Schwiegervater seines Protegés findet sich in seinem »Manifest«, einem mit seinem Blut abgefaßten Brief (siehe auch Abbildung des Dokuments auf dieser Seite). Lord Fitzgerald wurde im Schlaf getötet, seine Brust aufgehackt und das Herz entfernt, mit seinem Blut wurde ein ihm später um den Hals gehängtes Schild beschriftet, das als terroristische Warnung an Sympathisanten der Briten während des Krieges gedacht war. Die folgenden, chronologisch aufgeführten Todesfälle stehen in bislang noch nicht offiziell bestätigter Verbindung mit Mr. Cavanaughs Tod.

- Der Selbstmord von Father Timothy Kelly, eines pensionierten irisch-amerikanischen Priesters der katholischen Church of the Holy Cross, am vergangenen Sonntag in New York. Father Kelly tötete sich nach der Beichte in oben genannter Kirche durch einen Kopfschuß. Wie Mr. Cavanaugh verwendete auch Father Kelly eine .25er Mauser WTP Automatik Westentaschenpistole.
- Der Tod des irischen Staatsbürgers Arty Finn, einen Tag später, ebenfalls in New York City. Laut Lieut. Ray Ellis vom New Yorker Police Department war Mr. Finn in der irischen Gemeinde der Stadt allgemein als Spendensammler für die Irisch-Republikanische Armee bekannt. Mr. Finn, selbst illegaler Einwanderer in den Vereinigten Staaten und polizeilich gesucht im County Kildare, starb bei einer Explosion im New Yorker Haus von Police Captain Davy Mogaill. Mr. Mogaills verstorbene Ehefrau Brenda war Arty Finns Schwester. Sie starb vor zwölf Jahren in einer Dubliner Bombenwerkstatt, die angeblich von der IRA betrieben wurde.
- Der Tod von Francie Boylan in einem Kugelhagel

am gleichen Tag auf der O'Connell Street. Mr. Boylan, Sympathisant der IRA und von Beruf Chauffeur, beförderte zur Tatzeit zwei amerikanische Besucher unseres Landes – New York Police Department Detective Neil Hockaday, Sohn von Aidan Hockaday, und Ruby Flagg, die amerikanische Schauspielerin und Begleiterin von Detective Hockaday.

- Constable Dennis Farrelly von der Dublin Garda starb nach einem dubiosen Sturz vom Dach einer Mietskaserne in einem New Yorker Slum. Mr. Farrelly war von Chief Eamonn Keegan wegen seiner Verbindung mit der verbotenen politischen Organisation namens »Hearts of Steel« entlassen worden, einer während des Krieges gegründeten rechtsgerichteten Vereinigung, die von der Regierung nichtsdestoweniger als Geldbeschaffungsorganisation der linksgerichteten IRA eingestuft wurde.
- Garda Chief Eamonn Keegan, der vor zwei Tagen in seinem Dubliner Büro erstochen wurde. Die zuvor von ihm erwirkte Entlassung von Constable Farrelly wurde von einem kontroversen Statement begleitet: »Meine Maßnahme ist als eindeutige Warnung an alle anderen Angehörigen der Dublin Garda zu verstehen, daß ich keine wie auch immer geartete Zusammenarbeit mit der IRA dulden werde, solange ich lebe.«
- Moira Catherine Bernadette Booley, Köchin im vorstädtischen Haushalt von Liam Hockaday in Dún Laoghaire, einem pensionierten Banker und Geschäftsmann – und Bruder von Aidan Hockaday. Miss Booley wurde laut Informationen der dortigen Civil Guard auf der Kellertreppe im Haus ihres Arbeitgebers in der Ladbroke Street erhängt aufgefunden. Über Miss Booleys politische Sympathien ist nichts bekannt.

Das war im wesentlichen der Inhalt von Gunstons Story, mit

Ausnahme der wenigen Absätze, in denen Professor Dermot Brennan zitiert wurde. Brennans Ansichten stützten natürlich den Tenor von Gunstons Artikel – daß der *Nevermore-Plan* nicht nur irgendein paranoides Hirngespinst war, sondern vielmehr die umgehende und kritische Aufmerksamkeit von Polizei und Regierung rechtfertigte.

Schön wär's, dachte ich. Womöglich würde Gunston sich dieser Ansicht anschließen, und das mochte auch der Grund dafür sein, daß er soviel von dem zurückhielt, was er wußte. Gunston war augenscheinlich jemand, der es vorzog, einige Fragen offenzuhalten und auf diese Weise bei seinen Lesern den Wunsch nach mehr zu wecken. Ein smarter junger Mann. So hatte er immer einen Job.

Ich las Cavanaughs Brief noch einmal. Und da war es wieder, diese Kleinigkeit, die mir schon beim ersten Lesen aufgefallen war:

... ein alter Hund des Krieges bin, mein lieber Oliver ... mein Befehlshaber einen letzten, endgültigen Befehl ausgegeben hat, der so oder so meinen Tod bedeuten wird. Ich entscheide mich für meinen eigenen Weg aus diesem Jammertal ...

Und die anderen Fragen kamen mir wieder in den Kopf, als ich die Augen schloß und die Zeitung aus meinen Händen gleiten ließ.

Für mich bestimmte Kugeln?

Liam hat mich herzitiert?

Das waren Fragen, die Oliver Gunston nicht für mich beantworten konnte. Ebenfalls nicht der Geist meines Vaters, sosehr ich mich auch bemühte, ihn im Schlaf herbeizurufen.

Ich versuchte mein verletztes Bein zu bewegen und überlegte es mir sehr schnell anders. Der Schmerz, der meinen Rücken hinauf bis in die Schultern schoß, fühlte sich an, als würde mir jemand die Haut abziehen. Nach der Gehirnerschütterung war mein Kopf immer noch ziemlich benebelt. Über all das nachzudenken, was Gunston in seiner Story ausgelassen hatte – und warum –, brachte mich auch nicht viel weiter.

Ich versuchte an andere Dinge zu denken, an Dinge aus dem

weit entfernten New York. Die Saisoneröffnung im Yankee Stadium, mit Ruby im Central Park Frisbee spielen, chinesisches Essen zum Mitnehmen. Ich behielt diese Bilder einen Augenblick im Kopf, hoffte, daß sie mir Erleichterung verschafften, doch eines nach dem anderen wurden sie von meinen irischen Problemen verdrängt.

Es hatte keinen Sinn, an zu Hause zu denken. Genausowenig wie ich aufhören konnte zu atmen, konnte ich aufhören, über fehlende Verbindungsstücke nachzudenken. Ich brauchte sämtliche Antworten auf das Geheimnis meiner Herkunft, andernfalls würde ich Irland niemals lebend verlassen.

Nachdem mir dies klargeworden war, ging mir endlich ein Licht auf. Es gab einen Schlüssel, den ich mein ganzes Leben lang übersehen hatte.

Ruby und Sister Sullivan kehrten zurück. Schon bald stand ein schöner Teller Eintopf mit warmem Schwarzbrot und Cider vor mir.

»Sister«, sagte ich, nachdem ich mir den Bauch vollgeschlagen hatte, »morgen muß ich unbedingt telefonieren. Heute müssen Sie mir von meiner Mutter erzählen.«

39

»Ich weiß verdammt genau, wo sie hin wollen! Versuch nicht, mich aufzuhalten!«

»Damit wirst du nie ungeschoren davonkommen.«

»*Nae!* Bin ich schon und werde ich wieder. Bleib mir vom Leib, ich warne dich!«

»Nein, diesmal nicht. Du und deine Clique, ihr seid nur ein Haufen zahnloser alter Hunde!«

»Wer hat hier keine Zähne mehr? Liest du keine Zeitung, Mann? Es ist immer noch genau wie er gesagt hat: Die Sache wird in der nächsten Generation weiterleben, und in der nächsten und nächsten – bis in alle Ewigkeit. *Nevermore!*«

»Brüste dich, solange du noch kannst. Eure Zeit läuft so schnell ab wie eine Sanduhr. Du glaubst doch nicht allen Ernstes, daß dieser Reporter alles erzählt hat, was er weiß?«

»Ich sagte, bleib mir vom Leib!«

»Die Erbsenpistole da macht mir keine Angst. Das kleine erbärmliche Ding hat immer nur getaugt für impotente Lumpen, die Angst davor haben zu bekommen, was sie verdienen. Warum machst du nicht, wie's deine Kameraden getan haben, warum richtest du das Ding nicht auf dich selbst, und ab geht's in die Hölle?«

»So ein guter Rat ausgerechnet aus deinem Mund.«

»Davon kannst du noch mehr haben: Du hast es mit dem Jungen zu tun, und der ist erheblich cleverer, als er aussieht.«

»Kann sein –«

»Und wenn er allein nicht klug genug ist, hat er immer noch Ruby an seiner Seite.«

»Die können mich auch nicht aufhalten.«

»Moira hätte es fast geschafft.«

»Die verrückte alte Kuh – jetzt kann sie mit ihrem *Gooott* reden.«

»Du solltest den Heiligen Vater lieber nicht verspotten, denn du bist seinem Jüngsten Gericht inzwischen verflucht nah.«

»*Nae*, du bist derjenige, der ihm nah ist. Dazu ist nicht mehr nötig als ein Zucken meines Fingers.«

»Wie hast du sie umgebracht?«

»Sie hat's selbst getan.«

»Das sagen vielleicht deine gekauften Bullen, wahrer wird's deshalb noch lange nicht. Und es gibt Bullen, die nicht mal deine Bande kaufen kann, verstehst du.«

»Der Sorte bin ich noch nie begegnet.«

»Der Junge ist so einer.«

»Er ist die Ausnahme, die nur die Regel bestätigt. Was ihn zu einem Narren macht.«

»Ein Narr wie seine eigene Mutter?«

»Mairead! Kein Mensch muß arm in Amerika sterben.«

»Wer redet hier wie der große Narr, der er jetzt ist?«

»Ich hab jetzt genug von diesem Gequatsche! Geh mir aus dem Weg!«

»Denk vorher mal scharf nach, wie du das erklären willst.«

»Ich tu's, ich schwör's dir. Ich hab dich gewarnt.«

»Beim zweiten Mal ist es schon viel leichter, stimmt's?«

»Du wärst nicht der zweite, den ich umgebracht habe, Kamerad. Nicht mal der dritte oder vierte. Besser als die meisten anderen kennst du meine schwarze Seele. Aber du weißt gottverdammt noch lange nicht alles ...«

»Was soll das? Wie –? Du gehst auf mich los ...?«

»*Aye*, es geht nur auf kurze Distanz.«

Der eine Mann starb an einer Kugel in den Bauch, abgefeuert aus einer Mauser Westentaschenpistole. Der andere Mann verließ das Haus an der Ladbroke Street.

40

»Was soll ich sagen? Deine Mutter Mairead war ein seltener, wunderbarer Engel.«

»So habe ich sie nicht gekannt.«

»Schade für dich, mein Junge.«

»Ja, wahrscheinlich«, räumte ich ein. Sister Sullivan hatte recht. Es tat mir auch leid, das gesagt zu haben. »Ich will damit nicht sagen, daß sie sehr streng zu mir gewesen ist. Das war's eigentlich nicht ...«

»*Nae*, sie hatte es einfach nur schwer. Besitzt du nicht den Großmut, das zu erkennen? Sie war als Frau allein in einem fremden, neuen Land, mußte ein Kind großziehen, und dann kam der Krieg, und ihr Mann ging fort, um zu kämpfen. Hab ein wenig Verständnis für die Frau, Junge. Sie war nicht besser dran als wir Zigeuner.«

Sister Sullivan hätte durchaus eine echte Nonne sein können. Sie beschämte mich jetzt, und ich spürte das Gift meiner eigenen Undankbarkeit tief in den Knochen.

»Ich weiß, Sister, ich weiß . . .«, sagte ich.

»Mama, du sollst auch so aussehen.«

»Das ist doch nur eine Dame aus einer Illustrierten, Neil.« Mama nahm die Illustrierte und sah die Frau in dem wirbelnden Satinkleid sehnsüchtig an.

»Nein, nein – ich hab solche Frauen schon mal gesehen . . .«

Die Frauen, die sich die Haare in Friseursalons machen ließen, nicht in einer Mietskasernenküche, in der es nach Toni's Heimdauerwelle *stank. Die Frauen trugen Kleider, die ihre Männer bei Saks und Bergdorf Goodman kauften, keine Kleider, die vom Nachlaßtisch in der Holy Cross Church an Witwen verteilt wurden. Die glücklichen Frauen, nicht die müden und abgespannten.*

»Aber nicht in unserem Viertel.«

»Aber ganz in der Nähe, Mama. So nah. Vor den Theatern habe ich sie gesehen. Und auch da, wo du arbeitest.«

Mama weinte. Sie weinte immer, wenn er ihr eine Dame aus einer Illustrierten zeigte.

»Nun«, sagte sie, reckte wieder die Schultern, lachte und strich sich durch ihr sprödes Haar, »mit den paar Dollar in diesem Haus haben wir Besseres zu tun, als deine alte Mama aufzutakeln, oder nicht?«

»Nichts in ihrer vornehmen Kindheit bereitete Mairead auf das Leben vor, das sie erwartete. Sie war einmal ein reiches Mädchen gewesen, die einzige Tochter des erhabenen Lord Gavan Fitzgerald.« Sister Sullivan drehte den Kopf zur Seite und spuckte auf den Boden. »Das ist zum Gedenken an Lord Fitz, ich entschuldige mich nicht für meinen fehlenden Respekt für diesen Bastard. Wahrscheinlich hast du schon von ihm gehört?«

»Ja, habe ich.«

»Dein Großvater war ein Schwein. Er und seine Tochter waren wie Tag und Nacht. Es hatte nichts mit Rebellion zu tun, soweit es sie betraf. Mairead war einfach eine dieser Reichen, die so oft vorkommen wie die Sonne im Januar. Sie wußte es.«

»Wußte was –?«

»Daß das Problem, arm zu sein, die Armut war, und das Problem, reich zu sein, die Nutzlosigkeit. Mairead akzeptierte einfach nicht, genauso nutzlos zu sein wie all die anderen reichen Mädchen, mit denen sie aufwuchs, verstehst du. Für sie war das eine Form der Dummheit. Sie machte keine große Sache daraus, unternahm aber auch keine Anstrengung, sich dem Willen ihrer Klasse zu unterwerfen. Natürlich hatten all ihre reichen Verwandten Angst vor ihr und haßten sie. Dieser Spitzengardinenhaufen – die sind intellektueller Freiheit gegenüber genauso intolerant wie Torfbauern … vor allem einer irischen *Frau* gegenüber, die selbständig denken will.«

Sister Sullivan schenkte Kaffee nach und steckte sich eine Zigarette an. Ruby räumte meinen Teller und die Tasse fort. Ich erwischte ihren Arm und streichelte sie.

»Wir müssen über ein paar ernste Dinge reden«, sagte ich zu Ruby.

»Ich weiß, Baby.«

Dann lachte Sister Sullivan und stieß blauen Rauch in verrückten Kringeln aus. »Weißt du, was deine Mutter immer über Geld gesagt hat? Oh, es war einfach herrlich subversiv.«

»Was denn?«

»Mairead ging mit ihrem Geld immer großzügig um, gab nie etwas für sich selbst aus, wenn sie das gleiche nicht auch für zwei oder drei andere kaufen konnte. Ich habe sie einmal gefragt: ›Mairead, meine Liebe, warum gibst du dein Geld immer so schnell aus? Hast du vielleicht Angst, dir die Hände schmutzig zu machen?‹ Und deine Mutter hat geantwortet: ›Ist das Portemonnaie leer, dann ist das Herz voll.‹ Jetzt frage ich dich: Ist das nicht wunderbar?«

»Übertrieben großzügig«, sagte ich.

»Ich habe sie einen Engel genannt, nicht eine Heilige«, erwiderte Sister Sullivan. »Alle großen Damen haben ihre Fehler.«

»Woher kannten Sie sie überhaupt so gut?«

»Sie war's, die sich die Mühe gemacht hat, uns kennenzulernen, so rum ist das gelaufen. Sie hat es sich zur Aufgabe gemacht herauszufinden, wie ihr Vater und die anderen mächtigen Kakker ihr Bestes gaben, uns Zigeunern während der Weltwirtschaftskrise Extraportionen an Schrecken und Elend auszuteilen.«

»Was ist damals passiert?«

»Die mächtigen Ratgeber der Privilegierten in ihren Banken und Gerichten und Maklerfirmen haben den normalen Leuten, denen immer beigebracht worden war, sie zu respektieren, eingeredet, wir Zigeuner seien dafür verantwortlich, daß das ganze Kartenhaus zusammenbrach. Stell dir vor – *wir,* die wir nicht mal ins Haus rein durften! Die Zeiten waren reif für die große Lüge – und für Sündenböcke.«

»Ich hab davon gelesen.«

»Ich gebe dir zwei kleine Beispiele für ein großes Problem. Erstens. Da ist der Mann in Cork, der seine Arbeit als Zimmermann verliert, weil seine Kunden beim Zusammenbruch der Banken ihre gesamten Ersparnisse verloren haben. Dafür möchte der Zimmermann jemanden verantwortlich machen, das kann ich ihm nicht verübeln. Auf wen könnte er leichter einschlagen, frage ich dich? Auf die Namenlosen in ihren Melonen und feinen Anzügen oder auf die Zigeuner im Lager am Ende der Straße – die seine Preise für die wenigen Zimmermannsarbeiten unterbieten, die es noch gibt?«

»Ich verstehe, was Sie meinen.«

»So, und derselbe Zimmermann braucht nun Geld, um sich und seine Familie zu ernähren. Also geht er zu seiner Bank – die in guten Zeiten sehr gern sein Geld genommen hat –, nur um zu erfahren, daß er kein Darlehen bekommen könne, weil es ihm derzeit nicht sonderlich gut gehe. Das arme Schwein, er wird es nicht richtig machen und diejenigen bestehlen, die ohnehin schon zuviel haben. Deshalb nicht, weil ihm sein ganzes Leben von den Priestern und Bullen und Reichen beigebracht wurde, daß Stehlen eine Todsünde ist. Da diese Lüge über das Eigentum quasi heilig ist, zieht er statt dessen los und leiht sich Geld bei einem Kredithai, der, wie ich leider sagen muß, zu oft ein Zigeuner ist.«

»Keiner zahlt gern hohe Zinsen.«

»*Aye*, das gibt Ärger und Groll. Wie aus einem Schulbuch für Kinder, Junge.«

»Und was hatte mein Großvater damit zu tun?«

»Er hat die Situation ausgenutzt, wie es jeder reiche Bastard macht, damit sein eigenes Schmarotzertum nicht in den Mittelpunkt rückt.«

»Wie?«

»Zuerst mußt du verstehen, wie abgrundtief wir Zigeuner gehaßt werden. Wir stammen von denjenigen ab, die während der großen Hungersnot als erste ihr Land verloren haben. Unsere Vorfahren haben ihren Halt in der Gesellschaft verloren, und wir hatten nie eine Chance, ihn zurückzugewinnen, verstehst du. *Tinkers*, Kesselflicker, werden wir genannt, weil die einzige Arbeit, die man uns noch geben wollte, das Reparieren von Töpfen und Pfannen gewesen ist. Also flicken wir den ganzen lieben langen Tag. Werden Kesselflicker. Die Menschen sehen uns und erinnern sich an die Zeit der Hungersnothölle, von der die *shanachies* ihnen erzählt haben.«

»Und sie haben Angst.«

»*Aye*, du kapierst genauso schnell wie dein Engel von einer Mutter. Die normalen Leute glauben, wenn sie uns berühren, dann verlieren sie ihr Dach über dem Kopf und den Boden unter den Füßen und enden so wie wir, müssen für den Rest ihres Lebens unter den Sternen schlafen.«

»Es ist ein kurzer Schritt von Angst zu Haß.«

»Meistens ist es nicht mal ein Schritt.«

»Sie sagen, Lord Fitzgerald hat die Situation ausgenutzt.«

»Er und seine Kumpane kommen auf die glänzende Idee, uns Zigeuner aus kleinen Lagern wie meinem hier in große zusammenzutreiben, damit die Bullen uns besser überwachen können. Ihr Großvater war Hitler einen Schritt voraus, was Konzentrationslager betraf.«

»Das ist hier passiert?«

»Wenn nicht der Engel Mairead als unser Retter gekommen wäre.«

»Wie –?«

»Lord Fitz entwirft einen brillanten Plan, den er lautstark im Dáil vertritt. Er sagt, jeder, der den Kredithaien Wucherzinsen zahlen muß, soll das Recht auf Annullierung der Schulden bei vollem Schutz durch die Regierung bekommen, wenn die Schuldner dafür gegen Zigeuner vor Sondergerichten aussagen, die eingerichtet werden, um deren Konzentration zu beschleunigen. Natürlich wird er als Genie gefeiert.«

»Ich verstehe.«

»Wie deine Mum. Anders als die nichtsnutzigen reichen Mädchen, die sie kannte, sah sie die Ungerechtigkeit sofort. Also ging sie in das nächstgelegene Zigeunerlager, das zufälligerweise von meinem eigenen Daddo geleitet wurde, möge er ruhen in Frieden. Ich und sie, wir haben uns auf Anhieb blendend verstanden. Mit dem, was sie bei uns erfuhr, kehrte sie dann in die Stadt zurück und machte sich daran, vor aufgeschlossenen Damenzirkeln zu sprechen. Sie erzählte den Ladies, daß meine Leute auch Menschen mit Rechten sind, und daß wir mehr machen, als immer nur Kessel zu flicken. Und sie hat ihnen auch gesagt, daß Armut das größte Verbrechen von allen ist.«

»Irgendwer hat mal gesagt, meine Mutter wäre politisch engagiert gewesen.«

»*Aye*, das war sie. Sie und dein Daddo, die zwei waren schon ein tolles Team. Während sie in den Damenclubs in die eine Richtung agitierte und dein Dad seine feinen Freunde auf dem Trinity College bearbeitete, hatte Lord Fitz nicht die geringste Chance, seinen großen Plan zur Vernichtung von uns Zigeunern durchzusetzen. Es war der Anfang vom Ende zwischen deiner Mum und ihrem Pa.«

»Meine Eltern haben die Konzentrationslager verhindert?«

»Das haben sie, und noch mehr. Deine Mutter wurde damals berühmt für ihre Äußerungen zum Thema Recht und Gerechtigkeit. Und dies wurde zum Schandfleck für die Fitzgeralds, wo der alte Lord Fitz doch ein richtiger Barrister war und alles.«

»Was hat sie gesagt?«

»Mairead hat gesagt: ›Es wird mehr Menschen durch Gesetzesmacher geschadet als durch Gesetzesbrecher.‹ Diese Wahrheit äußerte sie vor den feinen Damenclubs. Die Ladies, Gott segne sie, wußten Bescheid. Denn immerhin waren es ihre eigenen Männer und Brüder und Väter im Dáil, die es damals nicht für nötig hielten, ihnen das Grundrecht des Wählens einzuräumen.«

»Wenn Sie sie nur in New York hätten sehen können«, sagte ich, »würden Sie Schwierigkeiten haben, sie sich als eine Radikale vorzustellen.«

»Radikal war sie, bis sie es ihr ausgetrieben haben.«

»Wer – die Fitzgeralds?«

»Die auch, aber sie waren es nicht allein, die sie fertiggemacht haben. Ich sag es nicht gern, aber dein Daddo trug auch seinen Teil dazu bei. Auch dein Onkel.«

Sister Sullivan stand auf und reckte sich.

»Das ist doch noch nicht alles, oder?« fragte ich sie.

»Bevor ich weiterrede, brauche ich einen Tropfen Whiskey. Wie steht's mit dir, Junge?«

»Später vielleicht.«

Sister Sullivan griff unter ihren Habit und zog einen Flachmann hervor. Sie kippte einen Schuß Whiskey in eine weitere Tasse Kaffee und fuhr fort.

»Die ersten politisch engagierten Typen, denen sich deine Mutter angeschlossen hat, waren meines Wissens die Hockaday-Jungs – womit ich deinen Vater und seinen Bruder meine.«

»Onkel Liam?«

»Sicher, es war eine ziemlich bunte Mischung dort unten in dem Pub, in dem sich damals alle trafen. An den Namen kann ich mich nicht mehr erinnern . . .«

»Das Ould Plaid Shawl?«

»Genau das ist es. Menschen eines gewissen Schlags gingen dort hin. Leute, die sich für so was wie Wahlen interessierten, vermute ich. Ich persönlich sage immer, wenn Wahlen wirklich was ändern würden, dann würden sie sie verbieten.«

»Ich sehe das genauso.«

Sister Sullivan lächelte. »Tja, es war damals schon eine faszinierende Zeit für die jungen Leute. Nächtelang wurde bis in die frühen Morgenstunden über Politik diskutiert. Dann war da natürlich auch noch die Sache mit der Pärchenbildung, falls du verstehst, was ich meine.«

»Sie meinen meine Mutter und meinen Vater.«

»Nicht von Anfang an.«

Es dauerte eine ganze Weile, bis mir die volle Bedeutung ihrer Worte endlich dämmerte. Mein Kopf, der gerade erst wieder halbwegs richtig zu funktionieren begann, wurde wieder ganz benebelt. Aber Sister Sullivan wartete geduldig, während ich durchdachte, was sie angedeutet hatte.

»Da war noch jemand«, sagte ich. »Warum auch nicht? Sie war jung, sie war schön ...«

Ich wußte, was Sister Sullivan meinte. Aber ich konnte es nicht selbst aussprechen.

»Sagen wir mal so«, sagte sie, »wenn du einen Bruder hättest, wie würde es dir da gefallen, wenn sich deine Ruby zu ihm verirrte?«

Liam sagt zu mir: »Verlier deine Liebste, und du bist genauso ein verdammter Narr wie ich. Ich habe selbst einen Schatz verloren, vor langer Zeit, und jetzt weißt du, was ich wirklich in meinem Leben bereue.«

Liam steht neben mir am offenen Grab auf dem St. John's Cemetery in Queens; ich in meiner frischen, blauen Uniform, er in seinen abgewetzten braunen Schuhen, den nach Tabak stinkenden Tweedsachen und dem schwarzen Regenmantel, er bekreuzigt sich, mit schniefender Nase und Tränen in den Augen, wirft rote Rosen in ihre letzte Ruhestätte ...

»Jetzt trinke ich auch einen«, sagte ich.

Sister Sullivan fand ein Glas und füllte es zur Hälfte mit Whiskey aus ihrem Flachmann.

Ich trank einen Schluck, und der flüchtige Gedanke an meine Großmutter Finola kam mir in den Kopf. Ich fragte: »Als sie meinen Vater geheiratet hat, war damit die Beziehung zu Liam beendet?«

»*Aye*, zumindest soweit es *sie* betraf.«

»Aber nicht für ihn?«

»Dazu muß ich etwas ausholen. Möchtest du noch einen Drink?«

»Es reicht.«

»Also ich kenne natürlich nicht sämtliche Einzelheiten. Da ich aber öfter alle zusammen erlebte, wußte ich, daß Aidan und Mairead zueinander paßten. Deinem Onkel fehlte das Temperament deines Vaters. Von den beiden Hockadays wäre er für Mairead vielleicht die klügere Wahl gewesen, aber sie folgte ihrem Herzen . . . Bist du sicher, daß du nicht noch was trinken möchtest?«

»Nein, danke.«

Sister Sullivan machte sich noch einen Drink, wobei sie diesmal aber den störenden Kaffee wegließ.

»Komisch, sich das vorzustellen«, sagte sie, »aber der alte Lord Fitz hätte Liam als Schwiegersohn wahrscheinlich irgendwann sogar gemocht, selbst wenn er aus dem Nichts kam. Liam hat es wirklich zu was gebracht, stimmt's nicht?«

»Wahrscheinlich.«

»Fitz haßte jedoch Aidan. Und Aidan, temperamentvoller Radikaler seiner Zeit, der er nun mal war – nun, er haßte Fitz und die anderen Kacker auf eine ziemlich furchterregende Weise. Ich wäre überhaupt nicht weiter überrascht, wenn Mairead sich gerade davon am stärksten angezogen fühlte. Ich sagte, sie sei ein Engel gewesen, ich habe nicht gesagt, sie wäre klug bei der Wahl ihrer Männer, stimmt's?«

»Nein.«

»Mairead wollte unbedingt heiraten. Sie wollte die ganze, pompöse Sache, einschließlich Kirche und ihrer ganzen Familie. Ich nehme an, sie konnte nicht alles hinter sich lassen, womit sie aufgewachsen war.«

»Wahrscheinlich nicht.«

»Lord Fitz – nun, seine Reaktion kannst du dir sicher vorstellen.«

»Nicht direkt.«

»Er sagte zu Mairead: ›Ich mach ihn fertig, deinen Aidan – und dich mache ich auch fertig, wenn du ihn nicht verläßt.‹«

»Und natürlich hat sie nicht.«

»Du meinst, deinen Dad nicht verlassen? Nein. Die beiden gaben ihre Verlobung bekannt. Und dann hat Lord Fitz sie fertiggemacht.«

»Was hat er getan?«

»Angefangen hat er damit, indem er dafür sorgte, daß kein Priester in ganz Dublin sich in der Lage sah, Aidan und Mairead zu verheiraten. Das hat deine Mutter fast umgebracht. Dann hat sich der Bastard Fitz deinen Vater vorgeknöpft.«

»Ich glaube, ich kann raten. Er hat dafür gesorgt, daß mein Vater keine Arbeit fand?«

»Richtig. Der Bastard hat dafür gesorgt, daß kein Pressewerk in der Stadt Aidan Hockaday veröffentlichte. Als sich dein Dad dann einen Job als Lehrer suchen mußte, wurde ihm auch dieser Weg versperrt. Aidan brauchte dringend Arbeit. Doch wohin er auch ging, immer rannte er gegen verschlossene Türen. Er hat nie eine Chance bekommen. Jeder schien zu wissen, daß Aidan Hockaday auf Stellensuche war, und sie warteten nur darauf, ihm ihre Türen vor der Nase zuzuknallen. Es sah aus, als wäre Lord Fitz ihm immer einen Schritt voraus, als wüßte er über sein Leben und seine Pläne immer bestens Bescheid . . .«

»Zum Beispiel durch einen Informanten.«

»*Aye*, und ich wäre nicht weiter überrascht, wenn dieser Informant den Namen Liam hätte. Zwischen beiden Brüdern herrschte eine ziemliche Verbitterung.«

»Sind sie je darüber hinweggekommen?«

»Erst als deinem Dad und deiner Mum keine andere Wahl blieb, als nach Amerika auszuwandern.«

»So wie Sie das sagen, klingt es nach einem schrecklichen Schicksal. Man hat mir gesagt, mein Dad hätte immer schon nach New York gewollt. Ich besitze sogar einen Brief, den er einmal an Liam geschrieben hat und in dem er sagt, wie sehr er die Stadt liebt.«

»Ich kann dir nur soviel sagen, daß zu der Zeit zumindest Mairead am Boden zerstört war. Hauptsächlich, weil sie die Reise nicht als richtige Braut antrat. Ich habe gesagt, sie sei eine feine Radikale gewesen, ich habe nie gesagt, sie hätte sich in dieser Rolle uneingeschränkt wohl gefühlt.«

»Wo haben sie dann schließlich geheiratet?«

»Vielleicht wird dich das erschüttern, aber die zwei sind von meinem eigenen Daddo verheiratet worden – in unserem Zigeunerlager, nach unserer eigenen Zeremonie.«

»Wollen Sie mir damit etwa sagen ...?«

»Ich sage, soweit ich weiß, haben die zwei niemals richtig und rechtmäßig geheiratet, was auch immer dadurch anders sein soll.«

»Und das haben Sie gemeint, als Sie sagten, es wäre zwischen meiner Mutter und Liam nie aus gewesen, soweit *er* betroffen war?«

»*Aye*, das war mein Eindruck. Es tut mir leid, dir das alles sagen zu müssen, Junge. Aber Ruby hat mir erklärt, daß du hergekommen bist, weil du alles erfahren willst.« Sister Sullivan drehte sich zu Ruby um. »Sag ihm, daß das stimmt.«

Ruby, die die ganze Zeit schweigend am Tisch gesessen hatte, sagte jetzt: »Du kommst doch damit klar, Hock, oder?«

»Benimm dich anständig gegenüber deiner Bonny, *und verlier sie niemals. Du wirst doch nicht hilflos und einsam auf dem Rükken liegend enden wollen, einer Melodie aus der Ferne lauschend, mit einem Text, der deinem Herzen Stiche versetzt durch die Erinnerung an alte Liebe.«*

An dem Baum hingen zwei Pflaumen, und eine davon nahm er, deshalb hat er weder Pflaumen genommen noch zurückgelassen ...

41

Am nächsten Tag ließ der Schmerz in meinem Bein soweit nach, um wieder aufstehen zu können. Ich konnte sogar ein wenig herumgehen, ohne mich auf Ruby abzustützen.

Unterdessen lief für Oliver Gunston alles bestens. Wieder nahm er die Seite eins im Sturm, diesmal mit seinem Bericht über die entrüsteten Reaktionen seitens offizieller Vertreter der Regierung und des Trinity College auf den *Nevermore-Plan*, der auf dramatische Weise durch Peadar Cavanaughs Selbstmordmanifest enthüllt worden war.

Immer noch hielt er unsere Namen aus der Zeitung raus, und inzwischen mußte Gunston das gleiche wissen, was die Zigeuner über ihre Informanten bei der Garda in Erfahrung gebracht hatten: Zumindest einige der Cops hatten Ruby und mich auf ihre Abschußliste gesetzt. Da wir nicht in Polizeigewahrsam waren, würde er ferner annehmen, daß wir entweder tot sein mußten oder uns versteckten. Indem er uns vorläufig aus der Geschichte heraushielt, demonstrierte Gunston positives Denken.

Ich beschloß, daß wir unter den gegebenen Umständen an unserem Plan festhalten sollten, ins County Carlow zu fahren.

»Was bringt uns das, Hock?« wollte Ruby wissen.

»Du wirst mich für verrückt halten, wenn ich dir das sage.«

»Als würde ich das nicht sowieso schon.«

»Ich möchte einen Traum besuchen.«

»Von deinem Vater?«

»Bei diesem Traum geht es im wesentlichen um einen Ort. Mein Vater kommt darin vor, aber auch andere, darunter auch Onkel Liam. Dieser Ort ist eine *sheepeen*, und dort findet eine Totenwache statt.«

»In einer Kneipe. Wie praktisch.«

»Auf einem Hügel steht ein großes Haus, und dann ist da noch ein Bach . . .«

»Ergibt das irgendwie einen Sinn, Hock?«

»Nicht bis wir dort sind.«

»Was, wenn wir nicht fahren?«

»Dann wird nie irgendwas einen Sinn ergeben.«

»Das geht nicht.«

Sister Sullivan lieh uns einen zwanzig Jahre alten VW Käfer und gab uns noch einige gute Ratschläge mit auf den Weg.

»Ich muß euch ja nicht erst sagen, daß ihr euch von den Autobahnen fernhalten sollt«, sagte sie. »Bleibt auf den kleinen Landstraßen, die von den Schafen und Bauern benutzt werden, dann werdet ihr wahrscheinlich auch nicht von den Bullen belästigt, die euch möglicherweise immer noch suchen. Wenn ihr gegen Mittag aufbrecht, müßtet ihr gegen fünf eigentlich bequem über die Wicklows sein und das County erreicht haben.«

»In ein oder zwei Tagen sind wir wieder zurück«, versprach ich tapfer.

Eine der anderen Zigeunerinnen packte uns einen Picknickkorb mit Roastbeef-Sandwiches, den sie uns mit einem Goldzahnlächeln überreichte. Ihr Mann wollte, daß ich seinen Revolver mitnahm, aber ich lehnte das Angebot dankend ab.

Wir waren unterwegs.

Eine Autostunde südlich von Dublin platzte einer der Reifen, und zusätzlich fiel auch noch die Lichtmaschine aus. Ruby kann nähen, sie versteht etwas von Stereoanlagen, und sie ist tatsächlich in der Lage, den Timer eines Videorecorders zu programmieren. Aber Autos sind nicht ihr Ding. Ich selbst verstehe von keinem der genannten Dinge etwas.

Zum Glück passierte die Panne in einem kleinen, an einem See gelegenen Dorf namens Pollaphuca, in dem es eine Reparaturwerkstatt gab. Wir ließen den Volkswagen bei einem Mechaniker mit dem Namen O'Malley, folgten dann seiner Wegbeschreibung zu einem Gasthaus, wo wir uns bei Tee und Keksen die Zeit vertrieben. Ich benutzte das Telefon und rief Neglio an.

»Wurde auch gottverdammt endlich Zeit, daß Sie anrufen«, sagte der Inspector. Wie üblich bei einem Ferngespräch beschränkten wir unsere einleitenden Höflichkeitsfloskeln auf das Mindeste. »Was gibt's? Irgendwer hat Ihnen einen neuen

Stuhl geschnitzt, und Sie konnten während dieser Zeit Ihren Hintern nicht zu einem Telefon schleppen.«

»Mein Gott, es tut richtig gut, Ihre Stimme zu hören«, sagte ich. »Und wie läuft's denn so in New York?«

»Die *Harfen* der ganzen Stadt können's gar nicht mehr erwarten, Sie endlich wiederzusehen, Hock. Allerdings garantiere ich Ihnen keinen ausschließlich freundlichen Empfang.«

»Was soll das heißen?«

»Slattery hat drüben bei der ›Post‹ die Story von diesem Dubliner Käseblatt übernommen, in dem alles über eure irischen Nazis steht.«

»Der *Nevermore-Plan*?«

»Was immer. Das mit dem tollen kleinen Verein, den Ihr alter Herr damals während des Krieges gegründet hat. Das hat die *Harfen* bei uns zu Hause so erschüttert, man könnte meinen, Washington wollte die Prohibition wieder einführen.«

»Ich verstehe nicht.«

»Sollten Sie aber. Sie waren doch schon auf mehr als genug St.-Paddy's-Day-Paraden. Auf jeden *shillelagh* in der Menge kommen ungefähr ein Dutzend *Stars and Stripes*, stimmt's? Keiner ist mit dieser patriotischen Scheiße schneller bei der Hand als ihr irischen Typen.«

»Es sei denn, es sind Ihre *paisanos*.«

»Jetzt kapieren Sie endlich, Hock. Alte Spaghettis wollen gern hundertprozentige Amerikaner sein. So werden die WASPs nicht nervös und denken gleich Mafia und Mussolini und so weiter. Wenn man aus einem Zuhause kommt, in dem es in der Küche nach Ravioli riecht, muß man sich irgendwie an die Leute anpassen, deren Küchen anders riechen . . . ich weiß nicht, nach Salat. Das ist einfach eine Frage des Überlebens im großen Schmelztiegel, okay?«

»Okay.«

»Mit den *Harfen* ist's nicht anders. Fragen Sie die alten Knaben, die wissen das, denn sie sind immer noch empfindsam. Gerade wo du dich wohl fühlst und sie dir keine Deckslöcher mehr vermieten und dir anständige Jobs geben und sie dich nicht mehr Paddy und so weiter nennen, kommt diese Kriegsstory über Iren und Hakenkreuze.«

»Schockierendes Zeug.«

»Nun – Davy Mogaill jedenfalls, der ist ziemlich schockiert.«

»Mogaill? Ist er wieder aufgetaucht?«

»O ja . . .«

Mit der Erwähnung von Mogaill war ein angespannter Ton in Neglios Stimme getreten. Er hörte sich an wie der Gast in einem fremden Haus, der versuchte, höflich zu sein, indem er den Gestank einer toten Maus irgendwo unter dem Teppich nicht erwähnte.

»Und – wo war er?« fragte ich.

»Genaugenommen wissen wir das nicht. Lieutenant Ellis sagt, Ihr *Rabbi* muß wohl ganz benommen gewesen sein nach der Explosion in seinem Haus, bei der Arty Finn ins Gras gebissen hat, und dann ist er irgendwohin in die Dunkelheit geirrt – also, für ein paar Tage.«

»Wo ist er jetzt?«

»Soweit es mich betrifft, hat er sich nichtgenehmigten Urlaub genommen.«

»Aber mit ihm ist alles in Ordnung? Was ist passiert?«

»Ich schätze, er wird wohl okay sein. Im Augenblick hat er sich irgendwo verkrochen. Wer weiß? Ich hab so das Gefühl, daß er auf Ihre Rückkehr wartet, bevor er wieder auftaucht.«

»Er wartet auf mich?«

»Eines Abends hat Mogaill aus heiterem Himmel Ellis angerufen, und die zwei haben sich irgendwo oben in der Bronx getroffen. Ihr *Rabbi* hat zwei Dinge auf der Tagesordnung. Das eine ist eine Tonbandaufnahme, von der Sie wissen sollen. Zum anderen bringt er etwas Licht ins Dunkel, indem er eine Geschichte über seine verstorbene Frau erzählt. Die, wie sich herausstellt, so was wie eine Bombenspezialistin der IRA gewesen ist – und obendrein Arty Finns kleine Schwester.«

»Sie hieß Brenda.«

»Genau die, und zu Lebzeiten hat sie fleißig unter Mogaill gebuddelt. Das alles kann Davy Ihnen viel besser erzählen. Jedenfalls, nach dem Band und dem, was Ellis sich zusammenreimt, sieht es so aus, daß Finn bekommen hat, was er verdient. Genauso ist es mit diesem Farrelly.«

»Also, Sie wollen mir damit sagen –?«

»Sagen Sie's, Hock.«

»Ein Dienst an der Allgemeinheit also?«

Neglio schwieg, was auch eine Antwort war. Ein Cop von Neglios Rang würde nicht laut zugeben, daß sich die polizeilichen Ermittlungen im Zusammenhang mit den unbeklagten Toden von Arty Finn und Dennis Farrelly weitgehend auf die Schildchen an ihren Zehen beschränken würden. Die Menschen haben die merkwürdige Vorstellung, daß Mörder für gewöhnlich vor Gericht gestellt werden. Sie zählen nicht mit, und sie sehen absolut zuviel fern.

»Okay«, sagte ich, »und was passiert jetzt mit Davy?«

»Er taucht irgendwann wieder zur Arbeit auf, andernfalls wird er, würde ich sagen, ein neuer Judge Crater. Ich an seiner Stelle würde wieder auftauchen. Wer will schon der Stadt all die vielen Jahre Pension schenken?«

»Sie haben eine Tonbandaufnahme erwähnt.«

»Richtig. Es handelt sich um die Tonbandkassette aus dem Anrufbeantworter dieses Priesters.«

»Father Tim.«

»Timothy Kelly, genau – der seine Kanone gefressen hat. Ich habe eine Abschrift von dem Band anfertigen lassen. Ihre Stimme ist auch drauf, Hock. Seine ebenfalls – und dann ist da noch dieser eine, äußerst faszinierende Anrufer, was nach diesen Zeitungsartikeln auch einen Sinn ergibt.«

»Welcher andere Anrufer?«

»Erinnern Sie sich noch, was Sie über Dienst an der Allgemeinheit gesagt haben?«

»Ich erinnere mich.«

»Vergessen Sie das nicht, wenn ich Ihnen sage, was passiert ist. Dieser Knabe ruft also Ihren Priester an, klingt wie ein Ferngespräch. Er nennt keinen Namen, fragt einfach nur: ›Was ist ein echter Patriot?‹ Das Gerät ist immer noch an, so als hätte Father

Kelly mitten in dem Anruf abgehoben. Also haben wir ihn auch auf Band, wie er keucht, als würde er jeden Augenblick reihern, und dann sagt der Padre einfach: ›Echte Patrioten haben Waffen in den Händen und Gedichte in den Köpfen ... Niemals wieder!‹«

»Stimmt, das ergibt einen Sinn«, pflichtete ich bei.

Über den Autor dieses poetisch verschlüsselten Wortwechsels mußte ich nicht spekulieren. Auch nicht darüber, daß Farrelly der Anrufer war. Wie es sich anhörte, hatte auch Neglio aufgehört zu raten.

Ich dachte an jenen Tag, als ich den armen Father Tim mit einem Rosenkranz in den arthritischen Händen und in ein Gebet zum heiligen Judas versunken gesehen hatte, ihn und sein aufgewühltes, bleiches Gesicht und seinen durch einen Ausschlag geschwollenen Hals. Ich griff in meine Tasche, und da war das Medaillon, das er mir gegeben hatte. Und ich dachte an eine Zeile aus Peadar Cavanaughs Brief: *Weil ich ein alter Hund des Krieges bin ... und weil mein Befehlshaber einen letzten, endgültigen Befehl ausgegeben hat, der so oder so meinen Tod bedeuten wird. Ich entscheide mich für meinen eigenen Weg aus diesem Jammertal.*

»Hock ...?«

Mehrere Sekunden hatte keiner von uns ein Wort gesprochen.

»Ja, ich bin dran.«

»Sie wollen doch nicht noch tiefer in diese Scheiße hineingeraten, oder?«

»Nein, eigentlich nicht.« Ich rieb die Rückseite meines Oberschenkels, wo die verbundene Wunde immer noch weh tat.

»Kommen Sie nach Hause, wohin Sie gehören, Hock. Es ist jetzt vorbei.«

»Für Sie vielleicht, und vielleicht in New York. Aber ich gehöre nicht dorthin, bis auch hier alles vorbei ist.«

»Reden Sie nicht wie ein gottverdammter Märtyrer.«

»Ich werde für niemandes Weltanschauung sterben.«

»Sie werden keine große Wahl haben, wenn Sie ins Kreuzfeuer einiger irischer Fanatiker geraten, die miteinander diskutieren.«

»Wir sehn uns, Inspector.«

»Hoffen Sie.«

Ich hoffte es.

Wir tranken Tee, und ich erzählte Ruby von meinem Gespräch mit Neglio. Als wir keine Lust mehr hatten, uns noch länger in dem Gasthaus herumzudrücken, schlenderten wir zur Werkstatt zurück. O'Malley hatte den VW zusammengeflickt und war nun damit beschäftigt auszuklamüsern, um wieviel genau er mich erleichtern konnte.

»Der Reifen, der kostet Sie nur fünfzig Mäuse, weil ich zufälligerweise einen runderneuerten rumliegen hatte, und ich würde einen Touristen doch nie unnötig finanziell belasten wollen«, sagte O'Malley. Er zog einen Bleistiftstummel hinter seinem Ohr hervor und schrieb den Betrag auf einen mit Schmiere bekleckerten Block.

»Nein, natürlich nicht«, sagte ich.

O'Malley schaute zu mir auf, dann verzog er angestrengt und konzentriert sein Gesicht und fuhr fort: »Lassen Sie mal sehen ... die Lichtmaschine. Das alte Ding, der reinste Horror war das ...«

Ruby verpaßte dem neuen Reifen einen Tritt. Es klang wie ein Wasserball, der über den Bordwalk von Coney Island hüpfte. Ich sah, daß er ungefähr genausoviel Profil hatte. Fünfzig irische Pfund für einen glatten Wasserball.

»Wieviel kosten schon diese Kohlenbürsten, oder wie die Dinger heißen?« fragte ich.

»Oh, so einfach war das nicht –«

»Wieviel?«

»Noch mal fünfzig, fürchte ich.«

»Ich hätte auch Angst, dafür soviel zu verlangen.«

»Sagen wir fünfundachtzig für alles zusammen, wenn wir noch das kleine Päuschen berücksichtigen, das ich Amerikanern auf der Durchreise von Herzen gerne gönne?«

»Besser sind fünfundsechzig und eine angenehme Erinnerung an Pollaphuca.«

»Dann möchte ich doch fünfundsiebzig vorschlagen, Sir, wobei ich an mein krankes jüngstes Kind denke.«

Ruby trat wieder gegen den Reifen und sagte: »Bezahl's, Hock. Wir haben noch drei Stunden Fahrt vor uns, und mit dieser Karre sollten wir besser vor Einbruch der Dunkelheit dort sein.«

»*Hock*, das ist ja mal ein interessanter Name«, meinte O'Malley, als ich ein paar Scheine abzählte und ihm in die Hand drückte. »Das ist Gälisch und bedeutet soviel wie Trottel.«

Die nächste Fahrt durch eine flache, einsame und nicht sonderlich interessante Gegend saß Ruby hinter dem Lenkrad. Ich schloß die Augen und versuchte, mich zum Schlafen zurückzulegen, mußte aber erfahren, daß dies in einem VW absolut unmöglich ist.

Da war das schrille Jaulen des Motors, das Pfeifen der Luft durch Fenster, die nicht richtig schlossen, und das gelegentlich *Wumm-wumm* der Reifen, die über die zahllosen Unebenheiten der Straße holperten. Außerdem das *Quietsch-quatsch* alter Scheibenwischer, die mit etwas zwischen einem Nieselregen und einem Schauer kämpften.

Schließlich gab ich es auf. Als ich die Augen wieder öffnete, starrte Ruby mich an.

»Paßt du auch auf die Straße auf?« fragte ich sie.

»Ich schätze, ich kann so weit sehen, wie's nötig ist«, erwiderte sie und warf eine oder zwei Sekunden einen Blick auf die Straße vor uns. Dann sah sie mich wieder an. »Und, hast du von mir geträumt?«

»Was gibt's da zu träumen? Du bist hier.«

»Ja, bin ich. Mit Grübchen und allem.«

»Was?«

»Zu Hause in New York, als ich an deinem Geburtstag mit dir essen war, da hast du mir gesagt, du liebst das Grübchen in meinem Kinn.«

»Ich erinnere mich dunkel.«

»Erinnerst du dich auch noch an deinen Heiratsantrag?«

»Ich wünschte, du würdest mehr auf die Straße achtgeben.«

Ruby schaute nicht fort. »Du hast es dann so gedreht, als wär's nur ein Scherz gewesen, aber wir wußten es beide besser. Also, das war dein erster Antrag. Erinnerst du dich noch an den zweiten?«

»Du bist eingeschlafen.«

»Ich habe gesagt, ich komme drauf zurück.«

»Ja, hast du. Es regnet, um Himmels willen. Würdest du bitte mal auf die Straße schauen?«

»Ich weiß, wohin wir steuern. Du auch?«

»Müssen wir jetzt darüber reden? Um uns herum fallen Leichen wie Ahornblätter im Oktober, und um ein Haar wäre ich selbst dabeigewesen. Wir sind auf der Flucht vor den Cops und fahren einen alten VW, der jeden Augenblick liegenbleiben kann. Und mein alter Herr ist . . . ich weiß nicht, was, ein Nazi.«

»Das Leben kann manchmal stürmisch sein.«

»Himmel, ja.«

»Es gibt die Ruhe im Zentrum des Sturms.«

»Womit du dich meinst?«

Ruby lächelte, schaute auf die Straße und sah dann mich wieder an. »Ich sag's ja wirklich ungern, aber ruhig zu bleiben ist die Aufgabe der Frau. Männer taugen bei solchen schwierigen Aufgaben nicht besonders viel.«

»Ich verstehe, warum du's so ungern sagst.«

»Erzähl mir noch mal das mit meinem Grübchen.«

»Vorher sagst du mir, wie es deiner Meinung nach sein würde, wenn du dich mit einem Cop zusammentust.«

»Was gibt's da zu wissen, das ich nicht ohnehin schon weiß, Hock? Ich weiß, daß du schnarchst, wenn du mit offenem Mund auf dem Rücken liegst.«

»Ich war schon einmal verheiratet. Ich muß einfach immer wieder denken, wenn ich's noch mal mache, dann wär ich nicht besser als der Spinner, der auf dem Revier auftaucht und irgendein Verbrechen gesteht, von dem er in der Zeitung gelesen hat.«

»Gott, für einen Burschen, der auf dem Rücken schnarcht, bist du wirklich wahnsinnig romantisch.«

»Du gönnst mir keine Pause, stimmt's?«

»Die hat O'Malley dir schon gegeben.«

»Tolle Pause. Wenn du nicht aufpaßt, fahren wir noch in den Straßengraben.«

»Nicht wenn ich höre, was ich hören will.«

»Okay, okay. Willst du mich heiraten, Ruby?«

»Vielleicht bringt dreimal Glück«, sagte sie.

Dann fuhr Ruby den VW an den Straßenrand und hielt an. Sie öffnete die Tür und stieg aus, ging um die Vorderseite des Wagens und zog die Beifahrertür auf.

»Du fährst jetzt«, sagte sie.

»Jetzt erzähl mir nicht, du wärst plötzlich wieder schläfrig geworden.«

»Rutsch hinters Lenkrad, Hock, und fahr einfach.«

Die nächsten dreißig Minuten fuhr ich, während die Frage in bedeutungsschwerer Stille im Raum hing. Als wir dann die lange Steigung hinauf in die grünen Wicklows begannen, ließ der Regen nach, und die Sonne tauchte als frischer, orangefarbener Ball in dem reingewaschenen Himmel des frühen Nachmittags auf. Und über die Straße, auf der wir fuhren, spannte sich von dem Gipfel auf unserer Linken bis zu dem Gipfel auf unserer Rechten ein perfekter irischer Regenbogen.

»Es heißt, es liegt Gold am Ende eines Regenbogens«, sagte Ruby.

»Hat aber nie einer erwähnt, an welchem Ende«, erwiderte ich.

42

Zweimal hatte ich dieses alte Haus in meinen neuen Träumen gesehen. Auf einem Hügel oberhalb der niedrigen *sheepeen*, seine kalten, glatten Wände und Buntglasfenster. Über sein Inneres wußte ich nichts, aber das Äußere hatte ich gesehen, und das nur im nebligen Mondschein.

Jetzt war es kurz vor Sonnenuntergang. Jetzt war ich zum dritten Mal hier. Jetzt war ich im Inneren des aus Granit errichteten Herrenhauses.

Ruby und ich traten durch ein mit Schiefer ausgelegtes Vestibül, dann weiter in eine lange und sehr dunkle Eingangshalle mit einer Sammlung verschieden großer Läufer, die Ende an Ende in der Mitte des Bodens lagen. Es roch nach Tabak, schalem Bier und Ammoniak. Am anderen Ende der Halle sahen wir Kopf und Schultern eines Mannes hinter einer Rezeptionstheke mit einer Lampe darauf. Auf dem Weg dorthin bemerkten wir acht Zimmer, vier auf jeder Seite. Nur zwei davon schienen benutzt zu werden. Eine Gruppe alter Frauen mit Strickzeug auf den Schößen saß in dem einen und schauten auf einen flackernden Fernseher. Der andere benutzte Raum war eine Bar, die ruhigste Bar, die ich je gesehen habe. Darin vereinzelte alte Männer, die Pints tranken.

Die Rezeption war ein Prachtstück aus Mahagoni, das nicht ganz hierher paßte. Sie war wuchtig genug für ein großes Hotel in New York oder London, trübte aber den dramatischen Blick auf eine dahinter liegende Haupttreppe. An den beiden Enden stand jeweils ein chinesischer Umtopf mit Dattelpalmen, die aus Mangel an Sauerstoff und Licht eingingen.

»Womit kann ich Ihnen helfen?« erkundigte sich der Mann hinter dem Empfang. Er schaute von der Zeitung auf, in der er geblättert hatte. Er war etwas über sechzig Jahre alt, wenn auch nicht viel, sein Kopf wurde von einem Nimbus silbergrauer Locken gerahmt, er hatte einen langen, spitzen Rüssel als Nase und harte, braune Augen, die blitzschnell Ruby, mich und unser Gepäck taxierten. »Sind Sie auf der Durchreise oder bleiben Sie eine Weile in Tullow?«

»Sind Sie Mr. Roarty?« fragte ich.

»*Aye*, Ned Roarty.« Eine Frau mittleren Alters mit grauen Strähnen in dem ansonsten schwarzen Haar tauchte hinter ihm auf. Sie war größer und jünger als Roarty, und vielleicht dreißig Pfund schwerer. Sie hatte herb-männliche Gesichtszüge, die den seinen sehr ähnelten: die harten Augen, die gleiche spitze Nase und schmale, geschürzte Lippen, die an den Mundwinkeln nach unten gezogen waren, als hätte sie gerade Essig getrunken. Roarty deutete mit einem tintenbefleckten Daumen auf sie. »Das hier ist meine Tochter Annie.«

»Auf dem Schild draußen steht, Sie hätten Zimmer frei?« fragte ich.

»Das Schild lügt nicht«, sagte Roarty. Seine Blicke wanderten über unsere Finger. Als er sah, daß wir keine Ringe trugen, fragte er streng: »Sie möchten also zwei Zimmer?«

»Eins reicht«, sagte ich.

»Vielleicht mit Blick auf diesen wunderschönen Bach«, schaltete Ruby sich ein.

»Wir werden sehen, Ma'am, wir werden sehen«, brummelte Ned Roarty. Er drehte sich um und ließ seine Augen über den hölzernen Schrank wandern, der hinter dem Empfang an der Wand befestigt war. Der Schrank war ein Labyrinth von Postfächern, von denen die meisten bis auf Zimmerschlüssel leer waren, wie sie heute nur noch in Antiquitätengeschäften verkauft werden. Roarty summte leise und wog die verschiedenen Möglichkeiten ab. Die Tochter fixierte uns mit säuerlicher Miene.

»Hier haben wir genau das Richtige«, sagte Roarty schließlich und drehte sich mit einem großen, eisernen Schlüssel in der Hand wieder zu uns. Er schob die Zeitung beiseite. Darunter lag ein Kugelschreiber und ein in Leinen gebundenes Gästebuch, das er nun aufschlug und mir zum Ausfüllen zudrehte. Zu Ruby sagte er: »Nummer sechs ist eine schöne Suite mit nach vorn hinaus liegendem Erker und Balkon, Ma'am. Sie liegt ganz oben am Ende der Treppe, damit Sie auf die Biegung des Flusses und zum Wasserfall hinabschauen können, wo der Lachs geangelt wird.«

»Das klingt sehr gut«, sagte Ruby.

»Wieviel?« fragte ich.

»Wie viele Nächte bleiben Sie?«

»Ich weiß nicht. Kommt drauf an.«

»Kommt auf was an, wenn ich fragen darf?«

»Darauf, ob dreimal Glück bringt.«

»Ich kann nicht ganz folgen, Sir.«

»Das hatte ich auch nicht von Ihnen erwartet. Ich habe nur nach dem Preis des Zimmers gefragt.«

»Sagen wir fünfzig Pfund, eine Nacht im voraus.«

Ich nickte und trug unsere Namen in das Gästebuch ein. Ruby öffnete ihr Portemonnaie und bezahlte. Annie Roarty kam nicht sonderlich begeistert hinter dem Empfang hervor, nahm unsere Taschen und sagte: »Kommen Sie, ich bringe Sie rauf, wo Sie ja bezahlt haben.«

Wir folgten Annie Roarty, die gemächlich vier breite und hallende Treppen hinaufstapfte, bis wir unsere Suite erreichten. Natürlich dachte ich über die Ironie von allem nach. Wieder waren wir angekommen, wurden in einem großen Haus von einer stämmigen, mürrischen Frau zu unserer Unterkunft geführt; wieder waren wir angekommen, betraten ein Haus, das Geheimnisse verströmte.

Die Suite hatte auch schon bessere Tage gesehen. Das Wohnzimmer war schlicht möbliert, um es freundlich auszudrücken. Es gab zwei Stühle mit zerrissenen Seidenbezügen, einen kleinen runden Tisch, auf dem vergilbte Taschenbücher gestapelt waren, und eine in der Mitte stark durchgesessene Couch, als hätte sich ein fetter Bursche zwanzig Jahre lang jeden Tag mit einem Haufen Ziegelsteinen auf dem Schoß dorthin gesetzt. In dem angrenzenden Zimmer befanden sich eine Kommode und ein Kleiderschrank, beide mit angeschlagenem Furnier, sowie ein Bett, in dem besagter Fettsack geschlafen hatte. Der Putz an Decke und den meisten Wänden blätterte unter braunen Wasserflecken ab.

Der Balkon allerdings war, wie Roarty versprochen hatte, wunderbar. Ich trat hinaus und sah hinter der *sheepeen* am Fuß des Hügels den Bach, der sich hinter einer Biegung mit dicken Tannen in Kaskaden ergoß. Die dunkel werdenden Wicklows zeichneten sich brütend am Horizont ab. Hier und da lagen Felsblöcke im kalten, reißenden Wasser, überzogen mit weißlichem Gras wie Klavierdeckchen, genau wie in meinen Träumen. Fast schon rechnete ich damit, Davy Mogaill zu sehen, der eine Pfeife rauchte und im Abendnebel seiner Brenda zurief, genau wie im Traum.

»Gefällt's Ihnen?« fragte Annie.

Ich wendete mich von der Aussicht auf den Bach ab. Annie stand neben Ruby im Schlafzimmer direkt vor den Türen auf den Balkon. Ruby sah mich an, sprach aber zu Annie. »Ja, wunderbar«, sagte sie.

»Dann geh ich jetzt?« sagte Annie. Aber sie rührte sich nicht.

Ich trat zurück ins Schlafzimmer und gab Annie eine Pfundnote. Dann zog ich einen weiteren Fünfer aus meiner Brieftasche. »Das hier ist für Ihre kostbare Zeit, wenn Sie mir etwas über dieses Haus erzählen.«

»Was denn zum Beispiel, Sir?«

»Wie zum Beispiel die Leere dieses Hauses. Ich habe das Gefühl, wir sind die einzigen Gäste.«

»Nun, das ist auch so.«

»Wie können Sie so existieren?«

»Indem wir das Mobiliar aus dem Haus verkaufen, Jahr um Jahr«, erwiderte Annie und drehte den Fünfer in ihren Händen, als hätte sie schon eine ganze Weile keinen mehr gesehen. »Wie Sie ja selbst sehen, ist's damit jetzt auch Schluß. Das ist so einfach wie traurig. Verkaufen kann ich Ihnen jetzt nur noch meine Probleme.«

»Warum ist das Geschäft schlechter geworden?«

»Das kann ich Ihnen auch nicht besser erklären als jeder andere in Tullow. Ich kann nur soviel sagen, daß heute die reichen Jäger aus Dublin ausbleiben, und sonst gibt's ziemlich wenig Grund herzukommen. Das arme alte Tullow hat's noch nie für nötig gehalten, sich an die neuen Zeiten der Welt da draußen anzupassen. Daher sehen Sie, was Sie sehen, ein zerfallendes altes Landgasthaus, das zuwenig gute, zahlende Gäste hat, um modernen Anforderungen zu genügen.«

»Das hier war früher mal ein Jagdschloß?«

»*Aye*, als es noch eine Bedeutung hatte. Unten gab es eine schöne, große Küche und einen Chefkoch, zwei Kühlräume für das erlegte Wild und einen herrlichen Speisesaal. Ach, wenn ich an die wunderbaren Festessen denke, die hier einmal ausgerichtet wurden.« Annie schob den Geldschein in eine Seitentasche ihres Rocks, legte dann die Hände auf ihre ausladenden Hüften und ließ den Blick über den Raum wandern, wobei ihre Augen an einem Wasserflecken hängenblieben, der sich von der Decke bis zur Fußleiste einer Wand herabschlängelte. »Es ist eine Schande, wie alles verfällt, aber was soll man machen? Es war allerdings mal ein prächtiges Haus, bevor die Welt schnellebig und scheußlich geworden ist.«

»Seit wann ist es schon kein Jagdschloß mehr?«

»Ach, fünf Jahre würde ich sagen. Bis vor einem Jahr sind die treuesten Gäste noch gekommen. Aber nur noch wegen des Schattens von vergangenem Komfort.«

»Und davor war es ein Jagdschloß?«

»Bis zu meiner Kindheit ist das hier ein Kloster gewesen. Die Mönche haben es übernommen, als die Engländer aus ihren vornehmen Herrenhäusern auf dem Land vertrieben wurden.«

»Von denen dies eines war?«

»Aye.«

»Sie waren mir eine große Hilfe, Annie.«

»War ich das, Sir?« Ebensoviel Neugier trat nun auf Annie Roartys Gesicht, wie ich Fragen in Rubys sah. Dann verdrängte etwas anderes, so was wie Furcht, die Härte in Annies Augen. Schnell sagte sie: »Ich geh jetzt besser. Nach der langen Reise brauchen Sie bestimmt etwas Ruhe.«

Ruby begleitete sie zur Tür. Ich ging zurück auf den Balkon. Als Annie die Treppe hinunterging, schloß Ruby die Tür und verriegelte sie.

Inzwischen war es beinahe ganz dunkel, und die Luft frischer als noch vor einer Minute. Die Biegung des Baches konnte ich nicht mehr sehen, genausowenig wie die meisten der Felsblöcke darin. Am Himmel stand nur noch die Mondsichel, und die dunklen Berge der Wicklows, die das Tal meiner Ahnen einrahmten, waren zu spüren, aber nicht mehr zu sehen.

Ruby trat neben mich.

»In diesem Haus bekomme ich eine Gänsehaut«, sagte sie.
»Ich weiß«, sagte ich. »Er ist hier.«

43

Captain Davy Mogaill wippte auf seinem Barhocker, den Kopf in den Händen aufgestützt, und sagte: »Tja ... ich bin Ihnen dankbar für das, was Sie getan haben.«

»Hören Sie auf mit dem Geflenne. Ich hab Ihnen doch nur das Leben gerettet. Wollen Sie eine?« Lieutenant Ray Ellis bot Mogaill eine White Owl Zigarre an, die in Cellophan eingewickelt war. Mogaill öffnete sie und steckte sie an. Ellis fragte: »Was haben Sie jetzt vor?«

»Was würden Sie empfehlen?«

»Steigen Sie aus Ihrem beschissenen Grab.«

»Ich werd drüber nachdenken.« Mogaill trank sein Glas aus, klopfte damit dann zweimal gegen die Theke als Zeichen für Terry zwei nachzuschenken. »Aber vorher, mein Freund, lasse ich mich schön langsam vollaufen.«

Terry zwei näherte sich zögernd. Er und Ellis wechselten einen Blick. Dann sagte Terry zu Mogaill: »Es reicht jetzt, Davy, oder?«

Mogaill lachte grimmig. »Siehst du nicht, daß ich zwei Möglichkeiten habe? Ich kann trinken oder ich kann heulen. Trinken ist da doch viel subtiler.«

»Machen Sie schon, ich spendier dem Kerl noch eine Dröhnung«, sagte Ellis und bedeckte sein eigenes Glas mit der Hand. Terry zwei schüttelte den Kopf und schenkte Mogaill einen weiteren Scotch ein. »Und dann, Davy, ist es Zeit.«

»Zeit? Dieser schreckliche Ort, an dem jeder verloren ist?«

»Ich habe Inspector Neglio versprochen, daß Sie ihn morgen früh zumindest anrufen.«

»Und was dann?«

»Tun Sie, was Sie tun müssen.«

»Meinen Abschied nehmen?«

»Sieht ganz so aus, Davy.«

»Ich weiß nicht, wie ich so weiterleben könnte.«

»Wenn Sie jetzt das Richtige tun, werden Sie Ihre Pension bekommen und auch das Geld von der Versicherung für Ihr Haus. Das müßte doch reichen. Es ist ja nicht so, als hätten Sie noch ein Kind auf dem College. Wenn Sie tagsüber was zu tun haben wollen, könnten Sie vielleicht runter nach Coconuts in Florida oder irgendwohin sonst ziehen. Suchen Sie sich einen Job als Polizeichef.«

»Vielleicht.«

»Kommen Sie, Davy. Hoch die Tassen. Anschließend geht's nach Hause.«

»Wo ist das, zu Hause?«

»Das müssen Sie mir sagen.«

»Ich wohne oben in der Bronx bei einem Haufen alter Männer, einer pro Fenster.«

44

Das Abendessen nahmen wir unten in der Gruft zu uns, die die Doppelrolle als Bar und Tullows einzigem Restaurant erfüllte, wie Ned Roarty uns informierte, als wir uns am Empfang erkundigten. Also entschieden wir uns für die Lauchsuppe, Hammel, Kartoffeln und Brot in kontrastierenden Beigenuancen. Alternativen gab es nicht. Es war Samstagabend, und das bedeutete Hammel und so weiter auf der einzigen Speisekarte des einzigen Restaurants der Stadt. Auch was unseren Tisch betraf, hatten wir wenig Auswahl. Annie Roarty plazierte uns an einem recht unbeliebten Tisch in der Mitte des Raumes, und sie sah nicht danach aus, als sei sie in Stimmung für große Diskussionen.

Einige der alten Leute, die wir zuvor bereits gesehen hatten, saßen an Tischen vor der Wand oder den Fenstern, jetzt Damen und Herren gemischt und ausnahmslos in tiefem Ernst.

Ned und Annie machten die Runde und nahmen die Getränkebestellungen auf, und die Wortwechsel klangen so wohlvertraut, daß es den Anschein hatte, als spreche jeder seinen Text in einem Theaterstück. Jeder schien eingeschlafen, bevor das beigefarbene Dinner serviert wurde.

An der Theke selbst ging es geringfügig lebhafter zu. Von dort drang eine gedämpfte Unterhaltung und das Klingen von Gläsern herüber. Ein Pärchen mittleren Alters stritt sich leise; was auch immer das Problem war, es war unschwer zu erkennen, daß Gewohnheit und Bedauern die Wurzel waren. Eine kleine Gruppe Männer in Anzügen, Geschäftsleute offenbar, tranken Martinis und versuchten sich gegenseitig zu beeindrucken. Eine gelangweilte Prostituierte nippte an einem Sherry und starrte zu einem allein sitzenden Mann in schwarzem Anzug und Hut hinüber.

»Als Sie angekommen sind, haben Sie mir nicht gesagt, daß Sie *Hockaday* heißen«, sagte Ned Roarty, als er an unseren Tisch kam, um die Getränkebestellung entgegenzunehmen.

Er sagte das nicht laut. Nichtsdestoweniger erregte seine Frage ein gewisses Aufsehen. Alle wachten auf und starrten uns an, als mein Name ausgesprochen wurde. Wir waren in der Mitte des Raumes auch kaum zu übersehen.

»Und wenn ich's gesagt hätte?« fragte ich.

»Es ist nur überraschend, weil es ein alter Name hier aus der Gegend ist.«

»Das habe ich schon gehört.« Ich schaute zu dem nächsten Tisch hinüber, von wo mich alte Leute anstarrten. Eines der alten Mädchen nahm eine dicke Brille aus einer perlenbesetzten Handtasche und putzte sie mit einer Serviette. Laut genug für die Lauscher sagte ich: »Ich bin nach Tullow gekommen auf der Suche nach Leuten, die mir etwas über meinen Vater erzählen können – über Aidan Hockaday.«

Eine spürbare Veränderung der Atmosphäre hatte stattgefunden. Ich konnte nicht sagen, ob dies gut oder schlecht war. Ganz sicher war da so etwas wie Neugier, völlig normal und harmlos angesichts der Tatsache, daß bislang – falls überhaupt – nur wenige schwarze Frauen hier abgestiegen waren. Was drei alte Knaben am Ende der Theke betraf, befürchtete ich bereits das Schlimmste. Sie setzten ihre Mützen auf und warfen mir im Hinausgehen finstere Blicke zu. Zwei gingen direkt hinaus, der dritte kam an unseren Tisch und flüsterte etwas in Roartys Ohr, bevor er ebenfalls den Raum verließ.

»Sieht so aus, als hätte ich die alten Knaben irgendwie verscheucht«, sagte ich zu Roarty, als er sich wieder um uns kümmerte.

»*Nae*, die verschwinden nur runter in die *sheepeen*«, sagte er. »Tagsüber sind sie hier oben auf dem Berg, abends unten. Das bringt Abwechslung ins Leben.«

»Tolles Leben«, meinte Ruby.

»Ich gebe zu, es ist nicht New York, aber ihnen gefällt's, Ma'am«, sagte Roarty.

»Der alte Knabe hat Ihnen etwas zugeflüstert, Mr. Roarty«, sagte ich. »Was war's denn?«

»Er hat gesagt, Sir, daß Sie in einer Stunde runter in die *sheepeen* kommen sollen.«

»Ach ja?«

»Wir werden da sein«, sagte Ruby.

»Oh – aber nein, Ma'am!« Roarty war erschüttert. An den Tischen in Hörweite erhob sich ein leises Lachen. »Es ist die *sheepeen*, wissen Sie. Da dürfen nur Mannsleute rein.«

»Das ist doch das Wunderbare am Reisen, nicht wahr?« sagte ich zu Ruby. »Egal wohin man kommt, irgendwie ist es überall das gleiche. Zum Beispiel die *sheepeen* hier und dieser Schuppen an der Park Avenue mit dem Oberkellner . . . wie heißt er noch gleich?«

»Pierre«, sagte Ruby lächelnd.

»Es gibt da in New York diesen Laden«, erklärte ich Roarty, »in dem sich die Männer nicht für Frauen interessieren –« Ich wollte noch mehr sagen, aber Ruby unterbrach mich.

»Spar dir das, Hock«, warnte Ruby. »Es macht mir wirklich nichts aus, hierzubleiben, während du in deine stinkende Männerkneipe gehst.«

Die alten Mädchen in unserer Nähe lachten. Die alten Jungs nicht.

»Nun denn, Mr. Roarty, dann bringen Sie uns mal eine Flasche von Ihrem besten roten Bordeaux«, sagte Ruby. »Anschließend dürfen Sie dann den Fraß bringen.«

Dann drehte sich Ruby zu mir. »Und was Sie betrifft, Mr. Hockaday, lassen Sie Ihre Erklärung hören. Was meinst du damit, *er ist hier . . .*?«

»Ich meine, es fügt sich jetzt alles zusammen. Ich habe keine leere Stelle mehr.«

»Ist das gut?«

»Gute Frage. Genau wie diejenige, die ich heute nachmittag zum dritten Mal gestellt habe. Was ist mit *deiner* Antwort?«

»Mein guter, lieber Mann, das hat doch auch noch Zeit bis morgen, oder?«

Eine Stunde später lag mir der Hammel schwer im Magen, und ich hatte Ruby den Fall geschildert, wie er sich mir darstellte. Sie ging mit mir auf die Veranda, blieb dort stehen und sah mir nach, während ich den Weg vom Berg hinunter zur *sheepeen* ging.

Ich drehte mich um und schaute zu ihr zurück, wo sie im Mondschein stand. Licht fiel von hinten durch die offene Tür des Gasthauses auf ihre schlanke Gestalt. Sie winkte, und ich hörte ihre Stimme durch die feuchte Luft zu mir herunterwehen. »Sei vorsichtig, Hock . . .«

Nein, ich würde sie nie verlieren, das schwor ich mir.

Dann marschierte ich weiter durch eine so tiefe Dunkelheit, daß ich weder meine Füße durch das Gras stapfen noch meine Hände schwingen sehen konnte. Aber ich hörte den Lärm aus der *sheepeen* und sogar den rauschenden Bach dahinter. Und aus meinen Träumen kannte ich den Weg.

Es war genau so, wie ich immer sicher war, daß es sein würde, das Bild, das mir als Junge durch Onkel Liams Erzählungen in den Kopf gepflanzt worden war. Die Männer des Dorfes saßen um die Tische, rauchten und tranken und aßen *fadge* und Eintopf zu Abend. Alle im Tweed der Bauern, bis auf einen Priester in Anzug und Kragen. Alle stritten über jedes Thema, über das sich streiten ließ.

Doch als ich durch die Tür eintrat, wurde es schlagartig still. Als stünde eine Beerdigung bevor.

»Jesses, Maria und Josef – er ist es!« rief jemand. »Der junge Aidan persönlich ist aus der Vergangenheit zurückgekehrt! Die Heiligen stehen uns bei!«

»Sieht sogar ein klein bißchen aus wie sein Grampus«, sagte ein anderer Mann. Was Gelächter zur Folge hatte. Dann brüllte ein anderer: »Was sagen Sie dazu, Father?«

Die Frage war an den älteren Priester an einem Tisch in der Mitte des überfüllten Raums gerichtet, der ein Pint Stout und ein Glas Whiskey vor sich stehen hatte. Der Priester antwortete nicht sofort. Statt dessen musterte er mich von Kopf bis Fuß und winkte mich dann feierlich herüber. »Komm her, mein Sohn – laß dich aus der Nähe ansehen.«

Die Männer machten mir Platz. Als ich den Tisch des Priesters erreichte, bot ich ihm meine Hand an. »Neil Hockaday, Father.« Der Priester war älter, als er von der Tür her ausgesehen hatte, vielleicht neunzig oder noch älter. Die Jahre hatten deutliche Spuren auf einem einst wohl dunkel-attraktiven Gesicht hinterlassen. Sein Haar war immer noch dicht, streng zurückgekämmt in stahlgrauen Strähnen, und genau dies war hauptsächlich der Grund, warum er aus einiger Entfernung jünger wirkte. Seine Augen waren leuchtend blau, tief eingesunken in einem fleckigen Gesicht. Das Kinn war immer noch jugendlich kantig, zitterte und zuckte aber wie bei einem alten Mann.

Ein Mann zu meiner Linken sagte: »Du sprichst mit Father McGing.«

»Father McGing«, sagte ich. Der Priester nahm meine Hand. Sie war groß und überraschend rauh für die Hand eines Geistlichen.

»Du siehst Aidan sehr ähnlich«, sagte McGing. »Und ich sehe auch eine Spur von deiner Großmutter Finola. Und, *aye*, ich gebe zu, du besitzt auch die Züge von deinem Grampus.«

Jemand drückte mir ein Pint Stout in die Hand. Ein anderer

brüllte aus dem hinteren Teil des Raums: »Was ist jetzt mit dem Gebet, Father?« Und diese Bitte schwoll an zu einer hämmernden Forderung, als die Männer mit Pints und Gläsern und Fäusten auf die Tische klopften und im Chor riefen: »Das Gebet, das Gebet, das Gebet ...«

Father McGing stand auf und hob die Hände hoch über den Kopf, brachte den verqualmten Raum zum Schweigen. Und als Stille herrschte, sagte er, was ich bereits in Liams Haus gehört hatte:

»Lieber Gott, wenn wir heute abend die Fülle Deiner großzügigen, reichen Gaben zu uns nehmen, dann wisse, daß wir essen und trinken werden zum ruhmreichen, frommen und unsterblichen Andenken an Deine Diener, den heiligen Patrick und unseren großen, guten Bruder Brian Boru – jeder von beiden leistete auf seine Art einen Beitrag, unser irisches Volk von den hochnäsigen Engländern und ihresgleichen zu erlösen. Wir bitten demütig um Deinen Segen für den Heiligen Vater in Rom – und scheiß auf den Bischof von Canterbury. Und wer an diesem Tisch darauf nicht anstoßen will, den möge eine finstere Nacht, ein heftiger Sturm und ein leckes Schiff beim Übersetzen über den Styx erwarten. Möge Zerberus ein Festmahl aus seinem Allerwertesten machen und Pluto eine Schnupftabakdose aus seinem Schädel, und möge der Teufel mit einer rotglühenden Egge über ihn kommen und ihm mit jedem Zinken Gedärm herausreißen und ihn dann ausgeweidet zur Hölle jagen. Amen«

Schallendes Gelächter setzte ein, gefolgt von mehreren Sekunden Stille. Dann nahm Father McGing sein Glas, hob es feierlich und sagte: *»Do schláinte, a chailleach!«* Worauf die Männer mit erhobenen Gläsern unisono antworteten: *»Sláinte na bhfear agus go ndoiridh tú bean roimh oiche!«*

Father McGing hielt mir sein Glas hin. Ich hob meines, und wir stießen an.

»Was hat das Gälische bedeutet?« fragte ich.

»Es bedeutet eine Reihe wichtiger Dinge«, sagte Father McGing. »Gesundheit für dich. Willkommen auf dem Boden großer irischer Patrioten ...«

Father McGing schwieg und beugte sich vor, um mir mit einem Finger auf die Brust zu stoßen. Ich spürte seinen heißen Atem auf meinem Gesicht, als er dann sagte: »Und möge dein gutes, frisches Blut das alte ersetzen.«

Unerwartet und ungehindert rollten Tränen über Father McGings Gesicht. Dann wurde er von seinen Tischgenossen umringt, die ihm auf die Schulter klopften und behutsam von mir fort zogen. Einen von ihnen hörte ich sagen: »Es reicht jetzt, Cor ... ruh dich aus.«

Cor.

... der lüsterne Priester, mit dem Mum all die Jahre ein Verhältnis hatte. Der Name des Priesters war Cor ...

»Nein!« sagte Father McGing. Er riß sich von seinen Kumpanen los und kehrte zu mir zurück. Er legte die Hände auf meine Schultern und zog mich in eine Umarmung. Und er flüsterte: »Möchtest du ihn jetzt sehen, Junge?«

»Ich habe meinen Weg gefunden, stimmt's?«

Bei mir eingehakt, um sich im Dunkeln abzustützen und führen zu lassen, gingen Father Cor McGing und ich dann zurück den Hügel hinauf zu Roartys Gasthaus. Und er sagte nur dies: »Zweifellos hast du uns gefunden, also sollst du es auch ruhig erfahren.«

45

»Ich hasse es! Bei Gott, ich hasse es.«

Nachdem dies gesagt war, befand er sich in Frieden mit allem, was er mir in dieser Nacht erzählt hatte von Verrat und Krieg, Mord und Reue. Und von einer heimlichen Liebe, die ich bereits erraten hatte ...

»Cor hatte mich überzeugt, daß ich der ideale Mann war, es zu leiten. Wo ich doch in New York war und alles. Also habe ich es für die Sache getan. Damals war jeder politisch aktive Ire ver-

dächtig. Für einen amerikanischen Soldaten jedoch war es völlig normal, in London zu sein. So ist es mir gelungen, dort Fuß zu fassen, nachdem ich mich zuvor im Schlachtengetümmel abgesetzt hatte und als gefallen oder in Gefangenschaft geraten galt.

Den nächsten Teil erzähle ich dir kurz und bündig, Neil. Die Zeit und der Krieg haben es zu einer Fußnote meiner Geschichte werden lassen, wie du mir sicher beipflichten wirst. Es war einfach so: Liam und ich, wir sind nur Halbbrüder. Die gleiche Mutter, zwei verschiedene Väter. Verstehst du? Myles Hockaday hat Liam gezeugt, aber das ist auch schon alles, was er getan hat. Father Cor McGing, möge Gott und die Kirche ihm seine Liebe zum Fleisch einer Frau vergeben, er ist mein richtiger Da.

Jedenfalls, in London erwartete mich diese echte irische Geburtsurkunde, mit dem Namen meines echten Dads darunter – Cor McGing. Und jetzt bin ich nicht mehr Aidan Hockaday, ich bin ein gewisser Aidan McGing, der durch seinen Bastardnamen keine Vergangenheit besitzt. Nie hätte ich dies erfahren – auch Liam nicht oder jetzt du –, wenn es nicht die Sache erfordert hätte. Wenn die Sache nicht gewesen wäre, dann hätte der alte Cor das Geheimnis seiner Liebe mit ins Grab genommen, genau wie Myles und Finola es getan haben.

Meine Geschichte könnte eine von einer Million schäbiger Geschichten sein. Aus dem einen oder anderen Grund, wegen dem einen oder anderen Problem gab es in diesem Krieg viele wie mich – Männer, die nur eine Priorität kannten: zu verschwinden und vergessen zu werden. Alle Kriege der Geschichte haben aufgewühlten Männern eine solche Möglichkeit der Flucht geboten. Die meisten hatten kein höheres Ziel und führten ihre geheimen Leben bis zum Tod. Andere, wie ich, benutzten dieses Geschenk der Anonymität als Werkzeug für das, was wir gern als zu einem erheblich größeren Wohl verstanden.

Meine Kameraden und ich haben in England getan, was wir für einen gemeinsamen Verbündeten tun konnten, und das war Deutschland. Manche waren Saboteure, andere Mörder, und wieder andere planten all diese Taten. Manche nahmen Arbeit in den Londoner Docks an oder beim Fernamt, andere in den Fa-

briken von Birmingham und Coventry. Alles, was wir an diesen Orten an vertraulichen Informationen erfuhren, wurde nach Berlin weitergegeben.

Ich selbst habe all diese Dinge getan. Und habe teuer dafür bezahlt. Mein Augenlicht habe ich bei der Explosion einer Sprengkapsel verloren, die ich einmal an einer Londoner U-Bahn befestigte.

Das war mein Leben, Neil. Ein anderes hatte ich nicht, außer während all der Jahre immer wieder auf Liams Nachrichten von der Frau und dem kleinen Jungen zu hoffen, die ich geopfert hatte.

Wir haben es für die deutschen Waffen getan, die wir brauchten, und für deutsches Gold, und gottverdammt zum Teufel mit England. Und sieh mich nicht so an, Junge! Hör zu!

Es gibt Irland, und es gibt England. Die Geschichten unserer Länder sind wie gegenüberstehende Spiegel. Was der Engländer als Ehre, Sieg und Streben nach Glück ansieht, wie die Amerikaner sagen, kennen die Iren als Erniedrigung, Elend, Ruin – und Hungersnot. Englands Freiheit ist Irlands Sklaverei. So war es achthundert Jahre vor der Republik, so ist es noch heute – in Ulster. Und deshalb sagen wir: Niemals wieder.

Lange vor mir schon gab es Iren, die Englands Feinden Unterschlupf und Beistand gewährten. Das Motto des Patrioten lautet: Englands Krise ist Irlands Chance. Und in jedem Augenblick der Schwäche ist es die Pflicht eines jeden Patrioten, seinem Feind einen Stich in den Rücken zu versetzen. Was ich getan habe – ein Mann in der langen, wahnsinnigen Geschichte meines Landes.

Du kannst mich nun vielleicht fragen, ob ich stolz bin auf das, was wir getan haben. Zunächst würde ich dir gestehen, daß ich kein guter Mensch bin. Ein guter Mensch begeht weder ein Verbrechen noch versäumt er, sich gegen Verbrechen auszusprechen, die er sieht. Auf diese Weise lebt ein guter Mensch ohne Reue. Aber ich bin schlecht und habe viele Verbrechen begangen und mich nicht dagegen ausgesprochen. Bis heute, Junge, dir gegenüber. Dir zu sagen, daß ich meine letzte Vergebung erfunden habe, um leben zu können.

Ich habe sorgfältig über mein verbrecherisches Leben nachgedacht. Und ich bin zu dem Ergebnis gelangt, daß ich büßen muß, und die einzige Möglichkeit, dies zu tun, besteht darin, den Geist eines Gedichtes zu beachten, das auf einem alten Foto von mir geschrieben steht, verfaßt von einem großen Dichter und Patrioten, bevor er starb – von Yeats. Dieses Foto habe ich deiner Mutter gegeben, Neil.

»Ertränkt alle Hunde!« *heißt es in diesem Gedicht. Mir scheint, dies bedeutet, daß das Töten und der Haß – das Kriegführen – irgendwo im Verlauf der Geschichte aufhören muß, und daß die Aufgabe, dies alles zu ertränken, zu Recht demjenigen zufällt, der die meisten Verbrechen begangen hat. Verstehst du?*

Ich muß die Hunde des Krieges ertränken, die ich geschaffen habe, die alten wie die neuen. Die ganze verfluchte Meute von schlafenden Hunden – in der Polizei und im Klerus und in der Wirtschaft, hier in Irland und überall sonst, wo wir sind. Sie alle ertränken! Es ist die einzige Möglichkeit. Verstehst du?

Mir bleibt jetzt nicht mehr viel Zeit, Neil. Mein letzter Tag ist nah, und die Mächte des Bösen stehen gegen mich. Mein Bruder Liam ist der Wichtigste unter ihnen ...«

Er drehte den Kopf zur Wand, gerade so als wolle er an dem unsichtbaren Fenster die Morgenwärme spüren.

Es war deutlich nach Mitternacht in den finstersten Stunden des frühen Sonntags, doch die Tageszeit besaß für ihn keinerlei Bedeutung. Ein sparsames Lächeln spielte auf seinem Gesicht, während er in seinem Bett lag, ein Bett, das viel zu groß für ihn allein war. Ich legte meine Hand auf seine. Er ließ sie dort auf seiner pergamentenen Haut ruhen.

»Was genau haßt du?« wollte ich wissen.

Er holte tief Luft, und seine blinden, blauen Augen schlossen sich. Dann zitierte er abermals jene Stellen, die er einst immer wieder gelesen und die sich in sein Gedächtnis eingegraben hatten: »Aus Irland sind wir hervorgegangen; viel Haß, wenig Raum, verstümmelt von Anbeginn los ... Ich besitze ein fanatisches Herz aus meiner Mutter Schoß.«

Wo ich doch eine Reaktion hätte zeigen sollen, folgte nur Stille, ein betretenes Schweigen, das einem älteren Mann verrät, von einem jüngeren nicht verstanden worden zu sein. Seine nutzlosen Augen flackerten auf, und mit einem Anflug von Verzweiflung sagte er: »Es ist die Wurzel dieses Wahnsinns, die zu hassen ich gelernt habe, und es sind alte Männer an ihren Fenstern, die ich sogar noch mehr hasse.« Dann schob er meine Hand fort. »Und jetzt geh!« Das war für den Augenblick alles, ob ich das nun verstand oder nicht. Er brauchte Ruhe.

Ich ging zur Tür und öffnete sie, drehte mich aber noch einmal zu ihm um. Er schien das zu spüren. Er hob den Kopf ein bißchen über den Berg von Decken und sagte: »Ich möchte, daß du mich nicht vergißt, wenn ich tot bin.«

»Habe ich das jemals?«

Ich trat auf den winzigen Flur vor dem Mansardenzimmer meines Vaters, wo mein Großvater Cor McGing mit einem Rosenkranz in den Händen auf mich wartete.

Vom Fußende der Treppe kam der Knall eines Schusses aus einer kleinkalibrigen Waffe.

Und das Geräusch eines stürzenden Mannes.

Dann polterte jemand die Treppe herauf zu McGing und mir.

Ein Mann in einem schwarzen Anzug und mit Hut, eine Pistole in der Hand.

46

»Aus dem Weg, Junge!«

Er drängte sich an mir vorbei, stieß mir den heißen Lauf der Pistole in die Rippen, die er gerade abgefeuert hatte. Dies war nicht der kraftvollste Stoß, den ich je einstecken mußte, doch ich stürzte, wie gelähmt durch den Schock, meinen Onkel Liam auf den Beinen zu sehen.

Es hätte schlimmer sein können. Unten am Fußende der Treppe krümmte sich Ned Roarty auf dem Boden, brüllte vor

Schmerz und hielt eine Hand auf ein Einschußloch in der Schulter gepreßt. Blut strömte zwischen seinen Fingern heraus. Jetzt hörte ich auch Annie Roarty schreien. »Da, ich komme ... Was ist passiert, Da –?«

McGing griff nach Liams schwarzer Jacke, als er sich auch an ihm vorbeischob. Doch der alte Priester konnte einen zu allem entschlossenen Mann nicht aufhalten. McGing taumelte auf seinen schwachen Beinen, brach dann zusammen und schlug hart mit dem Kopf auf den Boden. Liam stieß die Tür zu Aidans Zimmer auf, zog den Hahn seiner Waffe zurück und trat hinein.

»Bastard!« schrie er und machte einen Satz auf das Bett zu. »Hab ich dich endlich gefunden!«

Ich hörte einen weiteren Schuß, der gleiche Knall einer kleinkalibrigen Waffe wie zuvor. Dann ein zweiter Schuß, dieser erheblich lauter. Auf dem Bauch robbte ich zur Tür des Zimmers meines Vaters.

Liam lag sehr still und sehr tot auf dem Rücken direkt vor dem Bett meines Vaters. In seiner Brust klaffte ein Loch so groß wie ein Baseball. Der blutbespritzte schwarze Hut, den er trug, rollte fort und blieb an einem Tischbein liegen. Seine schwarze Jacke war nun getränkt in Rot, sein erschrecktes Gesicht und die offenen Augen blutverschmiert. Und immer noch floß das Blut, machte dabei leise, saugende Geräusche, als es aus der klaffenden Wunde spritzte. Er war mitten ins Herz getroffen worden.

Aus Liams rechter Hand zog ich eine kleine, in Deutschland hergestellte Pistole. Drei Patronen fehlten im Magazin.

In der Hand meines Vaters lag eine Zwillingsflinte, vorn und hinten abgesägt. Er saß aufrecht im Bett, so häßlich und gerade wie seine Waffe, und seine blinden Augen sahen nichts. Oben auf seiner Brust befand sich ein kleines, blutiges Loch, direkt unter dem Schlüsselbein.

Aidan ließ die Schrotflinte fallen und bedeckte das Loch in seiner Brust mit der Hand. »Ist es vorbei?« fragte er. Er wirkte so hilflos, und doch hatte er gerade erst ein Gewehr unter seiner Bettdecke hervorgezogen und einen Mann getötet, den er nicht sehen konnte.

Ich rappelte mich auf und antwortete: »Ja.«

»Bist du das, Neil?«

Ich ging zu ihm. »Ja.«

»Komm, es bleibt nicht mehr viel Zeit ...«

Jetzt saß ich neben ihm. Das Atmen bereitete ihm Schwierigkeiten.

»Ich habe es schon mal vor einem Jahr versucht«, sagte Aidan, trieb sich zur Eile, wollte, daß ich verstand. Ich roch die Süße von Blut auf seinem sterbenden Atem. »Er ist auf meine Einladung zu einem Jagdausflug in die Wicklows gekommen, und dabei habe ich ihn angeschossen. Er sollte der erste Hund sein, der ertränkt wurde, verstehst du ...«

»Nur daß du ihn verfehlt hast.«

»*Aye*, ich hab ihn zu Boden gestreckt, aber das hat ihn nicht erledigt. Er hat sich in den Rollstuhl gesetzt, aber der simulierende alte Fuchs stand nie mehr auf, bis er glaubte, der Augenblick seiner Rache sei gekommen.«

»Was bedeutet, bis er dich gefunden hat?«

»Genau.«

»Ich weiß, daß mehr als Politik dahintersteckt«, sagte ich. »Ich weiß über dich und meine Mutter und Liam Bescheid – über euch drei, damals auf dem Trinity College.«

»Er hat sie vor mir geliebt. Und behauptet, ich hätte sie ihm gestohlen. Das habe ich auch getan, allerdings nur, um sie und dich im Namen der Sache sofort wieder zu verlassen. Und obwohl ich in das Leben von Aidan McGing geschlüpft war, blieb deine Mutter mir immer treu. Das hat ihn zur Raserei gebracht, mehr als alles andere. Für Liam war die Vorstellung, daß ein Mädchen, so schön und fein wie Mairead, ihre Weiblichkeit einfach vergeuden konnte, wie sie es getan hat ... nun, in seinen Augen war das unverzeihlich.«

Der Gott der Ironie. Liam mit Moira all diese Jahre in seinem Haus, die arme, hoffnungslos träumende Moira, das Mädchen von nebenan, das ihre Weiblichkeit auch vergeudet hatte; Moira, die genau wußte, wie tief dies alles ging, wie geheim es war, die arme Moira, die für das starb, was sie wußte. Hatte sie sich selbst erhängt, oder hatte Liam sie umgebracht? Oder Snoody? Wer würde das jemals wissen?

Mein Vater schnappte nach Luft und sackte vornüber. Ich legte einen stützenden Arm um seine schmalen Schultern und meine Hand über seine, die die Wunde bedeckte. Der Tod würde schnell kommen. Ich mußte ihm meine Fragen jetzt stellen, um die letzten, noch fehlenden Teile des Puzzles zu finden.

»Ich verstehe nicht, welche Rolle Patrick Snoody spielt«, sagte ich.

»Patty hielt treu zu mir, bis zu einem gewissen Punkt wenigstens. Nach dem Jagdzwischenfall wollte ich, daß er Liam tötete. Er konnte es sauber und einfach machen, mußte nur ein Kissen auf den Kopf eines schlafenden alten Mannes drücken. Aber Patty weigerte sich und sagte, er wolle nicht mitansehen, wie einer von uns Brüdern anders als an Altersschwäche starb. Oder vielleicht dachte sich Patty auch, daß Liam zu töten den Kreislauf in Bewegung setzen würde, der schließlich sein eigenes Ende bedeuten würde. Nun, das war jedenfalls der Augenblick, an dem ich wußte, daß ich mich irgendwo verstecken mußte. In Liams Haus konnte ich niemandem mehr trauen, verstehst du.«

Ich sah nur Wahnsinn. Und marschierende Füße, und noch mehr marschierende Füße. Und wie der Mann, der meinem Vater und mir den Namen Hockaday gegeben hatte, vergoß ich nun Tränen um alle Iren, denen Unrecht getan worden war.

»Liam hat mich kommen lassen, damit ich ihm helfe, dich zur Strecke zu bringen«, sagte ich.

»Das glaube ich auch, Neil. Er war krank und rachsüchtig und wollte mich um alles in der Welt zur Strecke bringen, daß er selbst dich in seinem gefährlichen Spiel benutzte . . .«

Rachsüchtig und krank wart ihr beide!

»Meiner Ansicht nach hätte er mich auf eine von zwei Möglichkeiten aus meinem Versteck gelockt, gleichgültig was mit dir passierte. Liam hätte dich umbringen lassen können. Das hätte mich wütend gemacht und gezwungen, mich zu zeigen. Oder er konnte sich auf dich als Detektiv verlassen, daß du herumschnüffelst. Dann würde er dir schnurstracks hierher zu mir folgen, was, wie wir gesehen haben, er dann ja auch getan hat.«

Aidan schnappte wieder nach Luft, und sein Kopf schwankte und fiel auf eine Seite. Bevor er starb, sagte er noch: »Und jetzt, Junge, flieh! Flieh vor dem Rest deines irischen Verrats! Geh nach Hause, geh nach Hause . . .«

Ich legte ihn behutsam auf sein Bett zurück und schloß für immer seine blinden Augen, schämte mich wegen des einzigen Gefühls, das ich empfinden konnte: Verachtung für meinen Vater, der mich um sein Leben betrogen hatte. Ich verließ ihn und ging durch die Tür. Cor McGing stand immer noch dort im Flur. Aber jetzt wurde seine Anwesenheit dunkel und fremd, seine Stimme ein Echo des sterbenden Atems meines Vaters.

»Es tut mir mehr leid, das zu tun, als du dir vorstellen kannst«, sagte er und griff in seine Tasche. Er zog das gleiche Modell einer deutschen Pistole heraus, wie Liam es bei Roarty benutzt hatte, der immer noch unten am Fußende der Treppe stöhnte. »Ich habe Aidan und Liam wirklich geliebt. Aber während sie sich all diese vielen Jahre gegenseitig überlebt haben, gab es keine Möglichkeit, beiden zu dienen. *Nae*, sie haben uns alle gezwungen, eine Wahl zwischen ihnen zu treffen, verstehst du, angefangen mit deiner eigenen Mum.«

»Gib mir die Waffe, Cor«, sagte ich und machte einen Schritt auf ihn zu. Er weigerte sich, hob statt dessen die Pistole und fuchtelte wild damit herum. Ich zog mich in die Tür zurück, die Hände gehoben.

»Manche sagen, es sei so oder so ein Teufelspakt gewesen. Nun, ich habe mich entschieden, den Pakt mit deinem Da zu schließen, auch wenn er die vergangenen paar Jahre davon besessen war, unsere Sache zu vernichten. Gleichgültig, ich hielt zu ihm, war ein loyaler Soldat.« McGing näherte sich und schaute mit kaltem Blick an mir vorbei, um die blutigen Überreste von Liam und Aidan zu sehen. »Nicht mehr nötig, sich jetzt noch für eine Seite zu entscheiden, nachdem beide Teufel tot sind.«

»Cor, die Waffe«, versuchte ich es wieder. »Gib sie mir. Wir ziehen einen Schlußstrich unter alles, hier und jetzt.«

»*Nae*, ich bin nicht mehr an die Wünsche deines Das gebunden. Und Liam habe ich nie gedient. Also bin ich es jetzt, der es ganz für sich allein sagt – Niemals wieder!« Er trat jetzt dicht an mich heran, fuchtelte mit der Pistole herum, als müsse er sich einen Weg durch hohes Moorgras hacken. »Ich kann nicht zulassen, daß du der Welt davon erzählst, mein Junge – nichts davon, nicht ein Wort.«

McGing – mein Großvater, der pflichtbewußte Priester und Geliebte meiner Großmutter – richtete die Pistole genau auf meinen Bauch.

Flieh vor dem Rest deines irischen Verrats . . .

Die Pistole bebte in der zitternden Hand.

Er spannte den Hahn.

Und ich dachte zurück, auf den Tag genau vor einer Woche, an einen anderen verzweifelten Priester.

Behalte das hier immer in der Tasche, solange du auf der anderen Seite bist, Neil. Und um deines Lebens mit Ruby Flagg willen vergiß nicht, daß es da ist, wenn du es brauchst.

Ich zog Father Tims Medaillon aus der Tasche.

»Was machst du da?« sagte McGing.

»Nimm es.« Ich gab ihm das Medaillon.

McGing ließ die Waffe fallen, wodurch sich ein Schuß löste, der einen tiefen Riß in die Bodendielen schlug und niemandem schadete außer den Mäusen. Auch wenn es durchaus andersherum hätte sein können – jetzt sah mich mein Großvater an, wie ein tödlich verwundeter Mann seinen Mörder in diesem letzten, schrecklichen Zucken des Lebens anstarrt: Augen voller Mitleid, sich abfindend mit der endlosen dummen Gewalttätigkeit der Welt. Kein Mörder vergißt jemals diesen Blick.

Ein Mörder war ich mit Sicherheit, denn ich hatte etwas in meinem Großvater Cor McGing erschlagen. Etwas Dunkles, etwas, das den Tod verdient hatte.

Zu dem Medaillon fragte er mich: »Es gehört Tim, richtig?«

Ich hob die noch warme Waffe auf. »Es hat ihm gehört.«

McGing drehte das Medaillon immer und immer wieder um. Seine Lippen bewegten sich kaum, als er einen unmäßigen Vers flüsterte, gestohlen von Hunden des Krieges. *Wird nichtig des Volkes Elite und hohl ... Wird schwächer ihr Zustand und Zwietracht wächst an ... Tragt jetzt die Lieder hinaus in die Welt ... Tanzt auf den Straßen im Gleichschritt voran.* Gehorsam gegenüber den korrumpierten Gedanken eines irischen Gedichts hatte das Leben meines Großvaters definiert, hatte sein Herz in Stahl verwandelt. Nachdem er jetzt aber das Medaillon eines gefallenen Kameraden erhalten hatte, weinte er.

»Bei dem Ehrenwort, das wir Brüder im Dienste der Sache uns gegenseitig gegeben haben, bin ich verpflichtet, dich zu verschonen, komme, was da wolle.« McGing unterbrach sich einen Moment, als ergebe der Klang seiner eigenen Stimme keinen Sinn mehr für ihn. Er hielt das Medaillon hoch. »Das ist die Bedeutung von diesem Ding, verstehst du. Indem er es dir gegeben hat, hat Tim Kelly sich das Leben genommen. Durch sein letztes Opfer hat er deine Sicherheit unter uns garantiert.«

Für eine solche verdrehte Gnade konnte ich nicht dankbar sein. Wieder empfand ich nur Verachtung. »Tolles Ehrenwort«, sagte ich.

47

Geh nach Hause. So dunkel es war, wir beschlossen trotzdem, noch in dieser Nacht wieder abzureisen.

Ich schenkte es mir, Geld für die Rechnung über das Abendessen zurückzulassen. Außerdem nahm ich mir einfach einen Benzinkanister, den ich in Ned Roartys Garage fand. Wenn Roarty dafür Geld haben wollte, sagte ich ihm, dann solle er doch die Polizei rufen. Natürlich würde er dann auch die Leichen in seinem Haus erklären müssen. Er sah die Sache wie ich.

Wie auch immer, ich hielt meine Schuld durch die geleistete Verarztung für mehr als abgetragen, da ich die angeschwollene

Wunde seiner Schulter gereinigt hatte. Liams Kugel war in eine weiche Stelle zwischen Fleisch und Knochen eingedrungen. Glück für Roarty. Nachdem ich das Blut abgetupft hatte, gelang es mir auch, Annie zu beruhigen. Dann tranken sie und ihr alter Herr ein paar Gläschen, und sie ging los, um den Dorfarzt zu holen, der die Kugel entfernen und seinen Mund geschlossen halten würde, wenigstens bis Ruby und ich Dublin erreicht hatten.

Als wir schließlich unterwegs waren und die vereinzelten Lichter von Tullow hinter uns kleiner wurden, sagte Ruby: »Du wirkst so wütend, Hock.« Sie hatte recht. Es war nur die Wut, die mich davon abhielt, genau wie Cor McGing in große Trauer zu verfallen. Mehrere Minuten hatte ich nichts zu sagen, und ich wußte, daß dies Ruby beunruhigte. Behutsam legte sie eine Hand auf meinen Arm, während ich fuhr.

Schließlich kam alles heraus. »Ich habe hier etwas gesucht, und was ich gefunden habe, das verabscheue ich. Mein Vater und mein Onkel haben ihre Rache geübt, für deren Brutalität alle zahlen mußten; auf der einen Seite meiner Familie habe ich einen Großvater, der die Schwachen ausgebeutet hat, und einen anderen, der das gehalten hat, was er ein *Ehrenwort* nennt. Keiner von diesen Kerlen ist ehrenwert, beide sind Feiglinge. Das ist das Erbe meiner Vorfahren, einer Reihe von feigen Bastarden. Deshalb erweise ich dem Land meiner Väter meine Dankbarkeit auf die übliche irische Art.«

»Und die ist –?«

»Ich verschwinde von hier, so schnell ich kann.«

»Sei nicht so hart mit dir selbst. Du bist auch nur ein Mensch, betrübt zwar, aber auch weiser.«

»Und immer noch habe ich meine leeren Stellen.«

»Nicht mehr, Hock. Du hast deine Mutter in dir. Das solltest du wissen, und denk jeden Tag an sie. Sie war phantastisch. Ich glaube, du hast einen Helden gesucht, und jetzt hast du einen gefunden.« Ruby reckte sich. »Ich werde jetzt versuchen zu schlafen«, sagte sie und machte es sich in ihrer Hälfte des winzigen Wagens so bequem, wie es eben ging. Ich dachte an Mairead Fitzgerald Hockaday, während ich fuhr.

Diesmal würde es keinen Regenbogen über den Wicklows geben. Nur die trübe Dunkelheit draußen, und das phosphoreszierende Glühen des Armaturenbretts und der Höhenwind, der uns im Volkswagen durchrüttelte.

Auf der anderen Seite der Berge brach der neue Tag an. Ruby übernahm für eine Weile das Lenkrad, damit ich schlafen konnte. Ich träumte nicht. Und wußte, daß ich nie wieder von meinem Vater träumen würde.

Als ich aufwachte, hatten wir Sister Sullivans Lager im Norden von Dublin erreicht. Meine Knochen fühlten sich zerschlagen an, und ich schwor, nie wieder einen Fuß in einen VW zu setzen.

Wir wuschen uns in einer Quelle in der Nähe der Pferdekoppel. In der wärmenden Morgensonne legte ich mich auf eine grüne Wiese und schloß die Augen, Ruby ging fort. Kaffee holen, sagte sie.

Ich döste ein.

Etwas bewegte sich im Gras, und ich wachte auf. Die Zigeuner hatten einen Kreis um mich gebildet, die Männer in Anzügen und mit Hüten, die Frauen gekleidet in ihre buntesten Röcke. Kinder mit geschrubbten Gesichtern drückten Hände auf lachende Münder.

Ruby hatte Blumen im Haar. Sister Sullivan hielt eine Bibel in den Händen.

Ruby lächelte und sagte: »Jetzt werde ich dich heiraten, Neil Hockaday.«

Und so wurden wir verheiratet, genau wie meine Eltern.

Am späten Nachmittag des gleichen Tages betraten wir die amerikanische Botschaft in Dublin.

»Wir werden jetzt den Botschafter sprechen«, sagte ich zu einem pingeligen Empfangsangestellten.

»Ach, werden wir das?«

»Sagen Sie ihm, Mr. und Mrs. Neil Hockaday sind hier.«

Ruby korrigierte mich. »Ich habe gesagt, ich nehme *dich*, Hock. Nicht deinen Namen.«

»Wen soll ich jetzt bitte schön melden?« beharrte der Angestellte.

»Sagen Sie dem Botschafter, ich bin der Bursche, der dafür sorgen wird, daß er achtkantig hier rausfliegt, wenn ich nicht bekomme, was ich haben will. Den Namen haben Sie ja schon gehört.«

Ungefähr fünf Minuten später benutzte ich die abgeschirmte Telefonleitung des Botschafters, um Inspector Neglio in New York anzurufen.

»Ich komme nach Hause, Chef. Vorher habe ich da allerdings noch ein winzig kleines Problem hier. Wollen doch mal sehen, wie gut Ihre Beziehungen sind. Sprechen Sie mit dem Botschafter und sorgen Sie dafür, daß wir mit der nächsten Maschine von hier verschwinden können.«

Neglio schimpfte und kreischte, aber er und der Botschafter schafften es, daß wir zum Flughafen kamen, ohne von irgendwem belästigt zu werden.

Bevor wir in die Maschine nach New York stiegen, rief ich noch Oliver Gunston an.

»Ich sage Ihnen jetzt, was Sie für mich tun können, Ollie. Treiben Sie einen anständigen Anwalt auf und sorgen Sie dafür, daß er mich in New York anruft. Ich werde Anspruch auf den Nachlaß meines verstorbenen Onkels Liam Hockaday aus Dún Loaghaire erheben. Es wird keine großen Schwierigkeiten geben, den Erlös aufzuteilen. Das Geld geht in zwei Richtungen. Genug für Sie, daß Sie ein Jahr lang Urlaub machen können, um Ihr Buch über das alles zu schreiben, und den Rest bekommt eine Zigeunerin namens Sister Sullivan. Sie kann mit dem Geld machen, was sie für angebracht hält . . .«

»Das wird allerdings einige Schwierigkeiten geben«, sagte Gunston.

»Dann rate ich Ihnen, die Kanzlei meines Großvaters mütterlicherseits zu beauftragen.«

»Lord Fitzgeralds Verein? Zigeuner vertreten? Das gefällt mir.«

»Sagen Sie denen, sie werden die Sache pro bono machen.

Sagen Sie, es ist eine Wiedergutmachung für das, was der alte Fitz einer Menge armer Leute angetan hat. Und wenn denen das nicht gefällt, dann sagen Sie ihnen, ich würde nach Dublin zurückkommen, um die Sache für sie wirklich sehr peinlich zu machen.«

»Das gefällt mir!«

»So, und jetzt zum Haus. Es ist ein großes Haus an der Ladbroke Street draußen in Dún Laoghaire. Ich möchte, daß es Leute aus der Goff Street in Dublin bekommen. Und zwar Catherine Boylan, kurz Catty, die Witwe des verstorbenen Francie Boylan. Ihre kleinen Kinder und ihr Schwiegervater Joe. Sorgen Sie dafür, daß das Haus auf Catty übertragen wird. Joe hat mal versucht, mich aus den Socken zu hauen.«

Epilog

»Tut mir leid, daß ich alles verschenkt habe, Babe. Ich hab nicht mal richtig drüber nachgedacht. Du könntest selbst einen Batzen von dem Geld brauchen, stimmt's?«

Ruby ging einen riesigen Stapel Rechnungen durch, deren Begleichung insgesamt drohte, daß sie ihr Theater schließen müßte. Rechnungen sind nicht das Schönste, wenn man nach einer Reise nach New York zurückkehrt, was auch der Grund ist, warum ich meine eigenen geflissentlich ignorierte.

»Tja, wär nicht schlecht gewesen ...« Sie unterbrach sich. »Nein! Ich kann schließlich jederzeit zur Werbeagentur zurück.«

»Ich dachte, das hättest du gehaßt.«

»Ich sagte, ich habe die Klienten gehaßt. Du weißt doch, was ein Klient ist?«

»Sag's mir noch mal.«

»Fünf Typen, die sich ein Gehirn teilen.«

»Wie erträgst du so was?«

»Das Geld. Den Teil der Branche habe ich nie gehaßt.«

»Was würdest du heute in der Agentur tun?«

»Tja, heute morgen hat Jay angerufen. Jay Schuyler, mein alter Boss. Eleganter Bursche, du würdest ihn mögen. Er ist alles, was du nicht bist.«

»Was wollte er?«

»Er hat sich gefragt, ob ich verfügbar bin.«

»Was soll das heißen?«

»Ich weiß auch nicht. Er hat gesagt, vielleicht ruft er noch mal an, ob ich als Berater bei irgendeinem speziellen Projekt dabeisein will.«

»Wie zum Beispiel was?«

»Keine Ahnung. Vielleicht wird ja irgendwer noch einen anderen Teil des menschlichen Körpers entdecken, der dringend desodorisiert werden muß.«

»Das willst du?«

»Ich will das Geld.«

Ich zuckte mit den Achseln.

»Mr. Hockaday, Kopf hoch! Ich liebe dich.«

»Was liebst du am meisten an mir?«

»Wie die Mutter, so der Sohn. Das bist du.«

»Wenn der Geldbeutel leer ist, dann ist das Herz voll?«

»Apropos, mußt du nicht los, um dich mit Davy Mogaill in eurer ekelhaften Bar zu treffen?«

Als ich in Nugent's eintraf, plauderte Mogaill mit Terry zwei. Ich hatte erwartet, ihn als betrunkenes Wrack anzutreffen, doch statt dessen war er ein völlig veränderter Mann. Da saß er und trank doch tatsächlich eine klare, sprudelnde Flüssigkeit in einem Glas mit einem roten Strohhalm drin. Mir kam's vor wie einfaches Selterswasser.

»Das gehört alles zu dem neuen Davy Mogaill«, erklärte er, als ich fragte, was er trinke, und bestätigte damit meine schlimmsten Befürchtungen. »Ich kultiviere jetzt die gute Laune. Je weniger ich trinke, desto fröhlicher werde ich.«

»Freut mich für dich«, sagte ich. Zu Terry zwei sagte ich, ich bekäme einen Red Label, und fragte Mogaill: »Dein neues Selbst hat doch nichts dagegen?«

»Der Suff ist jetzt nur noch dein Jammer, nicht mehr meiner.«

»Andererseits würde ich sagen, das Department zu verlassen, ist eine jämmerliche Art für einen Cop, trocken zu werden.«

»Sag, was du willst. Aber ich fühle mich, als wäre mir die Last einer alten, toten Welt von den Schultern genommen. Ich habe einen klaren Kopf, denn ich bin nicht länger der Chef einer Mordkommission in einer mörderischen Stadt.«

»Nett für dich, Captain.« Ich versuchte, begeistert zu klingen. Und hatte keinen Erfolg damit. »Wirklich nett.«

»Ich bitte dich ... Du hast keinen Grund, hier den Spielverderber zu machen. Du doch nicht, Neil. Wo du doch heil aus Irland zurückgekommen bist. Da gibt's noch so was wie Hoffnung im Leben.«

»Tut mir leid. Es war ein anstrengender Trip. Es gibt Tage, da kommt's mir vor, als wär's noch nicht vorbei.« Ich leerte mein Glas und bestellte ein neues.

»Aber es gibt Hoffnung im Segen einer neuen Ehe.«

»Hoffnung ist etwas sehr Zerbrechliches, Davy.«

»*Aye*, Helden wissen so was. Deshalb wahren sie ja auch die Hoffnung und alle anderen zerbrechlichen Dinge des Lebens.«

Du hast einen Helden gesucht, jetzt hast du einen gefunden.

Mein Kopf bewölkte sich, und ich sah meine Mutter. *Meine schlafende Mutter früh morgens, wenn ich aufstand, um zur Schule in der Holy Cross zu gehen. Sie hatte die ganze Nacht als Kellnerin gearbeitet ... Ich ging dann rauf und verabschiedete mich von ihr, während sie noch im Bett lag, auf dem Rücken, die Haare geflochten und die Augen geschlossen. Ich gab ihr einen Kuß auf die Wange. Ich glaube nicht, daß sie es je mitbekam.* Und Ruby. Ich sah auch meine Frau – wie sie auf einem Strand lag mit Sand so weiß wie Zucker; und in Irland auf der grünen Wiese eines Zigeunerlagers, mit Blumen im Haar.

Das waren die Hoffnungen meines Lebens. Und daher würde ich, der ich nur von einem Helden in einer langen Reihe feiger Bastarde abstammte, irgendwie weniger zerbrechlich werden müssen als die Hoffnung. Das alles wollte ich Mogaill sagen, aber ich konnte nicht. Der Alkohol hatte Bilder viel leichter gemacht als Worte.

Davy gab es auf, darauf zu warten, daß ich noch etwas sagte.

»Wußtest du«, fragte er, »daß ich eine neue Wohnung im alten Viertel renoviere? Direkt hier um die Ecke von Nugent's, die Isham Street rauf.«

»*Sláinte.*«

»Danke, Neil. Und apropos zerbrechliche Hoffnung, ich plane außerdem, mich selbständig zu machen.«

»Ach?«

»Sicher, sicher. Jetzt kommt der übliche gute Rat für Pensionäre: Verlaß New York, zieh runter nach Coconuts in Florida und kassier deine Pension. Du weißt schon.«

Ich stöhnte.

»Genau meine Meinung. Aber ich, ich beschließe, hier zu bleiben. Also, ich steige in die Schnüfflerbranche ein.«

»Privatdetektiv?«

»Mein Lizenzantrag läuft schon.«

Ich leerte das Glas und bestellte mir noch einen. Mogaill beobachtete mich jetzt beim Trinken, wie ich selbst schon viele andere Cops beim Trinken beobachtet habe, ihn eingeschlossen.

»Paß auf, ich weiß, daß du ziemlich fertig bist«, sagte er. »Was kann ich sagen, damit du wieder mehr Pfeffer kriegst?«

Davy Mogaill, immer der *Rabbi.* Hatte nicht er mich in genau diese Bar bestellt am Tag vor meiner Abreise? *Tut mir leid, das zu sagen, Hock, aber unter deinem irischen Dach wirst du keinen ruhigen Schlaf finden.* Jetzt war ich zurück, voller vorhergesagtem Kummer und Bedauern, und trank auf diese unschöne Weise.

»Du bist ein echter Ire«, sagte ich. »Sag mir, wie lange hast du dafür gebraucht?«

»Wie lange habe ich wofür gebraucht, Neil?«

»Darüber hinwegzukommen, was es bedeutet, Ire zu sein.«

»Und was soll das deiner Meinung nach sein?«

»Ich meine, es hat keinen Sinn, Ire zu sein, sofern man nicht weiß, daß die Welt einem das Herz brechen wird.«

Danksagungen

Bedanken möchte ich mich an dieser Stelle für die große Hilfe der Lebenden und Toten sowie der Schatten zwischen diesen Welten. Unter den ersten dieser einflußreichen Gruppe sind zu nennen mein Freund, der Schauspieler und Schriftsteller Jeffrey Essman, der vielleicht doch kein vom Glauben abgefallener Katholik ist, meine Freundin und teure Lektorin Jane Chelius, die mich eines Tages während einer Zugfahrt entlang der spanischen Atlantikküste ermutigte, aus dem Herzen heraus zu schreiben; und meine Frau Kim Sykes, die nichts Geringeres ist als all meine Hoffnung. 1939 starb der Dichter William Butler Yeats, der sich oft Sorgen machte, seine Poesie könnte die dunkleren Engel des Menschen wecken. Auszüge aus seinem »Remorse for Intemperate Speech« und »A Full Moon in March« (erschienen in *Collected Poems of William Butler Yeats*, Macmillan, New York, 1956) werden voller Dankbarkeit in diesem Buch verwendet. Die wunderbaren Theaterstücke von Brendan Behan (1923–64), des *borstal boy* persönlich, haben mich das erste Mal gelehrt, auf persönliche Geister zu lauschen, die in irischen Schatten wohnen. Und genau das habe ich beim Schreiben dieses Buches getan.

Thomas Adcock
New York

Anmerkungen des Übersetzers

Dieser Roman enthält Auszüge aus den Gedichten *Remorse for Intemperate Speech* und *A Full Moon in March* von William Butler Yeats (1865–1939). Die entsprechenden Passagen im Wortlaut des Originaltextes:

»Out of Ireland have we come, great hatred, little room, maimed at the start . . . I carry from my mother's womb a fanatic heart.«
Remorse for Intemperate Speech
Prolog; Kap. 45

»Drown all the dogs,« said the fierce young woman,
»They killed my goose and a cat.
»Drown, drown in the water butt,
»Drown all the dogs,« said the fierce young woman.
A Full Moon in March
Kap. 1; Kap. 5; Kap. 24; Kap. 35

When nations are empty up there at the top,
When order has weakened or faction is strong,
Time for us all to pick out a good tune,
Take to the roads and go marching along.
A Full Moon in March
Kap. 8; Kap. 20; Kap. 30; Kap. 31; Kap. 35; Kap. 46

We wish to grow peaceful crops, but we must dig our furrows with the sword.
A Full Moon in March
Kap. 30; Kap. 37

Hammer your thoughts into unity.
A Full Moon in March
Kap. 37

Der Verfasser des folgenden alten Gedichts ist unbekannt, obwohl es jeder auswendig kennt, der auch nur einen Tropfen irisches Blut besitzt:

»*Th'anam chun Dhia!* But there it is –
The dawn on the hills of Ireland.
God's angels lifting the night's black veil
From the fair, sweet face of my sireland.
O Ireland! Isn't it grand you look –
Like a birde in her rich adornin'?
And with all the pent-up love of my heart
I bid you, top o' the mornin'!«
Kap. 37

Der **Ancient Order of Hibernia** ist ein Verein mit Ortsgruppen in der gesamten irischen Diaspora (*Hibernia* ist neben *Erin* und *Eire* einer der alten Namen für Irland). Heute ist es »eigentlich eher ein verknöcherter Verein von alten Plappermäulern, die wenig mehr tun als saufen«. Für junge irisch-republikanische Aktivisten ist dies nicht der rechte Ort, weswegen sich IRA-Anhänger und junge Iren allgemein gern über Mitglieder des *Ancient Order of Hibernia* lustig machen.

A & S steht für ein Brooklyner Kaufhaus namens *Abraham & Strauss,* dessen Angebotspalette auf die Arbeiterschaft und untere Mittelschicht ausgerichtet ist.

Brian Boru (926?–1014) war von 1002–14 König von Irland. In der Schlacht von Clontarf besiegen die christianisierten Iren unter Hochkönig Brian Boru, der im Kampf fällt, das Heer der eingefallenen Wikinger, womit ihrer Eroberung Irlands ein Ende gesetzt ist.

Cuisinart ist der Markenname einer in Frankreich hergestellten Küchenmaschine, die mit verschiedenen Aufsätzen und Zusatzgeräten für die verschiedensten Aufgaben (mixen, zerkleinern, kneten etc.) eingesetzt werden kann.

Mit **Fosdick** ist »Fearless Fosdick« gemeint, eine Cartoonfigur des amerikanischen Zeichners Al Capp (1909–1980; von ihm stammen die berühmten *Li'l Abner Strips*). Fosdick war ein Polizeidetektiv, der sich durch seine Fälle wurstelte und keine Angst kannte, weil er unglaublich blöd war. Dauernd wurde er angeschossen, zusammengeschlagen oder übers Ohr gehauen.

Glink (was etwa soviel heißt wie »freundliches Lügen«) ist ein äußerst komplexes irisches Spiel, bei dem es um ein geistiges Kräftemessen geht – und um Wahrheit gegen Lüge. Vereinfachend und in aller Kürze: Es wird auf einem Brett gespielt, auf dem die Mitspieler, entsprechend ihrem Geschick, einen Gegenspieler mit als Wahrheiten verkleideten Lügen oder als Lügen verkleideten Wahrheiten zu verwirren, Spielsteine zu einem Zielkreis vorbewegen. Ein Spieler stellt eine Behauptung auf oder erzählt eine Geschichte, und seine Gegenspieler müssen erraten, ob dies »wahr« oder »falsch« war. Konnte man seinen Spielstein erfolgreich weiterziehen, kann es durchaus passieren, daß der Zug später zurückgenommen werden muß, wenn sich bei folgenden Behauptungen oder Geschichten Widersprüche zur ursprünglichen ergeben.

Der **Golliwogg** ist eine groteske, schwarze Puppe in Kinderbuchillustrationen von Florence K. Upton.

Die auf der Upper East Side Manhattans in dem besten Viertel der Stadt gelegene **Gracie Mansion** ist der offizielle Wohnsitz des New Yorker Bürgermeisters.

Der **Grand Concourse** heißt vollständig *Grand Boulevard and Concourse* und ist eine in Nord-Süd-Richtung verlaufende Hauptverkehrsstraße quer durch die Bronx.

Harfen (engl. *Harp*) ist ein Slangwort für Iren oder Menschen irischer Abstammung. Diese Bezeichnung leitet sich aus dem Staatswappen der Republik Irland her – eine goldene Harfe auf blauem Grund.

Ireland United ist praktisch die Hymne der IRA und aller anderer irischen »Republikaner«, die ein vereinigtes Heimatland anstreben.

Judge Carter war ein legendärer New Yorker Richter, der Anfang des Jahrhunderts eines Tages spurlos verschwand – anscheinend wegen persönlicher Schwierigkeiten, die er sorgsam vor der Öffentlichkeit verborgen hatte. Trotz einer weltweiten Suche nach diesem soliden und angesehenen Mann wurde er nie gefunden.

Kelvinator ist eine bekannte amerikanische Kühlschrank- bzw. Gefriertruhenmarke.

Die **Knickerbocker Avenue** ist eine Hauptverkehrsstraße im Brooklyner Stadtteil Canarsie, ein vorwiegend italo-amerikanisches Arbeiterviertel. In diesem Kontext (»Setzen Sie ihn in einen Raum voll mit seinen vornehmen Gracie Mansion-Freunden, und schon klingt er ganz anders; man könnte schwören, Tomasino Neglio hätte noch nie etwas von der Knickerbocker Avenue gehört.«) wird damit gesagt, daß Neglio, ein italo-amerikanischer Cop, gern vornehm klingt, wozu er allerdings seinen Akzent verschwinden lassen muß, um die Herkunft aus der Arbeiterklasse nicht zu verraten.

Mail Pouch ist der Markenname eines bekannten amerikanischen Kautabaks.

Micks ist ein abfälliges Wort für Iren oder irischstämmige Amerikaner. Während es zwar auch nicht annähernd so übel ist wie die Verwendung von »Nigger« für einen Afrikaner oder Afro-Amerikaner, stellt es für einen Iren doch eine Beileidigung dar, sofern das Wort nicht von einer anderen irischen Person benutzt wird, wodurch es zu einem selbstironischen Ausdruck wird. (Mick ist die Kurzform des häufigen irischen Vornamens Michael.)

Edward R. Murrow (1908–1965) gilt als eine der Größen des amerikanischen Radio- und später Fernsehjournalismus, der während des Zweiten Weltkriegs durch seine aufregenden Reportagen von den Schlachtfeldern bekannt wurde und sich durch schier grenzenlose Ruhe bei Live-Berichterstattungen auszeichnete, während im Hintergrund das Einschlagen von Artilleriefeuer und Bomben zu hören war. Während der fünfziger und sechziger Jahre schrieb er für das Fernsehen eine große Zahl sehr erfolgreicher und oft kontroverser Dokumentationen – über den Hunger in Amerika, die

Ausbeutung von Migranten oder über drittklassige öffentliche Schulen für Angehörige der Arbeiterschaft.
Jede Episode der amerikanischen Fernsehserie **Naked City** (dt. Gnadenlose Stadt) endet mit dem von einem Erzähler gesprochenen Satz: »There are eight million stories in the naked city ... this has been one of them.« Womit natürlich gemeint ist, daß New York City mit seinen etwa 8 000 000 Einwohnern ebenso viele Schicksale und Geschichten vorzuweisen hat. Mit »In meiner gnadenlosen Stadt gibt es wahrscheinlich acht Millionen Geschichten über irische Cops« (Anfang Kapitel 3) spielt Thomas Adcock auf diese Fernsehserie an.

Noraid ist die Kurzform von *Northern Aid Committee,* einer vor allem in Boston und New York City aktiven US-amerikanischen Hilfsorganisation der IRA. *Noraid* sammelt angeblich Geld zur Unterstützung von Witwen und Waisen in Ulster (Nordirland).

O'Donnell Abu und **The Heather Glen** sind zwei irische Volkslieder.

Onkel-Tom-Republikaner (engl. *Republicans of color*) ist ein spöttischer Ausdruck für afro-amerikanische Mitglieder der (konservativen) Republikanischen Partei. Der Witz hinter diesem Ausdruck bezieht sich auf die Gewohnheit gewisser zu Wohlstand gekommener Afro-Amerikaner, ihre weißen Gegenstücke so extrem zu imitieren, daß am Ende ausgerechnet jene politische Partei unterstützt wird, die Afro-Amerikaner weitgehend ignoriert. Als *Onkel Tom* bezeichnet man im Amerikanischen einen servilen Schwarzen, der das Verhalten der weißen Mehrheit nachahmt oder übernimmt und sich dadurch soziale Anerkennung verspricht.

Ein **Paddington-Bär** ist ein bestimmter Teddybär. Der Name rührt von einem Bären in einem klassischen englischen Märchenbuch. Paddington trägt Schottenkaro und hat stets eine kleine Aktentasche dabei.

Das Akronym **P.A.L.** steht für *Police Athletic League* und ist eine vom New Yorker Police Department finanzierte Sportvereinigung für die Kinder und Jungendlichen der Stadt.

Eine **PDU** oder Precinct Detective's Unit gibt es in allen New Yorker Polizeirevieren. Hierbei handelt es sich um Kriminalbeamte, die sich um Straftaten kümmern, die im jeweiligen Stadtteil begangen wurden. Vergleiche auch die Anmerkung im ersten Neil-Hockaday-Krimi *Hell's Kitchen.*

Die **Peep o'Day Boys** (dt. etwa *Söhne der Morgendämmerung*) waren eine im 18. Jahrhundert von Protestanten in Reaktion auf den Zuzug von immer mehr Katholiken nach Ulster gegründete terroristische irische Vereinigung, die diesen Namen benutzte, weil sie ausschließlich in den frühen Morgenstunden (*peep o'day*) zuschlug. *Peep o'day* (dt. etwa *Guten Morgen*) ist ebenfalls eine sehr altmodische irische Begrüßungsfloskel, die heute praktisch nicht mehr verwendet wird.

P-F Flyer-Turnschuhe waren die beliebteste amerikanische Turnschuh-Marke der fünfziger bis etwa Mitte der sechziger Jahre.

Ältere irische und irisch-amerikanische Katholiken nennen schwarzen Kaffee wegen seines bitteren Geschmacks **protestantischen Kaffee** – was sie mit den bitteren Gedanken an die protestantische Mehrheit in Nordirland (Ulster) assoziieren.

Der Ehrentitel **Rabbi** wird normalerweise für einen geachteten jüdischen Gesetzeslehrer verwendet. Im amerikanischen (Polizei- und Unterwelt-)Slang bezeichnet *Rabbi* entsprechend einen einflußreichen Förderer oder Paten.

Scalp und **scalpeens** sind irische Ausdrücke aus der Zeit der großen Hungersnot (1845–1849). Ein *scalp* war ein Loch, das in die Flanke eines Hügels gescharrt wurde und einer Person oder Familie als Wetterschutz diente, die zum Verlassen ihres Pachthofs gezwungen worden waren. Wenn jemand, der einen solchen Unterschlupf brauchte, im Besitz von gutem Werkzeug oder vielleicht sogar von Bauholz war, konnte er den *scalp* besser und geringfügig »komfortabler« zu einem *scalpeen* ausbauen.

Eine **sheepeen** ist eine einfache Kneipe auf dem irischen Land, zu der ausschließlich Männer Zutritt haben.

Ein **shillelagh** ist der traditionelle irische Spazierstock aus Eiche oder Schwarzdorn; unter streitsüchtigen irischen Betrunkenen fin det dieser Stock gelegentlich auch als Knüppel Verwendung. Irischstämmige Amerikaner verehren den *shillelagh* und die *Stars and Stripes* (auch *old glory* genannt) gleichermaßen als patriotische Symbole. Bei der St. Patrick's Day Parade in New York sieht man beides recht häufig. Daher: »Auf jeden *shillelagh* in der Menge kommen ungefähr ein Dutzend *Stars and Stripes*, stimmt's«?

Soda bread ist eine typisch irische Spezialität. Es wird mit erheblich mehr Backpulver (engl. *baking soda*) als üblich gebacken und ähnelt von der Konsistenz her eher Keksen als Brot, obwohl es nicht süß ist. *Soda bread* wird üblicherweise zum Four o'clock tea serviert.

Izzy Stone ist Isidor Feinstein Stone (1907–1989), ein renommierter Journalist der undogmatischen amerikanischen Linken, der über dreißig Jahre eine vielbeachtete kritische Wochenzeitschrift herausgab.

Sunset Boulevard (dt. *Boulevard der Dämmerung*), USA 1950, Regie: Billy Wilder, Darsteller: Gloria Swanson, William Holden, Erich von Stroheim, Cecil B. de Mille.

Thanam o'n dhoul ist Gälisch und bedeutet etwa »Um Himmels/Gottes willen!«

Tora loo verweist auf ein bekanntes irisches Wiegenlied, das von zechenden Iren häufig als letztes einer ganzen Reihe sentimentaler irischer Lieder angestimmt wird. *Tora loo* besitzt keinerlei eigenständige Bedeutung und soll aufgrund des sanften, runden Klanges einfach nur beruhigend auf ein Kind wirken.

Harry S. Truman (1884–1972) war von 1945–53 der 33. Präsident der USA.

Die **Warren Commission** wurde von Präsident Lyndon B. Johnson eingesetzt, um den Mord an seinem Amtsvorgänger John F. Kennedy zu untersuchen. Earl Warren, Oberster Richter des United States Supreme Court, hatte den Vorsitz dieser Untersuchungskommission. Die Ergebnisse der Warren Commission sind hinreichend bekannt: 1. Lee Harvey Oswald handelte allein und ohne jegliche fremde Hilfe; 2. die einzige, aus Oswalds Gewehr abgefeuerte Kugel drang von hinten in Kennedys Schädel ein, trat wieder aus, durchbohrte das Handgelenk von Gouverneur Connally und schoß dann durch Kennedys Kehle – bekannt wurde dies als die »magic bullet theory«.